김이석문학전집 2
장편소설
흑하(黑河)
김이석 지음

동서문화사

흑하(黑河)
차례

서울 가는 길

천마산(天摩山) 밑에서 시작되는 대령강(大寧江)은 계곡을 몇 번인지 모르게 감돌아 남으로 흐른다. 참으로 굴곡이 많은 험난한 강이다. 그것이 태천(泰川)골 앞에 이르러 구성(龜城)에서 흘러내리는 강과 합쳐지면서 강물은 배나 늘어, 야단치던 물소리도 죽어버리고 흐르는 속도도 떠진다. 그러면서 왕사봉(王師峰)이 우뚝 서 있는 박천 앞을 스쳐지날 때에는 이미 그것은 대령강이 아니고 청천강(淸川江)으로 이름이 바뀐다. 가산(嘉山)골 부호 이희저(李禧著)가 금관을 벌려놓았다는 다복골(多福洞)은 바로 이 부근인 모양이다. 그곳으로 찾아가는 일꾼들은 하루에도 몇 명씩 보였지만 오월의 첫장마가 지난 뿌연 물에 모래무치가 잘 잡힌다는 지금이면서도 강둑엔 낚싯대를 드리운 한량은 보이지가 않는다.

장마가 개고 나서 찌는 듯한 날이 구력(음력) 오월 말경에서부터 달이 바뀌고서도 그대로 계속되었다.

순찰하는 군뢰(軍牢)들도 이마에 흐르는 땀을 연방 씻어내며 등솔을 들어 잔등에 바람을 넣는다. 하기는 검은 동달이가 남보다도 더욱 더울 법도 한 일이다. 그들도 잦혀진 벙거지를 벗어던지고 옷을 활활 벗고 강물 속에 뛰어들어가고 싶은 생각이야 코 흘리는 애들과 무엇이 다르랴.

"오늘 밤 쯤 생각없나?"

좁은 논 둑 길을 걸으면서 뒤에서 소리친 것은 역시 벙거지를 잦

혀쓴 코에 주독이 내밴 코빨갱이었다.

"뭐?"

앞에서 가는 키다리 군뢰는 대답도 귀찮은 모양이다.

"오늘 밤, 이쯤 나와서 오래간만에 밤낚시나 해 보자는 거야."

"글쎄, 그것두 나쁜 이야긴 아니지만⋯⋯."

"술이야 강계집에 가면 서너되 쯤이야 어떻게 될 게구⋯⋯ 고기야 잡히건 말건 우리두 선선한 바람이나 맞으며 일간풍월(一竿風月)로 한번 놀아봅시다."

노랫가락 같은 그 말에 둘이서는 무슨 약속이나 했던 듯이 피식 웃었다. 앞에서 가는 키다리와 뒤에서 가는 코빨갱이가 서로 얼굴을 볼 수 있을 리는 없건마는 그 웃음으로 그들의 의사는 서로 통하는 모양이었다.

그 웃음은 단순히 자기들을 비웃는 웃음소리라기보다도 어딘지 모르게 서글픔이 맺혀져 있는 웃음이었다.

그 때에 조정은 당파들의 세도싸움으로 한창 난장판이 벌어진 판국이었다.

정종(正宗, 조선 제22대 임금 정조)의 뒤를 이어 순조(純祖)가 열한 살 철부지로 왕의 자리에 앉게 되자 영조(英祖)의 계비(繼妃)인 정순 왕후(貞純王后) 김씨가 세도의 치맛바람을 날리더니 그 섭정이 걷어지게 되자, 순조에게 딸을 준 김조순(金祖淳)이 부원군으로서 세도를 잡아, 세상은 완전히 안동김씨의 손에서 놀게 되었다. 그러니 중앙을 비롯해 지방의 요직은 거의 김씨 일족이 차지했으리라는 것은 가히 짐작할 수 있는 일이었다. 그러나 그 동족 간에도 싸움은 하루도 가시는 날이 없었다. 그 싸움은 자리 싸움, 권력 다툼이었다.

그들은 자기가 탐나는 자리를 빼앗기 위해서는 어떠한 중상모략도 꺼리지를 않았다. 참으로 추잡스러운 싸움이었다.

그러나 세도 싸움이 이 한적한 대령강 기슭에서 군뢰짓이나 해 먹는 그들에겐 임금이 역적의 칼에 쓰러졌다 해도 슬픈 일이 아니었고, 하늘을 찌를 듯한 세도를 날리던 정승이 오늘로 당장 귀양살이를 떠나게 된다 해도 놀랄 일이 아니었다. 그들을 놀라게 하는 것은 다만 원님이 바뀐다는 소리뿐이었다. 전에는 과만(瓜滿)이라는 규정이 있어서 원을 삼 년 만에 한 번씩 갈았다. 그것이 요즘에 와선 무슨 바람이 분 때문인지 해마다 바뀌었다. 하기는 이런 변경의 군뢰라 해도 그 이유를 모를 리는 없었다. 세상이 자꾸만 어두워지면서 원의 벼슬이 돈으로 팔렸기 때문이었다. 원 한자리에 그때 돈으로 대체로 만 냥만 주면 살 수가 있었다. 돈 있고 양반의 자식이라면, 아니 양반이란 문벌같은 건 돈만 주면 살 수도 있는 노릇이었다. 그저 돈만 있으면 원 노릇을 할 수가 있었다. 코가 삐뚤어지고 입이 언청이의 알짜무식쟁이라도 그건 문제도 되지 않았다. 그저 돈만 있으면……

그렇다고 그들은 원자리를 그저 세도나 부려보자는 노름걸이로 사는 것은 아니었다. 돈을 벌기 위한 일종의 장사로 사는 것이었다. 만 냥을 들여 원님이 되었다면 으레 십만 냥은 짜낼 생각을 했다. 물론 그 돈은 백성한테서 짜내는 것이다. 그러나 그 노릇이 또한 돈만 생기는 노릇이 아니라 앞산이 쩡쩡 울리게 호령을 쳐가며 고을의 밴밴한 계집은 도맡아 놓고 건드릴 수 있는 노릇이니, 이렇게 좋은 노릇을 누가 돈 있고서 하지 않겠다고 하랴. 그러니 원 자리 값은 자연 올라가게 마련이었다. 만 냥 하던 것은 이만 냥으로, 이만 냥 하던 것은 삼만 냥으로 자꾸만 올라갔다. 그래도 세도 있는 대감집에는 돈바리가 그칠 줄을 몰랐다. 별당마마도 이제는 돈 맛을 알고도 남은 판이라, 어찌 실어다 주는 돈을 싫다고 하랴.

"이 아니 즐거워요, 이 아니 즐거워요."를 연발할 뿐. 그러나 팔도강산에 고을이란 삼백여 고을로 이미 정해져 있는 것이니 돈 싣고 온다고 갑자기 고을을 늘려 원님 자리를 내줄 수도 없는 노릇이었다.

그러니 별당마마들은 "어쩔고, 어쩔고."를 또다시 연발하지 않을 수가 없었다.

그러나 쥐나갈 구멍은 언제나 있다는 말대로 여기에도 묘책이 없는 것은 아니었다. 원을 자주 갈게 한 것이었다. 삼년에 한 번씩 갈던 것을 이년에 한 번씩 갈고 이년이 다시금 일년으로 줄게 됐다. 그러니 원들은 삼년을 두고 천천히 백성들의 고혈을 짜내던 것이 바빠지게 되었다. 게다가 밑천도 앞의 놈들보다는 몇 배나 들였으니 덤비지 않을 수가 없었다.

그렇다면 곯는 것은 백성뿐일까. 천만에 백성들은 이제는 빼앗기려야 빼앗길 것도 없어지고 말 것이다. 지금에 남은 것은 뼈에 살가죽이 붙은 몸뿐이다. 그래도 원님이란 자는 그런 백성들에게 부세를 잔뜩 펴놓고 군뢰를 보고 뜯어오라고 호령만 치고 있다. 그러니 정작 곯는 것은 군뢰들뿐이다.

키다리와 코빨갱이는 그런 생각을 하면서 뚝 위로 올라선다. 뚝에는 한 자나 자란 풀이 깔려 있었다. 그러나 사방을 둘러봐도 풀 뜯는 소는 한 마리도 보이지가 않았다.

그날 밤 키다리와 코빨갱이는 약속한 대로 대령강에 낚시질을 나갔다. 검바위 밑은 물도 깊고 삼면이 막혀서 낚시터로는 알맞은 곳이었다. 그들이 낚시질에 정신이 팔려 있는 동안에 어느덧 밤은 깊어 축시(오전 한시)가 넘었다. 그때까지 잡은 고기란 겨우 뼘쯤 되는 붕어새끼를 두어서너 마리씩 잡았을 뿐이었다. 그러나 그들은 고기를 잡는 것만이 목적이 아니었다. 원님에게 시달리고, 백성에게 미움받는 그런 생활을 하룻밤이나마 잊어보자는 것이었다.

그들은 강계집 아주머니를 얼렁거려 얻어온 술로 이미 얼근해진 판이라, 어둠 속에서 불어오는 바람이 그저만 상쾌할 뿐이었다.

강 한복판에서는 가끔 잉어 뛰는 소리가 났다. 그것이 달밤이라면 뛰어오르는 모양도 보이련만.

"고긴 없지도 않은 모양인데 제길……."

몇 번인가 미끼를 띄운 키다리가 마늘등에 비치워 미끼를 끼면서 중얼거렸다.

"고기도 사람을 알아보는 모양이지."

코빨갱이는 점대에 눈을 둔 채 조롱댔다.

"자넨 얼마나 잡았기에 그런 소린가."

"어쨌든 자네가 해장술은 사리만큼 잡았지."

둘이서는 고기를 많이 잡는 사람에게 해장술을 사주기로 내기를 한 모양이다.

"그래 지금 자네 말이 옳다 하구 일어설 때 봅세나."

"그 생각이라면 어서 부지런히 잡게."

그들의 말이 끊어지니 다시금 사방은 물소리 잠긴 듯이 고요해졌다. 밤이 깊어지니, 고기들도 잠을 자는지 별로 들리지를 않았다. 초저녁에 먹었던 술도 깨기 시작하여 몸이 으슥으슥했다. 코빨갱이는 이제는 낚시질이 지루해진 모양으로 하품을 한번 크게 하고 나서는 옆의 술항아리를 끌어다넜다. 마시다 남은 술이 아직도 한 되는 실히 남아 있다. 코빨갱이는 쪽박으로 연거푸 두 잔 죽 들이키고 나서는 술항아리를 키다리에게 밀어줬다.

키다리도 술을 싫어하는 얼굴은 아니었다.

뜯던 북어를 쥔 채 코빨갱이는 풀 위에 누웠다. 그의 눈 위에는 무수한 별들이 반짝였다. 그 별들을 무심히 보고 있던 그는 문득 키다리에게 고개를 돌려

"그렇지 않은가, 여보게."

하고 말을 건넸다.

"박천 포청의 깔대기도 한잔의 술을 마시고 나서 천하를 보면, 하늘을 무너칠 수 있다는 정승의 세도가 뭐 부러울 것 있냐 말일세."

"그래서?"

"벼슬 싸움으로 갖은 추악한 짓을 다하는 그자들보다는 대령강의 태공의 싸움이 얼마나 깨끗한가."

"그래 자넨 그런 생각으로서 현령에게 여편네 떼운 원을 풀자는 셈인가."

키다리가 조롱대는 그 말에 코빨갱이는 그만 풀이 죽고 말았다.

"하기야 자네같은 사람에게 밴밴한 여편네가 태웠던 것이 잘못이지."

키다리는 여전히 조롱쪼였다. 그 이야기를 들으면 코빨갱이에게 무슨 곡절이 있는 모양이다.

짧은 것은 여름의 밤이다. 그들이 그러고 있는 동안에 사방은 어느덧 밝기 시작하여 저편 동쪽에서 삿갓을 쓴 사람이 걸어오고 있었다.

어둠이 걷어진 강에는 하얀 안개가 끼어 있었다. 그것이 미풍과 더불어 천천히 움직이면서 점점 엷어지기 시작했다.

뚝을 걸어오던 사나이는 그들이 낚시질하는 곳까지 오더니 문득 걸음을 멈췄다. 그러고는 그 한손으로 삿갓을 들고 강 건너 쪽을 물끄러미 보고 서 있었다. 떠오를 해를 보자는 셈인지—

삿갓을 썼기 때문에 얼굴은 보이지 않았으나, 동작으로 보아서 스물 대여섯의 늠름한 젊은이라는 것은 알 수 있었다. 등에 배낭을 짊어진 것을 보면 먼 길을 가는 나그네인듯.

이윽고 그 나그네는 낚시질하는 그들에게 얼굴을 돌려

"낚시질하는 분들, 잠깐 저 강 건너 쪽을 봐요. 늑대들이 내려와서 물을 먹고 있군요."

하고 소리쳤다.

키다리와 코빨갱이는 분주히 그 쪽으로 눈을 던졌다.

"어디 말이오?"

"내 손가락으로 가리키는 곳을 봐요."

그러나 그 곳에는 안개에 싸인 농가의 지붕과 나무들이 거뭇거뭇하게 보일뿐, 늑대란 그림조차도 보이지가 않았다.

"자네 보이나?"

키다리가 묻자, 코빨갱이는 고개를 흔들면서도 강 건너 쪽을 향하여 눈을 두룩거렸다.

"그렇게 눈이 어두워서야 밤낚시질을 어떻게 하우."

나그네는 그들을 조롱대듯이 웃었다. 그 말에 코빨갱이는 약간 화가 났다.

"그래두 난 밤에 십리 앞을 보는 눈이요."

"그런 눈이라면서 저 늑대들이 보이지 않는다니."

그러나 아무리 보아도 보이지 않는 것은 보이지가 않았다.

"그 양반 쓸데없는 소리에 새벽 때손이의 고기만 놓치겠네."

코빨갱이는 다시 낚싯대에 눈을 돌리려고 하자

"그렇게두 안 보이다니, 저 움직이는 안개두 모르겠소?"

"거야 바람에 불려 움직이는 것이 아니요."

"바람에 불려 움직인다면 옆으로 흘러질 것입니다. 그러나 저건 위아래로 움직이지 않소."

"그래서 그것이 어쨌단 말이요?"

"말하자면 저건 안개가 아니구 늑대들이 하늘을 향해 입김을 내뱉는 것이란 말요."

"이 양반이 미쳤나?"

코빨갱이는 그제야 놀림감에 든 것을 알고 더욱 화가 난 채 그를 쳐다봤다. 그러나 그는 역시 늑대를 보는 듯한 심각한 얼굴로 강 건너 쪽을 지켜보고 있었다. 그러자 키다리가 문득 입을 열었다.

"그래, 당신 말이 옳다 하구 그게 어떻게 늑대 입김인줄 아시우. 소의 입김이라구두 할 수 있지 않소."

"소의 입김이 저렇게두 안개를 이룰 수 있다면 위선 백성들이 잘 살 수 있지 않소."

"그야 그렇지요."

"그런데 백성들이 못사는 것을 보니 저거야 영락없는 늑대의 입김이지요."

"그래서?"

"그러니 당신들두 마음놓고 낚시질을 하자면 위선 저 늑대떼를 몰아낼 생각을 하라는 거요."

한마디 하고서는 그는 다시 걷기 시작했다. 그들이 어이가 없어 서로 얼굴을 쳐다보고 있는 동안에 그 나그네는 벌써 산모퉁이를 돌아 보이지 않았다.

그 나그네의 걸음걸이는 참으로 빨랐다. 보통 사람이 뛰어가는 것만큼이나 빨랐다.

박천서 안주까지는 오십 리는 잘 되는 길이다. 그 길을 걸으면서도 쉴 참으로 막걸리 한 잔 하는 일없이 그대로 내뺐다. 그것을 보면 그렇게 한가한 길을 걷는 것도 아닌 모양이었다.

그 나그네가 청천강 칠불(七佛) 나루터에 이르렀을 때에는 해가 꽤 올라왔을 때였다. 나루터에는 배를 기다리는 사람들이 대여섯 뭉켜 앉아서 세상 돌아가는 이야기를 주고받고 있었다. 그중엔 아낙네도 보였다. 대개가 낟알이며 무명같은 물건들을 팔러가는 것을 보니 그 날이 바로 안주성의 장날인 모양이다. 나그네는 그들 한 옆에서 삿갓을 벗고 땀을 씻어가며 그들의 이야기를 엿듣고 있었다.

"희천(熙川)서 도적들이 많이 잡혔다는데 그것이 사실인가."

"그랬다드구만."

"뭘 훔치던 도둑들인데요?"

아낙네들 중에서 제일 나이들어 보이는 이가 물었다.

"강계 원님이 상감께 올려보내는 진상봉물을 겁탈하려던 패랍니다."

"뭐 봉물짐을?"

"도적들이야 그것을 가리나요. 닥치는 대로 뺏는 것이 업인데."

"그런데 그게 본시 도적들이 아니구 강계 변경으로 수자리로 끌려갔던 사람들이라는 말도 있는데, 그게 사실인가."

"글쎄 그거야 알 수 없지. 양민들두 마음이 바뀌면 도적이 되는 노릇이니."

"하기는 우리들처럼 이렇게 살 바에야 차라리 산적이나 돼서 산돼지처럼 뛰어다니기나 하며 사는 것이 나을는지도 모르지."

"예끼 이 사람, 그런 목칼 쓸 소리 작작 하게나."

하고 옆엣사람이 옆구리를 쿡 찔러 나그네 쪽을 가리켰다.

나그네는 그 기수(幾數, 낌새)를 알아채고

"내 행색이 초라할진 몰라두 남의 졸개 노릇이나 해먹는 녀석이 아니니 마음놓고 이야기하시오."

하고 말했다. 그 말 한 마디로서도 보통 선비와는 다른 데가 있었다. 그러나 시골사람들은 본시 의심이 많은지라 여전히 그를 꺼리는 모양으로 이야기가 뚝 끊어지고 말았다. 그러자 나그네가 다시 입을 열었다.

"강계서 올라가는 봉물이란 대체로 무슨 물건들이오?"

"글쎄요. 우리 같은 시골 사람들이 그게 뭔지 알 수 있겠소."

그 중에서 좌장(座長)쯤 되는 분이 말을 피하려고 하자 스물 안팎의 총각이 불쑥 입을 열었다.

"그거야 뻔한 것이지요. 산삼(山蔘)이나 녹용(鹿茸) 녹포(鹿脯) 같은 물건이지요."

"그것 참 그 지방 아니면 구할 수 없는 귀한 약재(藥材)들이군요."

"그런데 좋은 약재를 쓰면서두 임금님은 남보다 뛰어나게 힘은 못 쓰는 모양이니 도대체 무슨 이유요?"

"그야 장가를 들어야 알게 되는 것이지요."

나그네는 넌지시 웃어 대답했다. 아낙네들도 그 뜻을 안 모양으로 해들거려 웃어댔다.

성안에 들어간 나그네는 어느 음식점에 들어가서 장국밥을 먹고 있었다.

바로 그때 성문 쪽에서 소란스러운 소리가 났다. 잠시 숟가락을 놓고 귀를 기울이고 있자니 '홍총각 그 자가 두목이래'라는 소리가 엇결에 들리었다.

그 순간 나그네는 얼굴빛이 확 달라지며 분주히 돈을 꺼내놓고 밖으로 나왔다.

길에는 많은 사람들이 저마다 뭐라고 지껄이면서 성문 쪽으로 달려갔다. 갑자기 무슨 난리라도 난 것 같았다.

나그네는 뛰어가는 사람을 하나 붙잡고서 물었다.

"왜들 저렇게 야단이오?"

"강계 산적들이 잡혀 온답니다."

"그 속에 홍총각이란 사람두 있다는 소리가 들리니!"

"그 사람이 바루 두목인 모양입니다."

"곽산 사람?"

"씨름 잘하는 홍총각말요."

그말에 나그네는 급기야 얼굴이 질려지며 입술이 벌벌 떨렸다. 나그네는 떨리는 그 입을 지긋이 물고 성문 쪽을 향하여 눈을 두고 있었다.

홍총각은 그의 고향친구였다. 어렸을 때 갯가에서 고기도 같이 잡고, 모래밭에서 씨름도 같이 한 배꼽동무였다. 그 후 나그네 집에서는 서울로 가서 살게 되었다. 그 때문에 서로 헤어지게 되었지만, 어렸을 때 불리우던 두팔(二八)이란 그의 이름도, 남달리 검던 그의 눈썹도 십여년이나 지난 지금도 나그네로서는 잊을 수가 없었다.

—두팔이와의 상봉이 이렇게도 참혹할 법이 어디 있는가. 칠불 나루터에서 산적 이야기를 들을 때도 그저 지나가는 소리로만 들었건만—

이윽고 죄수들의 행렬이 그의 앞으로 가까이 왔다. 죄수의 수는 십여 명, 모두가 이십소리하는 청년들이다.

붉은 바로 결박된 그들의 양 옆에는 환도를 찬 호송인이 칠팔 명이나 따라오고 있었다. 그들은 소를 몰듯이 죄수들을 가죽채찍으로 마구 내려쳤다. 죄수들의 옷이란 걸레 조각처럼 찢어져, 그 사이로 드러난 살가죽은 채찍에 터져 피가 줄줄 흘러내렸다. 물론 제대로 걸을 리도 없었다. 걷는다는 것이 쓰러질 것 같으면서 다리를 질질 끌어댔다.

멸시와 호기심과 동정이 뒤섞인 구경꾼들의 눈도 그들에겐 이제는 무관한 모양이었다. 그저 좌우 옆을 힐끔힐끔 보며 걸어갈 뿐이었다.

"저거야, 바루 맨 뒤에서 걸어가는 게 씨름꾼으로 날리던 홍총각이야."

사람들의 눈은 그 사나이한테로 집중되었다.

뼈대가 굵은 데다 키가 훌씬하게 큰, 시원시원하게 생긴 사나이었다. 구릿빛으로 탄 얼굴에는 수염이 덮은 데다 핏자국이 엉켜져 보기에도 끔찍했지만, 그래두 눈에는 불같은 정기가 번쩍였다. 그야말로 정의를 찾는 눈이었다.

그가 지나감을 따라 구경꾼들의 소란스럽던 소리는 갑자기 죽은 듯이 조용해졌다. 그 위풍에 모두가 눌린 모양이었다.

"저것이 홍총각이야."

"언젠가 우리 안주에 와서두 소를 타가지 않았어."

이런 소리가 소곤소곤 들릴 뿐이었다.

나그네는 안주에서 평양까지 나오면서도 두팔이 생각을 잊을 수가 없었다.

—무슨 곡절로서 두팔이가 산채도둑이 되었을까. 그건 분명히 알 수 없는 일이지만 하여튼 그도 이놈의 세상이 싫어서 산채도둑이 된 것 만은 사실일 게다.

그는 어젯밤 객주집에 들어서도 그 생각으로 잠도 변변히 자지를 못했다.

—두팔이는 지금쯤 주뢰(周牢)라도 받고 있는 것이 아닌가. 아니 이미 목이 잘렸을는지도 모르는 일이다. 가엾은 두팔이.

그는 몸을 두채고 나서는 다시 그 생각을 계속했다.

—그러나 지금에 그 생각을 하면 무슨 쓸데가 있는 일인가. 하루바삐 이놈의 세상이 어떻게 되기 전에는 언제나 이 모양으로 백성들은 도탄에서 벗어날 길이 없는 걸. 그래서 나도 지금 어떤 사명을 갖고서 부랴부랴 서울로 가는 것이 아닌가. 내일은 무슨 일이 있든 봉산까진 가야겠으니 한잠 자야겠다. 자자, 자자.

그는 잠을 재촉했다. 그러나 여전히 잠을 못 이룬 채 첫 배로 대동문 나루를 건넜다.

평양서 봉산까지는 백삼십리. 보통 사람이라면 힘든 길이지만 건는데는 자신이 있는 그로서는 굴어 갈 수도 있는 길이다. 더욱이 여름은 해까지 기니ㅡ.

그는 아침 안개가 자욱한 강을 따라 내려오다 장림(長林) 거리로 들어섰다.

오늘도 날씨는 무더울 모양이었다.

"이것 봐요."

영제교(永濟橋)를 건너려 하자 뒤에서 여자의 목소리가 났다. 영유(永柔) 앞 미두(米豆) 고개에서 만났던 여자다.

나이는 열아홉이나 스물, 보기엔 시골여자 같았으나, 일부러 신분을 감추기 위하여 그런 차림을 한 것 같기도 했다. 아무래도 수건 쓴 맵시가 그런 것만 같다.

"여기서 또 만나는군요."

"만난 것이 아니라 제가 여기서 손님 나오시길 기다린 걸요."

평양가던 손님이 날이 저물면 대개 이 영제교 다리목에서 자고 가게 된다. 그래서 이곳에는 큰 주막들이 있었다. 그 여자는 어제 저녁 여기까지 나와서 잔 모양이다.

"나를 무슨 일로서?"

나그네는 의아스러운 얼굴이 되지 않을 수 없었다.

"손님 서울 가시지요?

"용케 아시는군요."

"그러시다면 저와 동행해 줄 수 없어요?"

얼굴을 약간 붉히며 말하는 그녀의 말이 점잖게만 보이던 나그네로서도 싫을 리는 없었다. 그렇다고 무턱대고 그녀의 말을 들어줄 수 없는 사정도 있었다.

"길벗을 싫다겠소만 그래두 난 오늘로 봉산까진 가야겠는데……."

"저두 그만한 길은 걸을 수 있어요."

"하기는 어제 미두고개를 넘는 것을 보니 참 잘 걷더군요."

"칭찬해줘서 고마워요."

치떴던 눈이 내려지면서 입술에 피는 웃음이 보통내기가 아니다.

"그런데 참 이상하군요. 어젠 혼자두 그렇게 잘 걷던 사람이 오늘은 어째서 길벗을 찾는 거요?"

"망아지재에는 늑대들이 많이 나온다는 걸요."

"그런 늑대들이야 아가씨같은 사람을 왜 해치려고 하겠어요. 돈많은 장사꾼이나 벼슬아치를 물어갈 생각을 하겠지."

"그래두 무서워요."

"아가씨들이 무서워해야 할 늑대는 평양이나 안주 같은 대처(大處)에 더 많은 것 아니요?"

"거야 우리 영유골에두 많지요."

또다시 눈을 치떠 그녀는 나그네 얼굴을 살폈다.

"그리고 보니 아가씨두 늑대가 춤을 흘리는 바람에 도망치는 모양이군요?"

"늑대들두 눈이 있지, 나같은 시골뜨기에게 뭐라구 춤을 흘려요."

"그래두 난 아가씨를 보니 대번에 늑대가 되고 싶은 마음인데."

"그러지도 못할 사람은 공연히 입만 앞서는 법이에요."

침을 주는 솜씨가 이만저만 아니다.

"나를 그렇게만 믿구 따라오다가 이제 큰일을 겪구 나서야 알게요."

"큰일을 겪는다니, 우리 가는 길에 임금님 행차라두 있어요?"

나그네는 또 할 말이 없게 되고 말았다.

"하여튼 난 강계에서 상감께 올려보내는 봉물을 습격한 산적의 두목이란 것만 알아둬요."

"그런 분이니까 일부러 기다려서 동행하는 것 아니에요."

"어째서?"

"성안에서 무서운 거야 원님이지만, 성 밖에서 무서운 건 산적 밖에 더 있어요. 그 두목하구 동행하는데 무서울 것 없으니 말에요."

"그러니 난 결국 권마성(勸馬聲)꾼이로구만."

"두목두 때로는 졸개두 돼봐야 자기 자리가 좋다는 것을 아는 법이랍니다."

말끝마다 밑천을 못찾는 형편이다. 그래도 나그네는 어제까지의 우울하던 생각은 없어지고, 온몸이 달뜨는 것 같은 즐거움만이 느껴졌다.

(도대체 이 여자의 정체는 무엇인가?)

그가 지금 생각하는 것은 그것뿐이었다.

고갯길을 올라갈 때도 그녀는 떨어지는 법이 없었다. 할딱거리는 숨소리는 감추지 못했지만.

"공연한 치사가 아니라, 길을 정말 잘 걷는데—."

"그런 것두 아니에요. 손님이 조금두 걸음을 맞춰주지 않는 걸요. 나로선 이것이 젖먹은 힘을 다 내 걷는 거예요."

"그렇다면 미안하군요. 그래두 난 걸음을 늦출 수 없는 것은 뒤에서 나졸들이 잡으러 따라오니 어쩔 수 없는 일이 아니겠소."

"그래서 나와 동행을 꺼렸군요?"

"나같이 흉한 녀석하구 동행하다 공연히 변을 당할 필요가 없지 않나—."

"그건 저두 마찬가지에요."

"어째서?"

"전 나졸들이 따라오는 것은 아니지만 하여튼 그들에게 붙잡히는 날이면 큰일 나는 일이에요."

"역시 내 생각대로 어느 골 원님이 아가씨를 탐낸 모양이구만."

"정말 그래 뵈요?"

"아가씨만한 인물이라면 남자치구서 욕심나지 않을 놈이 없겠지."

"됐어요, 그만 했으면."

"뭐가?"

"여자를 대할 땐 그 수법을 잊지 말라는 거예요. 그러면 손님두 난봉을 좀 피울 수 있을 거예요."

"그 수법이라니?"

"여자란 남자가 칭찬만 해주면 누구나가 귀가 솔깃해서 틈이 생기는 걸요. 그 틈을 놓치지 않고 잘 이용만 하면 아무리 잘난 여자라두 함락이 되고 만다는 거예요."

조롱대듯 생글생글 웃는 그 웃음이 역시 여간내기가 아니다. 도대체 어떤 여자인가, 도시 정체를 잡을 수가 없다.

"아가씬 남자들에게 그런 꼬임을 많이 당해본 모양이구만."

"그야 물론 이런 나이니 한두 번 걸려들지 않을 수 있어요."

"그래두 아가씬 그런 수법엔 좀처럼 넘어갈 것 같지 않은데."

"어째서요?"

"그만큼 영리하니까."

"어머나, 저한테 금방 배운 수법을 벌써 써먹자는 셈이에요?"

"그걸 다 벌써 알구 있으니 어디 손인들 댈 수가 있어."

"그러고 보니 여자가 영리하다는 것은 결국 손해를 보는 일이지요?"

"그런 면도 있겠지."

"사실 전 여태까지 남자에게 정을 주어본 일이 없어요."

"눈에 든 남자가 없어서?"

"그런 것만도 아니지만 하여튼 남자란 모두가 더러운 것 같기만 한 걸요."

"그걸 잘 알면서두 나같은 사람하구 동행을 하자니 더욱 알 수 없는 일 아니요."

"그래두 손님은 믿을 수 있는 분이라고 생각되는 걸요. 그래서 어제 저녁에 부랴부랴 영제교까지 나와서 자구 기다린 것이지요."

비로소 본심을 드러낸 것 같다.

"나를 믿는다니, 뭘로써?"

"첫째로 단정한 옷차림을 보고서 마음이 곧을 분이라고 생각했고 걷는 걸음걸이를 보고서는 용기가 있는 시원시원한 분이라고 생각했어요. 그리고 또 눈을 보고서는 정의에 불타면서도 아주 인자한 분이라고 생각했어요."

예쁜 여자에게 정면으로 이런 칭찬을 듣게 되니 나그네로서도 약간 얼굴이 붉어지지 않을 수가 없었다.

"하여튼 칭찬을 해주니 고맙소."

하고 그는 이죽거리는 절을 한 번 꾸벅했다.

"그런데 한 가지 묻기로 하겠습니다. 남자가 여자를 칭찬해 주는 것은 여자를 꾀는 수단이라고 말했는데 그 반대로 여자가 남자를 칭찬하는 경우는 어떻게 되는 것입니까."

"손님이 훌륭한 분이라고 한 것은 결코 조롱하는 뜻에서 말한 것이 아니에요. 제가 진심으로 느낀 것을 그대로 말한 것 뿐입니다."

의외에도 정색한 얼굴이었다. 그러니 나그네는 더욱 면구스러워질 수밖에 없었다.

"그래두 나한텐 과분한 칭찬을 해주니 그대로 듣기엔 귀가 너무나두 솔거워서."

"그러면 손님이 어떤 분이라는 것을 제가 맞춰볼까요?"

"......?"

그 말엔 나그네도 갑자기 뚱해지는 기색이었다.

"저것 보라지. 손님이 서울에 무슨 중요한 일을 갖고 올라간다는 것은 저도 알고 있어요. 그러나 역시 마찬가지로 손님도 제가 어떤 중요한 일로 서울에 올라가고 있다는 것은 알고 있을 거예요. 그러나 그건 그것으로서 아무래도 좋은 일이지만, 어제 손님을 만나는 순간에 문득 생각한 것이 있답니다."

"무엇을?"

"여자 혼자 길을 간다는 건 누가 보나 이상할 것 아니에요?"

"그럴는지도 모르지."

"더군다나 성문을 지키고 있는 문지기들이 뭐라구 시끄럽게 굴지도 모르지 않아요?"

"그래서?"

"그걸 피하기 위해서 저를 누이동생이라고 해달라는 거예요."

이렇게 되고 보니 이야기는 점점 복잡하게 되지 않을 수가 없게 되었다.

"그럼 위선 이름이나 알아야지."

나그네도 어느 정도 정색한 얼굴이다.

"정말 인사드리는 것이 늦었어요. 이은실입니다."

"나는 김근태입니다."

그러나 그의 정작 이름은 김태근(金台根)이었다. 자기의 이름은 숨기고 싶은 모양으로 아래위 글자를 바꿔 말했다.

"통성을 하고 보니 성이 다르니 그건 어떻게 한다."

"그건 제가 오라버니의 성을 빌리면 되잖아요."

은실이는 벌써 태근이 보고 오라버니라고 했다.

"그럼 나도 이제부터는 김은실이라구 부르지."

"그러세요."

중화(中和)를 지나, 망아지고개(駒峴) 밑에 이르렀을 때는 오시(午

時, 오전 11시)쯤 되었다. 머리 위까지 올라온 해가 이글이글 타기 시작하여 그들은 땀투성이가 되고 말았다.

"아침부터 이렇게 더워서야……."

"그러기 말예요. 눈이 막 핑핑 도는 걸요."

"좀 쉬어 갈까?"

"제발 그래요, 오라버니."

길가에는 마침 큰 느티나무 밑에 엿좌판을 놓고 엿을 파는 농가가 눈에 띄었다.

"할머니 좀 쉬어가겠어요."

"그러구려, 뒤에 돌아가면 우물도 있으니 시원히 세수들이나 하구 가요."

삿부채질을 하여가며 손자와 집을 지키고 있는 할머니는 아주 친절했다.

태근이는 뒤뜰로 가서 웃통을 벗고 허리에 찼던 전대까지 풀어놓고서는 두레박으로 우물 물을 퍼올렸다. 얼음처럼 찬 물이었다. 대야에 가득 담은 물로 활활 씻고 나니 시원하기가 이를 데 없는 대로 날 것만 같았다.

"오라버니 체격이 아주 훌륭하구만요."

돌아다보니 은실이가 언제 왔는지 토방 위에 마구 벗어놓은 옷을 참겨놓고서 뒤에서 보고 있었다.

"남녀부동석인 세상에 살면서두 은실인 내외할 줄두 몰라?"

"오라버닌데 내외가 무슨 필요예요."

웃음을 피우는 그런 말이면서도 알통이 배긴 사나이의 벗은 윗도리를 보기가 수줍은 기색이다.

그것을 보면 아직 사나이를 모르는 처녀 같기도 한데 그러나 꼬집어 이야기하는 품을 보면 그런 것 같지도 않다. 하여튼 갈피를 잡을 수 없는 여자다.

"참 시원해."

옷을 주워입고 전대까지 차고 난 태근이는

"은실이두 적삼을 벗고 시원하게 씻어."

하고 권했다.

"싫어요, 전 얼굴만 씻겠어요."

"왜 얼굴만 씻는다구?"

"……."

"누가 오기라두 할까봐? 그렇다면 내가 여기서 아무도 못오게 지키구 있지."

하고 뒷짐을 진 손에 삿갓을 쥐고서 돌아섰다.

"그래두 위험해요."

"뭐가?"

"오라버니가 돌아다보면 어떻게 해요?"

"절대루, 절대루. 오라버닐 그렇게 못믿는 동생이 어디 있어?"

"그래두 오라버니가 도둑 두목인걸 어떻게 믿어요."

"그럼 머리에 쓴 수건 줘, 그걸루 눈을 가리구 있을 테니."

"그땐 또 남이 오면 어떡하구요?"

이제 보니 웃을 땐 보조개까지 패는 얼굴이었다.

결국 은실이도 적삼을 벗고 몸을 씻을 생각을 한 모양이다.

두레박으로 물을 한참 퍼올리는 소리가 나더니 이윽고 머리의 수건을 풀고 적삼을 벗는 기색이다.

태근이는 능달이 쳐 있는 헛간 문턱에 걸터앉아서 파수를 보고 있자니 어젯밤 제대로 자지를 못했기 때문에 저절로 눈이 스르르 감겨진다.

여자가 몸을 씻는 일이란 그렇게 간단하지를 않았다. 태근이는 그

동안에 그만 잠이 들어 고개를 조아댔다.

"오라버니 사람 오나 봐 준다더니 졸구 있어요."

"그만 내가 잠이 들었었구먼, 다 씻었어?"

"오라버니가 잘 지켜준 덕에……."

찬물에 땀을 씻은 얼굴은 더 한층 맑게 보였다.

"그렇게두 졸리세요?"

"어제 밤을 잘 자지 못해서."

"평양엔 리문골(기생촌)이 좋다지요?"

또 눈웃음으로 조롱댔다. 예쁜 기생이 많다는 리문골이라 해도 이렇게 귀여운 얼굴이 있으랴.

"처녀란 그런 이야긴 안하는 법이야, 남자 손목도 한 번 쥐어 보지 못한 시골처녀 더군다나……."

"그래요? 그래두 전 전주골도 안답니다."

전주골은 평양에서도 갈보가 많기로 유명한 색주가촌이었다. 태근이는 대꾸할 말을 못찾고 그만 눈이 둥그레지고 말았다. 은실이도 그 말을 해 놓고서는 얼굴이 빨개져서 할머니가 있는 쪽으로 뛰어갔다.

"물이 참 좋군요. 할머니 덕에 이제는 살 것 같아요."

"우리 집에서 자랑할 건 그 우물 하나뿐이지요. 길을 가는 나그네들이 신세를 많이 진답니다."

둘이서는 우물을 얻어 쓴 값을 하기 위해서 엿을 한가락씩 사먹고 다시 길을 걷기 시작했다.

"그런데 은실이."

"네……."

더듬거리는 대답이 자신이 없다.

"자기 이름이 은실이 아니었어?"

"오라버니두 동생 이름을 그렇게 잊으면 어떡해요?"

하고 벌쭉 웃었다. 실상은 자기가 자기 이름을 잊었던 모양이다. 그것을 보면 그녀도 자기의 본이름이 아닌 모양이다.

"우리가 오누이라고 한 것은 아무래도 좀 우스운 것 같아."

"어째서요?"

"오누이 사이라는 것을 남에게 믿게 하자면 그게 좀처럼 쉬운 일이 아니니 말야."

"하긴 그런데두 있어요. 그럼 약혼한 사이라고 할까요?"

얼굴 하나 붉히는 일없이 의논조로 나오는 말에

"그럴 것 없이 부부라구 하지, 그게 자연스럽고 좋을 것 같지 않아?"

창시도 생각하고 있던 말을 그대로 꺼내 놓았다.

그 말엔 그녀도 역시 얼굴이 빨개지지 않을 수가 없었다.

"그래두 그건……."

하고 말을 꺼내 놓고서는 슬쩍 옆으로 얼굴을 돌려 그의 기색을 살폈다.

"그래두 부부라면 남보기두 격이 맞아야 할 것 아니에요."

"말하자면 도둑 두목하고 양가의 딸하구 격이 맞을 수 없다는 것이지?"

"원 무슨 말을…… 제가 격이 떨어진다는 것이지요."

"그건 아니지, 원님도 감히 손을 못댄 몸인데."

하고 웃자

"오라버닌 점잖은 줄 알았더니 대단하셔."

하고 눈웃음으로 흘겼다. 그리고는 말을 이어

"뭣보다도 그렇지 않아요. 오라버니와 저와 부부라긴 연령이……."

"연령이 어쨌다구?"

"누가 부부라구 보겠어요?"

"이것 봐, 진갑 지난 평양감사가 열다섯 살 난 찰방(察訪)의 딸을 얻었다는 소린 못들었어?"

"그런 짐승같은 놈들의 이야기 하자는 것 아니에요."

"그럼 우리가 부부라면 그런 놈들과 같이 본단 말야?"

"그렇지야 않지만."

"그런데 뭐."

"그래요, 부부라구 해요."

그만 귀찮은 듯한 선선한 대답에 태근이는 약간 면구스러워졌다.

"하여튼 은실인 모로 가도 서울만 가면 된다는 격으로 성문만 무사히 통과해서 서울만 가면 되잖아."

"그야 그렇지요."

"그러니 숭례문(남대문)에만 들어서면 그땐 나를 당신이니, 오라버니라고도 부를 리 없는 게고 손님 잘가라는 인사 한마디도 없을지 모를 일 아냐."

"뭐, 제가 그땐 오라버닐 붙잡고서 울기라두 할 것 같아서 벌써부터 그런 걱정하세요?"

임시로 부부가 된다는 약속을 하고서도 오라버니라고 부르는 것이 그녀는 쉬운 모양이었다.

"사실 나는 그런 것을 은근히 기대하고 며칠 동안의 부부라도 되자고 했는데."

"그것이 원이라면 울어드리지요. 눈물 애꼈다 어디다 쓰겠다구요."

하고 은실이는 헛기침으로 목을 풀고 나서 수심가를 뽑았다.

(물아래 그림자 지니 다리 위희 중이 간다. 저 중아 거기 서거라 너 어디 가노 말 물어 보자 손으로 백운을 가리치며 말아니코 가더라)

산속에서 울던 새들까지도 깜짝 놀랄 아름다운 소리였다.

"대단한 명창이구만."

"그래요?"

은실이는 그저 웃었다.

물론 은실이는 자기가 기생이라는 본색을 그것으로써 분명히 밝힌 것이다. 그러면서 태근이가 가슴 속에 품고 있는 포부도 자기는 어느 정도로 짐작하고 있다는 것을 나타낸 것이다.

그러나 태근이는 아까부터 그녀가 기생이라는 것에 전혀 짐작이 가지 않았던 것은 아니었다. 그보다도 그녀가 어떤 일로 서울을 가는지 그것이 알 수 없는 일이었다.

"어머니도 자기처럼 명창이었어?"

"알 수 없지요. 세 살 때 돌아가신 걸요."

"그럼 아버진?"

"글쎄요! 모르지요."

모호한 대답이었다. 그것을 보면 자기 아버지라도 찾아 서울을 가는가, 이야기가 심각해지니 둘이서는 할 말도 없어지고 말았다.

길은 올라가면서 더욱 사나웠다. 중체쯤 이르렀을 때 누가 뒤에서 '같이 가요, 같이 가요' 하고 소리치면서 따라왔다.

땀을 줄줄 흘리면서 따라온 그 사나이는 어디서 본 듯한 사나이다. 태근이가 그것을 생각하고 있자

"나 모르겠어요? 어제 평양 하처골(下處洞) 객줏집에 같이 들었던 사람이요."

그러고 보니 눈이 올롱한 게 속이 뚫린 데가 없는 사나이라고 생각했던 친구다. 나이는 이제 스물 한두 살이나 났을까. 지금 보니 이마까지 좁다.

"댁은 어디까지 가시우?"

따라온 친구가 물었다.

"서울까지 갑니다."

"그럼 어제 저녁에 알려 줬으면 동행이 됐을 일인데."

"당신이 이야기하기 전에 내가 어떻게 당신 속을 알고 이야기 할 수 있었겠소."

남자들이 어깨를 같이 했으므로 서너 발짝 뒤로 떨어져서 걷던 은실이가 어깨를 추켜 웃어댔다.

"그래 서울은 뭣하러 가십니까?"

"소과(小科)를 보러 올라가지요."

"그것 참 장하시군요."

태근이는 핀잔을 주는 뜻으로 말했으나 이 위인은 그것도 제대로 알아차리지 못했다. 그저 자기를 칭찬해 주는 줄만 알고,

"우리 서북 사람이야 어디 참방에 넣어줘야 말이지요. 그저 경험 삼아 올라가 보는 것이지요."

시골 향교에서 글줄이나 읽고서 주머니끈이나 쳐서 모은 돈으로 서울 구경삼아 올라가는 모양이다.

"이거 노상에 안됐습니다만, 동행인데 서로 통성이나 하구 갑시다. 전 밀양박씨 운보입니다."

"밀양박씨라면 대단한 양반이시군요."

태근이는 일부러 감심해 하는 척했다.

"물론 빠지는 문벌은 아니지요."

그는 약간 우쭐해진 채 뒤를 슬쩍 돌아다봤다. 그리고는 목소리를 죽여,

"뒤에서 따라오는 여잔 누구요?"

하고 물었다.

"과거를 보러 간다는 분이 그렇게 여자에게 곁눈질쳐서야 되겠소."

태근이는 시침을 떼고 침을 줬다.

"아니 그게 아니라, 실상은 당신을 위해서 묻는데 저 여자 어디서 부터 동행이요?"

"그건 왜 묻소?"

"이 양반 아직 모르시는구만."

"뭐를 몰라요?"

"서울 가는 길엔 도둑보다도 더 무서운 것이 있다는 것을."

그러고는 또다시 뒤에서 따라오는 은실이를 돌아다봤다. 은실이는 너덧 간 뒤떨어져서 왔다.

"그게 도대체 무슨 뜻이요?"

"이 양반 왜 그렇게두 말귀를 못 알아챌까. 보기엔 그렇지도 않은 사람이."

"시골서 자란 놈이 돼서 그렇군요."

"그렇기 저 여자를 경계하라는 말이에요."

"네, 저 여자를?"

태근이는 또 놀라는 척했다.

"내가 보기엔 당신이 서울 가는 노자로 돈 백 냥쯤은 허리에 찬 것 같군요."

"그걸 어떻게 아세요?"

태근이는 더욱 놀래보였다.

"그야 당신 행색을 보면 다 알 수 있는 일이지요. 그런데 그 돈을 지금 같아서는 서울까지 갖고 갈 것 같질 못하오."

"아니 어째서요?"

"뒤에서 따라오는 여자가 보통 여자가 아니란 말요."

하고 자신있게 말했다.

"뒤에서 오는 여자가 보통 여자가 아니라니, 대체 어떤 여자란 말요."

태근이는 은실이를 의심해서가 아니라 과거를 보러 서울간다는
이 선비를 놀려대고 싶었다.

“그것두 모르는 걸 보니 이 양반은 서울이 초행이신 모양이구만.”

태근이를 깔보는 투의 어조였다.

“그건 노형두 나보기엔 서울길이 초행이신 모양인데.”

“나두 초행이긴 초행입니다만 그래두 당신처럼 서울 가는 길이 어
떻다는 것을 모르구야 떠났겠소.”

“모르구 떠났다니?”

“도중엔 도둑도 많거니와 요즘엔 또 여우가 가끔 나온다는 소릴
모르니 말입니다.”

“도둑이 있다는 이야기 나두 들었소만 여우가 나온다는 소린 금시
초문인데요.”

“그게 바로 뒤에서 따라오는 여자가 여우란 말요.”

“저 여자가 여우라니 그건 또 무슨 소리요?”

태근이가 놀라는 얼굴을 했다.

“여우가 별다른 거요. 사람을 홀리게 하는 게 여우가 아니요.”

“그래서요?”

“그러니 말요. 노형두 지금 저 여자에게 홀린 격이 됐으니 저 여자
가 여우란 말요.”

“내가 저 여자에게 홀렸다? 그건 뭘 보구 그렇게 말하시오?”

“그야 보면 알 일이지.”

“그렇지만 내 생각 같아서는 저 여자가 내게 약간 반한 것 같은
데요.”

“허, 이 양반두 자존심은 대단하신 분이구만.”

하고 밀양박씨는 어이가 없다는 듯이 웃고 나서

“하긴 노형두 젊었으니 그만한 자존심이야 없겠소. 그러나 저 여잔

당신에게 정작 반한 것이 아니라, 노형의 그 허리에 띤 전대가 탐나서 따라온다는 걸 알란 말요."

"네! 전대를요?"

태근이는 또 놀란 얼굴을 해보였다.

"그런 것쯤은 노형두 생각을 좀 해보면 알 수 있는 일 아니요."

"그럼 저 여자가……."

"그야 틀림없지요. 서울 오백리 길을 여자 혼자서, 더군다나 저렇게두 젊은 여자가 떠났다는 것이 그래 보통 여자라구 할 수 있나 말요."

밀양박씨는 더욱 신이 나서 말했다.

"하긴 노형의 말을 듣구보니 그렇게 의심이 가지 않는 데도 없지 않아 있군요."

"글쎄 내 말이 틀림이 없습니다. 물론 저 여자가 먼저 동행을 청했겠지요?"

"그랬어요."

"그것 봐요. 그래 어디서 동행이 됐소."

"내가 영제교 다리 앞을 지날 때……."

"아 그럼 그 다리목을 지키구 있었구먼."

하고 밀양박씨는 혼잣말처럼 말하고 나서

"저 여자가 뭐라면서 노형에게 동행을 청하던 말두 나는 다 알구 있소. 서울 가셨던 부친이 신병이 났기 때문에 올라간다는 그런 이야기겠지요?"

"그것이 아니라, 자기는 부모도 없는 외로운 몸인데……."

"그러면 요즘엔 방법이 좀 또 달라진 모양이군요. 그래서……."

"그러면서 자기를 아내로 해줄 수 없느냐구 하더군요."

"뭐 아내로요?"

이번엔 밀양박씨가 놀라면서 눈을 뒤집어썼다.

"아내로 삼아달라니 그건 참 대담해두 이만저만 대담한 수법이 아니군요."

하고 밀양박씨는 놀란 눈 그대로 뒤에서 따라오는 은실이를 돌아다봤다. 은실이는 아까보다도 좀 더 떨어져 열아문 간 뒤에서 따라오고 있었다.

"하긴 요즘같이 살기 힘든 세월에 백 냥이 어떻게 된다구, 하룻밤 그걸 주고라도 셈이야 맞는 장사지, 그래서 뭐라구 했소? 물론 그럴 순 없다구 했겠지요?"

"노형이 그런 경우를 당하면 뭐라고 대답하겠소?"

태근이는 시침을 떼고 되물었다.

"물론 나야 욕부터 나오겠지요. 이 간사한 여우같은 년아 누굴 홀리겠다구 하고……."

"저렇게도 예쁜 여자가 부부가 되자는 그런 말을 하는데도?"

"여우 가죽을 쓴 계집이 예쁘면 뭣하는 거요?"

"그래두 난 저렇게 얌전한 여자가 그럴 것 같진 않다고 생각되는데요."

"그래 노형이 벌써 그 여자에게 홀렸다는 증거라는 게요."

"내가 홀렸다?"

태근이는 혼잣말로 중얼거리며 생각에 잠시 젖는 척하고 걸었다.

"그런데 노형은 내게 그렇게 친절한 이유는 대체 어디 있는 거요?"

"그거야 동행하는 길손이 그런 딱한 변을 당하리라는 것을 뻔히 보고 있으면서 어떻게 입을 다물고 있겠소?"

"그런 뜻이라면 하여튼 고맙습니다만, 그래도 난 당신 이야기보다도 내 아내의 이야기를 더 믿고 싶으니 어떻게 해야 할지 모르겠군요."

“아내라니, 그럼 노형은 저 여자하구 부부가 되겠다구 벌써 약속을 했다는 거요?”

“약속을 했을 뿐만 아니라 난 복이 굴러든 것만 같은 그런 기분이요.”

“이 양반이 정신이 있나, 그게 무슨 생각으로 그런 줄 알고…… 오늘밤 당신 품에 안겨서 자는 척하다 전대를 갖고서 달아날 생각이란 걸 그렇게 알려줘두…….”

“그건 내일 아침 당해 봐야 알 일 아니요.”

“거야 보나마나지요. 도대체 처음 만나는 남자에게 아내가 되겠다는 그런 뻔뻔한 수작을 하는 것만 보아도 그 여자가 어떤 여자라는 것을 대번에 알 수 있는 노릇 아니요.”

밀양박씨는 좁은 이마를 힘껏 찌푸리며 화를 내다시피 말했다.

“노형이 그렇게 화까지 내며 말하니, 그럼 내 아내에게 물어보기로 합시다. 정말 그런 여자냐구.”

밀양박씨가 화를 내는 반대로 태근이는 싱글싱글 웃으면서 문득 걸음을 멈췄다.

“그 여자에게 묻는다면야 거야 물론…….”

야단치던 밀양박씨가 어이가 없는 얼굴로 당황해하는 동안에 은실이가 따라왔다. 가파로운 언덕이 역시 여자로선 힘든 모양으로 땀에 흠뻑 젖은 무르익은 얼굴이었다.

“당신에게 이런 이야기 한다구 화낼 것 없이 잘 듣고 사실대로만 이야기해요. 이분이 당신 혼자 길을 가는 것을 보니 아무래도 수상하다면서 나를 홀려내어 전대를 훔쳐갖고 달아나는 여우같은 년이라고 친절히 알려주는군요. 그게 사실이요?”

태근이가 자못 심각한 얼굴로 물었다.

“그거야 자기가 그런 사람이니까 딴 사람도 그렇게 보이겠지요.”

은실이는 화를 내는 것보다도 여유 있는 웃음으로 말했다.

"자기가 그렇다니 그건 누구보구 하는 수작이야."

밀양박씨의 올롱한 눈이 두드러지며 은실에게 대들었다.

"물론 당신이지요."

눈 하나 까딱하지 않은 은실이의 대답이었다.

"내가 누군 줄 알고 주둥아릴 함부로 놀리는 거야. 나는 적어두 숙천 안골에 사는 박씨의 집이라는 것을 알아야해."

"그래서 양반이란 거죠?"

"물론이지."

"양반이라면 양반다운 행실을 해야 하는 거에요. 곁불도 쬐지 않는 것이 양반이라는데 남에게 귓틈이나 해주는 그런 사람을 어떻게 양반이라구 하겠어요."

청산유수로 내쏘았다.

"뭐 어쨌다구 아가리질이야, 남의 전대나 노리고 다니는 여우같은 년이."

"양반이란 분이 정말 그건 어디서 배운 말버릇이요. 더구나 제 남편도 있는 앞에서."

"지나가는 사람을 붙잡아 가지곤 자기 서방이라, 그래 노형은 그 말을 듣고서도 가만히 있을 수 있소?"

"물론 나도 그런 말을 듣고야 가만히 있을 수야 없지요."

"이 분이 이렇게 말하는 데도 자기 남편이야?"

밀양박씨는 의기양양했다. 그러자 태근이가 한 걸음 나서 은실이 대답을 대신하여

"내가 이제 말한 그건 내 아내보구 한 말이 아니라, 당신에게 한 말이요."

하고 점잖게 말했다.

"그럼 노형은 오늘밤 저 계집하구 잠자리를 같이……정말 그럴 생각이오?"

"부부가 된 이상 거야 정한 이치가 아니겠소."

"노형이 아무리 계집을 좋아한대두 오늘밤만은 삼가시오. 나는 저 계집이 오늘 밤에 어떻게 노형을 골려댈 방법도 다 알고 있어요. 거야 뻔한 것이지요. 저를 데리고 오느라고 길이 더뎠지요? 자 어서 약주나 한 잔 들고 몸을 푸세요. 예쁜 계집이 부어주는 술이니 노형은 그저 좋다고 벌컥벌컥 받아 마시겠지요. 자네두 한 잔 들게나, 아이 난 술 마실 줄 몰라요, 하고 고개를 돌리는 계집이 귀엽기도 하고 순진해 보이기도 하겠지요. 그러나 저 계집이 정작 술을 마실 줄 몰라서 그런 줄 아세요? 실은 그 술에 잠자는 약을 넣어 노형을 코베가도 모르게 잠을 재워놓고서는 전대를 풀어갖고 줄행랑칠 생각입니다. 그것이 말하자면 여우들의 수법이란 거지요."

"그렇다면 양반의 수법은 어떤 거요. 이왕 듣는 바엔 그것두 한번 들어봅시다."

"이 양반이 내가 여태까지 무슨 농말을 하는 줄 아는 모양이네."

"누가 농말로 압니까. 정작으로 듣기에 묻는 것 아니요?"

"그렇게도 일러줘서 내 말을 듣고 안 듣는 것은 물론 당신의 자유요. 그러나 내일 아침엔 객줏집 툇마루에 앉아서 한숨 쉬고 있을 당신을 생각하니 딱해서 하는 말이오."

"임 잃고 한숨 짓는 일이야 예상사지요. 그렇지? 은실이."

하고 은실이를 돌아다보며 웃었다.

"그래요."

은실이도 밀양박씨의 이야기가 그저 재미난다는 얼굴이었다. 그러나 내심으로 밀양박씨라는 그 사나이를 몹시 경계하는 모양이기도 했다.

하여튼 그들은 이런 이야기로 험한 망아지 고개도 심심치 않게 넘었다. 이제는 황주골까지 삼십리 벌인 긴등이 남아 있을 뿐이었다.

딴지방 사람이 성문을 지나려면 성문을 지키고 있는 수문장(守門將)에게 이문서(移文書)를 제시해야 했다. 이문서는 지금의 여권(旅券)과도 같은 것이다. 그러나 부부동반일 경우에는 아내는 따로 제시할 필요는 없었다.

태근이는 은실이를 데리고 수문장에게 이문서를 꺼내 보였다.

수문장은 태근이의 행색을 훑어보고 나서

"서울은 뭣하러 가오?"

"서울 구리개에서 침술이 훌륭하시다는 이봉학 의술을 찾아 수업하러 가는 길입니다."

거침없이 대답했다.

"직업이 의술이요?"

"네."

수문장은 은실에게 곁눈질을 슬쩍하고 나서

"안사람이 아주 젊으셨군요."

"팔자가 사나워서 상처를 하구 그렇게 됐습니다."

"팔자가 사나운 덕에 말하자면 화가 복이 됐군요."

수문장은 벌쭉 웃고나서 이문서를 도루 내줬다.

소곳이 고개를 숙이고 있던 은실이도 수문장에게 묵례를 하고 분주히 태근이 뒤를 따랐다.

밀양박씨도 한두 마디의 질문으로 무사히 통과를 했다.

정문 안으로 들어서기가 무섭게

"당신 정말 침도 놀 줄 아는 의술이에요?"

은실이가 갑자기 정색한 얼굴이 되며 물었다.

"의술이 본업은 아니지만 웬만한 병은 고치지, 남을 속일 줄만 아는 사람의 병도 내 통침 한 대면 대번에 나으니까."

하고 뒤에서 따라오는 밀양박씨를 돌아다 봤다.

"그럼 대단한 명의술이군요."

"그래두 명의술이라구 하기엔 아직 멀었지."

"왜요?"

"사람의 병이란 하나에서부터 억까지라고 하니 그걸 전문으로 하는 사람들도 힘든 노릇인데 나같이 심심풀이로 하는 사람이야 어림도 없는 일이지. 그러니 그저 패독산(敗毒散)으로 고뿔 정도나 고치는 의술이라고 해 두지."

"구리개에 계신 이봉학이란 의술은 어떤 분이에요?"

"그건 알아서 뭣하겠다구 물어?"

"저두 병이 나면 어떤 분인지 알아 뒀다가 찾아갈 것 아니에요."

"그분이야 진짜 명의지. 백성들의 가슴앓이도 그분의 통침 한 대로 뚫어질 수도 있으니 말야."

"정말 대단하신 분이군요."

"그래서 나두 그분에게 수업을 하러 지금 찾아가는 것 아냐."

"그분은 나같은 여자에게도 침술을 배워주나요?"

"그건 배워서 무엇하게."

"귀찮은 사람이 줄줄 따라다니면 통침으로 퇴치할 생각으로요."

"그건 지금에 내가 갖고 있는 의술로도 충분히 될 수 있는 일이지."

그들의 뒤를 겁신겁신 따라가던 밀양박씨는 그 말에 급기야 겁을 먹은 모양이다. 태근이는 두어 걸음 옴쳐 걸어오는 그에게 고개를 돌려

"어디가 점심이나 먹읍시다. 시장해서 걸을 수가 없군요."

하고 말했다. 그리고는 대답을 기다리는 일도 없이 앞서서 어느 조그마한 골목으로 들어서면서 장폭을 들췄다. 점심 때라긴 좀 늦

은 편이었지만 안에는 아직도 손님이 욱작했다.

황주의 순댓국집은 맛있고 싸기로 유명한 집이었다. 돼지껍질에 조, 찹쌀을 맷돌에 갈아가지고 숙주나물과 두부를 뒤버무려 넣은 순대의 맛은 참으로 별미였다. 더욱이 순대에서 우러난 그 국물의 맛이란. 걸쩍하면서도 뼈얼건 뜨거운 국물을 훌훌 불면서 한사발만 들이켜면 숙취(宿醉)에 아무리 무거웠던 머리도 대번에 거뜬해지고 마는 것이었다.

장폭을 드리운 길이니 신분있는 양반이나 벼슬아치들은 발을 들여놓지 않았지만, 때손만 되면 단골 손님들을 비롯해서 장돌배기와 나그네들이 언제나 들끓어댔다.

은실이는 역시 젊은 여자인만큼, 순댓국을 먹어도 얌전하게 먹었다.

태근이도 이런 서민들의 음식점엔 그렇게 익숙한 것 같지는 않았다. 국에 밥을 푹 쏟아 말아먹는 옆 사람을 보고서 그도 그렇게 했지만 바탕이 다르므로 역시 수저질이 달랐다. 이에 비하면 양반이라고 뽐내는 밀양박씨가 오히려 막놈들의 밥먹는 식이었다. 그것을 보면 어렸을 때부터 지닌 버릇은 좀처럼 속일 수 없는 노릇이었다.

점심을 먹고 나자, 태근이는 신을 한 켤레 사갖고 오겠다고 하고 배낭을 풀어논 채 나갔다.

그 틈을 타서 밀양박씨가 분주히 은실이 옆으로 다가앉으며

"얼마 주면 저 사나이를 내게 양보할 테야?"

하고 말했다.

"그게 무슨 말씀이세요?"

은실이는 모르는 척하고 시침을 뗐다.

"둘이서 이야긴데 뭘 그렇게 시침을 떼는 거야."

"정말 무슨 이야기에요? 알아듣게 이야기하세요."

"이봐, 그 사나이는 내가 황주서부터 따라오는 사나이야."

"그렇다면 솔직히 말해서 숙천 안골 사는 밀양박씨는 아니란 말씀이시군요?"

"왜 이래, 다 알면서."

"그렇게 솔직히 이야기한다면야 저두 생각을 좀 해 보지요."

은실이는 그제야 정색했던 얼굴에 웃음을 피우고 나서

"그래두 저와 같은 동업자라기엔 손님을 나꾸는 방법이 너무나두 졸렬하더군요."

"여편네가 되는 재간이야 당해낼 도리가 없어."

"그런 수단도 따를 수 없다면 일찌감치 단념하시는 것이 좋지 않아요?"

"그래서 타협하자는 것 아니야. 얼마면 양보하겠어?"

이야기로도 견딜 수 없으니 어서 값이나 정하자는 투였다.

"거야 먼저 말을 꺼낸 사람이 값을 말해야 할 것 아니에요."

"스무 냥이면 되겠어?"

"스무 냥이요? 그렇다면 밀양박씨두 개파라 두 냥 반으로 사신 모양이군요. 그래두 이건 그런 값으론 안되겠어요."

"그럼 서른 냥."

"하여튼 너무나두 욕심이 많으세요. 자기 입으로 백 냥을 허리에 띤 손님이라고 하고서 자기 양반 사듯 하겠다니……."

"그래서 서른 냥두 싫다는 거야?"

"물론이죠. 그 손님의 백 냥은 내 허리에 띤 돈이나 마찬가진데 왜 백 냥을 서른 냥에 내주겠어요?"

당돌한 말에 밀양박씨는 기가 찬 모양이다.

"욕심이 어떻게 그렇게두 많아?"

"그래두 몸뚱아리가 작으니 내 욕심은 당신 절반두 따르지 못할 거에요."

둘이서 이런 말을 하고 있는데, 신을 사러 갔던 태근이가 은실이의 신까지 사갖고 왔다.

태근이가 눈어림으로 사온 신은 은실이에게 꼭 맞았다.

"어쩌면 이렇게도 내 발을 잘 알았어요?"

지금까지 밀양박씨와의 이야기는 감쪽같이 잊은 은실이의 얼굴이었다.

"자기 아내의 발 겨냥두 모를 수야 없지 않아?"

"그래두 누가 여편네의 그런 것까지 알아갖구 다녀요."

옆에서 들으면 십년쯤은 된 부부들의 이야기 같았다.

"하여튼 아가씬 어젯밤 꿈을 잘 꿨소. 발겨냥까지 아는 남편 만나 횡재까지 하게 됐으니."

밀양박씨도 자기들의 이야기를 감추는 겸사로 비양치는 말을 한 마디 했다.

순댓국 집을 나와 그들은 남문을 향해 걸었다.

"그런데 말씀이에요, 거짓말 하는 병은 당신의 동침 한 대로 고쳐 줄 수 있다고 했지요?"

은실이가 태근이한테 바싹 다가서면서 말했다.

"그야 쉽게 고칠 수가 있지."

"그럼 이분에게 동침을 한 대 놔줘요."

하고 고개를 돌려 밀양박씨를 가리켰다.

"왜?"

"사실은 자긴 양반이 아니란 걸요."

그 말에 당황할 수밖에 없는 것은 밀양박씨였다. 그러나 금방 자기가 한 말이니 변명댈 도리도 없었다.

"그래 내가 양반이 아니면 어쨌단 말야?"

금시에 얼굴이 빨개지며 은실이에게 눈독을 내댔다. 네가 그렇게 나오면 나도 할 말이 있다는 그런 기세다. 그러자 태근이는 점잖게 입을 열어

"그건 서북사람은 양반이라고 해도 벼슬 하나 못얻어 하니 양반셈에 들지를 못한다는 말이겠지, 그렇지요? 밀양박씨."

하고 넘겨짚어 그의 변명까지 해줬다.

"그래요, 그래요, 옳습니다. 제가 한 말은 바로 그 말입니다."

밀양박씨는 분주히 고개를 끄덕여 보이었다.

"그렇던가요? 그럼 내가 잘못 들었군요."

웃는 얼굴이면서도 더 우기려고 하지 않는 은실이었다. 그러면서 또 입을 열었다.

"그리고서 또 당신을 자기에게 팔라지 않아요."

"나를?"

"은전 서른 냥에요."

"그건 참 알 수 없는 일이군요. 노형이 혹시 내 아내를 살 생각을 했다면 그건 알 수 있는 일이라 하겠지만……."

하고 함축 있는 웃음을 웃었다.

"참 대단한 계집이군요. 노형이 아까 신을 사러 나갔을 때 뭐라구 한지 아세요. 그 허리에 띤 전댄 자기 것이나 마찬가지라구 그랬어요."

"당신 그랬소?"

"그랬어요."

"무슨 뜻으로?"

"우리가 부부인 이상 당신 돈이 내 돈일 것이고, 내 돈이 당신 돈일 것 아니에요."

"참 그렇지."

"뭐가 그렇지에요."

하고 뒤에서 오던 밀양박씨가 화가 난 듯이 말했다.

"난 솔직히 이야기해서 당신의 전대를 노리고 여기까지 따라온 건 사실이오만 지금엔 그걸 단념했소. 지금은 어떻게서든지 저 계집에게 당신의 전대를 떼이지 않도록 지켜줄 생각이오."

"그러고 보니 당신은 참 남을 생각해주는 분이군요. 그러나 내 아내에게 잃는 건 그렇게 큰일이 아니니 과히 염려마오."

조금도 걱정하는 기색이 아니었다.

남문을 나서면 바로 월파루(月波樓)가 쳐다보이는 황주강이었다.

그들이 성문을 나서는데 마침 나룻배가 떠나려다가

"빨리 와요."

하고 소리쳐 줬다.

"네 갑니다, 조금만 기다려요."

태근이는 은실이의 손을 잡고서 분주히 나룻터로 달려갔다.

"떠나는 배를 잡아 미안합니다."

겨우 배에 오르자, 밀양박씨도 배에 뒤따라 올랐다.

먼저 탄 손님이 칠팔 명 되었는데 이쪽에 여자 손님이 있는 것을 보고서는 뱃전에 두어 사람 앉을 자리를 내줬다.

"고맙게도 자리를 내주는데, 앉아요."

태근이는 은실이를 앉히고 나서 자기도 그 옆에 앉았다. 그렇게 앉고 보니 새아기의 나들이를 데려다주러 가는 한 쌍의 부부같기도 했다.

나룻배가 강 한가운데에 오자 역시 강바람은 서늘한 대로 뱃전에 찰락이는 강물은 얼굴을 대고 힘껏 마시고 싶으리만큼 맑은 물이었다.

배에서 월파루를 바라보니 공중에 뜬 선경의 누각같기도 했다. 해는 아직도 중천인데 그곳에서는 벌써 주연(酒宴)이 벌어진 모양이다. 연연한 풍악 소리가 바람을 타고 들려왔다.

"이골 원님도 놀기를 싫어하지는 않는 모양이군."

태근이는 누구에게랄 것도 없이 혼잣말처럼 말했다.

"그것만은 둘째로 가라면 서러워할 분이지요."

맞은편 뱃전에 앉은 농꾼이 말을 받았다. 그는 낮술에 얼근해진 얼굴이었다.

"이 사람 취했으면 쓸데없는 소리 말구 입을 다물고 있는 거야."

호인답게 생긴 옆의 친구가 타일렀다.

"그 한마디도 못할 바엔 뭣하자구 비싼 술을 사먹었겠나, 그렇지 않소?"

하고 태근에게 얼굴을 내댔다.

"하여튼 기분이 좋았군요."

태근이는 누구하고나 동무가 될 수 있는 너그러운 성격이다.

"실상은 그렇게 기분이 좋아서 먹은 술도 아닙니다. 땅이나 파먹는 농사꾼이 어떻게 대낮부터 취할 수 있는 일이겠소. 그건 정말 천벌을 맞을 노릇이지요. 그러나 오늘은 그러지 않고서는 견딜 수 없는 일이 있었지요. 그래서 한잔 했어요. 낮부터 취했다구 너무 욕하진 마세요."

"그렇게 사리를 가려서 사시는 걸 보니 아주 훌륭하시군요."

"아무리 땅이나 파먹는 무식쟁이라도 그만한 거야 모르고 어떻게 살겠소. 백성을 다스린다면서 아침부터 술이나 쳐먹고 계집이나 끼구 잘 줄 아는 그런 벼슬아치 놈들과는 근본이 다르지요."

"이 사람 쓸데없는 소릴 그만 두라는 데두."

옆의 친구가 또다시 말을 막으려고 하자

"쓸데없는 소리라니, 내가 없는 소리 하는가. 사리에 맞지 않는 소릴 하는가, 실탄이와 덕보의 일을 생각하면……."

"그렇기 한잔 먹지 않았나, 한잔 먹었으면 그것으로서 잊구마는 거야."

"나두 잊구야 싶은 마음이지만 세상에 부처님이 정말 있다면야 이렇게 무심할 수 있느냐는 생각만이 앞서는 걸 어떻게 하겠나."

"댁에서 몹시 상심하는 일이 있는 모양인데 어떻게 된 일입니까."

태근이의 옆에 앉은 삼십쯤 난 장돌림같은 사나이가 입을 열었다.

"듣고 싶다면 제가 이야기해드리지요. 세상에 억울하다 해도 이렇게 억울한 일이 어디 있겠어요?"

술 취한 농사꾼은 말을 꺼내기도 전에 벌써 울먹한 얼굴이 되었다.

"이 사람 정말 취했나, 그런 이야기 마구 하다가 어쩌려구?"

"난 당장에 묶여가는 일이 있더라두 이야긴 하지 않구 견딜 수가 없어. 그렇지 않은가, 사람이란 하루를 살아두 자기 하고 싶은 이야긴 하고 살 일이지."

하고 그는 무서운 결심이나 한 듯이 눈을 번쩍이고 나서 이야기를 시작했다.

"가잿골의 최첨정(僉正)이라면 이 부근 사람치고선 모르는 사람이 없지요. 이십소리하면서 아전을 살아 백성들에게 짜낸 돈으로 변놀이를 해서 지금은 가잿골 앞벌을 자기 논으로 만들다시피 한 지독한 영감이지요. 그런데 그 영감의 열흘갈이나 되는 논이 작년에 든 홍수에 둑이 터지면서 자갈밭이 되어버리고 말았단 말요. 그러니 인색한 그 영감의 가슴이 얼마나 아팠겠소. 그 영감은 정월 명절에도 아이들의 세뱃값을 주기 싫어서 대문을 굳게 닫고 있기로 유명한 영감인데 하룻밤 사이에 문전옥답이 그렇게 돼놨으니—."

배 안에는 농사꾼의 이야기를 듣는 사람도 있고 듣지 않는 사람도 있었다. 뱃머리에 서넛이 모여 앉은 아낙네들은 나날이 올라만 가는 물건 값이 더 걱정되는 모양이었다.

역시 농사꾼의 이야기를 열심히 듣고 있는 것은 태근이와 은실이, 그들 옆에 앉은 장돌림이었다—아니, 밀양박씨도 그의 이야기에 전혀 무관심한 것 같지는 않았다.

"그 영감이 처음 며칠을 밥도 넘어가지 않는 모양으로 미친 사람처럼 자갈 덮인 논에만 우두커니 나와 앉아 있더군요. 그걸 보면 있는 사람들의 물욕이란 한정이 없는 모양이에요. 우리 같은 건 자기 논 한 마지기 없어두 사는 데 앞벌을 통차지하다시피 한 그 영감으로서야 그게 왜 그렇게 아까워 하늘이 꺼질 듯 한숨을 푹푹 내쉬겠어요."

"그렇기 있는 사람이 없는 사람보다 물욕에 더 치사스럽다는 것 아니오."

열심히 듣고 있던 장돌림이 농사꾼의 말을 맞춰줬다.

"정말 그 말이 옳은 말이에요. 그런데 그 영감이 하루는 우리 동네에 늙은 어머니를 모시고 단 둘이서 사는 덕보를 찾아 왔어요. 그는 우리 동네에서 제일 힘쓰고 일 잘하는 젊은인데 그를 찾아와서 하는 말이 십년 동안 도지(賭只) 없이 문전옥답을 부칠 생각이 없느냐고 하더란 거예요. 천하의 구두쇠인 그 영감의 입에서 그런 엉뚱한 말이 나오니 덕보는 무슨 영문인지 몰라 처음엔 어리둥절하게 생각할 수밖에 없었겠지요. 그러나 듣고 보니 결국 하는 소리가 자갈이 덮인 그 논의 자갈을 걷고서 부칠 생각이 없느냐는 그 말을 하더란 거예요."

"말하자면 자갈을 걷는 대신에 십년 동안 도지 없이 부쳐 먹으란 말인가?"

장돌림이 고개를 끄덕이며 말을 재촉했다.

"그렇지요. 그 영감은 속셈이 있어서 한 말이지요."

"그래서 덕보라는 사람은 어떻게 했어요?"

"물론 덕보는 도지 없이 십년 동안 부쳐 먹을 수 있다는 데 귀가 솔깃하지 않을 수가 없었지요. 그는 한 동네에 탄실이라는 처녀와 눈이 맞은 사이면서도 부치는 논이 없다고 딸을 가진 집에서 반대를 해오던 판이거든요. 그러니 그 논만 얻게 되면 장가드는 일두 거기 따라 자연 해결되는 노릇이 아니오."

"그러니 논에 씌운 자갈을 걷기만 한다면 꿩 먹고 알 먹는 셈이 되는 판국이구만."

"그렇기 말입니다."

농사꾼도 이야기에 흥이 나는 모양이었다.

"그러나 덕보는 속으로 해볼 생각이면서도 그 자리에서는 대답을 못했지요. 논바닥에 한 자나 깔린 자갈을 등짐으로 져내야 할 생각을 하니 힘이 항우인 덕보두 좀처럼 대답이 선뜻 나가지를 않았겠지요."

"말만 앞섰다가 일을 못 치우면 최첨정인지 그 영감이 그대로 내버려두진 않겠으니 말이지."

장돌림이 또 말을 받았다.

"물론이지요. 군아(郡衙)에서도 그 영감의 말이라면 듣게 마련이니까요."

"그렇다면 양반 부러울 것 없구만."

"말하자면 그런 영감이지요. 그러니까 덕보두 신중히 생각한 것이지요. 그래서 말입니다, 덕보가 잘 생각해본 후 영감님을 찾아가겠다고 하고 나서는 다음날 아침 질통을 해갖고 그 논으로 가서 정작 자기가 흙짐을 져봤어요."

"꽤 할 수 있는가 하구 말이지?"

"그렇지요. 그러나 하루 해보고 나서는 도저히 자기 잔등만으로는 져 낼 수 없다는 걸 알았지요. 그만큼 덕보라는 사람은 힘이 세면서도 궁량이 있는 사람이에요."

"그걸 보더라두 생각이 있는 사람이라는 걸 알 수 있구만."

"그러면서두 그는 그 일을 단념하진 않았단 말요. 자기 힘으로 못할 일이면 자기보다 힘이 더 센 소를 쓰면 되지 않겠느냐구요."

"그렇지 그렇지, 사람이 아무리 힘이 세대두 소의 힘을 당할 수야 없다는 것이지."

"그래서 말요, 덕보는 최첨정네 집을 찾아가서 소를 한 마리 사달라고 했지요. 그러면 그 일도 맡아서 하려니와 소값은 명년 농사지어 변까지 해서 해주겠다구요. 그 말을 듣고보니 최첨정으로서는 밑질 것이 없는 노릇이므로 자기 집에 있던 소를 한 마리 내줬단 말요. 덕보는 그날부터 소와 논에서 살았지요. 논에서 살았다면 말은 쉬운 것이지만, 그 고생이란 이만저만한 것이 아니었지요. 하여튼 땅이 꽁꽁 얼어 부삽이 들어가지 않게 되었어도 그는 쉬는 일 없이 흙짐을 져 날랐으니까요. 그리하여 결국 다음 해인 금년 봄엔 그 논에다 모를 꽂게 만들었단 말요."

"하여튼 대단한 사람이구만."

"그걸 보구 동네에서 누구나가 감탄하지 않는 사람이 없었지요. 감탄할 뿐만 아니라 금년 가을엔 덕보와 실탄이의 잔치떡을 먹게 되었다구 모두가 기뻐했지요."

"그런데 그렇게 되지 않게 됐단 말이지요?"

장돌림은 앞이 급한 듯이 물었다.

"그렇기에 내가 땅을 치고 원통해야 할 노릇이라는 것 아니요."

"어떻게 됐기에요?"

"원님이 실탄이에게 눈독을 들여 소실로 삼을 생각으로 그 논을 덕보한테 떼서 실탄네 집에 주라고 최영감에게 이야길 했거던요. 그러니 최영감이야 오죽 좋은 일이에요. 실탄네가 부치면 내년부터는 도지도 받을 수 있는 노릇이니."

"그래서?"

"그러니 실탄이로서는 그것이 할 수 있는 일이겠어요? 자기들이 잘 살기 위해서 죽을 힘을 들여 덕보가 만들어논 논인데 자기가 소실로 가는 댓가로 주는 논이 됐으니!"

"글쎄말입니다. 세상에 그렇게도 기막히고 어이없는 일이 어디 있겠어요. 덕보란 그 사람은 잔등에 피멍이 지게 일을 하고서는 논 떼이고 임까지 떼이게 됐으니 말요."

동행인 농사꾼도 참다못해 입술을 악물었다.

"그래서 그 덕보와 실탄이란 두 사람은 어떻게 되었소?"

잠자코 듣고만 있던 태근이가 처음으로 입을 열어 물었다.

"일이 그렇게 되었으니 그들의 마음이 오죽 답답했겠소. 밤마다 남몰래 만나서 여러 가지로 공론도 숱하게 해봤겠지요. 그러나 골원님이 실탄이를 탐낸다는 데야 어쩔 도리가 있겠어요? 둘이서 줄행랑을 치는 그 길밖에……."

"자갈밭을 옥답으로 만들어 농사까지 지어놓고 달아나야 할 신세가 되다니……."

장돌림이 그만 목멘 비탄조가 되자

"그뿐인가요. 늙은 어머니까지 버리고 가야 할 신세가 된 것이지요."

농사꾼의 동행이 말을 보태었다.

"그래서 둘이서는 도망치자고 굳게 약속을 하지 않았겠어요. 그런데 그날 밤 덕보가 약속한 장소에 가서 아무리 기다려도 실탄이가 오지를 않았지요. 안 온 것이 아니라 실상은 못 온 거지요. 실탄이의 집에서 눈치를 알아채고 못 나가게 실탄이를 꼭 붙잡아논 것이지요."

"그럼 실탄이 아버진 자기 딸을 그 원님의 소실로 주는 것에 싫은 생각이 아니었군요."

"그야 물론이지요. 그 집도 늘 굶는 판이었는데 딸만 주게 되면 열 흘갈이의 논농사도 하겠다, 하여튼 한밑천 잡게 되는데 싫다겠소?"

"그러면 자네가 딸이 있어 그런 경우라면 심사가 놀부같은 그런 원님에게 딸을 가마에 태워 보내겠나?"

아까는 말을 삼가라던 동행이 이번엔 한술 더 떠서 화를 냈다.

"거야 누구나가 마찬가지지. 실탄이 아버지도 그러고 싶어서 그랬 겠나, 다 목구멍이 원수가 돼서 그런 것 아닌가."

"그래두 난 여태까지 딸 팔아먹지 못해 목구멍에 거미줄 슬어 죽 었다는 사람은 못 봤네."

둘이서 실랑이를 하자

"어서 이야길 계속해요."

장돌림이 또 이야기를 재촉했다.

"그러니까 실탄네 집에선 자연 서둘게 되어 가운데 나선 사람에게 내통이라두 한 모양이지요. 하여튼 다음날루 골에서 실탄이를 데려 가려고 가마꾼들이 내려왔어요. 그런데 그날 참 이상한 것은 실탄 이가 덕보를 못 잊어하는 그런 기색은 티도 없이 가마에 오르면서 도 눈물 한 방울 흘리지 않고 태연자약하더란 거예요. 그것을 보고 서 동네 아낙네들은 쑥덕공론이 많았지요. 실탄이도 원님한테 가서 호강하는 게 싫지는 않은 모양이라니, 어떻게 그렇게도 마음을 싹 돌릴 수 있느냐니, 불쌍한 건 그저 덕보라는 등. 그런데 실탄이를 태 우고 간 가마가 별당에 이르렀을 때 어떻게 된지 아세요. 가마꾼들 이 가마를 부려놓고 아씨 다 왔으니 내리세요 하고 가마에서 나오 기를 기다렸지요. 그러나 통 소식이 없으므로 이상해서 가마꾼 하나가 가마 문을 열어보다가 악 하고 질겁을 해서 나자빠지고 말았지요. 그 속에 앉아 있는 실탄이가 목에 장도를 꽂은 채 눈을 부릅뜨고 있었으니 말입니다."

"저런!"

모두가 놀라 소릴 연발하고 나서 갑자기 조용해졌다.

"그걸 안 덕보의 마음이 어떠했겠소. 하여튼 덕보는 그 길로 식도를 들고 아청(衙廳)으로 달려가서 군수 녀석을 죽인다고 칼부림을 했지요. 그러나 결국 나졸들에게 묶이고 말았어요."

"그럼 덕보도 결국 그놈들에게 죽었소?"

태근이가 분주히 물었다.

"천만에요. 덕보가 그놈들의 칼에 죽어요? 덕보는 절대로 그놈들에게 죽을 사람이 아닙니다. 하여튼 잡힌 다음 날에 옥을 깨치고 도망쳤으니까요."

"도망쳤어요?"

"잘했군요."

무슨 승리나 한 것처럼 갑자기 그런 소리가 배 안에서 터지는 그 순간에 그와는 아주 뚱딴지로

"내가 찼던 전대가 어떻게 됐니?"

하고 밀양박씨가 뚱한 눈이 되었다.

밀양박씨가 전대를 잃었다고 소리쳤을 때는 배가 거의 강언덕에 닿으려던 때였다.

"전댄 무슨 전대를 갑자기 잃었다는 거요?"

노를 젓던 사공이 알 수 없다는 얼굴로 밀양박씨를 쳐다봤다.

"내 허리에 찼던 전대가 없어졌어요."

"그게 이 배 안에서 없어졌단 말요?"

"그럼 어디서 없어졌겠소?"

"그야 내가 알 리 없지만 이 배 안에서 없어질 리는 없는 일 아니요."

사공의 말대로 선객이 열아문밖에 되지 않는 배 안에서 없어졌다는 것은 이야기가 되지 않았다. 그래도 밀양박씨는 배 안에서 잃었다고 생각하는 모양으로

"하여튼 배를 대지 말구 사람을 못 내리게 해요."

하고 소리쳤다. 그 소리에 배를 탄 사람들은 가만 있지를 않았다. 그 중에서도 지금까지 덕보의 이야기를 하던 농사꾼이

"당신이 배에 탄 사람들의 몸뒤짐을 해서 만일 전대가 나오지 않을 땐 어떻게 할 작정이오?"

하고 대들었다.

"없다면야 할 수 없지요."

"할 수 없다니요, 갓만 쓰면 남을 도둑으로 괄시해두 괜찮은 줄 아세요."

기염이 대단했다.

"저 양반은 아까부터 내 전대를 걱정하더니 결국은 자기 전대를 잃고 야단이구면."

태근이가 비양쳤다.

"배 안에두 여우가 있는 모양이지요."

은실이도 한마디 했다.

"전대에 돈은 얼마나 들었어요?"

장돌림이 물었다.

"돈 문제가 아닙니다."

"돈이 아니면 뭔데요?"

"대단한 영표(슈票)라도 들었던 모양이지요."

태근이가 가로맡아서 대신 대답했다.

"과거를 보러 가신다는 분이라는데 그런 거야 없었겠지요."

은실이가 또 조롱댔다.

"그건 당신 모르는 소리요. 요즘엔 영표도 가지가지의 종류가 생겨서 과거에 합격시켜 주라는 영표가 있는지도 모른답니다."

"하여튼 과거를 보러가던 분의 신세가 딱하게 됐소. 오도 가도 못하게 됐으니."

장돌림의 말도 밀양박씨를 동정해주는 어투는 아니었다.

배가 강둑에 닿자, 선객들은 내리기 시작했다. 그러나 밀양박씨는 내릴 생각은 않고 그대로 앉아 있었다.

"우린 하는 수 없이 여기서 그만 헤어지게 됐군요. 섭섭한데요."

인사 대신으로 은실이가 밀양박씨에게 말했다. 섭섭하기는커녕 고소하다는 얼굴이었다.

"뭐 이제 순댓국집에 가서 전대 찾아갖고 곧 우리 뒤를 따라올 텐데."

하고 태근이가 여유 있게 웃으면서 배에서 내리는 은실이의 손을 잡아줬다.

쫓기는 사람들

배에서 내린 사람들은 대개가 비랑동 쪽으로 가는 사람들이었다.

장돌림은 봉산길로 들어서는 태근이와 은실이를 돌아다보고 히죽하니 웃고 나서 농사꾼들의 뒤를 따랐다.

"오라버니, 저 장돌림은 보통 장돌림과는 아무래도 좀 다른 데가 있지요?"

둘이 되자 은실이는 태근이를 또 오빠라고 불렀다.

"글쎄, 나두 좀 그렇다구 생각했는데."

"덕보란 사람의 이야기에 대단한 관심인 걸요."

"그렇기 말야."

"처녀를 버려주는 골원님들의 병은 오라버니의 침으로 고쳐줄 수 없지요?"

"없지, 없으니까 침술을 배우러 터불터불 서울을 찾아가는 거 아니야."

"실탄이란 처녀는 예뻤던 모양이지요?"

"그래두 은실이만큼이야 예뻤을라구."

"누가 그런 말 듣자는 거예요!"

"그럼?"

"여자 예뻐서 덕보는 것 없다는 거지요."

"그렇기 옛날부터 미인박명이라지 않았어."

"그렇지만 미인이라고 반드시 빨리 죽는 법은 없지 않아요?"

"그건 그런 뜻이 아니라 미인은 대체로 운수가 기박(奇薄)하니 자연 명도 짧게 마련이란 말이겠지."

"알구보니 그런 뜻이었군요."

"그러니까 은실이도 주의해야 한다는 거야."

"전 나면서부터 운수가 기박해서 괜찮아요."

"그래두 나를 따라오다가는 오늘밤은 무사할 것 같지가 않은데……."

"그게 무슨 말이에요?"

"밀양박씨가 황주에 들어가는 길로 포청을 찾아가겠으니 말야."

"그 녀석이 포교라는 것이지요?"

"은실이도 짐작했구만."

"어쩐지 그런 냄새가 나는 것 같았어요."

"이걸 보면 분명하지."

태근이는 주머니에서 포교들의 패부(牌符)를 꺼내 보였다.

"그 녀석이 전대를 잃은 것이 아니라 그걸 잃고 눈이 둥그레졌군요."

"포교들은 그걸 꽁무니에 잘 차구 다녀."

"그걸 언제 뽑았어요?"

"하여튼 그만한 솜씨면 내가 산도둑 두목이라는 건 알 수 있겠지."

태평스럽게 웃음을 헤쳐놓았다.

"그건 그렇다 하구 정말 파말이라도 놔서 따라오면 어떻게 하겠어요?"

"산도적이 포교 두서너 명 따라오는 걸 겁낼 것 없지만, 은실이가 걱정이 되는걸. 석전 구경하다 코 깨지는 격이 될 것 같으니."

"코가 깨져 비뚤어져도 좋아요."

"무엇 때문에……."

"내친걸음인 걸요. 전 무슨 일이 있더라도 오라버니와 서울까지 같이 갈 생각이에요."

"그야 나두 혼자 가는 것보다 둘이서 가는 것이 누이 좋고 매부 좋다는 격으로 지루하지 않아서 좋지만, 진심으로 이야기해서 죽고 사는 일이 생길지도 몰라. 그러니 나로선 정말 은실이가 따라오는 것이 괴로워 죽겠어."

"그런 쑥스러운 소리 말아요. 서울까지 부부가 되잔 말을 한 것이 누군데요. 그런 약속을 자기가 하고서 한나절도 못 되어……."

"그것두 은실이를 생각해서 그런 것이지."

"그걸 누가 몰라요. 그러니까 더욱 떨어질 수 없다는 것 아녜요. 저 두 혼자 길을 떠날 땐 그만한 각오는 하고 떠난 거에요. 절대로 오라버니에게 괴롬 끼치지 않을 테니 걱정 말아요."

따집어 이야기하는 은실이었다.

"은실이가 그렇게까지 이야기하는 데는 할 말이 없구만, 하여튼 서울까진 무슨 일이 있던 동행키로 하지."

태근이는 이렇게 말하면서도 내심으론 아무래도 수상하다고 생각했다.

(도대체 무엇 때문에 위험을 무릅쓰고 따라오겠다는 것인가?)

그러나 자연 알게 될 때까지는 이편에서 묻지는 않기로 했다.

"그래서 내 영감이라지 않아요."

은실이의 조롱대는 웃음에도 기쁨이 그대로 드러나 있다.

"어제부터 줄곧 땀을 흘리며 걸었으니 몹시 피곤하지?"

"억지루 걷는 거지요. 떼버리고 도망칠까봐 겁나서요."

"난 은실이를 누가 떼어갈까 봐 겁이 난다는 거야."

"하여튼 난 오라버니에게 책임을 맡겼으니까요."

"그런데 우리가 이대로 봉산길로 가다가는 위험하니 여기서 서흥으로 직접 나가는 금봉산(金鳳山) 산쪽으로 돌아 나가야겠어."

"정말 그렇군요."

"그 길은 이렇게 평탄한 길이 아니야."

"그 대신 서흥까진 길이 빠르지 않아요?"

"용케두 아는구만."

"저두 그만한 것은 알구 길을 떠났답니다."

"그래두 이제부터는 주막에 들러 발펴구는 못 잘거야."

"산속에서 자면 더욱 좋지 않아요. 위선 시원해서 좋고 별을 쳐다보며 자게 되니 시적(詩的)이고……."

은실이는 태평 같은 소리만 한다.

험한 산길로 들어서자 은실이는 역시 생각처럼 걷지를 못했다. 금봉산을 넘어 서흥 가는 길로 나왔을 때는 유시정(酉時正, 저녁 여섯시)쯤 되었다. 이제는 그곳서 이십 리나 더 가야 하는 신계사(新溪寺)까지나 가서 자게 되면 잘 걷는 편이었다.

바로 안현(安峴) 고개를 오르기 시작했을 때

"같이 갑시다."

등짐을 진 사나이가 소리를 치면서 분주히 따라오고 있었다.

"밀양박씨가 보낸 살쾡이가 아니에요?"

"그 친구들이야 오늘 밤으로 봉산을 거쳐 서흥으로 가서 길목을 지키구 있겠지."

걸음을 늦추어 걸으며 점점 가까이 오는 것을 보니 나룻배에서 만났던 장돌림이었다.

"누군가 했더니 존형이시군요."

"네, 전 장돌림인 우방서(禹邦西)라는 놈이옵니다. 아까는 여러 가지로 실례가 많았소."

헤헤 웃는 웃음이 아무리 보아도 장돌림 같지는 않았다.

"장돌림이라면 우리 여인들이 쓰는 패물 같은 것두 갖구 다녀요?"

은실이가 이상한 대로 등떠보듯 물었다.

"물론이지요. 금비녀 은비녀 가락지 나비단추까지 있지요."

"꽁무니에 차구 다니는 패부는 없어요?"

시침을 따고 말한 은실이는 재빠르게 태근이를 보며 눈짓으로 웃었다.

"패부라니?"

장돌림도 역시 시침을 떼 보인다.

"포교들이 꽁무니에 차고 다니는 것 모르세요?"

"네, 그런 패물 말씀이세요."

하고 태근이를 넘겨다보며 히죽하니 웃고 나서

"아까두 순댓국 집에서 바깥주인이 그 패물을 얻던가 본데 그건 왜 자꾸만 구하세요?"

그 말에 은실이는 놀란 입이면서도 할 말은 없게 되고 말았다.

"그런데 존형은 아주 천천히 걸어온 모양이군요."

말문이 막힌 은실이를 보고 태근이는 웃으면서 장돌림인 방서에게 말했다.

무슨 목적이 있어서 따라온 것은 분명했지만, 그건 하여간에 자기네들은 길을 돌아왔을 뿐만 아니라 걸음이 늦은 은실이와 같이 왔으므로 그는 훨씬 앞섰어야 할 일이었다.

"늦을 이유도 있지요. 나는 나루에서 덕보란 그 사람의 이야기를 듣고 그대로 지나칠 수가 없어서 가잿골에 들러 그의 어머니를 보고 오는 길이오."

땀을 씻으며 말하는 방서는 그것을 자랑하기 위해서 말하는 기색은 조금도 보이지가 않았다.

"그러세요! 우린 그런 데까지 생각지를 못했어요. 그런 줄 알았다면 돈이라두 좀 보내줬더라면 좋았을 걸."

은실이는 그를 의심하던 생각도 잊고 고개가 숙여졌다.

"그래 어머니는 어떡하구 있습데까?"

태근이도 그런 생각이 전혀 없지는 않았던 모양이다.

"시마병으로 누운 채 죽도 넘어가질 않아 못 먹고 있더군요. 그러나 사람이 못 먹어서 죽는 법은 없으니까요. 나는 몇 마디 위로의 말을 해주고 왔지요. 아들은 그만큼 용감하고 날랜 사람이니 어디곤 가서 잘 있을 것이라구."

"기뻐해요? 그 어머니……."

"아씨같으면 기뻐하겠소? 그런 경우라면."

편잔을 주는 것은 아니었지만 아직도 세상의 괴로움을 모르는 철부지의 생각이란 그런 뜻으로 방서는 웃어댔다.

"왜요?"

"누구나가 그런 일을 당했다면 세상에 고울 놈이 어디 있겠소. 당장에 목숨을 끊고 죽고 싶은 그 생각뿐일 텐데."

"정말 그렇군요."

은실이는 또다시 감격하고 나서

"그래도 아저씬 친절한 분이에요."

하고 추어줬다.

"그런 말을 하는 것을 보면 아씬 아무래도 좀 이상한데요. 처음엔 나를 보고 포청의 졸개라고 하더니 금시에 나를 또 친절한 사람이라고 하니 머리가 좀 어떻게 되지 않구선……."

방서는 일부러 이상스럽다는 얼굴을 지어보였다.

"내가 무슨 장난감인줄 아세요?"

눈을 흘기며 은실이는 대번에 부푼 얼굴이 되었다.

태근이를 가운데 두고 셋이서 안현 고개를 내려오기 시작하던 때였다. 눈 아래 벌어진 벌은 정신이 들게끔 초록비단으로 깔아놓은 것 같았다.

그러나 그들은 그런 풍경엔 아무 말 없이 그저 보기만 하면서 걸었다.

"화를 낼 줄 아는 것을 보면 확실히 돌지는 않았구만."

"그래서 어쨌단 말요?"

"입이 약간 헐다는 것뿐이야."

"아저씬 내게 무슨 원망(怨望)이 있기에 그런 소리만 하세요."

"원망하는 마음까지야 무슨……그저 아저씨 아저씨 하는 것이 듣긴 좀 억울해서 하는 말이지."

"그럼 뭐라구 불러요?"

"난 아직도 삼십 전이야."

"네? 아저씨가 그 나이밖에 안됐어요? 난 손주 볼 나이가 됐으리라고 생각했었는데, 역시 장돌림이란 고생이 심하신 모양이군요. 그 나이에 저렇게도 주름살이—가엾게도."

동정하는 듯한 은실이 얼굴에 그만 웃음이 터지고 말았다.

"장돌림 아저씨는 고생으로 자란 사람이니 성낼 줄도 모르는 사람이라고 합시다. 그러나 아직 신방의 촛불도 꺼보지 못한 놈보고 할아버지라니 너무 하지 않소."

장돌림은 견딜 수 없다는 어조였다.

"그건 저두 마찬가지에요. 아씨 아씨 하지만 아저씨는 언제 내가 가마타구 시집가는 것을 보았다구 아씨에요?"

은실이도 그만 실토가 쏟아지고 말았다.

"그럼 두분 사인?"

하고 장돌림은 태근이와 은실이를 번갈아 보았다. 태근이는 말없이 웃고만 있었다.

"내가 이렇게도 눈이 어두웠나?"

"실상은 우린 서울까지 가는 동안에만 부부가 되기로 한 거요."

태근이는 그것을 숨길 필요는 없다고 생각한 모양이다.

"그렇다면 역시 내 추측이 들어가 맞았군요."

"추측이 들어가 맞았다니?"

"두 분이 다 관료들에게 쫓기고 있다는 걸요."

"그건 또 어떤 의미에서 말하는 것입니까."

"쫓기는 사람이니까 봉산길로 가다 으레 이 길로 들어서리라고 생각한 것이지요."

"그래서 존형두 이 길로 우릴 따라온 셈이군요."

"말하자면 그렇지요."

"그렇다면 내 허리에 띤 전대에 든 것도 이왕 맞혀보시오."

"글쎄요, 은전 스무 냥 그 정도 아닐까요."

"어쩌면 그렇게두 꼭 맞히시오?"

"이거 칭찬받는 김에 한 가지 더 맞혀볼까요?"

"맞혀봐요."

"그만해 둡시다. 친해진 길벗 사이두 예의가 있는 것이고 사람 사이에두 해서 좋은 일이 있고 안 해서 좋은 일도 있는 것이 아닙니까. 그렇지요, 젊은 선비님?"

은실이를 엇걸고 하는 이야기 같기도 했다.

"그것두 그렇군요. 김태근이란 사람은 침술을 배우러 서울로 가는 길이고, 장돌림 우방서란 사람은 물건 사러 서울 가고, 이은실이란 아가씨는 임 찾아 서울 간다고나 할까, 하여튼 서로 길벗이 되어 즐겁게 길을 걸을 수 있으면 그뿐이니 너무 그렇게 개인 개인의 사정은 깊이 캐지 않기로 합시다."

"그것 참 좋은 말씀입니다. 역시 선비님이 다르군요. 그렇지 않아요 아가씨!"

"그래요. 그러나 제각기 전대만은 각별히 주의하도록 합시다."

"아가씨가 또 저런 소리지, 아무래도 등에 진 봇짐을 풀어서 실과 바늘을 꺼내야겠군."

"아저씨의 전대를 그걸로 아주 배가죽에 홀가맬 생각이세요?"

"아가씨의 입을 홀가매줄 생각이오."

"그래요! 참 고마워요."

"고맙다니?"

"고맙지 않고 뭐에요. 우리 같은 처녀들은 원님에게 혀를 물리는 것이 제일 겁이 나는데 그런 걱정을 없게 해주겠다니."

"선비님 역시 난 아가씨의 입은 당해낼 재간이 없군요. 선비님하구 나 이야기합시다."

"덕보의 이야기를 하다가 도중에 끊어졌는데……"

태근이는 그쪽으로 화제를 돌렸다.

"그래 그래 이 아가씨 입담 때문에 그 이야기가 그만 끊어졌구만. 그게 말입니다. 덕보는 잘 있을 거라구 내가 그렇게 말해주지 않았 겠어요. 그러나 덕보 어머니는 내가 찾아온 것조차 귀찮은 듯이 벽 을 향해 돌아누운 채 치떠보는 일도 없지 않아요. 하기는 그렇기도 할 일이지요. 언제 한번 본 일도 없는 녀석이 와서 떠벌리니 덕보의 행방을 내탐이나 하러 온 녀석이 틀림없다고 생각했을는지도 모르 지요. 그래서 나는 이렇게 말했답니다. 나는 덕보에 대한 그 이야기 를 이 동네에 사는 농사꾼에게 황주강 나루를 건너면서 어느 젊은 선비와 함께 들었는데 그 선비는 그런 군수를 그대로 둘 수가 없다 고 비분에 떨면서 덕보의 원수를 내가 갚아줘야지 하더라구요."

"존형이 정말 그런 이야길 하구 왔소?"

태근이는 어이가 없다는 얼굴이 되었다.

"내가 안한 말을 왜 했다구 하겠소. 그러자 덕보의 어머니가 기뻐하는 모양은 어떻다 말할 수 없는 것이었지요. 황주군수가 피를 뿜고 죽는 것을 보면 자기뿐만 아니라 황주군 전체의 백성들이 춤을 출 것이라구 하면서 자기는 억지로라두 좀더 살아 그걸 보구 죽어야겠다며 눈물을 흘리더군요."

"그러나 내가 하지도 않은 말을 왜 했다는 거요?"

"선비님 참 이상한 말을 하신다!"

"이상하다니?"

"그래 선비님은 그 군수가 고약한 놈이라고 생각하지 않는단 말이오?"

"그야 물론 나도 나쁜 놈이라곤 생각하고 있지만 그러나 덕보의 원수를 갚아 주겠다는 그런 말을 한 기억이 없소."

"그런 말이야 물론 나도 들은 일이야 없지요. 그렇지만 선비님 가슴속에 그런 결심을 하고 있다는 것쯤은 내가 알지요."

"그런 말로써 날 그런 홈통에 잡아넣을 작정이군요?"

태근이는 쓴웃음을 웃었다.

"그건 선비님두 잘 생각을 해보면 알 일 아니요."

"무슨 생각을?"

"선비님을 따라오던 그 친구가 황주골 포교들을 데리러 갔다는 그건 짐작하고 있겠지요?"

"그래서?"

"그러니 말요. 지금쯤은 선비님을 따르는 포교와 군뢰들이 황주강을 건넜을 거란 말요."

"그야 그렇겠지요."

"그런데 선비님은 봉산길로 빠지는 척 하고 금봉산을 넘어 서흥으로 직통하는 이 길로 들어섰으니 오늘 밤이야 무슨 일이 있으랴 하

고 생각할지 모르지만 그들도 그만한 것을 생각하지 못할 리는 없거
든요."

방서는 마치도 지도를 손바닥에 놓고 설명하듯 말했다.

"그럼 이리로도 몇 녀석은 따라오겠군요. 오라버니 어떻게 해요?"

그말엔 은실이도 당황해서 태근이 얼굴을 쳐다봤다.

"그러니 이왕 이렇게 된 바에는 그들과 한바탕 하는 수밖에 없다
는 말이군요."

"그렇지요. 더욱이 그들은 선비님이 전대를 차고 있을 뿐 아니라,
입담은 사나워도 꽃같은 아가씨를 데리고 있다는 것까지 아는 이상
눈이 북 쇠서 찾겠으니 손오공의 재간이 없는 이상 그들의 눈을 피
해낼 길은 없을 것이외다. 그러니 피할 생각보다도 사나이답게 당당
히 맞설 생각을 하구 있자는 거요."

방서는 이렇게도 대담한 말을 했다. 그것을 보아도 그는 보통 장돌
림이 아닌 것이 분명했다.

"그만 했으면 병사(兵使) 자격은 넉넉하시군요."

우방서가 단순한 장돌림이 아닌 것을 안 태근이는 공연한 말만도
아니었다.

"왜 또 사람을 놀리십니까?"

"놀리는 것이 아니라 존형에게 좋은 계책이 있을 것 같아서 듣고
싶다는 것입니다."

"나같은 장돌림에게 무슨 계책이 있겠소. 그건 선비님에게 맡기기
로 하고 이왕 동행이 됐으니 난 옆에서 도와나 드릴 생각이오."

"그렇다면 존형의 특기나 알아둡시다."

태근이는 그것을 알아둘 필요가 있을 것 같아서 물었다.

"글쎄요, 내게 무슨 특기가 있다고 할까요. 있다면 밤낮 장돌림으
로 돌아다니는 놈이므로 남보다 걸음이 빠르다는 것과 장돌림으로

사람들을 많이 대해 왔으니 관상이나 좀 볼 줄 안다고 할까요. 그리고 역시 늘 떠돌아다니는 놈이라 남의 집 신세도 지게 되므로 묏자리를 몇 곳 봐준 일도 있지요."

그만했으면 팔도강산을 떠돌아 다녀도 밥 굶을 걱정은 없을 것 같았다.

"은실이는 특기가 뭐야?"

"전 아무 것도 없어요."

"그래도 지금까지 보아선 담(膽)은 남자보다두 몇 곱절 큰 것 같은데."

옆에서 방서가 조롱대듯 말했다.

"그렇지도 못해요. 지금 포교들이 따라온다는 말만 듣고서도 잔뜩 겁을 집어먹고 있는 판인데요."

"그렇다면 남자보다 성센 것은 입담이 센 것 뿐이구만."

"왜 자꾸 나하구 해보자는 거예요?"

"해보자는 것이 아니라, 입담이 센 여자는 정엔 어두운 미점도 있다는 칭찬이지."

"제가 오라버니에게 마음이 쏠려지고 있다는 거죠?"

"아가씬 솔직한 데두 있구면."

"그래도 그건 서울까지만이에요."

"글쎄, 그것이 서울까지인지 두구 봐야 알 일이지."

둘이서는 또 입씨름이었다.

"그런데 존형, 우리를 뒤따르는 포교들이 달려든다면 어떤 방법으로 달려들 것 같소? 난 통 짐작이 가질 않는군요."

태근이는 오늘 밤 필시 무슨 일이 있으리라고 생각하니 피가 끓어오르는대로 이런 말이 튀어나왔다.

"글쎄요, 그거야 막상 달려드는 것을 보지 않고야 알 수 없는 일이지요."

"우리들이 자는데 그놈들이 달려들어서 목을 타구 누를지도 모르겠군요."

"그것두 방법의 하나겠지요. 슬쩍 들어왔다가 슬쩍 새어나가는 그 동안에 선비님의 목에 칼을 꽂고 아가씨를 업고 도망칠지도 모르지요."

"그러면 우리두 들어오는 놈을 슬쩍 잡아서 끽 소리 못치게 모가지를 비틀어주면 될 일 아니요."

"그건 그놈들두 선비님이 얼마큼 세다는 것쯤은 알고 있으니까 그렇게 섣불리 달려들 리는 없을 거요."

"그러면?"

"대여섯 놈이 옆방에서 선비님이 깊이 잠이 드는 것을 기다리고 있다가 달려드는 그런 방법을 쓰겠지요."

"어머나 그러면 어떻게 해요."

은실이가 놀라면서 이맛살을 찌푸렸다.

"그렇다고 아가씨는 걱정할 것 없어요. 아가씰 칼로 푹 찌르는 일은 절대로 없겠으니까요."

"그건 또 무슨 소리에요?"

"아가씨 같은 예쁜 여자는 깨지지 않고 상하지 않게 조심조심 업어가게 마련인걸요."

"아저씨 아무래도 봇짐에서 바늘과 실을 꺼내야겠어요."

"내 입을 꿰맬 생각으로? 그렇다구 아가씨 너무 화내지 말아요. 그런 일두 있을지 모른다는 것뿐인데 뭐."

능청스러운 웃음을 웃어대는 우방서였다.

"그놈들이 달려드는데 또 다른 방법이 있다면 어떤 방법이 있소?"

태근이는 이런 이야기를 하면서 길을 걷는 것이 무엇보다도 심심

풀이가 되어서 좋았다.

"수가 약간 깊은 방법도 있지요. 예를 들면 선비님을 불러내는……."

"나를 무슨 일로 불러내오?"

"이곳에 침술이 훌륭한 의술이 묵고 있다는 말을 듣고 찾아왔다면서 지금 자기 아이가 경풍을 일으켜 막 숨이 넘어가고 있다고 하면, 모름지기 선비님은 신도 채 신지 못한 채 달려갈 게요."

"정말 그런 수단이라면 난 꼼짝하지 못하고 넘어가겠는걸."

사람 좋은 태근이는 자기 본색을 그대로 드러내어 껄껄 웃어댔다.

"그렇기 오라버닌 사람이 너무나도 좋아서 탈이에요. 아무나 와서 그런 이야기한다고 달려갈 것이 뭐에요. 제가 옆에 있는 한 절대로 내어 보내지 않아요."

"그러나 아이가 당장 죽어가는 경풍이라는데 못 나가겠다구는 할 수 없는 노릇 아니야."

"그렇지, 선비님의 인정으로선 못 가겠다구는 할 수 없는 노릇이지요."

"또 다른 방법은 어떤 거요?"

"그거야 생각하면 얼마든지 있겠지요. 사람의 생각이란 짜내면 짜낼수록 나오게 마련이니까."

"그렇다면 오늘 밤은 눈을 뜨고 밝히는 것이 제일 안전한 방법이겠군요?"

"그래두 오라버닌 어제두 잠을 자지 않았다면서 오늘 밤도 또 어떻게 눈을 뜨고 밤을 밝혀요?"

은실이가 걱정을 해준다.

"그러면 아가씨가 남편을 지켜 밤을 새기로 하지."

"그래요. 오늘 밤은 아무래도 난 잠을 잘 수가 없으니까요."

"참 그렇구만. 아가씨가 경계해야 하는 것은 포교만이 아니라, 춤을 흘리는 늑대 두 마리가 또 있지."

"그건 두 마리가 아니고 한 마리뿐이에요."

따끔히 꼬집어 이야기하는 은실이었다.

"그렇지 그렇지, 서울까진 부부란 건 또 잊구서 내가 그런 소릴 했구만. 선비님 하여튼 오늘 밤은 신방을 차려야 할 것 아니요?"

방서는 엉뚱한 소리를 또 꼬집어냈다.

"신방은 고사하구 오늘 밤은 어디서 자는 게 좋을 것 같소?"

여름의 해는 길어 걷자면 아직도 이십 리는 걸을 수 있었지만, 태근이는 잘 곳이 걱정되는 모양이다.

"이제 오마장만 더 가면 신계사 앞에 조그마한 원(院)이 있으니 그곳에 들기로 합시다."

원(院)은 나랏일로 여행하는 관원들이 드는 국영여관과도 같은 것이었다.

"그곳에서야 우리 같은 나그네를 받겠소?"

"선비님이 순댓국집에서 패부는 무엇하자고 훔쳤소. 이런 때나 쓰자구 훔친 것이지."

"하긴 그렇기도 하군요."

"이 부근에서 신방이 될만한 곳은 그곳밖에 없기도 하답니다."

이런 이야기도 곧잘 하는 우방서였다.

그들이 신계사 뒷재에 이르렀을 때는 해는 이미 떨어져 사방은 어둠에 젖어들기 시작했다. 그 산밑을 돌아나오자 성황당이 나서며 그 앞에 수상한 젊은이 하나가 이쪽을 보는 듯 마는 듯하면서 그들이 오는 것을 기다리고 있었다.

(벌써 포교들이 돌아나왔는가?)

그들은 불시에 걸음을 주춤했다.

태근이도 다섯 자 여덟 치면 결코 적은 키는 아니지만 지금 저 앞에서 그들을 기다리고 있는 괴한은 그보다도 한두 치는 더 커보이는, 우지개가 가로 퍼진 사나이였다.

"돌아선 모른척 하고 지나쳐요."

"그럴까요?"

그러나 어둠을 가로막고 있듯이 떡 버티고 있는 그 사나이는 그들을 그대로 지나쳐버릴 것 같지가 않았다.

"혹시 뭐라구 해도 내게 맡기시요."

태근이가 한 발자국 앞서면서 다짐을 준다.

"포교들이 저 뒤에 잠복하고 있는 게 아니요?"

"하여튼 봅시다."

태근이는 조금도 당황한 빛이 보이지가 않았다.

그들이 괴한 앞을 말없이 대여섯 발자국 지나쳤을 때였다.

"나그네들 거기 잠깐 서시오!"

움직일 줄 모르고 서 있던 괴한이 문득 소리를 쳤다. 때가 낀 남루한 옷차림인데다 험상궂은 인상이 길목을 지키는 도둑이라는 것은 대번에 알 수 있는 일이었지만, 그들을 지나가게 하고 뒤에서 부른 것은 세 사람이란 수에 약간 찔렸던 모양이다.

"우리를 부르는 거요?"

태근이가 돌아서며 온순히 물었다.

"난 나랏일로 동분서주하는 사람이야, 동지들의 사명을 받고 지금 서울 가는 도중에 그만 노자가 떨어졌기 때문에 미안스러운데 청을 하게 됐네, 자네들두 그만한 의리는 지킬 줄 알겠지."

괴한은 산이 울리게끔 쩌렁하니 소리치고서 셋을 한꺼번에 둘러봤다.

"서울까지의 여비라구요?"

"그래."

"그 정도의 청이라면 소란스럽게 야단칠 필요도 없는 것이 아닙니까? 해도 없는데 걸으면서 이야기 듣기로 합시다."

태근이는 괴한을 끌듯이 걷기 시작했다.

"그러다가 도망칠 생각인가, 그런 졸렬한 수단엔 난 넘어가진 않아."

그러면서도 어깨를 펴고 따라오는 것을 보니 이런 짓이 전문인 것 같지는 않았다.

"그런 걱정은 말아요. 우린 여자와 동행인 이상 당신 같은 호걸 앞에선 뛰려야 뛸 수도 없는 노릇이니까."

"하여튼 난 갈 길이 바빠, 어서 허리에 찬 그 전대를 풀어."

"우리도 서울 가는 사람이니까 길은 마찬가지로 바쁩니다. 그렇게 덤빌 것도 없지 않아요."

"그래두 난 자네들과는 달라, 포교들이 늘 나를 뒤따르고 있어."

"알겠습니다. 우리도 객지에 나선 몸이라 많이 드릴 것은 없지만."

태근이는 주머니에서 은전 한 잎을 꺼내 백지에 싸서

"많은 돈은 못 되지만 제 성의로 알고 받아주시오."

하고 내주었다.

"도대체 이게 얼마요?"

괴한은 그 자리에서 펼쳐보았다.

"이게 은전 한 잎 아닌가?"

"네. 그것이면 서울 왕복 노자는 충분하리라고 생각하오."

"서울 가도 동지들의 주머니가 푸근푸근한 것도 아니야, 그 동지들을 위해서 전대를 풀도록 해."

"그건 너무나도 무리한 요구입니다. 그야 놀부나 황주골 원님 같은 욕심이지, 백성들이 잘 살기를 위해서 동분서주한다는 사람의 입에서 어떻게 나올 수 있는 말입니까?”

겸손한 척하면서도 괴한의 비위를 거슬러 놓는 태근이의 말이었다.

“내가 황주골 군수같은 놈이라구?”

괴한은 이상한 곳에 신경을 쓰며 가슴에 품었던 비수를 뽑으려고 했다.

“황주골 군수에게 대단한 원한이라도 있는 모양이군요.”

태근이는 머리에 오는 것이 있는대로 이렇게 물었다.

“그 군수놈은 내 칼에 죽을 녀석이야.”

“그렇다면 위험한 그 칼은 위선 넣기로 하고 그 이야기나 듣기로 합시다.”

“난 지금 그런 한가한 이야기를 할 틈이 없어. 전대를 풀기 싫다면 이 칼을 받을 수밖에……”

괴한은 한 걸음 다가섰다. 그러나 태근이는 조금도 놀라지 않는 태세였다. 아니 오히려 여유 있는 웃음이었다.

“너무 그렇게 살벌한 얼굴을 하지 말아요. 그렇지 않아도 형공은 그리 인상이 좋은 편이 아닌데.”

“뭐 어째!”

“인상이 멧돼지 같다는 것입니다.”

“멧돼지라구?”

“아니 그저 그와 비슷하다는 것입니다. 그러기에 형공은 말도 하고 눈을 부릅뜨기도 하는 게 아닙니까. 그러나 사람을 공갈협박으로 때려잡을 생각을 하는 놈은 실상 멧돼지보다도 못한 녀석이지요.”

“군수작할 것 없이 전대를 풀기가 싫다는 거지?”

“싫다는 것보다도 형공의 욕심이 너무나도 괘씸하다는 것이지요. 서울까지의 노자를 도와달라기에 첫마디로 그러자고 하고서 도와드렸는데, 전대까지 모두 풀어놓으라니 그거야 처음부터 도와달라는 뜻이 아니라 의로운 선비의 이름을 팔아 날도둑질 하자는 것과 조금도 다름이 없지 않습니까. 나라를 바로 잡아보겠다고 애쓰는 그들의 이름만은 제발 더럽히지 말아요. 그런 짓은 정말 해서는 안 되는 일입니다."

"뭐뭐 어째, 네가 날 도둑이라구……."

괴한은 다시금 두서너 발자국 앞으로 내디뎠다.

"잠깐만!"

태근이는 날세게 손을 들어 그의 걸음을 멈췄다.

"그럼 제가 한마디만 묻기로 하겠습니다."

"뭐를?"

"으슥한 길목에 비수를 품고 섰다가 행인에게 돈을 내라고 협박하는 것은 무엇입니까. 전 바로 그것이……."

"듣기 싫다."

그 순간에 괴한이 쳐든 손에서 비수가 어둠 속에 번쩍였다.

"오라버니 위험해요."

은실이가 뒤에서 소리치는 그 소리가 바쁘게 칼은 태근이 가슴에 찔려졌다. 아니 찔려진 줄만 알았던 그것이 그와 반대로 어느덧 괴한의 손목이 태근에게 비틀려 잡힌 채 몸을 꼬아 칼을 땅에 떨어쳤다.

"힘내기엔 꽤 자신이 있는 모양이구만."

태근이는 잡은 손의 힘이 만만치는 않다고 느껴지는 대로 위선 칭찬을 해줬다.

"물론 자신 있지. 자신 있게 말이지. 그렇지 않으면 난 벌써 황천에 갔을 놈이야."

비틀려진 손목을 잔등에 업고서도 태연스럽게 이렇게 말하는 괴한이다.

"하여튼 이 힘 가지구 그렇게 살겠다구 나선 그 뱃심이 난 더 훌륭하네."

"팔목을 잡혔으니 할 말이 없어."

"이왕 이렇게 서로 손을 잡은 김에 다음부턴 둘이서 나서볼까. 그러자면 통성이나 해야지, 이름이 뭐야?"

"황덕볼세."

"덕보야?"

그 말에 놀란 것은 물론 태근이만이 아니었다.

"덕보라면 가잿골 사는 사람이구만."

"어떻게 날 잘 알어?"

놀랄 수 밖에 없는 것은 덕보였다.

"실탄이란 예쁜 아가씨를 좋아하던 사이라는 것도 알고 있지."

태근이는 은실이와 우방서를 돌아보며 슬쩍 웃었다.

"그럼 너희 놈들은 관록으로 먹고사는 관헌들이구나?"

"요즘 관헌들이 어디 관록으로 살던가, 백성들의 고혈을 짜내는 토정질로 살지. 동지를 찾아, 서울 간다는 사람이라면 그쯤은 알 것 아냐."

"그럼 너희 놈들은 관헌이 아니란 말인가?"

"이 사람아, 우린 이젠 통성까지 한 사인데 이놈 저놈 그런 말은 서로 삼갑세."

"도대체 누구란 말야?"

"하여튼 우린 관헌은 아닐세."

"그럼 날 어떻게 아나?"

"그보다도 자네 돈은 어디다 쓸 생각으로 칼을 품고 나섰어?"

"그건 말할 수 없어."

"없다구?"

태근이는 늦춰 줬던 덕보의 손을 다시금 비틀어댔다.

"아그 아그!"

"뭐 힘깨나 쓴다는 사람이 졸장부처럼 비명을 쳐."

"하여튼 손을 좀 놔 주게나."

"그럼 놔주면 이야기하겠나?"

"그래."

"꼭 해야 하네."

"대장부가 두 말 하겠나."

태연스럽게 이런 말을 하는 것을 보면 본시 칼을 품고 나설 그런 악질의 인간은 아니었다.

"그럼 믿기로 하지."

태근이는 덕보의 손을 놔 주고 나서

"자네두 서울 가는 길이라지?"

"응."

"그럼 방향이 같으니 걸으면서 이야기 들음세."

태근이는 덕보와 어깨를 같이하고 걷기 시작했다.

"돈이 왜 필요했다구?"

"실상 난 황주골 군수 녀석을 죽여야 할 일이 있는데……."

"그 이윤 나두 짐작을 하지. 실탄이가 그 놈 때문에 죽었다는 것이지?"

"그건 또 어떻게 알어?"

덕보는 다시금 놀라는 수밖에…….

"어떻게 알거나 이야기나 계속하게."

"그러나 군관 군졸이 그 놈을 지키구 있으니 혼자선 어떻게 할 도리가 있어야지."

"그래서."

"그런데 돈갖구 서울만 올라가면 칼 잘쓰는 막난이 패거리를 살 수 있다기에……."

"그것이 운이 나쁘려니까 나같은 놈이 걸려들었구만."

"자네에게 졌으니 그렇달 수밖에 없지. 그런데 자네 칼쓰는 법은 어디서 배웠나?"

"칼이야 내가 썼나? 자네가 썼지."

"칼을 막는 법 말야."

"배우고 싶은가?"

"솔직히 말해서 배우고 싶네."

"그렇다면 배워 줄 순 있지만 조건이 있네."

"무슨 조건인가?"

"서울까지 가는 길에 내 하인 노릇하겠나?"

"자네 하인이 되라구?"

"그렇지, 그 대신에 자네 서울 가는 비용과 막난이 사는 비용까지 그건 일체 내가 대주지."

그러나 덕보는 그 말이 믿어지지 않는 듯이 이상한 얼굴로 태근이를 보고 있다가

"정말이야."

하고 다짐했다.

"자네 말대로 사내대장부 두 말 하겠나."

태근이 말에 뒤에서 따라오던 우방서와 은실이가 싱글벙글 웃어 댔다.

그날 저녁 태근이가 이상스럽게도 만난 새 나그네와 함께 소기(所 己)라는 장거리에 들어선 것은 아주 어두워서였다. 우방서가 말하던 원은 큰 길가에서 뒤로 좀 들어가 있었다. 밤이 돼서 잘 알 수는 없

으면서도 절처럼 깨끗한 느낌이 가는 원이었다.

원 뒤에는 개천이 흐르는 모양으로 물소리가 요란한 것도 싫지가 않았다.

우방서는 이곳이 처음이 아닌 모양으로 원주(院主)하고는 잘 알았다. 그래서 그는 이곳까지 오자고 한 모양이었다.

"방도 깨끗하니 이왕 든 바엔 며칠 묵어 환자들의 처방이나 써주고 노자나 벌어볼까요?"

태근이는 신을 벗으면서 우방서에게 이런 농말로 웃어댔다.

"그런 생각은 애써 마시오. 이 더위에 환자들이 쓸어모여도 걱정이려니와 그래서 돈을 많이 번다면 저 사람이 또 딴 마음을 갖게 되는지도 모르니."

우방서는 덕보를 엇걸어 웃으며 말렸지만 '네가 의술이 아니라는 것은 내가 알고 있다'는 뜻도 없지 않아 있었다.

방은 장지문으로 막은 아래 위 두 방을 차지하고 개울에 나가 몸을 씻고 오자 저녁상이 들어왔다. 상에는 술도 한 되 덧붙혀 나왔다. 피곤을 풀기 위해서는 그만한 술은 필요하다고 우방서가 청한 모양이었다.

사실 태근이는 은실이와 둘이서 주막을 돌자면 상대가 젊은 아가씨인 만큼 자기로서도 자기 마음을 믿을 수 없다고 걱정했던 것이지만 남자가 셋이니 그런 걱정은 필요없게 되었다. 그러므로 두서너 잔의 술은 태근이도 안심하고 마실 수가 있었다.

이런 집은 은실이도 마찬가지로 마음을 놓을 수 있는대로, 몸을 씻고 나서 새 적삼까지 꺼내어 갈아 입고 들어오다가

"오라버니 술 따라드릴까요?"

하고 상 옆에 앉으며 술병을 들었다.

"은실이가 따르면 술맛이 더 낫겠지."

태근이도 이런 데는 사양할 줄을 몰랐다.

"물론 나도 한잔 부어주겠지."

방서는 마시던 술을 분주히 내고 술잔을 내댔다.

"꼭 한잔만이에요."

"그렇다면 선비님두 한잔만 부어 주는 게지?"

"아저씬 마지못해 부어주는 술이지만 오라버닌 달라요."

"늙은 총각 둘을 놓고서 저런 소리니 견딜 도리가 있다구. 그렇지 않은가, 덕보?"

방서는 덕보에게 응원을 청했다. 그러나 덕보는 신이 나지 않는 얼굴이었다. 죽은 실탄이 생각이라도 하고 있는 모양인지.

"덕보두 내 아내한테 인사드리구 술이나 한잔 받게나, 임자가 서울까지 내 하인이 된 것처럼 이 아가씨두 서울까지 내 아내가 된 것이라네."

태근이가 이상스러운 소개를 하자 은실이가 술병을 들어

"그러고 보니 우리 둘인 이상한 굴레를 쓴 셈이지요."

하고 덕보에게 술을 권했다. 그러나 덕보는 여전히 시무룩한 얼굴로 술잔을 들려고 하지 않았다.

"자네 술은 싫어하는가?"

"그렇지도 않지만 오늘은 마실 생각이 없네."

역시 달리 생각하는 무엇이 있는 모양이었다.

저녁식사가 끝나자 오늘은 모두가 피곤하므로 잘 생각뿐이다. 더욱이 여름밤은 짧은데다 아직도 서울까지는 사백리 길이나 남아 있는 판이다.

"은실이는 졸릴 텐데 올라가 자지."

역시 은실이 생각은 누구보다도 태근이가 제일 살뜰했다.

"선비님은 신방에 올라갈 생각이 아니요?"

우방서는 일부러 의아스럽다는 얼굴이었다.

"오늘밤은 신랑두 신방에서 발을 펴고 잘 것 같지는 못하니 처음부터 여기서 자기로 하지요."

"그게 무슨 소린가?"

지금까지 시무룩해 있던 덕보가 눈이 둥그레져서 물었다.

"우라두 자네와 마찬가지로 관헌들에게 쫓기는 몸이라네."

"무슨 일루?"

"그것은 모두가 제각기 다르니 어떻구나 이야기 할 수가 없지."

"그럼 자넨 왜 쫓기는 거야?"

"이 사람아, 자네라는 소리가 무슨 소리야, 서울까지 내 하인이 되기로 했으면 약속을 지켜야지, 그래야만 나도 자네의 약속을 이행할 것 아닌가."

"그렇게 합세나."

"아직두 반말질이다."

꾸짖듯이 웃자

"갑자기 존대어를 쓰려니 혀가 잘 돌지를 않는데……."

하고 덕보는 머리를 두어 번 긁고 나서

"그럼 주인님은 어떻게 관헌들에게 쫓기는 몸이 되었소이까."

생긋이 웃었다.

"그렇게 주인을 존대할 줄 아는 사람이 공연히 그랬구먼."

태근이는 좌중을 웃기고 나서

"나두 여자 때문이지."

하고 말했다.

"난 국사범(國事犯)이나 되는 줄 알았더니 역시 여자 때문이군."

덕보는 알겠다는 듯이 고개를 끄덕이며 은실이를 힐끗 봤다. 은실이는 여자란 말엔 확실히 안색이 달라졌다. 우방서가 그 기색을 알

아채고

"그렇다고 아가씬 너무 걱정 말아요. 그건 젊은 여자가 아니라, 늙은 여자니까 아가씨완 상대가 되지 않지요."

하고 가로맡아 능청을 부렸다.

"그렇다면 가잿골에 계신 덕보 어머니 때문이군요"

은실이도 그 말뜻을 알아채고 따라 웃자,

"그건 또 무슨 소리요?"

하고 덕보는 또다시 눈이 둥그레졌다.

"덕보, 그렇게 눈을 크게 뜨고 놀랄 것도 없는 거야. 우리가 같이 오다가 어느 농군에게 자네 이야기를 들었지. 듣구 보니 이야기가 너무나 딱하기에 내가 자네 집을 찾아가 보지 않았겠나. 그랬더니 어머니는 누운 채, 황주골 군수 녀석이 칼에 찔려 죽는 것을 보면 한이 없다기에 내가 그 원을 풀어주마 하고 나오는데, 나졸 두 녀석이 누구냐고 소리치면서 달려들어 날 묶으려고 하지 않겠나. 자네가 혹시 오지 않나 하고 지키고 있던 녀석들인 모양이야. 그래서 한 녀석의 멱살을 잡고 면상에 주먹을 먹였더니 단대에 눈을 희뜨고 넘어가지 않겠나. 그걸 보자 또 한 녀석은 혼비백산이 되어 달아나고 말았지"

"아저씨 주먹이 쇳덩이인 모양이군요?"

방서의 말이 믿어지지 않는다는 듯이 은실이가 조롱댔다.

"그래두 아가씨 같은 부드러운 볼에 닿을 땐 내 주먹두 솜방망이처럼 부드럽지."

하고 응수를 하고 나서

"그런데 선비님두 자네 어머니의 원을 풀어 주기로 했으니 여자 때문에 쫓기는 셈 아닌가."

우방서의 억지 해설에 덕보는 그저 감격한 얼굴을 하고 있는데 갑자기 밖에서 관헌들이 들어오는 소리가 났다.

소란스러운 소리에 모두가 눈이 뚱해진 얼굴로 있는데 상심부름하는 사내 녀석이 달려왔다.

"우생원님 관헌들이 조사하러 왔어요."

우방서는 이 원에 들 때마다 엽전닢이나 좋이 집어준 모양으로 그호의로써 먼저 알려주는 것이었다.

"선비님 이것도 우리를 잡으려는 방법의 하나이군요."

우방서가 얼굴빛이 달라지며 말했다.

"오라버니 어떻게 해요?"

눈을 뜨고 설레는 것을 보면 은실이도 관헌들에게 조사를 받으면 순순히 대답 못할 무엇이 있는 모양이다.

여자 때문에 쫓긴다는 그 실없는 이야기를 하고 있는 태근이도 실인즉 대단한 비밀을 갖고 있었지만

"자네가 일부러 이렇게 와서 알려주니 고맙네. 그러나 우리들은 관헌에게 조사를 당해도 조금도 수상스러운 일이 없는 사람들이니 안심하게나."

하고 태연히 말했다.

"그렇다면 저두 안심 됩니다만 관헌들의 사나운 태도가 오늘은 무슨 일이 난 것 같기에……."

사동은 분주히 나가버렸다.

"저놈들이군요."

여름이므로 어느 방이나 미닫이는 열어 논 채다. 뜰 건너 맞은편 방에 관헌들이 들어가는 것을 보고 덕보가 눈을 굴려 주먹을 불끈 쥐며 말했다.

"수틀리면 해치우고 말아요."

"덕보 자넨 잠자코 있게나. 내가 잘 처리할 테니."

"그래 우린 선비님에게 맡기구 그 말이 옳다구만 합세."

"은실이두 걱정 말어. 저런 녀석들이야 못 넘기겠나."

은실이는 고개를 끄덕이면서 태근이만을 믿는다는 얼굴이다.

"모두가 피곤하실 텐데 죄송하옵니다만 포도청에서 조사를 나왔기 때문에 잠깐 실례하겠습니다."

원주가 관헌들의 일행을 안내했다. 원주 바로 뒤에 선 것이 오십은 났으리라고 생각되는 포교였다. 얼굴에 두부살이 잔뜩 오른 것을 보면 어느 정도로 노략질을 해먹었다는 것도 알 수가 있는 일이다. 그 뒤에는 군뢰들이 대여섯 명 달렸다.

"우린 서흥 포도청에서 나왔는데 그리 알고 묻는 말을 사실대로 이야기해요."

포교는 찌푸린 눈으로 이야기하고서는 원주에게 고개를 돌려

"이 사람들 모두 일행이오?"

하고 물었다.

"네, 그렇습니다."

포교는 숙박부를 훑어보고 나서

"노형이 김태근이요?"

하고 물었다.

"네, 그렇습니다."

"노형은 의술로 되어 있는데 어떻게 공용도 아닌 사람이 이곳에 머물게 되었소?"

"제 형님이 이곳 원주와는 친분이 있는 관계로······."

원칙상으론 평민은 원에서 묵을 수가 없었지만 원주의 친척이나 친지는 관에서도 묵과해 줬던 것이다.

"노형, 형님이 누군데?"

"네, 제가 바로 형님입니다."

우방서가 재빠르게 대답했다.

"이름이 뭐요?"

"우방서입니다"

"그렇다면 형제지간이라면서 성이 다르지 않나, 그런 형제가 어디 있어?"

"그럼 외사촌 형제간에도 성이 같아야 합니까?"

포교들을 상대하고서도 우방서는 비양을 쳐야만 마음이 편안한 모양이었다.

"거짓말 아니지?"

우방서 말에 대답을 못하게 된 포교는 태근이에게 얼굴을 돌렸다.

"저희들은 조금도 거짓말할 필요가 없는 사람들입니다."

태근이는 눈 하나 까딱하지 않았다.

"서울 간다면서 아낸 왜 데리구 나왔소?"

"서울 가서 살 생각으로 길을 떠난 것입니다."

"저 사람은 또 누구야?"

포교는 턱으로 덕보를 가리키며 물었다.

"집에서 부리던 하인입니다."

"숙박부엔 왜 적지 않았지?"

"감사 행차에도 따라가는 하인들은 적는 일 없기에 저건 사람 셈에 들지 못하는 줄만 알았지요."

"하인이라면서 한방에 들 수 있소?"

"그건 어떻게 말씀하시는 거요? 고양이를 방에 들여도 죄가 된다는 말씀입니까?"

태근이는 부러 어리칙칙한 얼굴을 했다.

"우방서."

짓궂게 대들던 포교는 할 말이 없게 되자, 다시금 우방서에게 고개를 돌렸다.

"노형은 분명히 김태근의 외사촌 형이라지요?"

"그렇습니다."

"노형두 서울까지 동행이요?"

"네, 저는 보시다시피 보부상인데 서울 물건을 사러가는 길에 동행이 됐습니다."

"그렇대두 젊은 사람들이 셋넷씩 밀려다니는 것이 수상하지 않소?"

"글쎄 말입니다. 우리들두 포교님들이 산도둑들이 못나오게 잘 지켜준다면 이렇게 밀려다닐 필요도 없는데요."

우방서가 시침을 떼고 말했다.

"저것은 누구 보따리요?"

포교의 눈은 별 수 없이 이번엔 말뚝에 걸어놓은 보따리로 갔다.

"제햅니다."

태근이가 대답했다.

"내려서 풀어봐요."

"그건 왜 풀어보란 말요?"

"얼마 전에 가잿골이란 곳에서 나그네 차림인 역적 한 명이 순찰하는 순라에게 달려들어 중상을 입히고서 부패를 빼앗아 갖고 달아났단 말요. 그래서 파말을 띄워 그 범인을 잡으라는 포령(布令)이 왔는데 하여튼 봇짐을 풀어봅시다. 부패가 있나 없나."

그 옆에 앉아 있던 은실이가 금세 얼굴이 새파랗게 질려졌다.

저 놈들두 무던히 생각했구나, 하고 태근이도 약간 당황하지 않을 수 없었다. 밀양박씨에게서 훔친 부패를 그 속에 넣어뒀기 때문이었다.

그 순간에 우방서가 한 걸음 포교 앞으로 나가앉으며

"포교님, 그것만은 안 됩니다."

"왜 안 된다는 거야?"

"안 되면 안 되는 줄만 아시구려."

"도대체 뭐가 들었는데?"

"그건 저 사람 부부에 관계되는 것이니 묻지 말구 우릴 믿을 수 없다면 이 원주님에게 물어봐요."

부부에 관한 것이라는 데는 포교도 짐작할 수 있다는 듯이 비굴스러운 웃음을 웃고 나서

"원주, 이 사람들을 책임질 수 있소?"

"네, 책임지지요."

"이 사람을 어떻게 알기에?"

"제 조부님의 묏자리를 잡아준 관계로 알지요."

"그러면 이분이 풍수도 볼줄 아우?"

"알다 뿐이겠소. 지금의 도헌(都憲) 어른의 엄친 뫼도 이분이 봐 줬지요."

그 말에 지금까지 꺼덕대던 포교가 대번에 안색이 달라졌다. 도헌이라면 지금 대법원장쯤 되니 그럴 수밖에 없는 일이었다.

우방서가 도헌 어른 엄친의 묏자리를 봐 줬다는 소리에 관헌들이 질겁을 하고 꽁무니를 빼다시피 물러가자

"정말이에요 그게?"

하고 은실이가 믿을 수가 없다는 얼굴로 물었다.

"아가씨가 그렇게 믿어지지 않는다면 원주한테 가서 다시 한번 물어보지."

우방서는 일부러 화가 난 듯한 얼굴을 했다.

"아저씨가 그렇게도 훌륭한 분인 줄 몰랐으니 말이지요"

은실이가 약간 미안한 대로 조롱만도 아닌 변명 같은 말을 하자,

"믿건 안 믿건 간에 그걸로써 곤경은 벗어났으니 되지 않았소."

하고 덕보도 한마디 했다.

"그렇지, 덕보가 쓸 말을 하는 구면. 그러나 이걸로써 곤경을 아주 벗어났다고 생각해서는 안 되네."

하고 우방서가 주의를 시키자,

"그땐 또 어느 정승의 묏자리를 봐줬다면 되지 않아요."

은실이는 매렵던 말을 기어이 하고야 말았다.

"그럴줄 알았으면 방망이를 꼭 하나 넣고나 오는걸."

"그걸루 어쩔라구요?"

"어느 아가씨에게 사용할 필요가 있어."

"그러나 그 아가씨의 볼에 닿으면 무쇠같은 주먹두 솜방망이가 된다는데 그 망치가 무슨 필요가 있어요?"

"때리는 것이 아니라, 그걸루 입심 사나운 입을 틀어막아 줄 생각이야."

"그 말을 듣고 보니 저도 잊은 것이 있군요."

"뭐를?"

"가위 말이에요."

"그걸로써 참새 같이 재잘거리는 자기 혀를 쌍둥 잘라버릴 생각이란 것이지, 그걸 봐두 참 아가씬 영리해, 자기 결점을 그렇게두 잘 알고 있으니 말야."

"천만에요. 참새 혀가 아니라 올빼미 혀를요."

"올빼미 혀를?"

"자는 척하고 있으면서도 남의 흠만 보고 있다가 절절 지껄이는 그런 혀말이에요."

"어쩌면 그렇게두 아가씬 얼굴과는 딴판으로 입심이 사나워."

"그래두 전 청산은 내 뜻이요, 녹수는 임의 정이란 시조두 안답니다."

"그 정을 내게두 좀 들려보란 말야. 자기 입으로 내가 훌륭한 사람이란 걸 알았다고 말도 했으니 말야."

"아저씨, 미안해요. 제가 정엔 일편단심이 돼서."

"그렇다면 오늘 밤은 아가씨두 기어이 님과 신방을 차려야 되겠다는 말이구만요."

하고 화제를 그곳으로 돌려

"선비님 어떻소? 관헌들의 조사도 지나갔으니, 이제는 걱정될 것도 없지 않소."

태근에게 얼굴을 돌리며 자뭇 심각한 얼굴이 된다.

그들의 입씨름에 웃고만 있던 태근이는 자기에게 날아든 화살에 얼굴이 약간 붉어진 채

"은실이 생각은 어때?"

하고 능청스러운 웃음으로 물었다.

"전 혼자 웃간에 올라가 자지요. 오라버닌 피곤한 것 같기도 한데."

"난 별로 피곤하진 않아."

"그래두……."

뿌드드한 얼굴로 말을 잇지 못하는 은실이었다.

"역시 명목상의 아내만 되고 싶다는 거지?"

태근이는 자기도 처음부터 그런 생각이면서 짓궂게 그것을 물었다.

"네."

"그럼 어서 올라가서 자요. 내일은 또 새벽에 길을 떠나야 할텐데."

"내일은 어디서 자게 되는가요?"

"그거야 알 수 없지, 내일은 관헌들의 눈을 피하여 산길을 걸어야 하겠으니."

"서흥은 지나서 자게 되겠지요?"

"그렇지, 아무리 길을 돈대두 서흥은 지나서 자겠지."

"평산까진 못 가게 될까요?"

그곳에서 평산이라면 백 오십리 길이나 된다.

"그곳까진 누구보다도 은실이가 걸을 수가 없지 않아."

"전 어떻게서든지 걸어요."

"그렇다면 그곳까지 가야 할 이유가 있나?"

"그곳까지만 가면 모랜 넉넉히 개성에 들어갈 수 있지 않아요."

은실이는 무엇 때문에 서울에 간다는 이야기는 아직 한마디도 없었지만 한걸음이라도 빨리 가고 싶어하는, 바빠하는 마음은 알 수가 있었다.

"거기 가서 또 명목상 아내가 되겠다는 것인가?"

"네."

연분홍이 된 얼굴을 숙이면서 은실이는 속소리로 대답했다.

"그러자면 빨리 올라가 자야 할 것이 아니야. 우리두 자리 펴고 잡시다."

하고 태근이는 고개를 돌렸다.

"그럼 안녕히들 주무세요."

은실이는 정녕히 인사를 하고 살근히 빠져나가듯이 웃간으로 올라가 장지문을 닫았다. 이윽고 자리를 펴고 치마를 벗어 거는 모양이었다.

(하여튼 대단한 여자야)

태근이는 알 수 없게도 온몸이 달떠오르는 기분이었다.

"덕보, 숨소리가 그렇게도 높은가."

불을 끄고 누운 어둠 속에서 우방서가 덕보를 조롱대듯 말했다.

"내가 어떻다구요?"

"옆에서 잘 수 없게 씨걱거리니 말야."

"그런 실없은 소리 말구 어서 코나 굴어요."

덕보는 아랫목 벽을 향해 돌아누웠다.

윈 윗목엔 태근이가 누웠고 다음엔 우방서, 덕보의 차례로 누웠다. 그러므로 웃간에 자고 있는 은실이와의 거리는 덕보가 제일 먼 셈이지만 장지문 하나 사이에서 예쁜 아가씨가 혼자 잔다는 것을 생각하면 자기도 모르게 덕보는 숨소리가 높아지는 모양이었다.

"자넨 어서 잠이나 들어 꿈속에서 탄실이나 만나 보게나."

우방서는 또 조롱댔다. 그러나 조롱대는 방서의 숨소리도 그렇게 낮은 편은 아니었다.

(호의를 보이는 척하면서 남을 이용하려는 것은 결코 감심할 일은 못 되지만 하여튼 이 아가씨는 어떤 비밀을 갖고 있는 것만은 사실이다. 그 비밀이 나쁜 일이라고는 생각되지 않는 이상……)

태근이는 이렇게도 선의로 해석하고 때로는 바보가 되어 여자에게 이용을 당하는 것도 남자로서 싫은 일은 아니라고 생각했다. 그런 생각을 해가면서 잠을 재촉하고 있는데

"선비님, 잠이 들었소?"

하고 옆에서 우방서가 소리쳤다. 방서도 역시 잠을 못들고 있는 것이었다.

"우지관(地官)도 역시 잠이 들지를 못했군요."

태근이는 처음으로 방서를 지관이란 이름을 붙여 불렀다.

"허허, 내가 무슨 풍수를 안다고 지관이요?"

"도헌과 같은 당당한 세도를 쓰는 집의 묏자리를 봐줬으면 훌륭한 지관이랄 수 있지 않소."

"하기는 그 덕분으로 오늘 밤은 발을 펴고 잘 수 있게 됐으니 지관이란 이름을 받아두기로 하지요. 그런데 이렇게 더워서야 잘 수가

있소?"

"그러게 말입니다. 막 물크는군요."

그러나 덕보는 아랫목에서 세상모르고 코를 데링데링 굴어대기 시작한다. 둘이서는 잠시 그 코고는 소리를 엿듣거나 하는 듯이 말이 그쳤다가

"우지관이 뫼를 봐줬다는 도헌은 어떤 분이요?"

하고 물었다.

"선비님이 그걸 몰라서 묻는 거요?"

방서는 알 수 없다는 듯이 반문하는 어조였다.

"물론 모르기에 묻는 것이지요."

"모르다니요. 조정에 대해선 나보다도 더 밝을 분이."

"시골에서 의생 해먹던 녀석이 그런 걸 알게 뭐요."

"선비님이 말을 그렇게 해두 저는 속이지를 못합니다."

"뭐를 속이지 못한다는 거요?"

"선비님이 의생이 아니란 거지요."

"그건 뭘보구 그렇게 단정하는 거요?"

"첫째로 의생이라면 약냄새가 몸에 배있답니다."

"그야 여름엔 하루에 몇 차례씩 목욕을 하게 되니까 자연 없어질 것이 아니요."

"그런 소리를 하는 것을 보니 더욱이나 의생이 아니라는 것이지요. 몸에 밴 그런 냄새는 관 속에나 들어가기 전엔 좀처럼 없어지는 것이 아니랍니다."

"그래 내 몸에선 전혀 약냄새가 나지 않는다는 말씀이군요."

"그것만도 아니지요. 의생이란 대체로 어렸을 때부터 약을 썰었기 때문에 바른켠 어깨가 아래로 기울어지지요."

"그러니 우지관 앞에서는 거짓말도 못하겠군요."

"그렇기에 내가 선비님을 처음 만났을 때 뭐라고 합디까. 관상은 좀 볼 줄 안다고 하지 않아요."

"그러나 나두 그런 관상은 볼 것 같군요. 우지관이 남의 묏자리나 봐주고 관상이나 봐주며 팔도강산을 떠돌아다니는 단순한 장돌림이 아니라는 것은 알겠단 말요."

태근이도 기회를 놓치지 않고 한마디 했다.

"그 말을 듣고 나니 선비님과 저는 서로 피장파장이 된 셈이군요."

하고 비로소 본색을 드러내듯이 허허 웃어댔다.

그리고 나서는 다시 입을 열어

"하기는 선비님이 서울을 떠난 지가 오륙년이나 되어 용만(龍灣)부근에서 숨어 산 모양이니 지금의 도헌이 누군지 모를 법도 한 일이지요."

"그건 뭘 갖고 또 그렇게 말하시오?"

점쟁이처럼 맞히는 우방서 말에 태근이는 놀라며 그쪽으로 몸을 돌렸다.

"그야 선비님 말씨를 들으면 알 수 있는 일이지요. 서울 말씨에 의주 사투리가 약간 섞여진 것을 보니 그쯤 된 것 같군요."

태근이는 그 말에 혀를 또 차고 나서

"우지관의 말이 다 옳다 하고 지금의 도헌 이름이나 어서 압시다."

"김재찬(金載瓚)이란 사람이지요."

"네? 재찬이?"

태근이는 자기도 모르게 소리를 쳤다.

"선비님, 왜 그렇게두 놀라시오. 김재찬 도헌을 잘 아시는 모양이군요."

우방서는 태근이 편으로 고개를 돌리는 모양이었다.

"약현(藥峴) 대신이라는 김익(金熤) 상공댁의 아들인?"

"네 바로 그분입니다. 선비님은 어떻게 그이를 잘 아시오?"

"잘 안다기 보다도……."

태근이는 말을 더듬거렸다. 다음 말을 어떻게 해야 할지 몰라서였다.

"참 그 사람이 어영대장(御營大將)의 영(令)을 받고 싫다고 거역했다가 크게 혼이 난 일이 있지 않소. 그 이야기가 너무나도 유명하니 그의 이름은 알고 있지요."

김유찬이가 아직 당하관(堂下官)으로 있을 때 별로 세도가 없는 이창운(李昌運)이란 사람이 어영대장을 배수(拜受)하게 되었다.

그때 무신이 등단(登壇)하면 당하문관(堂下文官) 중에서 종사관(從事官) 한명을 뽑았는데 그것이 김재찬에게 온 것이었다. 그러나 대신의 아들인 김재찬으로서는 그런 자리가 달가울 리 없으므로 복무하지 않을 생각으로 있다가 군령을 어긴 죄로 참형(斬刑)을 받게 되었다. 그의 아버지는 이창운 대장이 괘씸은 했지만 그렇다고 군령을 어긴 아들을 대신 자리에 앉아서 비호할 수도 없는 일이었다. 약현 대신은 생각다 못해 잡혀가는 아들에게 편지를 하나 주면서 대장에게 보이라고 했다. 그 편지는 아무 것도 적혀 있지 않은 백간(白簡)이었다. 그것을 보고난 이창운이는 '아무 할 말이 없다'는 약현대신의 뜻을 알아채고서 김재찬의 참형을 사(赦)해 준 일이 있었다.

태근이는 문득 그 이야기가 생각되는대로 그것으로 대답을 피했으나 실상 그는 김재찬을 너무나도 잘 안다.

재찬이는 자기보다 사오년 위였지만 집이 이웃간이었고 이상스럽게도 마음이 맞아 어렸을 때는 형제처럼 지냈다. 그러나 점점 나이들면서 그들의 사이는 벌어지게 되었다. 그것은 새로운 사상과 낡은 사상이 부딪치면서 생기는 마찰에서 오는 것이었다.

"새로운 서학(西學)도 좋지만, 너무 깊이 들어가게 되면 집안을 망칠 위험성이 없지 않아 있으니 말야."

태근이가 이승훈(李承薰) 정약종(丁若鍾)의 뒤를 이어 천주교에 물들기 시작할 때에도 제일 먼저 걱정하듯이 말해준 것도 김재찬이다. 순조(純祖)가 즉위하였으나 영조비(英祖妃)가 후견을 하여 천주교도들의 학살 선풍이 불면서 태근이가 숨어다니던 그때도

"나는 천주교라는 그 자체가 싫다는 것은 아니지만 조정에서 막는 이상, 그것이 옳다고 앞장을 서고 싶진 않다는 걸세. 무엇 때문에 앞장을 서서 자기 몸을 망치고 집안을 망칠 필요가 있나 말야?"

"그건 형의 합리주의적인 비겁한 생각에 지나지 않는 거요."

그때, 태근이는 지지 않고 쏴 주었지만 그 합리주의자가 지금은 대단한 벼슬에 앉게 되어, 그의 이름만 대도 포교들이 물러가게끔 됐으니 자못 감개가 무량할 뿐이었다.

"군영 종사관으로 있던 사람이 불과 오륙년 동안에 도헌이 되었다니 대단한 출세로군요."

태근이는 자기도 모르게 그런 말이 불쑥 나왔다.

"그러기에 명문이 좋다는 것이 아니웨까?"

"그러나 김재찬은 연흥부원군 김제남(延興府院君 金悌男)의 후손이라지요?"

태근이가 무심코 말하자

"알겠소, 선비님이 누군지를."

우방서가 문득 이런 말을 했다.

"나를 어떻게 안다는 거요?"

태근이는 우방서의 말이 이상한 대로 반문했다.

"선비님이 구리개 회나무집 서당에 다닌 일이 있지요?"

하고 수수께끼 같은 말을 또다시 꺼냈다.

"어떻게 그걸 아십니까?"

그러나 방서는 그 말의 대답은 않고

"더워서 잘 수가 있소. 나가서 몸을 씻고 들어와 자기로 합시다."

하고서는 옷을 찾아 입었다. 단순히 더운 때문만은 아니라 말을 계속하기엔 웃간에서 자는 은실이와 아랫목의 덕보를 꺼리는 기색이었다.

태근이는 잠자코 따라 나섰다.

어두운 집 뒤뜰로 돌아나서자 갑자기 개울에 흐르는 물소리가 요란했다. 그러나 막상 옷을 벗고 개울에 들어앉고 나니 물소리는 귀에 가라앉아 사방은 그저 괴괴할 뿐이었다.

"이렇게 시원한 걸 공연히 방에서 참았었군요."

"이런 맛에 더위도 잊는 모양이요."

개울물은 얕기 때문에 길게 눕지 않으면 몸이 물에 잠기지가 않았다. 둘이서는 개울에 누워서 하늘의 무수한 별을 쳐다보면서 얼마 동안 의미없는 이런 말만 했다.

그러다가 드디어 방서는 정색한 어조가 되었다.

"실상 나는 황주 순댓국 집에서부터 선비님을 어디서 본 듯한 분이라고 생각했소."

"그래요?"

"그런대두 통 생각이 나야 말이지요. 본시 저는 일 년 열두 달 떠돌아다니는 녀석이라 사람도 무척 많이 대했으니말요."

"그래서 날 여까지 따라왔다는 거요?"

"그 뜻도 없지 않아 있지만, 그보다도 전 선비님이 보통 사람이 아니라는 것을 첫눈으로 알았기 때문에 한번 가슴 털어놓고 이야기나 해보고 싶은 마음에서였지요."

"그 생각은 저도 마찬가지였소. 그런데 제가 회나무 서당에 다닌

건 어떻게 아우?"

"그건 선비님이 김재찬이가 연홍부원군의 후손이란 말을 꺼내는 것을 보고 그 집에 드나들던 소년공자의 하나가 틀림없다고 생각했지요. 그러고 나서 다시 생각해보니 선비님을 회나무 서당에서 본 어렸을 때의 얼굴 모습이 생각되더군요."

회나무 서당은 그때 성균관(成均館) 직강(直講) 벼슬을 지내던 이가 경영하던 곳으로 명문가 자제들이 다녔다.

"그러면 우지관도 그 서당에 다녔소?"

"저는 그 서당에 다닌 것이 아니라 그 집의 사환으로 한 이년 있었지요."

그 말을 듣고 보니 태근이도 어렴풋이 생각이 났다. 그 서당은 김재찬이도 같이 다녔지만 그때 자기보다도 나이가 사오 년 위인, 늘 책만 펴들고 있던 총각이 있었다. 그것이 십오 년이 지난 지금에 생각해보니 이 장돌림에 틀림이 없었다.

"나도 이제 생각나오. 형을 책벌레라고 놀려주던 일이……"

태근이는 반가운대로 말했다.

"그걸 아직두 기억하구 있군요. 저두 많이 변했지만 선비님두 많이 변했어요."

"십오년이나 되는 세월이 흘렀는데 변하지 않을 수 있소."

"그동안에 선비님 댁에 있은 불행에 대해선 뭐라고 할 말이 없습니다."

태근이의 가족이 천주교도로 학살 당한 것을 말하는 것이었다.

"그 이야긴 그만 두기로 하고 우형이 시원스럽게 가슴을 털어보겠다던 그 이야기나 들어보기로 합시다."

태근이는 지난 일보다도 앞으로 하고 싶은 이야기가 더 듣고 싶다는 그런 어조였다.

"시원한 이야기 하라면 조정을 둘러엎어야 한다는 이야기 밖에 없지요."

우방서는 한마디로 자기 속을 털어 놓고 말았다. 그러나 그것은 너무나도 대담하고 시원스러운 말이었다. 그말에 태근이는 질리기나 한 듯이 잠시 입을 벌릴 줄 모르고 있다가

"우형은 언제부터 그런 생각을 하게 되었소?"

하고 신중한 어조로 물었다.

"내가 장돌림으로 나선 지가 벌써 오년이요."

"그러면 오년 전부터 그런 생각을?"

"아니지요. 내가 그런 생각을 갖게 된 것은 기생의 몸에 서자로 태어나면서 첫 울음을 터쳐놓던 그 순간부터인지도 모르지요. 지금 내가 오년이 되었다는 것은 그 일을 하기 위해서 실제로 나선 지가 그렇게 되었다는 것입니다."

"그렇다면 그 동안에 곳곳에서 많은 동지도 얻었겠군요."

"물론 많이 얻었지요. 그러나 나는 처음부터 이 일을 하기 위해서는 동지가 없어 못할 일이라고는 생각지 않았습니다."

"그건 또 어떤 의미요?"

"지금에 썩고 물커진 조정을 누가 옳다고 하겠소. 탐관오리 몇 녀석을 내어 놓고서는 모두가 싫달 것은 뻔한 일이 아니요."

"그러면 모든 백성이 동지가 될 수 있다는 말이군요."

"그렇지요."

"그러나 세상이란 우형의 생각하는 것처럼 그렇게 간단한 것만도 또 아니겠지요."

"물론 그렇지요. 그렇기에 우리두 여태까지 거사를 못하고 신중을 기하는 것이지요. 평소 선비님은 우리와 같이 손을 잡고서 일해 볼 생각이 없소?"

우방서는 불현듯 이런 말을 또 했다.

"하여튼 고맙소. 우형이 저를 믿고 그런 말을 해주니. 솔직히 이야기해서 저도 우형의 생각과는 조금도 다름이 없습니다. 그러나 서울에 가게 되면 제가 해야 할 일이 따로 있을 것 같아요."

"천주교 전도사업 말인가요?"

"그것이라기보다도……."

하고 태근이는 말끝을 흐리고 나서

"하여튼 나라를 바로 잡아보겠다는 그 뜻만은 같은데야 형과 서로 떨어져서 일을 한대도 마찬가지가 아닙니까?"

하고 태근이는 자기는 자기대로 어떤 계획이 있어 지금 서울로 올라가고 있다는 것을 표시했다.

둘이서 방으로 돌아오자 덕보는 아랫목에서 여전히 코를 골고 있고, 은실이도 잠이 든 모양으로 쌔근거리는 숨소리가 들렸다.

우방서도 눕자 곧 잠이 든 모양이었다. 그러나 태근이는 여전히 잠이 들지를 못했다. 우방서에게서 받은 충동도 물론 컸거니와 그와 함께 육년전 서울을 떠나던 그때의 일이 눈앞에 벌어졌기 때문이었다.

"태근이 자네는 명문의 자손인만큼 더욱 눈에 뜨일 테니 당분간 시골로 가서 숨어 있는 것이 좋아. 지금은 이런 때라 해도 반드시 새로운 학문의 가치를 만민들이 알아줄 때는 올 테니. 의리니 뭐니 그 쓸데없는 소리말구 어서 시골에서 공부나 실컷 하구 있어. 왜 미련스럽게도 그물에 걸려 희생자가 되겠다는 거야. 무엇보다도 우리에게 중요한 것은 자네같은 어린 사람이 제 이진 제 삼진으로 펴서 새 학문을 계몽시켜야 하는 거야. 새로운 학문의 힘은 권력도 정략도 막을 수 없는 일이니까."

이런 말을 해주던 그때의 친구들이 뒤에 어떻게나 됐는지 궁금하기가 짝이 없었다.

다음날 아침—.

아침이라 해도 아직 동이 트기 전인 이른 새벽이었다.

"오라버니."

그 소리에 태근이가 불시에 눈을 떠보니 길을 떠나려고 행장을 갖춘 은실이가 머리맡에 앉아 있었다.

"웬일이야?"

"일어나지 말구 그대로 누워 있어요. 아직 채 밝지도 않았는데."

그러나 태근이는 그대로 누워 있을 수는 없는 일이었다.

"혼자 길을 떠날 생각인가?"

"네."

"왜 갑자기 그런 생각을 했어, 오늘로 꼭 평산까지 갈 생각으로?"

"그것두 그렇지만……."

"역시 혼자 가는 게 안전하리라고 생각해서?"

"그건 아무렇게나 생각해두 좋아요. 하여튼 먼저 가게 해줘요."

이상스럽게도 얼굴을 붉히고 있는 은실이었다.

"먼저 길을 떠나는 거야 물론 은실이 자유지만 혼자라두 자신 있어?"

"이제는 포교들의 퇴치법도 충분히 배워서 염려 없어요."

"도중에 멧돼지도 나올지도 모르지 않아."

"오라버닌 날 어린애로만 보려는 건 싫어요."

눈을 귀엽게 흘기고 나서

"제가 먹은 밥값은 내고 가겠어요."

하고 엽전 두 잎을 태근이 앞에 꺼내 놓았다.

"그건 또 뭐야. 누가 자기보구 그런 걱정까지 하랬어……. 그래두 명색이 남편이었는데 그런 셈까지 밝히고 헤어진다면……."

태근이는 약간 화가 난 듯한 얼굴이 되었다.

"알겠어요. 그렇다면 이건 도루 넣겠어요."

은실이는 수줍었던 얼굴을 더욱 붉히며 돈을 허리춤에 도루 넣었다.

"그래야지, 그래야만 나두 기뻐, 우린 서로 우연히 만났다 헤어진다 해두 돈 같은 것은 초월한 즐거움을 느꼈었는데 그렇게두 야박스럽게 헤어질 수는 없는 노릇 아냐."

"그런 말씀하시면 전 더 슬퍼져요."

은실이는 갑자기 눈물이 글썽해진 얼굴이 되었다.

"그럼 내 문밖에까지 바래주지. 혹시 원주가 봐도 혼자 떠난다면 이상스럽게 생각할지도 모르니까."

하고 태근이가 먼저 은실이의 봇짐을 쥐고 일어섰다.

이제 겨우 훤해지기 시작한 대문 밖에서 사동이 문앞을 쓸고 있었다.

"벌써 떠나시나요?"

"우리 집사람만이 먼저 떠난다."

"아침두 드시지 않고요?"

"속이 좋지 않아 그대로 떠나."

"그래두 속이 비면 허해서 어떻게 길을 걸어요?"

말만이라도 삽삽한 사동이었다.

큰길가까지 나오면서 은실이는 태근이에게 무슨 말을 한마디 꼭 하고 싶으면서도 억지로 참는 그런 얼굴이었다.

"그럼 저 먼저 가겠어요."

"되도록 조심해 가요. 우리들두 이제 곧 떠나겠으니 평산서 또 만나게 될지 모르지요."

"정말 그럴지도 모르겠어요."

은실이는 타는 눈을 들어 태근이를 흡떠보고서는 몸을 돌렸다.

아직도 해가 뜨기 전인 길에는 얇은 안개가 끼어 있었다. 안개 속으로 점점 멀어지는 은실이의 뒷모습을 바라보며 태근이는 무엇을 잃은 것만 같은 그런 기분이었다.

"선비님, 아가씬 먼저 떠났소?"

태근이가 방으로 돌아오자, 우방서가 홑이불 속에서 머리를 들었다.

"우형두 깨어 있었군요."

"둘이서 이야기하는 소리에 깼지요. 나는 무슨 다정스러운 이야기를 하는가 했더니 헤어지는 소리가 아니오."

"단잠을 깨게 해서 미안하우."

"그건 고사하구 괜찮겠소? 그 아가씨 혼자 보내두."

"자기두 혼자 갈 자신이 있기에 혼자 간다는 것이겠지요."

"아니 그보다두 그 아가씨 혼자 그렇게 가두 우리가 괜찮겠냐 말에요."

하고 걱정되는 얼굴을 했다.

"우리가 괜찮다니?"

"그 아가씰 전적으로 믿을 수 있냐 말요?"

"믿어서 괜찮겠지요."

"그럼 그 여자가 서울은 무엇하러 간다는 것은 알구 있군요?"

"그것까진 날 신용할 수 없는지 분명히 이야기하지 않더군요."

"그것 봐요. 그런 여잔데 어떻게 믿을 수 있다는 거요?"

"그건 나 역시 마찬가지지요. 나두 그 여자에게 무엇하러 서울에 올라간다는 이야긴 털어놓지 않았으니."

"그래두 이상하지 않아요. 어제 저녁엔 그런 생각두 하지 않던 여자가 오늘 아침에 갑자기 떠날 생각을 했다는 것이?"

"그거야 생각할 탓이겠지요. 내가 갑자기 떠난다 해도 우형은 날 수상하게 볼 리는 없는 거 아니요?"

"그건 내가 선비님을 잘 알기에 말이지, 모른다면 한번은 으레 의심해 보겠지요."

"그러나 난 의심을 하지 않아도 좋을 여자라고 생각되는데."

"그것은 선비님이 그 아가씨에게 약간 정이 쏠린 때문이겠지요."

"하기는 내가 그 여자에게 쏠린 것은 사실입니다."

순진한 태근이는 자기 마음을 솔직히 이야기하고 나서

"쏠리지 않은 우형의 눈으로 본다면 믿을 수 없는 데가 있다는 것이지요?"

하고 반문했다.

"물론 나도 솔직히 말해서 그 아가씨에게 호감이 가지 않는 것은 아니지만 내가 쏠린 그 정도의 눈으로 본다면 그렇다는 것이지요."

"그럼 우형은 그 여자가 어떤 여자라고 생각합니까? 형이 본 눈이라면 틀림없으리라고 생각되니."

"밀정이 아닐까요?"

우방서는 결론부터 꺼내놓았다.

"어떤 점으로요?"

"어제 저녁 포교들이 왔을 때 부패 이야기가 나오자 몹시 당황하는 것을 봐두 알 수 있지요."

"그건 내 괴나리 봇짐에 밀양박씨에게서 훔친 부패가 들어 있다는 것을 알기 때문이 아닐까요?"

"그러나 그 때문만이라면 그렇게 당황스럽게 놀라지는 않을 것입니다. 역시 자기 봇짐에도 자기 부패가 들어있기 때문에……."

"그러니 자기 봇짐에서 부패가 나오게 되면 자긴 포도청에서 보낸 밀정이란 것이 발각되겠으니 당황했다는 거지요?"

"그렇지요."

"그 말은 난 알 수 없는데요. 자기가 그런 신분인 이상 포교들이 있는 데서 그것이 발각된다고 뭐 그렇게 겁날 것이 있겠소."

"그것이 말하자면 이상한 감정이라고 하겠지요. 말하자면 선비님에게 정이 간 아가씨 자기 신분을 알리고 싶지 않은 미묘한 심정이 있기 때문에……."

"그러니 난 그건 그렇게 생각되지가 않는데요."

태근이는 고개를 흔들며 말했다.

"그 여자가 어떤 비밀을 갖고 있는 것만은 사실이지만, 관헌의 밀정은 절대 아닙니다."

태근이는 자신 있게 말했다.

"그렇다면 그 아가씨가 새벽에 떠난 것은 관헌들에게 밀고를 하기 위해서 떠난 것이 아니란 말이군요."

"물론이지요."

"그럴까요? 그럼 무엇하자고 그렇게 혼자서 새벽에 떠났겠어요?"

"그건 그 여자가 그만큼 영리한 때문이겠지요."

"영리하다니?"

"우리같은 녀석들과 동행해야 위험한 것 밖에 없다는 것을 안 때문이지요."

"그러나 어젯밤에 포교들이 그 아가씨를 보고 갔으니 혼자 가다가 포교를 만나면 위험하긴 마찬가지 아니겠소?"

"그건 우형 말대로 신분이 보증될만한 부패 같은 것을 갖고 있는지도 모르지요. 시골 포청의 부패쯤 손쉽게 얻을 수 있는 일이니까요."

"하긴 그 말도 그럴듯 하웨다만."

우방서는 고개를 끄덕거리면서도 역시 미심스러운 데가 있는 얼굴

로

"도대체 그 여자의 비밀이란 뭐겠어요?"

하고 그 말을 또 꺼냈다.

"알 수 없지요."

"그래두 선비님은 짐작은 갈 것 아니요?"

"짐작이란 억측이 되기도 쉬운 노릇이니 이야기하지 않는 것이 좋겠지요. 그러나 그 비밀 때문에 그녀가 오늘 아침에 떠나고 싶은 생각이 더욱 난 것은 사실이겠지요. 남의 비밀이란 누구나가 알고 싶어하는 것이므로 서울까지 같이 가게 되면 자기가 가는 곳까지 우리들이 따라올지도 모른다는 염려도 있으니까."

"그러니 선비님은 결국 그 아가씨에게 이용만 당한 셈이군요."

하고 우방서가 벌쭉 웃었다.

"그렇게 된 셈이 되었지요. 그 아가씨와의 재민 우형이 도맡아 혼자서 보고."

"내가 무슨 재미를 봤다는 거요?"

우방서가 놀랍게도 정색한 얼굴을 했다.

"그래두 그 아가씨와 이야길 제일 많이 한 것은 우형이 아니요?"

하고 우방서의 본심을 들쳐놓듯이 말하자

"역시 선비님은 따를 수가 없군요. 그 아가씨의 입심까지 벌써 닮아놨으니 내가 견딜 수 있어요?"

하고 자못 감탄한 얼굴을 했다. 둘이서 이런 이야기를 하고 있는데

"그 아가씨를 놓쳐버리고 말다니요?"

하고 지금까지 자고 있는 줄만 알았던 덕보가 눈을 번쩍 뜨며 말참례를 했다.

"지키구 있어야 할 자네가 잘만 자니까, 그틈에 달아나구 말았어."

우방서는 말을 받았다.

"그거야 선비님을 생각해서 우린 자는 척 한 것이지요. 그런데두 한번 안아두 못보구 놓쳐버리다니요."

순진한 줄만 알았던 덕보도 이런 말을 예사롭게 했다.

그날 그들은 큰길을 피해서 줄곧 산길을 걸었다. 모두가 보통 걸음이 아니므로 오시(十二時)경에 벌써 백리나 걸어 웃수레고개(上車嶺)를 넘게 되었다.

산길을 걷노라면 가끔 멧새의 울음소리도 들렸고 빨갛게 된 예쁜 꽃도 눈에 띄었다. 그러나 그들의 걸음은 어제처럼 그렇게 즐겁지를 못했다. 태근인 태근이대로 방서는 방서대로 은실이가 있었더라면 길걷기가 좀 더 즐거웠으리라고 생각하는 모양이었다. 아니 덕보까지도 그런 기색이었다.

셋이서 웃수레고개를 넘고 있을 때 한걸음 앞서 떠난 은실이도 그제야 겨우 서흥에 이르러, 요기(療飢)를 끄기 위해서 어느 주막으로 들어갔다. 연 이틀이나 걸은 데다 어제는 잠도 시원히 못 잔 피곤이 몰려 오늘은 그렇게 자기 생각처럼 걸어지지가 않는 모양이었다.

여자손님이라고 안방을 내주는대로 들어가서 밥을 먹고난 은실이는 식곤증이 나서 견딜 수가 없었다. 잠시 벽에 기대고 눈을 감고 있자, 자기도 알 수 없게 달뜬 기분이 되어서 불쑥 웃음이 피워졌다.

오늘 새벽에 태근이와 헤어질 때 시무룩했던 그의 얼굴이 문득 생각되었기 때문이었다.

은실이가 오늘 새벽에 갑자기 혼자 떠날 마음이 생긴 것은 태근이의 생각대로 그들과 동행하면 위험하다고 생각한 때문이 아니었고 또한 방서 생각대로 밀정인 때문도 아니었다. 그것은 그 셋 중 한 사람이 아는 어떤 일이 간밤에 일어났기 때문이었다.

사실 은실이는 어젯밤 정욕이 왕성한 젊은이 셋을 장지문 하나 두고 자면서 경계하지 않을 수가 없었다. 속치마도 입은 채로 자리에 누웠다. 그 중에서도 제일 경계하는 것은 덕보였다.

그러나 덕보가 코를 골기 시작해서도 자지를 못했다. 그러므로 은실이는 태근이와 방서가 자지를 않고 무슨 소린지 소곤거리다가 둘이서 미역감으러 나가는 소리까지도 들었다. 그래도 은실이는 여전히 자지 못했다. 아니 그보다도 덕보가 깰 것만 같아서 마음이 조마조마했다. 그러나 태근이와 함께 미역을 감고 들어온 방서가 코를 골기 시작하자 그제야 은실이는 몰렸던 잠이 눈을 감기는 대로 안심하고 잠을 들 수가 있었던 것이다.

그리고서 얼마나 되어서인지는 모르지만

"잠자코 있어요."

귀밑에 대고 부드럽게 말하는 그 소리에 은실이는 문득 놀라서 눈을 떴다. 그러나 무거운 방구에 눌린 것처럼 몸을 움직이려야 움직일 수가 없다. 소리도 칠 수가 없었다. 아니 그보다도 너무나도 무섭기 때문에 오금이 저리고 목이 타기 때문에 꼼짝할 수가 없었다. 그저 가슴만이 무섭게 뛸 뿐이었다.

물론 아래서 자는 셋 중의 하나라는 것은 틀림없었지만 상대가 대단히 흥분된 모양으로 가스러진 목소리를 죽여 속삭이므로 칠흑 같은 어둠 속에서 누구의 짓인지는 알 수가 없는 일이었다.

그러나 은실이는 의심하는 일없이 그것이 태근이라고 생각했다. 나중까지 잠을 못 이루고 있던 태근이가 견디지 못해 자기 이불 속으로 들어온 것이라고 생각한 것이다.

은실이는 상대자가 태근이라고 번개친 그 순간 지금까지 저항하려던 긴장이 불시에 눈녹듯이 풀어지는 것만 같은 심정이었다.

사모하는 사람에 대한 정이란 참으로 이상한 것이었다. 여태까지 수많은 사람들이 탐내는 것을 지켜온 자기 몸이면서도 지금은 어쩔 수 없는 것만 같은 기분이었다. 그저 겁나는 것은 아래에서 자고 있는 사람들이 들을 것만 같은 것이었다.

은실이는 타는 숨소리를 죽여가며 상대가 하는 대로 맡겼다. 돌덩이보다도 더 단단한 그러면서도 몸에 닿아 싫지 않은 가슴패기가 숨이 답답하게 짓눌러대며 뜨끈한 무엇이 하복부에 한곳을 쿡 찔렀다. 그 순간에 그것이 그가 이야기하던 동침만 같아서 은실이는 하마터면 '아고' 하고 소리를 칠 뻔했다.

새벽에 눈을 뜬 은실이는 머리가 아픈 것은 아니면서도 무거웠다. 온몸에는 이상스러운 것이 맴돌아 스멀거리며 그 일부분에는 아직도 뻐근한 그 무엇이 묻어 있는 것만 같으면서 하룻밤 사이에 자기 몸은 완전히 달라진 것만 같은 불안스럽고 부끄럽기도 한 그런 기분이었다. 은실이는 부끄러움이 앞서는 대로 그들과는 도저히 동행할 수가 없는 것만 같이 생각됐다. 아랫방에서 자던 사람들이 자기의 일을 혹시라도 눈치챘으면 어쩌나 하는 생각은 수줍은 숫처녀들이 흔히 생각할 수 있는 일이었지만, 입심 사나운 은실이도 역시 마찬가지였다. 그렇다고 태근에게 말없이 살그머니 떠나고 싶은 생각은 없었다.

(내가 떠난다면 태근이는 같이 나설지 몰라! 같이 나서진 않는다 해도 어젯밤에 대한 일에 표시는 할게고 어디서 만나자는 약속도 할게야)

그러나 태근이는 큰 길까지 바래다주면서 아무런 표시도 없었고, 헤어지면서도 잘가라는 말 한 마디뿐으로 이렇다 할 약속의 말이 없었다. 그렇다고 물어볼 용기도 없었고, 그런 기색을 떠볼 지혜도 쉽게 떠오르지를 않았다.

지금 그대로 헤어진다면 그것뿐으로 일생에 다시 한 번 만날지 못만날지 그것조차도 의심스러운 일이었다. 그것은 너무나도 허수하고 억울한 노릇이었다.

은실이는 몇 발자국 걸어가다 돌아다봤으나, 태근이는 여전히 아무 말 없이 서 있을 뿐이었다.

(나를 그렇게 하고서도 모르는 척하는 것은 뭐야, 말로써 할 수 없다면 눈짓이라도 알려 줄 수 있는 것이 아니야, 아니야 아니야 저 사람은 절대로 그럴 사람은 아니야, 일부러 나를 조롱하기 위해서 사람을 떠본지도 몰라. 걸어가다 돌아다보면 부를 지도 모르지, 아니 꼭 부를 거야)

은실이는 조마조마한 마음으로 걸어가고 있던 그 순간에 문득 지금까지 전혀 생각지 못했던 것이 떠올랐다. 어젯밤 이불 속으로 들어왔던 자가 태근이가 아닌지도 모른다는 생각이었다.

(어젯밤의 사나이가 분명 태근이었다면 저렇게도 모른 척할 수 있어. 절대로 그럴 사람이 아니야, 그렇다면?)

불시에 눈앞이 아득해지며 가슴이 마구 뛰었다.

(그렇다면 우악스럽게 생긴 덕보란 말인가?)

그것이 덕보가 아니고 방서라고 해도 은실에겐 마찬가지였다. 은실이는 온몸이 부르르 떨리는 대로 태근이를 다시금 돌아다 볼 용기도 잃고 그대로 달아나듯이 걸었다.

걸으면서 생각해 봐도 그것은 태근이 같지가 않은 생각만이 들었다. 무엇보다도 어제 그 사나이 입에는 술냄새가 나지 않던 것만 같았다. 그렇다면 틀림없는 덕보같기도 했다. 저녁을 먹으면서 입에 술을 대지 않은 것은 분명 덕보 혼자 뿐이었으니—.

그러나 은실이는 그것만 갖고서 덕보라고 생각하고 싶진 않았다. 어제 저녁에 태근이와 방서는 그렇게 술을 많이 마신 것도 아니었고 또한 둘이서는 미역까지 감았으므로 술이 깼는지도 모르고 어느 정도 술냄새가 났다 해도 자기가 극도로 흥분했기 때문에 그것을 느끼지 못했을는지도 모른다고 생각했다. 그래도 불안스러운 생각은 가시지 않고 그것은 혹시 방서인지도 모른다는 생각을 했으나 나중까지 자지 않고 있던 것이 태근인 이상 태근이에 틀림없다고 생각했다.

은실이는 그런 생각으로 서홍까지 오십리나 되는 길을 아침밥도 먹지 않고 떠났으나 시장한 줄도 모르고 걸었다.

어젯밤의 사나이는 틀림없이 태근이라고 생각했던 은실이의 생각은 서홍을 떠나고 나서 또다시 달라졌다.

인격이 그만큼이나 훌륭한 태근이로서는 아무리 생각해도 처녀가 혼자 자는 방에 들어온다는 그런 비열한 짓은 할 리가 없다고 생각되었기 때문이었다. 설혹 그것이 태근이었다고 하더라도 자기가 누구라는 말도 없이 무턱대고 달려들었을 리는 없다고 생각됐다. 그렇게 생각하면 생각할수록 그것은 틀림없는 덕보같기만 했다. 무지몽매한 덕보가 아니고서는 도대체 그런 생각은 엄두도 내지 못할 것만 같았다. 그리고 보면 덕보가 좋아했다던 실탄이란 처녀도 그런 방법으로 타구 눌렀을 것이 분명했으며 그런 추악한 사나이를 자기가 조금이라도 동정했던 것이 분해 견딜 수가 없었다. 아니 그보다도 비수까지 품고 덤빈 그런 녀석을 서울가는 노자까지 대주며 동행하는 태근이의 심정을 이해할 수가 없는 채 그가 원망스럽기가 짝이 없었다.

그러나 여기까지 생각하고 또다시 생각해보면 아무리 무지몽매한 녀석이라 해도 자기 목숨을 구해줬을 뿐만 아니라 그런 친절까지 베풀어준 태근이 앞에서 덕보가 감히 자기에게 손을 댔으리라고는 생각되지가 않았다.

그리고 보면 또다시 우방서를 의심해보지 않을 수가 없었다. 우방서를 의심하자면 그 역시 의심할 수가 얼마든지 있는 일이었다. 무엇보다도 자기에게 제일 많이 조롱댄 것이 수상했다. 조롱대는 것은 그만큼 자기에게 호감을 갖기 때문이라고 해석할 수도 있는 일이었다. 그뿐만 아니라 밤중에 미역을 감자고 태근이를 데리고 나간 것도 수상하다.

밤중에 태근이를 끌고 나간 것은 단순히 미역을 감기 위해서가 아니라 무슨 이야기가 있어서 나간 모양인데 길에서 서로 만난 그들 사이에 자기를 꺼릴만한 이야기가 따로 있을 것 같지가 않았다. 있다면 그것은 틀림없는 자기에 대한 이야기라고 생각됐다. 그런 이야기라면 방서가 태근이한테 자기를 양보해 달라는 그런 청을 했을는지도 모르는 일이었다.

(그렇다면 태근이는 그것을 승낙해 줬단 말인가. 천만에 그럴 리는 절대로 없는 일이야. 어젯밤에 나중까지 자지 않고 있은 것이 태근인 이상 의심할 필요가 뭐가 있어. 우리는 돈을 초월한 즐거움을 느꼈다고 태근이는 말하지 않았어. 그 말이 그 암시인지도 몰라. 그리고 언제 어디서 만나자는 약속이 없은 것은 자기가 구리개 이봉학 의술을 찾아간다고 말했으니까 따로 약속할 필요가 없다고 생각했는지도 모르지)

은실이는 이런 생각을 몇 번이나 반복하면서 하여튼 오늘 저녁으로 평산까지 닿으려고 부리나케 걸었다. 평산까지만 가면 태근이가 아침에 이야기한 대로 그들을 만날지도 모른다는 생각도 있었고 그들을 만나게 되면 지금의 가슴속에서 끓고 있는 수수께끼도 분명히 풀 수 있다고 생각했기 때문이었다.

그러나 아무리 해가 긴 여름이라 해도 서흥서 평산까지 근 백리나 되는 길은 다리가 지친 은실이의 걸음으로서는 힘든 노릇이었다.

평산을 십리 앞둔 동령(東嶺)에 이르렀을 때는 황혼의 그늘이 짙어 가기 시작했다.

그러나 다행히도 곡식을 싣고 영을 넘는 마바리꾼들이 있어서 은실이는 동행하게 되었다.

일행이 영마루에 이르렀을 때에는 해가 떨어진지 오래여서 사면은 캄캄한 채 말굽 소리와 말방울 소리만이 들렸다.

일행은 그곳에서도 쉬지도 못하고 그대로 걷기를 계속하여 마루 턱에서 첫 번째 산모퉁이를 도는데 어디선지 모르게 '우' 하고 소리치며 꽹가리치는 소리가 났다. 그것은 짐승을 쫓는 몰이꾼들의 소리 같으면서도 산적들의 소리라는 것은 대번에 알 수가 있었다.

젊은 날의 장사(壯士)

　가산(嘉山)골에서 동쪽으로 오마정쯤 떨어져 청룡사(靑龍寺)라는 절에 우씨(禹氏) 성을 쓰는 노장승이 한분 있었다. 그는 학슬풍(鶴膝風)을 앓았다. 다리가 학다리처럼 가늘어지는 병이다. 그러면서도 걷는 것은 나는 것처럼 빨랐다. 그는 불경뿐만이 아니라, 성리학(性理學)과 병법(兵法)에 능하여 곳곳에서 그의 이름을 듣고 찾아오는 선비가 많았다.

　이 절에서 묵고 있는 홍두팔이라는 젊은이도 그런 사람의 하나인 모양이었다.

　그는 쳐다보리만큼 큰 사나이로, 눈이 어글어글한 것이 사람이 무척 좋을 것 같으면서도 위풍이 있는 풍채였다. 그러니 평상시의 동작은 아주 느려 코끼리같은 큰 짐승이 걸어가는 듯한 느낌이었다. 그는 절에서 공부를 하는 사람이라면서도 매일 빠지는 날 없이 가산 골로 내려왔다.

　"오늘도 무덥군요."

　"무덥습니다."

　삿부채를 부쳐가며 큰 길을 걸어가는 두팔이는 고을 사람들을 거의 모르는 사람이 없었다.

　"오늘 또 합니까?"

　"물론 해야지요."

　그와 인사를 하고 지나친 사람들은 모두가 그의 커다란 뒷모습을 돌아다보고 웃음을 먹은 얼굴이 되었다. 그가 커다란 수박을 어깨에 올려놓고 가는 것이 더욱 우스꽝스럽기 때문이었다.

두팔이가 방앗간이 있는 골목길로 들어서려 할 때 풀뭇간에서 십칠팔세의 총각이 뛰어나왔다.

"홍장사."

"오! 칠성이니."

두팔이가 돌아다보자 풀뭇간에서 나온 소년은 어이가 없다는 얼굴이 되었다.

"또 수박 샀어요?"

"그래 샀다. 오늘 수박은 굉장히 크지?"

"그렇게 큰 수박을 매일 자꾸만 사면 절에 쌀 사줄 돈이 떨어지면 어떻게 해요?"

"걱정 말어. 돈이 떨어지면 그젠 그만두지. 오늘두 할테니 아이들을 모아오게나."

"네."

칠성이가 분주히 아이들이 제일 많이 있는 글방 앞으로 뛰어가서 "오늘두 그거 있으니 방앗간 앞으루 모여라."

하고 소리쳤다.

그 소리에 글방에서 글읽던 애들이 모두 쏟아져 나왔다. 훈장은 골이 나서 나가는 놈들은 종아리를 때린다고 야단을 쳤으나 막무가내였다.

"홍장사 오늘도 또 해요?"

"물론이지."

"정말이에요?"

"하하 내가 언제 너희들에게 거짓말 하던가. 저 수박을 봐."

아이들은 커다란 수박을 보고서 모두 침을 꿀꺽 삼켰다.

"오늘은 굉장히 큰 수박이구나."

"오늘은 내가 맞힐테야."

"네까짓 것이 맞힐 것이 뭐야."

"오늘은 나두 하겠어요."

칠성이가 말했다.

"넌 큰애가 뭐 하겠다는 거야, 아이들이나 정리시켜."

"그래요, 칠성이가 하면 안돼요."

모인 아이들은 근 이십 명이나 되었다.

"자, 떠들지 말구 한 줄로 죽 서요."

그것은 수박을 멀리 놓고 눈을 처맨 후 손에 든 막대로 쳐서 수박을 깨치는 사람이 수박을 갖게 되는 놀음이었다.

"어제는 키가 작은 아이부터 했으니까 오늘은 키가 큰 아이부터 해."

아이들을 한줄로 세우고 난 두팔이는 칠성이를 시켜서 대여섯 간쯤 앞에 있는 떡돌 위에 수박을 갖다 놓게 했다.

어느덧 동네 영감들도 나와서 히죽히죽 웃으며 구경했고, 아낙네들도 갓난애를 안고 나왔다.

"자, 시작합시다."

떡돌에다 수박을 갖다 놓은 칠성이가 소리치자, 제일 큰 아이가 앞으로 나섰다

"눈을 처매기 전에 잘 봐. 앞으로 곧장 가면 수박이 있으니 몽둥이로 내려 갈겨 수박을 짜개기만 하면 그거 네가 먹게 되는 거야, 알겠지?"

"네."

앞에 나선 아이는 자기가 선 데에서 수박 있는 거리를 눈어림으로 재는 모양이었다.

"그런데 저 수박이 단순한 수박이라고 생각해서는 눈을 처매구 가서 쪼개기가 힘들 거야, 그러나 저 수박이 자기가 제일 싫어하는 놈의 머리통이라구 생각하고서 어떻게서든지 꼭 쪼개놔야겠다는 그런 마음을 갖게 되면 틀림없이 쪼갤 수 있는 거야."

두팔이는 수건으로 아이의 눈을 처매주고 나서 조그마한 몽둥이를 내줬다.

"자, 이걸 휘저으면서 곧장 가게."

두팔이는 아이의 등을 밀어 줬다. 아이는 몽둥이를 휘저으며 조심조심히 한 발자국씩 떼놓았다. 그러자 긴장해서 보고 있던 사람들이 불시에 웃음이 터졌다.

처음엔 몇 발자국 바루 걸어가던 아이가 그만 방향이 잘못되어 구경꾼들이 서 있는 쪽으로 기어들어 왔기 때문이었다. 그곳에 서 있던 사람들이 질겁하고 비켜서자, 눈을 가린 아이는 그것도 모르고

"이놈의 수박."

하고 몽둥이를 내려쳤다. 허공을 친 아이가 비틀거리다가 넘어지자 구경꾼들의 웃음은 또다시 터졌다.

"수박은 여기 있는데, 거기 가서 치면 수박이 짜개지겠나?"

칠성이가 뛰어와서 처맸던 수건을 풀어주자 아이는 눈이 둥그레졌다.

"내가 어떻게 여길 왔어?"

"자 다음 아이 또 해요."

두 번째 아이는 서재(書齋)에서 글씨를 쓰다가 뛰쳐나온 모양으로 입에 먹이 묻어 있었다.

그 아이는 눈을 가리우고, 몽둥이를 쥐여주자 곧장 떡돌 앞으로 걸어갔다.

"잘한다 잘해."

"그래 그래 그대로만 가라."

구경꾼들의 응원이 대단했다.

"더 가지 말구 거기서 내려갈겨."

두 번째 아이가 떡돌 앞에 문득 서자 구경꾼들은 일제히 조용해졌다. 그러나 다음 순간 "옛다 모르겠다" 하고 고함치는 소리와 함께 '딱'하고 떡돌을 내려쳤을 때는 '왁'하고 웃음이 또 터졌다. 그러나 수박에서 엇나간 것이 불과 다섯 치 가량이었다.

"정말 분하게 됐는데."

칠성이는 웃으면서 가리웠던 눈을 풀어줬다.

셋째 번 아이는 수박이 있는데 가자면, 아직도 열아무 발자국 가야 할 곳에서 섰다. 그리고는 사람들이 웃는 소리도 들리지 않는지 몽둥이를 확 내려쳤다.

"자네 성미가 몹시 급한 모양이구만, 마음이 누그러워야 큰 사람이 될 수 있다는데 다음에 그렇게 덤비지 말구 하게나."

두팔이는 절에서 책 읽는 것보다 아이들과 이렇게 노는 것이 말할 수 없이 즐거운 모양이었다.

남양(南陽) 홍씨인 두팔이를 홍총각이라고도 했지만 아이들은 그를 홍장사라고 불렀다. 홍총각이라고 한 것은 스물이 훨씬 넘으면서도 입장(入丈)을 못한 때문이요, 홍장사라고 한 것은 씨름으로 날렸기 때문이리라. 남양 홍씨라면 이씨(李氏) 건국을 반대한 고려 명문가의 자손이었으나, 그는 가난한 농가의 아들로 태어났다. 그가 이십소리하던 어느 핸가 구실을 모아 바치는 호수(戶首)의 멱살을 잡은 일로써 장오십(杖五十)의 벌을 받고 동네에서 쫓겨났다. 그렇다고 볏섬을 두 통이나 지는 그로서는 먹구 살기엔 걱정되는 일이 아니었다. 더욱이 그는 그 항우같은 힘에다 씨름을 잘하여 단오 때와 추석 때에 있는 씨름판을 찾아다녀 타는 소를 팔아서도 먹구 살 수 있었다.

어느 날 그는 우연히도 청룡사 앞을 지나다가 비를 만나 처마끝에서 긋고 있는데 그 절의 노장승이 비를 맞으며 돌아오다가 두팔이를 보고

"훌륭한 장사가 될 분이 처마끝에서 비를 긋다니 될 말이요."

하고 두팔이를 자기 방으로 들어오게 했다. 그리고는 두팔이가 언문도 모르는 것을 한탄하고서는

"이 절에서 나와 함께 삼 년만 꾹 참고 살기로 하오. 그러면 칼쓰는 법과 병서(兵書)를 가르쳐드릴 테니."

하고 말했다.

두팔이는 하잘 것 없이 떠돌아다니던 판이라 글도 좀 배우고 싶은 생각이었지만 그보다도 칼쓰는 법이 버썩 배우고 싶은대로 그곳에 눌러 있게 되었다.

그러나 노장승은 일 년이 지나도 칼쓰는 법을 배워줄 생각 않고 책만 읽으라고 했다. 그동안에 일자무식이던 두팔이도 사략(史略)까지는 겨우 뗐지만 책을 펴면 졸리기만 하고 아랫마을로 내려가서 시큼털털한 막걸리만 먹고 싶은 생각이었다. 더군다나 무더운 여름은 책읽긴 죽기보다 싫은 노릇이었다.

두팔이는 책을 펴고 앉아 있다가도 노장승의 눈을 피하여 골로 내려와서 아이들을 모아놓고 수박쪼개기가 아니면 갯강변으로 끌고 가서 씨름붙이기가 일쑤였다. 두팔이는 그것이 무엇보다도 즐거웠거니와, 노장승도 그것을 별로 나무라지 않았다.

"자, 그럼 다음 아이 또 나와."

두팔이는 그 커다란 눈이 실눈이 되면서 웃어대는 얼굴이었다.

"눈(目)이 보이지 않으면 사람은 곧바로 걸을 수가 없는가봐. 산사람들의 이야기를 들으면 산속에서 눈(雪)을 만나게 되면 한곳에 가

만히 서 있다지 않나. 그러지 않고 당황해서 자꾸만 걸으면 걸을수록 동네는 나나서지 않고 그대로 얼어죽게 된다는데 자기는 동네를 향하여 걷는다고 걷는 것이지만 실상 나중에 보면 한 곳에서 뱅뱅 돌다가 죽는 모양이니.”

두팔이 옆에 선 늙은이가 말하였다.

“그렇게두 모를까요?”

젊은 친구가 알 수 없다는 듯이 고개를 비틀었다.

“그런 말씀을 하니 정말 소경들두 왼편에서 바른편으로, 왔다 갔다 하면서 걷는 것 같던데요.”

“소경들은 정말 틀림없이 그렇게 지팡이로 앞을 더듬으면서 걸어두 왼쪽으로 왔다 바른쪽으로 왔다하면서 걷지 곧바루 걷는 소경은 볼 수 없지.”

“그러니 아이들이 눈을 가리우고 곧바루 걷지 못하는 것은 무리가 아니군요.”

“그러니까 수박쪼개기가 재미난 놀음이 아니에요.”

이렇게도 신이 나서 말하는 것은 칠성이었다.

마지막으로 한명이 남아 제일 꼬마가 나섰으니, 그 꼬마도 역시 수박을 쪼갤 것 같지는 않았다.

아무도 수박을 쪼개는 아이가 없자, 두팔이는 갯가에 가서 씨름놀이와 수박쪼개기 둘 중에서 어느 것을 하자느냐고 아이들에게 의견을 물었다. 모두가 수박쪼개기를 또 하자고 했다.

“그럼 이번에도 수박을 쪼개는 사람이 없을 땐 수박은 칠성이와 내가 먹는다.”

“그래두 이번엔 우리가 수박을 쪼갤 테니 염려 없어요.”

아이들은 다시 키 순서로 줄을 섰다. 이번엔 꼬마부터 먼저 하기로 하고 칠성이가 눈을 처매주고 있는데

"저도 넣어 줘요."

하고 소맷자락을 잡아다니는 소년이 있었다. 까맣게 탄 얼굴에 눈만 반짝이는 열두서너 살 난 소년이었다.

"넌 이 동네 아이 아니구나?"

칠성이가 유심히 보며 말하자, 소년은 수줍은 듯이 얼굴이 빨개졌다.

"이 동네 아이가 아니면 안 되나요?"

"안돼."

"뭐가 그래요. 난 아이면 다 넣어주는 줄 알았더니."

그 소년이 낙심해서 물러서는 것을 보고 두팔이가 분주히 칠성이에게 말했다.

"넣어 줘."

"그래두 그앤 우리 동네 아이가 아닌데요?"

"딴 동네 아이면 어때, 아이들은 다 마찬가진데 그렇게 파벌을 두면 못쓰는 법이야."

두팔이는 칠성이를 꾸짖듯이 말하고서 그 소년도 줄에 서게 했다.

수박쪼개기는 시작되어 하나 하나 실패하고서 그 소년의 차례가 되었다.

"아저씨 저 수박을 이 몽둥이로 쳐서 쪼개면 되지요?"

"그래, 그걸로 쳐서 쪼개기만 해라."

"쪼개면 저 수박은 내가 가져가도 되지요?"

"물론이지."

"그럼 눈을 처매줘요."

"넌 처음이니 몇발자국이 되는지 잘 겨냥을 하구 눈을 처매."

"그렇다면 한번 볼까요?"

소년은 잠시 수박 있는 곳을 응시하고 있다가

"됐어요. 눈을 처매 줘요."

칠성이가 눈을 처매주자 바른손에 몽둥이를 수평되게 쥔 채 걷기 시작했다. 그리하여 수박이 놓여 있는 떡돌 앞으로 가자, 문득 서서 자세를 잡고서는 몽둥이를 번쩍 들었다.

그 순간에 두팔이는 눈이 번쩍 뜨였다. 몽둥이를 드는 자세가 마치도 자기가 칼쓰는 법을 배워주는 노장승의 기품과도 같기 때문이었다.

몽둥이를 허공에 높이 들었던 소년은 으음 하고 힘을 주는 소리와 함께 수박은 두 조각으로 보기 좋게 쪼개졌다.

"야! 갈라졌다."

구경꾼들도 아이들도 모두가 놀라서 소리쳤다. 그러자 칠성이가 뛰어와서 이상하다는 듯이 눈을 처맨 소년의 얼굴을 들여다봤다.

"너 눈이 보인 것 아니야?"

"보이다니요, 이렇게 수건을 두텁게 처매주고서 어떻게 보인다는 거요."

"응, 그렇게 처맸으면 분명 보이진 않았겠는데 보는 것처럼 수박을 쪼개 놨으니."

"저 그럼 수박 갖고 가요."

수건을 푼 소년은 쪼개진 수박을 도루 붙여 옆에 끼고 방앗간 앞을 지나 없어졌다.

"칠성아 지금 그애 어디 아이니!"

"글쎄요, 저두 처음 보는 앤데 산에서 숯을 팔러왔던 애 같아요."

"숯굽는 애가 칼쓰는 법을 배우는 모양인가?"

"네? 그 애가 칼쓰는 법을 알아요?"

"응, 그것두 보통 솜씨가 아니야."

두팔이는 크게 감심하는 얼굴이었다.

다음 날도 두팔이가 수박을 사갖고 오자 동네아이들 틈에 섞여 어제 수박을 쪼갠 소년이 맨발로 따라왔다.

"아저씨 오늘두 넣어줘요. 오늘두 수박을 쪼개서 갖고 오면 우리 아줌마가 아주 좋은 것 주기로 했어요."

"물론 넣어주지. 그러나 오늘은 어제처럼 쉽게 쪼갤 수는 없을 게다."

"왜요?"

"오늘은 어제보다 거리를 좀 더 멀리 할 생각이다."

"그렇다면 정말 힘들겠는데요. 공연히 아줌마와 약속을 했는데."

소년은 약간 풀이 죽은 얼굴이 되었다.

"자 그럼 시작하지요."

칠성이는 떡돌 위에 수박을 놓고 어제보다도 서너 간 더 떨어져서 애들을 세웠다.

"오늘은 수박 있는 거리가 멀어졌으니 눈겨냥을 잘 해요."

두팔이는 아이들에게 주의를 시키면서 아이의 눈을 가려줬다.

첫번째 아이는 수박 있는 곳에 절반을 가서 남의 집 울바자를 향하여 걸었다. 다음 아이도 역시 마찬가지였다.

셋째 아이는 실패하는 아이를 보고 생각한 모양으로 한 발자국 가선 서고 또 한 발자국 가선 서고 이렇게 하여 수박 있는 데까지 똑바로 갔다. 그러나 짐작으로 걷던 발자국 수가 많았던 모양으로 내짚었던 발이 돌에 걸려 넘어지려는 것을 칠성이가 분주히 잡아줬다. 그 바람에 수박이 떡돌에서 굴러 떨어지자 또 웃음이 터졌다.

"하하, 참 분하게 됐는데."

두팔이는 여러가지로 아이들이 지혜를 짜내는 것이 재미나는 모양으로 배를 쥐고 웃고 있다가 어제 수박을 쪼갠 그 소년의 차례가 되자 갑자기 심각한 얼굴이 되었다.

"뵈지 않게 잘 처매요."

소년은 눈을 처매주는 칠성이에게 다짐을 줬다.

"무슨 잔소리가 많아."

"어젠 잘 처매지 못해서 보구 수박을 쪼겠다지 않았어요. 그런 말 하면 수박을 쪼개구두 기분이 좋지 않아요."

"네가 오늘두 수박을 쪼갤 것 같아서 그런 소리냐."

"물론이지요. 저만한 거리라면 자신 있어요."

"그렇다며 나하구 내길 하자. 네가 수박을 못 쪼개면 나한테 코 쥐고 절하고, 쪼개면 내가 너한테 코 쥐고 절하기루……."

"그래요."

칠성이는 소년이 아니꼬운대로 눈을 힘껏 처매줬다. 소년은 아픈 모양으로 얼굴을 찌푸리고 나서

"이만큼 힘껏 처맸으니 보인다고는 하지 않겠지요."

하고 어제처럼 몽둥이 끝을 앞으로 하고 껑충 껑충 걷기 시작했다. 그러나 연자매(研子磨)에 걸터앉아서 보고 있던 두팔이는 불시에 앞으로 달려나왔다.

(역시 보통 아이가 아니야)

고개를 끄덕이며 감심하자, 다른 사람들도 먹줄을 긋듯이 걸어가는 소년을 보고 혀를 찰 뿐이었다.

소년은 벽돌 앞에 이르자 발을 더듬는 일도 없이 문득 섰다. 그리고 바른손에 쥔 몽둥이를 왼손으로 가만히 받쳐 쥐고서는 공중에 들었다 놓으며 내려쳤다. 순간에 펑 소리와 함께 수박은 보기좋게 두 조각으로 갈라졌다.

"야, 잘한다."

구경꾼들의 경탄하는 소리가 터졌다.

"참 훌륭하다. 칠성이 약속했으면 코를 쥐고 절을 해야지."

"절은 안 받아두 수박만 가져가면 돼요."

소년이 수박을 옆에 끼고 달아나자 그가 가는 방향을 물끄러미 보고 있던 두팔이가 무슨 생각인지 별안간 뒤를 따랐다.

두팔이가 수박을 갖고 가는 소년 뒤를 밟아 굴재라는 곳까지 따라갔을 때였다.

"너 어디서 수박을 훔쳐갖고 오니?"

아래서 올라오던 나졸이 다짜고짜로 소년의 먹살을 잡고 소리쳤다.

"이 수박은 훔친 것이 아니고 방앗간 앞에서 수박쪼개기를 해서 탄 것이에요."

소년은 사실대로 말했다. 그러나 나졸은 믿으려고 하지 않고

"요자식 바른 말을 해! 나는 첫눈으로 훔친 건 대번에 아는 사람이니 속이지 못해."

"정말이에요. 이걸 봐요. 수박이 이렇게 두 조각으로 쪼개진 걸 봐두 수박쪼개기로 탄 걸 알 수 있지 않아요."

소년은 수박이 쪼개진 것을 내뵈였으나 나졸은 여전히 믿지를 않았다.

"얻은 수박이라면 왜 숨차서 도망을 쳤어?"

"도망치던 것 아니에요. 수박 탄 거 우리 아줌마한테 빨리 갖다가 뵈려고 뛰던 거예요."

"요 녀석? 말도 잘 갖다 대는 걸 보니 이런 짓이 첫 번이 아닌 모양이구나."

"그렇다면 나와 함께 수박쪼개기한 방앗간까지 가요. 거기서 내가 훔쳤는지 알 수 있어요."

"그런 수작 말구 어서 수박이나 놓구가."

나졸은 무엇보다도 수박을 빼앗고 싶은 모양이었다.

"싫어요. 이건 우리 아줌마한테 갖다 주기로 한 수박이에요."

"그래, 수박을 못놓구 가겠단 말이야?"

"훔치지도 않은 수박을 왜 놓구 가라는 거예요."

"놓구 가라면 놓구 갈 것이지 무슨 잔소리가 많아."

나졸은 수박을 억지로 빼앗으려고 했으나 소년은 그의 손을 뿌리치며 달아나려고 했다.

"요 자식 봐라, 니가 뛰면 어딜 뛰겠다구."

나졸은 달아나려는 소년의 등덜미를 분주히 잡아 다구쳐 거센 팔로 소년의 목을 힘껏 껐다.

"어딜 달아나겠다는 거야?"

소년의 뒤를 따라간 두팔이는 밤나무 뒤에 숨어서 그것을 보면서도 나서지를 않았다.

사람이란 곤란을 당할 때 분명히 마음이 보인다는 노장승의 말이 생각나서 그대로 이 소년이 어떻게 하는가를 보고 싶었기 때문이었다.

"맛이 어떠니?"

나졸은 자기 힘을 자랑이나 하듯이 소년의 목을 졸라매며 또 한 손으론 머리칼을 잡아채 마구 흔들어댔다.

(지독한 놈이로구나, 어린 아이를 저렇게 하다니)

두팔이는 그시로 달려가서 나졸을 때려주고 싶은 마음이면서도 그대로 꾹 참고 보고 있었다.

"바른말을 할 테니 목을 늦춰줘요."

소년은 숨이 막혀 더 견딜 수 없는 듯이 비명을 쳤다.

"이제야 급해오는 모양이구나, 실토를 하겠다니. 그래 어디서 훔쳤는지 말해!"

나졸이 팔을 늦춰줬다. 그 틈을 타서 소년은 들었던 수박으로 나

졸의 면상을 힘껏 갈겼다. 그러면서 목을 뽑아

"훔치지도 않았는데 뭘 대란 말이야."

하고는 다람쥐처럼 달아났다.

수박벼락을 맞은 나졸은 뒤로 나자빠졌다가 분주히 일어났으나 소년은 벌써 숲속으로 사라져 보이지가 않았다.

두팔이는 그제야 크게 웃으면서 나타났다.

"수박에 미역감은 얼굴이 됐군요."

"고 녀석 어디로 갔어?"

"어디로 갔긴 자기 집으로 갔겠지요."

"고 녀석, 내 언제든지 꼭 잡고야 만다."

나졸은 약간 창피한 모양으로 팔소매로 수박씨가 묻은 얼굴을 씻으면서 가던 길을 걸어갔다.

두팔이는 소년이 달아난 방향으로 따라가 봤으나 그곳은 워낙 숲이 무성한 곳이라 찾을 길이 없었다. 그만 소년의 뒤를 따를 것을 단념하고 돌아오려고 하는데

"아저씨, 나 여기 있어요."

하고 나무 위에서 소년의 목소리가 났다. 쳐다보니 높다란 잣나무 위에 소년이 원숭이처럼 앉아 있었다.

"너 떨어지면 어떻게 하려고 거길 올라갔니?"

"아저씨가 준 수박을 훔친 것이라면서 나졸이 잡아가겠다는 걸요."

"그건 나두 이제 오다가 봤다만 그런데 올라가면 위험하잖아?"

"그래두 누가 잡으려고 할 땐 이런데 숨는 것이 제일 좋아요."

듣고보니 그럴 듯도 한 이야기였다.

소년이 나무에서 내려오는 것을 보니 역시 원숭이처럼 미끄러져 내려왔다.

"너 나무잡이를 잘하는 것을 보니 산에서 사는 모양이구나?"

“네.”

“집이 어딘데?”

“여기서 시오리 가량 산으로 들어가서 숯굽는 동네에서 살아요.”

“거기서 누구랑 사니?”

“숯굽는 사람들과 함께 아줌마와 살아요.”

“그럼 너의 부모는 안계시니?”

“부몬 있어 뭣해요. 아줌마가 있으면 됐지.”

그 한마디로 소년의 환경이 짐작되는 일이었다. 그러나 이상한 것은 그 소년이 칼쓰는 법을 아는 것이었다.

“너 칼쓰는 법은 누구한테 배우고 있니?”

그러자 소년은 빙긋이 웃고 나서

“아저씨도 칼쓰는 사람이지요?”

하고 물었다.

“난 아직 칼쓸 줄 모르는 사람이다.”

“그래두 어제 쪼갠 수박을 집에 갖고 가서 이야기 했더니 우리 아줌마가 아저씬 칼쓰는 사람이라고 하던데요?”

“너의 아줌마가 나를 어떻게 알기에?”

“그건 알 수 없지만 키가 큰 분이 아닌가 하고 묻는 것을 보면 잘 아는 모양인데요.”

“그래?”

두팔이는 알 수 없는대로 고개를 꼬고 나서

“그럼 아줌마한테 칼쓰는 법을 배우니?”

“네, 그래요. 그렇지만 우리 아줌마가 그런 이야긴 아무 보고 절대로 하지 말라고 했어요. 그러니까 그건 아저씨만 알구 남보군 이야기 하지 말아요.”

“그러지.”

"그런데 제 말을 한마디 들어주겠어요?"

"무슨 말을?"

"우리 아줌마가 오늘두 수박을 타갖고 오면 아주 좋은 걸 준다구 했는데 그 수박으로 나졸의 면상을 갈겨 버렸지 않아요. 그러니 빈 손으로 가서 그런 이야기하면 우리 아줌마가 믿어 주지 않을는지도 몰라요. 그러니 아저씨가 같이 가서 이야기 좀 해줘요."

그러지 않아도 두팔이는 소년의 아줌마라는 여자가 어떤 여자인 지 알고 싶던 판이라, 그런 청이 싫을 리가 없으면서도 첫마디로 그 러자고 대답하면 너무나도 자기 속이 들여다 뵈는 것 같아

"거길 갔다 오려면 이 더운 날에 삼십리 길이나 걸어야겠구나."

하고 달갑지 않은 얼굴을 했다.

"그러지 말구 같이 가요. 개미를 도와준 비둘기가 개미에게 구원 을 받은 옛이야기처럼 아저씨가 제게 도움을 받을 때가 있을지 알 아요."

"너 못하는 이야기가 없구나."

두팔이는 마지못하는 척 하면서 따라 나섰다.

소년은 가산골에서 동북쪽에 있는 봉두산(鳳頭山) 골짜기를 따라 십 리 가량 올라가다가 다시금 수풀이 무성한 산길로 들어섰다. 그 길은 사람들이 별로 다니지 않는 모양으로 다래 머루같은 덩굴로 덮여 있었다.

"이제 얼마나 더 가면 되니?"

두팔이는 처음길이 갑갑하여 물었다.

"조금만 더 가면 돼요."

그러나 고개를 둘이나 넘어도 좀처럼 그의 집은 나서지 않았고, 갈수록 하늘이 보이지 않을 정도로 뒤덮인 수풀 속으로 들어갈 뿐 이었다.

"아직두 멀었니?"

두팔이는 세 번째 고개를 넘으며 또 물었다.

"이제는 정말 다 왔어요."

그 산비탈을 내려오자 수풀이 벗어지며 개천 옆에 조그마한 초가 집이 한 채 보였다.

"저것이 우리 집이에요. 개울에서 땀을 씻고 방에 들어가 누워 계셔요. 아줌마 곧 데리고 올게요."

"너의 아줌마가 어디 있는데?"

"뒷산 숯굽는데 올라갔을 거예요."

소년은 뒷산으로 뛰어 올라갔다.

두팔이는 소년의 말대로 미역을 감고서 그 집으로 들어갔다. 사람은 아무도 보이지 않았으나 뜰과 방이 깨끗이 치워져 있었고 찬장이며 경대 같은 알뜰한 가구도 눈에 뜨였다.

두팔이는 피곤한 대로 장침(長枕)을 끌어당겨 길게 누웠다. 무더운 여름이라 눈이 감기지 않을 리가 없었다. 그것을 참고 있었으나 곧 온다던 소년은 함흥차사격으로 좀처럼 오지를 않았다. 그는 어쩐지 도깨비에 꼭 홀린 것만 같은 그런 기분이었다. 그러면서도 결국 그는 코를 골기 시작했다.

얼마나 잤는지—인기척 소리에 문득 깨어보니 벌써 해가 기울어진 모양으로 불이 켜져 있는 촛대 옆에 스물둘이나 나 보이는 젊은 여자가 웃고 있었다. 지금까지 처음 본다고 하리만큼 예쁜 여자였다.

그는 급기야 일어나 앉아 아름다움에 사로잡힌 듯이 잠시 동안 눈을 떼지 못하고 멍청하니 보고 있었다.

"곤히 주무시기에 깨우지 않았어요."

여자는 준비했던 술상을 그 앞에 갖다 놓고 술을 권했다. 두팔이는 손이 선뜻 나가지 않아 주저하고 있자

"술을 싫어하세요?"

하고 웃음이 담뿍 먹은 눈으로 그를 봤다. 그 눈이 알 수 없게도 가슴을 타게 하며 온몸을 훗훗하게 하는 이상스러운 전율을 느끼게 했다.

"좋아하지요."

"그럼 받으세요."

술 역시 그가 처음 마셔본다고 하리만큼 맛있는 술이었다.

"저와 같이 온 아이는 어디 갔어요?"

두팔이는 불안스러워서 그것을 묻자

"그앤 산에서 자기로 했어요. 그렇지 않아도 홍장사님을 한번 뵙고 싶었는데 잘 됐어요. 천천히 약주하시구 오늘밤은 주무시고 가요."

두팔이로서는 참으로 알 수 없는 일이었다. 분명히 처음 보는 여자가 자기 이름을 아는 것도 이상했거니와 처음 보는 자가 술상을 차려 갖고 와서 친절히 부어주며 자고까지 가라니 아무리 생각해도 알 수 없는 일이다.

"제 이름을 어떻게 알아요?"

"어떻게 알긴요."

"그 아이에게 들어서 아시는 모양이군요."

"아무렴, 우리 영남이에게 듣지 않아두 홍장사님의 이름을 모를라구."

여자의 눈에서는 아까보다도 더 가슴을 뜨겁게 하는 웃음이 흘렀다.

"홍장사님이 청룡사에서 공부하고 계시다는 것도 알고 있지요."

"그건 어떻게 알아요?"

그러나 그 대답은 하지 않고

"절에 또 가야 하는가요?"

"물론 가야지요."

"그럼 틀렸군요."

"뭐가요?"

"가지 않아도 된다면 늘 여기 있어 달라고 하고 싶었는데."

"그래두 전 농사 짓는 재간밖에 없는걸요. 머슴으로 써준다면 있지요."

"무슨 말을 그렇게 하세요. 누가 머슴이 되어 달라는 거예요? 혼자 살기가 외로우니 힘이 되어 달라는 거지요."

처음 보는 여자가 이런 말을 예사롭게 하니 두팔이로서는 더더욱 그 여자의 정체를 알 수 없는 일이었다. 그렇다고 말주변 없는 그가 여자의 입에서 먼저 그것을 이야기하게 할 수는 더욱이나 없는 노릇이었다.

그는 그 사람 좋은 얼굴로 헤헤 웃어가며 연거푸 술을 받아 마셨고 여자는 그가 마시는 대로 얼마든지 부어줬다.

그러는 동안에 바깥은 완전히 어두워졌다. 활짝 열어젖힌 미닫이 밖으로 어두워진 뜰을 내다보며 돌아갈 걱정도 약간 하고 있는데 대문을 똑똑 두드리는 소리가 났다.

"누가 오지 않았어요?"

두팔이가 갑자기 불안스러워진 얼굴로 물었다.

"집에서 일하는 사람이에요. 저녁 진지를 지어 오랬더니 이제야 오는구먼요."

여자가 나가서 대문을 열어주자 머슴 비슷한 사나이 둘과 찬모같은 여인 하나가 들어와서 채롱에 넣고 온 음식을 꺼내어 상을 차리기 시작했다.

그것을 보니 두팔이는 또다시 이상스러운 마음이 끌어올랐다.

(도대체 나같은 사람이 뭐 그렇게 대단한 사람이라고 이렇게도 각별한 대접을 하는가?)

아무리 생각해도 그의 단순한 머리로서는 생각할 수 없는 일이었다. 그는 생각다 못해 나중엔 갑산에 가는 한이 있더라도 주는 대접은 잠자코 받으리라고 생각했다.

그렇게 생각하고 나니 무엇보다도 마음이 편했다.

밥상에 오른 찬 역시 그가 지금까지 입에 대보지 못한 맛난 것들이었다.

거기다가 예쁜 여자와 맞상이었으니 음식은 더욱 맛날 수밖에 없는 일이었다.

"상을 내 갈까요?"

둘이서 수저를 놓자 어디선가 가서 숨어 있던 찬모가 나타나서 허리를 굽히며 물었다.

"치워요."

여자는 고개를 한번 까딱 했을 뿐이었다.

상을 들고 나가는 찬모는 두팔이에게도 대단히 공손한 태도였다.

(집에서 일하는 사람들까지 어떻게 나를 이렇게도 극진히 대해 줄까?)

그것을 생각하지 않겠다고 생각하고서도 두팔이 또다시 생각하지 않을 수 없었다.

(이 여자가 분명 나에게 무엇을 구하고 있음에 틀림없을 거야. 그렇다면 이 여잔 나에게 무엇을 구하고 있을까?)

하인들이 돌아가고 둘이 되자, 두팔이는 지금 보다도 몇 갑절 그녀의 존재가 강하게 느껴졌다.

방안은 그녀의 체취로 가득한 것 같이 생각되며 억제할 수 없는 뜨거운 무엇이 가슴 속에서 들끓어댔다. 그러나 그는 저렇게도 아름

다운 여자는 도저히 자기와는 상대될 여자가 아니라고 생각하며

"도대체 무슨 일로 나를 이렇게 극진히 대합니까?"

하고 지금까지 의심되는 일을 묻지 않고서는 견딜 수가 없었다.

"홍장사님은 제 요구를 들어주고 싶은 생각이에요?"

웃고 있던 그녀는 비로소 처음으로 대답다운 대답을 해줬다. 두팔이로서는 그것이 기뻤다.

"네, 내가 할 수 있는 일이라면 무엇이나 들어 주지요."

"그렇다면 저를 위해서 일해줘요. 그러나 일을 해준다고 하고서 중도에 싫다면 곤란해요."

"절대로 그런 일은 없습니다."

"지금은 그렇게 말씀하셔두 믿을 수가 없어요. 해 달라는 일이 홍장사님처럼 어진 사람으로서는 듣기만 해두 치를 떨 일인걸요."

"내가 치를 떤다구요? 그 염려는 말구 어서 이야기해요."

"그렇지만 일단 일을 해 준다고 약속을 하고 도중에서 도망치면 무엇보다도 홍장사님의 목숨이 위험하니 말예요."

"나를 그렇게두 못믿겠단 말에요. 나는 아가씨가 성문에 불을 질러놓으라면 불이라도 질러 놓지요. 평양감사의 목이라도 잘라오라면 당장 이 밤으로 달려가서 목을 잘라 오겠소. 하늘의 달만 따오지 말라고선 무엇이나 시켜요."

"저를 위해서 그렇게 일을 해 주겠다니 고마워요. 그러면 고리를 걸어 약속을 해요."

그녀는 고리를 걸자고 가는 손가락을 내밀었다. 그러나 두팔이는 자기의 투박한 손으로 그 고운 손을 다치기가 송구스러워 분주히 다리 밑에 손을 감추고서 싱글싱글 웃기만 했다.

"그러지 말구 빨리 걸어요."

"그건 거나마나 마찬가지 아니요. 내 마음만 알았으면 그뿐이지."

"그래도 난 손가락을 걸어야만 안심되는 걸 어떻게 해요?"

"그럼."

하고 두팔이는 익은 복숭아 얼굴이 되면서 부싯돌 치듯이 손가락을 걸었다.

"그렇게 빨리 걸면 안 돼요. 그건 그렇게두 마음이 빨리 변하겠다는 것이나 마찬가지가 아니에요."

"그렇지 않대두."

"그렇다면 고리를 못 걸 것이 뭐예요. 보는 사람도 없이 우리 둘뿐인데."

두팔이는 하는 수 없이 장작개비같은 손가락을 내밀었다. 고리를 건 그녀는 예쁜 이를 살짝 드러내 웃고 나서

"잠깐 기다려요."

하고 치마끝을 끌면서 나갔다. 혼자 남게 된 두팔이는 그녀의 손가락에서 느낀 체온이 급작스럽게 되살아오르며 그것이 그렇게 뜨거운 것이 아니면서 온몸을 활활 타게 하는 것만 같았다.

"홍장사님, 건너 오세요."

조금 후에 그녀가 건넌방에서 불렀다. 그 방으로 건너가 보니 침구가 깔려 있었다.

"홍장사님이 저를 싫어하지 않는다니 기뻐요."

의외로 그녀는 그런 말을 하면서 지금과는 달리 몹시 굳어진 얼굴이었다. 그러나 그렇게도 굳어진 얼굴이 된 것은 피부 한껍질 속에 감추려는 부끄러움 때문인 것 같기도 했다.

"사실 난 지난 파일에 청룡사에서 홍장사님을 처음 보고 반했답니다. 나는 그때까지 사나이다운 사나이를 처음 봤어요. 그러나 제가 하는 일은 나쁜 일인걸요. 홍장사님 같은 착하신 분이 그런 일을 해주실는지 어쩔는지 몰라 혼자서 마음만 타고 있었습니다만, 오늘 이

렇게 우연히도 만나고 나니 더 참을 수가 없는걸요. 정말 홍장사님이 내가 좋으면 군말 말구 나와 같이 일을 해요."

정열이 끓는 눈으로 두팔이를 바라봤다.

두팔이는 꿈속에서 사는 것만 같은 달콤한 생활을 이 여자와 더불어 십여 일 동안이나 계속했다. 그는 비록 총각이라고 해도 여태까지 여자를 몰랐던 것은 아니었다. 그가 열다섯 났을 때 뒷집 과부가 엿을 사준다는 바람에 그런 일을 당한 일도 있었고, 나무하러 뒷산에 올라온 계집애들을 눕힌 기억도 한두 번이 아니었다. 그러나 그때는 같은 여자의 몸이면서도 지금처럼 신비하고도 황홀한 것은 아니었다.

하여튼 그는 이 여자를 알고 나서는 사는 보람을 느꼈으며 자기가 사는 인생에 자신까지도 갖게 되었다.

그는 의식하지 못했지만 말주변도 능란해졌고 눈도 예민해졌으며 그가 평소 지니고 있던 소박한 맛은 어느덧 없어지고 말았다.

(역시 내가 사나이를 잘못 보진 않았어)

그녀는 혼자 마음으로 그렇게 생각하며 늠름하고도 표표한 사나이로 변해가는 그를 쳐다봤다.

그녀도 역시 두팔이와 지내게 된 이후로는 얼굴에 윤기가 흐르며 전보다 몇 갑절이나 아름다워졌다.

두팔이는 아무 이유도 없이 그녀가 자기를 보며 웃어줄 때가 제일 즐거웠다. 이빨이라든가 혀라든가 입가장자리라는 것은 아무리 미인이라 해도 대체로 조금은 이지러진 데가 있는 것이다.

그러나 그녀에 한해서는 너무나도 가뜬한 것이 탈이라고 할 정도로 웃을 때 생생한 아름다움이 확 얼굴에 내돋아 숨이 넘어가게 하는 듯한 매력을 뿌려놓는 것이었다.

두팔이는 혼자서도 자기 몸에 밴 그녀의 향긋한 체취를 생각하고서는 벌쭉벌쭉 웃지 않고서는 견딜 수가 없는 때가 많았다.

또한 그녀도 역시 탄력 있는 압박감이 자신에 늘 붙어 있는 것만 같았다. 그녀도 행복에 취해 있었다.

둘이서는 서로 이해하고 싶은 마음에서 상대편의 일을 알고 싶고 자기의 일을 아무 것도 숨기지 않고 알리고 싶었다.

"나 좀 봐요. 내가 몇 살이나 난 것 같아요?"

"글쎄, 스물 서너너덧 살, 기껏 나서야 그 나이겠지."

"아이 그러지 말구."

"그럼 스물한 살이야?"

"정말 사람 잘 놀리셔. 그 나이보다는 꼭 열 살이 더 난 걸요."

"그렇다면 서른한 살이란 말야?"

"네."

"그건 거짓말이야."

"정말이에요. 내 나이를 알고서 내가 싫어지지는 않았어요?"

"싫어지긴 왜? 내가 뭐 자기 나이에 홀렸다면 몰라두."

말하지 않았다면 스물한 살이라고도 할 수 있는 것을 말하고 나서 후회하는 것도 그녀가 두팔이에게 반한 때문이라고 하겠다.

"내가 뭣하는 여자인지 알고 싶지요?"

그녀는 다시금 그런 이야기를 꺼냈다.

"내가 아무리 나쁜 여자라 해두 싫다구 하면 안돼요."

"싫다구 하긴 내 몸은 당신 건데"

"그건 내가 할 소리예요."

"말은 그러면서두 어제 밤엔 싫다구 머리를 내흔들은 것이 누군데?"

"그야 몸이 아파서 그런 것이지요."

둘이서는 웃고 나서

"농이 아니라 정소린데, 당신 오늘 밤 나 대신 일해 주겠어요?"

"무슨 일인데?"

두팔이도 정색한 얼굴이 되었다.

"오늘 제방에 우리 패거리들의 모임이 있어요."

"패거리라니, 숯굽는 사람들 말인가?"

하고, 두팔이가 알 수 없다는 듯이 묻자 그녀는 잠잠히 웃고 나서,

"하여튼 가봐요. 가면 알 거예요."

"모인다는 데가 어딘데?"

"고을 앞에 홍살문 있는 데 아시지요. 그 앞에 가서 잔기침을 두 번하세요. 그러면 저 편에서도 잔기침을 두 번 기쳐 대답할 거예요. 그것이 신호니까 그 사나이 있는 곳으로 가면 누구야 하고 소리칠 터이니 그땐 소래골이라고만 해요. 그러면 그 사나이가 알아서 다 해줄 테니까요."

"소래골이란 무슨 뜻인데?"

"우리들이 붙인 이 고장의 이름이에요. 자 이걸 입고서."

그녀는 검은 중추막을 꺼내 입혀주고 나서 허리에다 비수를 꽂아 줬다.

"패거리들이 모인다면서 비수는 무슨 필요가 있어?"

"그래두 혹 필요할지 모르니 갖고 가요."

"그럼 다녀올테요."

두팔이는 어두운 길로 걷기 시작했다. 그 소년을 따라온 뒤로 며칠만의 외출인가, 보이는 것은 하늘의 무수한 별 뿐이었다.

홍살문에 이르자 모든 것이 그녀가 말한 그대로였다. 두팔이와 마찬가지로 검은 중추막을 입은 십여 명의 젊은이가 홍살문을 중심으로 하고서 여기저기 서 있었다.

그 중에도 특히 눈에 띄는 한 사람이 있었다. 키는 비록 작으나

날카로운 눈을 한 사나이었다. 모두가 그의 앞에서 머리를 숙이는 것을 보고 그가 여기선 두목인 것 같기도 했다.

늦은 사람이 두서너 명 헐떡이며 달려왔다. 그것으로 모일 사람도 모두 모인 모양이었다. 한 사람이 두목한테 가서 뭐라고 수군거리자 두목이 손을 들었다. 출발하자는 신호인 모양으로 그들은 부자들이 많이 모여 사는 동면을 향해 걸었다.

(도대체 이자들은 무슨 일을 꾸미려는 것인가)

두팔이는 그의 뒤를 따라가면서도 그것만을 생각했다. 그런 생각으로 얼마나 갔는지 어디를 걷는지 그것도 모르고 따라가다 보니 담장을 길게 둘러친 어느 커다란 집 앞에 와 있었다.

"곽산 친구, 자넨 저기 가서 망을 보게나."

두목이 명령을 했다. 두팔이는 무엇보다도 자기 고향을 아는데 놀랐다. 그가 어떻게 우리 고향을 알까?

뒤를 따라가자 담모퉁이를 돌아 큰 대문에 나섰다. 그 대문 앞에 두팔이를 숨어 있으라고 하고는

"만일 이 대문으로 누가 나오면 용서없이 비수로 찔러 죽이게나, 한명이라도 도망치게 하면 큰 절단이니 정신을 바짝 차리고 있게."

라고 명령하고는 분주히 처음 있던 곳으로 뛰어갔다.

지금까지 묵묵히 서 있던 그들은 두목이 돌아오자 갑자기 활기를 띠워 움직이면서 담을 넘기 시작했다.

(이 친구들이 무슨 일을 꾸미는가 했더니 단순한 도둑이 아닌가?)

두팔이는 실망하는 한편 무섭기도 한 기분이었다.

(그렇다면 역시 그 여자도 도둑과 한패거리였던가?)

이번엔 마음까지 슬퍼졌다.

(그렇게 예쁜 여자가 도둑이라니, 자기가 나쁜 여자라고 한 것은 다른 말이 아니라 자기가 도둑이란 것을 의미하는 것이었구나)

두팔이가 이런 생각에 취해 있는데 두목이 언제 그 옆에 왔는지

"자네 어딜 보구 있나?"

하고 소리쳤다.

"망을 보는 사람이 그렇게 정신없이 멍하니 서 있으면 어떻게 돼."

두목은 꾸짖고서는 다시금 담을 후닥닥 뛰어 넘어갔다. 그 담 옆에는 검은 그림자로 되어 있는 커다란 나무가 있었다. 두팔이는 여전히 하잘것없이 그 나무 위로 떠오르기 시작한 달을 쳐다보고 서 있는데 담 너머 뜰에서 웅성거리는 소리가 나더니 대문이 열리며 그들이 밀려나왔다. 모두가 불룩한 자루를 하나씩 둘러메었다.

"자네두 이걸 메게나."

자루를 둘러메고 낑낑거리면서 나오던 친구가 그의 앞에 자루를 하나 떨어쳐 줬다.

그들은 두목의 뒤를 따라 부리나케 걸어 봉두산 골짜기까지 갔다.

"오늘밤두 자네들 수고했네. 오늘 수고값은 필목 두 필씩만 받게나."

두목이 말하고서는 그들이 메고 온 자루 속에서 필목을 꺼내 나눠줬다. 그러나 그 필목은 두 사람이 지고 온 것으로써 충분했다. 그렇다면 그 나머지는 모두 두목이 차지하는 모양이라고 생각하니 두목의 욕심이 너무 지나치다고 생각하지 않을 수가 없었다. 그러나 다른 부하들은 그것에 대해서 별로 불만을 품는 것 같지가 않았다.

"곽산 친구, 자네두 필목을 받게나."

마지막으로 두팔이를 불러 그에게도 필목을 주려고 했다. 그러나 두팔이는 두목이 괘씸하다고 생각한대로

"난 그런 것 필요없소."

하고 한마디로 물리쳤다. 두목은 이상스럽게도 감격한 얼굴이 되며 알겠다는 듯이 고개를 끄덕였다.

그들과 헤어져 돌아오자, 그녀는 밤참을 준비해 놓고 기다리고 있

었다. 두팔이는 그런 달콤한 가정적인 기분과 함께 그녀의 남편이 된 듯한 즐거움을 느꼈다.

"무서웠지요?"

하고 그녀는 술을 부어주면서 생긋이 웃었다. 꽃처럼 웃음이 피어진 그 눈을 본 순간

"아! 이 눈이었구나."

하고 두팔이는 마음속으로 생각하면서 그녀의 눈을 지켜보지 않을 수가 없었다. 언젠가 그녀의 입에서

"나는 나쁜 일을 하는 여자예요."

하고 말하던 그때의 눈이라고 생각됐기 때문이었다.

(그날 밤 자기가 나쁜 일을 하는 여자라고 한 것은 오늘 밤과 같은 그런 일을 한다는 것을 고백한 것인가?)

그렇다 해도 발랄한 웃음이 흐르는 그의 얼굴을 대하고서는 그런 생각은 순식간에 사라지고 그저 귀엽고도 명랑한 여자로만 생각됐다. 둘이서는 술에 취했다.

"내가 그런 여자라는 것을 알고서 내가 싫어진 것 아니에요?"

두팔이에게 안기면서 웃음을 먹은 눈으로 물었다.

"왜 싫어져?"

"알고 나니 무서운 여자라구."

"이렇게 예쁘기만한데 무서운 여자긴 뭐가."

두팔이는 수염이 거친 뺨을 그녀의 뺨에 갖다대고 힘껏 부볐다.

"자기가 제일 싫어하는 남자는 영리한 남자, 이해타산이 밝은 남자라구 언젠가 말했지?"

"그와 반대로 내가 제일 좋아하는 남자는 물불을 가리지 않고 악의 밑바닥까지라도 같이 떨어지겠다는 그런 사나이."

"정말 나는 그렇게 미련한 사나인지는 모르지만, 자기가 귀여워 견

딜 수가 없는걸."

"정말?"

"정말루 이렇게 정말."

커다란 가슴으로 파고드는 그녀를 으스러지게 껴안았다.

"오늘 밤도 일이 있다니 가 봐요."

그런 말을 듣고서 그가 일을 나가는 것도 아주 예사로운 일이 되고 말았다.

무슨 일이나 하면 할수록 이력이 나는 법이다. 그도 이제 완전히 익숙해져서 망보는 일이 아니라, 앞장서서 패거리들을 지휘했다.

그러면서도 이상스러운 것은 그는 한 번도 양심의 가책을 느끼지 않은 것이었다. 그것은 그가 그만큼 그녀에게 미친 때문이라고도 할 수 있는 것이었다. 그녀도 자기의 모든 애정을 바쳐서 그를 사랑했다. 그 둘의 애정은 서로 물어뜯는 광적인 데까지 이르렀다.

그러나 일에 대해서는 그녀는 대단히 엄했다. 그렇다고 그녀는 분배한 물건을 탐내서 그런 것은 아니었다. 오히려 그런 데에는 전혀 관심이 없는 모양으로 두팔이가 빈손으로 들어와도 한 번도 불평을 말한 적이 없었다.

"물건은 우리가 훔쳐 내구 그건 두목 녀석이 독차지하는 모양이니 제길 이 짓을 하구 있담."

추워지기 시작한 어느날 밤 두팔이는 일을 하고 새벽녘에 들어와서 투덜거렸다. 그러자 그녀는 웃으면서 그의 앞에 커다란 열쇠를 하나 꺼내 놓으면서,

"동쪽 산고개를 넘어 가면 초가 한 채가 있는데 그곳에 가서 이 열쇠를 보이면 거기 있는 사람이 당신을 어느 굴 있는 곳으로 데리고 갈 거예요. 그 굴 문에 채운 쇠를 열쇠로 열고서 비단 두 필만 갖고 와요."

하고 말했다. 두팔이는 무슨 영문인지 알 수가 없으면서도 그녀의 말대로 고개를 넘어가보니 외따로 있는 초가집이 나섰고 중년쯤 된 사나이가 굴 있는 곳까지 안내했다.

두팔이는 갖고 간 열쇠로 굴 문을 열고서 깜짝 놀라지 않을 수 없었다. 그 안에는 없는 것이 없다고 하리만큼, 귀한 물건으로 가득 차 있었기 때문이었다.

(몰랐더니 이 도둑패거리의 두령은 그녀였구나)

그 후부터 그는 그녀를 존경하는 마음이 전과는 아주 달라졌다. 매일밤 그녀와 같이 자는 것은 전과 조금도 다름이 없으면서도 그의 기분을 솔직히 말한다면 그녀에게 안겨 자는 것만 같았다. 그뿐만 아니라, 무엇을 생각하는 것이나 행동하는 것이 이 모두가 자기로서는 생각할 수 없는 딴 세계에 속하는 사람같이만 생각되었다. 그러면서 그는 어느덧 삼년이란 세월을 보내게 되었다. 그동안에 그는 늘 생각한 것이 그녀의 마음에 드는 훌륭한 도둑이 되리라는 생각이었다. 그는 매일 아침 산으로 뛰어 올라가서 커다란 바윗돌을 들어 던지기도 하고, 그녀에게 칼쓰는 법도 배웠다. 그런 결과로 전보다는 몇 갑절이나 동작이 민첩해졌고 눈치도 빨라져, 자연 패거리의 앞장을 서게 되며 지휘자의 자격도 생기게 되었다. 이제는 삼년 전에 소년을 따라오던 그때와는 판이하게 위엄성 있는 사나이가 되었다. 이에 따라 그녀의 사랑은 더욱 맹렬해져 갔다.

그런데 어느 날 두팔이가 데리고 온 소년이

"곱단이 아줌마."

하고 그녀를 불러 내갔다. 그날 저녁 늦게 그녀는 몹시도 침울한 얼굴로 돌아왔다.

"무슨 일이 생겼어?"

두팔이가 걱정되어 물었으나 그는 그저 쓸쓸히 웃을 뿐 아무 말도 안했다.

다음 날도 곱단이는 한숨으로 보냈다.

"그렇게 걱정되는 일이 있으면 시원히 이야기해도 좋지 않아."

두팔이로서는 좀처럼 없던 언성을 높여, 노여운 어조로 말했으나 그녀는 그렇게 말하는 것이 괴롭다는 얼굴뿐으로서 가슴에 품고 있는 일은 한마디도 이야기하는 말은 없었다.

"말하자면 그렇게 나를 믿을 수가 없다는 것이지?"

그는 나중엔 지금까지의 사랑도 의심된다는 듯이 핀잔조로 말했다. 그래도 그녀는 여전히 입을 다물고 있었다.

아침 저녁으로 진지상이 들어와도 그녀는 수저를 드는둥 마는둥 늘 웃음이 피던 그녀의 얼굴엔 침울한 그늘이 늘어갈 뿐 두팔이가 없을 때는 혼자 울기까지 하는 일도 있었다.

그러면서도 밤이 되면 전에 비할 수 없게 강렬이 지나쳐 광적으로 그를 애무했다. 그러한 애무를 받으면서도 두팔이는 조금도 즐겁지가 않았다. 알 수 없게도 거기에는 불안과 초조가 물결치는 것만 같았다. 머지않아 자기 앞에는 불길한 무엇이 나타나리라는 예감이 가슴을 두근거리게 할 뿐이었다.

"자기가 말하지 않는다고 내가 뭐 모르고 있는 줄 알어?"

그는 그녀의 무릎을 베고 누워서 그런 뒷거리도 쳐봤다.

"알긴 뭘 안다는 거예요, 안다면 어디 이야기를 해 봐요."

"……."

그가 말문이 막히는 것을 보고서는

"잘두 아는군요. 그래서 벙어리 꿩먹었다는 대답이지요?"

"하여튼 안다면 아는 줄만 알구 있어. 내가 그걸 모를 줄 알구."

"에구 잘두 알지. 그럼요 잘두 알지 않구요. 내가 이렇게 당신을 죽어라 사랑하는 것, 그걸 안다는 것이지요?"

낮과는 딴판으로 달떠서 야단을 쳤다. 그러나 다음 날이 되면 어젯밤에 몸을 흔들어대며 야단을 치던 명랑함은 꿈이었듯이 사라지고 침울한 그 얼굴로 되돌아가 버리고 마는 것이었다.

그녀의 그런 심정을 두팔이로서는 어떻게 할 수가 없는 채 그것이 무엇보다도 안타깝고 괴로웠다.

(어째서 그녀는 자기의 마음까지 송두리째 나에게 바치려고 하지 않는가?)

밤에 같이 잔다고 해도 그것은 몸뿐으로 그녀의 마음은 먼 곳에 가 있는 것 같은 기분이었다. 지금까지 느껴보지 못한 질투심이 비로소 그의 가슴속에서 들끓어대기 시작한 것이었다. 그러나 질투심이 자꾸만 커질수록 거기에 따라 자기가 그녀를 얼마나 맹렬히 사랑하고 있다는 것이 분명히 느껴지며 그녀가 없이는 잠시도 살 수가 없을 것만 같았다.

"너는 말하자면 내가 싫어졌다, 싫어졌으면 싫어졌다고 우물쭈물할 것 없이 솔직히 말해. 그러면 나도 거기에 대한 생각은 있으니."

두팔이는 마음에도 없는 말을 해가면서 그녀의 마음을 알려고도 했다.

"그래서 당신은 내가 없어도 살 수가 있단 말요?"

"……."

두팔이는 역시 입을 못 떼고 있자

"저것 보라지, 역시 내가 없으면 살 수가 없으면서. 나두 당신 없으면 살 수가 없어서 그러는 거지요."

그것은 말뿐만이 아니라, 밤의 생활에서도 분명히 보여주고도 남는 것이다. 그러면서도 전에 없던 이상스러운 것이 본능으로 느껴지는 것이다. 그 이상스러운 것은 어쩐지 최후적인 것을 암시하는 것만 같았다. '어쩐지'라는 것은 도대체 무엇을 의미하는 것인가.

날이 갈수록 두팔이의 질투심은 더욱 높아졌다. 그 질투심은 드디어 폭력으로 변했다.

"무엇 때문이야, 무엇 때문에 내가 싫어졌어?"

커다란 손으로 곱단이의 머리칼을 움켜쥐고 흔들어 대기도 하고, 숨을 못 쉬게 목을 졸라매기도 했다.

곱단이는 그것이 격렬한 애무처럼 즐거웠다. 그녀는 당장에 숨이 넘어가는 듯한 괴로움을 느끼면서도 그가 하는 대로 맡겨 두었다.

"사나이가 생긴 것이지?"

두팔이는 불을 뱉듯이 소리쳤다.

"나를 버리고 그 사나이와 어디로 달아날 생각이지?"

"……."

"나를 이렇게도 미치게 해놓고서 내가 싫어지니까."

"도대체 그 사나이는 누구야?"

"……."

"이래도 입을 열지 못하겠어?"

그는 지금보다도 더 힘껏 목을 졸라맸다. 그녀는 새파랗게 질린 입술을 바들바들 떨면서도 아무 말이 없었다.

"지독한 년."

목을 졸라매던 그 힘 그대로 곱단이를 밀어버렸다. 바람벽에 부딪치고 난 그녀는 여전히 잠잠한 얼굴이었다.

"나는 너를 잃고서는 지금까지 산 보람이 아무것도 없어지고 마는 거야."

"……."

"여자가 박정하다는 말은 들었지만 이렇게도 지독한 줄은 몰랐다. 목숨을 걸고 자길 사랑하는 남자를 이렇게도 냉정하게 싫어할 수가 있어."

"……."

"나를 버릴 생각이라면 차라리 죽여줘. 그것이 나에 대한 마지막의 정이라고도 생각하겠으니."

"……."

"아니 내가 먼저 너를 죽이겠다."

그는 또다시 곱단이에게 달려들어서 매질을 하기 시작했다.

그러지도 않으면 자기가 싫어졌다고 생각되는 그녀에 대한 울분을 털어 놓을 길이 없었다.

그는 입술을 문 채 조용해졌던 것도 순간적이었고 또다시

"누구야 누구야 그 녀석이 누구야?"

하고 머리채를 그러잡고 흔들어댔다.

이런 어지러운 밤이 이삼일이 계속되던 어느 날 아침 두팔이는 아직 자고 있는데 곱단이는 혼자 일어나 경대 앞에서 머리를 빗었다. 어젯밤에 두팔이가 흔들어 엉켜진 머리를 참빗으로 빗으면서

꿈에 뵈는 임이 신의가 없다 하건마는 탐탐히 그리울제 꿈 아니면 어이 보리 저 임아 꿈이라 말고 자조 자조 뵈시소

이런 노래를 생각하고 서글퍼지는 대로 몇 번인가 입속에서 중얼거려봤다.

드디어 그날로서 두팔이에게 숨기고 있던 것을 이야기하지 않으면 안 되게 된 날이 온 것이다.

아침상을 받고 나서였다.

"당신은 사람이 아니고 짐승이에요. 이렇게 물어뜯으니."

곱단이는 며칠째 없던 웃음을 지으며 자기 팔을 걷어 보였다. 오래간만에 웃음을 보니 두팔이도 질투심이 약간 풀려지는 것 같은

기분이었다.

"자기를 물어뜯어 죽이고 싶은 마음이라는 것을 왜 몰라주고."

"내게 딴 사나이라도 생겼다구 생각하고서?"

"그렇지 않구야 그렇게 침울한 얼굴을 하구 있을 리가 없지 않아."

그 말에 곱단이는 갑자기 호들갑스럽게 웃어댔다.

"여자가 침울해지는 이유야 너무나도 많지요. 자기가 아끼던 치마를 찢어도 그렇고, 비녀 하나 잃어도 그렇지요."

곱단이는 여전히 웃는 얼굴이었다.

"비단옷을 입지 않아도 좋고 옥비녀를 꽂지 않아도 좋으니 제발 그 침울한 얼굴만은 버려."

"그러나 난 그 때문에 침울한 건 아니에요."

"그럼 왜?"

"그런 것과는 비할 수 없게 귀한 것을 잃을 것만 같아서."

"그것이 뭔데?"

"당신!"

"나를?"

"혹시라도 당신을 잃는다면 나는 어떻게 살아요?"

다시 곱단이 얼굴에는 슬픈 빛이 서렸다.

"그런 입에 발린 소린 말어, 내가 생각하는 건 곱단이 밖에 없다는 것을 자기가 너무나 잘 알면서."

"그런 의미가 아니라 오늘부터 우리는 큰일을 해 내야하니 말요. 그 일을 하다 당신을 잃게 되면."

"그건 또 무슨 소리야?"

"영변에서 올라가는 봉물짐을 습격해서 뺏어야 하니 말요."

"봉물짐쯤 뺏는 일이 무슨 큰일이야?"

그런 일은 전에도 몇 번 있은 일이므로 두팔이는 누워서 떡먹기 같은 일로 말했다.

"그러나 이번 봉물은 이전의 것과는 달라요. 호송군사가 백여 명이나 된다니 말요."

"그렇다면 우리 힘으로는 힘이 좀 부치겠구만."

"그러니 말요."

"그렇게 위험하다고 생각되면 하지 않아도 좋지 않아, 봉물짐이라야 기껏 산삼 몇 뿌리하구 녹피 몇 장이 들었을 텐데."

"그런 것이 아니에요. 이 봉물짐은 꼭 뺏아야 해요."

"무엇 때문에?"

"그건 나중에 자세히 알려 드리겠어요. 하여튼 저는 이 일 때문에 당신을 만나기 전부터 이곳에서 내탐하고 있었답니다."

무서운 결심을 보이는 곱단이의 말이었다.

그날 낮부터 두팔이 패거리들은 솔고개라는 곳에서 영변(寧辺)에서 오는 봉물행차를 기다리고 있었다.

솔고개는 가산서 사십 리 밖에 있는 곳이었다. 한쪽엔 낭떠러지고 한쪽에 숲이 무성해서 길목 지키기에는 알맞는 곳이었다.

그러나 그날은 어찌된 일인지 해가 산마루 위로 넘어가고 어둠속에 묻혀들어도 봉물행차가 오는 기색이 없었다.

혹시 개천(開川)으로 빠지지나 않았는가 하고 걱정도 했으나 그렇다고 그대로 돌아갈 수도 없는 노릇이었다.

밤은 더욱이 깊어져 하늘에는 별이 반짝였지만 그것은 어느덧 구름이 퍼지면서 완전히 어둠으로 덮어버리고 말았다. 별이 보이지 않는 밤은 깊은 바다속처럼 고요할 뿐이었다. 영마루에 바람도 약간 부는 것 같았지만 숲속은 진공상태로 바람도 없고 어디까지나 어둠만이 싸여 있을 뿐이었다. 그러나 그 어둠 속에서도 뛰어나게 어두운 그림자가 여기 저기 보였다.

검은 그림자는 대여섯씩 뭉켜 앉은 채 숨 쉬는 것도 잊은 듯이 움직일 줄을 몰랐다. 모두가 검은 옷을 입었기 때문에 더욱 어둡게 보이는 모양이었다.

문득 귀기울이니 고개 밑에서 방울소리 같은 것이 들려왔다. 다시 귀를 기울이니 분명 그것은 말방울 소리였다.

누군지 모르는 그 소리에 움직일 줄 모르던 검은 그림자는 활발히 움직이는 것 같더니 또다시 정숙에 싸여지고 말았다. 말방울 소리는 점점 더욱 가까워지며 요란스럽게 들렸다.

진상봉물(進上奉物)

유월 스무사흘날은 왕의 생일이었다.

각도의 감사와 각골의 현령과 군수들은 서로 경쟁이나 하듯이 진상봉물 짐싸기에 바빴다.

북도(北道)는 남도(南道)에 비하여 인구도 적고 토질도 좋지 못했으나 진상봉물의 수량과 조목은 더 많았고 까다로웠다.

북도에서 올라가는 진상봉물은 산삼 녹용 녹포 웅담 같은 귀한 것뿐만 아니라 산청 복령(茯苓) 지치(紫草) 부레 오미자같은 약재를 비롯하여 호피 수달피 청서피 녹피 같은 피물(皮物)이며 광어 민어 상어 같은 어물이며, 이 밖에도 명주 안주 꽃방석 같은 것이었으며 그것도 모두가 최상품을 골라 보내었으므로 이만저만 힘든 일이 아니었다.

예를 들어 말한다면 녹피 열장을 쓰자면 사슴을 백마리는 잡아서 그 중에서 가죽을 골라야 했다. 그러나 사슴을 키우는 일은 없이 자꾸 잡아 없애기만 하였기에 거의 절종(絶種)이 되다시피한 때다.

그것을 장만하기에는 누구보다도 죽어나던 것이 백성들이었다.

영변 길청에서도 이 진상봉물 준비로 며칠동안 분주했다.

그 준비가 다 끝난 것이 유월 초이렛날로 막상 떠나게 된 날짜가 유월 팔일이었다. 팔일은 딱히 불의출행일(不宜出行日 : 먼 길을 떠나기에는 운수가 적당하지 않은 날)이라고 줄이 박힌 날은 아니었지만 팔일은 파일(破日 : 큰일은 하지 않고 외출이나 여행을 꺼리는 날)이니 하루 미루어서 다음 날 떠나자는 이야기가 많았다. 그러나 또 한패는 김조순의 생일이 십여일 밖에 남지 않았으니 하루를 더 지체할 수가 없다고 말했다. 그들의 말은 영변서 서울이 백리나 되는 길이니 아무리 빨리 걸어도 열흘은 잡아야 할 것이며 도중에서 비라도 만나 강물이 불어 나루를 못 건너게 되면 며칠씩 묵게 될 일도 있을지 모르니, 하루라도 빨리 떠나야 한다고 했다.

양쪽에서 서로 옳다고 왈가왈부하고 있는 소리를 듣고 있던 군수가

"길을 떠나기도 전에 홍수가 날 그런 불길한 생각부터 하는가?"

하고 언사가 불쾌스럽게 나오니, 모두가 입을 다물고 쑥 들어가고 말았다.

"중도에 혹시 지장 있을까 염려스러워서 말씀입니다."

"그렇다면 진상봉물을 준비는 왜 이렇게도 늦게 해가지고 야단인가?"

원님이 반문하는 말에 모두가 손만 부비고 있자,

"이러니 저러니 폐일언하고 이제 곧 떠나기로 해."

하고 자기 말에 안장을 채우라고 했다.

이리하여 그 일행이 자연 늦게 된 것이다.

대체로 봉물을 진상하기 위해서 서울로 올라갈 때는 예방비장(禮房裨將)이 영솔했다. 그 일행의 수도 장교 대여섯, 짐 실은 말에 달린 말꾼 역시 대여섯, 그리고서 꿀항아리나 게젓단지 같은 조심스러운 물건을 지고 가는 짐꾼 서너너덧 명으로 기껏해야 스무 명 안팎이었다.

그러나 이번 진상봉물 행차는 군수가 부임해 올 때보다도 더 굉장한 것이었다.

오마작대(五馬作隊)의 선진으로 맨 앞에는 ‘진상봉물’이라고 쓴 깃발이 바람에 펄럭였고 그 뒤에는 길을 비키라고 소리치는 봉도(奉導)꾼이 십여 명, 그 뒤에는 백마를 앞세우고 짐을 실은 말이 따라갔고, 그의 뒤에야 일행을 영솔하는 군수가 따라갔으며 좌우 앞뒤로는 말탄 군관과 환도를 빼든 군사들이 따랐다. 이렇게도 위풍당당히 행차하는 그들은 솔고개에서 두팔이 패거리들이 기다리고 있는 일은 알 리가 없는 일이었다.

두팔이의 패거리 일부가 안주(安州)로 결박되어 내려온 것은 우리들이 이미 아는 사실이다. 그들은 모두가 솔고개(松峴)에서 봉물짐을 습격하다가 잡힌 것이었다.

그렇다고 그날 밤, 두팔이의 패거리가 관군을 습격해서 결과적으로 보아 결코 패한 것은 아니었다. 두팔이 패거리는 십명 가까이 잡혔다 해도 관군은 삼십 명이나 칼에 맞고 쓰러졌다. 그날 밤 두팔이의 패거리는 두 패로 나누어 윗목에서는 두팔이가 지휘했고 아랫목에서는 곱단이가 지휘했다.

횃불을 든 관군이 고개 중턱에 이르렀을 때, 웃목을 지키던 패가 갑자기 ‘우와’하고 소리를 치면서 관군에 달려들자, 말을 타고 앞섰던 장교 둘은 혼비백산하여 말고삐를 마구 돌리려고 했다. 그러자 뒤에서 또다시 달려들었다. 그바람에 행렬은 뒤범벅이 되면서 자기편과 적을 분간할 수 없이 수라장이 되었다.

“이놈들, 도둑이 몇 명이 된다구 겁을 먹느냐, 달아나는 놈은 목을 벨줄 알어.”

군수와 장교들이 악에 받힌 소리로 환도를 뽑아들고 호령했다.

그 소리에 어쩔 줄 모르고 뛸 생각만 하던 관군도 용기를 얻어 칼을 뽑고 쇠도리깨를 휘둘러댔다. 도망쳐야 나중에 죽기는 매일반이라고 생각한 모양이었다.

"이놈들, 이놈."

길바닥에 떨어져 타는 횃불에 여기저기서 칼이 부딪치는 것이 걸핏걸핏 보였다. 칼에 맞고 말 위에서 떨어지는 것도 보였다. 아우성이 뒤섞여 비명을 치는 소리, 칼에 맞은 말이 울부짖는 소리.

이 어지러움을 틈타서 두팔이는 백마에 실은 봉물짐을 풀려고 했다.

"어느 놈이야, 거기에 손을 대는 놈이?"

벼락같은 소리가 날아왔다. 동시에 말 위에서 번쩍이는 칼이 두팔이에게로 달려들었다.

"칼 쓸줄 아는 놈이로구나."

전광석화로 몸을 피한 두팔이는 문득 그런 생각과 함께 바른손에 잡은 칼로 그 놈의 면상을 후려갈겼다. 그러나 적도 역시 동작이 빨랐다. 두팔이의 칼을 말고삐를 당겨 말머리로 막으면서 말이 채 쓰러지기도 전에 봉물을 실은 백마로 뛰어 오르며 두팔이의 앞가슴을 걷어찼다.

쓰러졌던 두팔이가 다시금 벌떡 일어났을 때는 그는 벌써 고개 위를 향해 어둠 속으로 말꼬리를 감추며 달아나고 있었다. 두팔이는 옆의 주인을 잃은 빈말을 잡아타고 부리나케 뒤를 따랐다.

산굽이를 몇 번 도는 동안에 어둠 속에서도 앞말이 뛰는 것이 보였다. 그 거리는 더욱 줄어서 불과 두석자 사이가 되고 말았다. 두팔이는 손에 예도(銳刀)가 들려 있지 않은 것을 그제야 알면서, 가슴에 품었던 비수를 뽑아 들었다. 앞의 말은 미칠 듯 미칠 듯하면서도 좀처럼 미치지가 않았다. 앞에서도 필사적으로 달아나니 그럴 수밖에 없는 것이었다. 그러면서 산굽이를 도는 순간에 두팔이는 들었던 비수로 앞의 말을 탄 놈의 어깨를 푹 찔렀다. 그러나 정작 찔린 것은 앞말의 엉덩이였고 뛰던 말이 놀라 껑충 뛰어오르며 뒷발로 걷어차는 바람에 두팔이는 어이없게 떨어지며 정신을 잃고 말았다.

그러나 앞의 자는 그것도 볼틈 없이 그대로 달렸다. 그러나 뛰는 말의 기운이란 한이 있는 것이다. 더욱이 칼까지 맞은 말이라 제대로 달릴 리가 없었다. 그는 그곳서 십리나 더 가서 있는 파발(擺撥)로 찾아가서 말 한 필을 내달렸다. 역졸이 말을 내주면서도 그때의 세도를 한 손에 쥐고 있던 부원군 김조순의 사자(使者)인줄은 알 리가 없었다.

부원군 김조순의 사자는 다른 사람이 아니라 김재찬이었다.

그에 대한 이야기는 앞에서 잠깐 있었거니와 연흥부원군 김제남(延興府院君金悌男)의 봉사손이다.

다시 말하자면 광해군 오년 김제남의 역모사건이 일어났을 때, 이웃집인 달성윗댁의 호의로 겨우 목숨을 부지하게 된 갓난애의 후손이다. 그러나 그 후로 북인이 멸하고 서인이 세도를 잡으면서 그 후손들은 대대로 높은 벼슬을 차지하게 되었다. 그가 아직 당하문관으로 있을 때, 어영대장 이창운의 영(令)을 거역하고 벌번반년(罰番半年)을 받은 일이 있다.

'벌번'은 어느 기간을 두고서 매일 계속해서 번을 서는 것이다. 그러나 장교나 종사관은 군졸이 번을 서는 것처럼 밤을 새워 보는 것이 아니고 영(營) 안에 들어가서 자기만 하면 되었다. 벌번을 서는 첫날 영안에 있는 골방에서는 장교들이 한편에서는 노름을 하고 또 한편에서는 육담(肉談)을 하며 웃고 떠들어댔으나 재찬이는 무식한 그들과는 처음부터 끼워서 놀고 싶지도 않았다. 그리하여 그는 한편 구석에서 혼자 일찍부터 자고 있는데 군졸이 와서 사또님이 부른다고 했다. 눈을 부비고 일어나서 아직도 날이 밝지 않았으므로 댁에서 부르느냐고 묻자 사또님이 벌써 출청(出廳)했다는 것이다.

재찬이는 무슨 영문인지 모르고 사또 앞에 나가자 "이리 가까이

오게나" 하고 자기 옆으로 와 앉게 하고는 사방탁자(四方卓子)에서 지도를 하나 내려 그의 앞에 펼쳐놓았다. 그리고는 "이 지도는 관서 지방 지도인데" 하고 설명하기 시작했다. 그 일은 그날뿐만이 아니라 재찬이가 벌번을 받는 반년 동안을 두고서 하루도 빠지는 날이 없이 죽 계속됐다. 인시(寅時, 오전 세시)가 되기가 바쁘게 이창운 대장은 나와서 재찬이를 불러 앞에 놓고는 해서(海西) 관서(關西) 양 지방에 관한 지형 풍토 풍속 토산물을 아주 세밀히 가르쳐줬다.

"여기서 여기를 가자면 몇 리인데 그 중도에는 어떤 영이 있고 그 영 아래는 주막집이 몇 집이 있는데, 그 집에서 주는 술은 어떤 술이며 그 주막에는 대략 몇 명이 잘 수 있으며, 그곳서 얼마를 가면 장거리가 있는데 그 장거리를 가는 데는 이 고개를 넘어가는 지름길도 있으며 지름길로 가면 얼마를 질러갈 수가 있으며, 그 장거리는 몇 호가 되며 그곳은 몇 날 장이며, 그곳에 오는 물건은 무엇무엇이며 장날에 모이는 사람은 몇 명이나 되며, 장거리에서 장날마다 나는 나락은 얼마이며 그것으로서 군사를 며칠이나 먹이며, 그 장거리에 여름과 가을에 나락이 나는 차이는 얼마나 되며, 또한 그곳에 적이 있을 때는 어디서 어떻게 치는 것이 좋으며, 거기서 처나갈 때는 어떻게 하는 것이 좋다."

는 등 이대장은 햇발이 높이 올라올 때까지 끈기있게 가르쳤다. 재찬이는 그것이 처음엔 귀찮았지만 하루하루 배워나가는 동안에 연구할 가치가 있다는 것을 알게 되었고 그러면서 재미도 붙게 되었다. 이리하여 재찬이는 반년 동안 눈을 감고도 가보지도 않은 황평(황해도와 평안도) 양도를 훵하니 알게 되었지만 백문이 불여일견 그 말대로 알면 알수록 실지로 한번 보고 오고 싶은 생각이 간절했다. 그러나 관직의 일이 워낙 바빠 몇 년동안 생각으로서 그 기회를 얻지 못하고 있었는데 하루는 부원군 김조순이가 불러 황해도와 평안도 양도의 민심을 보고 오라는 영을 내렸다. 재찬이로서는 참으로 반가운 이야기였다. 그는 그곳의 명승지를 탐승하며 서너 달 걸려 양산동대로 유명한 영변에 이르게 되었다. 그곳에서 뜻하지 않은 물건을 하나 얻게 되었다. 그것은 목안(木雁) 속에 어떤 사람들의 명저(名著)가 들어 있는 것이었다.

목안은 글자 그대로 나무를 깎아 만든 기러기다. 기러기는 좋은 일을 물고 온다고 하여 혼인 때에 산 기러기 대신으로 쓰는 물건이다.

"어느 박수무당이 내가 이걸 갖고 있으면 좋은 일이 생길 것이니 맡아 달라면서 주고 갔는데 도대체 무슨 뜻이오니까?"

영변 군수가 재찬이에게 목안을 보이면서 물었다. 그도 재찬이가 지혜가 뛰어나다는 소리는 어디서 들었던 모양이다.

재찬이는 그 목안을 첫 눈으로 보아서 보통 솜씨로 깎은 것이 아니라는 것을 알았다. 또한 칠이 퇴색한 것을 보아서 꽤 오래된 물건이라는 것도 알았다. 그는 좀더 자세히 살펴보다가 배밑에 금이 간 것을 찾아냈다. 그것은 나무가 말라서 결이 튼 것이 아니라 갑풀로 붙였던 자리가 금이 간 것이었다.

그는 통인에게 칼을 가져오라고 해서 그쪽을 뜯었다. 그 속에는 의외에도 긴 두루지에 명적을 쓴 것이 들어 있었다.

이름마다 필적이 다른 것을 보아서 재찬이는 그것이 어떤 성질의 것이라는 것은 짐작할 수가 있었다. 그러나 영변군수는 눈이 둥그레진 얼굴로

"도대체 이것이 뭐요?"

하고 물었다.

재찬이는 그것을 도루 목안에 넣고 나서

"무엇보다도 귀한 진상봉물감이 생겼소."

하고 말했다.

그 말에 영변군수는 박수무당의 말대로 자기에게 평양감사 자리라도 한 자리 굴러오는가 보다고 생각한 모양이었다.

아끼고서 벽장에 넣어 두었던 물건까지 꺼내다 봉물짐에 싸가면서 자기도 안주까지 진상봉물짐을 배웅한다고 나섰다. 재찬이는 그것을 굳이 말리지는 않았다.

그러나 그는 영변에서 오십리 길인 박천도 못가서 두팔이 패거리에게 칼을 맞아 말에서 떨어져 죽고 말았다.

그날 밤, 재찬이가 말을 몰아 박천골로 들어섰을 때는 거의 자시(子時, 자정~새벽 한시)가 가까웠을 때였다.

박천 길청에서는 그때까지도 자지 않고 한창 술판이 벌어지고 있던 판이었다.

재찬이는 화풀이할 데가 없는대로 대청으로 들어서기가 무섭게
"이놈들아 진상봉물짐이 산적에 빼앗기는 것도 모르고 술만 쳐먹구 있느냐?"
하고 고래고래 소리를 질렀다.

술이 잔뜩 취해서 기생을 끼고 있던 박천군수가 암행어사라도 뜬 줄 알고 그의 앞으로 벌레벌레 기어나와 엎디었다.

재찬이는 그날 밤으로 군졸 삼십명을 급히 보내어 두팔이 패거리를 잡게 하고 나서 자기는 아침으로 또다시 파발마를 타고 안주까지 나왔다.

그곳에 나와 보니 진상봉물짐을 습격당한 것은 비단 자기네들뿐만이 아니었다.

곽산, 상원, 개천, 태천 등지에서도 이같은 일이 일어났다는 소식이 들어와 있었다.

재찬이는 그곳의 도사를 한사람 붙잡고서 어째서 이렇게도 이런

일이 빈번한가 물었다.

"지금 서도에는 백년에 없는 큰 한재(旱災)를 만나 백집 중 한집이 제대로 끼니를 끓이는 집이 없으며 가을이 된다 해도 나락 한알 거둘 길없는 형편인데 관가에서는 전결이니 봉물이니, 핑계가 없어 빼앗아가지 못할 뿐만 아니라, 젊은 사람들은 변경을 지키는 군역으로까지 뽑아가니 자연 느는 것은 도둑밖에 없을 것이 아니오."

하고 대답했다.

각곳에서 진상봉물짐이 자꾸만 산도둑들에게 피습을 받게 되자, 재찬이는 안주부사(府使)와 병마절도사(兵馬節度使), 도사(道使)들과 의논하여 각곳의 봉물짐을 안주에 모이게 하여 일시에 떠나기로 했다. 그리하여 강계(江界) 이산(理山) 벽동(碧潼) 의주(義州) 같은 변경 요해지를 비롯하여 삭주(朔州) 영원(寧遠) 선천(宣川) 정주(定州) 희천(熙川) 등지에 차례차례로 봉물짐이 모여들게 되어 군관과 이발들의 수가 백여명, 거기다가 군졸 말꾼 짐꾼의 수가 삼백여명이나 되는 대단한 수였다.

그것이 평양으로 가서 증산(甑山) 함종(咸從) 영유(永柔) 순천(順川) 순안(順安) 등지의 봉물짐과 또 합쳐지면 싸움이나 나가는 군대들의 행렬처럼 아주 굉장했다. 그러니 그 비용이 막대함은 물론 그것도 백성들이 부담해야 하는 것이었으니 이래저래 죽어나는 것은 백성일 수밖에 없었다.

이 진상봉물짐의 통솔자는 자연 김재찬이가 하게 되었다. 평양서부터는 사람 숫자가 더욱 많아지고 또한 대동강나루를 건너야 했으므로 선발대에서 몇 대로 나누어 행진했다. 그것이 황주(黃州)를 시오리 못미쳐서 있는 내동리(內東里)까지 와서 행렬이 하나로 되었다. 황주골 사람들에게 진상봉물짐의 행렬을 구경시키기 위해서였다.

그때 말탄 군관들이 전후 두패로 갈라져서 좌우 양쪽에서 옹위

하는 그 복판에 융복(戎服)을 갖추고 백마 위에 앉아서 저녁 노을빛을 받으며 황주성 안으로 들어가는 김재찬의 위풍은 참으로 장관이었다.

그날 저녁 황주골의 주막과 술집은 진상봉물의 행렬 덕분으로 아주 경기가 좋았다.

김재찬이는 황주 내아로 들어가서 물론 기생을 끼고 잤지만, 서울에서부터 그를 따라온 그의 청지기 이서구(李書九)는 개성 객주집에서 자기로 하고 그 주인인 김달수(金達洙)를 만났다.

아직 오십 전인 김달수는 본시 개성사람으로서 서울에서 피물전(皮物廛)을 하다가 실패하고 황주로 내려와 객주(客主)로서 다시 일어나 천석꾼이 된 사람이다. 이서구와는 서울에서 이웃집에서 살아 지금은 세교(世交)하는 집 사이가 된 것이다.

그날 저녁 치부(置簿)를 끝내고 안방에서 반주를 하던 달수는 서구가 나타난 것을 보고

"마침 잘됐네, 어서 들어와 한잔 받게나."

하고 반겼다.

서구는 달수보다 십년이나 아래니 하게를 받을 수밖에 없는 일이었다.

서구는 술잔을 받으며

"인호가 돌아왔습니까?"

하고 그런 말부터 꺼냈다. 인호는 달수의 둘째 아들이었다.

그 말에 달수는 문득 놀라면서

"자네 그 못난 것이 집을 나간 것은 어떻게 아는가?"

"평양 햇추골(下處洞) 객주집에서 보았으니 말요."

"그녀석이 역시 평양에 가 있었구나."

"영유 기생을 찾으러 왔다는 그런 말을 하더군요."

"글쎄 말일세."

달수는 입맛이 쓴 듯이 받았던 술을 단숨에 들이키고 나서

"아무리 계집에게 미쳤다구 적지도 않은 큰돈을 싸가지구 나갔으니 말일세. 그래 평양서 어떻게 하구 있던가?"

"모르긴 해도 지금쯤은 평양에도 있지 않을 것입니다."

서구의 입에서는 또 이런 말이 나왔다.

"그렇다면 그 녀석이 어떻게 됐어?"

달수는 아무리 불효한 자식이라 해도 역시 걱정이 되는 모양이었다.

"서울을 갔으리라고 생각돼요."

"뭐 서울을?"

"모양이 그 기생을 찾기 전엔 돌아오지 않을 생각이더군요."

서구가 술을 부어주며 말하자, 달수는 받아 놓기만 하고 나서

"서울은 또 뭣하러, 영유 기생이 서울을 올라갔다는 소문이라두 들은 모양인가?"

"그런지도 모르지요."

"하여튼 요즘 아이들의 심정은 알 수가 없어. 지난 단오에 평양에 놀러갔다가 그 기생이 동산에서 그네를 뛰는 것을 보고 그렇게도 미쳤으니 설사 하늘에서 선녀가 내려와서 그네를 뛴들 그럴 수가 있어?"

"그 기생이 선녀랄 수는 없어도 인물과 재주가 송도의 명기 황진이를 지금에 갖다놔도 따를 수가 없는 것만은 사실인 모양입데다. 저 두 인호가 미친 것을 알고서 그 기생에 대해서 좀 알아보았는데 영유군수 이해림이가 수청을 들이려다 못해 곤장 이십장을 벌한다는 바람에 종적을 감춘 모양이니."

"그런 기생이라면, 더군다나 우리 같은 장사꾼의 아들로선 손도

댈 수 없는 노릇 아닌가. 그 철부지는 그것조차 모르고 그 기생을 찾아낸다고 집에서 갖고나간 돈을 물쓰듯 쓰고 있을 생각을 하니— 여보게 이런 이야기가 영유골 원님의 귀에라도 들어가게 되면 우리 집은 어떻게 되겠나. 공연한 누명을 쓰고서—."

애비의 쓴 심정을 드러내자 서구는 그와 반대로

"내가 있는데야 그렇게까지 하겠어요. 그러나 일부러 소문낼 것까지야 없지요. 그 사람두 돈이나 떨어지고 지각도 생기면 자연 돌아오게 마련이겠으니 너무 걱정 마세요."

"사실 나두 그런 생각으루 그 녀석을 찾을 생각을 하지 않구 있네만 서울 가서 혹시 또 만나게 되면 자네가 붙잡고서 잘 타일러 주게나."

"그건 평양에서 만났을 때두 말마다나 좋아해 줬지요. 그러나 지금엔 그런 말이 그 사람에겐 불붙는데 키질인걸요."

"하기는 이것도 내 잘못이야, 스물 소리 하도록 장가를 보내주지 않은 탓이야. 장가를 보내준다면 싫다구만 하기에 난 그녀석이 그저 늦은 줄만 알았지."

달수는 여전히 입맛이 쓴 듯이 한숨을 쉬며 술상만 내려다보고 있었다.

"그런데 아저씨에게 한가지 물을 것이 있는데, 김이구(金履九)란 사람을 아십니까?"

서구는 달수가 기분이 좋지 않은 것을 보고서 딴 말을 꺼냈다.

"알다뿐인가 그 사람이 송림골(松林坊) 사람이지."

"그 사람이 뭣하는 분인가요?"

"이곳에서 무명을 모아 가지고는 강계 갑산 등지로 가서 베와 바꿔오는 도부상꾼이지."

"그러면 아저씨네 집에도 늘 들리겠군요?"

"물건을 해오면 으레 우리 집에다 맡기기로 마련이지. 왜 갑자기 묻나?"

"좀 알아 볼 일이 있어서요."

서구는 대답을 어물거리고 말았으나 실상은 재찬이가 알아갖고 오라고 했기 때문이었다.

그렇다면 그 김이구라는 사람은 목안 속에서 나온 두루지에 기입되어 있는 이름 중에 하나인 것이 짐작되는 일이었다.

김재찬이가 영솔하는 진상봉물의 일행은 안주(安州)를 떠난지 이렛 만에 이미 오백리의 산하(山河)를 도파하여 이제는 금천(金川)에서 자고서 아침으로 경기도 땅을 밟으려고 했다. 경기도로 들어서게 되면 우선 봉물짐이 산적에 피습당할 걱정이 없어진다. 일행 중엔 서울이 초행인 자가 태반이었으므로 서울의 번화한 거리를 혼자 상상해보며 가슴을 울렁거리는 자가 많았다.

그 심정은 황평 양도를 시찰하고 돌아오는 김재찬이도 역시 마찬가지였다. 집을 떠난 지 석달만에 다시 처자를 만날 생각을 하면 누구나가 가슴 뛰지 않을 수 있으랴. 지금 그들이 쉬고 있는 곳은 황해도와 경기도의 경계쯤인 광복산(廣福山) 줄기를 타고 넘는, 옛날엔 청석골 꺽정이패들이 오가는 행인들의 봇짐을 털던 곳으로 유명한 범고개다.

임진왜란 때는, 서울이 함락되었다는 경보를 듣고 대관들이 왕을 모시고 부랴부랴 개성을 떠나다가 이 고개에 이르러 비로소 종묘 신주를 잊고 온 것을 알고 도로 가서 모시고 왔다는 이야기도 유명하다.

김재찬이는 안석의자에 걸터앉아서 화채(花菜)를 마셔가며 푸른일색으로 뒤덮인 산야를 굽어보고 있었다.

골짜기에서 처량하게 들려오는 뻐꾸기의 울음소리, 그 울음소리

나는 곳을 찾기나 하듯이 한참이나 그쪽을 지켜보고 있던 그가 갑자기 일어서며

"총을 갖고 와, 저것이 뭔가?"

하고 소리쳤다.

그의 옆에 서 있던 군관들이 뒤따라 나가며 뭐라고 대답하려 하자 그의 청지기 이서구가 그들보다 앞서

"무슨 짐승이라도 보이십니까?"

하고 물었다.

"비장, 저게 뭔가? 저 검은바위 옆에 짐승같은 것이 업뎌 있지 않나?"

골짜기의 수풀이 무성한 곳을 가리키자 이서구는 눈을 바로 뜨고 잠시 보고 있다가

"짐승이라면 이렇게도 사람들이 웅성거리는데 뛰지 않을 리가 없다고 생각하옵니다."

"그러면?"

"제 생각 같아서는 혹시 나무를 하러 왔던 사람이 실수로 굴러떨어진 것이 아닌가고 생각됩니다."

"자네 말도 그럴듯하이. 하여튼 사람을 보내서 알아보고 오래도록 하게나."

재찬이가 겨누었던 총을 내려 놓으며 말하자 서구가 군졸 하나를 불렀다.

"자네 빨리 가서 저것이 뭣인지 살펴보고 오게나"

"네."

군졸이 가파로운 비탈을 미끄러지며 내려가자 그것을 한참 보고 있던 재찬이가 문득 생각난 듯이 서구에게 눈을 돌렸다.

"이비장 황주에 산다는 김달수를 그날 만났나?"

"네, 만났습니다."

그러나 재찬이는 다음 말은 묻지 않고 다시금 골짜기로 내려간 군졸에게 눈을 돌렸다.

이서구가 여태까지 그 일을 재찬이에게 아뢰지 못한 것은 황주에서 여기까지 오면서 그가 줄곧 술에 취해 있었기 때문에 아뢸 기회가 없었던 것이다.

이윽고 내려갔던 군졸이 올라와서 땀을 씻고 김재찬이 앞에 가서 엎디었다.

"이비장 말씀대로 저것은 짐승이 아니고 어떤 아가씨가 쓰러져 있더이다."

"아가씨가?"

김재찬이는 의외란 듯이 놀란 얼굴을 했다.

"아가씨라니 대체 몇 살이나 나보이던가?"

재찬이는 아가씨라는 데 호기심이 느껴지는 모양이었다.

"제 무딘 눈으로서는 십칠팔세로 보았소이다."

"그렇다면 한참 좋은 나이로구나. 어찌해서 저꼴이 되었을까?"

"차림이 시골 아가씨니 비장님 말씀대로 산채를 하러 올라왔다가 미끌어 떨어진 것이 아닐까요?"

"그렇다면 이미 숨이 끊어졌던가?"

"아니옵니다. 얼굴이 몹시 창백해졌을 뿐이고 숨은 여전히 쉬고 있습니다."

"숨을 쉰다면 인정으로 그대로 내버려두고 갈 수가 없지."

하고 재찬이는 서구에게 얼굴을 돌렸다.

"비장, 자네가 알아서 하게나."

"분부대로 하겠소이다."

서구는 그곳에서 물러나 장교들이 쉬고 있는 곳으로 와서 부장

하나를 불렀다.

"대감의 명령일세. 군졸 몇 사람을 데리고 가서 저 골짜기의 쓰러져 있는 여인을 구원하도록 하게."

"알겠습니다. 그런데 숨이 제대로 돌려지면 어떻게 할까요?"

"집이 어디냐고 묻고, 어떻게서 이렇게 쓰러져 있게 된 사연을 묻고 오게나."

"그러나 만일 이 고장 사람이 아니라면 어떻게 할까요?"

"고향과 가던 곳을 묻게."

"고향도 없는 도망치던 여비라면?"

"음—."

서구는 잠시 생각하고 나서

"하여튼 대감의 명령이니 자네가 맡아 서울까지 데리고 오게나. 걸을 수가 없다면 자네 말에 태워도 좋으니."

"네 잘 알았습니다."

서구는 부장을 보내고서는 다시 재찬이 옆으로 왔다.

"그만큼 쉬었으면 또 가보세나."

"네."

앞에 가던 장교 하나가 출발하라는 호령을 치자 긴 행렬은 다시금 움직이기 시작했다. 그 고개를 내려오면 삼십리를 못가서 개성이었다. 농현앞 개울에서 모두 땀에 밴 얼굴을 씻고 행렬을 바로 잡았다.

성안으로 들어서면 언제나 이런 허세가 대단했다.

그날은 금천서 개성까지 오십릿길 밖에 걷지 않았으므로 더 걷는다면 임진강을 건너 파주까지도 갈 수 있는 일이었다. 그러면 내일 저녁으로 서울도 들어갈 수가 있었다.

그러나 놀기 좋아하는 김재찬이는 서울의 처자가 아무리 그립다 해도 송도기생과 술을 그대로 보고만 가고 싶지는 않았다. 더욱이 개성목사 김인순이는 부원군의 일가가 되는 사람이었다. 하룻밤 묵자고 그대로 지나친다면 자기에게 모욕을 주었다고 공연히 원망하는 마음을 사게 되는지도 모르는 일이었다.

그날 관아(官衙)에서는 그의 길맞이로 굉장한 주연을 베풀어줬다. 그곳서 돌아오던 길에 개성목사는 재찬이를 어느 기생집으로 데리고 갔다.

술도 물리고 기생이 뜯던 가야금 소리도 물리자

"우리 오래간만에 풍월이나 한귀씩 지어봅시다."

하고 개성감사가 기생을 시켜 벼룻장을 가져오라고 했다. 그리고 나서

"서도(西道)의 시정은 어떻습니까?"

"글쎄요, 시정보다 모두가 색정(色情)이 좋다고 하는 모양인데 난 이 기생아가씨처럼 색정을 느껴보지 못했군요."

넌지시 이런 말을 하며 재찬이는 옆에서 먹을 갈고 있는 기생을 끌어안았다. 이래서 세도있는 놈들은 봉건이 좋다고 한 모양이었다.

진상봉물을 서울까지 무사히 갖고온 김재찬이는 사옹원(司饔院)에서 짐을 풀게 하고 김조순과 같이 궁으로 들어가 임금을 배알한 후 일찍 집으로 돌아왔다.

그의 집에는 늙은 어머니와 그의 애첩 명도를 비롯해 그 집의 살림을 맡아보고 있는 박일웅(朴一雄)이가 기다리고 있었다.

박일웅이는 본시 천주교 신자였다. 신유사학(辛酉邪學)으로 참(斬)을 받게 된 것을 재찬이가 구원해 준만큼 그의 신복으로서 그가 없을 때는 모든 일을 그가 맡아서 했다.

재찬이는 박일웅이에게 보고를 받고서는 어머니 방으로 들어가 돌아온 인사를 드렸다.

그런 절차가 끝나자 비로소 그는 뒤뜰 우물로 가서 물을 끼얹은 후 저녁상을 받았다.

저녁상에 반드시 술이 따라 나왔다.

그는 혼자서 천천히 반주를 하다가 문득 종년을 불러

"너 나가서 이 비장을 부른다고 해라. 그리고는 혹시 찾는 사람이 있어도 주무신다고 해라."

조금 후에 이서구가 들어왔다.

"그동안 고생 많았는데 들어와서 술이나 한 잔 받게나."

하고 서구에게 술 한 잔 부어주고 나서

"그 아가씨 어떤가?"

하고 물었다.

"별일 없이 제정신으로 돌아섰습니다만 몸이 몹시 쇠약해진 모양입니다."

"고향은 어디래든가?"

"평안도 영유라고 합니다."

"영유사람이 어떻게 그런 곳에서 헤매고 있었다는 것인가."

"서울을 가던 길에 평산 못미쳐 있는 동산고개에서 산적에 잡혀 끌려다니다가 몸이 극도로 피곤해서 쓰러졌다고 합니다."

"서울은 뭣하러 올라오던 모양인가?"

"자기 말로서는 침술을 배워 궁 안의 여의가 될 생각이었다고 하는데 그것이 사실인지는 알 수가 없습니다."

"시골 아가씨로서 그런 생각을 했다는 것은 좀 이상하지 않아?"

"실상은 차림이 그렇고, 또한 흙투성이를 해서 그렇지 시골 아가씨 같지는 않습니다."

"그럼?"

"기생이 아닌가고 생각됩니다."

"기생?"

"네, 몸을 단정히 가다듬는다면 누구나가 놀랄만한 예쁜 아가씨가 되리라고 생각됩니다."

"옷이 날개란 말이구나."

하고 재찬이는 웃고 나서

"지금은 어디 있나?"

"저의 집 건넌방에 두고서 보약이나 대려 먹이려고 한첩 져다 대리라고 했습니다."

"그것 참 잘했네. 딴 병이 없이 몸이 쇠약한 것뿐이라면 며칠 폭 쉬면서 음식을 잘 먹이면 회복되겠지."

"그렇겠지요."

"나도 그동안에 한번 가보겠네만, 인물이 정말 진상봉물감이 되던가?"

"양귀비는 제가 보지 못했으니 그보다도 못하지 않다고 할 수 없을는지 모르겠습니다만 하여튼 인물이 빼어난 것만은 사실입니다."

그리고는 무릎을 꿇어 그의 앞으로 두어 걸음 걸어 나가고서,

"그런데 말씀입니다. 이건 오던 도중에서 들은 이야긴데요."

하고 지금과는 달리 목소리를 낮춰서 입을 열었다.

"제가 황주에서 객줏집을 하는 개성사람 김달수를 안다고 하지 않았어요."

서구는 여전히 목소리를 낮추어서 말했다.

"참 그 사람에게서 들은 김이구에 대한 이야기를 들은대로 이야기하게나."

"네, 그 이야기두 말씀드리겠습니다만 먼저 재미나는 이야기를 들으시구서—."

"그건 무슨 이야기인데?"

"그 김달수란 사람에게 둘째 아들이 있는데 약간 모자란다면 모자라는 사람이지요. 그런데 그 사람이 영유골 그 기생에게 홀려 집에서 적지 않은 돈을 갖고 찾아간 모양인데 기생이 종적을 감췄단 말씀입니다."

"그 사나이가 싫다구서?"

"그런 것이 아니라 영유골의 원님이 그 기생에게 또 마음이 있는 모양인데 말을 듣지 않으니까 볼기를 때린다는 바람에 종적을 감춘 모양입니다"

"영유골 원님이라는 자도 꽤 못난 친구로구먼. 그래서 그 행방불명이 된 기생이 지금 이야기한 그 아가씨와 무슨 관계라도 있단 말인가?"

"관계가 있는 것이 아니라 바로 그 기생이라 생각됩니다."

"뭘로써?"

"고향이 영유라고 하고 또한 연령과 생긴 미모로 미루어서 틀림없다 생각되옵니다."

"그렇다면 참 흥미있는 일이구만, 하여튼 훌륭한 진상봉물감이 되도록 자네가 잘 가꾸게나."

"네, 저도 그럴 생각을 하고 있었습니다. 그런데 말씀입니다."

하고 서구는 말꼬리를 또 물고서

"그 은실이란 기생은 평양서부터 동행이 있은 모양입니다."

"그렇다면 정부라두 있어서 서울을 따라가던 모양인가?"

"자기 말로서는 결코 그런 것이 아니라, 그 사람과는 평양서부터 우연히 만나 동행했을 뿐으로 아무 관계가 없다고 하지만 사실은 알 수가 없습니다."

"그 사람과는 어디서 헤어졌기에 혼자서 산적에 잡힌 모양인가?"

"네, 소기라는 원에서 자고 헤어졌다고 합니다."

"그 사나이라는 사람은 어떤 사람인데?"

"의주 방면에서부터 오는 김근태란 사람입니다."

"김근태?"

하고 재찬이는 약간 놀라는 얼굴이 되자

"왜 놀라십니까. 혹시 아는 분이신가요?"

"안다는 것보다도 어디서 들은 이름 같아서."

"그렇다면 김태근라면 분명히 기억되는 이름이겠지요."

"신유사학으로 몸을 감춘?"

"네 바로 그 사람이 아닌가고 생각됩니다."

"어째서?"

"그의 행색이 수상하기 때문에 정주서부터 순교(巡校) 세 명이 그의 뒤를 따랐는데 박천 대령강에서는 낚시질꾼을 붙잡고서 이상한 말을 하고 또한 황주에서는 그의 뒤를 따르던 순교의 부패를 훔치는 등……".

"그렇다고 그 사람이 김태근이라고 단정질 수는 없지 않아?"

"그렇기는 합니다만 하여튼 그 사람이 수상한 사람이 틀림없습니다. 그것은 대감이 제게 알아오라는 김이구라는 사람 집에 들렀던 것도 사실이니 말입니다."

"그가 김이구의 집에 들렀다구?"

"신을 사러 나가는 척하고 동행을 순댓국집에 둔 채 혼자서."

서구는 자기의 뒷조사를 자랑이나 하듯이 말했다.

"김이구는 어떤 사람이라구 하던가?"

"강계 등지로 무명을 갖고 가서 베와 바꾸어 오는 도부상이었는데 요즘엔 주로 가산 다복골(多福洞)에 있는 금광에 드나들면서 금을 사다 판다고 합니다."

"평안도 치고서도 운산이나 청산에선 금이 난다는 소리를 들었어도 가산 부근에서 금이 난다는 소리는 금시초문이구만."

평안도 지리에는 자신을 갖는 김재찬이의 말이었다.

"채굴하기 시작한 지가 이번 봄부터라니 대감께서 아시지 못할 것입니다."

"일꾼을 몇 명이나 쓰는 금광이라던가?"

"글쎄요, 그것까지는 미처 생각이 미치지 못하여 알아보지는 못하였습니다만 한 달에 금 서른 근은 난다고 합니다."

"금 서른 근이 난다구? 그렇다면 광산의 주인 되는 사람도 대단한 사람이라야 할 텐데 그게 누구라든가?"

"가산의 갑부 이희저(李禧著)라고 합니다."

"그렇지 이희저라면 그만한 일도 할 수 있겠지."

평안도 사정에 누구보다도 밝은 김재찬이가 가산의 만석꾼으로 이름난 이희저를 모를 리가 없었다.

"그런데 말씀입니다. 들은 소문에 의하면 이희저란 그 사람이 본시 역속이었는데 이번에 역졸안(驛卒案)에서 이름을 뽑아 향안(鄕案)에 올렸다구 하더군요."

"역속이 어떻게 향안에 올렸다든가?"

물론 몰라서 묻는 소리가 아니었다.

"네, 그거야 대감께서도 모를 리가 없는 일 아니옵니까."

서구가 능청스러운 웃음을 웃자

"그래서 가산군수는 얼마를 먹고 이희저를 향안에 넣어 줬다든가?"

"자세히는 알 수 없습니다만 듣기엔 돈 만 냥이나 좋이 먹었다고 합니다."

"그렇다면 아주 헐값이로구만."

"그렇기 말씀입니다. 이희저 같은 큰 부자한테야 그보다도 두서너 배는 더 받아낼 수도 있는 일 아닙니까. 그러질 못했겠어요."

"그렇다고 자네가 분해할 일은 조금도 없지 않나?"

"왜 분해하지 않을 수가 있어요."

"무슨 소리를 하겠다는 건가?"

"대감께서는 너무 돈에 대해서는 생각지 않는다는 것입니다."

"돈에 생각이 없다구? 내가 그렇게도 네 눈엔 청렴해 보이더냐?"

"그렇게 밖에 생각할 수 없지 않습니까?"

"석달 동안이나 고생을 하면서 황해도와 평안도 양도를 돌아오면서도 잇속 볼 생각도 없이 그 귀치않은 봉물짐만 맡아가지고 올라오시니, 저로서는 알 수가 없다는 것입니다"

"그래서 하고 싶은 소리가 뭐야?"

"가산군수를 소환하라는 말씀입니다. 그러면 그가 이희저에게서 먹은 것은 토할 것이고 거기 뒤이어 이희저를 잡아다 때리면 그 배는 나올 게고 따라서 가산군수 자리가 하나 나겠으니 그 자리로 돈 만 냥은 받을 수 있는 일이므로 일거삼득이 아닙니까."

"도대체 그 돈이 모두 합하면 얼마나 되느냐?"

"못돼도 오만 냥은 될 것입니다."

그러자 재찬이는 크게 웃고 나서

"나를 오년 동안이나 섬기면서도 내가 돈 오만 냥에 그런 짓이나 할 위인으로 보았느냐. 그런 뚱딴지 같은 생각은 그만두고 자네 집에 있는 영유 아가씨나 잘 지키고 있어. 그건 돈하구두 달라서 다시 만들어 놀 수도 없는 것이니."

꾸짖듯이 말하는 재찬이는 그 아가씨에게 더 관심이 있는 얼굴이었다.

왕의 생일에 김재찬은 호조판서(戶曹判書)를 배수했다.

호조판서는 호구(戶口)를 비롯하여 백성들에게 받아들이는 공물

(貢物)과 부세(賦稅) 그리고 돈과 양곡에 관한 일이며 먹는 음식과 재물에 관한 일을 맡아보는 정이품(正二品) 벼슬로서 육조(六曹)판서 중에서도 가장 중요한 자리였다.

재찬이는 전관한테 인계받은 문서들을 서리 둘을 데리고 정리하느라고 며칠은 바빴다. 그러나 그것도 이제는 대략 끝이나, 그는 오래간만에 자기 집에서 한가한 시간을 갖게 되었다. 구리개고개를 올라가다 남양판에 자리잡고 있는 그의 집은 소슬대문에 고래등같은 기와집이라는 것은 말할 것도 없고, 천여 평이나 되는 뜰에는 선조 대대로 내려오는 노목들이 하늘이 보이지 않을 정도로 들어차 있었다. 재찬이는 별당에서 저물어가는 뜰을 내다보며 애첩 명도와 가야금을 즐기고 있었다.

명도는 서른이 다 된 스물아홉이었으나 아직도 스물두세 살 안팎으로 밖에 보이지 않는, 수밀도(水蜜桃) 같은 얼굴이었다. 그녀는 본시 기안(妓案)에 매어있던 몸으로, 시와 가무(歌舞)에 다 능했지만 그 중에서도 가야금은 뛰어난 재간을 타고나 많은 선비들의 가슴을 애타게 했다. 재찬이가 그녀를 기안에서 뽑아낸 것도 가야금에 반한 때문이었다. 그러나 아무리 잘타는 가야금 소리도 늘 듣고 나면 물리는 법이다.

재찬이는 오래간만에 듣는 가야금이면서도 한 곡조를 듣고 나더니 듣고 싶은 생각이 없는대로, 그만 가야금을 밀어 놓으라고 하고서 실없는 농담을 하기 시작했다.

실없는 농담이라면 육담 비슷한 이야기 밖에 할 수 없는 일이었고 이런 이야기도 명도가 재찬이보다 한술 더 뜨면 더 떴지 결코 지는 법은 없었다.

그때 가는 허리를 연한 옥색 모시치마로 감싼 여종 하나가 찬모를 따라 조심조심히 상을 받들고 중문 안으로 들어섰다.

보지 못하던 여종이므로

"새로 집에 들인 계집인가?"

하고 재찬이는 명도에게 물었다. 명도 역시 처음 보는 모양이다. 분주히 일어나 앞서서 오는 찬모한테로 가서

"저앤 어디서 온 애요?"

"글쎄 저는 자세히 알 수 없습니다만 벌써 며칠 전부터 집에 와 있는 애랍니다."

이러는 동안에 여종은 방안에 술상을 들고 들어와서 명도 앞에 놓고 절을 한번 하고서는 나가려고 했다.

"잠깐 기다려."

명도의 말에 일어섰던 여종은 다시금 무릎을 꿇었다.

"나는 너를 처음 보는 것 같은데 이름이 뭐야?"

"소녀의 이름은 김은실이옵니다."

"그렇다면 여종으로 온 몸은 아니구만?"

그때는 한다하는 부녀들도 떳떳한 이름이 없고 칠월에 낳다고 칠월네라느니 딸난 것이 서분하다고 서분네라느니 그런 이름 밖에 갖지 못했던 것이므로 더욱이 여종으로서는 떳떳한 이름이 있을 리 없는 노릇이었다. 그것으로써 명도는 여종이 아닌 것을 알았으나 은실이는 거기에 대해서 아무 대답도 못하고 머리를 숙이고 있었다.

그러자 옆에서 그녀를 물끄러미 보고 있던 재찬이가

"이름이 뭐라구?"

하고 재차 물었다.

"김은실이옵니다."

겨우 입을 연 대답이면서도 그 목소리는 옥이 구르는 듯한 맑은 소리였다.

"은실이라. 그 가는 허리에 아주 어울리는 이름이구먼. 태생은 어

딘고?"

　재찬이는 안석에 기댄 채 은실이의 미모를 더듬으면서 물었다.

　"평안도 영유골이옵니다."

　"뭐 영유골?"

　그 말에 광복산 골짜기에 쓰러져 있던 아가씨라는 것을 직감으로 느낀 재찬이는 불시에 기댔던 몸을 일으켜

　"그렇다면 그때 그 골짜기에서 실신해 있던?"

　"네."

　은실이는 대답하고서도 다른 말을 잇기가 부끄러운 듯 잠시 주저하고 있다가

　"그때 제 목숨을 구해주신 대감님의 은혜를 무엇으로 갚아야 할지 소녀로서는 다만 아득할 뿐이옵나이다."

　"그것은 인정으로서 누구나 다 할 수 있는 일, 무슨 은혜라고 할 수 있는 일인가?"

　재찬이는 눈을 아래로 소곳이 모으고 있는 은실이의 얼굴을 다시 한번 더 보고 나서

　"지금 몇 살인가."

　"열여덟 살입니다."

　"열여덟이라면……."

　재찬이는 손가락을 꼽아 간지(干支)를 짚어 보고서

　"계축(癸丑)년이니 소띠가 아닌가. 소와는 아주 반대로 그렇게 몸이 날씬해선 아이 낳기두 힘들겠구먼."

　하고 웃자,

　옆에 있던 명도가

　"그것은 모르는 소리입니다. 아이는 몸이 가는 사람일수록 더 잘 낳는 법인 걸요."

"그렇다면 왜 자기는 여태 아이를 못낳는고. 남같이 부(富)한 몸도 못되면서."

명도는 할 말이 없는 채 얼굴이 빨개지고 말았다.

재찬이에게 은실이를 보게 한 것은 뒤에서 서구가 찬모를 시켜 한 일이었다.

재찬이가 은실이를 대한 처음 인상이 그리 나쁘지 않다는 것을 알게 된 서구는 그 후부터 은실이를 그의 시녀로 돌렸다.

대감 마나님이나 첩은 주인의 시중을 들지 않았다. 아침 저녁으로 상을 올리는 일이나 침구를 보는 일은 모두 여종이나 시녀들이 맡아서 했다. 그것은 세도 있는 고관댁뿐만 아니라 돈많은 부자 집도 역시 마찬가지였다.

재찬이는 자기에게 시중을 드는 은실이를 잠자코 보고만 있었다.

그러면서 며칠이 지난 어느 날, 그는 정리할 문서가 있다면서 사랑 방에서 잔다고 했다.

그날 밤도 은실이는 여느 날과 마찬가지로 사랑방으로 들어가 자리를 보고 나가려는데 책탁자 앞에서 무엇을 쓰고 있던 재찬이가 문득 얼굴을 돌려

"잠깐만 거기 앉게나."

은실이는 반쯤 열었던 미닫이를 다시 닫고 그 앞에 꿇어앉았다.

"고향이 영유골이라니 바로 골에서 살았나?"

"아니옵니다. 골에서 십리나 떨어진 시골에서 살았습니다."

"그렇다면 부모님은 무엇으로 사나?"

"농사를 지어 살고 있습니다."

"농사를 짓는다구, 하기는 내가 이번 서도를 돌아보니 향반들도 농사를 짓는 집이 많더구만. 그래 아버지는 동네에서 좌수(座首)라도 지내시는 분인가?"

"부끄럽소이다만 소녀의 부모는 남의 땅으로 근근히 살 뿐이옵
니다."

"그렇다면 개천에서 용이 난 격 아닌가?"

핀잔같은 웃음을 웃고 나서

"시녀는 누구를 찾아 서울을 오던 모양인데?"

하고 지금과는 다른 눈길로 은실이를 쏘아봤다.

은실이는 고개를 숙인 채 아무 대답이 없었다. 그러자 재찬이는
다시 입을 열어

"누구를 찾아 서울을 오던 길인가고 묻는데 왜 대답이 없어?"

"……."

"그렇다면 내게 이야기하지 못할 사람이라도 찾아오던 모양인가."

은실이는 그제야 숙였던 머리를 분주히 들어 흔들어대며

"그런 것은 아니옵니다."

"그렇지도 않다면 왜 이야기를 못하는 거야. 이야기하면 혹시 내
가 힘이 될까 해서 묻는데."

"그것은 저……."

"남잔가 여잔가?"

"……."

"역시 주저하는 것을 보니 틀림없이 남자인 모양이구만. 그것도 젊
은 남자로서 자기가 애타게 사모하는……."

"그런 것은 결코 아니옵니다. 소녀는 아직 그런 사람을 생각조차
해본 적이 없소이다."

"그렇지도 않고서야 영유서 서울까지 육백 리나 되는 길을 여자
혼자의 몸으로 떠날 일이 없지 않은가?"

은실이는 또다시 대답을 못하고 있었다.

"그렇게 말을 못하는 것을 보면 무슨 사정이 있는 모양인데, 도대

체 무엇 때문인지 알 수가 있어야지."

하고 혼자 생각하는 척 하고 있다가

"하기는 전혀 짐작이 가지 않는 일도 아니구만, 시녀가 너무나도 아름답기 때문에…… 그렇지?"

"네?"

"시녀의 미모에 눈길을 던지는 고을 원님이 싫어, 서울로 도망쳐 오던 것이 아닌가 말야."

비장 이서구에서 들은 말을 엇걸어 은실이의 본심을 떠 보았다. 그러나 은실이는 이번에도 머리를 흔들어

"시골에 묻혀 있던 저를 어떻게 원님이 볼 기회인들 있을 수 있었겠나이까?"

하고, 어디까지나 자기의 본색을 감추려고 했다. 그러나 이미 어느 정도로 은실이의 본색을 알고 있는 재찬이는 고양이가 쥐를 앞에 놓고 어르듯이 말을 퉁겨

"여기 나에게는 이야기 못할 사정이 있는 모양이구면."

"그렇지도 않사옵니다."

"그렇지도 않다면서 왜 대답은 분명히 못해?"

"사실은 제 언니를 찾아 서울로 올라오던 길이었답니다."

은실이는 하고 싶지 않은 말이면서도 자꾸만 답을 서두는 바람에 자기도 모르게 이런 말이 나오고 말았다.

"그 언니는 어디 있기에?"

"그것을 모르고 있소이다. 집을 나가 행방불명된 지 벌써 오년이 넘사오나……."

"그렇다면 그런 언니가 서울엔 어떻게 있으리라고 생각한 거야?"

"……."

다시금 말이 막혀버린 은실이는 머리만이 더욱 숙여질 뿐이었다.

새앙머리로 곱게 빗어 쪽을 찐 그 머리는 불빛에 반사되어 더욱 한 층 윤이 나면서 냄새가 풍겨졌다. 그 냄새는 견딜 수 없게 재찬이의 마음을 어지럽히는 무엇이 있었다. 목을 타게 하는 것 같기도 했다. 그러한 감정이 한데 뭉치며 지금까지 어르던 쥐를 앞발로 덮치고 싶은 포악스러운 충동이 그의 머리 위로 솟구쳤다.

그러나 재찬이는 정욕이 끓어오르는 그대로 은실이를 덮치지는 않았다. 계집이란 얼러서 나꾸는데 묘미가 있다는 것을 잘 알기 때문이었다.

그는 그 이상 은실이를 추궁해서 괴롭히려고도 하지 않았다.

"자고로 미인기박이란 말이 있는 그대로 시녀의 언니도 미인이었겠으니 행방을 감출 그만한 곡절이야 있었겠지, 그러나 행방을 모르는지 이미 오년이나 된다는 사람이니 팔도강산은 헤매어 찾는다 해도 그렇게 쉽게 찾아질 리는 없는 일 아닌가. 그러니 다급히 생각을 말고 아주 우리 집에 눌러 있으면서 천천히 찾을 생각을 하는 것이 어떤가? 만날 시기가 이르면, 뜻하지 않은 곳에서도 우연히 만날 수 있는 일이니."

은실이도 이 말엔 다만 감사할 뿐으로

"소녀와 같이 천한 목숨을 구해주신데 이렇게도 또 보살펴 주시겠다 하오니 황송할 따름이옵니다."

재찬이는 빙긋이 웃으면서

"시녀가 그런 마음이라면 남부끄럽지 않은 훌륭한 여인으로 만들어 주지. 이제부터는 예의범절은 물론 가무와 서화에 대한 공부까지도 열심히 하도록."

"네."

재찬이는 어떤 생각으로 이렇게도 은실이를 가꿀 생각을 했는지는 알 수 없었지만 생각지 않은 곳에서 보물을 얻었다고 생각하는 것만은 사실이었다.

그는 전에 궁안에 살던 침모를 데려다가 은실이를 맡겨 시녀로서 필요한 지식뿐만 아니라, 몸을 단장하는 법까지 가르치게 했다. 용모가 뛰어난데다 눈치까지 빠른 은실이는 날이 더 할수록 눈에 보이게끔 달라졌다.

재찬이는 은실이가 자기 시중에 익숙해지자 자리에 눕기 전에 몸을 주물러 달라고 했다. 그러나 그는 아직도 남에게 몸을 주물러 달래야 할 그런 나이는 아니었다. 그렇다고 풍증같은 지병(持病)이 있는 것도 아니었다. 다만 은실이의 부드러운 손사래가 필요한 것이었다.

은실이는 그런 일이 처음엔 몹시 싫었지만 그것도 주인의 명령이니 어쩔 수 없는 일이었다.

그녀는 그를 주물러 줄 때면 언제나 치마를 감싸 안고서 잠시도 경계심을 잊지 않았다. 그러나 재찬이는 일부러 급소가 있는 곳까지 은실이의 손을 끌고 가곤 했다. 그럴 때마다 은실이는 얼굴이 빨개질 수 밖에 없었지만 그렇다고 재찬이의 본심을 모를 은실이도 아니었다.

재찬이의 몸을 주물러 주는 그 일이 은실이가 겨우 익숙해지자, 그녀를 잠자리에 끌었다.

드디어 예기했던 것이 오고야 만 것이었다.

"은실이 오늘밤은 우리 한 이불 속에서 옛이야기나 해 볼까."

문득 이런 말에 은실이는 가슴이 덜컥 내려앉는대로 무슨 죄진 듯이 그의 앞에 양손을 모으고

"그것만은 제발 용서해 주세요."

"내가 싫다는 거냐?"

"그런 것은 아니오나."

"그렇다면 왜?"

"……."

"나와 자기가 무서운가?"

"……."

"무서울 것도 없는 일이지, 시녀는 이미 처녀도 아닐 터인데."

"네?"

은실이는 반항하는 뜻에서 얼굴을 잠시 들었으나 가슴에 역시 짚이는 것이 있는대로 얼굴이 빨개졌다. 은실이의 그 동작을 보고서 기미를 못챌 재찬이가 아니었다. 그는 이 기회를 놓치지 않고 은실이의 손을 잡았다.

"내 말이 맞았지?"

"……."

"그런데 뭐?"

재찬이는 또 한팔로 은실이의 허리를 잡아끌었다.

"놔주세요. 소녀는 농사꾼의 딸, 대감과 이럴 몸이 못되옵니다."

은실이는 한사코 그를 떠밀어 몸을 뽑으려고 했다. 그렇다고 만만스럽게 놔줄 재찬이도 아니었다. 그는 은실이의 입술을 찾다가 끝끝내 콧잔등만 핥고 난 채

"정말 내가 싫어?"

어떤 여자에게나 거절을 당해본 일이 없다는 자만에 찬 눈으르 내려다 봤다. 그 눈길에 은실이는 가슴에서 무엇이 욱하고 기어 올라옴을 느꼈다. 그러나 그런 감정을 입으로 나타낼 수는 없었다.

"내가 좋다든지 싫다든지 네 입으로 한마디만 해라."

"……."

"그래두 입을 다물고 있단 말이냐, 요 망칙한 년."

재찬이는 그만 극도로 화가 나서 은실이를 밀어버렸다. 그리고는

장침(長枕)을 끌어 흥분한 그대로

"네 애비가 영유서 농사를 짓는다는 것도 거짓말, 자기를 살려준 은혜도 잊고 주인을 속이는 고약한 년."

벼락같은 소리에 은실이는 겁을 먹다 못해 온몸을 와들와들 떨어대며

"그것만은 죽을 죄를 지었소이다."

"그러면 이제부터 바른 말을 하겠나?"

"소녀로서 그밖에 거짓말한 기억은 없나이다."

"없다구?"

장침을 옆에 끼고 누웠던 재찬이는 벌떡 일어나 앉았다. 그러나 목소리는 뜻밖에도 부드럽게

"시녀가 거짓말을 한 것은 그만한 이유가 있어서 하는 것을 내가 모르는 바는 아니야."

"네?"

불시에 놀라는 얼굴이 되자

"나는 이미 다 알고 있는 일이야."

"다 아신다면?"

"그렇게 말해도 내가 무슨 말을 하려는 뜻을 모르겠나?"

"......?"

"그렇다면 시녀의 전신(前身)을 이야기하지. 시녀는 영유골 기안에 있던 몸."

"네! 그것을 어떻게 아세요?"

"내가 아는 것이 그것만인 줄 알아?"

재찬이는 여유있는 웃음 속에서 은실이를 노려봤다.

"내가 이렇게까지 말하는데 아직도 실토를 못하겠어?"

재찬이는 웃음을 거두고 몸을 바로 잡으면서 호령했다.

은실이는 뺨에 눈물을 흘리며,

"대감 앞에 제 본색을 숨기려던 마음이 부끄러울 뿐이옵니다."

"그렇다면 차근차근히 숨김없이 이야기해봐."

"네, 소녀는 대감님이 아시는대로 영유골 기적(妓籍)에 든 몸이옵니다."

"그것을 숨긴 이유는 무엇인가?"

"대감님도 아시다시피 소녀는 영유골 원님에게 수청을 들지 않았기 때문에 만약 그것을 아신다면 벌줄까 두려워서……."

"하하…… 내가 수청을 거절한 열녀도 몰라보는 그런 위인으로 보이던가."

"그런 것은 아니옵니다만."

"그런데 왜?"

"죄를 지은 소녀의 좁은 소견의 탓이었소이다."

"그러면 영유골을 떠난 것도 그 때문인가?"

"기생이 원님의 수청을 거절한다면 옥에 갇혀 목칼을 써야 하는 것은 춘향전에도 있는 사실이 아니옵니까."

"그렇지, 은실이도 춘향이만한 열녀의 자격은 있지. 그러나 영유를 떠나 서울에 오게 된 이유는 또 따로 있겠지? 그것을 난 알고 싶은데."

재찬이는 다음 말을 재촉하듯이 빙긋이 웃으며 은실이를 넘겨다봤다.

"영유골에도 살 수가 없게 되고 보니 언니를 찾고 싶은 생각에 서울을 찾을 생각을 한 것이옵니다."

"그러나 내가 보기엔 은실이가 오륙년 전에나 나갔다는 언니를 그렇게도 무턱대고 찾아 나설 만큼 어리석을 것 같지는 않은데?"

"소녀도 물론 그 생각이 없는 바는 아니오나 시골에 박혀있는 것보다는 사람이 많이 사는 평양이나 서울로 가서 수소문이라도 해 보는 것이 나을 것 같아 평양서도 찾아보다 못해 다시금 서울로……."

묵묵히 듣고 있던 재찬이는 은실이가 말을 맺기 전에 문득 소리쳐

"내 앞에서 숨기는 일 없이 다 이야기 하겠다고 하고서 왜 또 숨기는 거야?"

"네?"

"사실대로 이야기해."

"지금까지 소녀가 이야기한 것은 모두가 사실이옵니다."

"그것이 사실일지는 모르지만 그 이야기 중에서 중요한 대목이 빠진 것 같구만?"

"무슨 말씀이온지?"

"역시 시침을 따고 싶은가, 그렇다면 이번에도 내가 먼저 이야기하기로 하지."

재찬이는 은실이를 보면서 이야기를 어떻게 꺼낼까하고 생각하는 양으로 있다가 빈정대는 어조로

"은실이가 평양을 분주히 떠나게 된 것은 어떤 젊은이를 녹여 전대를 빼앗은 때문이 아닐까."

순간 은실이는 너무나도 놀래어 얼굴빛이 컴컴해진 채

"그 일을 또 어떻게?"

"알지, 그것이 황주골에서 객주(客主)를 하는 김달수 아들 인호라는 것도 알고 있지. 그러나 나는 그것을 나무라는 것은 아니야. 그 돈은 처음부터 은실이를 주기 위해서 자기 집에서 훔쳐 갖고 나간 돈, 은실이가 몸을 허하지 않았대도 받았다고 안 될 것 없겠지. 내가 정작 알고 싶은 것은 그 얻은 돈을 누구를 줬는지 알고 싶다는 것이다."

재찬이는 어느덧 날카로운 눈이 되었다.

"그 대답하기 전에 먼저 대감님께 말씀 드리고 싶은 것은 황주 객줏집 아들 김인호에게 소녀가 돈을 받은 것은 사실이오나 그것은 그 분이 제 딱한 사정을 동정해서 주었을 뿐이지 결코 훔치거나 빼앗아 갖고서 서울로 도망쳐 오던 것은 아니옵니다."

은실이는 눈을 내려뜬 채 분명히 말했다.

"그 돈이 얼마나 되던데?"

"그 분이 허리에 찼던 것을 풀어 내주기에 소녀로선 엽전인 줄 알았사오나 의외에도 그것은 은전이었습니다."

"그렇다면 만 냥은 넘는 돈이로구만."

"……."

"아무리 시녀에게 홀린 사람이라 해도 그 많은 돈 전대를 아무 요구 조건도 없이 홀딱 풀어줄 수가 있을까."

"그것이 사실이오니 소녀로선 달리 말씀드릴 말이 없습니다."

"그렇다면 그건 그렇다하고 그 돈은 누구에게 줬나?"

"누구를 줬다니 보다는 소녀가 어떻게 잃었다는 것을 대감님께서 잘 아실 것이라고 믿사옵니다."

"그 돈을 잃었다구?"

"광복산 골짜기에서 산적에게 잡혔던 소녀를 구해주신 일을 대감께서 벌써 잊지 않으셨다면 잘 알 수 있으리라고 믿사옵니다."

"하하하 그런 말로써 나를 또 속여보려는 것인가?"

불시에 웃음을 터쳐 놓은 재찬이는 은실에게 눈을 둔 채

"시녀가 잡혔던 산적은 곱단이란 여두목이 지휘하는 산적, 나도 봉물짐과 함께 영변 앞 솔고개를 넘다가 그 산적에게 습격을 당한 일이 있지만 그 패거린 절대로 평민에겐 물건을 빼앗지 않는 산적이야. 그런데 시녀가 전대를 빼앗겼다구?"

그의 말이 사실이었으니 은실이는 당황할 수밖에 없었으나 그녀

도 이제는 배짱이 생긴 듯이,

"소녀가 당한 일을 아뢰어서 믿어주지 않으면 변명할 바 없소이다."

재찬이는 핀잔의 웃음을 흘려

"시녀가 아무리 날 속이려 해도 그것은 할 수 없는 일이지. 나는 시녀가 소기에 있는 원에서 세 젊은이와 같이 잔 것까지 알고 있으니 어찌 속일 수가 있겠느냐."

이 말을 듣고 보니 재찬이는 그동안에 사람을 시켜 은실에 대한 모든 것을 뒷조사한 모양이었다.

"돈 전대는 그 셋 중에 누구 한사람에게 주었겠지. 그게 누구냐?"

재찬이는 끝내 결론을 내듯이 물었다. 그것은 은실이도 또 다른 의미에서 묻고 싶은 일이면서도

"……."

"역시 입을 다물고 있는가, 하기는 입을 열어 말을 할 수가 없겠지. 그것은 신유사학 때 몸을 피했던 김태근이 틀림없겠으니."

"……."

은실이는 놀라면서도 한편 평양서 동행한 김태근이의 이름이 그립지 않을 수가 없었다. 그러면서도 또 한편 주지도 않은 돈 전대를 왜 그에게 줬다고 재찬이가 억측을 하며 야단치는지 알 수가 없었다.

"분명 김태근이란 그 사나이를 주었지."

"……."

재차 묻는 말에도 은실이는 입을 다물고 그의 다음말을 기다렸다.

그러자 재찬이는 거세게 벽장문을 열어 영변서 갖고 온 목안을 꺼냈다.

재찬이는 목안 속에서 명적(名籍)을 적은 두루지를 꺼내 은실이에

게 펼쳐 놓았다.

"시녀는 이것이 무엇인지 알겠지?"

은실이는 잠자코 그 두루지를 훑어 보았다. 첫머리에는 자기 부친의 이름이 적혀 있었다. 그러나 은실이는 놀라지 않았다. 그것은 이미 알고 있었기 때문이었다. 사실을 밝혀 말한다면 은실이는 이 목안 속의 명적을 훔쳐내기 위해서 이 집의 시녀가 된 것이었다.

은실이가 마바리꾼들을 따라 평산(平山)서 십리 떨어진 동령 고개를 어두워진 뒤에 넘다가 산적을 만난 일은 이미 알고 있는 일이다. 그때 그녀가 만난 산적의 괴수는 바로 은실이의 언니인 곱단이었다.

곱단이 패거리는 영변 앞 솔고개에서 목안을 빼앗으려다가 실패하고 다음 날로 동령까지 와서 길목을 지키고 있었다. 노리다가 날이 어두워서, 고개를 넘는 다바리짐을 봉물짐으로 잘못 알고 습격했던 것이다. 그러나 그 일로써 은실이는 언니를 만나게 되고 또한 목안에 대한 이야기도 듣게 되었다. 그 속에는 아버지의 동지들 이름이 적혀 있었다. 그것을 그녀 아버지가 간직하고 있다가 관헌들에게 잡히면서 그 목안까지 압수당했던 것이다. 그러나 지금까지는 그 속에 들어있는 두루지가 발각되지 않은 채 영변 길청에 있었던 것이 이번에 재찬이 눈에 드러나고 만 것이었다.

곱단이 패거리는 그것을 빼앗기 위해서 세 번째 광복산에서 길목을 지켰다. 그러나 봉물짐의 행렬이 너무나도 어마어마했으므로 습격을 단념하고 은실이를 그 집에 시녀로 들어가게끔 연극을 꾸몄다. 연극은 그들의 생각대로 잘 된 셈이었다.

그러나 재찬이는 여기까지는 생각이 미치지 못했지만 이 목안과 은실이 어떤 관계가 있다고 생각하는 모양이었다.

은실이는 두루지에 적혀있는 이름을 하나 하나 읽다가 절반쯤 읽고 나서 얼굴을 들어

"제 부친의 이름이 이곳에 적혀 있사오나 이것이 무엇인지 소녀로서는 전혀 짐작이 가지 않소이다."

"모르겠으면 더 읽게나."

은실이는 다시 두루지에 눈을 뒀다.

아버지의 동지들의 이름이라 해도 역시 자기로서는 알 사람이 없다고 혼자 속으로 생각하던 순간 문득 눈에 띈 것이 김태근이의 이름이다. 이제까지는 태연할 수 있었던 은실이도 그 이름을 보고서는 동요의 빛이 흐르지 않을 수가 없었다.

(그 사람도 아버지의 동지였던가?)

그러자 은실이를 지켜보고 있던 재찬이가 웃음을 흘려

"이제는 은실이도 그것이 무엇인지 알겠지?"

"……."

"모른다면 내가 설명해 주지. 여기 기입된 사람들은 시녀의 부친 이재운이나 김태근이나 마찬가지루 모두 신유사옥 때문에 피신한 사람들, 지금의 썩은 조정을 들어엎고 서학을 받아들여 새나라를 세워보자는 진정한 애국자들의 이름들이지. 이중에는 내가 숭배하는 사람도 있고 벗되는 사람도 한 둘이 아냐. 그러니 만큼 나도 내심으론 그들을 존경하고 있어. 사실이지 조금이라도 뜻있는 사람이라면 오리탐관들이 날뛰는 이런 세상을 누가 옳다고 하겠나."

재찬이는 무슨 생각인지 알 수 없게도 이런 말을 했다.

"말하자면 안동(安東) 김씨 세도판에 노는 세상에서 연안(延安) 김씨 재찬이가 호조판서를 해먹구 산다 해도 옳고 그른 것까지 분간할 수 없게끔 눈이 어두워지진 않았단 말이지. 그것은 무엇보다도 이 목안 속에서 나온 명적을 아무에게도 알리지 않고 나 혼자만이 알고 있는 것을 보아도 알 수 있는 일이야."

재찬이의 이말은 꾸민 말만도 아닌 모양이었다. 그러나 은실이는 그말을 그대로 믿기에는 너무나도 자기가 어리석은 것만 같으면서 무슨 함정에 빠지고 있는 것만 같았다. 그는 다시 말을 계속해서

"이것이 만일 딴 사람의 눈에 뜨였더라면 어떻게 되었겠나. 태근이를 비롯해 각처에 있는 그 일당이 벌써 잡혀 목을 베였으리라는 것은 은실이도 알 수 있는 일이겠지. 이걸 보더라도 내가 그렇게 나쁜 녀석이 아니라는 것은 알겠지?"

"대감이 인자하시고 덕망이 높으시다는 것은 소녀도 전부터 알고 있었나이다."

"하하 그건 너무나도 지나친 찬사고, 은실이……."

재찬이는 웃으면서 은실이의 손을 다시금 잡아 끌어 무릎 위에 올려놓고서는

"내가 이만큼 실토를 했으면 자기도 실토를 해야지. 그 돈 전대는 태근이에게 주었지?"

그것을 기어이 알고 싶은 모양으로 또 물었다. 역시 그것으로써 무슨 단서를 잡으려는 때문인지?

"그 사람은 평양서 처음만나 동행했을 뿐 소녀가 그에게 전대를 줄 아무 이유도 없소이다."

사실대로 이야기하는 것이 유리하리라고 생각이 된 은실이는 말했다.

"그렇다면 그날 같이 잔 우방서에게 준 것은 아닌가?"

재찬이는 그날 동행한 우방서도 이미 알고 있었다. 은실이는 이 일에 우방서도 관련시키고 싶지 않았다. 그렇다고 산에서 만난 곱단이 언니에게 맡겼다고 사실대로 이야기할 수는 더욱 없으므로

"사실대로 말씀드리오면 그날 소녀와 같이 잔 사람 중에 덕보란 사람이 있는데 그 사람이 새벽에 소녀의 전대를 갖고 달아나 버렸습니다."

"그놈이 어떤 놈인데?"

"우리 일행을 따라 서울 간다던 농사꾼이었나이다."

"그런 이야기라면 여태까지 숨길 필요도 없는 것이 아닌가."

은실이는 얼굴을 붉히면서

"그 사람은 소녀의 허리에 띤 전대를 풀을 뿐만 아니라―"

말끝을 맺지 못하고 고개를 숙였다. 그 말을 계속하면 그것이 그대로 사실이 될 것만 같은 겁이 앞섰기 때문이었다.

"부끄러워서 더 이야기 할 수가 없소이다."

재찬이는 그제야 그 말뜻을 알아채고

"부끄럽다 해도 당한 일은 당한 일, 오히려 시원스럽게 이야기 하는 것이 속이 풀리겠지."

"그놈은 소녀의 대천지원수입니다."

재찬이 은실이를 끌어안아

"나는 솔직히 이야기해서 그것이 태근이가 아니고 그런 놈인 것을 오히려 다행하다고 생각해, 그만큼 나는 은실이가 좋아서 견딜 수가 없어. 그놈은 어쨌든지 잡아서 은실이 원수를 갚아 줄테니 오늘 밤은 그런 것 다 잊구서……."

은실이는 그런 말이 조금도 고마울 리는 없었다. 그러면서도 자기를 안은 팔을 이제는 더 뿌리칠 수 없는 막다른 골목에 이른 것만 같았다.

이 때 밖에서 이리로 오는 발소리가 들려왔다. 발소리가 문밖에서 멈추었다. 그 집의 겸인(傔人)으로 있는 박일웅이었다.

재찬이는 하는 수 없이 안았던 은실이를 놓고 미닫이를 열었다.

"어떻게 밤중에 들어 왔느냐?"

"지금 막 간지(簡紙)가 왔소이다."

재찬이는 황평 양도에 절도사로 갔을 때 각 곳에 그곳 형편을 알

리는 첩자(諜者)를 두었다. 그들로부터 한 달에 세 번씩 파발편으로 간지가 왔다. 그것이 오늘 온 모양이었다.

재찬이는 술상을 차려오라고 은실이를 내보내고 나서 몇 통의 간지를 대략 보고 나서 지금껏 은실이를 달래던 일은 잊은 듯이

"앉았다가 술이나 한 잔 하고 가게."

"오늘은 제가 있을 술자리가 못되는 것 같소이다."

주인과 겸인이란 사이는 고사하고도 연령을 따져도 재찬이보다 일웅이는 오륙년이나 아래였다. 그러면서도 이런 농을 할 수 있는 것을 보면 서로 마음이 통하는 모양이었다.

재찬이도 지지 않고 그를 조롱대어

"나하고 술 마시는 것 보다는 더 좋은데로 가고 싶다는 것이겠지."

일웅이는 부러 알 수 없다는 얼굴을 하고서

"무슨 말씀이옵니까?"

"하하하 숨길 것 없어, 그대가 요즘 화동(花洞) 기녀의 집을 자주 간다는 것은 나도 알고 있으니."

일웅이도 그것을 별로 숨기려고 하지 않고

"인물은 박색이오나 소인같은 자에게도 정을 주겠다는 기녀가 있사옵길래."

재찬이는 알겠다는 듯이

"그런 기녀면 아주 데려다가 정실로 삼게나. 나이 삼십에 입장도 못하고 언제까지 난봉만 피우겠나?"

하고 동생을 타이르는 듯이 말하고서는 그의 앞에 은전을 몇잎 꺼내어 놔주면서

"그럼 난 은실이하고 벗해서 술을 마실 테니 어서 가서 재밀 보게."

일웅이는 사양하는 일 없이 돈을 받아 넣고

"그러나 대감님은 은실이를 경계해야 할 것 같습니다. 은실이와 평양서부터 동행이던 태근이가 서울에 온 것을 보았으니 말입니다."

재찬이는 그만 놀라며

"그게 정말인가?"

"좀 전에 수표다리를 건너 훈도골(薰陶坊) 쪽으로 가는 것을 분명히 제 눈으로 보았습니다."

"훈도골 쪽으로―"

"혹시 훈도골에 사는 정참봉의 집을 찾아가는 것이 아닌가고 생각됩니다."

"정참봉이라면?"

"암행어사로 유명한 박문수의 손자 박종일(朴鍾一)이 말씀입니다."

"같은 시파(時派)니 그럴는지도 모르지."

"무슨 일을 꾸미는 것이 아닌지요?"

"자네도 아다시피, 김태근이라는 사람은 언제나 혈기에 넘쳐 쓸데없는 일에 날뛰는 사나이, 뒤에서 장난을 쳐주는 사나이가 있겠지."

"어떤 사람입니까?"

"남의 출세를 시기하는 불평분자들."

"그래서 대감님은 언제나 적이 많습니다. 주의하셔야겠습니다."

재찬이는 정력이 넘치는 얼굴에 미소를 띄워

"나는 그런 자들을 위해서 일을 하는 것은 아니다. 시기할 녀석들은 시기하라지. 반항할려는 자들은 반항하라지. 나는 나대로 살면 그뿐이니까. 그래서 그의 뒤를 따르게 했다."

"그건 염려 마십시오."

"하여튼 그에 대한 일은 자네가 맡아서 잘 살피게."

그러고서는 나올 술상이 기다려지는 모양으로 어두운 문밖을 내다보았다.

갈림길

　서울에 들어온 김태근이는 우방서의 주선으로 남산 밑인 생민동
(生民洞)에 있는 사랑채를 한 방 얻어 당분간 그곳에서 덕보와 함께
지내기로 했다.

　그 주인은 장안에서 날리는 애기무당이었다. 자기 말로는 스물일
곱 살이라고 했으나 웃을 때 눈시울에 잔주름이 가는 것을 보면 정
작 나이보다는 대여섯 살은 숨기는 모양이었다. 그러나 본시 몸이
작은데다 보조개도 파이는 해롭지 않게 생긴 얼굴이므로 아직도 애
기무당으로 불리긴 넉넉했다.

　이 애기무당과 우방서가 어떤 사인지는 모르지만, 방서를 오빠라
고 부르는 것을 보면 그렇게 먼 사이도 아닌 것 같았으며, 그가 서울
에 올라올 것 같으면 대체로 이집에서 신세를 지는 모양이었다.

　그들은 애기무당의 집을 보아준다는 조건으로 거저 들었다. 그런
데다가 굿을 하고 돌아오면 늘 돼지 대가리며 술이며 떡같은 맛난
음식을 술마리에게 한치릉씩 지우고 와서 그들에게 나눠줬다.

　말하자면 방서가 집을 잘 얻어 준 덕으로 방을 거저 들어 있으면
서도 매일 술과 고기까지 얻어먹게 된 것이다. 그러니 이 이상 더 좋
은 집이 있을 수 없는 일이었으나 다만 한가지 흠이랄 것은 애기무
당의 친절이 약간 지나친 것이 귀찮은 것이었다. 그러나 그것도 태근
이만이 그렇게 생각할 뿐으로 덕보로서는 그렇지도 않았다. 그러므
로 이런 땐 애기무당은 덕보에게 맡기고 태근이는 선비답게 시침을

떼고 있으면 그뿐이었다.

그들이 쓰고 있는 앞방에는 애기무당을 따라다니며 북을 치는 술마리꾼 부부, 옆방에는 친척의 연죄(連罪)로 못살게 되었다는 젊은 부부가 살고 있었다.

모두가 아이가 없을 뿐 아니라, 술마리꾼 부부는 낮에는 애기무당을 따라 굿하러 나가고 젊은 부부는 주머니 끈을 쳐 살았으므로 그 방에서 때때로 물소리가 날 뿐 그 외에는 언제나 조용했다.

시끄러운 것은 틈만 있으면 자기 방처럼 들어와서 태근의 시중을 들어 주려는 애기무당이었으나 그도 굿거리가 거의 매일 있다시피 했고 때로서는 사나흘씩이나 계속해서 하는 날이 많았으므로 귀찮은 것은 그녀가 집에 있는 며칠뿐이었다.

"선비님 은실이라는 그 여자는 어떻게 됐을까요?"

이집에 온지 십여일쯤 지나서 무심중 생각한 듯이 덕보가 이런 말을 꺼냈다.

"글쎄."

"관헌이나 산적에 잡히지 않고 무사히 서울에 왔는지 모르겠어요."

"그것도 알 수 없는 일이지."

태근이도 약간 걱정되는 얼굴이었다.

"선비님은 여자에 대해선 너무나 냉정해요."

"어째서?"

"혼자 간다는 여자를 붙잡을 줄도 모르니 말입니다."

"혼자 간다는 사람을 어떻게 억지로 붙잡을 수가 있어?"

"여자란 자기 좋아하는 사람 앞에서는 붙잡아 달라고 공연히 한 번 그래 보는데 그것도 모르구서."

"그렇다면 그때 덕보가 귀띔을 좀 해주지."

"그만한 건 아실 줄 알았지요. 그때 그 아가씨만 잡았더라면 지금 무슨 걱정이 있겠어요."

덕보가 무슨 말을 하려는지 이런 말을 했다.

"그건 무슨 말인가?"

태근이는 일부러 어리칙칙한 얼굴을 했다.

"그렇다면 그 은실이 아가씨가 돈 전대를 차고 있은 것을 선비님은 모르신 모양이군요?"

태근이는 그것을 몰랐을 리가 없으면서도

"전대를 찼다니?"

"그것도 엽전이 아니고 은전이 든 전대인 모양입니다."

"그렇다면 대단한 돈이구만."

"그렇기 분하다는 것 아닙니까. 선비님이 눈만 감고 그러기만 했으면 예쁜 색시에 돈은 거저 묻어오는 판이었는데."

"이 사람아, 그래두 노상에서 만난 사람을 어떻게…… 그것두 기회가 있어야 되는 것이지."

"기회가 없었다니 무슨 말씀이오. 평양서 소기까지 동행했으면 그게 모두 기회였지."

"그렇다면 숲속에라두 끌구 들어가서 싫구 좋다든 간에 억지로라두 눕혔어야 했단 말인가?"

"물론이었지요. 그렇지 않으면 넌 필경 무슨 비밀이 있는 계집이니, 하는 공갈(恐喝)하는 방법도 있었고."

"여자의 정을 사는데 모두가 좋은 방법이라고 생각되지 않는데."

"그건 선비님이 모르는 소리입니다. 여자란 한번 깔리고 나면 어쩔 수 없이 남자를 사랑하게 되는 것이랍니다."

"그건 참 들어둘만한 이야긴데, 그러면 실탄이란 그 처녀도 그런 방법으로 어떻게 한 모양이구만."

"그 사람은 이미 죽은 사람인데 꺼낼 것 없어요."

덕보는 아직도 실탄이에 대해서는 가슴에 사모치는 것이 있는 모양이었다.

"하여튼 여자란 어떻게든지 그것만 정복해 놓으면 그뿐이라는 것이지?"

"물론이지요. 그 다음엔 아무리 도도한 여자라 해두 코 끼운 소나 마찬가지란 거지요."

"그렇다 해두 그건 남자로서 좀 비겁한 것이 아닌가."

"다소 비겁하면 어때요. 요즘 세상에 그쯤 비겁하지 않고선 살 수가 없는 것이 아니요. 무엇보다도 이 집에서 살고 있는 그것부터가 비겁하다구 생각해요, 방은 얻어 있으면서 하는 것도 없이 애기무당이 갖다주는 음식으로 먹고 사니."

"그걸 자네는 비겁하다고 생각하지만 난 그렇게 생각지 않아."

"물론 선비님은 내 경우와는 좀 다르기는 하지요. 선비님에게는 애기무당이 열을 올리고 있으니."

"그런 뜻에서 말한 것이 아니라 이 집을 지켜주는 대가로서 떳떳이 사는데 뭐 비겁할 것이 있냐 말야."

"그렇다면 선비님이 지금처럼 언제까지나 애기무당을 모른 척하고 있으면 우리를 이대로 두어둘 줄 알고 그러세요?"

고생으로 살아온 덕보는 이 집에서 쫓겨날 때가 걱정인 모양이었다. 그러나 태근이는 그것이 조금도 걱정이 되는 얼굴이 아닌 채

"그때가 돼서 나가라면 나가면 되지 않는가?"

"나가선 어떻게 살구요?"

"그건 또 그때 가서 생각할 일이지."

태근이는 여전히 태평스러운 이야기였다.

칼쓰는 법을 배워주고서 망난이들을 모아줘서 황주골 원님의 원수를 갚아준다던 태근이가 이런 태도였으니 덕보로서는 점점 믿고

싶은 생각이 없어지는 것도 사실이었다.

애기무당의 집에 온 이후로 태근이는 별로 하는 일도 없이 누워서 천장만 멀진멀진 보는 것으로 날을 보내었다.

서울을 올라올 때엔 무슨 큰 일이라도 있는 듯이 그렇게도 급해 하던 그가 이렇게도 맹랑하게 날을 보내는 것을 보면 무엇 때문에 그때 길을 재촉했는지 덕보로서는 도무지 알 수가 없었다. 뿐만 아니라 그렇게 누워서 매일같이 무엇을 생각하고 있는지도 알 리가 없었다. 그러면서도 덕보 혼자의 소견으로는 은실이를 잊지 못하는 때문인 모양이라고 생각하고

"놓친 임을 그렇게 자꾸만 생각해서 무엇합니까. 이젠 그런 생각 집어치우구 이 집 애기무당의 마음이나 맞춰줄 생각해요."

이말에 태근이는 싱긋이 웃고 나서

"나보구 그런 말을 하니, 자긴 애기무당을 좋아하진 않는 모양이구만."

"좋아하지만 쓸데 있어요? 그림의 떡이지요."

"왜?"

"애기무당은 선비님에게만 눈을 주니 말요."

"그렇다면 자네식으로 눕히게나, 나한테 설교만하고 자긴 왜 그 법을 써먹지를 못하나?"

"그것이 글쎄 말입니다. 그 방법을 써 보았지만"

덕보는 어색한 웃음을 헤쳐 놓았다.

"생각처럼 되지 않던가?"

"여간내기가 아닌 걸요."

"그렇다면 팔곱세기라도 먹었나?"

"……"

대답을 못하고 있는 덕보의 이마를 보니 그곳엔 없던 고약이 붙어

있었다.

"그렇기 여자와 남자의 문제가 자기 혼자만이 결정지을 수 없는 거야."

"그것은 선비님이 있기 때문입니다. 선비님이 분명한 태도를 보였다면 내가 그렇게도 팔곱세기는 먹지 않았을 것입니다."

"그래 내 태도만 현명히 밝혀주면 자신 있나?"

"후원도 좀 해 줘야지요."

"자네 위해서 그만한 것 못하겠나. 그래두 꼭 된다구 믿지는 말게."

"왜요?"

"애기무당에게 좋아하는 남자가 이미 있다면 그건 내 힘으로써도 어쩔 수 없는 일이니."

그러자 덕보는 눈이 둥그레지며

"그것이 바로 선비님이라면 양보할 뜻이 없단 말인가요?"

"아니, 그런 것이 아니라 애기무당이라면 대개 서방이 대여섯은 되는 법이니 말야."

"그래요?"

"그래도 좋은가?"

"그렇다면 애기무당에게 슬쩍 한번 물어 봐요."

"물어 보구서 없다면 자기 이야기를 해 달란 말인가?"

하고 태근이가 웃자

"선비님 웃지 말아요, 전 진정입니다."

"그걸 알기에 나도 진정으로 걱정을 하는 것 아닌가. 자네처럼 좋은 사나이를 애기무당이 왜 팔곱세기를 먹였는가고."

"역시 선비님은 내 마음을 알아주는군요. 저두 그렇게 생각했어요."

"그렇다면 애기무당이 사람을 보는 것이 좀 모자라는 때문이 아닐까?"

"그 생각은 저와 꼭 같습니다."

"그렇게 사람을 볼 줄두 모르는 여자를 왜 좋아하는 거야?"

"그것이 아마 연정(戀情)인가 봐요."

"연정이라기보다는 이 집의 주인이 되고 싶은 것이겠지."

"그것도 물론 있지요."

"그렇게 되면 자넨 주인이 되고 난 식객으로 신세가 바뀌겠군."

이런 농말을 하면서도 태근이의 심중은 어쩐지 우울해 보였다.

그 때의 중앙관제(中央官制)를 살펴보면 오늘의 국무원이라고 할 수 있는 의정부(議政府)가 있어 이곳의 우두머리인 영의정(領議政)과 그를 보좌하는 좌의정과 우의정 등의 삼정승(三政丞)이 나랏일을 의론하고 임금의 윤허(允許)를 받아 실무담당 행정기관인 육조(六曹 : 吏, 戶, 禮, 兵, 刑, 工)에 영을 내려 시행하도록 하였다. 재판기관으로는 삼법사(三法司 : 義禁府, 漢城府, 刑曹)를 두었으며, 언론기관으로는 삼사(三司 : 司憲府, 司諫院, 弘文館)를 두어 나라의 정책을 논하고 임금의 명령을 간쟁(諫諍)하고 논박(論駁)하였다.

이러한 중앙관제가 비변사(備邊司)가 생기면서 달라지게 되었다. 이것은 국경에 변사가 생길 때마다 의정부의 삼정승과 육조 수장들이 모여 협의하는 기관이었으나 후에 가서는 중요한 일은 모두 이곳에서 협의하게 되어 최고기관인 의정부는 유명무실하게 되고 말았다. 이런 형편은 순조에 이르러 부원군 김조순이가 훈련대장(訓練大將)·호위대장(扈衛大將)·금위대장(禁衛大將) 등을 거치며 병권(兵權)까지 잡게 되면서 세상은 안동 김씨의 세도 정치로 완전히 바뀌고 말았다.

말하자면 서리 하나를 하려도 안동김씨에게 줄을 대지 않고서는 할 수 없는 일이었다.

이러한 세도정치에 분개한 정의파의 젊은이들은 임금의 생일을 앞두고서 동지의 한 사람이 허백(許伯)이네 집에 모여 조정개혁에 대한 구체적인 방법을 논했다. 김태근이가 의주에서 부랴부랴 서울에 올라온 것은 그때문이었다.

그들은 모두가 조정을 둘러 엎어야 한다는 의견은 일치했으나 그 방법은 백계백출(百計百出)이었다.

그중에 나이먹은 동지 하나는 지금의 폐풍(弊風)을 자세히 기록해서 연명으로 사간원에 내보자는 의견이었다.

"그런 뜨듯미지근한 방법으로 뭐가 될 수 있소. 그것은 나무 앞에 가서 고기를 달라고 비는 것보다도 더 미련한 것이오."

이 집의 주인인 허백이가 강경히 반대를 했다. 이 말엔 찬성하는 자가 많았다.

"그러면 어떻게 하겠어?"

"이것으로 하는 길밖에 없소."

그는 가슴에 품었던 비수를 꺼내 방바닥에 꽂아놓았다.

"찌르자는 것인가."

"물론이지요."

"몇놈을?"

"몇놈이구 찌르지. 없애야 할 녀석은 모두 우리가 맡아가지구 해치우자는 거요, 이걸 겁내서 못하겠다는 사람은 이 자리에서 일어나 없어지고 말아요."

허백이는 흥분한 눈으로 좌중을 돌아봤다.

"찌르는 것도 하나의 방법은 방법이겠지. 그러나 우리가 아무리 맡는다 해도 없애야 할 녀석은 우리 손으론 모두 없앨 재간은 없지 않은가?"

그 옆에 앉은 자가 빈정대듯이 말했다.

"뭐가 안 된다는 건가, 꺼덕대는 안동김씨 대여섯 놈만 해치우면 그 밑에 있는 송사리떼들은 겁에 질려 도망칠 게고 그러면 자연 개혁의 길은 열릴 것이 아닌가."

불을 뱉는 듯한 기세에 모두가 압도되어 방안은 죽은 듯이 조용했다.

"고름이 든 종기는 사정없이 칼로 푹 찌르는 것밖에 더 좋은 방법이 없는 거야."

허백이는 자기 말을 한 번 더 강조하고 나서

"태근이 자넨 어떻게 생각하나?"

그에게로 얼굴을 돌렸다.

태근이는 무엇을 잠시 생각하듯이 있다가

"붓을 좀 빌리게나."

하고 문갑 위에 있던 벼루함과 종이를 내려 무엇을 슬슬 써서 허백이 앞에 내놓았다.

"약대한지망운예야(若大旱之望雲霓也)"

허백이는 크게 소리를 내어 읽었다.

"그렇지, 큰 가뭄에 구름과 무지개 뜨기를 바라지 않을 사람이 누가 있으랴. 그러니 자네두 내 의견에 찬성한다는 것이지?"

허백이는 다시금 태근이의 얼굴을 쳐다봤다.

"아니, 물론 나두 자네의 그 용기만은 존경하지만, 일은 그렇게 서둘기만 해서 된다고는 생각지 않네."

"솔직히 말하게나, 겁이 앞선다구."

허백이는 얼굴빛이 확 달라지며 소리쳤다.

"절대루 겁에 질려서 이런 말을 하는 것은 아니야."

태근이는 아주 침착한 태도로 말하고 나서

"물론 경우에 따라서는 자네가 말하는, 그런 방법도 필요치 않다는 것은 아니지, 그러나 지금 이런 정세에서는 한 두 녀석 죽였댔자 크게 성사될 일도 아니고 오히려 벌집에 불을 질러 놓는 것이나 마찬가지라고 생각하네."

"그럼, 이대로 잠자코 있자는 것인가?"

"아니지, 그 정열을 눌러가면서 성사될 수 있는 일부터 시작하자는 것이지,"

"무슨 일부터?"

"위선 모여서 공부를 합세."

"공부를?"

"응, 이것이 소걸음처럼 느린 방법이라 생각할는지는 모르지만 우리가 백성의 참다운 일꾼이 되자면 우리 자신부터 먼저 깨닫고 알지를 못하고서는 될 수 없다는 말일세."

이 말에 와중은 갑자기 웅성거렸다. 세도 쓰는 테두리에서는 벗어나서 비록 벼슬은 못얻어 한다 해도 자기들의 갖고 있는 학식에 대해서는 자부심을 갖는 그들이었기 때문이었다.

"자넨 여기 모인 사람들을 두메골에 사는 농사꾼으로 아는가, 그래두 경서(經書)쯤은 다 읽고서 안돼 가는 조정을 고쳐보겠다고 모인 사람들이라네."

좌중의 누가 빈정대었다.

"물론 나도 자네들이 성현의 길을 닦은 유학자(儒學者)들이라는 것을 모르고 이야기할 리는 없지 않은가. 사실상 유학은 몸을 수양하는데는 그 이상 더 좋은 학문은 없다고도 생각하네. 그러나 지금은 벌써 그것만이 학문이라고 붙잡고 앉아 있을 시대는 지나갔다는 거야. 이제부터는 과학이란 학문, 예를 든다면 과학이나 천문학 같은 학문, 물건과 병기를 만드는 학문을 배워야 한다는 것이지. 우리가 이것을 배우기 전에는 나라를 바루 잡을 수 있는 일꾼으로 설 자격부터가 없다고 생각하네."

"그것이 조정을 고치자는 지금의 이야기와 무슨 관계가 있는가?"

"있지, 있어두 절대적으로 있지. 문명이 앞서지 않고서는 이제는 도저히 부강한 나라가 될 수 없으니, 나라를 바루 잡자면 우선 우리가 그 학문을 알아야 한다는 것 아닌가."

"자네가 말하는 서학도 알아서 해로운 것은 없겠지만 신해나 신유사옥처럼 또 탄압이나 받게 되면 무엇이 되겠나?"

"그런 염려도 있기야 하지."

긴장한 태근이는 다음 말을 잇기 위하여 마른 입술을 잠시 적셨다.

"그러니까 우리가 공부를 한다 해도 표면에 나타나서는 물론 안되지. 숨어 정사(政事)를 비롯하여 종교 산업 역사 지리 병학 수학 같은 서양의 진보한 모든 학문을 연구해야 한다는 것이지."

"그러한 여러가지 학문을 공부하려면 하루 이틀에 될 리는 없는 일이고 몇 달은 걸려야 할 테니 그렇게 날짜를 끌면 자연 관헌들의 눈에 드러날 것이 아닌가."

"절대로 드러나게 해서는 안 되지. 그만큼 주의와 노력이 필요한 거야."

"자네는 그 학문들을 모두 통달해서 우리를 가르칠 수 있는가?"

허백이가 물었다.

"모두 통달했을 리는 없는 일이지. 그렇게 되자면 십년도 더 걸려야 할 일이니."

"서학이란 그렇게도 힘든 학문인가?"

"물론 윤곽이나 알자면야 그렇게 힘든 것은 아니지만, 하나 하나 통달하자면 힘든 학문이지."

"그렇다면 십년 동안 그런 학문을 하기 위해서 썩고 물커진 이 조정을 눈뜬 소경처럼 멀뚱멀뚱 보고만 있잔 말인가?"

"그건 아니야. 우선 일 년 동안만 힘껏 공부를 하자는 거야."

"십 년에 된다는 공부를 아무리 힘껏 한대도 일 년에 한다는 건 무리가 아닌가."

"물론 한 사람이 그 학문을 모두 통달하겠다면 무리지. 그러나 우리가 그 여러 분야의 학문을 하나씩 분담해서 한다면 안될 것도 없지 않은가."

"그런 말이라면 나두 알겠네. 말하자면 백성을 다스릴 수 있는 새 학문을 배우고 난 일 년 후에 거사를 하자는 건가?"

"그것이 아니야. 물론 그때 가선 세상을 보는 우리들의 눈은 확 달라져 조정을 개혁해야 한다는 그 신념도 지금보다는 몇 갑절이나 굳어질 것은 사실이겠지. 그러나 실질적으로 우리들의 힘은 지금이나 그때나 별로 달라진 것은 없을 것이니."

"그렇다면?"

"그러니 우리가 일 년 동안 공부한 그 힘을 토대로 더욱 힘을 키워야 한다는 거야. 예를 들어 말한다면 의학을 배운 사람이라면 자기 제자를 열 명 만든다는 것이고, 정사를 배운 사람은 역시 마찬가지로 열 명이구 스무 명이구 자기가 키울 수 있는 한도 내에서 키운다는 것이지, 이렇게 자꾸만 우리들의 동지들이 늘어나가면 여기에 따라서 우리 자체의 힘도 커질 것은 물론 아닌가. 거사는 그때 가서 하자는 거야."

"그러자면 못 잡아두 삼 년은 잡아야겠구만."

허백이는 무엇보다도 그날이 급한 모양이었다.

"그것이 삼 년이 걸릴지 그 이상이 걸릴지 지금으로서는 좀처럼 예상할 수가 없어. 그러나 우리가 거사할 수 있는 날은 예상외로 빨리 올는지도 모른다고 생각하네."

"어떤 의미에서?"

"조정을 반대하는 사람은 비단 우리뿐만이 아니기 때문이야. 내가 알기에는 천주교도들도 아직 몇천은 남아 있으리라고 생각하네."

"그렇다면 자넨 그 신자들과 손을 잡을 생각인가?"

좌중에서 제일 연장되는 이가 태근이에게 대들듯이 말했다.

"그럴 단계에 가서는 물론 손을 잡아야지요."

"자넨 서교(西敎)의 집안이니까 그런 소리를 하지만 난 반대네."

"왜요?"

"난 조상을 몰라보는 놈들과는 얼굴두 대하기가 싫네."

대단히 분개한 얼굴이었다.

"그렇게 흥분하지 마시고 제 말을 좀 들어봐요. 집에 불이 붙는데 자기가 싫어하는 동네 사람이 와서 불을 꺼준다면 못끄게 하지는 않겠지요?"

태근이는 침착하게 입을 열었다.

"불끄는 것과 내가 이야기하는 것은 다르지."

"조금도 다를 것이 없습니다. 백성을 못살게 하는 것은 조정인데 같이 손을 잡고서 개혁하겠다면 우리로선 고마울 뿐이지요. 이런 뜻에서 비단 서교신도들 뿐만 아니라 의적과도 손을 잡아야 할 것입니다."

"도둑떼들과?"

여기저기서 놀라는 소리가 터져나왔다.

"조금도 놀랄 것이 없지요. 도대체 그들이 어째서 도둑이 되었습니까. 학정(虐政)에 못이겨 살 수 없어서 도둑이 된 것이 아닙니까. 도둑이 황평 양도와 함경도에 더욱 심하다는 것을 보아도 그것은 알 수 있는 일이지요. 하여튼 그곳에는 각색공물(各色貢物)이 많을 뿐만 아니라, 서도부방(西道赴防)이니 뭐니해서 변경으로 수자리까지 끌려가 살아야 하니 그 고역을 다 겪고 어떻게 살 수가 있겠어요. 그러니 양순한 백성들까지도 도둑이 되기 마련이지요."

"말하자면 벼슬하는 놈들이 백성을 도둑으로 만드는 셈이지요."

허백이가 태근이의 말을 보충했다.

"그러니 누구보다도 벼슬아치들을 원망하는 마음을 가지고 있는 것은 도둑떼라는 것도 알 수 있는 일이 아니요. 도둑 중에는 봉물짐이나 학정질로 재물을 모은 관가의 집만 터는 패거리도 있답니다. 우리가 이런 사람들과 손을 잡는 것이 뭐가 안 된 일이라고 하겠소?"

"나도 태근이 말이 옳다고 생각합니다."

허백이는 태근이 말에 몹시 감심한 얼굴이었다. 그러나 다른 사람들은 여전히 입을 다물고 있자 태근이는 다시 말을 계속하여

"우리들은 자기가 양반이란 그런 생각부터 고쳐야 합니다. 사람이면 다 같은 사람이지 양반과 상놈이 다를 리가 없는 것이 아닙니까."

"이 사람아, 그래 양반하구 상놈하구 같단 말인가?"

이번에도 좌장되는 사람이 핏대를 올렸다.

"뭐가 다릅니까?"

"피가 다르지."

"양반의 피나 상놈의 피나 벌겋기야 매일반 아닙니까."

"자네 그래 그걸 정소리로 말하는가?"

"물론 정소리지요. 우리가 그런 낡은 생각을 갖고서는 백성을 다스릴 자격부터가 없습니다. 다시 말하면 우리가 정권을 잡아가지고 지금의 안동김씨가 누리고 있는 그 호강을 자기도 누려보겠다는 그런 생각이라면 이런 일은 애써 할 생각은 말고 집에서 논어 맹자나 읽구 있으란 말요. 자기는 굶더라도 백성들은 살찌우겠다는 그런 생각을 하지 않고서는 이 썩은 조정을 도저히 바루 세울 수는 없는 것입니다. 제가 공부를 시작하자는 것도 이런 뜻에서 말한 것입니다. 낡

은 인습에 젖은 머리를 고쳐야 한다는……."

"그러면 우리가 상놈하구두 머리를 맞대구 정사를 의논할 수 있단 말인가?"

좌장은 여전히 벌게진 얼굴로 입을 열었다.

"물론이지요. 앞으로 동지들을 모으는 것도 농민이나 상인이나 종의 계급에서 더많이 모아야 한다고 생각합니다. 왜 그런가 하면 그들이 양반 계급보다도 벼슬아치들에게 더 시달렸으므로 그만큼 더 증오심에 끓어 투쟁력이 강한 것이 사실이니까요."

어글어글한 태근이의 눈에는 정열이 차 있었다.

"내가 서학을 공부해야 한다는 것은 이렇게 우리들이 생각하는 방법을 고치기 위해서도 필요하거니와 지금 자꾸만 넓어져가는 세상을 볼 수 있고 거기서 우리들의 나라를 지키기 위해서도 필요하다는 것이오. 사실 지금까지 우리들이 아는 나라라면 바다를 건너 있는 일본과 우리가 대국으로 섬기고 있는 청나라이고 이밖에 더 아는 나라가 있다면 인도가 있다는 것을 알 뿐이 아니오. 그러나 세상에는 이보다도 더 많은 나라가 있으며 그 중에서도 영국이라는 나라는 서양에서도 제일 강한 나라입니다. 강한 나라가 약한 나라를 쳐들어가서 자기의 속국으로 만들려는 것은 예로부터 정해진 이치가 아니오. 인도란 큰 나라도 이미 영국에게 반은 먹혀 버렸지요. 우리들이 남국이라는 남양의 여러 섬들도 거의 침략되었지요. 지금 그들이 먹으려고 하는 것은 청나라입니다. 그들은 자기들이 필요한 청나라의 비단과 차를 가져가기 위해서 인도에서 재배한 아편을 자꾸만 갖다 팔고 있습니다.

아편은 담배하고도 달라서 그것에 한번 인이 배기면 폐인이 되는 것이지요. 이러한 마약을 청나라에서 받아들이고 싶을 리는 없지만, 힘이 센 나라가 억지로 떠미는 일이니 어쩔 수가 없는 일이 아닙니까. 이렇게도 청국같은 큰 나라를 통째로 삼키겠다는 영국같은 나라가 우리나라를 쳐들어온다면 어떻게 되겠습니까? 우리나라는 수영(水營)이니 병영(兵營)이니 말뿐인 군대가 있을 뿐이지 수영에는 이렇다 할 배 한척 없고, 병영에는 먹지 못해서 분상이 된 병졸이 기껏 이삼백명이 있을 뿐 아니요. 조정의 벼슬아치들은 그런 병력을 갖고서 근대적 병기로 무장하고 쳐들어오는 적을 막겠다고 생각하고 있으니 말요. 아니, 그런 것은 생각조차 못하고 있지요. 그런 것을 알지도 못하고 있는 자들이니 어찌 생각인들 할 수 있겠어요. 그들은 뚜껑만 덮고 있으면 만사는 무사하다고 안심하고 있는 조개의 미련과 조금도 다를 것이 뭐가 있겠어요. 언제 어느 시에 그물에 걸려 자기네들이 잡혀갈 것도 모르고 있으니 말요. 그러면서도 왜놈들이 수만의 군사를 몰고 쳐들어왔어도 우리나라를 침범하지 못했다는 그런 소리만 하고 있으니 어이없지 않아요. 그때 명(明)나라에서 받은 도움은 벌써 잊고 있어요."

태근이는 여기서 흥분했던 어조를 고쳐 다시 계속했다.

"나는 이런 것을 생각하면 걱정이 돼서 견딜 수가 없어요. 그래서 공부를 하자는 것입니다. 영국이 얼마만한 실력을 가진 나라라는 것을 분명히 알아서 공부를 하자는 것입니다. 단순히 알 뿐만 아니라 영국은 어떻게 해서 강한 나라가 됐으며, 우리나라도 어떻게 하면 강하고 부한 나라가 될 수 있다는 것을 알아내어 하루바삐 백성들로 하여금 우물 안 개구리의 꿈에서 깨어나도록 하여 넓은 세계를 보고 세계의 어떤 나라에도 뒤떨어지지 않을 나라를 만들어 보자는 것입니다."

태근이는 여기서 자기의 결론을 내렸다. 그러자 찌뿌듯이 앉아 있던 좌장이 또 입을 열었다.

"그렇다면 자네는 우리나라의 유학은 전적으로 부정하나?"

"그런 것은 아닙니다. 제가 서학을 존중하는 것은 유학만 가지고는 이제부터는 딴나라와 겨누워 살 수가 없기 때문이지요."

그날 술자리에서는 좌장을 내어 놓고서는 별로 태근이의 의견에 반대하는 것 같지는 않았다.

그러나 다음 날 서학을 공부하겠다고 그 자리에 다시금 나타난 사람은 한 사람도 없었다.

그중에서도 자기의 뜻을 제일 지지해 주는 것 같던 허백이까지도 자취를 감추고 나타나지 않는데는 태근이는 절망하지 않을 수가 없었다.

(이것들이 국내 개혁파란 것들인가. 개혁한다면 도대체 무엇을 개혁한다는 것인가?)

태근이는 이들과 함께 일을 해 보겠다고 의주에서 천리나 되는 길을 부랴부랴 올라온 생각을 하니 어이가 없었다.

그 후부터 태근이는 애기무당집에 틀어박혀서 온종일 천장만 쳐다보며 누워 있었다.

(그들은 내 이야기가 무슨 뜻인지 이해하지 못한 때문인가. 그렇지도 않다면 그런 일이 무서운 때문인가. 무섭다면 그런 일을 한다고 말을 무엇하러 낸 것인가, 역시 그들은 허리가 굳어진 때문이다. 틀속에 틀어박혀 굳어졌기 때문에 새로운 사상을 받아들일 틈이 없는 것이고, 자꾸만 변해가는 세계를 언제까지나 현상 유지를 해보겠다고 기를 쓰는 벼슬아치들의 생각에서 더 벗어나지를 못하는 것이다. 만일 그들을 모두 때려 부숴버린다면, 그리고 위에서부터 아래까지 아무 것도 거치장스러운 것이 없이 시원스럽게 바람이 통할 수가 있다면, 허수아비같은 왕이며 백성의 고혈이나 빨아먹는 오리탐관이며 수염이나 쓰다듬으면서 잘난 척하는 양반 족속까지 모두 없앤다면 그때는 질식할 정도로 탁한 공기는 싹 없어지고 얼마나 신선하고 명랑한 세상이 될 것인가)

내가 이런 생각을 하는 것은 미친 사람의 꿈과 같은 것일까. 아니다. 절대로 그런 것은 아니다. 이런 꿈을 꾸지 못하는 그자들이 꿈 속에 묻혀 아무 것도 모르고 있는 것이다. 사람을 틀 속에 잡아넣으려는 그런 봉건사상은 이미 유럽서부터 무너지기 시작하여 그것은 우리나라 바다 기슭까지 밀려와 먼저 쇄국이라는 그물을 부수려고 하지 않는가. 이것이 부숴지거나 부숴지지 않는가는 정치적 운명에 달린 것이다. 조정은 그 틀을 그대로 간직하자고 야단이지만 조개가 아무리 껍데기를 달고 몸을 지키고 있다고 생각해도 물결에 밀려 바위에 부딪치면 그뿐 아닌가. 어디 가서 조개껍데기도 찾지 못하게 될 것은 너무나도 뻔한 일이다.

지금에 여기에 대한 대책을 세우지 않는다면 우리나라는 어떻게 될 것인가. 만일 그것을 생각하게 된다면 우리나라는 지금과는 아주 다른 새나라로 태어나지 않을 수가 없는 일이다. 그러나 지금의 우리나라에서는 어디를 찾아 봐도 이 낡은 틀을 부숴버릴 힘이 없다. 그러나 외국의 힘은 이 틈을 타서 자꾸만 침범하려고 하지 않는가. 일본은 벌써 외국배들이 드나들고 있으며 청나라의 그 넓은 땅도 서로 찢어 먹겠다고 야단들이 아닌가. 그 무서운 세력이 만일 우리나라에 들어오게 된다면—.

이렇게도 사정이 절박한데도 낡은 틀을 부숴버리고 침입하려는 외국세력을 능히 막을 수 있는 방축을 쌓겠다는 사람이 이다지도 없는가.

태근이는 의주에서 읽은 나팔륜(나폴레옹) 몰락 후의 법국(프랑스)의 형편과 유럽 문명에 대한 기록이 주마등처럼 머리속에서 빙빙 돌고 있었다. 그와 함께 서울을 동행한 우방서의 말이 문득 떠올랐다.

"서울 사는 사람으로서 선비님의 말을 알아듣는 사람은 훈도골에서 사는 박종임 밖에 없을 것입니다."

하고 말해주던 그 말이.

태근이는 다음 날 훈도골로 박종임이가 사는 집을 찾았다.

암행어사 박문수가 살던 집인만큼 고래당같은 큰 기와집이었으나 영락(零落)한 양반의 집이라는 것을 그대로 설명해 주듯 기둥이 기울어지고 담벽이 떨어진 낡은 집이었다.

"의주 변경에서 고생을 하시다가 오셨다는 이야기를 듣고 저두 한 번 만나고 싶은 생각이었소."

박종임이는 태근이를 어떻게 아는지 반가이 맞이했다. 모름지기 우방서에게 태근이에 대한 이야기를 들은 모양이었다.

그들은 술상을 사이에 놓고 이런 이야기 저런 이야기로 술잔이 오고가는 동안에 십년지기처럼 마음으로 허락하는 벗이 되고 말았다.

박종임의 이야기는 들을만한 이야기도 많았다. 지금에 공전(公田)이나 사전(私田)이니 하는 것을 폐지하고 토지는 국유화하고 수차(水車)를 많이 만들어 논을 늘리고 삼과 면화 재배와 양잠업을 장려하고 중간에서 세금을 착취하는 경저리와 호수(戶首) 같은 것을 없애고 각 지방에 있는 조창(漕倉)에는 언제나 구호미를 저장하여 가뭄 구호대책이 세워져 있어야 한다는 것들이 그의 지론이었다. 그뿐만 아니라 그는 개국론자이기도 했다.

"중국과 일본뿐만 아니라 어느 나라하고도 통상하는 것을 나는 주장하고 있소. 국가의 대리(大利)를 일으키는 것은 통상교역 이외에는 없다고 생각하니 말요. 우물 안 개구리처럼 자기나라에만 묻혀 있고 다른 나라와 거래를 하지 않는다면 국내에서 나는 물건으로만 살게 마련이니 인구가 는다면 자연 물건은 모자라게 될게고, 물건이 모자라게 되면 따라서 살기가 어려워질 것은 더 말할 필요도 없는 일이 아닙니까. 살기가 어려워지면 거기 따라서 기운도 정신도 점점 위축되어 나중엔 적이 쳐들어온대도 싸우고 싶은 생각조차도 없어지고 마는 법이지요. 이와 반대로 항해통상(航海通商)이 흥한다면 외국에 팔 물건이 필요하니 국내 산업도 자연 흥해지고 나라도 부(富)해질 수밖에 없지요. 그뿐만이 아니지요. 항해통상이 흥하게 되면 넓은 바다로 나가서 거센 파도를 만나게 되며 해적과도 싸우게 되므로 백성들이 용감하게도 될 것이며, 또한 해외로 돌아다니면서 보고 온 이야기도 하게 되므로 국내의 백성들은 그 이야길 듣고 공부하고 싶은 의욕도 생기게 될 것이 아닙니까?"

이 말엔 태근이도 반대할 것이 조금도 없었다. 박종일이는 그것이 모두가 자기 혼자서 생각해낸 이야기처럼 떠벌렸으나 실상은 십 년 전에 선교의 선구자 정약용(丁若鏞)이 이미 하고 남은 이야기였다. 그것을 그가 약간 윤색한 것뿐이었다. 그렇다고 태근이는 그것을 논하고 싶은 생각은 없었다. 지금의 벼슬아치들은 생각도 못하고 있는 개국론을 누구나가 주장해서 하루라도 빨리 부강한 나라가 되면 그뿐이라고 생각했다.

그러나 박종일의 말에서 도저히 이해할 수 없는 것은 지금의 봉건제도를 그대로 두고서 자기의 학설을 벼슬아치들에게 납득시킬 수 있다고 생각하는 그 점이었다. 이것을 듣고 난 태근이는 며칠 전에 허백이네 집에서 모였던 이른바 정의파란 측들을 생각하지 않을 수가 없었다. 그러면서 그들을 설득할 만한 무슨 방법이 있느냐고 묻지 않을 수가 없었다.

"있지요, 물론 쉬운 일은 아니지만."

하고 박종일은 어느 정도 자신이 있는 듯이 입을 열었다.

"조정에는 아직도 청렴한 몇분은 남아 있으니 나는 그들에게 내 주장을 설득시킬 수 있다고 생각하오."

"조정에 청렴한 분이라면 예를 들어 어떤 분일까요?"

"김명순(金明淳) 같은 분도 있지 않소."

김명순은 안동김씨지만, 그와 같은 시파였다. 박종일의 말은 결국 자기 파를 두둔하는 것 밖에 없었다. 태근이는 이 한마디로써 그의 말은 더 들을 필요는 없다고 생각하면서도

"그밖에 또 있다면?"

"호조판서 김재찬이 있지요. 그분은 신유사옥 때도 천주교도를 비호해 주다시피한 사람이니, 나의 개혁론도 충분히 이해해 주리라고 생각하오."

　김재찬이란 말에 태근이는 그만 쓴입을 다시고 말았다.

"그 사람이 어떤 사람이라고, 자기 안전을 위해선 돌다리도 두들기며 건너는 사람인데 그런 위험천만한 말을 귀담아 듣기나 할줄 알고서?"

"하여튼 재찬이만 설득하면 일은 아주 수월하게 될 수 있는 것입니다. 지금 조정을 마음대로 하고 있는 김조순이가 제일 신임하는 사람이 그분이니 그렇지 않소."

　(이 양반은 개혁이란 게 그렇게도 간단히 되는 것이라 생각하는 모양인가? 개혁을 한다면 지금 갖고 있는 재물과 권세는 모두 없어지고 남는 것은 하나도 없게 되는 판인데 그것을 그들에게 이야기해서 설득시키겠다구…… 결국 이 사람도 양반이란 탈은 벗지를 못했구만. 긴 담뱃대를 물고 호령을 치고 싶은 생각은 여전히 있기 때문에……)

　그의 말을 들어가며 이렇게 생각하던 태근이는 드디어 입을 열어

"개혁의 취지는 모두가 감복할 뿐입니다. 그러나 아무리 좋은 취지도 백성에게 활용이 되지 않는다면 좋은 정치라고 할 수 없는 것이 아닙니까. 그런데 제 둔한 생각으로서는 그것이 실시되기에는 장대로 별따기보다도 더 힘든 것 같군요."

"어째서요?"

　박종일이는 들던 술잔을 놓고 태근이를 쳐다봤다.

"가마를 타는 사람은 가마꾼의 수고보다도 가마를 탈 수 있는 세도를 버리고 싶지 않기 때문이지요. 그들이 선생의 말 한마디로 자기 사전과 권력을 손쉽게 내어놓을 것 같습니까?"

"……"

박종일이는 대꾸를 하고 싶으면서도 대꾸할 말이 잘 생각나지가 않는 모양이었다.

"어느 때나 개혁은 그 시대의 권력에 맞서서 낫을 휘두르는 일이라고 생각하는데, 권력을 잡은 사람이 백이면 백 그것을 좋아할 리는 없는 것이 아닙니까?"

"……"

"그러니 우리는 어느 편에 서서 개혁을 추진해야 할지는 자명한 일이겠지요."

박종일이는 눈을 감고서 태근이의 말을 듣고 있었다. 그 뿐만 아니라 태근이보다도 더 심각한 얼굴에 미소를 흘리고 있었지만 그것은 흡족한 때의 미소가 아니고 반대의사가 그대로 노골스럽게 나타내는 것을 억지로 감추는 미소였다.

그 기분을 예민한 태근이가 모를 리는 없었다. 그러나 박종일이 손을 잡고 같이 할 사람은 아니라고 생각한 태근이는 그를 더 설복하려고는 하지 않았다.

종일이네 집을 나온 태근이는 우울한대로 골목길을 걸어 나오다가 문득 그 부근에 옛날 이웃 살던 이봉학 의술 영감이 산다는 것을 생각하고 오던 길을 되돌아섰다.

그때 뒤를 따라오던 모양인 어떤 사나이가 그의 눈에 띄었다.

달과 그림자

   태근이는 머뭇거리고 서 있는 그 사나이 앞으로 일부러 가서 힐끗 쳐다봤다. 작은 몸에 매서운 눈을 가진 영악한 사나이였다. 턱주가리에 노란 수염이 달린 것을 보면 서른에서 한두 살 더 났으리라는 것도 알 수가 있었다.

   (관헌들은 벌써 내가 서울에 온 것을 알았구나!)

   이렇게 생각하고 보니 뒤따라오는 자는 자기가 박종일의 집을 찾아간 것을 어느덧 알고 밖에서 기다리고 있었던 것이 분명했다.

   (그렇다면 내가 생민골 애기무당의 집에 숨어 있는 것도 알고 있는가, 개처럼 냄새를 잘 맡는 그놈들이라 해도 그것까지야 아직 모르겠지)

   태근이는 약간 소란스러워지는 가슴을 억눌러가며 이봉학 의슬 영감의 집을 찾아가던 일은 그만 단념하지 않을 수가 없었다.

   사실 그가 이봉학의 집을 찾을 생각을 했던 것은 은실에게서 혹시 무슨 소식이라도 와 있지 않을까 하는 요긴한 기대가 없지않아 있었기 때문이었다. 그러나 뒤따르는 사나이가 있는 이상 그 집을 들릴 수는 없었다.

   저동(苧洞)을 지나 구리개재로 올라가는 어귀에 이르자 그제야 겨우 어두워지기 시작하여 그 어귀에서 군밤장수 할아버지가 초롱에 불을 켜고 있었다.

   태근이는 벌써 햇밤이 나왔느냐고 계절에 둔감한 자기를 새삼스럽게 느껴가며 그곳서 밤을 샀다.

군밤장수가 밤을 싸주는 동안 뒤를 돌아다보니 따라오던 사나이도 그 앞에 있는 가게에서 무엇을 사는 척 하고 있었다.

(어디까지 따라올 생각인 모양인가?)

태근이는 군밤을 까먹으면서 다시금 걷기 시작하자 뒤의 사나이도 어슬렁어슬렁 따라왔다.

구리개재를 올라가면서부터는 사람의 발자취도 끊어지고 마치도 재밤처럼 조용했다. 왼쪽은 담장 위로 무성한 나무들이 뻗어나온 고관들의 저택, 바른쪽은 갈수록 높아지는 낭떠러지를 따라 올라가면 이름모를 잡풀이 어둠과 함께 덮여 있었다.

이곳은 태근이가 어렸을 때 밤낮 넘어다니던 언덕이었다. 좀더 올라가면 그가 매일 책을 끼고 다니던 회나무서당이 있었고, 이 잿등을 넘어가면 옛 친구 김재찬의 집이 있었으며 그가 살던 옛집도 그 밑에 있었다. 이 언덕을 근 십년 만에 넘는 태근이로서는 어린 시절의 갖가지의 기억이 떠오를 만도한 언덕길이었다.

그러나 아무리 활달한 태근이라 해도 지금엔 그럴만한 여유까지는 가질 수가 없었다. 그는 천천히 언덕을 올라가면서 속으로는 뒤따라오는 친구를 어떻게 처리해야 좋은가 그것만을 생각했다.

(귀찮은대로 모가지를 비틀어 낭떠러지에다 획 집어던지고 말까?)

화가 나는 것을 생각하면 정말 그렇게라도 하고 싶은 생각이 없지 않아 있었다. 그러나 태근이의 인정으로서는 그것은 생각뿐이지 그럴 수는 없는 일이었다.

(그렇다고 커다란 사나이가 도망칠 수도 없는 일이니 엽전이나 몇닢 집어주고 좋게 타일러서 보내고 말까?)

그러나 그것도 자기 생각대로 쉽게 되지가 않았다. 해가 떨어지면 누구나가 넘기를 꺼리는 이 고개를 뒤의 사나이가 겁내는 법도 없이 따라오는 것을 보니 좀처럼 만만히 돌아갈 것 같지도 않았기 때문이었다.

(그렇다면?)

대근이는 여전히 군밤을 까먹으며 걸으면서 그 궁리에 젖어 있었다.

가부간에 뒤에서 따라오는 사나이와는 결판을 지어야 할 일이었다. 그러자면 역시 이런 으슥한 곳이 좋았으므로

"뭣하자고 내 뒤를 따르고 있어?"

하고 태근이는 문득 몸을 돌리며 소리쳤다. 그 소리에 뒤에서 오던 사나이는 당황한 채 걸음을 멈췄다.

"거기서 우물거릴 것 없이 이리로 오게나, 할 말이 있으면 이리로 와서 하란 말야."

"……."

그 사나이는 약간 겁에 질린 모양이면서도 여전히 버티고 서 있었다.

"자넨 내 주머니를 털 생각으로 따라오나? 그런 생각이었다면 곱게 돌아가는 것이 좋을 것 같네."

태근이는 일부러 이런 말로 비양쳤다.

"그건 아닐쎄."

"그렇지도 않다면 왜 기신기신 따라오고 있는 거야?"

"의금부에서 밥을 먹는 놈이니 상관이 따라가라면 따라가야지 별수 없지 않는가?"

의외에도 솔직히 말하는 그의 말에 태근이는 웃고 나서

"그렇던가요? 그런 분이라면 벌써 그렇다고 말씀해 주지 않고요. 제게 무슨 물어볼 말씀이라도 있는가요?"

태근이가 존대어를 써가며 수그러지는 태도가 되자, 안심이 되는

모양으로 분주히 걸어와 태근이와 어깨를 같이하고서

"점잖은 분을 이렇게 뒤를 따라와서 미안하기가 짝이 없습니다."

그도 역시 온순한 어조가 됐다.

"도대체 내 뒤는 왜 따라오는 거요?"

"글쎄 그건 나두 모르지요."

"모르면서야 따라올 리가 있소."

"당신의 집을 꼭 알아 오라니 따라가는 것뿐이라지 않아요."

"그렇다면 내가 여기서 내 집을 가르쳐주면 당신은 수고스럽게 나를 따라올 필요는 없겠군요?"

"그거야 말이 되나요?"

"왜요?"

"바른 말만 하는 사람이 세상에 어디 있어야 말이지요."

"그러면 내 집까지 따라오고야 말겠단 말이군요."

"직분이 그것이니 따라갈 수밖에 없지요."

"그러나 나를 따라와야 내 집은 알아낼 수가 없으니 그대로 돌아가는 것이 좋을 것 같습니다."

"왜요?"

이번엔 그 사나이가 물었다.

"내 집은 서울에 없으니 말요."

"그럼 서울에 온 손님이란 말씀이오?"

"자기 집이 서울에 없으면 그런 사람일 수밖에 없지 않소."

"어젠 어디서 잤습니까?"

"어느 친구의 집에서 잤소."

"그럼 오늘두 그 집에서 잘 생각인가요?"

"한 집에서 그렇게 신세를 질 수도 없는 일 아니요. 그래서 실상은 오늘밤은 어디서 잘까 생각하는 중인데 마땅히 잘 생각이 나지 않는군요."

"내가 보기엔 어느 사랑을 찾아가도 하룻밤쯤 자기엔 그렇게 푸대접 받을 분 같지도 않은데."

"사랑방에 잔 손님에게 더운밥 먹이는 집도 있고 찬밥 먹이는 집도 있는데 이왕이면 더운밥을 먹이는 집을 찾자니 그런 거지요. 그러다가 객지에서 배나 앓게 되면."

그러자 그 사나이는 무엇을 생각했는지

"아 알겠다, 이제야."

하고 덮치듯이 태근이의 소맷자락을 붙잡았다.

"틀림없어요. 그때의 그 선비님이, 그렇지요? 선비님?"

불시에 소맷자락을 잡기에 태근이는 그 사나이가 자기를 서게 하려는 줄만 알고 움치자, 의외에도 자기를 안다고 반기는 것이 아닌가.

"당신이 나를 알아요?"

"알지 않구요. 선비님은 벌써 내 얼굴을 잊었소?"

"생각나지 않는데."

태근이도 어디서 한 번 본 얼굴 같긴 했으나 어둠이 가린 때문인지 통 생각이 나지가 않았다.

"생각나지 않아요 내가? 하기는 그것도 무리가 아니지요. 근 십년이나 된 일이니, 바로 순안(順安) 어느 주막집에서 중국에서 온 약으로 내 가슴앓이를 감쪽같이 고쳐준 일이 있지 않소. 그때 병을 고친 김동욱입니다."

"아 그래요! 그것이 바루……."

급기야 태근이도 눈을 크게 떴다.

"알겠어요?"

"알지 않구요. 글쎄 나두 어디서 본 얼굴이라구는 생각했는데."

신유사옥으로 쫓기는 몸이 되어 의주 방면으로 도망치던 그 때의 일이었다. 그때는 순조가 즉위한 해였으니 손을 꼽아보면 구년 전의 일이었다. 길에서 만난 이 사나이가 공연히 친절하게 구는 것을 보아서 남의 보따리를 훔쳐갖고 달아나는 날나리꾼이라는 것을 첫눈에 알았지만 그가 끄는대로 순안 어느 주막집에서 술을 같이 먹고 잔 일이 있었다.

그날 밤 옆에서 자던 이 사나이가 가슴앓이로 금시에 숨이 넘어가듯이 거품을 물고 날뛰었다. 태근이는 관헌에게 잡히면 자살해버리려고 준비해 갖고 다니던 아편으로 이 사나이를 고쳐줬던 것이다.

"저두 그랬어요. 선비님을 처음 볼 때부터 분명 어디선가 본 사람이라고 생각했는데 통 생각이 나야 말이지요. 정말 그때의 은혜는 잊을 수가 없습니다."

"참 그 때 거기서 값을 준다기에 약값 받는 대신 내가 뭐라구 말을 했던 것 같은데……."

"네네, 기억하구 있지요. '나두 역시 도둑이다. 나는 넓은 세상으로 떠돌아 다니며 백성들이 잘 살 수 있는 학문을 훔치러 다니는 사람이다. 그러니 우리가 직업은 서로 같지 않겠지만 불쌍한 시골 사람의 보따리나 훔치는 당신의 일과 내가 하는 일 가운데 어느 것이 대장부가 할 일인가'고 묻지 않았어요."

"그랬던가?"

"사실이지 젊은이로서 참 재미난 이야기를 하는 사람이라고 생각했어요. 결코 빈정대는 뜻에서 말한 것이 아닙니다. 하여튼 나는 그때 선비님 그 한마디로써 그런 짓은 다시 안 하기로 결심했습니다. 그리고는 선비님처럼 학식은 없으니 그런 큰 뜻은 못 가진다고 해도 바르게 살면서 돈이나 힘껏 모아 볼 생각을 했지요. 그러나 이놈의 세상에서 바르게 살면서 어디 돈을 모을 수가 있습데까. 더군다나 우리같은 상놈으로서는 나두 그동안 무척 애도 쓰고 고생도 했습니다만 기껏 된다는 것이 남의 앞잡이나 해먹는 신세가 됐으니 그때의 선비님의 말도 공연한 말이라고 생각했습니다만, 그때의 그 약만은 잊을 수가 없었습니다. 그 약이 도대체 무슨 약이었소?"

"아편이란 약이요."

"사람을 잡는?"

"그렇지요. 사람뿐만 아니라 민족을 망하게 하는 것이면서도 잘만 쓰면 그렇게 신통하니 약이 되는 것이지요."

"그래요? 아편은 사람을 못쓰게 하는 것인 줄만 알았는데."

동욱이는 몹시도 감심한 얼굴이었다.

"무슨 마약이나 마약 그 자체가 나쁜 것이 아니라 사람들이 자꾸만 남용하니까 나빠지는 것이지요."

"하여튼 그땐 가슴속에서 무엇이 곤두서서 올라오던 것이 그 약을 먹으니 대번에 가라앉지 않겠어요. 나는 그때 일을 늘 생각하면서 그만한 선비님이라면 지금쯤은 아주 훌륭한 명의가 됐으리라고 생각했는데 도대체 어떻게 된 일이오? 이런 곳에서 이렇게 만나게 됐으니."

"그건 나두 알고 싶은 일이요. 어째서 내 뒤를 따르는 거요?"

태근이는 잊고 있던 화가 다시금 가슴속에서 솟아오르는 대로 말했다.

"이제두 말한 대로 따라가서 집을 알아 갖고 오라니 따라온 것뿐이라지 않아요. 선비님이 무슨 죄라두 진 것이 있습니까?"

"죄가 있다면 어떻게 하면 백성들이 잘 살 수 있다는 말을 한 죄밖에 없소."

"그게 무슨 죄가 된다는 거요. 난 무식해서 그런 힘든 이야긴 잘 모르긴 합니다만 그래두 내 소견 같아서는 그것이 무슨 죄가 될 것 같지는 않군요."

"죄가 무슨 죄요. 벼슬아치 그놈들이 나쁜 짓을 하자니 나같은 바른 말을 하는 사람이 싫은 때문이지요."

"그 말을 들으니 나두 알겠군요. 말하자면 선비님의 말을 듣고서 밝은 세상이 되면 그 놈들이 백성들에게 없는 죄를 테씌워서 재물을 빼앗아 먹을 수가 없기 때문이란 거지요?"

"그렇지, 그렇지요."

"그런 밝은 세상이 하루 빨리 왔으면 좋기야 하겠지만 그런 세상이 좀처럼 올 수야 있겠어요?"

"왜요?"

"선비님 같이 바른 사람은 몇 안 되고 모두가 마음이 컴컴한 사람들 뿐이니 말요."

"아니, 그와 반대겠지. 실상은 컴컴한 사람은 몇 안 되고 대개는 바른 사람들이지요."

"네?"

어둠 속에서 보이지는 않았지만 동욱이는 눈을 크게 뜨는 모양이었다.

"컴컴한 마음을 가진 놈들은 권력을 갖고 있는 몇놈뿐이지요. 그놈들 때문에 세상은 어두워지는 것이고 그 어두운 세상에서 살려면 백성들두 컴컴한 마음을 갖지 않고서는 살 수가 없으니 모두가 컴컴한 사람같이 보이는 것뿐이지요."

"하긴 그래요. 나두 기껏 바른 사람이 된다고 행수가 됐지만, 행수로서 결국 하는 일이 뭣인 줄 아세요? 죄없는 공연한 사람을 잡아오는 일이 아니면 선비님처럼 어진 분의 뒤나 밟게 되니……."

행수는 태근이 말에 감탄하다 못해 자기 심정을 실토하고 말았다.

"그러니 그 컴컴한 벼슬아치들을 그대로 두고선 백성들이 바르게 살려고 해도 바르게 살 수가 없는 것이고, 밝은 세상도 될 수가 없는 것이지요."

"그러니 어떻게 해야 되겠어요?"

"없애야 하는 것이지요."

"네? 없애다니요?"

행수는 다시금 눈이 둥그레진 모양이었다.

"물론 한두 사람의 힘으론 될 수 없는 일이지만, 행수님과 같이 바르게 살겠다는 사람들의 힘을 모으면 그들을 없앨 수도 있지요."

"그 말을 듣고 보니 선비님은 역시 내가 뒤를 밟을 만한 사람이었군요."

행수는 불시에 경계심을 돋우는 기색이었다.

어두운 길을 더듬어 언덕으로 올라가서 이윽고 달이 떠오르기 시작했다. 달빛에 밀리운 나뭇잎들의 그림자가 엉킬대로 엉켜 길바닥에 그려졌다. 그 그림자가 바람을 따라 움직이는 풍경은 역시 볼만한 것이었다.

그러나 동욱이의 눈길을 빼앗은 것은 저편 돌담 앞에 서서 그들이 지나가기를 기다리고 있는 듯이 보이는 세 사람이었다. 그 중의 하나는 젊은 여인이었고 두 사나이는 그녀를 보호하기 위해서 따라나선 모양이었다.

여인의 얼굴은 너울(羅尤)로 가렸으니 보일 리는 없었으나 그래도 달빛에 드러난 날씬한 자태가 틀림없는 미인일 것만 같았다.

태근이도 그들을 보느라고 잠시 말이 끊어졌다가

"그러니 행수님은 결국 내가 어디를 간다는 것을 끝끝내 알아 갖고 그걸 의금부에 보고를 해야 한다는 거요?"

시치미 떼고 이렇게 물었다.

"뭐라구요?"

그 여인에게 눈이 끌린 채 다시 한 번 더 보려고 생각했던 동욱이는 그만 흥이 꺼진 찌뿌듯한 얼굴이 되더니

"나를 어떻게 보고 하는 소리요. 자기 목숨을 살려 준 은인도 몰라보는 그런 녀석으로 날 생각하는 거요?"

하고 화를 내듯이 말했다.

"그렇다면 난 마음이 놓입니다만 행수님에게 미안스러운 일이군요."

"미안하긴?"

"내가 묵고 있는 곳을 알아갖고 가야 할 텐데 그냥 가면 상관놈들이 가만 있지 않겠으니 말이지요."

"하는 수 없지요. 운수가 나쁘려니 선비님 같은 사람과 부딪치게 된 걸."

"그러나 내 거처를 못 안 대신에 그보다 더 보람 있는 일을 하면 되잖겠소."

"그야 그렇지만 흑두건을 잡는 그런 일은 좀처럼 걸려들어야 말이지요."

그가 서울 장안을 소란스럽게 한 흑두건 강도를 잡은 것은 벌써 일년 전의 일이었다.

"흑두건 보다 더 나쁜 녀석들이 지금도 서울엔 우글우글하지요."

"그러면 내가 돌대가리가 돼서 그놈들을 잡아내지 못한다는 거요?"

"너무 그렇게 화까지 낼 것은 없어요. 그렇다면 내가 하나 묻겠는데, 지금 언덕 위에 서 있던 그 여인을 행수님은 어떻게 보는데요?"

"어떻게 보다니, 선비님은 그 아가씨가 수상하다는 거요?"

돌대가리가 아닌가 시험하는데는 동욱이도 속으로 괘씸하다고 생각하지 않을 수가 없었다.

"도대체 그 아가씨는 그곳엔 왜 서 있었을까요?"

"왜 서 있긴, 그 아가씨는 어느 집의 귀한 딸로서 무슨 급한 일로 —그렇지 집의 어머니가 갑자기 병이라도 났기 때문에 의사를 부르러 가다가 우리를 보고 혹시 이상한 녀석들이 아닌가고, 이 언덕은 그런 놈들이 가끔 나오는 곳이니까."

"그런 이유로 서 있었다고 난 생각하지 않는데."

자기를 정말 돌대가리로 보는 듯한 태근이에 동욱이는 더욱 화가 나서

"그런 이유가 아니면 무슨 이유란 말요?"

"무슨 이유라니 보다도 그 아가씨에겐 오빠가 없는 모양이지?"

태근이가 혼잣말처럼 말하자

"그거야 물어보기 전엔 알 수 없는 일 아니요."

"아니, 이 밤중에 그 처녀가 가지 않으면 의술을 데리구 올 수가 없는지 그래서 하는 말이요."

"뭐라구요?"

행수는 멍멍한 얼굴이 되었다.

"나는 그 처녀가 양가의 아가씨라고도 생각되지 않아요."

태근이는 또 이런 말을 했다.

"어째서요?"

"양가의 아가씨가 꼭 가야만 할 급한 일을 당했다면 그렇게도 우리를 경계하고 서 있을 여유가 없었을 거요. 급한대로 그저 지나쳐버리고 말았겠지요. 그런데 그 아가씨는 우리들이 그 앞을 지나갈 때 머리에 쓴 너울을 헤치고 살며시 보고 있더군요. 양가의 아가씨라면 아무리 밤이라 해도 남의 얼굴을 그렇게 쳐다보지는 못합니다. 뿐만 아니라 너울을 쓴 그 모양부터가 이상해요. 지금은 그렇게 춥지도 않은데 되도록 얼굴을 감추려고 눌러 쓰지 않았어요. 그리고 또 그

아가씨만이 수상한 것이 아니라, 그녀를 따라나선 두 젊은 친구들도 역시 마찬가지요. 우리를 경계하는 동시에 만일 우리가 어떻게라도 하면 공격하겠다는 적의에 찬 눈으로 보고 있었거든요. 말하자면 그들은 사람을 경계해야 하는 그런 일을 하는 사람들이 틀림없다는 것이지요."

"그렇다면 역시 도둑 패거리였단 말인가요?"

"아가씨가 끼어 있는 것을 보면 단순한 도둑 패거리 같지는 않지만 하여튼 뒤를 밟았더라면 반드시 무엇을 잡아냈을 일이었지요."

"그럼 왜 그렇다고 벌써 이야길 해 주지 않았어요?"

동욱이는 문득 걸음을 멈추고 온 길을 되돌아 뛰어가려고 했다.

"벌써 늦었어요. 꿩이나 노루가 언제까지나 한자리에 있나요. 또 다른 것을 찾기로 합시다."

태근이는 웃으면서 그를 말렸다.

동욱이는 풀이 죽은 채 고개를 숙이고 따라오다가 구리재 고개를 내려와서 대평골(大平坊)로 들어서려 할 때

"선비님 이렇게도 머리가 둔해가지고선 일평생 행수 노릇이나 기껏 해먹기 마련이지요?"

하고 입을 열었다.

이 선비님은 너울을 쓴 아가씨 앞을 지나친 것만으로서도 이렇게 머리가 도는 것을 보니 자기는 틀림없는 돌대가리라 생각하고 말할 수 없이 슬퍼진 모양이었다.

"뭐 그렇게 비관까지 할 건 없지요. 머리란 쓰면 쓸수록 좋아지는 것이니."

태근이는 이런 태평스러운 말을 하며 여전히 웃어댔다.

"그런데 선비님처럼 머리가 좋은 사람의 생각이라면 틀림없을 텐데 두 조정의 벼슬아치들은 귀담아 들을 생각은 하지 않고 왜 날보

고 선비님의 뒤를 밟으라는 명령만 할까요?"

동욱이는 진심으로 그것을 알고 싶어 하는 얼굴이었다.

"새로운 것을 털끝만치도 받아들일 수 없게끔 머리가 굳어진 때문이지요."

"그럼 그자들은 나보다 더 돌대가리란 말씀인가요?"

"행수님과는 비할 수도 없는 돌대가리지요."

"그럴까요?"

"그놈들은 날도둑질을 해먹고 살면서도 그것이 얼마나 나쁜지도 모르는 녀석들이랍니다."

"그래두 삼강오륜은 자기들만 안다는 그들인데요?"

"그것을 안다면야 그렇게 백성들의 고혈을 빨아 먹으면서도 낯색 한번 붉히는 일이 없겠소?"

"음……."

동욱이는 가슴에 무엇이 안겨지는 것이 있는 모양으로 달을 쳐다봤다.

달이 중천에 올라온 분수를 보면 길을 막는 인정(人定)시각도 거의 됐을 것 같았다.

"인경시각도 다 됐는데 선비님은 어딜 자꾸 가는 거요?"

태근이의 뒤를 밟던 동욱이면서도 이제는 그것이 걱정되는 모양이었다.

"어디라고 작정이 있어 걷는 것이 아니라 도둑이라도 눈에 띄울까 해서 걷는 거지요."

"그렇다고 밤을 새워 걸을 수도 없는 노릇이 아닙니까?"

"그야 그렇지요."

"그러니 어느 양반네 집 사랑이라도 찾아가서 잘 차비를 해야지 않겠소?"

"그러기도 이제는 글렀지요. 인정시각이 임박한 지금에 가서 대문을 두들기면 누가 열어 주겠소?"

"그럼 서울엔 친척이나 친구집도 없는가요?"

"친척들은 신유사옥 때 죽었으니 있을 리 없지만, 친구들은 몇 있지요."

"거기 찾아가면 되겠구만요."

"그 친구의 집들두 내가 서울에 와 있는 동안에 모두 한두 번은 찾아가서 신세를 졌으니 이제는 찾아갈 집이 없지요."

"그래두 이렇게 급할 땐 그럴 수밖에 없잖아요. 그래서 친구가 좋다는 거지요."

"그건 그 사람들 사정을 모르구 하는 소리요. 여편네란 백이면 백 모두가 식객을 좋아하지 않지만 더군다나 관헌들이 뒤를 밟는 나같은 사람을 누가 좋아하겠소. 그런 일이 나중에 발각이라도 되면 큰 봉변을 당하겠으니 그렇지 않겠소. 그러니 친구 집을 찾아가서 부득부득 자겠다고도 할 수 없는 노릇이지요."

"그러구보니 선비님처럼 머리가 좋아서는 남의 집 가서도 잘 수도 없는 노릇이군요."

"그건 내 머리 때문이 아니라 자기 집에 오는 손님을 관령(官領)에게 보고해야 하는 귀찮은 법령 때문이지요."

"하여튼 선비님이 오늘밤 잘 곳이나 어서 마련해야 할 텐데."

동욱이가 그것을 자기 책임이나 되는 것처럼 걱정하자

"난 그것보다도 행수님이 걱정이구려. 내일 금부에 들어가서 욕볼 생각하면 도둑이라도 꼭 잡아야겠는데 개 한 마리 얼씬하지 않으니."

태평같은 이런 걱정이었다.

"걸리지 않는 거야 하는 수 있어요. 어서 선비님 잘 곳이나 찾읍시다.”

“그래두 행수님이 나 때문에 욕을 보게 돼서야 쓰겠소. 고기두 다니는 곳이 있듯이 도둑두 다니는 곳이 있는 모양입니다. 종로 쪽으로 나가봐야 별 수 없을 것 같으니 구리개 쪽으로 다시 가봅시다.”

태근이는 개천까지 나오자 되돌아섰다. 동욱이는 역시 그가 보통 사람과는 다르다고 생각하며 잠자코 뒤따랐다.

“그런데 행수님?”

작은 광교(廣橋) 다리를 건너면서 태근이가 고개를 돌렸다.

“네?”

“행수님은 아직 입장을 못하신 것 같군요.”

“그걸 어떻게 아시우?”

“그거야 알 수 있지요.”

“어떻게요?”

“집에 아내가 있다면야 나를 이렇게 따라 다닐 리가 있겠소, 어서 가서 달콤한 잠을 잘 생각을 하지.”

“역시 선비님은 머리가 좋으신데요.”

동욱이는 다시 감심하는 얼굴이 되었다.

“그런데 행수님은 진심으로 내 숙소를 걱정해 주는 거요?”

“그렇기 여까지 따라 온 것 아니요.”

“그렇다면 난 오늘 발을 펴고 잘 데가 있긴 있는데……”

태근이는 별안간 이런 말을 했다.

“그런 곳이 있으면 진작 이야기할 거지. 거기가 어딘데요? 내가 앞장을 설 테니 어서 갑시다.”

동욱이의 발걸음이 급기야 빨라졌다.

“그보다도 행수님 집은 어딥니까?”

"난 붓골에 살지만 그건 왜 물어요?"

그러나 태근이는 그 대답은 하지 않고

"밥을 붙이고 있어요 그렇지도 않으면?"

"어머니가 아직 계셔서 모시고 있지요."

"행수님은 효자시군요."

"그렇다구 뭐 효자라구 할 수 있어요."

"그럼 딴 방두 하나 있겠군요?"

"그건 왜 또 물으세요?"

"하여튼 딴방이 있지요?"

"어머니와 단 두 식구라 실상 딴방은 필요 없지만 쓰지 않는 방이 하나 있긴 해요."

"그리리라구 나두 생각했지요. 과년한 아들을 둔 모친님께서야 아들 장가보낼 생각으로 그 준비가 없을 리 있겠소."

"선비님은 참 잘두 아시네."

동욱이는 자기의 부끄러운 점이 드러나 그만 머리를 긁는 수밖에 없었다.

"그렇다면 행수님과 좋아하는 색시두 있겠구만요?"

"그게 말입니다. 있다구 해야 할지 없다구 해야 할지 나두 모르게 알쏭달쏭하답니다."

여전히 부끄러워하는 얼굴이었다.

"있으면 있고 없으면 없지, 알쏭달쏭하다는 건 또 무슨 소리요?"

"우리 금부의 도사(都事)님에게 옥분이란 딸이 있는데, 요년이 어떤 때는 날 좋아하는 것 같고, 어떤 때는 날 싫어하는 것 같으니 하는 말이지요."

"아! 알았소. 그래서 일을 열심히 하는구먼요."

"뭐라구요?"

"말하자면 행수님은 그 옥분이한테 하루라도 빨리 장가를 들고 싶은 나머지 남들이 눈이 둥그레질 만한 일을 무엇이구 하나 해서 옥분이의 마음을 사 보겠다는 것이 아니요."

"정말 견뎌낼 재간이 없군요. 선비님한테는."

"그래서 오늘 밤도 기어이 내가 자는 곳을 알고 갈 생각으로 이렇게 따라오는 것이지요?"

히죽히죽 웃으면서 말하는 태근이는 말꼬리를 결국 이런 곳으로 돌렸다.

그러자 동욱이는 불시에 푸르락거리는 얼굴이 되며

"선비님은 날 그렇게도 못믿는단 말요. 그래 내가 선비님을 팔 놈이냐 말입니다. 지금까지 선비님이 날 그런 놈으로 생각했다면 울기라도 하고 싶어요."

진정으로 슬퍼진 얼굴이었다.

"행수님두 지금이야 그런 생각이 있겠소마는 내일 아침 눈을 비비면서 일어나 옥분이 얼굴이 떠오르면 혹시 그럴 생각을 하게 될지도 모른다는 것이지요."

"절대로 그런 일은 없어요."

"그렇다면 나도 안심하고 가서 자기로 하지요."

"가는 데가 어딘데요?"

"어디긴요. 행수님네 건넌방이지요."

"네?"

"싫다지야 않겠지요?"

시치미를 떼고 말하는 태근이었다.

"정말 당해 낼 도리가 없네요."

동욱이는 군말없이 항복해 버리는 얼굴이었다.

이 때 태근이가 동욱이의 옆구리를 쿡 찔러

"이번엔 정신 차려요."

문득 보니 저쪽 느티나무 밑에 너울을 쓴 아가씨가 하나 서 있었다.

"이번에두 내가 놓치겠어요. 염려없어요."

동욱이는 급기야 달려갈 태세로 긴장한 얼굴이 되었다.

"그렇게 덤빌 것 없이 여자가 어쩌나 여기서 숨어 좀 살핍시다."

"살필 필요가 뭐예요. 보나마나 먼저 본 여자가 틀림이 없는데요."

"먼저 여자에겐 젊은 사나이가 둘이나 따르고 있었는데 저 여잔 혼자가 아니요?"

"선비님은 그 여자가 왜 혼자라는 것을 모르겠소?"

"그걸 보니 다른 여자 같단 말요."

"선비님같이 머리가 좋은 분이 그걸 모르다니 그거야 뻔한 것 아닙니까. 두 젊은 녀석은 어디로 도둑질을 하러 들어간 것이고 저 아가씬 저기서 망을 보고 있는 것 아니요. 그래서 일부러 누구를 기다리는 것처럼 저렇게 저 아가씨가 서성거리고 서 있는 것이지요."

동욱이는 범인을 잡는데는 역시 자기가 한수 위라는 듯이 말했다.

"그런 것 같기도 하기는 하지만……"

그러면서도 태근이는 자기대로의 또 딴 생각을 하고 있는 모양이었다. 동욱이는 그것이 답답하다는 듯이

"글쎄 내 생각에 틀림없습니다. 여기서 어물거릴 필요가 없이 빨리 가서 저 계집애의 머리채를 그러잡고 볼 일이에요."

하고 그곳으로 분주히 달려가려는 것을 태근이가 붙잡고서

"그렇게 덤비지 말구 잠자코 내가 어떻게 하나 봐요."

"볼 것이 뭐 있어요. 가서 붙잡으면 될 일인데."

"그렇게 화난 무서운 얼굴로 보지 말구요. 그런 얼굴을 하면 저 아가씨가 놀랄 테니."

"그렇게 곱게 다룰 필요가 뭐 있어요?"

"하여튼 내가 하라는 대로만 하고 따라와요."

태근이는 걸음을 급히 걷는 일도 없이 아주 자연스럽게 그녀가 서 있는 앞을 지나가다가 문득 눈에 띈 듯이 걸음을 멈추고서

"아가씨 실례지만 어떤 일로 여기 서 있어요? 혹시 누구를 기다리는가요?"

하고 부드럽게 물었다. 그 아가씨는 그들이 잠자코 지나가기를 기다렸던 모양으로 태근이에게 당황한 고개를 푹 숙이면서 반대쪽으로 몸을 돌렸다.

"제가 보기에는 무슨 걱정이라도 있는 것 같은데……."

"……."

"나는 정의를 사랑하는 사람인 만큼 아가씨를 도와달라면 도와드리겠습니다. 그럴 필요가 없다면 그대로 지나가겠습니다만."

태근이는 정말 그대로 지나가려고 했다.

(아니 선비님이 미쳤나? 어쩌자구 그대로 지나가겠다는 거야?)

뒤에서 따라오던 동욱이가 이런 생각이 번지던 그 순간에 아가씨가 문득 고개를 들어

"저저…… 이것 봐요."

하고 찾고서는 다시금 고개를 숙였다.

"이야기가 있습니까?"

태근이는 가던 걸음을 되돌아섰다.

"저저……."

여전히 고개를 숙이고 있는 아가씨는 가슴이 설레는 때문인지 제대로 입을 열지 못하고 있다가 급기야 얼굴을 번쩍 들어 너울을 헤치며

"저어 저…… 저를 몰라보겠어요?"

그 순간 태근이는 뒤로 넘어질 듯이 움쳤다.

그것이 달빛에 너무 분명히 드러난 은실이의 얼굴이었기 때문이었다.

하고 싶은 말이 너무나도 많을 텐데 말문이 꽉 막혀버렸는지도 모르겠다.

태근이와 은실이도 그런 모양이었다. 그들은 멍멍하니 서로 얼굴만 쳐다보고 있었다. 달빛에 드러난 얼굴을—그렇게도 보고 싶던 얼굴을—그러나 그것도 잠시동안이고 은실이는 다시금 고개를 숙이고 말았다. 그들은 여전히 말이 없었다. 그래도 가슴 속에서 무엇인가 들끓고 있는 것만은 분명했다. 달빛에 밀린 나무들의 어지러운 그림자가 그들을 싸안은 채 바람을 따라 스물거리는 것처럼 그들의 가슴에도 무엇인가 스물거리고 있는 것은 확실했다. 그것은 태근이의 뜨거운 눈길을 보아도 알 수 있었고 달빛에도 드러나게끔 빨개진 은실이의 얼굴을 보아도 알 수가 있었다.

이런 광경을 옆에서 보고 동욱이는 처음엔 무슨 영문인지 몰라 눈이 퀭해졌다. 그러나 눈치채고 나서는 그들과 반대쪽으로 급히 몸을 돌리며 자기도 모르게 휘파람이 나오고 말았다.

(저 친구는 여기서 저 아가씨와 만나자고 약속하고서 나를 공연히 끌고 온 것이 아닌가?)

이런 생각을 하고 있는데 태근이가 그의 옆으로 와서

"행수님 빨리 구리개 언덕으로 올라가 봐요. 저 아가씨가 빠져나온 집이 있을 테니."

"저 아가씨가 누군데요?"

"그건 차차 이야기로 하고 오늘밤 나를 좀 도와줘요. 난 저 아가씨를 데리고 저동 다리목에 가서 기다리고 있을 테니."

"알겠소."

동욱이는 급기야 구리개 언덕을 향해 뛰었다. 양반집들이 있는 언덕까지는 그곳서 반마장도 못되는 길이었다.

(도대체 그 친구는 어떻게 그 아가씨가 이 양반촌에서 빠져나온 것을 알고 있는가. 모름지기 그 아가씨와 줄행랑을 칠 생각인 모양이야. 그래서 그곳에서 만날 약속을 한 것이지. 그건 틀림없어. 나를 끌고 온 것도 분명 그 때문이야. 그 친구두 혼자선 좀 켕기는 데가 있으니 끌고 온 것이지. 그렇지 않고서야 광교까지 갔던 길을 이곳으로 되돌아올 리도 없는 일이 아니야. 더욱이 그 아가씨가 이런 밤중에 그 느티나무 밑에 혼자서 서성거리며 서 있을 리가 없지. 그러니 결국 나는 그들에게 이용을 당한 셈 아닌가?)

그러나 그는 그것이 조금도 억울하다는 생각은 들지가 않았다. 그와는 반대로 기쁘둥한 마음이었다. 자기도 그만한 생각을 하는 것을 보니 결코 돌대가리는 아니라는 자신이 생겼기 때문이었다.

(그 친구두 뭐라구 어쩌느니 떠들어대두 여자에 대한 일은 어쩔 수 없는 모양이지)

그는 혼자서 싱글싱글 웃어댔다. 자기에게도 옥분이가 있다는 것을 생각했기 때문이었다. 그러면서 달빛이 환하게 길을 밝히는 언덕을 올라가다가 문득 걸음을 멈췄다.

(줄행랑을 치는 그들이라면 그녀가 빠져나온 집을 무슨 필요가 있어 알아봐 달라는 것인가?)

동욱이는 고개를 비틀어댔다.

(그녀가 도망쳐 나왔으니 반드시 뒤따르는 자들이 있을 것을 미리 생각하고 자기보고 막아달라는 것인가?)

역시 자기는 이용을 당하는 모양이라고 생각하며 담모퉁이를 돌았을 때 거기서 얼마 떨어지지 않은 곳에 쪽문이 반쯤 열린 것이 눈에 띄었다.

(그 아가씬 분명 이 집에서 나온 것이 틀림없어)

그 집은 김재찬의 부친이 있던 곳으로 그가 돌아간 후로는 비어둔 채 가끔 그 집의 손님들이 자는 집이었다. 사랑채 앞에는 청림당(淸林堂)이라는 협판이 걸려 있어 근처 사람들은 모두가 그 집을 청림당이라고 불렀다.

재상의 집은 순교들이 말없이 들어갈 수는 없는 일이었으나 어떻게서든지 자기 수완을 보이겠다는 공명심에 끓고 있다 보니 그런 것을 생각할 여유가 없었다.

그는 약간 가슴을 울렁거려가며 쪽문을 밀고 뜰 안으로 들어섰다. 청림당이란 이름 그대로 뜰 안에는 달빛을 받은 노목들이 가득 차 있었다. 그 그림자를 밟으며 그는 사랑방 앞까지 갔다. 그곳에서 불빛이 흘러 나왔기 때문이었다.

(혹시 들키는 일이 있더라도 이 집의 아가씨가 어느 놈팽이하고 달아나는 것 같아서 그걸 알리려고 왔다면 그뿐이지 걱정이 뭐야)

그 뒤로 있는 안방은 그곳서 아주 멀었지만 그곳에도 사람은 있는 모양으로 나무 사이로 불빛이 반짝이는 것이 보였다.

사랑방 안에서는 사람들의 웅성거리는 소리가 들려나왔다.

(그것봐, 내 생각대로 무슨 일이 있는 모양이야)

그는 거기서 들려나오는 말소리를 듣기 위해서 좀더 가까이 갔다. 바로 그때 누가 뒤에서 목을 껴안으며 소리를 지를 수 없게 입을 틀어막았다.

"잠자코 있어. 그렇지 않으면 이대로 목을 졸라 죽이고 말테다."

낮은 목소리면서도 세찬 소리였다.

"난 절대루 이상한 사람 아니니 목을 좀 놓구 이야기해요."

"순찰하던 순교 녀석이지?"

"네."

"뭣하러 여길 들어왔어?"

"쪽문이 열려져 있기에 그걸 알려주려고 들어 왔어요."

"뭐 쪽문이 열려져 있다구?"

"네. 문 거는 것을 혹시 잊었는가 해서요"

"정말인가?"

"그렇지 않고야 어떻게 제가 감히 재상의 댁에 들어오겠습니까?"

"하여튼 저리로 올라가자."

그 사나이는 동욱이의 목을 껴안은 채로 사랑방으로 올라가는 돌구름 다리로 끌고 올라갔다.

"누구야?"

방안에서 여자의 목소리가 났다.

"춘삼입니다. 깔대기(巡校)가 들어왔는데 어떻게 할까요?"

"깔대기가?"

"네."

"가만 있어요. 내 나갈테니."

잠시 후에 방안의 불이 꺼지며 미닫이가 열렸다.

(아니 저 여자가?)

하반신에 달빛을 받으며 마루 위에 나선 그 여자를 보고 동욱이는 깜짝 놀랐다. 바로 전에 느티나무 밑에서 태근이와 같이 본 그 여자라고 생각했기 때문이었다.

(아니 저 여자가 어떻게?)

동욱이는 무엇에 홀린 것만 같아 몇 번인가 눈을 껌벅였다. 그리고 다시 보니 처음 구리개고개에서 두 젊은이와 함께 서 있던 아가씨 같기도 했다.

(그렇다 해도 어떻게 두 아가씨가 이렇게도 같을 수가 있을까?)

곱단이는 잠시 동안 동욱이의 얼굴을 보고 있다가

"아! 아까 젊은 선비와 함께 걷던 사나이군요."

하고 알겠다는 듯이 고개를 끄덕였다.

"이 친군 순을 돌다가 쪽문이 열려진 것을 보고 알려주려고 들어온 모양인데 어떻게 처리할까요."

동욱이의 목을 껴안은 사나이가 곱단이에게 물었다.

"글세, 어떻게 했으면 좋을까?"

곱단이는 잠시 동욱이의 얼굴을 다시 한 번 더 보고 나서

"하여튼 묶어 놓게나."

하고 말을 던지고서는 아랫방으로 내려갔다.

곱단이 부하에게 꽁꽁 묶이면서 동욱이는 대단한 여도둑에게 걸려든 모양이라고 생각했다. 그렇다고 무서운 생각이 드는 것은 아니었다. 도둑을 잡을 수 있는 기회를 얻었다는 기쁨이 가슴 속에서 들끓었다.

"기다리게 해서 대단히 미안하게 됐는데요."

아랫방으로 내려간 곱단이는 빈정대는 말을 했다.

불을 껐기 때문에 처음엔 잘 보이지 않아 몰랐지만 그 아랫방엔 동욱이처럼 꽁꽁 묶인 사나이가 고개를 푹 숙이고 있었다.

곱단이는 계속해서

"지금도 이야기했지만 당신 아버지 김달수(金達洙)라는 자는 십년 전에 서울과 평안도를 내왕하면서 피물장수를 하던 때 신유사옥을 만나 희천(熙川) 근방에 숨어 있던 천주교도를 밀고해 주고서 그들이 갖고 있던 수만 냥의 돈을 횡령한 악마랍니다. 그리고선 그 돈으로 무엇을 한지 알아요? 황주에서 객줏집을 합네 하고 지독한 땅변놀이를 했지요. 그래서 지금은 수만 냥의 거부가 되어갖고서 이 앞집에 사는 김재찬 판서를 통해 군수 자리 하나를 사 보겠다고 자기 아들인 당신을 서울로 올려보낸 것이지요?"

이 말에 동욱이는 어리벙벙해지고 말았다. 이 아가씨의 말이 사실이라면 자기가 생각했던 것과는 아주 반대로 죄를 진 사람은 묶인 사내 편이 되는 것 같았기 때문이었다.

"내 말을 듣는 거요? 황주 부호의 둘째아드님 김인호 양반, 당시 아버지 때문에 죽은 것은 내 아버지와 어머니와 오빠 그리고 우리집에 있던 사람까지 일곱 명, 아니 실상은 내 동생과 나도 그때에 이미 죽었던 몸이므로 우리 가족만도 아홉이랍니다. 그 통에도 죽지 않고 요행히 살아난 나는 그때부터 복수의 귀신이 됐지요. 여기 있는 우리 패당들은 모두가 그 때 당신 아버지 때문에 횡사한 혈족들이요. 당신의 아버지 김달수는 말할 것도 없고 당신 형과 당신, 그리고 당신 아버지의 앞잡이 노릇하는 이서구 이 몇 녀석은 반드시 우리 손으로 지부황천에 떨어뜨리고 말테요. 앞으로 일 년 동안 우리들의 원한이 얼마나 무서운 것이라는 것을 두고 봐요."

곱단이는 이런 무서운 말을 하면서도 조금도 흥분하는 기색은 없이 담담하게 말했다.

묶인 인호는 어둠에 가려져 잘 볼 수는 없었으나 극도로 질려 뭐라고 입을 열 기력도 없는 모양이었다.

"당신네들두 당신 아버지가 그렇게 악하게 번 돈으로 지금까지 그만큼 잘 살았으면 억울할 건 조금도 없겠지요. 그 돈으로 남 먹지 못하는 것도 먹었고 남 못하는 계집질도 했을 테니 말요. 그러나 이제부터는 그렇게 마음대로는 살 수가 없을 것이요. 오늘은 우선 당신 아버지 벼슬을 사기 위해서 갖고 온 돈을 우리가 가져가겠어요. 우리가 복수를 시작했다는 표시로서요. 알겠지요?"

곱단이의 입술에서는 차가우면서도 여유 있는 웃음이 흘렀다.

(이 녀석아, 정신을 바싹 차려. 네가 출세할 기회가 온 거야)

동욱이는 이런 생각이 급기야 머릿속에서 번개가 침을 느꼈다.

하여튼 이것이 큰 사건인 것만은 틀림없다. 황주의 큰 부자 김달수가 십 년 전 피신 간 천주교도들을 죽이고 그 재산을 모두 횡령했다.

그때에 요행히 죽지 않고 살아난 천주교 신자의 딸이 그때의 유족들을 모아 갖고서 이번에는 김달수 일가를 몰살시키는 복수를 하려고 한다. 그것이 오늘 비로소 시작이 되는 모양이다. 그런데 이 여도둑이 그때에 죽지 않고 산 것은 자기와 자기 동생이라는데 느티나무 밑에 서 있던 아가씨는 이 여도둑의 동생인지도 모른다. 동생이 아니고서 그렇게도 같을 수 있는 일인가. 그렇다면 그 선비님은 이들과 어떤 관계인가. 그가 서학이 어쩌느니 하고 떠벌리는 것을 보면 이들과 한 패거리일지도 모른다.

(그러나 느티나무 밑에 서 있던 그 아가씨와 선비님은 확실히 우연히 만나는 꼴이 아니었던가. 만일 줄행랑이라도 칠 약속이었다면 내가 있건 없건 만나는 즉시로 달아날 차비를 할 텐데)

동욱이는 생각할수록 알 수 없는 일이 많았다.

(이 녀석아, 정말 정신을 똑바루 차려요. 이 일을 놓쳤다간 옥분이두 놓쳐버리고 마는 판인데)

이 때에 밖에서 사나이 하나가 또 들어왔다.

"곱단 아씨, 돈은 부대에 모두 넣었습니다."

무릎을 꿇고 낮은 목소리로 말했다.

"그래요─그럼 천천히 가보기로 하지요."

곱단이는 여유 있게 말을 받고 나서 싸늘한 얼굴을 인호에게 돌려

"오늘은 이대로 가겠소. 그렇지만 당신들의 목숨은 일 년 안에 없어지리라는 것을 당신 아버지나 형에게두 이야기 해줘요. 그것이 경우에 따라서는 내일이 될지 모래가 될지도 모른답니다."

하고 나가려고 하자

"잠깐만, 제 말 한 마디만 듣고 가요."

인호가 급기야 입을 열었다.

"무슨 말을요?"

"전 제 아버지의 벼슬을 사기 위해서 돈을 갖고 올라왔던 것은 아닙니다."

"그렇다면?"

"어떤 여자를 찾으러 온 것입니다."

"어떤 여자를?"

"얼굴 모습이 수령님과 비슷한 여자였습니다."

"나와 비슷하다구?"

곱단이는 머리에 떠오르는 것이 있는 대로 눈을 번득여 다음 말을 기다렸다.

"수령님이 이곳에 들어오는 것을 보고는 그 여자가 들어오는 줄만 알았습니다. 그만큼 그 여자의 얼굴과 수령님의 얼굴이 비슷합니다."

"그 여잔 지금 어디 있는데?"

"어디 있는지는 알지 못하지만 인정시각이 되면 이곳에 오기로 되어 있습니다."

"어떻게 이곳에 오기로 돼 있어요?"

"김재찬의 비장인 이서구가 돈 오천 냥만 주면 데리고 온다는 약속을 했습니다. 그래서 제가 아는 경저리한테 돈을 얻어다 놓고 기다리고 있던 중입니다."

"그러나 인정시각은 이미 지나지 않았어요?"

"그자는 요즘 미쳐다니는 기생이 있어 돈이 필요하므로 꼭 오리라고 생각합니다. 제가 기다리는 그 여자가 혹시 수령님의 동생이 아닌가 해서……."

그러나 곱단이는 그런 말은 모른 척하고

"그 여자와 당신은 무슨 약속이 있어요?"

"같이 산다는 약속이 있었지요."

인호도 이 말만은 얼굴을 번쩍 들며 말했다.

"그래두 그 아가씬 이곳에 오지 않을 것입니다."

윗간에서 그들의 말을 듣고 있던 동욱이는 생각 없이 이런 말을 하고서는 '아차'했다.

(무슨 필요가 있어서 이런 말을 지껄였는가?)

그러나 한번 뱉은 말은 담을 수는 없는 일.

"그건 어떻게 아오?"

곱단이가 급기야 동욱이 옆으로 오면서 물었다.

"……."

동욱이가 뭐라고 대답해야 할지 모르고 있자

"이사람 갑자기 벙어리가 됐나, 왜 말이 없어?"

"금방 들은 사람이 귀머거리가 될 리야 없지 않습니까?"

"그러면 말을 해야지."

"보았어요."

"누구를?"

곱단이는 그 뜻을 모르는 것도 아니면서 물었다.

"여기 온다는 그 아가씨 말이지요. 언덕 밑에서 누구를 기다리고 서 있는 걸."

"역시 누구를 기다리고 있어?"

"저와 동행이던 그 선비님을 기다리고 있은 모양이더군요."

"그 선비님이 누군데?"

"옛날 내 가슴앓이를 고쳐준 사람인데 서학을 하는 사람입니다."

"서학하는 그런 사람과 어떻게 동행이 되었소?"

"노상에서 우연히 만났어요."

"우연히 만난 것이 아니라, 당신이 뒤를 따르다보니 아는 사람이었겠지요."

동욱이는 이 아가씨도 보통 머리가 아니라고 생각하며

"절대로 뒤를 따른 것이 아닙니다."

"뭐가 아니에요. 그 선비는 알기도 알려니와 또 행수의 힘으로써는 당해 낼 도리가 없으니 그 아가씨가 도망쳐 나온 집을 찾아가 알려주고서 그들을 잡자는 것이 결국 이곳에 들어온 것이겠지요."

이런 말에 잘못 대답했다가는 큰 결딴날 판이라고 동욱이는 또 생각하여

"그 아가씨가 나온 집을 알아보라는 것은 그 선비님입니다. 그분은 머리가 비상한 분입니다."

하고 사실대로 말했다.

"그 선비가 머리가 비상하다니 어떻게 비상하단 거요?"

"구리재 고개에서 아까 우리들이 만나지 않았어요. 그때 내가 그냥 지나치니까 그런 머리 갖고서는 밤낮 행수노릇이나 해 먹는다는 걸요."

"왜?"

"그 선비님은 두목의 일행을 첫눈으로 보고서도 수상한 패거리라는 것을 아니 말이지요."

"어떻게?"

"사람을 경계하는 눈이 다르다는 것이지요."

"흠."

"그럼 도둑이냐고 묻자 그것은 아니지만 하여튼 뒤를 따라가면 무슨 사건이 반드시 있을 거라는 거지요. 그래서 왜 진작 그걸 알려주질 않았느냐고 화를 냈더니 더 큰 도둑을 잡아준다는 거 아니겠

어요."

"더 큰 도둑을 잡겠다는 게 결국 여기 들어와서 묶인 노릇이구 먼요."

"그런 말 말아요. 전 사람을 묶는 사람이지 묶이는 사람은 아닙 니다."

"묶여 보기도 해야 묶이는 사람의 심정도 아는 거랍니다."

하고 곱단이는 말하고 나서

"하여튼 그 선비를 다시 만나거던 내일 밤 술시정(저녁 8시)에 수 표교 다리에 와 보라구 전해줘요."

하고 말한 후 곱단이는 나가다가 무슨 생각인지 다시 들어와서 동욱이 면상에 팔곱세기를 먹여댔다.

—그때

태근이와 은실이는 어깨를 같이하고 달빛을 받으면서 천천히 구리 개 언덕을 넘고 있었다.

태근이는 소기에서 헤어진 이후로 은실이가 겪은 고생 이야기를 듣고 나서는 그것이 모두가 자기의 책임만 같은 생각이 들었다.

"사실 그땐 은실이와 서울을 같이 가게 되면 무엇보다도 은실이를 불행하게 할 것 같은 생각이 들었기 때문에 ……."

"어째서요?"

은실이는 분주히 눈을 쳐들어 반짝였다.

"내가 할 일이 너무나도 많다고 생각한 거야. 그 일들을 하기 위해 서는 은실이를 도저히 행복하게 할 수는 없다고 생각했기 때문에."

"그렇게도 저를 아껴준 뜻은 고마워요. 그러나……."

은실이는 다음 말을 잇지 못하고 다시금 고개를 숙이고 말았다.

(우리들은 이미 그런 문제를 넘어선 사이가 아닐까요, 당신이 해야 할 일은 나도 해야 할 일, 당신이 위험한 일을 당하면 나도 같이 당해

야 할 일)

은실이는 이런 생각이 가슴에 꽉 차 있으면서도 입을 열어 말할 수 없는 것이 안타까웠다.

"은실이가 이재운 스승의 따님이라는 것을 알았더라도 그때 생각을 달리 했을는지도 모를 일이야."

태근이는 은실이를 혼자 보냈던 일이 여전히 민망한 모양이었다.

"그렇다면 그때 오라버니 눈엔 제가 오라버니 일을 전혀 이해하지 못할 여자로 보였던가 보지요?"

"그런 것은 아니지."

"그럼 왜요?"

"그 반대루 은실이가 내 옆에 있으면 내가 일을 제대로 하지 못 할 것만 같은 생각이 들었던 거지."

"그건 또 무슨 말이에요?"

"은실이가 너무나도 예쁘기 때문에……."

농담만도 아닌 태근의 진심에서 나온 말이었다.

"정말이에요?"

은실이도 역시 웃는 말로 대할 여유가 없었다.

"하여튼 나는 은실이를 아까 처음 봤을 때 가슴이 터지는 것 같았어."

"그건 저도 마찬가지였어요."

"은실이!"

태근이는 갑자기 쉰 목소리가 되었다.

"네!"

"지금 내가 뭘 생각하며 걷고 있는지 알아?"

"……."

(정말 그는 무엇을 생각하고 있을까?)

은실이는 태근이에게서 눈을 돌려 휘황찬란한 달을 쳐다봤다. 불을 뱉는 듯한 태근이의 눈길을 그대로 보고 있기가 가슴이 떨리기 때문이었다.

"다시는 내 품에서 은실이를 놔주지 않을 생각이야."

태근이는 은실이를 자기 품으로 끌어안았다.

(분명 이분이야 이분, 그날 밤 내 방에 들어왔던 이는)

"그러나 오라버닌 내일이라도 무슨 일이 있으면 나를 버리고 그리로 달아나겠지요."

"절대루."

"그래두 좋아요. 이번엔 내가 오라버닐 놓치지 않고 따라갈 생각이니."

길은 내림받이가 되어 드디어 은실이가 지금까지 있던 김재찬네 대문 앞에 이르렀다.

"바루 이 집이지? 은실이가 잡혀 있던 김재찬의 집⋯⋯."

태근이는 담장 위로 노목들이 뻗어올라간 것을 쳐다보며 말했다.

"어떻게 이 집을 잘 아세요?"

"어렸을 때 나도 이 집을 매일같이 드나들며 놀았지."

"그럼 김재찬이란 이 집 주인을 잘 아세요?"

"알다뿐이야, 한 때는 둘도 없는 친구였어."

"그래요?"

은실이는 믿겨지지 않는다는 얼굴이었다.

"왜 그런 얼굴이야?"

"어렸을 때 놀던 동무가 지금엔 너무나도 달라졌으니 말요."

"달라졌지, 하나는 나라살림을 자기 손에 넣고서 마음대로 뜯어먹는 호조판서, 또 하나는 금부 나졸들에게 쫓기는 신세가 된 초라한 방랑객."

"그래두 난 그 초라한 방랑객이 더 좋은 걸 어떻게 해요."

은실이는 태근이의 가슴을 파고들었다.

"은실이!"

"네."

"은실이는 정말 그렇게 나를 생각하는가?"

"하여튼 난 오라버니 품을 잠시도 떠나지 않을 생각이에요."

"그렇다면 나를 오라버니라고 부르는 것도 쑥스럽지 않아?"

"그럼 뭐라고 불러야 해요?"

"그것 있잖아, 우리가 서울까지 부부가 되기로 약속하고 은실이가 나를 부르던 말."

"참, 그때 뭐라고 불렀던가요?"

은실이는 딴청을 댔다.

"은실이는 그렇게도 기억력이 나쁜가, 난 그렇게 생각지는 않았네."

"그건 저두 마찬가지예요. 난 오라버닌 머리가 아주 좋은 분이라고 생각했는데,"

"그걸 내가 먼저 생각하면은 이보다는 머리가 좋은 편이겠구만."

"물론이지요."

"뭐라구 불렀나?"

생각하는 척하는 태근이는 여전히 당신이란 말이 쑥 나오지가 않았다.

"정말 뭐라고 불렀어요?"

은실이도 마찬가지였다.

"그러나 오늘 밤으론 그 말을 꼭 생각하고야 말지."

태근이는 결국 이런 말을 하고 나서는

"그런데 이재찬네 집에 온 것이 언제야?"

하고 담장 위의 노목들을 다시금 쳐다보며 물었다.

"제가 명적(名籍)을 훔치기 위해서 봉물짐을 따라 서울에 올라온 후 쭉 이집에 있었지요."

"그러면 재찬이는 그때부터 은실이에게 이상한 눈길을 주고 있었나?"

"그런 것도 아니에요."

은실이는 지금과도 달리 얼굴이 빨개졌다.

"그럼?"

"처음엔 저를 임금의 봉물로 바칠 생각이었던 모양이에요. 그래서 저한테 서화와 가무 같은 걸 배우게 한 것이겠지요."

"그런 생각이었던 것이 결국 은실이 미모에 그만……."

"……."

"알 수 있는 일이지, 알 수 있는 일이야."

태근이가 혼잣말처럼 중얼거리자

"뭐가 알 수 있는 일이에요."

태근이 가슴에 얼굴을 묻고 있던 은실이는 노여운 듯이 고개를 버쩍 들었다.

"제아무리 점잖을 빼는 호조판서 김재찬이라 해도 은실이의 미모 앞에서는 한갓 비굴한 사나이라는 것을……."

태근이는 뾰로통한 은실이가 귀여워 견딜 수가 없다는 얼굴이었다.

"그렇다고 오라버니가 여자에 대해서 결백하다는 것도 결코 자랑은 못되는 거예요."

은실이도 이제는 빈정대는 여유를 가질 수 있는 모양이었다.

"그건 내가 여자에게 결백한 것이 아니라 정열이 부족한 때문이겠지."

"오라버니의 정열은 아주 귀한 것이니까요. 한 여자에게나 바치기에는 너무나도 귀중한……."

"지금 와서 은실에게 그런 놀림을 받아도 별 수 없게 됐지, 서울에 와서 실제로 일을 한 건 은실이었으니."

"제가 한 일이 뭐 있다구요?"

"동지들 이름이 기록된 명적을 없앤 일보다 더 큰일이 어디 있어?"

"그건 재찬이 자기 손으로 불태운 것이지요."

"자기 손으로 불태우다니?"

태근이는 의아스러운 눈으로 물었다.

"물론 내 환심을 사기 위해서 그런 연극을 한 것도 사실이지만……."

"그런데 또?"

"실상은 그 명적에 자기 일가가 있은 모양이에요. 그러니 만일 그것이 드러나면 자기 처세에도 불리하겠으니."

"그걸 어떻게 알았어?"

"그 집에 겸인으로 있는 박일웅에게 들었어요."

"천주교 신도로서 변절한 그 사나이?"

"오라버니도 잘 아시는구면요."

"그런 사나이가 은실이에게 그 말을 해줄 리는 없는데……."

태근이는 이번에도 알 수 없다는 듯이 혼자서 생각에 젖어 있다.

"그렇다면 일웅이가 은실에게 딴 생각을 품고 있는 것은 아닌가?"

"거야 그런 생각인지도 모르지요. 임자 없던 꽃인 걸요. 그런 꽃을 꺾고 싶지 않을 사람이 있겠어요."

은실아는 부러 새침을 뗐다.

"흐음!"

태근이가 그런 연극에 넘어가서 심각한 얼굴이 되자,

"뭐가 또 '흐음'이에요. 그 사람은 화동에 열을 올리고 있는 기생이 있는 사람이에요.”

“그래두 은실이 앞에선 화동 기생이 문제되지 않겠지.”

“하기는 그 사람은 오라버니처럼 비싼 정을 가진 사람은 아니니까 그럴는지도 모르지요.”

은실이는 여전히 빈정댔다.

“그렇지 않구선 그 사람이 은실에게 친절할 이유가 없으니 말야.”

“그렇다구 그 때문이라구 생각할 이유도 없지 않아요?”

“그렇기두 하구만.”

“하여튼 그 사람은 그 집에서 누구보다도 내편 들어 준 사람이에요. 오늘밤 내가 그 집에서 빠져나오게 된 것도 그 사람의 도움인 걸요.”

“그 사람이 어떻게?”

“……오늘 밤 전 종으로 팔리는 몸이었어요.”

“종으로 팔리다니?”

“재찬이가 나를 종으로 팔려는 것이었지요. 자기 말을 끝내 듣지 않는 복수로서요.”

“흐음!”

“나를 사러온 사람이 임청당 사랑방에서 기다리고 있는 모양이에요.”

참으로 놀라운 말이었다.

“적(籍)에도 없는 종을 어떻게 종을 만들어 파는 거야?”

태근이는 분에 찬 얼굴로 말했다.

“상놈도 돈만 주면 마음대로 향교에 넣어 양반 만드는 세상인데 양반을 종으로 못만들 리 있겠어요. 그야 더 쉬운 일이지요.”

은실이는 남의 이야기처럼 말했다.

“그렇지, 더욱이나 김재찬은 호적단자쯤은 마음대로 고칠 수 있는 호조판서라……."

"참으로 무서운 사람이에요. 그래도 한 나라의 대신이란 사람이 어떻게 그렇게도 비열한 생각을 할 수 있겠어요."

"사람이란 탐욕에 빠지게 되면 생각하는 것두 그런 비열한 생각밖에 못하는 모양이지."

"그 말을 듣고서 제 마음이 어떠했겠어요?"

"그걸 알려준 사람이 바루 박일웅인가?"

"네, 그 사람이 내가 갇혀 있는 방의 열쇠를 열고 들어와서 김인호라는 사람을 아느냐고 묻지 않아요. 그 김인호라는 사람은 황주의 부호 김달수 둘째아들인데 나를 못살게 따라다니던 주책없는 사나이지요. 그래서 그런 사나이라고 대답하자 그는 알겠다고 고개를 끄덕이며 혼자서 무엇을 잠시 생각하고 있다가 하여튼 나가자고 하지 않겠어요. 그래서 따라 나갔더니 뒷뜰에 난 쪽문을 열고 청림당으로 데리고 가더군요. 그러고는 지금 저 사랑방에서 기다리고 있는 김인호란 사나이에게 재찬이가 은실이를 종으로 팔 생각으로 나보고 데려다 주라고 했는데 빨리 여기서 도망치라는 것이지요."

"그렇게 도망치게 하고서 자기는 어떻게 할 생각으로?"

"그렇기 말이에요. 뒷일이 걱정되지 않느냐고 물었더니 그런 걱정은 안해두 좋으나 절대루 남에겐 이야기하지 말라고 당부하고서는 자기는 다시금 들어온 쪽문으로 달아나더군요."

"그래서?"

"그래서 난 가슴을 울렁거리면서 빨리 이곳을 달아나야겠다고 생각하고 있는데 너울을 쓴 여자 하나와 사나이 둘이 담을 넘어 오는 것이 나무 사이로 보이지 않아요. 그것을 보고 기겁을 한 채 뒤도 돌아보지 않고 쪽문으로 도망쳐온 거애요."

"그렇다면 은실이는 그 여자의 얼굴을 분명히 볼 수 없었겠구."

"어떻게 봐요. 그렇지 않아도 오금이 저려 볼 수가 없었는데."

그 일을 다시금 생각하며 은실이는 새삼스럽게 몸을 떨어댔다.

"흐음."

태근이는 가슴에 무엇이 짚이는 것이 있는대로 숨을 길게 쉬고 나서

"그리고서 그 느티나무 밑으로 왔나?"

"네, 그곳까지 단숨으로요."

"그곳에 와서는 왜 서성거리고 서 있었어?"

"그곳까지 와서는 어디로 가야 할지 몰라서요."

"정말 도망쳐 나와서도 은실이는 갈 곳이 없었겠구먼."

"정말 당황했어요."

"서울엔 그렇게두 친척이 없었나?"

"언니가 찾아오라는 집은 있었지만, 이렇게 밤이 늦었는데 서울 지리도 모르는 제가 어떻게 찾아가겠어요."

은실이는 이런 뜻에서 태근이를 만난 것이 천만다행이었던 모양이었다.

"인정시각도 지났는데 노상에서 어물거리다 순교라도 만나면 큰일 날 일이지, 그런데 언니가 찾아오라는 집은 어딘데?"

"훈도동이래요."

"훈도동이라면 내가 사는 동네구만."

"그래요? 거긴 누구랑 같이 있어요?"

"서울 오면서 동행이 됐던 덕보와……."

"네, 덕보와?"

갑자기 기겁을 하는 은실이었다.

"덕보와 같이 있다는데 왜 그런 얼굴이야?"

태근이는 은실이를 돌아다보며 물었다.

"아무 것도 아니에요. 그 사람의 험상궂은 얼굴이 생각나서요."

말은 그렇게 하면서도 은실이는 붉어진 얼굴을 분주히 숙였다.

"그래도 그 사람은 은실이 보면 몹시 반가워할텐데……."

"무슨 일로요?"

"지금두 은실이의 예쁜 얼굴을 잊지 않구 이야기하는 걸……."

"그런 말 그만둬요. 치떨려요."

"얼굴은 그래두 속까지 험상궂은 사람은 아니야."

은실이의 마음은 아랑곳도 하지 않는 태근이었다.

"그럼 거기로 지금 가는 거예요?"

"거기밖에 갈 곳이 없잖아?"

"거긴 싫어요."

은실이는 당황한 얼굴을 그대로 쳐들었다.

"왜?"

그러나 그 대답은 하지 않고

"그 사람이 없는 곳이라면 아무데도 좋으니 오늘 밤만은 딴 곳에서 자요."

"그러지."

태근이는 자기대로 또 무엇을 생각한 모양으로 간단히 대답하고서는

"은실이, 여기서 잠깐만 기다리고 있겠어?"

하고 물었다.

은실이는 갑자기 불안스러운 눈으로 주위를 둘러봤다.

그곳은 사람이 좀처럼 다니지를 않았고 때때로 길목지기가 나타나는 곳이므로 여자 혼자 있기에는 약간 불안스러운 곳이었다.

"덕보가 싫다면 나와 동행이던 그 친지의 집으로 가야겠는데 여태 오지 않으니 어떻게 된 모양이야. 무슨 일이라도 생기지 않은가

해서 가보고 싶은데?"

"그 사람은 누구예요?"

"금부에 있는 행순데 그렇게 나쁜 사람은 아니야."

"그런 사람을 따라가서 자두 괜찮아요?"

"그 점은 안심해요. 그런데 이 친구가 정말 왜 이렇게 늦어?"

"그 여도둑에게 잡힌 것 아니에요?"

"그렇지야 않겠지. 그래두 명색이 도둑을 잡는 행순데…… 아 저게 오는 모양이야."

그곳에서 바라다 보이는 구리개 고개로부터, 다리를 향하여 걸어오는 것이 모름지기 동욱인 모양이었다. 한눈을 움켜 쥐고서 절름거리며 오는 품이 아무래도 무슨 일을 당한 모양이었다.

"은실이, 잠깐 여기서 기다리고 있어."

태근이는 분주히 앞으로 뛰어갔다.

"행수님 어떻게 됐소?"

"아! 선비님."

바로 다리 한가운데서 만나게 되어 동욱이는 새하얗게 질린 얼굴을 찌푸리면서 문득 걸음을 멈췄다.

"어떻게 됐어요? 팔곱세기라도 먹은 모양이군."

"정말 혼이 났어요. 난 선비님두 다시는 못보고 죽는 줄만 알았어요."

동욱이는 멍이 든 눈을 커다랗게 굴리면서 말했다.

"차근차근히 이야기해봐요. 뭐가 어떻게 된 일인데요?"

"또 나타났어요. 우리가 구리개 고개에서 만난 도둑이."

"그건 나두 저 여자에게 들어 알구 있소만 그래 그 여도둑이 어떻게 합디까?"

"그런데 선비님은 그 여도둑이 단순한 도둑은 아니라고 했지요?

역시 선비님의 생각이 맞았어요. 정작 대해 보니 그렇더군요."

"어째서?"

"글쎄 말입니다. 청림당의 쪽문이 열려 있지 않겠어요. 그 여잔 분명 그리로 나온 것이라고 생각한 나는 그곳으로 들어갔다가 꼼짝을 못하고 그 여도둑 패거리에 잡혔지요. 그런데 그곳 사랑방에는 나보다 먼저 묶인 친구가 있지 않아요. 그 친군 황주 거부의 아들인 모양인데 그의 아버지가 십년 전 천주교 신자인 여도둑의 아버지를 죽이고 많은 돈을 횡령한 모양이에요. 여도둑은 그 복수를 하기 위해서 그 젊은 친구를 찾아왔다니 말요."

"대단한 여자로구먼."

"정말 대단한 여자예요. 혹 그런데 그 여도둑하고 저 여자가 신통하게도 얼굴이 비슷한 것을 보면 혹시 형제가 아닌지도 모르겠어요."

"얼굴이 비슷한 것은 그 두 여자가 모두 너울을 쓴 때문이 아닐까. 너울을 쓴 여자들은 얼굴이 대체로 비슷하게 보이기 마련이니."

"그럴까요?"

"그런데 행수님은 그 동안 어떻게 하고 있었어요?"

"물론 묶여 있었지요. 그러면서도 생각은 했지요. 저 여도둑이 천주교도의 딸이라니 나와 동행이던 선비님이 서학을 하는 사람이라면 나를 죽이지는 않을 것이라고요. 그래서 선비님 이야기를 했더니 내일 밤 술시정에 수표교로 오게 하라는 것이 아니겠어요."

"행수님의 이름은 묻지 않던가요?"

"왜 묻지 않겠어요. 묻기에 의금부에 있는 동욱이라고 사실대로 말했어요. 수상한 건 그 여도둑이지 난 조금도 수상한 사람이 아닌 이상 이름을 속일 필요는 없는 것 아니에요."

"거야 그렇지만."

태근이는 어이없는 대로 크게 웃었다.

"왜 그렇게 웃어요?"

"그렇지만 행수님은 황주의 김달수의 비밀을 알게 됐으니 그 편에서 또 죽인다고 할는지도 모르고 또 여도둑은 그들에게 복수하기 위해서는 그 비밀을 아는 행수님이 방해가 된다고 생각할지 모르지 않아요."

동욱이는 그만 얼굴이 새하얗게 질리고 말았다. 그 말을 듣고 나니 옳다고 생각되었기 때문이었다.

"그렇다면 여도둑이 내일 밤 수표교 다리에서 선비님을 만나자는 것도 해치울 그런 생각이 있어서가 아닌가요?"

동욱이는 목소리를 낮춰 말했다.

"그럴는지도 모르지요."

"그러나 날 해치울 생각이라면 묶어놨을 때 해치웠을 것 같은데 팔꿉세기만 먹여 정신을 잃게 하구 묶었던 것까지 풀어놓고 갔거든요. 그걸 보면 죽일 생각은 없었던 모양이에요."

"하긴, 여도둑두 복수를 방해할 사람이 아니라면 적으로 생각할 필요야 없겠지요."

"그러면 내가 더 주의해야 할 자들은 김달수 패거리군요."

"그렇다구두 하겠지요."

수양버들이 늘어진 개천으로 가자 은실이가 몹시 기다린 모양으로 초조하게 서 있었다.

"저 아가씨도 오늘밤은 갈 곳이 없으니 나와 함께 행수님의 집에 가야 할 것 같소."

"그 방은 일단 선비님에게 허락한 방이니 그런 것은 물어볼 필요도 없는 일이지요. 선비님 마음대로 데리고 가서 자고 싶으면 잘 것이지."

비록 몸은 작다 해도 시원한 대답을 할 줄 아는 행수였다.

거미줄

다음 날 새벽.

동욱이는 아침도 먹기 전에 자기의 상관인 윤도사의 집을 찾았다.

동욱이의 집은 하랑교(河浪橋) 옆이었으므로 파자교(把子橋) 건너편에 있는 윤도사의 집은 엎드리면 코 닿는 사이였다.

윤도사의 벼슬은 실상은 수교(首校)에 지나지 않았다. 그러나 그의 부하들이 그를 존대해서 윤도사라고 부르기 시작하면서 모두가 그를 도사라 부르게 된 것이다. 하여튼 그는 도둑을 잡는 데는 귀신이었다. 서울에 나타난 큰 도둑들은 그가 나서지 않고서는 잡지를 못했다. 그만큼 그의 밑에는 날쌘 부하들이 많았다.

나이 오십에 딸 셋 밖에 기른 것이 없었으나 모두가 인물이 깨끗하여 첫째 딸은 육의전(六矣廛)의 하나로 손꼽히는 면주전(綿紬廛)에 출가시켰고, 둘째 딸은 지금의 거간이라고 할 수 있는 여리꾼과 눈이 맞아 나가 살고, 이제 남은 것은 막내딸 옥분이 뿐이었다. 이년 전에 조강지처를 잃고나서는 다시 아내를 맞이할 생각도 없이 옥분이의 데릴사위나 맞아서 같이 살 생각을 하는 그였다.

(참 알 수 없는 것이 세상일이야. 내가 잡겠다고 뒤쫓던 사람을 내 집에 재우게 됐으니)

동욱이는 어젯밤부터 혼자서 그것을 생각하고서는 가슴이 설레는 통에 잠도 변변히 자지를 못했다. 그 덕택으로 좀처럼 대하기 힘든 기괴한 사건을 알게 된 것도 사실이었다.

(도사님이 이야기를 듣게 되면 어떤 얼굴을 할까? 그만한 사건을 알아갖고 왔다는 것만으로도 나를 달리 볼 것이 아닌가?)

그러나 무턱대고 이야기할 수도 없는 일이었다. 여도둑에 대해서는 하여간에 상대편은 감히 쳐다볼 수도 없는 재상이 관계된 일이다. 재상 앞에는 도사님도 역시 자기와 마찬가지로 고양이 앞에 쥐 신세다. 아니, 호랑이 앞에 쥐 신세다. 공연히 이런 말을 꺼냈다가는 변을 당할지도 모르는 일이다.

(이 녀석아, 뭐 그렇게 질겁해 가지고 야단인가? 언제 한번 큰일을 해 보겠다고……. 판서가 아니라 영의정이라도 나쁜 짓을 한 놈은 나쁜 놈임에 틀림없지. 그런 놈들 때문에 백성들은 못사는 것이 아닌가? 아니 그보다도 나쁜 짓을 하는 놈을 잡아내는 것이 행수로서의 내 직분이 아닌가? 그런데 뭐 떨 것이 있는가? 우리 도사님도 옳은 일엔 절대로 굽히는 사람은 아니니 자기 배짱대로 나갈 거야. 그렇게 되면 어떻게 되는가? 윤도사가 재상을 잡아넣었다고 서울 장안이 떠들어 댈 것이 아닌가. 그렇게 되면 나는 또한 어떻게 되는가?)

"도사님, 어쩔 셈이에요? 내 나이가 몇인지나 기억하고 있어요?"

이런 말도 버젓하게 할 수 있는 일 아닌가.

그러나 이와는 반대로 도사가

"어디서 그런 수작을 듣고 다니는 거야. 김재찬 재상은 시녀를 종으로 팔 그런 사람이 아니야."

하고 꾸중을 하게 되면……. 사실 김판서는 남에게 미움을 받고 사는 사람도 아닌데 종도 아닌 자기 시녀를 종으로 팔 리는 없는 것이 아닌가. 그것도 미운 종이라면 모르겠는데 그렇게 꽃같이 예쁜 아가씨를…….

(하여튼 윤도사의 기색을 살피고 나서 이야길 꺼내도 꺼내야겠어)

동욱이는 이렇게 생각하고 나서 윤도사의 대문을 밀고 들어섰다.

사랑방 신방돌 위에 발막신이 두 켤레 나란히 있는 것을 보니 손님이 온 모양이었다.

(아침 새벽에 어떤 손님이 왔을까?)

이런 생각을 하며 동욱이는 안방으로 들어가 방문을 열었다.

"아이 깜짝이야."

혼자서 베갯모에 수를 놓고 있던 옥분이가 놀란 얼굴을 했다. 꼭 찌르면 터질듯이 토실토실한 얼굴이면서도 구슬처럼 동그란 눈이 결코 만만한 계집이라고는 볼 수가 없었다.

"남의 처녀가 있는 방을 기침도 없이 마구 여는 법이 어디 있어?"

"응 잘못했다. 다음부턴 그러지."

"누가 자기보구 또 들어오라구나 그랬기에 그런 소리야!"

뽀로통할수록 더욱 예뻐지는 옥분이었다.

"내가 돌아왔다구 그렇게 화낼 건 뭐야? 꼴이 기다리고 있는 사람이라두 있는 모양이지?"

"별 걱정 다 해준다. 그래 기다리는 사람이 있다면 무슨 상관이야?"

옥분이는 더욱 성난 얼굴을 한다는 것이 그만 웃음이 터지고 말았다.

"아니 뭐 별다르게 생각하는 것이 아니라 사랑에 손님이 들어 있기에 들어온 것뿐이야."

옥분이 앞에서 말을 잘못했다가는 밑천도 찾지 못한다는 것을 누구보다도 잘 알고 있는 동욱이었다.

"사랑에 온 손님은 누구야?"

"대단한 사람들―."

"그건 나두 안다. 사랑방 앞에 발막신이 놓여 있는 것을 보고서."

"그걸 보니 동욱이두 이제는 제법 머리를 쓸 줄 아는구나."

"지금은 네가 날 이렇게 놀려두 이제 두고 봐. 네가 기절할 만한 일을 해놓는 걸. 그런데 저 사람들 누구야?"

"호조판서의 비장 이서구와 황주 큰 부자의 아들이야."

동욱이는 눈이 번쩍 떠지며

"구리개재 사는 이서구와, 황주 큰 부자의 아들이라면 김인호 아니야?"

자기도 모르게 말이 쏟아져 나오고 말았다.

"정말 이름이 그런 것 같아. 넌 어떻게 인호라는 사람을 아니?"

"직접 아는 것은 아니구, 그런 사람이 서울에 올라와서 돈을 물 쓰듯 한다는 소릴 들은 것뿐이야."

임시 졸변으로 마구 주워댔다.

"참, 너 어제 저녁 뭐 했니?"

"뭐하긴, 어느 선비의 뒤를 따르다 놓쳐버리고 홧김에 배나무 집에 가서 약주를 한 사발 들이켰지."

동욱이는 말을 해놓고서는 아차 했다. 옥분이의 입에서 꾸중이 반드시 나오리라고 생각됐기 때문이었다. 그러나 뜻밖에도

"그럼 너 거기서 자고 오는 모양이구나?"

그런 곳에 화살을 돌렸다.

"아니야."

동욱이는 분주히 고개를 돌렸다.

"그래두 수상하다, 얼굴이 부석부석 부은 것을 보니."

얼굴이 부은 것은 어제 잠을 잘 못 잤으니 그럴 수밖에 없었지만 동욱이로서는 달리 변명할 도리가 없으므로

"그렇게 믿을 수밖에 없다면 배나무 집에 가서 물어봐요."

시침을 따고 이런 거짓말을 했다.

"내가 무엇 때문에 그걸 물으러 다녀?"

"하여튼 내 말을 믿어줘. 난 정말 야금(夜禁) 전에 집에 갔어."

"그렇다면 동욱이 넌 아닌 모양이구먼."

"뭐가? 어제 무슨 일이 있었어?"

동욱이는 어리둥절한 얼굴을 했다.

"있었던 모양이야. 남보구 할 소린 아니지만 어젯밤 청림당에서 황주의 그 김인호라는 사람이 자고 있는데 어떤 행수가 하나 들어왔다는 거야. 쪽문이 열려 있기에 들어왔다는데 그때 바로 그 집과 이웃한 호조판서 댁 시종이 도망쳤다나봐. 그래서 행수한테 물으면 알 것 같다면서 이서구 비장과 김인호라는 사람이 아버지보고 알아봐 달라고 찾아온 모양이야."

"그래?"

동욱이는 전혀 모르는 척하는 얼굴을 했지만 속으로 떨리는 마음은 감출 수가 없었다.

"왜 겁에 질린 그런 얼굴이야?"

그 말에 동욱이는 가슴이 선두룩했지만 여전히 시침을 떼고서

"옥분이하고 단 둘이서 앉아 있으니 이상스럽게 가슴이 떨리는구먼."

생각지 않은 말을 하고서는 자기로서도 명답이라고 생각했다.

"어마, 저것이 못하는 소리가 없어."

제아무리 옥분이라고 해도 얼굴이 빨개지지 않을 수 없는 모양이었다. 동욱이는 내친걸음이라고 생각하고

"옥분인 정말 날 좋아하는 거야, 싫어하는 거야? 딱 부러지게 말해줘."

"저것이 미쳤어."

눈총을 줬다. 매섭다기보다도 오히려 즐겁기만 한 눈총이었다. 동욱이는 일부러 어리칙칙한 얼굴을 하고서

"그걸 보니 옥분이가 좋아하는 건 나보다도 칠덕인 모양이야."

하고 마음을 짚어보았다.

칠덕이는 동욱이와 같은 행수로서 도둑을 잡는데도 적수(敵手)일 뿐만 아니라 옥분이에 대한 일도 역시 마찬가지다.

"참 칠덕이네 집이 낙타골이지, 그럼 청림당 앞을 지났을지도 모르겠네."

옥분이는 청림당에 들어갔던 행수가 누군가를 여전히 생각하고 있는 모양이다.

"그 사람들은 그렇게도 행수를 꼭 알아내야 하는 모양인가?"

"그렇지 않구서야 뭣 하자구 이른 새벽부터 아버지를 만나러 왔겠어!"

"그 행수를 찾아내서 뭣하겠다구?"

"아까두 말하지 않았어? 그 행수를 찾아내야 시종이 어떤지를 알수 있다구."

"종 하나 달아난 것이 뭐 그렇게 대단한 일이라구!"

"자세한 내용은 잘 알지 못하지만 그 여종을 꼭 찾아내야 할 일이 있는 모양이야."

"그 여종이 집을 나갔다면 보나마나 어떤 놈팡이하구 눈이 맞아 가지고 줄행랑쳤겠지."

"그렇기 말야. 동욱이가 그 여종을 찾아 내봐요. 그러면 아버지도 달리 볼게구 상금두 듬뿍 준다는데."

"거야 그렇지, 돈이 썩어나는 부자의 아들이 내는 상금이라면……."

"동욱이두 밤낮 칠덕이한테 지지만 말구 봐란 듯이 일을 한 번 해봐요."

"그러면 옥분이도 기뻐해 줄테야?"

"그야 물론 기뻐할 것 아니야. 아버지의 일을 그만큼 도와주는 셈이 되는데."

"그럼 오늘 그 종년을 찾아볼까?"

이런 말을 남기고서 동욱이는 일어섰다. 옥분이와의 이야기가 재미난다고 질펀하게 앉아 있다가 어젯밤에 본 그 인호라는 젊은 친구와 얼굴을 마주치게 되면 그야말로 큰일이었다.

"왜 갈래? 아버지가 일이 있다고 할지도 모르는데."

"아직 아침 전이야. 영에 들어가서 만나지."

동욱이는 겁을 먹듯 분주히 나왔다.

어젯밤에 잠을 못잔 것은 동욱이 뿐만 아니라 태근이와 은실이도 역시 마찬가지였다.

밤중에 갈 곳이 없었으므로 어쩔 수 없이 동욱이 집으로 따라간 것이지만, 은실이를 데리고 올만한 집이 못되었다. 무엇보다도 방이 콧구멍만하기 때문이었다. 이 집에는 여유 있는 이부자리도 하나밖에 없었거니와 그것을 펴고 보니 한 사람은 앉아서 잘 수밖에 없었다.

"피곤할 텐데 어서 이불 속에 들어가 자요. 난 아무렇게나 자겠으니."

태근이는 몇 번인가 권해 보았으나

"전 괜찮아요, 어서 먼저 주무세요."

하고 은실이는 누울 생각은 하지 않고 단정히 앉아서 무엇을 의심하는 양으로 태근이의 얼굴만 쳐다보고 있었다.

사실 태근이는 이 방에서 동욱이와 같이 자고, 은실이를 동욱이 어머니 방에 가서 같이 자라고 하고 싶기도 했으나, 늙은 사람들은 귀찮은 말이 많은 법이고 또한 그들을 수상하게 여기고 은실이가 잠든 틈을 타서 순라꾼에게 내통해 줄 위험성도 없지 않아 있었다. 은실이도 그것을 염두에 둔 때문인지 그 방으로 가서 자는 것을 반기는 기색이 아니었다.

"그렇게 사양하면 내가 먼저 눕기로 하지. 그런데 난 코를 몹시 구는 모양인데……."

"그건 이미 알고 있어요, 소기에서 자면서 들은 걸요."

"아, 그렇구먼. 그래두 난 은실이 앞에서는 코를 골고 싶은 마음은 아닌데."

태근이는 옷을 입은 그대로 자리에 누웠다. 자기가 먼저 잠이 들면 은실이도 안심하고 자리라고 생각했기 때문이었다. 그러나 잠은 좀처럼 오지를 않고, 그와 반대로 머리가 더욱 맑아지며 은실이의 얼굴이 어른거렸다. 손을 내밀면 끌어안을 수도 있는 은실이의 하얀 얼굴이―. 아니, 얼굴뿐만이 아니라 머리에 바른 동백기름 향기와 젖냄새와 같은 여자의 달콤한 체취가 자꾸만 태근이 코 밑에 풍겨졌다. 그러면서 그 모든 것들이 등불 하나 켜져 있는 방의 어두운 분위기 속에 뒤섞여 태근이의 온몸을 감싸면서 마비시켜 주는 것만 같았다.

"은실이 난 걱정이 생겼어."

"네?"

바람벽에 몸을 기댄 채 눈을 천장에 두고 무엇을 생각하고 있던 은실이가 그에게로 눈을 돌렸다.

"걱정이 된단 말야."

"무슨 걱정이 갑자기 주무시다가……."

"그 걱정이 다른 걱정이 아니라 시집도 가기 전인 은실이와 이렇게 한방에서 밤을 지낼 수가 있는지 말야."

"그건 저도 마찬가지가 아니에요. 아직 장가를 들지 않은 오라버니와 단둘이서 이렇게……."

복잡한 미소가 흘러졌다.

"난 결코 웃자고 하는 이야기가 아니야. 은실이는 나를 믿고 있는 모양이지만 나도 역시 사나인걸. 사나이란 자기도 주체할 수 없게 짐승이 되기가 쉬우니 말야. 그걸 지금 어느 한도로 막아낼 수 있는지 의심스럽단 말야."

"저도 그걸 웃자고 하는 말은 아니에요. 그러니 말이에요, 오라버니와 동생인데 뭐 그렇게 겁날 것이 있겠어요?"

"겁이 없다 해두 은실이, 사실대로 말해서 난 이렇게 여자 옆에서 자긴 처음이니 말야."

"네?"

어두운 불 속에서 더욱 어두워지는 듯한 은실이의 얼굴이었다.

"내 말이 믿어지지 않아 그런 얼굴인가?"

은실이가 어째서 그런 말을 하는지 모르는 태근이로서는 이렇게 물을 수밖에 없었다.

"그건 아니에요."

"그럼?"

"전 오라버니인 줄만 알고 있었는데."

"그건 무슨 소리야?"

태근이는 몸을 반쯤 일으키면서 물었다.

"……."

은실이는 입을 못 떼면서도 원망하는 눈을 번쩍 들어 태근이를 쏘아봤다.

"나라고 알았다니, 그것은 무엇을 말하는 거야?"

"……."

은실이는 여전히 말없이 태근이 얼굴만 지켜보고 있었다. 눈물이 가득 번진 눈이었다.

"어서 이야기해요."

"저는 오라버니를 지금까지 무척 사모했어요. 이 목숨을 오라버닐 위해서 언제나 바칠 생각이었어요."

"그건 나도 마찬가지야."

"그러나 지금은 그럴 수가 없어요. 이제는 틀렸어요."

"어째서?"

은실이는 역시 대답을 못하고 등잔불만 멍하니 보고 있었다. 새하얗게 질린 은실이의 얼굴은 미친 사람의 얼굴이었다.

"하여튼 뭐라구 말을 해야 나도 뭐라고 대답할 것이 아닌가?"

태근이는 되도록 은실이의 신경을 거스르지 않게 가만히 이야기를 했다. 그러자 은실이는 태근이 무릎 위에 쓰러져 흐느껴 울면서

"누구에요, 누구에요? 내 몸을 망친 사람을 오라버니는 알 것 아니에요. 분명히 이야기해 줘요."

이 말은 태근이에게도 벼락같은 소리였다.

"소기에서 보낸 하룻밤은 내 일생에 가장 즐거운 밤이라고만 알고 있었어요. 그러기 때문에 김재찬이의 집에 있으면서도 이 몸만은 끝끝내 지켜온 것이에요. 그러나 그것이 무슨 필요가 있었어요. 이미 더럽혀진 몸."

태근이는 몸부림치며 울어대는 은실이를 잠자코 보고만 있었다. 그 이상 더 어떻게 할 수 없었기 때문이었다. 아니 가슴이 아프기는 자기도 은실이에게 못지 않게 아픈 때문인지도 몰랐다.

소기에서 그렇게 된 일이라면 그것은 우방서와 덕보 둘 중의 하나의 장난이라는 것은 더 말할 필요도 없는 일이었다. 그러면 그 둘 중에서 누구일까? 그것은 아무리 생각해도 우방서의 짓 같지는 않았다. 그는 태근이와 목욕을 나갔기 때문에 그럴 틈이 없었다.

(그러면 그것은 틀림없는 덕보인가?)

이 생각과 함께 그의 머리에는 언젠가 계집은 그저 타구 누르는

것이 제일이라며 그리고 나면 코꿴 소라는 말이 문득 떠올랐다.

(역시 덕보로구나)

은실이는 여전히 태근이 무릎 위에서 울고 있었다.

"오라버니, 저는 어떻게 해요?"

태근이는 비로소 마음이 가라앉은 듯이 은실이의 머리를 쓰다듬으며

"은실이 나는 그렇게도 비열한 사나이였어. 그걸 여태까지 숨기려고만 했으니."

"네?"

은실이는 고개를 힘껏 들었다.

"은실이를 사랑하면서도 말야, 불행하게 할 것만 같아서."

이런 말이 이렇게 쉽게 나올 줄은 태근이 자신도 몰랐던 일이었다.

태근이는 자기 입으로 그런 말을 한 이상, 또는 책임을 자기가 지기로 생각했다.

그는 은실이의 손을 잡고서 끌었다. 그러나 은실이는 태근의 말을 그대로 들을 수가 없다는 그런 태도였다. 태근이가 끄는 손도 뽑고서 처음대로 소곳이 앉아 있었다.

"왜 그러구 앉아 있어? 이제는 우리 사이에 비밀도 내외도 없을 터인데."

"그래두 오늘밤은 이대로 앉아 있겠어요. 어서 주무세요."

"왜?"

"이렇게 앉아서 오라버니 얼굴을 보고 있는 것이 즐거워요."

은실이가 여전히 태근이를 오라버니라고 하는 것을 보면 태근이의 말을 믿지를 못하는 모양이었다. 그러나 태근이는

"이제부터는 오라버니라고 부르지 말아요."

"그럼 뭐라고 불러요?"

"당신이라 불러."

"아무 생각 말고 당신 먼저 주무세요."

은실이는 '당신'이라는 자기의 말이 어색한 듯이 웃었다.

"당신은 앉아 있는데 나만 잘 순 없지 않아."

태근이는 다시금 은실이의 소맷자락을 끌었다.

"이러지 마시고 오늘 밤만은 혼자서 주무세요."

"왜?"

"아내 구실을 못할 이유가 있는걸요. 그러니 오늘 밤도 우리가 처음 만났을 때처럼 약속만의 부부라고만 생각하시고……."

은실이는 태근이의 손을 이불 속에 넣어줬다. 태근이는 온몸이 달떠오르는 정욕을 느끼면서도 한편 그 말이 고맙기도 했다. 하여튼 이 밤은 이대로 넘길 수 있겠다고 생각했기 때문이었다.

(날이 밝으면 덕보한테 어서 사실을 밝히고 나는 나대로 은실이에게 진실을 고백하면 될 일이 아닌가?)

태근이는 모든 것을 사실대로 밝힐 생각이었다. 그렇지 않고서는 은실이와의 애정도 성립될 수가 없다고 생각한 것이었다.

이렇게 생각하고 나니 태근이도 어느 정도 마음이 가라앉으며 곧 잠도 들 수가 있었다.

그러나 아침에 깨어보니 은실이는 밤 사이에도 통 자지 않은 모양으로 눈을 말똥거리고 앉아 있었다.

"조금도 눈을 붙이지 않고 그렇게 앉아 있었어?"

"괜찮아요, 그런 걱정 말아요."

"밤을 밝힌 것을 보니 은실이는 어제의 내 말을 믿어주지 않는 모양인데, 그러면 난 곤란하구먼."

"믿고 싶은 마음이지만 믿을 수 없는 일이니 어떻게 믿어요?"

은실이는 딱히 말했다. 이것은 밤을 밝히면서 생각한 결론인 모양이었다.

"내 말을 믿을 수 없다? 그래도 좋아. 하여튼 난 오늘 안으로 내가 은실이를 진심으로 사랑한다는 표적을 보여줄 테니."

하고 태근이는 태근이대로 무슨 결심을 한 듯이 말하고 있을 때 문득 밖에서 발소리가 났다.

"선비님, 문 열어도 괜찮습니까?"

윤도사의 집을 다녀오는 동욱이의 목소리였다.

"어제 춥지나 않았어요?"

라는 말과 함께 동욱이가 방문을 열고 들어섰다.

"벌써 영에 들어가는 거요?"

태근이는 패랭이를 쓴 동욱이를 쳐다보며 물었다. 그러자 동욱이는 심각한 얼굴이 되며

"지금 윤도사 집을 잠깐 다녀오던 길인데, 일이 좀 복잡하게 되어가는 모양이에요."

"복잡하게 되어가다니, 뭐가요?"

"아침 새벽부터 윤도사의 집에 김재찬의 비장 이서구가 어젯밤의 그 김인호를 데리구 와서 무슨 의논을 하는지 쑥덕거리고 있으니 말요."

"김재찬의 비장이?"

태근이는 무엇이 생각되는 것이 있는 모양이었다.

"그 이서구라는 비장은 김재찬이 앞에 있으면서 나쁜 일은 도맡아 하는 사람이에요."

은실이도 옆에서 한마디 했다.

"그런 자라면 인호에게 은실이를 팔게 꾸민 것도 그 이서구인지 모르겠구먼."

"그 이서구 비장은 말요, 어젯밤에 청림당에 들어왔던 행수를 찾는다는 거예요. 그 사람들이 사랑방에 와 있으므로 난 안방에 들어갔다가 옥분이한테 그 이야기를 들었는데 거기서 어물거리다가 그 인호란 친구와 만나게 되면 큰일 나겠기에 부랴부랴 도망쳐 왔지요."

"그자들이야 행수님을 찾게 됐지요. 인호라는 그 친구는 자기 집의 비밀이 세상에 알려지면 재미 없으니 행수님을 찾는 것이고, 이서구는 재상집에서 시녀를 종으로 팔려고 했다는 소문이 퍼지면 창피스러운 노릇이니 그 역시 행수님의 입을 막으려고 찾는 것이겠지요."

"나를 찾아가지고선 도대체 그자들이 어떻게 할 생각일까요?"

"황주 부호의 아들 김인호야 돈으로 어떻게 할 생각이겠지만 이서구라는 자야 그 돈을 보고서 행수에게 고스란히 주고 싶은 생각이 있겠어요? 그보다는 자기가 먹고 싶은 생각이 앞서겠지요."

"그럼 그 비장은 나를 어떻게 할 것 같아요?"

"하수인을 시켜 숫대밭으로 끌고 들어가게 하기가 쉽지요."

"네? 그러면 그곳으로 끌고 가서 이렇게 한다는 말요?"

동욱이는 얼굴이 파랗게 질리면서 손칼로 자기의 목을 자르는 시능을 했다.

"자기들의 허물을 감추기 위해선 그러한 일쯤은 떡 먹듯이 하는 자들이 아닙니까?"

"그러니 난 큰 결딴이 났군요."

동욱이는 입술까지 부르르 떨었다.

"그렇다고 걱정할 것은 없습니다. 우리들은 이제 곧 이곳을 나갈테니 행수님은 어디까지나 모른다고만 우겨대요."

"그렇지만 선비님은 지금 이곳을 나가면 위험하지 않아요?"

자기 발등에 불이 닿았다 해도 역시 그것을 걱정해주는 동욱이었다.

"그건 염려 말아요. 혹시 그자들에게 발각된다 해도 자기들의 약점이 있으니 섣불리 손을 내밀지는 좀처럼 못할 것입니다."

"하기는 선비님만한 사람이 그자들에게 만만히 잡힐 리야 있겠소만 그래도 미안하군요. 안심하구 언제까지나 있으라는 그 한마디를 하구서 쫓아내는 격이 됐으니. 그러나 어쩌겠어요, 아무 힘없는 행수니……."

"그 한마디로서도 행수님의 고마운 마음은 충분합니다. 은실이두어서 행수님에게 인사 드리구 가보기로 하지."

하고 태근이는 의젓한 남편답게 은실이에게 고갯짓을 했다.

"고마운 말씀 뭐라고 드려야 할지 모르겠습니다."

은실이는 손을 모으고 고개를 숙였다.

"가시더라두 아침은 먹고 가셔야 할 텐데 왜 이렇게 서두르십니까?"

동욱이는 그들을 분주히 붙잡았다.

"그러는 동안에 혹시 또 누가 올지 알겠소? 아침이야 아무데서나 먹을 수 있는데……."

태근이는 동욱이가 잡는 것을 뿌리치고 신을 신고 있을 제

"동욱이 오빠 있어요?"

젊은 여자가 소리치면서 뜰로 들어섰다.

"옥분이가 어떻게 와?"

동욱이는 나자빠질 듯이 눈이 둥그레졌다.

"아버지가 급히 데리고 오래서……."

옥분이도 말끝을 흐리면서 그들을 쳐다보았다.

"아버지가, 아버지가…… 오랜다구?"

말을 더듬거려 받는 동욱이는 크게 당황한 얼굴이었다.

그 순간에 태근이가 문득 나서서

"바로 이 분이시군."

하고 웃으면서 말을 건넸다.

"누구야, 이 분은?"

옥분이는 내외하는 것은 아니면서도 얼굴을 붉히며 동욱이에게 물었다.

"그 대답은 내가 하지요. 내 이름은 김태근이, 이 사람은 어제 어떤 사정으로 김재찬의 집을 빠져나온 이은실이, 둘이 다 김재찬이나 이서구에게 말하면 잘 아는 사람들입니다."

옥분이는 놀라서라기보다도 어이가 없다는 듯이 그들을 보고만 있었다.

"나는 집없이 늘 떠돌아다니는 놈인데 어젯밤 길에서 방황하는 이 아가씨를 우연히도 만나게 됐지요. 그래서 어젯밤에 같이 장통골에 있는 어느 객줏집에서 잤는데 이야기를 해보니 둘이 다 관헌들의 눈을 피해야 할 신세더군요. 그래서 당분간 숨어 있을 만한 집을 생각하다가 그 근처에 행수님의 집이 있다는 것을 문득 생각하고서 찾아왔던 것입니다. 그러나 행수님은 우리를 집에 들일 수 없는 무슨 딱한 사정이 있다고 하지 않아요. 그래서 하는 수없이 돌아가던 차입니다."

"사실이 그렇게 됐으니 선비님, 나쁘게 생각하지 말구 이해해줘요."

가슴을 두근거리던 동욱이는 미안하다고 고개를 숙여가며 재빠르게 말을 맞추었다.

"그러면 딴 곳을 찾아갈 데는 있는가요?"

옥분이는 무슨 생각에선지 그들을 동정하는 얼굴이 되었다.

"친구의 집에나 찾아가 볼 막연한 생각을 하고 있지요."

"그렇다면 우리 집으로 가면 어때요? 이런 말은 초면에 실례일지 모르지만 집엔 빈 방이 두 개나 있어요. 그렇지, 동욱 오빠?"

태연하게 이런 말을 하는 것을 보니 사내로 태어나지 못한 것을 한(恨)할 수밖에 없는 계집애였다.

"그 말은 고맙습니다만, 우리가 이서구와 김인호 같은 그런 자가 있는 자리에 나타나면 그자들이 당황해서 쥐구멍을 찾을 것입니다. 그러니 사양하기로 하지요."

"그런데 두 분께서 왜 관헌은 피하는 거예요?"

"세상이 모두 옥분이 아가씨처럼 마음씨가 착하다면야 그런 일이 없겠지요. 그러나 세상이 어디 그래야 말이지요. 착한 사람을 괴롭히는 세상이니……. 그래서 우리도 그들을 피하는 것이겠지요."

"참 이상한 말을 하는 분이야. 좋아요, 그게 사실인지 난 아버지에게 물을 테요."

비쭉해진 얼굴로 옥분이는 불쑥 일어섰다.

"옥분이, 내 말을 잠깐 들어."

동욱이는 다급하게 소리쳤으나 옥분이는 벌써 대문 밖을 뛰어나가고 있었다.

"선비님은 어쩌자고 옥분이에게 그런 소리를 해요. 이거 큰일 났습니다."

똥색이 된 동욱이는 태근이를 나무라면서 바쁘게 옥분이를 뒤따라갔다.

"그 계집애가 알려주러 간 모양이니 어떻게 해요?"

은실이도 당황한 얼굴이었다.

"하여튼 여기서 우물거릴 필요는 없으니 빨리 나가지."

사실 태근이는 자기 혼자라면 그들이 달려온다고 겁낼 것도 없었지만 은실이가 있는 이상 피하는 것이 상책이라고 생각했다.

그는 동욱이 어머니에게 간다는 인사를 할 생각으로 방문을 열었으나 아무도 보이지가 않았으므로 그대로 나오고 말았다. 동욱이네 집은 바로 술집 골목이라 아침 해장꾼들의 내왕이 빈번했다.

그런 사람들의 눈을 피하기 위해서 길을 돌아 영희전(永禧殿) 쪽으로 걸었다. 사람이 많은 길은 무엇보다도 은실이의 예쁜 얼굴이 눈에 띄기 때문이었다.

"지금 어디로 가는 거예요?"

그렇지 않아도 불안한 판에 서울 거리를 처음 걷는 은실이로서는 어리둥절한 모양이었다.

"나두 지금 그걸 생각하고 있는데, 참 은실이가 찾아갈 수 있는 집이 있다지? 거기가 어디야?"

"생민동이에요."

"생민동 어디쯤이래?"

"효경교(孝經橋)로 내려오는 개천을 끼고 따라 올라가면 신농국(神農局)이라는 큰 약국이 나온다는데, 그 집서 다섯 번째 집인가 된다고 해요."

"다섯 번째 집?"

태근이는 깜짝 놀라지 않을 수가 없었다. 그 집이 바로 자기가 들어 있는, 애기무당의 집이기 때문이었다.

"왜 놀라셔요?"

"놀라는 것이 아니구 나도 그 부근에 살기 때문에 그 집을 잘 아는데, 애기무당이 사는 집 아니야?"

"정말 잘 아시네."

"그럼 그 애기무당을 찾아가는 중인가?"

"네."

"애기무당과는 어떤 관계인데?"

"어떤 관계라기보다도……."

은실이는 대답하기가 약간 난처한 듯이 말끝을 흐렸다.

"나한테도 숨겨야 할 일이 있나?"

태근이는 일부러 시쁘둥한 얼굴이 되었다.

"그런 건 아니에요."

"그럼 왜?"

"그렇게도 알고 싶다면 이야기하지요. 언니가 그 집을 찾아가라고 했어요."

"언니라면 산도적의 수령이라는 그 언니?"

"네."

"그러면 은실이가 재찬이네 집에 있으면서 언니와 무슨 연락이 있었나?"

"그 집에 있으면서 연락을 어떻게 할 수 있었겠어요? 그건 산에서 만났을 때 언니가 제게 한 이야기지요. 그 애기무당을 찾아가면 자기와 연락이 된다면서……."

"흐음……."

태근이는 무겁게 고개를 끄덕였다. 지금 와서 생각해 보니 그 애기무당도 단순한 무당 같지 않은 면도 없지 않아 있었기 때문이었다.

그들은 영희전 돌담을 지나 붓골로 들어서는 개천에 이르렀다. 그곳에는 붓방이 몇 집 있을 뿐으로 사람들의 내왕은 아주 드물었다.

"은실이, 정신 차려!"

다리를 건너면서 태근이가 문득 소리쳤다. 젊은 친구 하나가 아까부터 그들의 뒤를 따르고 있었다.

"왜 그러세요?"

흠칫 놀라면서 은실이가 바싹 다가섰다.

"뒤를 돌아보지 말아. 수상한 사나이가 뒤따르고 있으니."

"네."

"하여튼 모르는 척하구 걸어요."

그렇다고 태근이는 걸음걸이가 갑자기 달라지는 그런 졸렬한 일은 없었지만 마음으로는 귀찮은 일이 생겼다고 생각했다.

옥분이가 동욱이 집에 왔던 것을 미루어 생각하면, 뒤따르는 사나이는 분명 옥분의 아버지인 윤도사가 보낸 사나이였다. 그러므로 그 사나이를 떼어버리지 않고서는 생민동 집으로는 갈 수가 없는 일이었다.

"무서워요."

은실이는 뒤따르는 사나이가 있는 것을 알고서는 겁에 질려 어쩔 줄을 모르는 얼굴이었다.

"무서울 것이 뭐야, 내가 옆에 있는데."

"그래두 자꾸만 따라오니 말이에요."

"이런 땐 해치우는 것이 제일 간단하긴 한데……."

태근이는 혼잣말처럼 말했다.

맨주먹으로 뒤에서 오는 사나이 하나쯤은 해치울 자신도 있었지만 그렇게 되면 일만 더욱 시끄럽게 된다고 생각하는 모양이었다.

"무슨 일이 있어두 혼자 달아나면 안 돼요."

은실이는 길 위에 서 있다는 것도 잊고 태근이 옷자락을 잡고 달라붙었다.

"설마 내가 은실이를 버리고 혼자 달아나려구."

태근이가 싱긋 웃었다.

"누가 알아요?"

은실이는 더욱 바싹 달라붙었다.

태근이는 일부러 길을 돌아 장날이라면 붓장수와 종이장수들이 모여드는 너른마당으로 나왔다. 그 곳은 장이 서지 않는 날은 마바리와 지게바리의 나무장수들이 모여들어 나무를 사러 나온 사람들과 흥정을 붙이는 여리꾼으로 아침부터 사람들이 들끓어댔다.

태근이는 그 혼잡을 이용해서 뒤에서 따라오는 사나이를 떨어버릴 생각을 했던 것이다. 그러나 그것도 혼자라면 그럴 수 있는 일이었지만, 길이 서툰 은실이를 데리고서는 힘든 노릇이었다.

"이거 웬일이야, 이생원 아닌가?"

솔강단이 쌓여 있는 모퉁이에서 술 취한 사나이가 불쑥 그들 앞에 나타나면서 소리쳤다.

"정말 오래간만인데……."

"도대체 어딜 가 있었기에 그새 통 보이질 않았나? 예쁜 아가씨를 찬 걸 보니 재민 혼자 보고 있었구먼."

뒤따라온 두 사나이도 술에 벌게진 얼굴에 비틀거리는 걸음이었다. 차림을 보아서 세 친구가 모두 이 장터에서 뜯어먹고 사는 여리꾼인 모양이었다.

"아침부터 술에 취해가지고 버릇없이 왜 이래!"

태근이는 어이없는 대로 그들을 밀어버렸다.

"이생원이 언제부터 이렇게 친구두 몰라보는 도도한 사람이 됐나?"

뒷걸음 쳐 솔강단에 부딪쳤던 친구가 다시금 태근이 앞으로 걸어 나오면서,

"이 사람아, 예쁜 색시를 찼으면 한 잔 사야 할 것이 아닌가?"

모두가 싸움을 거는 어투였다.

솔강단 뒤에도 그들의 패거리가 숨어 있는 모양이었다.

길에는 앞뒤로 사람들과 나뭇짐들이 꽉 차 있었으므로 뒤에서 따라오던 사나이는 보이지가 않았다. 그렇다고 해도 태근이는 길을 잘못 들었다는 것을 느끼지 않을 수가 없었다.

"은실이, 내 옆에 꼭 붙어 있어요."

"네."

은실이도 사태가 험악하게 된 것을 느낀 모양으로 눈을 반짝이며 바싹 다가섰다.

"술 한 잔 사라는데 왜 꿔온 보리짝처럼 멀뚱한 얼굴이야?"

그 중에서도 제일 키가 큰 친구가 앞을 막고 버티고 있었다.

"자네들 지금 먹은 술로도 엔간히 취한 것 같은데 무슨 술을 또 사라는 건가?"

태근이는 점잖게 타일렀다.

"그런 걱정은 말게나, 자네가 사는 술이라면 한 독이라도 먹어줄 테니."

그러자 뒤에 있던 친구가 또 나서며

"저 아가씨가 부어주는 술을 한잔 마시고 싶다는 거야. 친구 사이에 그것쯤 못할 것 없지 않아?"

"자네들이 날 언제 보았다구 친구 친구 야단인가?"

"이 사람 왜 이래. 예쁜 계집이 옆에 있다구 옛 친구두 모른 척 하겠다는 거야?"

아가리로 벌어먹는 여리꾼이 셋이라 대꾸할 말이 모자라서 말이 막힐 리는 없는 일이었다.

"하여튼 길은 비키게나. 난 자네들과 그런 한가한 이야기나 하구 있을 사람이 못 되니."

태근이는 비로소 얼굴이 달라지면서 소리쳤다.

"왜 그렇게 무서운 얼굴이야. 계집을 훔쳐갖구 줄행랑치는 사람은 그렇지가 않던데……."

키다리가 여전히 능청대자 옆에 서 있던 친구가

"그 아가씰 잠깐만 빌리자는 거야. 그럼 물론 길도 비켜줄 수 있지."

하고 은실이의 손을 잡아끌려고 했다. 태근이는 날쌔게 그 손을 탁 쳐버리고서

"아가씨 옷자락에 손가락 하나 스쳐봐, 용서 없다."

"난 정승집 종년인 줄만 알았더니 대단한 아가씨인 모양이구만요. 생원님, 그럼 제가 한번 아가씨의 손을 잡아볼까요?"

키다리가 태근이 앞으로 넙적넙적 걸어나가다가 앞발을 번쩍 들면서

"이 얼치기야, 장꺼리 맛 좀 봐라."

그러나 태근이는 재빨리 몸을 젖히면서 권공잡이로 다리를 잡아 던졌다. 옆에서 발로 둥둥 떠들어오는 것도 어깨로 받아 넘겼다. 또 한 녀석은 상투를 끌어잡아 눈에서 불이 나게 물팍세기를 먹여댔다.

"야...... 싸움이다!"

모여든 구경꾼들이 한꺼번에 세 명이 쓰러지는 것을 보고 눈이 둥그레지는 판에

"도둑이다! 잡아라!"

"뛰지 못하게 길을 막아!"

솔강 낟가리 뒤에 숨어 있던 패거리가 장작개비들을 들고서 왁 밀려 나왔다.

(날 도둑으로 몰아가지고 잡을 계획이구나)

악이 뻗칠대로 뻗친 태근이는 한 손에 은실이를 꽉 잡은 채 어느덧 빼앗아든 장작개비를 휘두르면서 그들 속으로 파고들었다.

"와!"

수가 많은 적이면서도 그들은 겁을 먹은 모양으로 한걸음 한걸음 뒤로 움쳤다.

"아 위험해요!"

은실이가 비명을 치는 그 순간 태근이도 불시에 눈을 들었다. 그러나 그때는 이미 하늘 높이 가렸던 장작더미가 바로 그의 머리 위에서 무너져 내리고 있을 때였다.

무너지는 장작더미 밖으로 은실이를 밀어버릴 수 있었으나 태근이는 장작더미에 다리가 묻히면서 쓰러지고 말았다. 그 틈을 타서 그들은 미리 준비했던 자루로 은실이를 씌워 둘러메고 달아났다.

"아, 은실이!"

자루 속에서 버둥거리는 은실이를 보면서도 태근이는 어찌할 수가 없었다. 발을 뽑아낼 수가 없기 때문이었다.

"은실이, 은실이!"

눈에 횃불이 선 태근이는 다리를 뽑으려고 악을 쓰면서 연방 소리를 쳤다.

"오라버니!"

은실이도 자루 속에서 악을 쓰며 소리쳤다. 그러나 그들은 은실이를 둘러메고 인파를 헤치며 달아나는 판이라 그 소리도 자꾸만 멀어졌다.

"은실이!"

"오라버니!"

또다시 그 소리가 귀에 담기던 그 순간에 뒤에서 긴 몽둥이가 어깨를 후려갈겼다. 그로 인한 고통으로 태근이는 정신이 퍼뜩 들면서

(이러다가는 안 되겠다. 맞아 죽을지도 몰라)

이런 생각과 함께 면상을 향해 달려드는 몽둥이를 급기야 그러잡았을 때

"빨리 다리를 뽑고 일어나요."

뒤에서 장작더미를 번쩍 들어주는 사나이가 있었다.

"이 자식들!"

살기(殺氣)에 찬 태근이는 일어나면서 손에 잡은 몽둥이를 마구 휘두르면서 앞으로 앞으로 걸어 나갔다. 적은 '와—'하고 소리치는 구경꾼들과 함께 밀려나가면서도 여전히 대항하는 기세였다.

"우물거리지 말구 빨리 달아날 생각을 해요!"

뒤에서 또 다시 소리가 났다.

만만치 않은 적이라고 생각되면서도 뒤의 공격이 조금도 느껴지지 않는 것은 역시 뒤에서 도와주는 사람이 있기 때문이리라.

태근이는 더욱 용기가 뻗쳤다.

"골목으로 들어서요, 이놈들 아직도 달아나지 못했으니."

그 소리와 함께 끽하는 소리가 나는 것을 보니 어느 한 녀석이 콧등이라도 터지고 나자빠지는 모양이었다.

"도둑놈을 놓치지 말어!"

"골목으로 달아난다!"

태근이는 하나하나씩 때려눕히면서 돌각담을 돌았다. 거기서 곧장 가면 목멱산[南山]으로 올라가는 길이다.

거기까지 따라온 적을 대여섯 명 눕히자 남은 것들은 졸개들인 모양으로 혼비백산이 되어 달아나고 뒤에서 도와주던 사람도 보이지가 않았다.

태근이는 오던 길을 되돌아 생민동 쪽으로 분주히 걸었다. 그들이 자루에 넣은 은실이를 업고 그쪽으로 달아났기 때문이었다. 그러니 은실이가 거기서 보일 리는 없는 것이고, "오라버니!" 하고 찾던 그 애절한 은실이의 목소리만이 귀에 남아 있을 뿐이었다.

(비겁한 놈들—)

태근이는 비열한 적의 수단에 걸려든 것을 생각하니 땅을 굴어 울고 싶게 억울했다.

"너희 놈들이 그렇다면 나도 너희 놈들의 추악한 짓을 샅샅이 들추어내어 기어이 은실이를 구하고야 말테다."

불같은 분노가 가슴속에 타는대로 태근이는 혼자서 소리쳤다.

(은실이는 내 아내와 다름없는 아가씨가 아닌가)

찡하니 눈시울이 뜨거워졌다. 화가 나서 견딜 수가 없었다.

(으흠, 우선 덕보 녀석을 잡아놓고 보자)

그 화풀이를 덕보한테라도 하지 않고서는 견딜 수 없는 듯이 그는 분주히 생민동 집을 향해 걸었다.

바로 그때—

옥분이의 뒤를 뒤쫓아 나간 동욱이는 큰길에서 겨우 옥분이를 붙잡고서 땀을 빼는 판이었다.

"옥분이 옥분이, 그러지 말구 내 말을 좀 들어."

"듣긴 뭘 듣는다구 남 창피하게 따라오면서 야단이야."

"글쎄, 그렇게 화를 낼 것이 아니라 잠깐만 내 말을 들으래두."

"들어서 뭣해, 모두가 거짓말인 걸."

화가 잔뜩 난 옥분이는 동욱이가 잡는 것을 뿌리치고 그대로 가려고 했다.

"그럼 넌 내가 죽어두 좋단 말이야?"

동욱이는 그만 이런 말이 튀어나오고야 말았다.

"죽다니, 왜 죽어?"

옥분이도 그 말을 듣고서는 걸음을 주춤하지 않을 수가 없는 모양이었다.

"난 말이야, 분명히 그렇게 되구 말아요. 네가 집에 가서 지금 그 이야길 하면 말야. 난 죽게 되구 만다 말야."

동욱이는 말도 제대로 못하고 더듬거렸다.

"죽는다는 소리만 하지말구 왜 그렇다는 걸 어서 이야기해 봐요."

"그럼 난 옥분이한텐 다 이야기할 테야. 사실 어젯밤에 청림당에 들어갔던 건 바로 그건……."

"바보야, 여긴 큰길가인 줄도 모르고……."

이번엔 옥분이가 당황해서 동욱이의 말을 막고서는 옆의 골목으로 끌고 갔다. 그곳은 양쪽으로 돌각담으로 되어 있는 한적한 곳이었다. 동욱이는 무엇보다도 옥분이가 자기를 그곳으로 끌고 가는 것이 기뻤다.

어느 집에서인지 한가롭게 시조를 읊는 소리가 들렸다.

"뭐 어떻게 됐어? 조금도 숨기는 일없이 이야기해요."

화가 난 얼굴이면서도 동욱이를 무척 생각하는 그런 얼굴이었다.

"응, 다 이야기하지."

옥분이에게 모든 것을 이야기하겠다고 결심한 동욱이는 만일 옥분이가 자기를 배반하고 윤도사에게 이야기한대도 하는 수 없다고 생각했다. 그러므로 어젯밤에 구리개고개에서 김태곤이를 만난 이야기부터 시작하여 태근이와 은실이가 자기 집에서 잔 이야기까지 모두 이야기했다.

"그렇다면 은실이란 아가씨를 종으로 팔려던 김재찬 판서와 그 아가씨를 사려던 김인호라는 사람이 나쁘지 않아?"

다 듣고 나서 옥분이가 첫마디로 이렇게 단정지었다.

"그렇기 말야. 그래서 어젯밤두 내가 태근이라는 그 선비와 은실이를 집에서 재운 거야."

급기야 동욱이는 우쭐해지는 어조였다.

"그런데 감판서가 자기가 좋아하는 시녀를 정말 종으로 팔 생각을 했을까?"

옥분이도 그것이 믿어지지 않는 모양이었다.

"응, 그건 나도 처음엔 이해가 가지 않았지만 다시 생각해 보니 그럴 수도 있는 일이야."

"어째서?"

"자기가 좋아하는 계집이 자길 싫다면 죽게 학대해주고 싶은 생각이 일어나는 법이거든. 사실 난 아까두 내가 그렇게 옥분일 불러두 모른 척하구 정말 화가 나는대로 그저 네 머리채를 그러잡구―."

"그거야 네가 늘 바보짓만 하니 나두 화가 나서 그런 것이지."

하고 옥분이는 눈웃음을 웃고 나서

"그렇다면 김태근이란 그 사람도 여도둑의 한패거리인지도 모르겠다."

동욱이로서는 생각해 보지도 못했던 말을 했다.

"그럴는지도 모르지."

대답은 그렇게 하면서도 태근이가 여도둑 패거리라고는 생각하고 싶지가 않았다. 동욱이도 물론 여도둑 패거리가 보통 도둑과는 다른 데가 있다는 것을 모르는 것은 아니었지만, 어젯밤에도 남의 돈 부대를 빼앗아가는 것을 자기 눈으로 본 이상 도둑인 것만은 틀림이 없었다. 태근이를 어떻게 그러한 도둑과 한패거리라고 할 수 있으랴. 그러나 지금은 그것을 옥분이 앞에서 분명히 이야기할 수는 없는 처지였다.

"하여튼 네가 어젯밤 선비님과 행동을 같이 했다는 것이 드러나게 되면 큰 결딴이 날 것만은 사실이다."

옥분이도 그것이 걱정되는 모양으로

"그러니 너 앞으로 어떻게 할 생각이야?"

하고 가던 길을 문뜩 섰다. 담장 위로 벌써 익기 시작한 감이 잎사귀와 함께 아침 해를 받아 반짝였다.

"이렇게 됐으니 어쩔 수 없지 않아. 너의 아버지한테 가서 다 이야기하구 용서를 구하는 수밖에."

"그렇지만 넌 그 선비와 아가씰 감추기 위해서 네 집에서 재웠다면서?”

“그들이야 사실 무슨 죄가 있는 사람이야?”

“그렇긴 하지만……”

옥분이도 그들이 나쁘다고는 생각하지 않는 모양이면서도

“금부에서 뒤를 밟으라는 사람을 잡을 생각은 않고 도리어 자기 집에서 재워 보냈으니 무사할 것 같아? 게다가 행수라는 자가 여도둑에게 묶이기까지 했다면서?”

동욱이의 약점을 찔러줬다. 이렇게 말하는데는 동욱이는 할 말이 없는 대로

“글쎄 말이야, 어젠 무슨 재수로 그런 선비를 만났는지 정말 알 수가 없어.”

하고 그것을 한탄했다.

“그런다구 일이 해결되는 거야? 무슨 대책을 생각해야지.”

“난 그 대책이 통 생각나지 않는 걸.”

“그럼 이렇게 하자. 그 이야긴 아버지에게 네가 직접 하는 것보다 내가 하는 편이 좀 나을지도 모르니 말야. 내가 먼저 이야기해 보지. 그래서 아버지가 용서해 준다면 널 찾으러 갈 테니까 붓골 너른마당에서 사는 언니네 집에 가 있어. 그것이 좋을 것 같지 않아?”

옥분이에겐 언니가 둘 있었지만 이런 땐 면주전에 시집 간 큰 언니보다는 형부가 여리꾼으로 구차하게 사는 둘째 언니가 더 의지가 되는 모양이었다.

“옥분이가 날 이렇게까지 생각해주니 고마워.”

감격한 나머지 눈물이 글썽해진 동욱이었다.

“그런 소린 말구, 아버지가 용서해 준다면 이번 일을 샅샅이 들춰내서 나쁜 놈들을 모두 잡아와요. 내가 이렇게 열심히 도와주는데 두 밤낮 칠덕이한텐 지기만 하니 꼴이 뭐야.”

"응, 염려말어. 나쁜 짓을 하는 김판서가 아니라, 그 보다두 더 세도가 있다는 분두 꼼짝을 못하게 할 테니."

"말로만 그런 결심을 하지말구 정말 그래 봐요. 그럼 난 집에 갈 테야."

동욱이와 헤어진 옥분이는 다시 한 번 뒤돌아보는 일도 없이 고분고분 걸었다.

(사람이 너무나 좋아도 탈이야. 그래가지구 어떻게 행수 노릇을 한담?)

옥분이는 이런 생각을 하면서 큰길로 들어서는데

"옥분이!"

하고 누가 부르는 소리가 났다. 동욱이의 적수인 칠덕이가 저편에서 뛰어오고 있었다.

"동욱이 못 봤어?"

칠덕이가 옥분이에게 첫마디로 묻는 것이 이 말이었다.

"못 봤어. 동욱인 왜 아침부터 찾니?"

언제나 매끈하게 빗은 상투 끝에 은동곳을 꽂고 다니는 그는 앞으로 도토포 (都討捕)쯤 되기는 문제없다고 자신을 가지고 있는 듯한 그 얼굴이 옥분이 눈에는 아니꼽기만 했다.

"그거 참 이상한데 아까 동욱이 어머니 만났을 때 동욱이를 찾아 네가 와 있다고 하던데."

능청스러운 웃음으로 옥분이와 어깨를 같이 겨루며 걸었다.

"동욱이에게 무슨 일이 생겼니?"

옥분이는 가슴이 두근거리면서도 겉으로는 모른 척했다.

"그 바보가 말야, 판서 집에서 도망쳐 나온 종년을 자기 집에 데리고 가서 재웠다지 않니. 옥분이 너두 그 집에 들렀댔으면 그 종년을 봤겠구나?"

"미친 소리 말어, 내가 뭘 봤단 말야."

"그래? 난 어제 우방서가 또 서울에 왔다는 소리를 듣고 그걸 윤도사님에게 알리려고 너의 집에 갔다가 그 이야길 대략 들었지. 듣고 나니 문득 머리에 떠오르는 것이 있지 않니. 이건 틀림없이 그 바보의 짓이라는 것이―. 그래서 부랴부랴 동욱이의 집으로 달려가는데 동욱이 어머니가 헐떡이면서 달려오다가 나를 보자 붙잡고서는 어젯밤에 자기 집에서 젊은 남녀가 잤는데 아무리 봐도 수상해서 윤도사에게 알리러 가는 길이라지. 그런데 마침 나졸 하나가 지나가기에 윤도사에게 연락을 시켜놓고서 나는 영희전으로 올라가는 그들의 뒤를 밟았어."

의기양양해서 자기의 민첩한 동작을 자랑하는 칠덕이었다.

"그래서 그 사람은 어떻게 됐니?"

"참 너의 아버지는 대단한 사람이야. 그들이 영희전으로 간다는 그 말을 듣고서 벌써 그들이 붓골 너른마당으로 오리라는 것을 짐작하구 그곳 여리꾼을 모아 만반의 준비를 하구 있었으니 말야."

"누가 그런 소리 듣겠다는 거야? 두 사람이 어떻게 됐나 묻는데."

옥분이는 초조함을 감출 수가 없었다. 그러나 칠덕이는 옥분이의 기분 같은 것은 아랑곳없이 혼자서 신이 나는 모양으로

"그물을 쳐놓고 내가 뒤에서 모는 셈이 되었으니 그것들이 꼼짝없이 잡히게 마련이었지. 그런데 말야, 그 젊은 선비 녀석이 워낙 기운이 센 녀석이 돼서 달아나구 종년만 잡았는데, 도대체 그 선비 녀석은 어떤 녀석이야, 옥분이 너 알구 있지?"

"내가 어떻게 알아? 그런 사람을."

화를 내는 대답이었으나 가슴은 더욱 설렐 수밖에 없었다.

(어떻게 하나, 은실이가 잡혔으니 동욱이가 재워줬다는 이야기가 분명히 나올 것이 아닌가. 그렇게 되면 동욱이는 어떻게 된단 말야, 그 바

보 같은 건 이렇게도 내 속만 태워주니)

"그렇게 화내는 얼굴을 한다구 내가 넘어갈 줄 알아? 동욱이네 집에서 네가 그 선비 녀석을 만나는 것을 다 알구 있는데."

"모른다는데 사람을 어떻게 보구 자꾸 그 소리야?"

옥분이는 버틸 수 있는 데까지는 버티는 수밖에 없다고 생각하고 나서

"그런데 그 종년은 어떻게 했어?"

"김판서의 비장 이서구가 맡아가지구 가는 모양이더라."

이렇게 되고 보면 동욱이를 구할 길은 이미 막히고 만 판이었다. 그래도 옥분이의 아버지가 은실이를 데리고 갔다면 동욱이를 구해낼 무슨 길이 있을지도 몰랐지만—.

"너두 모른다면 동욱이 그 자식 어디 갔어! 윤도사님이 빨리 찾아오라고 하는데."

칠덕이는 혼잣말처럼 중얼거렸지만 실상은 옥분이의 기수를 떠보자는 심사였다.

"아버지 노하셨든?"

이것도 동욱이를 생각해서 묻는 말이었다.

"그야 물론 노할 것 아니야. 자기 부하가 그런 바보 같은 짓만 하구 다니니."

"넌 어떻게 동욱일 만나보기도 전에 그랬으리라고 단정하구 야단이야?"

"그야 만나서 물어보나마나 뻔한 일인 걸!"

"참 우리 아버진 좋겠다. 너같이 머리 좋은 부하를 두어서."

옥분이는 이렇게라도 칠덕이를 빈정대주지 않으면 뱃이 꼴려 견딜 수가 없는 모양이었다. 물론 칠덕이도 그것이 자기를 조롱대는 말이라는 것을 모르지 않으면서도 시침을 떼고

"내가 뭐 머리가 좋아서 그런가? 열심히 너의 아버지를 도와서 일을 하는 것뿐이지."

"그러니 말야, 그렇게 알뜰한 부하를 두었으니, 아들도 없는 아버지가 그대로 보고만 있을라구? 데릴사위라도 맞을 생각하고 있는지도 모르지."

"정말일까, 아버지가 정말 그런 생각을 하고 있을까?"

너무나도 반가운 말에 칠덕이는 옥분이의 말을 그대로 들어서는 안 된다는 것도 잊어버리고 그만 입이 헤작해지자

"그러나 난, 널 보기만 해도 진저리가 나는 걸 어떡하니? 썩을 대로 썩은 벼슬아치의 앞잡이 노릇으로 살겠다는 너 같은 녀석은—."

하고 배앝듯이 말하고는 휙 돌아서서 발을 재게 놀렸다.

그 말을 들은 칠덕이는 물론 마음이 좋을 리는 없었지만, 그렇다고 화를 낸다면 더욱 손해라는 것을 알고 있으므로 잠자코 옥분이 뒤를 따랐다.

"칠덕인가?"

옥분이가 요란스럽게 문을 열고 들어오는 소리를 칠덕이라고 생각한 모양으로 윤도사가 사랑방에서 소리쳐 물었다.

"네—."

뒤에서 따라오던 칠덕이가 옥분이 대신으로 대답하는 동안에 옥분이는 벌써 사랑방 방문을 벌컥 열었다.

"어마!"

그곳에는 아버지 혼자인 줄만 알았는데 아직도 가지 않은 김인호가 아주 귀공자답게 얌전을 빼고 앉아 있었다.

"난 칠덕인 줄 알았더니 계집애가 그 문 여는 법이 뭐냐?"

윤도사는 꾸짖으면서도 웃었다.

"그것도 아버지한테 배운 버릇인 걸요."

그러면서도 얼굴이 붉어진 옥분이는 그것에 반발이나 하듯이 풀썩 앉았다.

"칠덕이와 같이 오는 길이니?"

"예, 길에서 만나ㅡ."

　문 옆에 무릎을 꿇고 앉아있는 칠덕이가 송구스럽게 입을 열었다.

"동욱인 왜 같이 오지 않나?"

"글쎄 말입니다. 집에 없지 않아요."

"그럼 어딜 갔어? 그 사람 어머니는 여게 왔다고 하는데ㅡ."

　하고 슬쩍 곁눈질을 쳐서 옥분이를 봤다. 옥분이가 동욱이와 같이 나온 것을 알고 있으면서도 자기가 이렇게 숨겨주는 마음을 알아달라는 뜻인 모양이었다.

"도망치는 것은 아닙니까, 도사님?"

　지금까지 옥분이에게만 정신이 팔려 앉아 있던 인호가 갑자기 눈이 둥그레지며 물었다.

"결코 도망칠 그런 녀석은 아닙니다."

　윤도사는 고개를 흔들어 어디까지나 자기 부하를 믿는 얼굴이었다.

"그렇지만 그 사람이 어젯밤에 어떤 선비와 널을 쓴 젊은 여자를 집에 데리고 와서 재웠다는 그의 어머니의 말을 들으면 청림당에 들어갔던 행수는 그 사람이 틀림없는 것이 아닙니까? 그런데도 도망칠 염려가 없단 말요?"

　김인호가 입을 연 것을 보니 냄비에서 물이 바글바글 끓는 것처럼 오돌거리는 친구였다.

"그렇게 단정지을 수만도 없겠지요. 하여튼 그 선비가 어떤 사람인지 그것이 분명히 드러나기 전에는ㅡ 칠덕이는 그 선비의 이름을 아직 모르지?"

"이서구 비장이 돌아오시면 알고 있으리라고 생각하는데요."

분별 있는 대답이었다.

"참 그렇구면."

"그런데 이비장은 왜 이렇게 또 늦어? 하여튼 너른마당으론 우리가 갔어야 했어요. 우리가 가기만 했으면야 그 선비 녀석을 놓쳤겠어요?"

김인호는 쓴 얼굴의 표정을 그대로 옥분이에게 돌렸다. 자기는 결코 샌님만도 아니라는 것을 옥분이에게 보이고 싶은 모양이었다. 그러나 옥분이는 그와는 반대쪽인 아버지에게 눈을 돌려

"어젯밤 동욱이가 무슨 잘못한 일이 있어요?"

"응, 잘못한 일이라기보다도 자기 집에 젊은 남자와 여자를 데려다 재운 모양인데 그들을 어디서 만났는지 그걸 좀 알고 싶어서 찾는 거야."

윤도사는 딸까지 걱정시키고 싶지는 않은 때문인지 대답을 어물어물 넘겼다.

"그렇다면 그 여자가 지금 붓골 너른마당에서 잡혔다는데 그 여자에게 물으면 알 수 있는 일 아니에요. 그런데 왜 동욱이를 찾아낸다구 야단이에요?"

옥분이는 동욱이를 이렇게까지 감싸주려던 것은 아니었으나 이야기를 하고 보니 그렇게 되고 말았다.

"아씨는 대단히 그 행수 생각을 해주는군요."

김인호는 찌푸렸던 눈이 어느덧 실눈이 되며 옥분이를 조롱댔다.

"그럼요, 내 아버지를 도와서 여지껏 일해 온 사람인걸요."

태연스럽게 말을 받아넘기는 옥분이었다.

"칠덕이 자네 한번 나가서 동욱일 찾아보게나."

윤도사는 딸의 입에서 무슨 말이 나올지 몰라 불안한 모양으로

문득 이런 말로 방안의 공기를 바꾸었다.

"네."

"집에 있거든 어제 일은 걱정 말란다구 하구서 내가 딴 일로 오랜다구 하게나."

"알겠습니다."

칠덕이가 문을 열고 나가는데 엇바뀌어 이서구 비장이 기침을 하면서 들어섰다.

"오늘 수고가 많았습니다."

윤도사가 자리를 움쳐서 이서구를 앉게 하자

"이비장, 은실인 어떻게 하구 왔소?"

김인호는 무엇보다도 그것이 알고싶은 모양이었다.

"염려마오. 은실이는 윤도사의 둘째 사위님 집에 맡겼으니."

(네?)

옥분이는 하마터면 소리를 낼 뻔했다.

(그곳에다 은실이를 맡겼다면 행수들이 지키고 있을 텐데, 그것을 모르고 찾아갈 동욱이는 꼼짝 못하고 잡힐 판……. 아니, 지금쯤은 벌써 잡혀 있는지도 모르는 일이다)

급기야 옥분이는 자기가 앉아 있을 자리가 아니란 듯이 불쑥 일어섰다.

동욱이는 옥분이와 헤어지고 나서는 일부러 먼 길을 걷기 위하여 효경교까지 가서 그곳서 너른마당으로 가는 개천길로 들어섰다.

바로 그때는 이비장이 여리꾼들을 시켜 태근이를 잡으려다가 놓친 터라, 길가의 사람들은 너른마당에 색시를 훔쳐갖고 가던 도둑이 나타났다느니 그 도둑이 어찌나 날랜지 십여명이나 되는 여리꾼이 따라갔어도 못잡았다고 지껄여댔다.

여느 때 같으면 도둑이란 첫 자만 들어도 눈이 번쩍 뜨일 동욱이었지만 오늘은 그런 것엔 귀를 기울이고 싶지도 않은 듯이 개천만 따라 걷고 있었다.

(내 꼴이 도대체 뭐란 말야. 그래두 명색이 행수라는 자가 피해 다니게 됐으니)

어이가 없는 듯이 쓴웃음을 웃으면서도 동욱이는 결코 우울한 얼굴은 아니었다. 옥분이가 자기 편력을 들어준다는 것을 분명히 알았기 때문이었다.

(고것이 겉으로는 모욕을 주는 것 같으면서도 속으론 아주 딴판이지. 이런 판국에 자기 언니네 집에 가 있으라는 것을 봐두 나를 진심으로 생각해준다는 것을 알 수 있지 않나?)

빙그레 웃음이 저절로 흘러졌다.

(그런데 고건 왜 그렇게 톡톡 쏘는 성민지 모르겠어)

살림을 갖게 된다면 어쩔 수없이 자긴 판관이 되는 수밖에 없다고 생각하면서도 먹장구가 톡톡 쏘는 벌을 넙적넙적 받아먹는 그 맛을 어서 보고만 싶은 동욱이었다.

그러나 그의 상관인 윤도사가 권세와 돈에 못이겨 저쪽에 붙는다면 결국 이런 생각도 꿈이 되고 마는 일이었다. 그렇게 되지 않도록 하기 위해서는 그때는 둘이서 줄행랑치는 길밖에 없었다.

(그것도 싫은 것은 아니지만 그러나 내겐 어머니가 있으니)

뒤에 무거운 무엇이 매달리는 것만 같은 기분에 그만 얼굴이 흐려지고 말았다.

바로 그때 뒤에서 따라오며 어깨를 툭 치는 사람이 있었다. 삿갓 속의 얼굴을 보고난 동욱이는 깜짝 놀라면서

"아니 선비님, 어떻게 된 일입니까?"

"걸으면서 이야기합시다."

태근이는 몹시도 긴장한 얼굴로 눈을 돌리는 일도 없었다.

"어떻게 혼자세요? 은실이 아가씬 어떻게 하구?"

"잡혔어."

"네?"

동욱이는 자기 죄나 되는 것처럼 문득 가던 걸음을 멈췄다.

"어느 놈들에게 잡혔어요?"

"너른마당 여리꾼들에게 잡혔지요."

"네? 여리꾼들에게요?"

동욱이는 알 수 없다는 얼굴이었다.

"그 자들도 포도청에 큰소리해서 우릴 잡을 수는 없게 되지 않았어요. 그러니까 윤도사를 찾아가서 소문내지 않고 우릴 어떻게 잡을 수 없겠느냐고 의논하던 중에, 우리가 영희전 쪽으로 간다는 것을 알고서 그곳의 여리꾼을 동원한 것이지요."

"그 자들이 둘이서 그 쪽으로 빠지는 것은 어떻게 알았을까요?"

행수로서 물을 만한 물음이었다.

"글쎄요, 그건 알 수 없지만 하여튼 우리가 행수님 집을 나왔을 그때부터 우리 뒤를 따르고 있더군요."

"그렇다면 두 분이 우리 집에서 잔 것을 안 모양이군요."

"그런지도 모르지요."

실상 태근이는 옥분이가 행수를 데리고 왔는지도 모른다고 생각했다. 그러나 그 말은 동욱이 앞에서는 말할 수는 없는 일이었다.

그들은 어느덧 너른마당으로 들어가는 어귀에 이르렀다.

이곳서 태근이와 헤어져야 한다고 생각하면서도 동욱이는 은실이가 잡힌 것이 자기 책임도 있는 것만 같아 그런 말은 입에 내지 못하고 줄줄 따라갔다.

"참, 행수님은 지금 어디로 가는 길이었소?"

태근이는 문득 그것을 생각하고서 물었다.

"사실 선비님에게 뭐라구 할 말이 없지 않아요."

동욱이는 자기가 태근이를 꼭 배신한 것만 같은 우울한 기분이었다.

"난 아까 옥분일 따라가서 다 이야기를 한 걸요. 훌륭한 선비님을 옥분이가 오해하는 것 같아서 쭉 이야기하지 않을 수가 없었어요."

"그래요?"

태근이가 약간 걱정스러운 얼굴이 되자

"그래두 걱정할 것은 없어요. 다행히두 옥분이가 선비님을 알아주었어요. 그리구는 내가 지금 나타나면 재미없으므로 잠시 너른마당에 있는 자기 언니네 집에 숨어 있으라는 것이 아닙니까? 자기가 자기 아버지에게 잘 이야기 해보겠다면서. 옥분이가 나를 이렇게 생각해주는 것을 알았을 때 난 정말 눈물이 날 지경이었소."

"그렇다면 잘 됐구먼요. 난 그렇지 않아두 행수님이 우리 때문에 이런 일을 당하게 된 것이 몹시 미안했는데 — 옥분이에게 그 이야기를 듣고 윤도사는 어떤 태도를 취할 것 같소?"

"글쎄말입니다. 윤도사님도 되도록 바르게 살려는 사람이지만, 권력과 돈 있는 자들의 앞이라 알 순 없지요."

"하여튼 주의하세요, 잘못하단 목이 달아나는 판이니."

"그야 선비님두 마찬가지가 아닙니까?"

"난 처음부터 그런 자들과는 싸우려고 나선 사람이니 그만한 각오는 벌써부터 하고 있지요."

태근이는 여유있게 웃으면서 말했다.

"참으로 나쁜 놈들이에요, 김재찬이니 이비장이니 김인호가 모두."

그렇게 이야기하는 동욱이도 윤도사도 그 편에 붙게 되면 그들과 마찬가지인 악당이 된다고 생각하니 약간 이상한 기분이었다.

"그런 악당들에게 또 은실이가 잡혀 갔으니 —."

"어떻게 구해낼 길이 없을까요? 그런 길이 있다면 저도 목숨을 내걸고 협력하겠어요."

"행수님이 그런 말을 해주어서 고맙소."

태근이 얼굴에 불시에 수심(愁心)이 차는 것을 보면 속으로 그 궁리뿐인 모양이었다.

"그런데 그 아가씨하군 선비님이 어떻게 되는 거요?"

어젯밤에 한 방에서 잔 것을 봐도 물론 동욱이도 짐작이 가지 않는 것은 아니었지만 그러면서도 묻고 싶은 말이었다.

"글쎄요, 어떻게 된다구 이야기해야 할까?"

대답하기가 난처한 듯이 태근이가 어물거리자

"그러면 누가 모를 줄 알구요? 어젯밤은 그 아가씨가 나올 시각을 기다리기 위해 공연히 나를 끌고 다녔으면서요."

"그런 것은 아닙니다."

"아니긴 뭐가 아니에요."

동욱이가 자기 말이 옳다고 내세우는 데는 태근이도 변명할 도리가 없어 웃을 수밖에 없었다.

"그것 봐요. 웃는 얼굴을 봐두 알 수 있는 일이지."

"그렇게까지 말하니 행수님의 말이 맞았다구 합시다."

태근이는 더 변명할 필요도 없으므로 수긍해버리고 말았다.

"그러기 말예요. 신방 빌려준 사람, 국수 한 그릇도 먹이지 않았으니 일이 제대로 될 것이 뭐예요? 그래서 아가씨가 잡힌 줄 아세요."

동욱이가 나무라듯이 조롱댔다.

"그러나 아직 국수 먹기까진 안 됐답니다."

"안 되긴 뭐가 안 되어요. 어제 한 방에서 지냈으면 다 된 것이지."

"신부는 어젯밤 치마 벗는 일두 없이 앉아 새운걸요."

"앉아 새우다니?"

"그럴 이유가 있었어요."

"난 믿어지지가 않는데요."

공연한 소릴 하지 말라는 듯이 태근이를 쳐다봤다.

"믿어지지 않는대두 할 수 없지요."

"그렇다면 이유를 이야기해야 내가 알지 않겠어요?"

"지금은 이야기하기가 좀 곤란합니다."

"난 옥분이 일에 대해 선비님에게 털어놓고 이야기했다고 생각하는데요."

"나두 언젠가는 이야기할 때가 있겠지요."

"또 차차 이야기한다는 식이군요."

동욱이는 드러내놓고 불만을 표시하는 얼굴이었다.

"그런데, 행수님은 옥분이 언니네 집에 가지 않아두 됩니까?"

태근이는 생민동 애기무당네 집은 혼자 갈 생각이므로 그런 말을 꺼냈다.

"거기 가는데야 뭐 바쁠 것 없지요. 그보다두 아가씨를 구해낼 방도가 서기 전에는 안심이 되지 않는걸요."

"그래요. 그런데 옥분이란 여자는 참 영리하더군요."

"너무 영리해서 겁이 날 지경이지요. 하여튼 나 같은 건 어린애 대하듯 하니."

그러면서 또 두꺼비가 벌 잡아먹는 생각을 하는 동욱이었다.

"영리하면서도 마음 착한 그런 여자는 좀처럼 쉽지 않을 겁니다. 무엇보다도 행수님을 생각해서 언니의 집에 가 있으라는 것을 보면."

"그 말은 고맙습니다만 그래두 난 이제는 틀린 것 같아요."

"틀리다니, 뭐가요?"

"이미 난 윤도사님 눈 밖에 난 놈이 됐으니 말요."

동욱이는 그만 침울한 얼굴이 되었다.

"그런 생각하긴 아직 멀었어요. 옥분이 아가씬 자기 아버지가 하는 일보다도 행수님 하는 일이 바르다는 것을 알고 있지 않아요. 그 아가씬 아버지를 거역하구서라도 행수님한테 올지도 모릅니다."

"그럴까요? 그러구서두 내 목이 붙어 있을까요?"

"그 걱정은 말아요. 바른 것은 반드시 이기는 법이니까. 아니 어떻게서든지 이겨야만 하는 것이지요."

"그거야 물론 그렇지만."

그렇게 받으면서도 당해낼 상대편이 너무나도 크다는 것을 생각하고 어깨가 늘어지는 동욱이었다.

이런 이야기를 주고받으며 그들이 생민동 어귀에 이르렀을 때였다. 저편 골목 안에서 두 사나이가 걸어오는 것을 본 태근이는 문득 걸음을 멈추었다.

덕보가 알 수 없는 사나이와 걸어오기 때문이었다.

다시금 두 사나이에게 눈을 뒀던 태근이는 분주히 동욱이를 잡아끌어 그 옆의 건재약국으로 피했다.

"왜 그래요 갑자기?"

영문 모르는 동욱이는 눈이 둥그레졌다.

"저기서 오는 두 사나이를 피해야 할 일이 있어서."

덕보와 같이 오는 사나이는 김재찬의 겸인으로서 그의 신임을 받고 있는 박일웅이었다. 그를 십년 만에 보는 셈이니 태근이가 처음엔 알아보지 못한 것도 무리는 아니었다.

그때의 그들은 아직도 십대의 홍안(紅顔) 소년으로서 천주교 학자인 권철신(權哲身) 정약전(丁若銓) 같은 선생을 찾아다니던 동지였다. 그러나 십년이 지난 오늘에는 길에서 만나고 나서도 서로 피해야 할 사이가 되고 말았다. 하나는 자기가 옳다는 생각을 굽혀 권력에 아부하며 살아왔고, 하나는 자기의 옳은 생각을 지키기 위해서 어디까지나 반항하면서 살아온 생활의 차이로 말미암아 그런 사이가 되고 만 것이다.

그러나 지금 태근이는 한가롭게 그러한 것을 생각할 여유가 없었다. 그가 생각하고 있는 것은 일웅이와 덕보가 어떻게 알게 되었으며, 그들은 지금 무슨 일로 어디를 가고 있는가를 알고 싶은 것뿐이었다.

(도대체 일웅이가 어젯밤은 은실이를 도망치게 한 것은 무슨 일 때문인가? 그가 김재찬의 겸인 노릇을 한다 해도 전부터 갖고 있는 자기의 옳은 생각을 버리지 못한 때문인가?)

일웅이와 덕보가, 그들이 숨어 있는 대문 앞을 지나가자 숨을 죽이고 있던 동욱이가

"저 사람들 누구요?"

하고 가만히 물었다.

"김재찬의 겸인이요."

"네?"

동욱이는 김재찬이란 말만 들어두 겁이 앞서는 모양이었다.

"그렇다구 놀랄 건 없지 않소. 저 사람이 행수님을 아는 것도 아닌데야."

"하긴 그렇군요."

"그러니 말요. 저 사람들이 어디로 가나 좀 알아보구 와요."

"왜요?"

"어젯밤에 은실이를 도망치게 한 사람이 저 사람인데, 그걸 보면 저 사람두 은실이 편인 것은 분명하지 않아요. 그러니 말요, 은실이를 구하기 위해선 저 사람과 연락할 필요가 있을지 모르니 그가 잘 가는 곳을 알아두자는 것이오."

태근이는 딴 목적이 있었으나 이런 말로 대답했다.

"말하자면 저 사람이 가는 곳을 알아두는 것도 은실이를 구해내는데 도움이 될지 모른다는 것이군요."

"그렇지요."

"그렇다면야 어딜 가나 꼭 알아가지고 오지요."

"또 내 뒤를 밟듯 해서는 안 됩니다."

"그야 어쩔 수 없게 된 일이 아닙니까?"

그 때문에 이런 곤경에 빠진 동욱이면서도 그것을 후회하는 얼굴도 아니었다.

"그러면 난 이 약국에서 육미(六味)나 한 제 지어 달래면서 기다리고 있을 테니 곧 돌아와요."

"염려 말아요."

동욱이는 앞에서 가는 그들과 대여섯 칸 사이를 두고 뒤따르기 시작했다. 그들은 개천을 끼고 내려가다가 너른마당 앞 골목을 돌았다. 그곳은 바로 옥분이 언니네 집 근처였다.

태근이는 동욱이를 시켜 그들의 뒤를 따르게 하고 나서는 곧 생민동 집으로 달려갔다. 혹시 애기무당이 들어왔으면 은실이 이야기를 하고서 그녀의 언니에게 연락할 길을 알아낼 생각이었다. 그러나 집을 지키고 있는 행랑방의 부처는 어젯밤에도 애기무당이 들어오지 않았고, 좀전에 어떤 선비가 와서 덕보를 데리고 나갔다는 그 이야기뿐이었다.

태근이는 애기무당이 들어오면 자기가 기다린다는 말을 전해달라고 하고서는 다시금 동욱이와 약속한 약국으로 갔다.

약국에는 약을 지으러 온 사람이 서넛 되었다.

"저두 육미나 한 제 지어줘요."

태근이는 윗목에 앉아서 아이들이 약 싸는 것을 구경하며 약짓기를 기다렸다.

그러나 약국에 왔던 손님이 다 가고 그 육미도 다 지어 놨으나 어찌된 일인지 동욱이는 나타나지를 않았다.

(동욱이가 그들의 뒤를 따르다가 혹 어떻게 된 것은 아닌가?)

태근이는 덕보의 우직한 성격을 아는 만큼 걱정이 되었으나, 그렇다고 어디로 갔는지 방향도 모르는 그를 무턱대고 찾아갈 수도 없는 일이었다.

오십쯤 난 약국집 주인은 사람을 기다리고 있는 태근이를 옆에서 보기가 민망했던지

"올 사람이야 언제구 오겠지요. 그렇게 갑갑스럽게 기다릴 것 없이 우리 장기나 한판 놉시다."

하고 장기 두기를 청했다.

태근이는 몇 년 동안 장기를 대할 기회가 없었으나 그래도 어렸을 때는 장기엔 신동이란 말까지 들은 만큼 자신이 있었다.

둘이서 장기를 두어보니 주인은 태근이보다는 하나쯤은 약한 장기였다.

그래도 주인은 자기가 실수를 해서 진 줄 아는 모양으로

"내기장기를 두지 않으니 흥이 나지를 않는군요. 이번엔 뭘 좀 걸구 두기로 합시다."

하고 말했다.

그런 말을 들은 주인은 일부러 져주는 것 같기도 했지만 그렇다고 태근이로서는 조금도 겁나는 장기는 아니었다.

"그럽시다. 뭘 걸까요?"

"서로 초면에 많이 걸 거야 있어요? 내가 지면 선비님에게 육미를 한 제 거저 준 셈치고 약값을 안 받기로 하고, 선비님이 지면 비싼 약을 산 셈치고 약값을 곱내기로 합시다."

"거 참 좋은 내기입니다."

둘이서는 다시금 장기를 두기 시작했다. 두고 보니 이번에는 주인 장기가 태근이보다는 차(車) 하나가 아니라 포(包)까지 뗀 약한 장기였다.

"이거 참 미안합니다, 초면에 약을 거저 지어가게 돼서."

그러나 약국집 주인은 자기의 장기 푼수도 모르면서 장기는 무척 바치는 모양이었다. 일어서려는 태근이를 부득부득 붙잡아

"한번만 더 둡시다. 한번만, 이번엔 내가 꼭 이길 테니."

하고 놔주질 않았다.

그러나 태근이는 이렇게 장기만 두고 있을 사람이 못되는 자기를 생각하다가, 이집 주인은 동욱이가 혹시 갔을지도 모르는 옥분이 언니의 집을 알지도 모른다고 생각했다.

"주인님 혹시 포청에 있는 윤도사의 둘째사위의 집을 모르시나요? 이 부근에서 산다는데."

"알지요. 알지만 그것두 장기를 둬야만 가르켜주겠소."

태근이는 하는 수 없이 장기를 또 한판 둘 수밖에 없었다.

약국집 주인이 알려준대로 옥분이 언니의 집을 찾아간 태근이는 위선 그 앞에서 동정을 살피기로 했다. 옥분이 형부가 여리꾼이라고 하니 아침에 자기를 잡으려던 그 패거리의 하나인지도 모르므로 무턱대고 그 집을 찾아갈 수도 없기 때문이었다.

그곳은 점쟁이들이 많이 사는 곳인만큼 골목 어귀에는 장책을 봐주는 영감이 서넛 앉아 있었다. 태근이는 그쪽으로 가서 장책을 보는 척하면서 그 집을 살피고 있는데 젊은 여자가 하나 나왔다.

(저거 누구야?)

태근이는 분주히 눈을 닦았다. 옥분이가 이쪽을 향하여 걸어오고 있었기 때문이었다.

첫눈으로도 눈물을 담은 듯한 침울한 얼굴이란 것을 알 수 있

었다.

"옥분이!"

태근이는 불쑥 일어서면서 소리쳤다.

"어마—."

옥분이 눈에서 번갯불이 일듯이 놀라며 분주히 주위를 살피고 나서

"저리로 가요."

하고 저편 으슥한 느티나무 밑으로 태근이를 끌고 갔다.

"동욱이 어떻게 됐어요?"

"잡혔어요."

"잡히다니?"

태근이는 급기야 눈이 둥그레지며 묻자,

"오늘 아침 동욱이의 말을 듣고 나니 당분간 숨어 있는 것이 좋겠다고 생각되더군요. 그래서 제 언니 집에 가 있으라고 했는데 이서구 비장이 집에 와서 하는 이야기가 은실이 아가씰 그 집에 갖다 가뒀다는 것이 아니에요. 그러니 행수들이 그 아가씰 지키구 있을 것은 뻔한 일인데 그걸 알 리 없는 동욱이는 그 집을 찾아가겠다고 하니, 내 마음이 얼마나 당황했겠어요. 그래서 부랴부랴 그 집으로 달려갔더니 동욱이도 은실이 아가씨도 모두 없지 않아요."

"어떻게 됐기에?"

"언니한테 들었는데, 은실이 아가씬 도망치구 동욱인 행수들이 묶어서 데리구 갔다는 것이에요."

"은실이는 도망치구 동욱이가 묶여 잡혀갔다니, 도대체 무슨 소린지 알 수가 없는데?"

"동욱이가 그 집으로 가서 말이에요, 문득 수상한 자루를 보고서 그 속엔 은실이 아가씨가 들어 있는지도 모른다고 생각한 모양이에

요. 그래서 그 속에 뭐가 들어 있느냐고 행수들에게 묻자 그들이 어물거리고 있을 때 은실이 아가씨는 그 목소리로써 동욱이가 온 것을 알았던지 갑자기 숨이 넘어가는 것처럼 픽픽거렸다지 않아요. 그래서 사람을 그렇게 자루 속에 오래 넣어두면 죽는다고 야단을 치니까 그들도 겁이 났던지 풀어주기 시작했다는 거예요. 그 틈을 타서 동욱이가 옆에 있던 망치를 휘둘러 은실이 아가씨더러 달아나게 하고, 자기도 도망치려다가 그만 잡히고 말았대요."

"그래두 행수들이 많았다는데, 은실이가 달아나는 것을 보고만 있었을 리가 없겠는데?"

"저두 그것이 의심스러워서 언니에게 물었더니 은실이 아가씨가 달아날 때 행수 하나가 따라 나갔대요. 그랬더니 밖에서 사나이가 기다리고 있다가 은실이 아가씰 데리고 달아났다지 않아요. 그래서 난 그것이 선비님인 줄로만 알고 있었는데……."

이 말을 듣고 보니 두 사나이는 좀 전에 동욱이가 뒤를 밟은 박일웅이와 덕보임에 틀림없었다.

"그럼 동욱인 어디에 있는지 모르겠구먼요?"

"모르지요."

"하여튼 걱정 말아요. 동욱인 어떻게서든지 구해낼 테니."

옥분이를 위로하는 말이면서도 무서운 결심을 보이는 말이었다.

찔레꽃

그날 밤 태근이는 술시정(戌時正 : 저녁 8시)을 앞두고서 수표교를 향해 어슬렁어슬렁 걸어갔다. 어젯밤 여도둑이 자기를 만나고 싶다면 내일 밤 술시정에 수표교로 와보란다고 동욱이에게 말했다는 그것을 생각한 때문이었다.

물론 태근이는 그 말을 사실로 들은 것은 아니었지만 은실이를 찾고 동욱이를 구하기 위해서는 자기가 그런 패거리에 들어가는 것이 유리하다고 생각한 때문이었다.

(나도 신유사옥 때 부모를 잃은 놈이니 그 패거리에 들어갈 충분한 자격이 있거니와 그렇게 푸대접할 리도 없는 것이 아닌가. 아니 그들이 사실로 그때에 희생된 이들의 유족들이라면 같이 손을 잡고서 일을 할 수도 있는 것이 아닌가?)

옥분이와 헤어지고 나서 울적한대로 어느 선술집에 가서 막걸리를 마셔가며 이런 생각을 하던 태근이는 다시금

(아니, 그 여도둑은 은실이의 언니인지도 모르겠다. 동욱이의 말을 들어보면 그 여도둑의 얼굴이며 몸집이 은실이와 비슷하다고 하지 않았는가? 그걸 왜 내가 여태 생각을 하지 못했는가? 자기 언니는 산채 도둑의 여두목이라는 말까지 듣고서―)

여기까지 생각한 태근이는 그 여도둑을 꼭 만나야 하겠다고 생각한 것이었다.

오늘도 달은 밝았다. 달빛에 잠긴 밤거리는 꿈나라처럼 조용할 뿐,

다리 밑 갯물은 소리없이 흐르면서도 그 위에 그려진 달빛만은 제법 술렁댔다.

태근이는 다리 한복판에 서서 그 술렁거리는 달그림자를 먹먹하니 보고 있었다. 그것은 마치도 어지럽게 뛰고 있는 자기 가슴속을 보고 있는 것만 같았기 때문이었다. 은실이를 데리고 달아났다는 일웅이도 덕보도 지금의 태근이로서는 조금도 믿을 수 없는 사내들이니 그의 마음은 그저 불안스러울 수밖에 없는 것도 사실이었다.

그럴수록 그는 그 여도둑이 더욱 기다려졌다. 만일 이곳에 여도둑이 나타나지 않는다면 이제는 자기와 상의할 사람도 옥분이 하나밖에 없었다. 옥분이 하나만 가지고서는 너무나도 자기 주위가 허전한 것만 같았다.

어느 절에서인가 술시정을 알리는 종소리가 은은히 들려왔다. 태근이는 그 소리와 함께 눈을 들어 주위를 살펴봤다.

지금 저쪽에서 다리를 건너오는 사람은 지게 꼭다리에 비웃 두 마리를 사 매단 지게꾼이 하나 있을 뿐이고, 이쪽에선 서원(書員)같은 친구가 둘이서 술에 취하여 비틀거리면서 건너갈 뿐 너울을 쓴 여인은커녕 늙은 할머니도 보이지 않았다.

역시 헛걸음이었던가 하고 실망하고 있을 때 막일꾼 차림의 젊은이가 어디서 나타났는지 모르게 문득 그의 앞에 나타나서

"누구를 기다리지 않습니까?"

하고 물었다.

태근이는 대답하기 전에 먼저 그 사나이를 한 번 훑어보고 나서

"그렇소."

"누구를 기다리오?"

그 사나이도 태근이를 경계하는 얼굴이었다.

"누구를 기다리고 있는지 알고 있으면 먼저 이야기해 봐요."

"어떤 여자를 기다리고 있는 것이군요."

젊은 사나이는 싱긋 웃으면서 물었다.

"여자지, 여자가 아니라면야 무슨 흥미가 있어 만날 생각을 했겠어?"

하고 태근이는 호걸답게 웃고 나서

"그 여잔 어디 있는가?"

"선비님 혼자뿐인가요?"

"그런 걱정은 말어. 결코 비겁한 사나이는 아니니."

"네, 그건 저두 잘 알고 있습니다. 그럼 저를 따라오세요."

젊은 친구가 앞서서 걷기 시작했다.

"어디로 가는 건가?"

"저희들두 비겁한 짓을 하는 자들은 아니니 하여튼 따라오세요."

앞선 친구는 뒤를 돌아다보는 일도 없이 수걱수걱 걷기만 했다.

(그렇지, 저희들도 그만한 경계야 하겠지)

태근이는 그 여도둑을 만나면 무슨 좋은 수가 생기리라는 기대를 가지면서 잠자코 따라갔다. 앞선 친구는 골목을 몇 번이나 돌아 아침에 태근이가 은실이와 같이 걸은 영회전 뒷길로 나섰다.

그곳은 낮에도 별 사람이 다니지 않는 곳이므로 인정시각이 임박한 지금에 사람 그림자 하나 보일 리가 없었다.

"아직 멀었나?"

"아닙니다, 다 왔습니다."

안내하는 친구는 다 쓰러져가는 초가집으로 가서 길로 난 창문을 두어 서너 번 똑똑 뚜들기고 나서

"나 복선입니다."

옆집 사람이 듣지 못하게 가만히 말하고 나서는 대문 쪽으로 갔다. 잠시 뒤에 누가 안에서 나오는 소리가 났다.

"복선이야?"

"네."

"손님은?"

"같이 왔습니다."

"수고했어."

그 목소리로써 여두목이 나와서 대문을 열어주는 모양이라고 생각하던 태근이는

"아니?"

하고 깜짝 놀랐다. 대문이 열리면서 거기에 나타난 여자는 아무리 보아도 은실이었기 때문이었다.

"은실이, 어떻게 된 일이야?"

태근이는 속 목소리로 소리치면서 분주히 대문 안으로 들어섰다.

"은실이가 여기 있을 줄은 몰랐어."

"선비님은 은실이 때문에 눈이 다 오맸군요."

목소리도 은실이었지만, 그 말을 듣고 보니 어딘지 모르게 다른 데가 있는 것 같았다.

(그렇다면 내가 잘못 본 것인가?)

태근이는 눈을 비비고 다시 봤다. 그래도 은실이라고 밖에 볼 수가 없었지만, 차가운 눈매가 역시 다른 데가 있었다.

(그것도 달 때문에 그렇게 뵈는 것은 아닌가?)

태근이는 이렇게 생각하면서도

"어쩌면 그렇게도 꼭 같습니까? 하마터면 쓸어안을 뻔 했던 걸요."

하고 자기도 모르게 그런 말이 튀어나왔다.

"선비님은 그렇게두 은실이를 좋아해요?"

"좋아하지요. 그래서 이렇게도 찾고 있지 않습니까?"

"그렇게도 좋아하면서 은실인 왜 잃어버리는 거예요?"

여두목은 조롱대면서 웃었다.

"아니 그건 어떻게 알아요?"

"다 알지요. 은실이가 자루 속에 넣어 잡혀가는 것을 선비님이 못난이처럼 보고만 있었다는 것도."

"그럼 은실이가 지금 어디 있는지도 알겠군요."

"선비님은 아주 조급하서. 하여튼 들어가서 이야기해요."

여두목은 여전히 조롱대면서 마루 위로 올라섰다.

"선비님은 아주 머리가 좋다더군요."

방으로 들어가서 마주 앉고 나서도 여두목은 여전히 조롱조로 이런 말을 꺼냈다.

"그렇게 좋은 편도 못 됩니다."

"겸손할 필요는 없어요. 제가 누구인지도 이제는 다 아실 텐데."

눈시울이 갑자기 붉어지는 것은 불빛 때문만이 아니라, 그런 말이 부끄러운 때문인 모양이었다.

"이곳에 오기 전부터 혹시 그런 사이가 아닌가 생각이야 했지요. 그것이 와보니 틀림없군요. 은실이 언니라는 것이."

"역시 머리가 좋은 분이니까. 그런데 은실이하구 저하군 누가 더 예뻐요?"

눈웃음을 정면으로 내대며 이런 뚱딴지같은 말을 물었다.

"언니의 이름은 곱단이라지요? 그러니 어쩔 수 없이 언니가 더 곱달 수밖에 없지요."

"결국 그런 말이군요. 하긴 은실이밖에 생각이 없는 사람이니 결국 그런 말이겠지요."

곱단이는 일부러 실망하는 척하고 나서

"그런데 오늘 내가 한 일은 대체로 알고 있겠지요?"

그 말에 태근이도 문득 생각되는 대로

"너른마당에서 날 도와준 사람은 언니가 보낸 부하였군요."

"호호, 난 청림당 느티나무 밑에서 은실이를 선비님에게 맡기고서도 안심이 되지 않던 걸요. 그래서 부하를 시켜 두 사람의 뒤를 따르게 한 것이에요."

"그럼 저희가 행수님 집에서 잔 것도, 그리구 너른마당에서 은실이를 잃어버린 것두 다—."

"물론 다 알구말구요. 뿐만 아니라 일웅이와 덕보가 은실이를 데리구 달아난 것 까지두."

"네?"

태근이는 자기가 생각하지 못했던 일이니 놀라지 않을 수가 없었다.

"그럼 은실이가 지금 어디 있다는 것도 알고 있겠군요?"

"일웅이와 덕보를 그곳으로 보낸 것도 내가 보낸 것이니 알 수 있는 일 아니에요?"

"그럼 은실인 지금 어디 있소? 만나게 해줘요."

태근이는 무엇보다도 그것이 급했다.

"그건 안 돼요. 선비님은 은실이를 맡을 자격이 없어요."

"어째서?"

"은실이를 맡은지 하루도 못가서 그놈들에게 빼앗기지 않았어요? 이제 그놈들에게 은실이를 또 빼앗기면 그땐 또 어떻게 될 줄 알아요? 그놈들이 어떤 녀석들이라는 것은 선비님도 이제는 잘 알지 않아요?"

"그러나 은실이가 지금 어디 있는지는 모르지만 그곳도 꼭 안전하다고는 할 수 없지 않아요? 그놈들은 권력이 있는데다 나쁜 계교만 짜내는 녀석들이니."

"그런 건 염려 말아요. 당분간은 은실이를 내가 데리고 있을 테니."

그렇게 말하는데는 아무리 만나게 해달란대도 소용없을 것만 같았다. 그러니 은실이를 만날 수 있는 길은 자기의 계교로 숨겨둔 집을 찾는 수밖에 없었다.

그러자면 이 패거리들이 어떤 방법으로 서로 연락을 하는지 그것을 알아내는 것이 제일 빠른 방법이라고 생각했다.

"선비님 그런 생각을 해봤댔자 쓸데없어요."

곱단이 말에 태근이는 문득 놀라서

"내가 뭘 생각해요?"

"다 알아요."

어린애를 대하듯이 웃었다.

"다 안다니, 뭣을?"

"선비님이 지금 생각하고 있는 것을ㅡ."

"내가 뭘 생각한다구?"

"은실이가 숨어 있는 곳을 알아낼 생각을 하구 있는 거지요, 그렇지요?"

곱단이는 자신 있는 어조로 태근이를 쳐다보았다.

"맞았소. 그건 어떻게 아우?"

태근이가 솔직히 수긍하자

"호호, 지금 선비님이 생각하는 건 그것 밖에 없다고 생각되므로 한번 등떠본 거지요."

다시금 조롱대는 웃음이 피워졌지만 눈 속에는 이상스러운 광채가 번득였다. 오랫동안 복수의 외길을 살아오는 동안 그런 예감이 번개치게 된 모양이었다.

"그래서 무슨 좋은 방법을 생각했어요?"

"지금은 별로 좋은 생각은 없지만ㅡ."

"그래두 은실인 기어이 찾아낸다는 것이지요?"

어림없다는 듯한 그 눈초리에 태근이는 견딜 수가 없는 그대로

"언니면 언니지 은실이를 못 만나게 할 권리는 없지 않아요?"

"물론 권리야 없지요. 그러나 은실이는 너무나두 고생을 많이 한 걸요. 언니로선 이 이상 더 고생을 시키고 싶지 않은 때문이지요."

"그러면 나를 자기 계집 하나도 건사하지 못할 위인으로 보는 거요?"

"나두 선비님을 그렇게는 봐오지 않았지만 오늘 아침의 일을 생각하면 그렇게 볼 수밖에 없지 않아요?"

이렇게 말하는데는 태근이는 또 말이 막혀 버리는 수밖에 없는 대로 묵묵히 입을 다물고 있다가

"그럼 여기서 은실이를 잠깐만 만나게 해줘요."

"그것도 할 수 없어요. 만나면 은실이를 데리고 도망칠 생각을 할 테니."

"절대루, 나는 그렇게 약속을 지키지 않는 사람은 아니오."

"그야 물론 지금은 그럴 생각일지도 모르지요. 그러나 불붙는 연정이라는 것은 자기 자신도 어찌 할 수 없는 것이거든요. 정신이 혼미해져서—"

"알겠소.

태근이는 그만 단념하고 나서

"그런데 난 은실이 언니에게 한 가지 물어볼 말이 있소"

"무슨 말요?"

"은실이를 데리고 도망쳐 온 박일웅이를 어떻게 아는 거요?"

이것은 아까부터 태근이가 묻고 싶었던 말이었다.

"호호, 선비님이 그걸 묻는 것은 그들은 믿을 수가 없는 사나이라는 것이지요?"

"나는 지금까지 그렇게 생각해왔소."

"물론 선비님은 그렇게 생각할 거예요. 일웅이는 천주교 신자로서 변절한 사나이고 덕보는—."

하고 말을 끊고서 태근이를 힐끔 치떠보고 나서는

"덕보는 은실이의 정조를 빼앗은 사나이니."

"네? 그럼 은실이 언니는 그걸 알구 있었오?"

태근이는 불꽃이 튀는 듯한 눈이 되었다.

"덕보가 자기 입으로 말한 걸요."

"뭐, 그런 말을 자기 입으로?"

"놀랄 것 없지요. 사실 난 덕보가 그렇게 우직하기 때문에 믿을 수 있다는 것이에요."

"자기 동생의 정조를 그렇게도 무참히 짓밟은 녀석을—."

"선비님은 그것을 탄(嘆)할 아무 자격도 없어요. 눈앞의 꽃을 보면 꺾고 싶은 것은 누구나가 갖는 충동인데, 뭐 잘못이라 탄할 것 있어요?"

거침없이 말해버리는 곱단이었다.

"이야기를 듣고 보니 은실이 언닌 대단한 부하를 갖고 있군요."

태근이는 비양치는 뜻으로 말했으나 곱단이는 그것을 그대로 받지 않고

"물론이지요, 부모와 형제를 잃은 원한이 골수에 젖은 사람들인 걸요."

"그건 나두 마찬가지요."

"그러면서 왜 여태까지 무위도식(無爲徒食)으로 날을 보내고 있는 거예요? 할 일이 너무나도 많은 사람이."

태근이는 아픈 데를 찔린 모양으로 대답을 못하고 있자

"선비님이 서울 와서 한 일이 뭐예요? 말로만 어쩌느니 저쩌느니 야단치는 양반집 사랑이나 찾아다닌 것 밖에."

"……."

"그런 자들이 아무리 입으로 떠들어 댄다고 나라가 바루 될 줄 알아요? 그런 자들은 천 명이 아니라 만 명이 모여 야단을 친대두 소용없는 거예요. 한갓 잠꼬대 같은 소린 걸요."

이때 밖에서 방문을 똑똑 뚜드리는 소리가 났다.

"두령님—."

사나이의 굵은 목소리였다.

"누구야?"

곱단이는 아랫목에서 방문을 열며 물었다.

"청림당에서 오는 길입니다."

"모두 모였던가?"

"네, 그리구 윤도사의 딸인 옥분이란 계집애가 그곳에 잡혀온 동욱이를 만나러 왔다가 역시 잡힌 모양이에요."

그 말에 태근이는 가슴이 덜컥 내려앉는 것 같았다.

"그러면 경계가 대단하겠구먼."

"포청에서 나졸들이 십여명 나와서 지키고 있는 모양입니다."

"알겠다, 나도 그리로 곧 갈테니까."

부하가 사라지자

"은실이 언닌 오늘 또 청림당에 들어갈 계획이요?"

하고 태근이가 물었다.

"그래요, 어제 말한 대로 실행을 하지 않으면 그자들은 공연한 뜬소리로 생각할지도 모르니까."

곱단이의 눈에는 어느덧 복수의 불길이 타고 있었다.

"그 중에서도 이비장 같은 녀석은 나를 보면 기절할지도 모르지요."

"왜요?"

"내 목을 비틀어 뒷간에 집어넣던 악당인걸요."

"뒷간엘?"

태근이는 곱단이의 얼굴을 쳐다보지 않을 수 없었다.

"사람이란 한번 잔인한 짓을 해보면 그런 짓도 예사로워지고 마는 모양이에요. 하여튼 그때 그놈들은 젖먹이 애들까지 연자방아로 갈아 죽였으니 말요. 그러니 선비님도 주의해요. 그자들이 얼마나 무서운 자들이란 것을 알았으면—."

"나도 그런 것쯤은 알고 있소."

"그 자들이 선비님을 얼마나 미워하고 있다는 것도 알고 있겠지요?"

"물론 알고 있지요."

"그래도 자기 혼자서 그 놈들을 견뎌낼 자신이 있다고 생각해요?"

"물론."

태근이는 대답만이라도 이렇게 할 수밖에 없었지만 곱단이는 그것을 무시하듯이

"할 수 없는 일을 한다고 허세를 부리는 것은 미련한 짓이에요."

하고 나서는

"오늘밤 그자들이 옥분이를 잡은 것은 또 무슨 짓을 하기 위해서인지 알아요?"

하고 수수께끼 같은 말을 던졌다.

"옥분이에게까지 손을 댄다는 거요?"

태근이는 반문했다. 그들이 윤도사의 비위를 거스르는 일은 되도록 피하리라고 생각됐기 때문이었다.

"그걸 보면 선비님은 아직도 그들이 어떤 자들인지 모르시는 모양이야."

"나도 모르는 것은 아닙니다만—."

"알겠어요, 윤도사의 딸이라구?"

"그 점도 있지 않겠소?"

"윤도사가 뭐 대단한 존재라구, 그들의 눈에는 땅 위를 기어다니는 벌레나 마찬가지일 텐데."

"그럼 역시—."

"물론 거기에는 약간 복잡한 이유가 있지요. 말하자면 김재찬이가 돈 삼천냥으로 은실이를 김인호에게 내줄 생각을 한 것은 아니란 말예요. 어젯밤 우리가 빼앗은 그 삼천냥은 이서구 비장이 차지하려던 돈이구 재찬이는 개성 한달갈이의 논을 받기로 인호 아버지인 김달수 영감과 따로 내약(內約)이 된 것이랍니다. 김달수 영감은 그것으로써 아들의 소원도 풀어줄 겸 김재찬이 같은 든든한 끈도 잡아두겠다는 심산이었지요."

"그것은 나도 생각하고 있었는데 옥분이에게 손을 대겠다는 이유는?"

"은실이를 잃은 지금에 그들이 옥분이를 은실이 대신으로 이용할 생각을 하지 않을 것 같아요?"

"하여튼 고맙소, 그걸 알려줘서."

옥분이와 동욱이가 자기 때문에 그런 무서운 함정에 빠졌다는 것을 생각하니 태근이는 그대로 앉아 있을 수가 없었다.

"청림당에 들어가겠다는 건가요? 선비님 혼자서—."

곱단이는 웃으면서 물었다.

"은실이를 구해준 사람은 누구보다도 그 두 사람이오."

"그러나 그곳의 경계(警戒)가 어떻다는 것은 어제 왔던 사람의 말을 들어 선비님도 알고 있겠지요?"

"알고 있소."

"옥분이 언니의 집에서 은실이를 빼앗아간 것은 선비님이라고 생각하는 그들이요. 그러니 선비님이 그들에게 잡히면 어떻게 될지도 알고 있겠지요?"

"그것이 무섭다고 난 움츠러들 수는 없어요. 그들을 구해줄 사람은 나밖에 없으니."

"물론 나도 선비님이 그들을 구해주겠다는 것을 말리는 건 아닙니다. 다만 그물을 치구 기다리고 있는 속에 아무런 대책 없이 뛰어들어간다는 것은 좀 생각할 문제라는 거예요. 더군다나 선비님은 동욱이와도 달라서 그들이 허겁대고 덤빌텐데."

곱단이는 무슨 좋은 계교가 있는 모양이었다. 그것을 태근이가 '그럼 어떻게 하면 좋아요?'하고 묻기를 기다리는 얼굴이었다.

그러나 태근이가 잠자코 옆에 벗어놓았던 삿갓을 집어들자

"알겠어요, 선비님은 우리들과는 같이 일하고 싶지 않다는 것이군요."

"믿어주지도 않는 사람과 어떻게 일을 해요?"

"내가 선비님을 믿지 않는다니?"

"그렇지 않아요, 은실이를 내게 맡길 수 없다는 것을 보면—."

"은실이 은실이 너무 그러지 말아요. 나두 여자에요. 샘낼 줄은 안 답니다."

하고 밉지 않게 눈을 흘기고 나서

"그렇게 아끼는 은실이를 왜 또 울리겠다는 거예요?"

"울리다니?"

"선비님 혼자 가두 될는지 걱정이 되니 말예요."

"걱정해주는 것은 고맙지만 나 혼자라도 해야 할 일이니 하겠다는 것이지요."

웃으면서 자신 있게 말하는 태근이었다.

"선비님 고집두 대단하군요."

곱단이도 따라 웃고 나서

"그러나 그들에게 손 하나 댈 필요도 없이 곱게 동욱이와 옥분이를 빼낼 수 있다면 선비님도 군말은 없겠지요?"

"그런 방법이 있소?"

"하여튼 내가 묻는 말부터 대답해 봐요."

사나이를 녹이는데는 자기도 자신이 있다는 듯한 눈웃음이었다.

"대답하지요."

"그렇다면 오늘밤은 내가 임시로 은실이가 된대도 불만은 없겠지요?"

"은실이가 되다니?"

"김태근이란 선비님이 은실이를 데리고 청림당을 찾아가서 은실이를 잡아왔는데 이서구 비장을 만나고 싶다면 그 사람이 버선발로 뛰어나올 것 같지 않아요?"

"그야 나오겠지요."

"그러면 선비님은 은실이는 돌려줄테니 그 대신에 동욱이와 옥분이를 내달라면 그들이 싫다고 고갯짓은 하지 않겠지요."

"물론 그렇지요."

사실 그렇게 한다면 옥분이는 쉽게 뽑아올 수 있을는지 모른다. 그러나 그들에게 잡혀야 하는 곱단이는—.

"그걸 진정으로 이야기하는 거요, 그렇지 않으면 나를 조롱대자구하는 말이요?"

"물론 진정이지요."

"은실이 언닌 그놈들에게 잡혀두 걱정 없다는 거요?"

"선비님은 그런 것을 생각할 필요가 없지 않아요? 은실이 언니같은 건 일도 같이 하고 싶지 않은 계집인데 잡히건 말건 하여튼 동욱이와 옥분이를 구해 내면 되지 않아요."

곱단이는 일부러 꾸민 매서운 눈으로 태근이를 쏘아봤다.

"그러니 이번에는 은실이도 그렇게 쉽게 도망칠 순 없을 겁니다. 그놈들도 소잃고 나선 외양간도 든든히 고쳤을 게고, 지키는 사람도 한둘이 아닐 테니까."

태근이는 역시 곱단이의 신변을 걱정하지 않을 수가 없었다.

"선비님은 그렇게까지 날 생각해 줄 필요는 없어요. 그러다가 나까지 선비님에게 정이 쏟아지면 어떻게 돼요. 우리 형젠 공연히 질투 싸움만 하게 될 것 아니에요."

곱단이는 또 조롱대는 눈웃음을 웃고 나서

"선비님 정말 걱정 말아요. 그 은실이가 이번에도 잡힌다고 해도 죽일 리는 없으니까요. 최악의 경우라야 김인호의 방에 끌려가서 그와 한 이불 속에서 잠자리를 같이하는 것밖에 없는걸요. 그건 내가 바라는 일입니다. 원수의 씨를 내 손으로 죽일 기회를 얻을 수 있으니 말에요. 선비님은 설마 내가 스라소니 하나 처리 못 하리라고는 생각지 않겠지요?"

듣고 보니 그럴 듯한 생각이었다. 곱단이와 은실이는 자기조차도 구별하지 못하리만큼 비슷한 얼굴이다. 그 때문에 일이 실패될 염려도 없었다.

"그럼 은실이, 늦기 전에 빨리 가기로 합시다."

"선비님은 참 정직한 분이야. 호호 어쩌면 눈까지 달라져—."

"딴청을 부리지 말구 빨리 갑시다."

"그래두 시집가는 계집이에요. 머리나 좀 빗고 가요."

곱단이는 갑자기 부끄러워진 얼굴로 경대를 끌어왔다. 치렁치렁한 긴 머리도, 그리고 그 향기도 은실이와 꼭 같으니 의심할 여지는 없었다. 태근이는 어이없는대로 머리를 빗는 곱단이의 손을 잠시 보고 있었다.

은실이가 도망쳤다는 소식에 누구보다도 펄펄 뛴 것은 이서구 비장이었다. 그것이 김재찬의 귀에 들어가는 날이면 자기 목이 잘리는 판이기 때문이었다.

(그것들이 사람이 아니고 스라소니지. 자루 속에까지 넣었던 계집애를 놓쳐버리다니)

생각하면 생각할수록 화가 나는대로 청림당으로 묶여온 동욱이를 마구 때려댔다.

"이 녀석아! 여도둑이나 선비나 은실이가 모두 너희들의 한 패거리지. 은실이가 어디 있는지 대라."

그러나 동욱이는 엉덩이가 터지고 입에서 피가 나오게끔 곤장을 맞고서도 모른다는 말뿐이었다.

사실 그는 은실이가 어디로 달아났는지 알지를 못하므로 말할 수가 없는 일이었다.

"그래두 못 댄다면 좋다. 네가 견디나 내가 못 견디나 해보자."

이비장은 곤장치기도 지쳤는지 이런 소리로 잠시 숨을 거두고 있을 때

"이 비장, 그렇게 곤장을 때리지 않고도 자기 입으로 술술 말하게 할 수가 있소."

하고 옆에서 보고 있던 김인호가 입을 열어 귓속말로

"저 녀석 앞에서 옥분일 데려다가 때리면 대번에 실토할 것이요."

듣고 보니 그럴듯한 소리였다. 아니 그뿐만 아니라 그 소리를 듣고서 이비장은 한술 더 떠서 경우에 따라서는 옥분이를 은실이 대신으로 쓰게 될는지도 모른다고 생각했다.

(이 친구가 이 말을 하는 것을 보니 옥분이도 싫지가 않은 모양이야. 그 반짝이는 눈을 누가 싫달 수 있어?)

이서구는 우선 칠덕이를 불러 김재찬 판서가 옥분이에게 물어볼

말이 있다고 하니 데리고 오라고 하고서는

"칠덕이도 그만한 것은 알겠지. 김판서의 눈에 들게 되면 어떻게 된다는 걸."

등을 두들겨주자

"염려 말아요, 꼭 데리구 올께요."

그렇지 않아도 출세의 길을 못 잡아 애쓰던 칠덕이는 입이 히죽해서 뒷문으로 빠져나갔다.

(하여튼 사람은 자기보다 훌륭한 사람하고만 상종할 일이야. 무어무엇 그래야 그것이 출세하는 덴 제일 좋은 비결이지. 돈을 모으는 경우도 마찬가지지. 돈 있는 사람하구 상종해야 점심 한 그릇이라도 얻어먹기 마련 아닌가?)

칠덕이는 이런 생각을 하면서 언덕길을 내려오고 있는데 누가 뒤에서 소매를 잡았다.

"깜짝이야."

돌아다보니 옥분이었다. 옥분이는 바로 태근이와 헤어져 집으로 돌아오던 길이었다.

"어디서 오는 길이야?"

"언니의 집."

"그럼 너두 동욱이가 잡힌 이야기 들었겠구나?"

"글쎄 말이다, 동욱인 어쩌면 그렇게 바보짓만 하고 다니니."

옥분이는 이런 말이면서도 칠덕일 잡은 것은 동욱이에 대한 무슨 이야기라도 들을까 해서였다.

"그래서 난 지금 너를 찾아 집에 가던 길이야."

"우리 집엘 왜?"

"못난 친구라두 친구야 친구 아닌가. 그 자식이 지금 역적으로 몰리게 됐으니 정말 그렇게 되면 어떻게 되겠니? 누구보다도 그의 어머니를 생각해서 난 가만 있을 수가 없어."

칠덕이는 진정으로 동욱이를 생각하는 척하는 얼굴이었다.

"이 비장님 여기 있어요?"

대청마루 앞에서 통인 아이가 소리쳤다.

"응, 나 여기 있다."

온 모양이라고 생각하며 이서구가 미닫이를 열자

"칠덕이 아저씨가 옥분이란 계집앨 데리고 왔는데 이리로 들어오랄까요?"

"응, 들어오라고 해."

"네."

하고 통인 아이가 물러나려고 하자

"혹시 그들 뒤로 누가 따라 왔을지도 모르니 밖을 지키는 사람들 보구 정신을 바짝 차리라구 해."

"알겠습니다."

그가 나가고서 얼마 후에 칠덕이와 옥분이가 들어왔다.

옥분이의 토실토실한 볼이 달빛을 받아 더욱 예뻐 보였다.

"옥분이 이렇게 밤중에 불러서 미안하다. 대감님은 곧 오실 테니 들어와서 기다려."

이서구는 옥분이가 앉을 방석을 내놓았다.

"여기서 기다리겠어요."

옥분인 머리를 숙인 채 움직이지를 않았다.

"그래두 바깥은 찰 텐데."

"괜찮아요, 추우시면 방문을 닫으세요."

언제나 말이 모자라서 대답 못하는 옥분이가 아니었다.

"칠덕인 오늘밤도 바쁘겠지, 어서 돌아가서 자기 일을 하게나."

이비장은 방해가 되는 칠덕이를 쫓아버릴 생각이었다.

"그래두 옥분인 제가 기다렸다가 데리구 가야 합니다. 그렇지 않구서는 전 윤도사님에게 꾸중을 받게 되니까."

그러자 이서구는 갑자기 어성(語聲)이 달라지며,

"날 못 믿겠다는 소린가?"

"아니 그것이 아닙니다."

"그런데 어물거리고 서 있을 필요가 없지 않아."

"밤중에 옥분이가 혼자 돌아갈 순 없으리라고 생각되기 때문에."

"그런 걱정은 자네가 하지 않아도 좋아. 옥분인 나중에 가마를 태워 보낼 테니."

"그렇다면야 제가 있을 필요가 없지만—."

하고 말하고서도 칠덕이는 마음이 놓이지 않는 양으로 옥분일 쳐다봤다.

그러나 의외에도 옥분이는 샐쭉한 얼굴인데

"가마를 내 준다는데 무슨 걱정이야? 먼저 가봐요."

하고 핀잔을 주는 듯이 말했다.

옥분이까지 이렇게 말하는데는 칠덕이는 더 머뭇거리고 서 있을 수도 없었으므로

"그럼 옥분일 잘 부탁합니다."

하고 머리를 굽신 숙이고서 돌아갔다.

옥분이가 칠덕이를 있게 하지 않은 것은 그도 결국 이서구 비장과 같은 패거리라는 것을 알았기 때문이었다.

옥분이는 길에서 만난 칠덕이한테서 청림당에서 김재찬이가 자기를 찾는다는 말을 듣고, 나를 찾는다면 자기 집으로 오라고 하지 않고 청림당에서 찾을까 하고 수상하게 생각지 않은 것은 아니었다.

그러나 옥분인 동욱이를 구해줄 생각이 앞서서 그것을 더 깊이 생각할 여유가 없었다.

(대감이 날 부른다면 필경 동욱이에 대한 일일 거야, 대감도 내가 잘 이야기만 하면 그를 용서해 줄지도 몰라)

그러나 막상 와보니 자기를 부른 것은 대감이 아니라 이서구 비장이고, 그는 무슨 흉계를 꾸미기 위해서 부른 것이 뻔했다.

"옥분이 정말 왜 그렇게 밖에서 있는 거야? 방에 모를 손님이라도 있다면 모를 텐데 황주 손님 혼자뿐인데."

그러자 김인호도 넌지시 얼굴을 내밀어

"어서 들어와요. 우리 벌써 구면이라 내외할 것도 없지 않소?"

하고 아주 친한 사이처럼 싱글싱글 웃어댔다.

(저 자식도 와 있었구나)

그 음흉스러운 웃음을 보고서도 그가 무엇을 생각하고 있다는 것쯤은 너무나 잘 알고 있는 옥분이었다.

(그래서 날 어쩔 셈이야? 내 몸에 손이라도 한번 대 봐라. 승냥이가 돼서 물어뜯어 줄 테니)

옥분이는 그런 생각으로 몸을 도사리고 있으면서도 태연한 얼굴로 달빛에 그려진 그림자만 보고 있었다.

그러한 옥분이에게 눈을 두고 있던 인호는 자꾸만 몸이 달아와서 견딜 수가 없는 모양이었다. 가쁜 숨을 두어 번 몰아쉬고 나서 이서구에게 얼굴을 돌려

"그런데 대감님은 왜 이렇게 늦소?"

하고 의미 있게 한눈을 찡긋했다.

"글쎄 말입니다, 포도대장이 찾아왔으니 이야기가 좀 길어지는 모양이군요."

"비장님이 들어가서 옥분이가 기다린다구 알려줘요."

"그럼 내가 들어갔다 나오지."

이서구 비장도 인호에게 눈을 찡긋하고서는 자리를 피해줬다.

"포도대장은 뭣 때문에 온 거예요?"

옥분이는 걱정이 되는대로 그것을 묻지 않을 수가 없었다.

"동욱이란 행수의 처벌 때문에 온 거지요."

"그 사람이 무슨 잘못이 있다구요?"

"은실이란 대감네 종을 도망치게 한 걸로써 여도둑과 같은 패거리라는 것을 알게 됐으니 무사할 리가 있소?"

"그것은 잘못된 생각이에요. 그런 바보가 무슨 여도둑 패거리가 될 수 있어요?"

"옥분인 왜 그렇게두 그 사람의 일이라면 감싸주려고 야단을 쳐요?"

인호는 또 싱글싱글 웃으면서 조롱댔다.

"그 사람은 칠덕이나 마찬가지로 아버지의 부하인걸요. 그런 말을 들으니 걱정되지 않을 수 있어요?"

"그러나 사실 옥분이가 더 걱정해야 할 것은 그 사람 걱정보다도 아버지 문제겠지."

갑자기 정색을 하면서 어른다운 말을 불쑥 꺼내놓았다.

"네? 그건 또 무슨 말이에요?"

"그 말을 듣고 싶으면 거기 서 있지 말구 이리로 들어와."

인호는 어떻게서든지 옥분이를 방으로 끌어들일 생각이었다. 옥분이도 그것을 모르는 것은 아니었지만 아버지까지 위험하다니 역시 걱정이 되는대로 버티고 서 있을 수만도 없었다. 마루 앞으로 와 앉으며

"아버지가 잘못한 일은 없지 않아요?"

"그야 그렇지, 그러나 동욱인 이미 여도둑과 같은 패거리라는 것이 드러난 이상, 윤도사가 여태까지 그것을 모르고 있었다면 무사할 리가 있겠소?"

“동욱이가 여도둑과 같은 패거리가 될 리는 없어요.”

“어떻게 그걸 장담할 수 있어요?”

“난 그 사람을 너무나도 잘 알고 있는걸요.”

“잘 안다구—그런 소리하단 옥분이까지도 여도둑 패거리로 몰리게 될지 모르지. 그런 쓸데없는 소린 말구 자 들어와요. 들어와서 나하구 둘이 재미난 이야기나 해요.”

인호는 옥분이의 손을 덥석 잡고 잡아끌었다.

“남의 손을 잡으면서 왜 이러세요. 놔요, 놓으세요.”

손을 잡힌 옥분이는 신이 벗겨지는 것도 모르고 질질 끌리면서 손을 뽑으려고 악을 썼다.

“들어와 방으로 들어가서 이야기 하자는 것뿐이야.”

“손을 놔요, 놓으면 들어갈 테니.”

인호는 옥분이의 손을 놔주려고는 하지 않고 억지로 방으로 끌어들이려고만 했다.

“싫어요, 싫어요, 손을 놓기 전엔 죽어두 못 들어가요.”

“이것두 다 옥분이를 생각해서 방으로 들어가서 그걸 의논하자는데 뭐가 싫다는 거야?”

“의논두 다 싫어요. 손을 놓치 않으면 소리칠 테요.”

옥분이는 문턱에 발을 뻗치고서 죽기를 한사코 들어가지 않으려고 몸부림을 쳤으나 치맛자락만이 어지럽게 뒤감길 뿐, 인호는 어느덧 옥분이의 허리를 쓸어안아 공중으로 쳐들려고 했다.

“아무리 소릴 친대도 여기선 소용없어. 이집은 내가 쓰는 집인걸. 그러지 말구 순순히 들어가는 것이 좋을 것이야.”

“싫어요, 싫어요.”

“뭐가 싫어? 옥분인 나만 좋다면 모두가 좋게 될 수 있어. 아버지도 무사할 수 있고—”

옥분이를 기어이 방으로 끌고 들어온 인호의 눈은 짐승의 눈 그대로였다.

"아버지가 뭐 어쨌다구요?"

"도둑패거리를 부하로 두고서도 모른 척 했으니 무사할 게 뭐야? 그러니 옥분이가 나만 좋다면 아무 걱정도 없어. 옥분이도 일평생 호강을 할 수 있고……."

"난 그런 이야기 들으러 왔던 것은 아니에요. 가겠어요."

"여기가 어딘지 알고 또 그런 소리야? 여긴 들어왔다가는 마음대로 갈 수 없는 곳이야."

급기야 인호는 눈을 부릅떠 흘기고 나서는 불쑥 일어나 미닫이를 닫았다.

"옥분인 정말 내가 싫어?"

"……."

"옥분이가 싫대두 할 수 없지, 그래두 난 옥분이가 좋으니 말야. 그래서 난 은실이가 잡혀 있는 곳을 동욱이에게 알려준 것이 옥분이라는 것도 잘 알면서도 지금까지 그 이야긴 하지 않은 거야. 내가 좋아하는 옥분일 괴롭게 할 수 있어?"

"내가 뭘 알려줬다는 거예요?"

"옥분이 언니의 집에 은실이가 있다는 말을 듣고 분명 옥분이는 낯빛이 달라지며 급기야 방을 뛰쳐나갔겠다. 그걸 다른 사람은 모르지만 나는 알고 있으니 말야."

그것이 사실이니 가슴이 덜컥하는대로 옥분이는 대답할 말이 없었다.

"그렇게두 난 다 알고 있으니 말야, 나한테 숨기려면 공연히 의심만 더 받게 되는 거야, 옥분인 김태근이란 그 사나이도 만났지?"

인호는 갑자기 무서운 눈이 되었다.

(그 사람이 뭐가 나쁘단 말인가? 돈을 뺏기 위해서 선량한 사람을 죽인 네 애비나 그 돈으로 계집질이나 하고 사는 너 같은 녀석과는 비할 수 없게 훌륭한 사람이야)

마음이 속에서 울부짖는 말이 그대로 튀어나오려는 것을 억지로 참으면서 옥분이도 지지 않고 그를 마주 흘겨봤다.

"넌 모두 동욱이한테서 들었지."

그 눈길이 무서웠던지 인호는 와락 달려들며 옥분이의 목을 쓸어안았다.

"놔요, 난 아무 것두 몰라요."

"모를 리 없어, 모두가 같은 패거리지?"

"모른다지 않아요."

옥분이는 쓰러진 채 엎누르는 그의 무거운 몸을 떠밀어 댔으나 더운 입김은 자꾸만 얼굴 위로 가까워졌다.

"도련님―."

이때 밖에서 인호를 찾는 소리가 났다.

"서방님, 서방님!"

밖에서 재차 부르는 소리에 인호는 그만 미닫이를 열지 않을 수가 없었다.

"이 자식이 광의 창살을 뜯고 도망치려는 걸 붙잡았습니다."

광을 지키던 키가 구척 같은 나졸이 뒷짐을 지어 결박한 동욱이를 끌고 와서 아뢰었다.

"도망칠 생각을 하는 것을 보니 아직도 곤장을 덜 맞은 모양이구나."

옥분의 입술을 빼앗으려다가 빼앗지 못한 분한 마음 때문에라도 인호의 목소리는 거칠 수밖에 없었다.

그러나 동욱이는 그런 소리보다도 아랫목에 쓰러져 있는 옥분이

를 보고 혈안이 된 채

"옥분아!"

그 소리에 문득 얼굴을 든 옥분이는 급기야 마루로 뛰어가서 동욱이를 붙잡고

"이 바보야, 어쩌다가 넌 여기 잡혀왔니?"

하고 분한대로 마구 두들겨댔다.

뒷짐이 묶인 동욱이는 몽둥이처럼 흔들렸다.

"난 네가 칠덕이와 같이 이곳에 들어오는 것을 광 문틈으로 보고서 아무래두 무사할 것 같지가 않아서—."

동욱이는 뒤에서 보고 있는 인호를 꺼리는 일도 없이 하고 싶은 말을 그대로 했다.

"이 바보야, 뭐가 무사할 것 같지가 않단 말야? 집 주위에는 나 졸들이 삥 둘러 지키구 있는 판인데 네가 나와서 뭘 어떻게 하겠다구?"

"난 아무래도 좋아. 난 이젠 죽기로 각오한 몸인걸, 옥분이만 무사하면 그뿐이야."

"네가 뭘 잘못했기에 그런 소리야? 정말 넌 바보야. 그런 소리말구 어서 돌아서요. 묶은 것 풀어줄게."

옥분이는 동욱이를 돌아세우고서 묶인 박승(縛繩)을 풀어주려고 했다.

옆에서 그걸 보고 있던 키다리가

"누구 승낙으로 그걸 풀려는 거야?"

하고 옥분이를 사정없이 밀어버렸다.

그러자 인호가 무슨 생각을 했는지

"자넨 그만 나가게나, 필요하면 부를 테니."

"그래두 이 녀석은 달아날지도 모릅니다."

"걱정 말어, 내가 묶어놔. 녀석 하나야 건사 못하겠나?"

"그럼 전 분부대로 물러가겠습니다."

키다리가 중대문으로 나가자 쓰러졌던 옥분이는 다시금 일어나 동욱이를 풀어주려고 했다.

"옥분인 어떤 생각으로 그걸 풀려는 거야?"

"동욱인 아무 죄도 없는 사람인걸요. 묶일 사람이 아니니 풀어주는 거예요."

"옥분이가 그렇게 말한다면 나도 동욱이를 구해 줄 생각이 없는 것은 아니지만 그 대신 옥분이도 내 말을 들어주겠지?"

"무슨 말을요?"

"오늘부터 내 옆에 있어 달라는 거야."

"네?"

"난 누구보다도 옥분일 귀애(貴愛)해 줄 생각이야, 옥분이도 실상은 내가 싫은 것이 아니지?"

그러나 옥분이는 그 대답은 하지 않고 동욱이의 묶인 것을 열심히 풀었다.

"대답을 하기 전에 그것을 풀면 안 돼, 못 풀어."

인호는 옥분이 손을 비틀어 떼 내면서.

"나하구 같이 살면 옷도 마음대로 입을 수 있고 맛난 것도 먹을 수 있어. 내가 좋다구 해, 응 내가 좋다구⋯⋯."

이 말을 반복하던 인호는 갑자기

"아─."

하고 비명을 쳤다. 옥분이가 그의 귀쪽을 물고 늘어졌기 때문이었다.

이때는 벌써 동욱이의 박승이 풀렸을 때였다.

"빨리 들어와서 이눔을 묶어라."

귀쪽을 물렸던 인호는 동욱이가 박승을 푼 것을 보고 중문으로 뛰어가면서 소리쳤다.

"네이—."

급기야 밖에서 지키고 있던 나졸이 뜰 안으로 뛰어들어왔다.

"저놈을 묶어서 이번엔 움 속에 처박아."

인호는 겁이 질린 얼굴이면서도 명령하는 소리만은 대단했다.

"네,—이 녀석아, 이리 와!"

나졸이 옥분이 뒤에 숨어 있는 동욱이를 끌어내리려고 하자

"왜 이래요, 무슨 일인지도 알지 못하면서—."

옥분이는 급기야 나졸의 앞가슴을 떠밀어댔다.

"이 계집애 봐라, 막 대들어?"

나졸은 어이없다는 듯이 눈을 부릅떴다.

"이 사람은 아무 죄도 없는 사람이에요. 묶으려면 저 녀석을 묶어요. 저놈은 계집만 헐덕이는 헐렛개 같은 놈인걸요."

"뭐 어째, 나를 헐렛개라구? 이 살기 같은 년."

화가 극도로 난 인호는 주먹을 불끈 쥐고 옥분이에게 달려들려고 했다.

"옥분이 위험해!"

그것을 본 동욱이가 날쌔게 옥분이 앞을 막으며 나섰다.

"이 자식아 비켜! 이년을 죽여 놀테니."

인호의 머리채를 잡아대던 동욱이는 급기야 허리를 굽히며 그의 사타구니 아래로 기어들어갔다.

"으그—이 자식아!"

급소를 잡힌 인호는 비명을 치면서 그러잡은 동욱이의 손을 헤치려고 했으나 워낙 손아귀의 힘이 약하므로 손은 헤치려고 악을 쓸수록 더욱 고통만이 심할 뿐, 어쩔 도리가 없었다.

"놔라, 놔, 사람을 잡을 생각이야, 이 자식아!"

"네네, 잡을 생각은 아닙니다. 옥분이만은 용서해줘요, 옥분이가 무슨 죄가 있다구."

동욱이는 마루 앞으로 떠밀어 대면서 지금보다도 좀 더 세게 손에다 힘을 줬다.

그러자 인호는 얼김에 동욱이의 상투를 그러잡고 흔들어댔다. 그러나 상투를 흔들어대는 아픔이 그 아픔에 비할 수 있으랴.

"으그으그―나졸, 사람이 죽는데 보구만 있어. 이놈을 방망이로 후려 갈겨."

인호는 어찌나 급했던지 나졸을 부를 생각도 그제야 한 모양이었다.

"네이, 이 녀석아 놔라, 놓지 못하겠니?"

나졸은 방망이를 들고 동욱이의 엉덩이를 갈기려고 했으나 동욱이는 망돌림을 하면서 인호의 어깨로 막아댔다. 그러자 옥분이도 나졸에게 달려들어 방망이를 뺏으려고 악을 썼다.

"넌 여기 있지말구 빨리 도망쳐."

"싫다 싫다, 나두 너와 같이 잡혀서 죽을래."

"아니야, 넌 빨리 달아나야 해."

뒤로 자꾸만 움치다가 인호가 신방돌에 걸려 넘어지자 그 바람에 넷이서는 한 뭉치가 되어 쓰러진 채 서로 물어도 뜯고 차면서 뒤범벅이가 되었다.

"거기서 무엇들이 소란스럽게 야단이야!"

중문을 돌아서면서 고함치는 사람이 있었다.

그 순간 동욱이는 옥분이의 손을 잡고 쪽대문으로 달아나려고 했다.

"달아나는 놈은 누구야? 거기 섰거라!"

그러나 동욱이와 옥분이는 그런 소리는 들을 생각도 없이 쪽대문까지 달려갔다. 그러나 거기에는 쇠가 잠겨 있었다.

"너희들은 윤도사의 딸 옥분이와 동욱이구나."

뒤에서 따라온 사나이는 눈을 번득이며 그들을 쏘아봤다.

"거긴 누구야?"

쓰러졌던 인호가 분주히 일어나며 소리쳤다.

"일웅이입니다."

"아 박장이요. 저것들을 달아나지 못하게 잡아요."

"염려마시오, 그런데 이 비장은 어디 갔소?"

"대감님을 찾으러 들어갔는데."

"대감님요?"

일웅이는 알 수 없다는 얼굴이면서도 한편 잘된 모양으로

"서방님, 은실의 행방을 알았습니다."

"뭐, 은실이의 행방을 알았다구?"

"네 그래서 서방님과 잠깐 의논할 이야기가 있으니 방으로 들어갑시다."

"저것들이 달아나지 못하게 지키구 있어."

인호는 나졸에게 명령하고서는 일웅이를 뒤따라 방으로 들어갔다.

"사실은 윤도사의 부하인 칠덕이가 은실이를 대문 앞까지 데리고 왔습니다."

"어디서 은실이를 잡았어?"

인호가 눈이 둥그레지자

"그 사람이 잡은 것이 아닌 모양인데 서방님이 그 칠덕일 시켜서 이곳으로 옥분일 데리고 오게 했소?"

"동욱일 아무리 때려두 말이 없기에 옥분일 데려다 물으면 자세한 이야기가 나올 것 같아서 데려오라고 했던 거요. 그런데 둘이서는

태근이와 은실에 대한 걸 잘 아는 모양 같아요."

"그렇다고 서방님은 딴 생각을 갖구서 옥분일 작난하려고는 하지 않았겠지요?"

전부터 인호의 버릇을 잘 알고 있는 일웅이는 웃으면서 물었다.

"절대루 난 그럴 생각으로 옥분일 부른 것이 아니오."

"그렇다면 됐어요. 칠덕이는 여까지 옥분일 데려다주고 돌아가던 길에 초신골(草洞) 근처에서 은실이와 김태근이가 어깨를 같이하고 걸어오는 것을 만난 모양이에요."

"뭐 김태근이와?"

인호는 질겁하는 눈이 되었다.

"그런데 칠덕이는 그들을 보자, 겁을 먹고 달아나려고 하는데, 오히려 저편에서 먼저 동욱이가 어떻게 됐느냐고 묻더라는 것이지요. 그래서 칠덕이는 은실이 아가씨가 도망쳤기 때문에 지금 동욱이는 청림당에 잡혀가서 매를 맞고 또 옥분이도 그곳으로 불려 갔다고 사실대로 말했다더군요. 그러자 그는 몹시 미안스러운 얼굴이 되며 자기들 때문에 죄도 없는 그들이 공연히 욕을 보게 됐다면서 사실 자기는 전부터 은실이란 여자를 알았던 것도 아니고 그날 밤 우연히 그 앞을 지나다가 은실이를 만난 것뿐으로 무슨 곡절이 있어서 도망치는 것 같기에 도와줄 생각을 했던 것뿐인데 이야기를 듣고 보니 도망칠 이유가 없더란 것이지요. 그래서 부잣집에 시집가는 것이 뭣이 싫다고 도망쳤는가고 그 태근이란 선비가 은실이를 타일러서 도루 청림당으로 데리고 가던 길이란 것이지요. 그런데 자기가 그들 앞에 나서긴 약간 거북한 판인데 이렇게 칠덕이 행수를 만나게 된 것이 아주 잘됐다면서 은실이를 데리고 가서 이서구비장이나 서방님을 불러 잘 이야기 한 후 은실이를 내주는 대신에 자기는 뒷대문에 있겠으니 그리로 옥분이와 동욱이를 내보내달라고 한다는 거예요.”

“그러니 은실이와 저 사람들과 바꾸자는 말이군요.”

“말하자면 그렇지요. 그런데 이렇게 되면 저 사람들은 죄가 벗어지는 판인데 혹시 이편에서 옥분이를 건드렸다면 약간 시끄러운 일이 일어날지도 모른다는 거지요. 서방님두 아다시피 윤도사란 사람이 만만한 사람이 아니니 말요.”

일웅이는 재차 인호를 등떠봤다.

“그래서 박장이 의견은 어떻소?”

인호는 그것을 의심하는 얼굴이었다.

“은실이가 돌아왔으니 하여튼 옥분이와 동욱인 뒷문으로 내보내고서 태근이란 사나이를 만나보기로 합세다.”

“그래두 태근이란 사나이는 만만치가 않은 모양인데 위험하지 않겠소?”

“제아무리 날구기는 놈이라해두 나졸이 삼사십명이나 지키구 있는 데야 별 수 있겠소. 그 점은 안심하세요.”

자기의 수완을 자랑이나 하듯이 일웅이는 싱긋 웃었다.

“그렇다면 그건 박장이한테 맡기겠소. 그런데 아직도 걱정되는 것은 곱단이의 여도둑 패거리란 말요.”

“그것두 머지않아 우리들이 쳐논 그물에 걸려들게 마련이니까 걱정할 것 없습니다. 그러면 동욱이와 옥분이를 데리고 나가겠으니 서방님은 여기서 기다리고 계셔요. 이야기가 끝나는대로 은실이를 이리로 데리고 오겠으니 대감께 드릴 그 문서는 그때 저한테 주시구려.”

“그럽시다. 그럼 두 사람을 데리고 나가요.”

옥분이를 그대로 놔주긴 아깝지 않은 것은 아니었으나 그대신 그보다도 더 예쁜 은실이를 맞이할 수 있는데는 불만이 있을 리가 없었다. 아니 그보다도 그렇게도 바라던 은실이를 정작 안을 수 있다는 생각을 하니 가슴이 무섭게 뛸 뿐이었다.

동욱이는 일이 어떻게 되는 판인지 몰라 오히려 불안한 얼굴로 마루 앞에서 엎드린 채 그들의 동작을 살피고 있었다.

"얼굴을 쳐들고 일어서요."

일웅이가 그들 앞으로 가서 부드럽게 말했다.

"당신들두 내가 지금 서방님에게 한 이야기로써 대략 어떻게 된 일이라고는 알 리라고 생각해요. 그러나 어떻든 간에 김행수가 죄를 저지른 것만은 사실인데 은실이가 돌아온 지금엔 서방님은 그것두 다 용서해 주겠다는 것이지요. 그러니 오늘은 고마운 마음으로 돌아가 다시는 그런 잘못이 없도록 주의해요."

"네, 고맙습니다. 서방님."

이제는 살았다고 동욱이가 분주히 일어나 일웅에게 굽신 절을 하자 옆에 나란히 앉았던 옥분이가 그의 옆구리를 힘껏 꼬집어 줬다. 그 바람에

"아고—."

하고 동욱이가 비명을 쳤다. 그러자 옥분이는 저런 자식에게 뭘 그렇게 비굴스럽게 구느냐는 얼굴로 눈총을 쐈다.

"그럼 날 따라 오시오."

일웅이는 앞서서 걸었다.

중문을 지나 나무들이 무성한 앞뜰을 나오자

"생원님."

뒤에서 따라가던 동욱이 문득 소리쳤다.

"은실이는 칠덕이가 잡아온 것입니까?"

"그 사람이 잡은 것이 아니라 당신들과 교환조건으로 태근이란 사람이 칠덕이를 시켜 은실이를 보내온 것이지요."

"그것이 정말입니까?"

동욱이 상식으로는 믿어지지 않는 모양이었다.

"그것이 사실인지 아닌지는 밖에 나가보면 알 것 아니오. 난 당신들을 뒷대문 밖에서 김태근이란 사람에게 내어주기로 했으니까 자세한 것은 그 사람에게 묻구려."

일웅이는 알 수 없게 혼자서 벌쭉벌쭉 웃으면서 말했다.

그것이 사실이라면 태근이란 사나이는 도대체 무슨 생각으로 그런 위험한 짓을 하는가 머리를 갸웃거린 것은 동욱이뿐만 아니라 영리한 옥분이도 역시 마찬가지였다.

뒷대문까지 가자 삼십 미만의 사나이가 문을 지키고 있다가 일웅이를 보고 분주히 인사를 했다.

"수고합니다, 문을 좀 열어줘요."

"네."

문지기는 자물쇠를 열어 대문을 열었다.

대문에서 좀 떨어진 담 밑에서 달빛을 받고 서 있는 것은 틀림없는 태근이었다.

"당신이 바로 김태근이란 선비입니까?"

대문 밖으로 나서자 일웅이는 소리쳐 물었다.

"그렇습니다, 제가 김태근입니다."

태근이는 아주 온순하게 대답했다.

"나는 이집의 겸인으로 있는 사람이요. 돌려보내준 은실이는 분명히 받고 약속한 대로 동욱이 행수와 옥분이를 보내드립니다."

"고맙소."

대여섯 간이나 사이를 둔 달빛 아래서는 물론 얼굴이 보일 리는 없었지만 그래도 십년 전에 매일 같이 만나던 동지였으니 그 목소리만 듣고서도 서로 모를 리는 없었다. 그러나 둘이서는 그런 기색은 전혀 보이지 않고 극히 사무적인 이야기만 했다.

"그런데 이런 말을 물어서 실례가 될지 모르지만 은실이는 대감님의 호의로써 출가(出嫁)하게 된 아가씨입니다. 이번 일로 혹시 출가를 하지 못할 그런 몸은 되지 않았겠지요?"

이것은 일웅이 자신이 알고 싶어서 묻는 것 같기도 했다.

"그 점은 염려 마시오. 그래도 나는 도의를 저버리는 선비는 아니니까요."

태근이는 핀잔 대듯이 웃었다.

"그렇다면 한마디만 더 묻겠는데, 지금까지 은실이는 어디서 누구와 같이 있었습니까?"

일웅이도 지지 않고 대들었다.

"그건 은실이 본인한테 물으면 알 것입니다."

태근이는 한마디로 대답했다.

"선비님의 입으로는 말할 수 없습니까?"

"그런 말은 묻지 마세요. 나도 묻고 싶은 말은 많습니다만 묻지 않기로 했소. 오늘 밤은 은실이와 두 사람을 바꾸기로 한 것뿐이니까요."

태근이는 딱 잘라서 말했다.

그래도 일웅이는 그것이 불만인 얼굴이었지만 하는 수 없이 생각을 돌리는 듯

"알겠소, 그러면 두 사람을 인수하시오."

하고 비켜섰다.

"고맙소, 행수님과 옥분이 아가씬 이리로 와 같이 갑시다."

태근이는 동욱이와 옥분이에게 고갯짓을 하고서는 한길로 나섰다. 이미 인정시각도 지났으므로 한길에는 사람 하나 보이지 않고 달빛에 싸인 거리는 깊은 잠에 든 것만 같았다.

"행수님—."

구리개 언덕을 내려가면서 태근이가 불렀다.

"선비님, 정말 전 선비님을 볼 낯이 없어요."

그 말을 지금까지 혼자서 벼르고만 있던 듯이 동욱이는 자라목이 되며 목을 꺾었다.

"그것은 오히려 내가 할 말이요. 은실이를 구해준 것은 행수님이 아니요."

"그런 것도 아니지요. 그런데 선비님은 무슨 생각으로 은실이 아가씨를 그놈들에게 내준 거요?"

"하는 수 없었지요. 그것보다도 행수님은 오늘밤으로 옥분이와 함께 어디 가서 숨을 생각을 해요. 이제 다시 잡히게 되면 놓여날 길이 없으니."

"그것을 알면서두 선비님은 그 지옥같은 곳엘 은실이 아가씨를 다시 돌려보냈단 말요?"

그것도 자기들을 구하기 위해서라는 것을 알게 되니 동욱이는 미안스러운 마음이 더욱 벅차오르는 모양이었다.

그 때 인호는 사랑방으로 곱단이를, 아니 지금은 곱단이랄 수 없는 은실이를 맞아들여 마주 앉았다.

등불에 반사되어 윤이 나는 은실이의 칠흑같은 머리—.

안개 속에 싸인 치자꽃처럼 청초하고도 부드러운 그 얼굴—.

인호는 극도로 달뜬 마음이면서도 눈이 부셔 은실이의 얼굴을 똑바로 쳐다볼 수 없는 그런 기분이었다.

그럴수록 그의 마음 한편에는 지금까지 생각지 못했던 어떤 질투심이 끓어올랐다.

(과연 은실이는 겉모습처럼 마음도 깨끗할 수 있는가. 무엇보다도 어젯밤은 김태근이란 자와 동욱이의 집에서 같이 잤다고 하지 않는가. 젊

은 남자와 여자가 한방에서 자면서 어떻게 아무 일도 없이—나는 도저히 믿을 수가 없어)

인호는 질투의 빛을 노골스럽게 드러내어 은실의 몸을 더듬었다.

눈을 내려뜨고 머리를 소곳이 숙이고 있으면서도 은실이는 그것을 아는 모양인지 굳은 자새로 몸을 도사리고 있었다.

물어뜯기만 하면 그대로 단물이 쏼쏼 흘러질 것 같은 입술, 부풀 대로 부풀어 손만 갖다 대도 터질 것 같은 유방, 그것이 이미 김태근이란 자의 때꾹지가 묻은 것이라면—.

(아, 나는 어떻게 해야 하는가, 나는 무엇 때문에 그 막대한 돈으로 이 계집을 살 필요가 있는가?)

이제는 은실이가 완전히 자기의 소유물이 됐다는 안도감을 얻게 되자 더욱더욱 질투심이 끓어올랐다.

"은실이, 왜 말이 없어?"

인호는 참을 수가 없어 드디어 미친 사람처럼 날카롭게 소리쳤다.

은실이는 놀라는 듯이 불시에 얼굴을 들었다. 그러나 그 눈은 의외에도 웃음 띤 눈이었으나 이편에서 눈을 흘기자 당황해서 다시금 머리를 숙였다.

"왜 머리를 숙여? 나를 봐."

인호는 이제는 벌써 자기 정신이 아닌 짐승이었다.

"네."

은실이는 태연스럽게 대답하고서는 이번엔 별로 꺼리는 일도 없이 인호를 쳐다봤다. 아무리 보아도 조금도 겁에 질린 눈이 아닌 맑은 눈이었다.

(계집은 모두가 여우야, 속아서는 안 돼)

이런 생각으로 보아도 은실이의 눈은 조금도 양심에 꺼리는 그런 눈이라고는 할 수가 없었다.

은실이가 다시금 눈을 떨구자

"은실이 바른대로 말해. 어젯밤 태근이와는 어디서 만났나?"

어디까지나 자기가 이해하기까지 캐어 알지 않고서는 견딜 수 없는 듯이 이맛살을 찌푸렸다.

"느티나무 밑에서요."

"어째서 대감의 집을 도망칠 생각을 했어?"

"나를 종으로 파는 줄만 알고서요."

"종으로?"

"서방님 같은 분이 저를 맞아주는 줄을 처음부터 알았으면 제가 왜 도망칠 생각을 했겠어요."

은실이는 머리를 숙인 채 부끄러운 듯이 말을 더듬었다.

"은실이가 있는 방은 자물쇠가 채워져 있었다는데 그건 누가 열어 줬어?"

"알 수 없는 흑두건(黑頭巾)이 들어와서 열어 줬어요. 그리고는 종으로 팔려가고 싶지 않으면 그곳을 빨리 달아나라는 것이지요."

그것이 사실이라면 은실이가 그 집을 도망치게 된 이유가 수긍되지 않는 바도 아니었다.

"그렇다면 길에서 처음 만났다는 그런 사나이와 어째서 동욱이 행수네 집을 갈 생각을 했나?"

인호는 여전히 질투를 하는 얼굴이었다.

"그때는 인정시각도 넘었고 또한 서울지리도 잘 모르므로 할 수 없이 그 선비님을 따라가는데 그 행수님이 뒤에서 따라오면서 너희들도 여도둑과 같은 패거리냐고 묻지 않아요."

"그래서?"

인호는 다음 말을 재촉했다.

"우린 절대로 그런 사람이 아니라면서 사실대로 이야기했지요. 그러자 그 행수님은 자기네 집에 빈방이 있다면서 같이 가자는 것 아니에요. 정말 인정 있는 행수님이에요."

"그래서 어젯밤은 그 자와 살을 맞대구 잤다는 것이지!"

불이 튀어 나오는듯한 눈이 되었다.

"아닙니다, 김태근이라는 선비님은 절대로 그런 사람이 아니에요."

은실이는 고개를 설레설레 흔들면서 말했다.

"그 말을 어떻게 믿을 수 있어, 둘이서는 한 이불 속에서 자고서—."

"전 어젯밤에 자지 않았어요."

"뭐?"

"꼬박 앉아서 밤을 밝힌걸요."

"그런 말을 하면 내가 속을 줄 알아?"

"그렇게 말해서 믿어주지 않는다면 할 수 없지요."

인호가 화가 나서 펄펄 뛰면 뛸수록 뭐가 그렇게 화가 나서 야단이냐는 듯이 어디까지나 침착한 은실이었다.

"그래서 그 태근이라는 자가 싫다는 거지?"

"제가 왜 그 사람을 싫다고 해요. 저는 그렇게도 인자하고 어진 사람은 처음 뵌걸요."

"그래서 결국은 자기 몸까지 바쳤구만."

"그건 아니에요, 그런 사람이었다면 벌써 싫어졌지요."

입가에 흘리는 미소가 그대로 인호를 멸시하는 그런 웃음이었다. 그 웃음에 더욱 화가 난 인호는

"간사한 년."

하고 더 참을 수가 없는 듯이 은실이의 앞섶을 그러쥐고

"넌 이미 내 아내나 마찬가지야, 만일 네가 태근이와 무슨 일이 있었다면 그대로 두지 않을 테니."

"야단칠 것도 없어요."

"뭐가 야단 칠 것이 없단 말야?"

"이미 결정된 걸요."

"뭐가?"

"그분이 아까 저보고 묻지 않아요, 누가 더 좋은가?"

"그래서 넌 뭐라고 대답했어?"

"그런 말을 묻는 것이 싫다고 했지요. 그러자 그분은 고개를 끄덕이면서 '알겠다, 알겠어. 나도 그런 결심이다.'라고 말하지 않겠어요."

갑자기 술에 풀린 눈이 되며 온몸으로 느끼는 행복감을 어쩔 줄 몰라 몸을 비비꼬는 시늉을 했다.

"뭐 어쨌다구? 이 계집애, 분명히 말해."

"그분이 그렇게 생각한 거예요. 나는 그러지 않고서는 도저히 행복할 수 없다고."

"분명히 말해, 분명히. 은실이 넌 도대체 누구하구 살아야 한다는 거야?"

인호는 극도로 흥분하여 침방울이 마구 튀어나왔다.

"왜 이렇게 정말 화가 나서 야단이에요?"

은실이는 짜증이 난 얼굴로 침방울을 막아냈다.

"분명히 말하라는데 왜 말이 없어? 도대체 뭐라구 했어, 그 녀석이?"

"날 좋아한다구 했기에 내가 이렇게 기뻐하는 것 아니에요."

눈알 하나 깜짝이지 않고 말하는 은실이었다.

"다시 한 번 말해봐."

인호의 주먹이 그대로 은실이 머리 위로 날아올 것 같이 고함쳤다.

그러나 은실이는 여전히 태연스럽게

"그분이 날 좋아한다구 말한 거지요."

"그래두 은실인 나하구 여기 있어야 해."

"그렇지만 그분이 그런 말을 먼저 했고 또 나도 그분이 좋은 걸 어떻게 해요?"

"뭐 어째?"

인호는 가시에 찔린 기분인 채 와락 은실이에게로 달려들었다.

"정말 왜 이러세요, 점잖은 도련님이."

은실이는 양손을 가슴에 움켜쥐고서 자기 몸을 지켰다.

"옷고름을 풀어봐, 내 눈으로 보지 않고서는 믿을 수가 없어, 그 녀석의 손자국이 없나 보자."

인호는 은실의 손을 헤쳐 옷을 벗기려고 미친 사람처럼 날뛰었다.

"왜 이러세요, 이러지 마세요."

세차게 몸부림을 치면서도 은실이는 소리를 치려고는 하지 않았다.

"그 녀석에게 이미 몸을 바쳤지? 바른대로 말해."

정욕에 달뜬 인호는 지금엔 다른 무슨 생각보다도 은실이를 정복하겠다는 그 욕심뿐으로 그의 손은 자꾸만 은실이의 깊은 곳을 찾고 있었다.

"싫어요, 싫어요."

그것을 막기 위해서 마구 몸을 뒤채는 은실이의 몸에서는 어지러운 지분(脂粉) 냄새가 확확 뿌려지며 그의 짐승 같은 욕심을 더욱 달뜨게 했다.

"내가 싫다구, 싫어두 별수가 없어. 넌 이미 내 손아귀에 든 거야."

"그러니 말예요. 억지로 자꾸만 그럴 필요가 없지 않아요."

한참동안 시달리던 은실이는 지금과는 달리 의외에도 수그러드는 기색이었다.

"말을 듣지를 않으니까 그런 거야."

"들을게요, 허벅다리 밑에 넣은 그 손만은 뽑아요."

"그러면 또 달아나려구?"

"절대루 그러진 않아요."

"옷두 벗을 테야?"

"먼저 그 손을 뽑아요. 그러면 순순히 말을 들을 테요."

"정말?"

"정말 아니구요. 도련님이 날 이렇게까지 사랑한다는 걸 알구서야 왜 제가 딴소릴 하겠어요?"

은실이는 진정을 그대로 보여주듯이 생긋이 웃었다.

"그럼 왜 좀전에두 태근이란 그 녀석을 좋아한다구 그랬어?"

"그건 도련님의 마음을 한번 떠보느라구요. 태근이란 사람을 내가 좋아한다면 도련님이 얼마나 화를 내나 보려고요. 그러나 지금은 잘 알고 있어요. 나를 진정으로 사랑한다는 것을―."

완강히 거역하던 은실이의 입에서 이런 말까지 나오니 그는 그만 감격하여 입이 헤죽해지지 않을 수가 없었다.

"그럼 어서 옷을 벗어."

"급하기두 해라. 옷이야 이부자리부터 펴놓고 벗을 일 아니에요."

"그렇지, 그럼 내가 펴지."

인호가 분주히 일어나서 장지문을 열고 자리를 펴려는 것을 은실이가 말리고

"그건 도련님이 하는 것이 아니에요. 제가 펴겠어요."

하고 자리를 내려 아랫목에 깔았다.

인호는 그동안도 기다릴 수가 없는 모양으로 자기부터 먼저 옷을 벗기 시작하여 저고리까지 벗고 나서는

"은실이도 어서 벗어."

하고 재촉했다. 그러자 은실이는 간지러운 웃음을 피워

"오늘은 첫날밤이에요. 도련님은 신부의 옷을 벗겨주는 것도 모르는 모양이야."

노상 원망이나 하듯이 눈을 흘겼다.

"그것 참 내가 깜빡 잊었구먼."

신부가 옷을 벗겨달라는 청이니 인호로서는 싫을 리가 없었다. 그는 급기야 은실이에게로 달려가서 옷을 벗기려고 했다.

"신랑이 자기 옷을 벗다가 신부의 옷을 벗기는 법이 어디 있어요?"

은실이는 일부러 뾰로통한 얼굴을 했다.

"그럼 난 다시 옷을 입고 나서 은실이의 옷을 벗겨야 하나?"

"물론 그래야 할 것 아니에요."

"장가 들기가 힘들구먼."

"그게 뭐가 힘들다구, 도련님 자기가 잘못하구서."

"그럼 도포를 입고 갓까지 써야 하는가?"

"그럴 것 까진 없어요. 어서 옷만 입으세요."

인호는 벗어놓은 옷을 도루 입기가 어색했지만 은실이의 토실토실한 알몸을 그대로 볼 생각을 하니 그런 것쯤은 문제가 아니었다. 그는 도포까지 껴입고 나서

"이제는 내가 은실이의 옷을 벗길 차례야."

하고 은실이의 저고리 고름부터 풀려고 했다.

"도련님은 정말 모르시네. 신부의 옷을 벗기는 데도 순서가 있는 거예요."

은실이는 이런 말로 가볍게 인호의 손을 떼냈다.

"그럼 치마부터 벗기는가?"

그의 손이 다시금 은실이의 치마끈을 찾자, 은실이는 여전히 그의 손을 막으며

"왜 벌써부터 자꾸만 옷을 벗긴다는 거예요? 좀 앉아서 이야기 해요."

"그런 이야긴 이불 속에 들어가서 해."

"그래두 이불 속에서 할 이야기가 있고 앉아서 할 이야기가 따로 있지 않아요?"

"뭐가 따로 있어?"

극도로 달뜬 인호는 그 이상 더 참을 수가 없다는 듯이 은실에게 와락 달려들어 억지로 치마를 벗기려고 했다.

"이러지 말구 잠깐만 참으세요. 물어볼 말이 꼭 한마디 있어요."

"무슨 말?"

"도련님은 저를 대감한테서 종으로 샀다지요?"

"그것도 은실이를 사랑하기 때문이야."

"그러면 대감한테서 종패두 받았겠구먼요."

"물론이지. 그러니까 은실이는 내 옆에서 영원히 떠날 수 없는 거야."

"그렇다 해두 제가 종의 옆을 떠날 수가 없다면 제가 가엾기도 하고 또한 도련님도 떳떳치 못하지 않아요."

"그러나 우리가 사랑을 하는 데야 떳떳치 못할 것도 없고 가엾을 것도 없잖아."

"그렇다면 그 종패도 필요 없는 것 아니에요?"

"그래두 그건 필요해."

"어째서요?"

"은실인 마음이 변할지두 모르니 말야. 그러나 내가 이걸 갖고 있는 한 은실인 내 옆을 떠날 수가 없는 거야."

그는 종패를 꺼내어 은실에게 자랑이나 하듯이 쳐들어 보일 때 미닫이가 쓱 열리면서

"이 개 같은 녀석아, 자랑할 것이 없어 그걸 들고 자랑이라고 하니?"

수건으로 얼굴을 싸맨 사나이가 날쌔게 그 종패를 빼앗았다.

"누구야?"

인호가 빼앗긴 종패를 도루 빼앗으려고 달려드는 것을 복면 사나이는 발로 가슴을 차 쓰러뜨리고 나서

"찍 소리하면 죽는다."

그리고는 은실에게

"이곳은 아가씨가 올 곳이 아닙니다. 빨리 달아나세요."

하고 말하다가 문득 놀라는 얼굴이 되었다.

첫기러기

태근이는 다음 날 아침을 침술의인 이봉학이의 집에서 동욱이와 함께 맞이했다.

어젯밤 동욱이와 옥분이를 청림당에서 빼내어 돌아오는 길에 저 동으로 가는 길목 세다리에서 괴한 세 명이 불쑥 나타났다.

"선비님—."

동욱이는 괴한을 보고 질겁하면서 태근이의 소매를 잡아챘다.

"걱정 말아요, 그자들은 필경 나한테 일이 있는 모양이니."

태근이는 걸음을 주춤하는 일도 없이 그대로 앞서서 걸었다.

"은실이는 출가를 못할 그런 몸이 된 것이 아니오?"

아까 동욱이와 옥분이를 은실이와 바꾸면서 그 점을 강조해서 묻던 일웅이었다. 그말로써 그도 은실이에게 야심을 갖고 있으며 그와 동시에 자기를 살려두고 싶지 않은 심정이라는 것을 태근이도 느끼지 못했던 것은 아니다. 그러나 이렇게도 눈에 보이게끔 비열하게 길목을 지키게 할 줄은 몰랐다. 그것을 생각하니 온몸이 확 타는 것처럼 화가 치밀어 올랐지만, 그러나 그것은 극히 짧은 순간이었고 오히려 웃고 싶은 마음이었다.

"이 다리를 건널 수 없습니까?"

태근이는 승냥이처럼 눈을 번득거리며 다리 한복판에서 떡 버티고 서 있는 그들을 서너 칸 앞에 두고 공손히 말했다.

"물론 건널 수 없어."

키도 제일 큰 가운데에 선 치가 입을 덥석 열었다. 그들은 모두가 어깨가 가로퍼진 대단한 자들로서 손에는 철퇴(鐵槌)를 들고 있었다.

"당신들은 언제 이 다리를 샀기에 그런 세도를 부립니까?"

태근이는 비꼬는 말이면서도 어조만은 여전히 온순했다.

"언제 샀던 알 필요가 뭐야? 못 건넌다면 못 건너는 줄 알어."

"하루에도 수많은 사람이 오고가는 이 다리를 당신네들이 샀다니, 나로선 조금도 고맙지가 않으니 말요."

"뭐 어째─."

왼편에 섰던 친구가 태근이에게로 달려들려고 하자, 키다리가 문득 막으며

"허허 자넨 고맙지 않은 일이 처음인 모양이구먼."

비꼬면서 호걸답게 웃어댔다.

"천만에요, 지금까지 전 너무나두 고맙지 않은 일로만 살아왔기 때문에 제발 다리까지 독점하는 그런 일은 삼가달라는 것입니다. 다리까지 마음대로 건널 수 없는 세상이 되어서야─."

"자네 아주 그럴듯한 이야기를 하네 그려."

"하여튼 칭찬을 해주니 고맙긴 합니다만 그런 칭찬보다도 다릴 건너게 제발 물러서줘요."

"물러서라구?"

"정 그러시다면 통행세는 얼마나 되는가요, 세닢이면 되겠지요?"

태근이는 엽전을 꺼내는 시늉을 하며 능청을 부렸다.

"여기가 어딘줄 알구 그런 수작이야? 지부황천(地府黃泉)으로 들어가는 첫목인줄이나 알구 모가지를 내대."

"몰랐더니 대단한 곳이군요. 우린 확실히 길을 잘못 든 모양이니 딴 길로 돌아가기로 하지요."

태근이는 여전히 능청을 부려가며 주위를 살폈다. 적은 다행히도

세 녀석뿐인 모양이었다. 그러니 그만큼 무서운 자라는 것도 알 수 있는 일이었다.

"어딜 돌아간다구, 여긴 들어서면 그만이야."

드디어 적은 노골스럽게 살기를 드러냈다.

"그렇다면 역시 나의 이 목이 필요하다는 것이로군요."

태근이는 싱글싱글 웃으면서 자기 목이 사뭇 아까운 듯이 슬슬 쓸어보았다.

"입 닥치고 이 철퇴나 받아라!"

왼편 친구가 철퇴를 번쩍 든 채 달려들었다. 그것에 맞기만 하면 찍 소리도 못치고 지부황천을 찾게 되는 판이다.

태근이는 날래게 몸을 피하면서 어느덧 그의 먹살을 끌어잡아 뒤로 젖혔다. 그 순간에 그 친구는 보기좋게 코밀이를 하면서 다리 아래로 굴러 떨어졌다.

그것을 본 두 친구는 다리에서 한꺼번에 달려들기에는 폭이 좁으므로 불리하다고 생각한 모양인지 분주히 뒤로 움쳤다.

"이제야 길을 비켜주는 모양이니 행수님 어서 건너오세요."

태근이는 그들이 뒷걸음치는대로 따라가면서도 뒤돌아다 볼 여유는 충분히 있었다.

"거기 섰거라!"

다리를 건너선 그들은 좌우로 갈라서며 키다리가 고함쳤다.

"대단한 호령이군요. 그만한 호령이라면 어영대장의 호령쯤은 되는 모양이니 그 이름이나 압시다."

"지금 황천에 가서 누구한테 맞아 죽었느냐고 하면 구리개 '돌개바람'이라고 해라."

"허! 그렇다면 삯쌈꾼이군요. 오늘 밤 고용주는 누군가요?"

"뭐 어째!"

고용주가 누구라는데는 그들도 밸이 솟아오른 모양으로 둘이서 한꺼번에 달려들었다.

"악!"

그 순간에 뒤에서 소리친 것은 동욱이었다. 양쪽에서 달려드는 철퇴에 맞아 태근이가 넘어지는 줄만 알았기 때문이었다. 그러나 다음 순간 다시 보니 철퇴에 맞아 쓰러진 것은 적이었고, 태근이는 어느 사이에 몸을 피했는지 키다리를 노려보고 있었다. 키다리는 결국 자기 편을 내려친 것이었다.

"달려 들테면 달려 들어봐."

혼자 남게 된 키다리는 생사에 부딪친 판이라 눈에서 불빛이 번쩍였으나 철퇴를 든 손은 떨렸다.

"자네처럼 난 싸움은 좋아하는 사람이 아니라네. 내가 어떤 사람이라는 것을 알았으면 자네두 어서 도망치게나."

상대자가 싸울 뜻을 잃었다는 것을 알게 되자, 태근이는 한마디 하고서는 돌아서서 벗겨진 신을 찾으러 갔다. 다리 아래 떨어졌던 친구도 어느덧 도망친 모양으로 보이지가 않았다.

"선비님, 다친 데 없어요?"

뒤에서 떨고만 있던 동욱이가 급기야 달려와서 물었다.

"난 괜찮은데 철퇴에 맞은 친구는 어떻게 됐어?"

"그 녀석두 요행히 죽지는 않구 달아났어요. 난 그녀석이 쓰러질 때 선비님이 꼭 넘어가는 줄만 알았는데."

"내가 그렇게 쉽게 넘어가서야 되겠소?"

하고 태근이가 웃었다.

"그렇지요, 선비님은 할 일이 많은 분인데."

그러자 옆에서 옥분이가 아직도 질린 얼굴인 채

"넌 어쩔 생각으로 여기서 어물거리고 있어? 그놈들이 패거리를 끌구와서 또 달려들지도 모를 텐데.”

“참 그렇구나. 선비님은 어떻게 할 생각이오?”

“난 이 부근에 침술의를 아는 사람이 있는데 오늘 밤은 그 집이나 가서 잘까해요.”

무심중에 한 말이었으나

“이 부근의 침술의라면 이봉학이 아니에요?”

“그 집을 어떻게 아우?”

“우리 어머니가 허리증을 앓을 때 그 집에 다니면서 침을 맞아서 알지요.”

“그러면 빨리 옥분일 데려다주고 태평골 비석 앞으로 오시오. 오늘 밤은 행수님도 나와 같이 그 집에 가서 신세를 지는 것이 좋을 것 같소.”

(은실이는 지금 어떻게나 하고 있을까?)

동욱이와 약속한 장소를 먼저 찾아가서 기다리고 있는 태근이는 하염없이 달을 쳐다보며 그런 생각을 하고 있었다.

그럴수록 태근이 눈앞에는 어제 아침 그렇게도 어이없게 헤어진 그 아리따운 은실이의 얼굴이 벌어지며 이렇게 자기 혼자 있는 것이 견딜 수 없게 괴로웠다.

자기가 지켜오던 깨끗한 몸을 그 무지한 덕보에게 짓밟힌 것을 알았을 때 입술을 바르르 떨며 절망의 얼굴이 되던 은실이, 눈물을 담뿍 먹은 눈을 말뚱거리면서 꼬박 밤을 새우던 은실이—이제는 태근이를 오라버니라고 밖에 더 부를 수는 없는 운명이 너무나 서글픈 듯이 몇 번인가 불러보던 그 연연한 목소리—그런 것이 자꾸만 머릿속에서 둘러칠수록 그의 가슴에는 은실이를 사모하는 마음이 전보다도 수백 배나 세차게 끓어올랐다.

(은실이 너는 지금도 대체 어디 있는가, 내가 이렇게도 너를 생각하

고 있다는 것을 알고나 있는가?)

　태근이는 가슴에서 불타오르는 연정을 끄지 못하여 다시금 지난 일을 더듬어 보았다.

　은실이가 여리꾼들에게 잡혔다가 도망칠 때 일웅이와 덕보가 구원했다고 하는데 어떻게 되어서 지금은 곱단이의 보호를 받게 되었을까. 곱단이의 말대로 역시 그들은 한패거리인가, 그렇다면 일웅이가 나를 없앨 생각으로 괴한을 보내 길목을 지키게 하는 그런 비열한 짓을 할 리는 없지 않은가? 그렇지도 않다면—혹시 그것은 곱단이를 잡기 위한 수단인지도 모른다. 곱단이가 은실이로 변장하고 청림당으로 들어오게 한 것이 일웅이라면 곱단이는 감쪽같이 그들에게 속은 셈이 되지 않는가. 그러면 곱단이는 지금쯤은 벌써 어떻게 된 것이 아닌가. 그러나 또 달리 생각해 보면 영리한 곱단이가 그런 것도 모르고 청림당으로 찾아 들어갔을 것 같지는 않았다.

　태근이가 이런 생각을 하고 있을 때 동욱이가 약속대로 뒤따라왔다.

　"옥분인 아무 일 없이 갔어요?"

　태근이가 자기의 어지러운 생각을 털어버리며 그것을 묻자

　"네, 잘 갔어요."

　하고 동욱인 말하면서도 자신 없는 얼굴이었다.

　"옥분이 아버지도 만나봤어요?"

　"만나지 않고 왔어요. 옥분이가 오늘 밤도 역시 얼굴을 보이지 않는 것이 좋을 거라면서 자기가 아버지의 기분을 알아갖고서 내일 이봉학 침술네 집으로 알려주겠다는 거예요."

　"그렇지요, 오늘도 얼굴을 내밀지 않는 것이 좋을 겁니다."

　태근이는 역시 옥분이는 영리한 계집이라고 생각했다.

　"그런데 선비님, 선비님은 무슨 생각으로 은실이를 청림당으로 끌

고 갔어요? 그 때문에 옥분이는 대단히 노했어요. 자기가 사랑하는 연인을 헌신짝처럼 내버리는 그런 사나이를 어떻게 믿을 수 있느냐면서요.”

“그럴 수밖에 없어서 그랬다지 않아요.”

태근이는 이런 말을 하면서도 곱단이가 자기 생각대로 정말 그들에게 속았을 경우를 생각하니 마음이 무거워졌다.

“도대체 은실이는 어디서 만났어요?”

“수표교에서.”

“그곳에선 오늘 여도둑 두목을 만나기로 하지 않았어요?”

“그래요.”

“만났어요?”

“만났지.”

“그리고서 은실이 아가씨를 만난 거요?”

“그렇다구두 할 수 있지.”

“그렇다면 알겠소. 은실이는 그 여도둑에게 구원을 받은 것이군요.”

하고 자신 있게 말하자 태근이는 웃으면서 아니라고 고개를 흔들었다.

“그렇지 않구선 은실이 아가씨를 만날 재주가 없을 것 같은데?”

동욱이는 고개를 숙이고서 생각에 젖어 있다가 문득

“아 알겠소. 선비님이 청림당에 데리고 간 것은 은실이가 아니고 곱단이가 아니에요, 그렇지요?”

태근이는 대답을 하지 않고 웃고만 있었다.

“하긴 선비님이 그런 무모한 짓을 할 리가 없을 거예요. 은실이 아가씨와 곱단이가 아무리 비슷하다 해도 그들은 은실이 아가씨의 얼굴을 잘 알고 있다는 것을 알면서야…….”

하고 뒤이어 자기의 생각을 취소하듯이 말하자

"곱단이와 은실이의 얼굴은 행수님도 몰라보지 않았소?"

의혹을 풀어주는 듯한 태근이 말에 동욱이는 불시에 말뚱거리는 눈이 되며

"네, 그럼 그것이 정말입니까?"

태근이는 고개만 끄떡해 보였다.

"그럼 진짜 은실이는 어떻게 됐어요?"

"곱단이가 보호하고 있는 모양이오."

"그럼 역시 은실이가 옥분이 언니의 집에서 도망쳤을 때 곱단이네 패거리가 은실이를 구원해 준 것만은 사실이군요?"

자기의 처음 추측이 역시 맞았다는 얼굴이 되자

"그 정도로 알아두시구려."

태근이는 지금에 그 이상은 설명하기가 곤란했으므로 대답을 어물어물 넘겼다.

"그렇다면 선비님 난 참 딱한 일이 생겼는데요."

"무엇이?"

"그렇지 않아요? 김 대감 집에서두 말을 못하게 내 누명을 벗자면 그 여도둑 패거리를 잡는 길 밖에 없지 않아요. 그래서 이제 옥분일 데려다 주면서두 그걸 옥분이에게 약속했는데 이렇게 되고 보면 그들은 잡을 수 없게 되지 않았어요."

"더군다나 오늘밤 옥분이와 행수님을 청림당에서 구해준 것도 바로 그 여도둑의 두목 곱단이라는 것도 잊어서는 안 되겠지요."

"그러니 말요."

단순한 동욱이는 풀이 죽은 얼굴이 되었다.

"그렇다고 실망할건 없지 않소."

태근이는 그에게 힘을 주듯이 말했다.

"실망 안 하게 됐어요? 그런 큰일이나 해놓기 전엔 행수짓도 이제

는 못 해먹게 될 판인데 일이 또 그렇게 됐으니."

"그러나 행수로서 떳떳하게 더 큰일을 하면 되지 않아요."

그러자 동욱이는 다시금 놀란 눈이 되며

"그보다 더 큰일이라니?"

"여도둑 패거리보다도 은실이를 팔고 사려던 그 일파가 더 나쁜 놈들이라는 것은 행수님도 잘 알고 있지요?"

"물론 알고 있지요. 사실 여도둑 패거리야 무슨 죄가 있어요. 청림당에서 인호 그 자식한테 삼천냥을 빼앗아 갔다 해도 그거야 옛날 잃었던 돈을 도루 찾아간 것뿐이지요."

"그러니 말요. 우린 이제부터 그놈들을 한꺼번에 잡을 생각을 하잔 말요."

"한꺼번에 잡자니 하인들만도 수십 명이 되는 그 무서운 세력을 가진 그놈들을 선비님과 나와 단둘이서 잡자는 거요?"

동욱이는 무슨 소리를 하고 있는지 알 수 없다는 듯이 태근이 얼굴을 쳐다봤다.

"물론 우리 둘이야 힘든 일이겠지요. 그러나 우리들과 마찬가지로 그들을 잡으려고 하는 사람은 있지 않겠소."

"어떤 사람들이 있어요?"

"여도둑 패거리."

"그럼 선비님은 여도둑 패거리가 되겠다는 거요?"

"나뿐만 아니라 행수님도 이제는 그길 밖에 살 길이 없다는 거요."

딱 떼어서 말하자

"으음."

고개를 숙인 동욱이도 가슴에 무엇이 느껴지는 모양이었다.

태근이와 동욱이가 그날 밤 잔 이봉학의 집은 아침부터 침을 맞으러 오는 환자들이 쓸어모였기 때문에 눈치 없이 오래 있을 수도 없었다.

"행수님, 옥분이는 언제쯤 온다구 했어요?"

늦은 아침이 끝나자 태근이가 물었다.

"글쎄요, 언제 온다구 시각은 꼭 정하지는 못했어요. 옥분이도 부친이 나간 후에야 빠져 나오겠으니 말요."

"그렇다면 대낮에 올지 혹은 저녁에 올지두 모르겠군요."

"그렇지야 않겠지요, 꼭 온다고는 했으니까요."

둘이서는 이런 이야기를 하고 있는데 사환의 안내로 옥분이가 나타났다.

"밤사이 춥지 않았어요?"

어젯밤엔 이야기도 하지 않으려던 태근이에게 오늘은 아주 딴판인 명랑한 얼굴로 인사를 했다.

"어떻게 된 일이요. 옥분이 아가씬 밤 사이에 아주 명랑한 얼굴이 되었으니."

"정말 기분이 좋아요. 오늘 아침 아주 통쾌한 이야기를 들었어요."

"무슨 이야기를 들었기에……."

"어젯밤 또 청림당에 곱단이란 그 여도둑이 들어가서 은실이를 구해냈다는 거예요."

옥분이는 단숨에 말하고서는 그 둥글한 눈을 두룩두룩 굴렸다. 볼수록 귀여운 눈이었다.

"어젠 청림당의 경계가 굉장했는데 그 틈을 뚫고 들어갔다는 거야?"

태근이는 딴청을 부려 놀라는 얼굴도 곧잘했다.

"그러기 말이에요. 그런 곳에 들어간 것만 해도 훌륭한데 은실이빼앗아 갖고서 유유히 도망쳐 나왔다니 말이에요"

옥분이는 아주 감격한 얼굴이었다.

"그것 참 대단하군요. 그래서 어젯밤엔 그 여도둑이 다른 물건은 훔쳐갖고 나온 것이 없나요?"

"그걸 묻는걸 보니 선비님두 아직 그 여도둑 패거리가 어떤 여도둑 패거린지를 모르는구먼요."

하고 옥분이는 한층 위에서 태근이를 내려보는 투로

"그 여도둑 패거리는 단순히 물건을 훔치기 위한 도둑패거리가 아니란 말예요."

"그걸 어떻게 알아요?"

"어젯밤 일로서두 충분히 알 수 있는 일이지요. 인호라는 그 자가 은실이를 받아들이고 나서 어떻게 했겠어요. 못살게 굴었을 것은 사실 아니에요. 바로 그 때에 여도둑이 자기 부하 한 명과 함께 들어가서 그 인호를 해치운 후 다시 뒷대문으로 통하는 김 대감네 집으로 가서 그들까지 해치울 생각을 했던 모양이에요. 그러나 그들을 지키고 있는 나졸 때문에 뜻을 못 이루었지만, 그 위험한 곳을 은실이까지 데리고 무사히 도망쳤다니 말이에요. 그걸 보면 처음부터 물건을 훔치러 들어간 것이 아니라는 걸 알 수 있지 않아요."

"듣고 보니 그렇구먼요."

"그런데 선비님은 은실이 아가씨가 그 도둑패거리에 잡혀 갔대두 놀라지 않으니 웬일이에요. 걱정되지 않아요?"

"그거야 걱정은 되지만 그러나 은실이가 그대로 청림당에 있는 것보다는 그들이 데리고 간 것이 한결 마음이 놓이는군요."

"그게 무슨 말이에요?"

"청림당엔 인호란 그 친구뿐만 아니라 김재찬이를 비롯해서 박일웅이까지 모두 은실이에게 달려들 승냥이만 같아서 불안했는데 은실이를 그 여도둑이 데리고 갔다니 어느 정도 안심이 된단 말요."

"선비님은 지금에 그런 말이 입에서 나와요?"

아직도 그 감정이 식지 않은 옥분이는 태근이를 향해 너도 사나이냐는 듯이 노골스럽게 눈총을 쏘아줬다.

"그렇게 이야기하면 사실 난 할 말이 없지만 그래도 진심으로 은실이의 행복을 생각하는 것은 모름지기 나뿐이겠지요. 아니 그보다도 내가 아니고선 은실이를 행복하게 할 순 없어요."

태근이는 지금과 달리 정색한 얼굴이 되었다.

"그럼 선비님은 진심으로 은실이를 좋아하나요?"

옥분이는 거듭 그 점을 따집어서 물었다.

"물론 좋아하지요."

"은실이도 선비님을 좋아하구요?"

"좋아하면서도 말을 못하고 있을 뿐이지요."

"왜요?"

"옥분이 아가씨 행수님에게 그런 말이 쉽게 나옵니까?"

태근이는 은실이의 상처를 감춰준다는 것이 그만 옥분이의 약점을 찔러준 셈이 되었다. 옥분이는 대번에 빨개진 얼굴이 되어

"누가 저런 사나이를—."

하고 공연히 동욱이를 비웃고 나서

"그렇다면 정말 난 뭐가 뭔지 모르겠어요. 서로 그렇게 사랑한다는 것을 알면서 어젯밤은 무슨 생각으로 은실이를 청림당으로 데리고 가는 바보 같은 짓을 했어요?"

옥분이는 수줍었던 얼굴이 더욱 붉어지며 자기 일처럼 대들었다.

(참으로 순진한 계집이로구나)

태근이는 이런 생각을 하면서

"하여튼 일은 우리 생각대로 잘 됐으니 되지 않았소."

하고 어색한 대답으로 대답을 넘기려고 하자

"어쩌면 그렇게도 태평한 소릴 하구 있어요. 다행히두 어젠 곱단이

란 그 여도둑이 나타났기 말이지, 그렇지 않았다면 은실이 아가씨가 지금쯤 무슨 일을 당했을는지 알아요? 선비님은 그것을 한번이나 생각을 해봤나 말이에요?"

"알겠소 알겠소. 하여튼 그것은 내 잘못이라고 하고, 그 대신 은실이를 팔려던 그놈들을 내 손으로 꼭 해치울 테니 두고 보시오."

태근이는 변명할 도리가 없는 듯이 머리를 숙여 보이면서 자기의 결심을 말했다.

그러자 옆에서 보고 있던 동욱이는 너무 공격만 받고 있는 태근이를 보기가 민망했던지

"남 잘못했다구만 야단치지 말구 자기 잘못두 좀 생각해봐요. 거기가 어디라구 무서운 줄도 모르구 따라들어 왔나 말야. 하룻강아지 범 무서운 줄 모르는 격이지."

하고 제법 꾸짖듯이 말했다.

"누군 그런 곳에 가고파서 간 줄 아나봐? 그것두 다 너 때문인 걸, 행수란 자가 왜 지질스럽게두 못나게 그런 자들에게 묶여서 끌려가나 말야."

"할 수 없던 걸, 은실이 아가씨를 구하기 위해선."

결코 그것을 부끄러운 것이라고 생각지 않는 동욱이라, 자연히 말이 미끄럽게 나오자

"그렇다면 청림당 헛간에 갇혔을 땐 곱게나 있을 게지 나오긴 왜 나오나 말이다. 잘못하단 죽는 판인 줄도 모르고."

"그것두 너를 구하기 위해서야. 너 때문에 죽는다면 난 한이 없다구 생각했던 걸."

"뭐 어쨌다구, 그런 주제넘은 소린 작작해요."

옥분이는 골이 잔뜩 난 듯이 일부러 노한 얼굴을 지어 눈을 흘겨댔다.

태근이는 그들의 그런 싸움이 아주 재미나는 듯이 싱글싱글 웃으면서 보고 있다가

"그 지질스럽게 못난 동욱이 행수님에 대해서 옥분이 아버진 뭐라고 해요?"

하고 웃는 말로 말꼬리를 슬쩍 돌렸다.

"아버지도 그자들이 나쁜 것은 잘 알고 있어요."

옥분이는 먼저 그말부터 하고 나서

"어젯밤에 칠덕인 은실이를 청림당으로 데려다 준 그 길로 아버지한테 달려가서 자세한 보고를 한 모양이에요."

"뭐라구?"

동욱이는 급기야 입을 열어 물었다. 그것은 누구보다도 자기 자신에 관계되는 문제였기 때문이었다.

"뭐라긴, 너 때문에 내가 공연한 욕을 볼 뻔 했다고 말한 모양이더라."

옥분이는 다시금 새침을 떼는 얼굴이 되었다.

"죽일 자식!"

동욱이는 칠덕이에 대한 욕이 입에서 튀어나왔으나 다음 말이 막혔다. 결과로 본다면 그것이 사실이니 할 말이 없기 때문이었다.

그러자 태근이가 입을 열어,

"은실이를 청림당으로 데리고 간 이야기두 했겠군요."

"그 이야기가 참 재미나요. 은실이 아가씨를 자기가 잡아갖구 가서 그 대신으로 동욱이와 날 빼갖고 왔다지 않아요."

"뭐, 그 자식이 그런 생 거짓말을 해?"

동욱이는 칠덕이의 거짓말에 화가 나서 펄펄 뛰었다. 그러나 그와는 반대로 태근이는 여전히 웃기만 하면서

"그것도 결과적으로는 그렇게 됐으니 칠덕이 행수를 그렇게 나무

랄 일도 아니군요."

하고 옥분이에게 눈을 돌려 끔벅했다. 동욱이를 좀 더 골려 주자는 뜻이었다.

"선비님 그게 어떻게 나무랄 일이 아니에요? 그 자식은 언제나 그렇거든요. 남이 한 일을 자기가 한 것처럼 허풍을 떨어 자기 혼자만 일을 하는 것처럼 보이는 자식이란 말요. 그러나 윤도사는 다 알고 있어요—그 자식이 어떻다는 것을……. 이번에두 아버진 칠덕이의 그 일을 사실로 듣진 않지?"

하고 동욱이가 물었다.

"글쎄, 아버지가 무슨 생각인지야 난들 어떻게 알아? 그래두 아버진 그 이야길 듣고 나서 자네가 이번엔 틀림없이 도토포가 될 걸세, 하고 말했다더라."

"그럼 아버지두 그 말을 사실로 들은 모양이구나?"

"그거야 누가 알아. 하여튼 칠덕인 그 말에 너무 기뻐서 입이 헤죽해지더라는 걸."

"그 자식은 기껏 바란다는 것이 그것뿐인 걸, 졸렬한 자식이야."

"그래두 칠덕이가 바라는 것은 그것뿐 만은 아닌 모양이더라."

"뭐가 또 있어?"

"도토포가 되면 자길 사위로 맞겠느냐고 묻더라는데ー."

"그 자식이 그런 말을ー그래서 뭐라구 대답했대?"

"나한테 물어봐서 '내가 좋다면 좋도록 하라'구 했다더라."

"그래서 널보구 물어?"

"응."

"뭐라구 대답했어?"

"싫다구 했지."

그 말에 동욱이는 기뻐서 어쩔 줄 몰라

"그 대신에 내가 좋다구 했지?"

하고 생각지도 않았던 말이 튀어 나왔다.

옥분이는 어이가 없는 듯이

"그렇다구 네가 좋아질 것이 뭐람?"

하고 대번에 콧방귀를 주고 나서

"그래두 아버진 널 몹시 생각하더라. 인호가 죽고, 은실이 아가씨가 또 도망친 지금에 네가 나타났다가는 대번에 목이 달아날 판이니, 날보구두 널 좀 생각해주라는 것 아니야. 그러면서 우리 둘이 생민동에 있는 애기무당네 집을 찾아가서 숨어 있으라는 거야."

"윤도사님의 은혜는 난 어떻게 갚아야 할지 몰라⋯⋯ 그 수상한 놈은 언제부터 있었어요?"

동욱이가 눈을 두룩거리며 물었다.

"아깐 없었던 것이 지금 보이는 것을 보면 아가씨의 뒤를 따라온 지 모르겠구면. 스물대여섯 난 사나인데."

"칠덕이 녀석이 또 따라온 모양이군요."

동욱이가 더욱 눈을 번득거리자

"글쎄, 칠덕일까?"

태근이는 그것이 수긍되지 않는 듯이 목을 약간 꼬았다.

"아는 사람인가?"

"알기야 아는 사람이지요. 지금 온 이 아가씨의 부친이 바로 포청에 계신 윤도사님인데 그 칠덕이란 사람과 그리고 어제 저와 같이 간 행수님도 모두 그분의 부하인 걸요."

태근이는 이봉학 영감이 무슨 근심이라도 살 것 같아서 친절히 이야기해주자

"아는 사람이라면 더욱 그렇구면. 무슨 이유가 없는데 따라와서 지킬라구?"

"이유가 없는 거야 아니지요. 나를 노리는 놈들이 있답니다."

태근이는 솔직히 말하면서 칠덕이는 여전히 그들의 앞잡이 노릇을 하는 모양이라고 생각했다.

"그럼 나갈 땐 뒷문으로 나가게나. 싫은 녀석을 일부러 부딪칠 필요는 없으니."

이봉학 영감은 다른 군소리는 없이 그 말뿐이었다.

"고맙습니다, 말씀대로 뒷문으로 나가겠습니다."

"그리구 집에 와서 잘 일이 생기면 언제구 사양말구 오게나."

"네, 후에도 신세를 질지 모르겠습니다."

그들은 이봉학 영감이 손수 열어주는 뒷문으로 나와 한길로 나섰다. 주의해서 앞뒤를 살펴보았으나 그곳엔 이렇다 할 수상하게 보이는 녀석은 없었다.

태근이는 그들과 함께 생민동 쪽으로 얼마큼을 따라가다가 무슨 생각을 했는지 문득 걸음을 멈추고서

"내가 같이 가지 않아도 옥분이 아가씨 그 애기무당 집을 찾아갈 수 있지요?"

하고 물었다.

"그야 찾아갈 수 있지만, 왜요?"

"그럼 둘이서 먼저 가요. 난 어디 좀 들렀다가 뒤따라 가겠으니."

"어딜 갑자기 들린다는 거요?"

동욱이가 의아한 눈으로 물었다.

"무엇보다도 우리 셋이서 같이 가는 것이 좋을 것 같지가 않으니 말요. 지나가는 나졸 눈에 띄어도 그렇지 않소."

"하긴 그렇기두 하군요. 그럼 곧 뒤따라오겠지요?"

동욱이는 태근이가 없으면 불안한 모양이었다.

"염려말아요. 곧 뒤따라갈 테니."

태근이는 그들과 헤어져, 걸어 온 길을 되돌아 걷기 시작했다. 태근이가 그들을 먼저 보낸 것은 실상은 그 때문이 아니라 이봉학이네 대문 앞을 지키고 있다는 그 수상한 사나이가 마음에 거리끼기 때문이었다. 그 사나이를 그대로 내버려두고 간다면 이봉학 영감이 벌을 뒤집어쓰게 될지도 모르는 일이었다.

(하여튼 그 녀석을 해치우든지, 그렇지 않으면 무슨 다짐이라도 받아두지 않으면 마음이 놓이지를 않아)

태근이는 이런 생각을 하며 그 대문 앞에 거의 이르렀을 때,

"선비님 어디 가세요?"

굴뚝 뒤에서 뜻하지 않았던 덕보가 불쑥 나타났다.

"덕보, 여긴 뭣하러 있어?"

만나기만 하면 멱살부터 쥐리라고 생각했던 것이지만 이렇게 만나고 보니 실없이 반가워지는 사나이였다.

덕보도 역시 마찬가지 기분인 모양으로 분주히 어깨를 같이하면서

"나두 돈벌이를 하느라고 이러구 있는 것이지요. 어디 선비님만 믿구 살 수 있어요?"

하고 거리낌없이 말했다.

"여기서 무슨 돈벌이를?"

태근이는 일부러 어리벙벙한 얼굴을 했다.

"저 굴뚝 뒤에 숨어 있으면 돈이 생긴단 말요."

"굴뚝 뒤에 숨어 있다구 어떻게? 저 굴뚝이 무슨 복굴뚝이라두 되는가?"

"사실은 이 침놓는 집에 예쁜 계집애가 하나 들어갔는데 그 계집앨 오늘 하루 종일 따라다니는 일을 맡았거든요."

자기로서도 별로 자랑되는 일이라고는 생각되지 않는 모양으로 덕

보는 약간 얼굴을 붉혔다.

"말하자면 뒤를 밟는 일이구먼."

태근이는 이제야 알았다는 듯이 웃자 덕보도 따라 웃어

"헤헤, 그러니 어떡해요. 먹구 살자니."

"먹는 거야 애기무당네 집에서두 먹을 수 있지 않았나. 그곳에선 집만 지켜주면 매일 고기와 떡이었는데."

"그게 말입니다. 사실 난 그 집에 있을 수 없게 됐거든요."

"왜?"

"선비님같이 도를 닦은 사람은 떡과 고기로만도 살 수 있지만, 난 그것만으론 살 수 없었기 때문이었지요."

"그건 또 무슨 소린가?"

덕보가 무슨 뜻으로 말한다는 것은 짐작하면서도 태근이는 여전히 모른 척했다.

"애기무당말이요."

"애기무당?"

"선비님이 애기무당한테 이야기 해주겠다는 약속은 하구 나가구서 어디 들어와야 말이지요."

"그래서 그날 밤 또 자기 식으로 애기무당을 눕혀 본 모양이구먼."

"네."

엉뚱하게도 정색한 얼굴이 되는 덕보였다.

"그래서 결과는?"

"여자란 역시 힘으로만 되지 않는다는 것을 분명히 알았어요."

"그래두 자네 힘은 보통 사람보다 두서너 배는 될 텐데, 그래두 안돼?"

"물론 나두 그만한 자신이 있기에 애기무당네 방으로 기어들어 갔던 것이지요, 그런데 그 애기무당은 정말 귀신의 힘이 붙은 모양인지 당해낼 재간이 없어요."

"또 팔곱세기를 먹었나?"

"팔곱세기가 아니라, 이번엔 주먹으로 뒤통수를 맞았는데 하여튼 난 그날 밤 뻗어지구선 다음 날 대낮에야 깨어났으니 말요."

"그럼 애기무당네 방에서 자기는 잤으니 소원은 푼 셈이 됐구먼."

"그러니 말요. 내가 아무리 살가죽이 두꺼운 녀석이라 해두 애기무당을 다시 볼 수 있게 됐어요?"

"그런 양심은 언제부터 생겼기에 그런 걸 부끄러움이라고 생각하게 됐나?"

태근이는 조롱대듯이 웃으면서 깔끔한 말을 했다. 그러자 덕보는 문득 가슴에 무엇이 짚이는 것이 있는 모양으로

"네?"

하고 눈을 힐끔 들어 태근이의 기색을 살피고 나서

"그것두 다 선비님의 덕이지요. 선비님 말대로 여자를 나꾸는 데도 그렇거니와 사람이 사는 데도 역시 남에게 미움을 받고 살아서는 안 되겠더군요,"

"그래서 자넨 사람의 뒤를 쫓는 그런 직업을 택했단 말인가?"

태근이는 다시금 그의 가슴을 찌르는 말을 했다. 그리고 나서는 뒤이어

"자넨 언제부터 박일웅이의 앞잡이 노릇을 하게 됐나?"

하고 눈을 날카롭게 쏘았다.

"박일웅이란 그 사람이 그렇게두 나쁜 사람인가요?"

눈이 둥그레지며 묻는 덕보는 결코 능청을 부리는 것은 아니었다.

"그 사람이 좋고 나쁜 것은 자네가 알 일 아닌가?"

"그 사람이 선비님과 한패라구요!"

"그거 어느 녀석한테 들은 소리야?"

"그 사람한테 들었지요."

"그 녀석이 뭐라구 해?"

"그 녀석이 뭐라고 한다기 보다도……."

하고 덕보는 말을 끊고 나서

"하여튼 저 술집으로 들어가서 이야길 합시다. 내게 그만한 돈은 있으니."

"그래두 자넨 이집에 들어간 계집애를 기다려야 한다면서."

"일당은 이미 받은 걸요. 그건 놓쳐 버렸다면 그만이지요."

덕보는 진소린지 꾸며대는 소린지 알 수 없는 그런 말을 하면서 맞은편 술집으로 태근이를 끌었다. 그리고는 술을 청한 후 말을 계속하여

"그게 바루 내가 애기무당한테 뒤통수를 맞고 깨어난 날이지요. 깨어나고 보니 애기무당은 벌써 굿을 하러 나간 모양으로 두 칸이나 되는 넓은 방 윗목 구석엔 나 혼자만이 넘어져 있지 않아요. 그러니 사나이가 그 꼴을 당하구서야 그 집에 눌러 있을 생각이 납디까. 그래서 어디 가서 막일꾼을 해 먹는 한이 있더라도, 하고 그 집을 나오려는데 그 때 마침 박일웅이라는 그 사람이 선비님을 찾아오지 않았어요."

"나를?"

"네, 옛친구라면서요."

"그래서—"

"그러니 나야 그 사람이 선비님과 한패라고 생각할 수밖에 없지 않아요. 더군다나 우리가 그 집에서 살면서 선비님을 찾아온 사람은 그 사람이 처음인 걸요."

"그런 소린 그만하구 옛친구라면서 뭐라구 해?"

"선비님이 계시냐구 묻기에 어제 나가서 아직 안 들어왔다고 했지

요. 그러자 그 사람은 몹시 당황한 얼굴이 되며 선비님이 잘 아는 은실이란 아가씨가 지금 종으로 팔려가는 판인데 빨리 구해내야겠다고 하지 않겠어요. 그러니 은실이란 말을 듣고서 나도 정신이 번쩍 들었을 것은 사실이 아니겠어요?"

"덕보가 그런 말을 하는 걸 보면 속으론 무척 은실이를 생각하구 있은 모양이구먼."

태근이는 슬쩍 덕보의 마음을 등떠봤다.

"선비님, 그런 말은 말아요. 내가 선비님의 마음을 모르고 그런 생각을 하겠어요?"

덕보의 입에서는 비굴에 가까운 어색한 웃음이 흘렀다.

"그래서 어떻게 했나?"

태근이는 더 추궁하려고는 하지 않고 다음 말을 재촉했다.

"둘이서는 은실이가 잡혀 있는 집으로 달려갔지요. 그리고서는 그 집앞에서 그들이 은실이 아가씨를 데리고 나오기를 기다리고 있는데 어떻게 된 일인지 은실이 아가씨가 도망쳐 나오지 않아요."

"은실이가 도망쳐 나오던 그 때 그 집에선 여리꾼같은 친구가 하나 은실이를 잡으러 따라나왔지?"

"네, 선비님이 그건 어떻게 아세요?"

"그쯤이야 짐작을 못하겠나. 자네가 그 친구를 앞발로 걸어찬 것도 알고 있지."

태근이는 덕보가 앞발질을 잘 한다는 것을 알기 때문에 이런 말을 해본 것뿐이었으나

"네, 그럼 선비님은 우리를 보았습니까?"

하고 눈이 퀭해졌다.

"내가 봤으면 은실이를 왜 자네들에게 맡겼겠나. 그래 은실인 어떻게 됐어?"

다음 말이 급한대로 다시금 그것을 재촉하는 태근이었다.

"나는 은실이 아가씨를 뒤따라 나온 녀석을 해치우고 분주히 따라가니까 은실이 아가씨와 그 사람은 어디로 달아났는지 벌써 보이지 않지 않아요."

"거기가 어딘데?"

"바로 초신골로 빠져 나가는 어귀이지요. 그래서 난 왔다갔다하며 혼자서 그들을 찾고 있는데 마침 지나가던 기름장수 할머니가 그들이 들어간 집을 알려 주더군요. 골목을 돌아 대추나무에 깃발을 띠운 복술(卜術) 집으로 들어갔다고요. 그래서 나두 그 집을 찾아들어 갔는데 그 집이 은실이 아가씨의 언니네 집인 모양이더군요. 대문을 열어주는 은실이 언니가 어쩌면 그렇게두 은실이 아가씨와 얼굴이 같아요. 하여튼 난 처음엔 은실인 줄만 알고 '은실이 아가씨'하고 소릴 쳤으니까요. 그 때 은실이 아가씨는 방안에 누워 있었는데 그 소리에 몸을 일으켜 나를 보더니 '악'하고 소리치면서 기절을 하지 않아요. 내가 아무리 험상궂게 생겼더라도 그럴 수 있어요? 우린 낯이 익을 뿐만 아니라 그날은 자기를 구해주기까지 했는데."

"은실이가 그렇게 놀란 걸 보면 서울 오던 그 때 자넨 은실이에게 무슨 좋지 못한 일이라두 한 모양이구면."

태근이는 침을 주면서도 농담처럼 웃었다. 그러자 덕보는 펄쩍 뛰며

"선비님은 농담두 분수가 있지, 그런 소린 말구 어서 술이나 들어요."

켕길수록 당황하는 덕보였다. 그러나 태근이는 이번에도 거기에 대해서는 건드리지 않고,

"그래서 어떻게 했나?"

하고 다음 말을 계속시켰다.

"그러니 그 집에선 난리가 났을 것은 물론 아니겠어요. 그래서 난 무안한 대로 돌아가겠다니까 그 일웅이란 사람두 따라나오며 오늘 수고했는데 어디가 술이나 한잔 하자는 거지요. 그러더니 기생집으로 데리고 가지 않아요."

"그래서 거기서 재미봤구면?"

"난 기생집은 난생 처음인걸요. 시골놈이 망신만 했지요."

머리를 긁으며 벌쭉벌쭉 웃는 품이 망신은 좀 했어도 결코 싫지가 않던 얼굴이었다.

태근이는 덕보의 이야기를 듣고 나서 지난 일과 앞뒤를 맞춰가며 다시금 생각해 봤다.

박일웅이가 처음부터 이서구의 손에 넘어간 은실이를 빼낼 생각으로 덕보를 데리고 간 것만은 사실인데 그것은 무엇 때문인가.

(그건 그 친구가 은실이한테 반한 때문일 거야. 그것으로 은실이의 마음을 사보겠다는 심사겠지. 그러니 그는 은실이를 두 번이나 구해준 셈이 되지 않는가)

태근이는 그것을 생각하고 보니 약간 불안했으나 은실이도 자기를 사랑하고 있는 것을 알고 있는 이상 이어 그런 생각은 구겨버릴 수 있는대로 그는 다시금 생각을 계속했다.

(그런데 애기무당네 집까지 찾아와서 덕보를 데리고 간 이유는 또 뭔가. 그것은 덕보가 남보다는 힘도 세거니와 은실이를 구하려다가 실패를 하더라도 내가 그를 시킨 것처럼 보이기 위해서 그랬어, 그렇다면 은실이를 구해 곱단이한테 넘겨준 이유는 또 무엇인가? 응, 알겠어, 그것도 그렇게 힘든 일이 아니야. 너른마당에서 가까운 초신골 점쟁이집에서 곱단이와 만난 것을 보면 둘이서는 먼저 약속이 있었다는 것도 알 수 있는 일이고 은실이를 구해다 곱단이에게 넘김으로써 자기의 진심이 어떻다는 것을 보이는 척하는 흉계였겠지. 아니 여기에는 그보다

도 더 큰 흉계가 숨어 있는 것 같은데?)

태근이는 받아놓은 술도 마시지 않고 계속 생각했다.

(분명 무슨 흉계를 꾸미기 위해서 한 일이야. 그렇다면 도대체 무슨 흉계인가?)

그런 일은 곧잘 알아내는 태근이었지만 좀처럼 대중을 잡을 수가 없었다. 그러나 그것도 앞뒤를 맞춰가며 차근차근히 생각해보니 모를 일도 아니었다.

(그렇지, 박일웅이란 그 자가 지나치게 영리한 사나이라는 것을 생각하면 알 수 있는 일이지. 어젯밤 곱단이를 은실이로 가장해서 내가 청림당으로 데리고 오게 한 것은 틀림없이 그가 꾸민 연극이야. 곱단이는 자기 동생 은실이를 두 번씩이나 구해줬으므로 딴 생각 없이 그를 믿었을 것이 아닌가? 그러므로 곱단이는 어젯밤의 그런 연극도 인호에게 복수하도록 자기를 도와주는 일인 줄만 알고 안심하고 들어갔던 거야. 그렇지 않고서야 아무리 담(膽)이 크고 복수심에 끓는 곱단이라 해도 그 생지옥같은 청림당을 홑몸으로 들어갈 수는 없어. 일웅이를 믿지 않았다면 그런 무모한 짓은 생각도 못할 일이지. 그러니 결국 일웅이라는 그 친구는 그런 연극으로써 곱단이를 청림당 사랑방에 몰아넣어 인호를 죽이게 한 후에 곱단이를 곱게 해치울 생각이었어. 그리고 나한텐 자객 세명으로 길목을 지키게 하고서—)

여까지 생각한 태근이는 어젯밤 아무 생각도 없이 청림당으로 곱단이를 데리고 갔던 생각을 하니 등골이 싸늘했다.

(흐음, 일웅이 그 자도 인호가 묶여 복수의 선고를 받은 것을 알고서는 마음이 불안했을 것은 사실이겠지. 자기의 죄도 천주교신자들을 죽이고 재물을 빼앗은 인호의 아버지 김달수에게 지지 않는다는 걸 잘 알고 있으니까 자기의 목숨도 위태하다는 것을 모를 리가 없지. 사람이란 위험을 느끼게 되면 적이 쳐오기를 기다려 방어를 튼튼히 하겠다는

생각보다도 오히려 공격을 하여 적을 쓰러치고 하루라도 빨리 안전하게 살아 보겠다는 것이 인정이겠다. 또한 곱단이가 살아 있고 내가 있는 한 은실이를 자기 손에 넣을 수 없다는 그런 것도 알만한 사나이니 말야. 곱단이와 나를 하루 바삐 처치하고 싶어 하는 심정이야 알 수 있는 일이지. 그런데 어젯밤 곱단이가 그런 함정에 끌려들어갔다가 무사히 빠져나온 것은 정말 기적이 아니야? 내가 알기엔 분명히 어젯밤 곱단이가 혼자 들어갔는 줄만 아는데 어떤 사나이가 나타나서 곱단이를 구해줬다니, 그건 도대체 누구야?)

태근이의 얼굴은 점점 심각해질 수밖에 없었다. 덕보는 태근이가 심각한 얼굴이 될수록 자기를 수상하게 보는 것이 불안한대로

"뭘 그렇게 열심으로 생각하세요? 술은 들지 않고."

하고 능청스럽게 술을 권했다. 그러나 태근이는 여전히 술잔은 들 생각하지 않고 그러한 덕보의 인내심을 꿰뚫어 보듯이 싱긋 웃고 나서 일웅이가 오늘 덕보를 시켜 옥분이의 뒤를 따르게 한 것을 또다시 생각해봤다.

(나와 은실이가 동욱이 행수네 집에서 잔 것도 그는 알고 있고 또한 어젯밤은 동욱이와 옥분이를 나한테 내어줬으므로 우리들이 어떤 밀접한 관계가 있다는 것쯤은 쉽게 생각할 수 있는 일 아닌가? 그러므로 옥분이의 뒤를 밟으면 내가 있는 곳도 알고, 경우에 따라서는 곱단이의 소굴도 알 수 있으리라고 생각한지도 모른다. 그리고서는 우릴 일망타진하겠다는 셈인가?)

생각에 젖어 있던 태근이는 문득 얼굴을 들어

"덕보—."

평소에 볼 수 없던 무서운 눈을 부릅떴다.

"왜 그러세요?"

덕보는 무엇에 댄 것처럼 펄떡 놀란 얼굴이 되었다.

"그 놀라는 얼굴이 되는 것을 내가 맞춰 볼까?"

하고 태근이는 여전히 날카로운 눈을 늦추지 않았다.

"네?"

"나를 팔 생각이었지?"

"제가 선비님을 팔다니?"

덕보는 어리벙벙한 얼굴을 했다. 그것으로 설레는 마음을 감춰보겠다는 것이었다.

"그렇다면 내가 먼저 말해볼까?"

"글쎄, 무슨 말을 하려는지는 모르겠습니다만—."

"옥분이의 뒤를 밟으란 것은 박일웅이었지?"

"네? 그걸 어떻게 알아요?"

비위 좋은 덕보도 이 말엔 당황하지 않을 수가 없는 모양이었다.

"옥분이의 뒤를 밟아 갖고서, 내가 있는 곳을 알아내겠다는 것도 알고 있지."

"그건 사실입니다만 그렇다고 제가 선비님을 팔 생각이라니, 제가 무슨 일루 선비님을 팔아요?"

"그렇지 않구서야 덕보가 나를 찾을 필요가 없지 않아?"

"무슨 말씀을 그렇게 하세요? 선비님은 제 주인인데 제가 애기무당의 집에서 나온 이상 선비님을 만나야 앞으로 살아갈 것도 의논할 게고—."

"일웅이에게서 받은 돈으로 충분하지 않은가?"

"그 사람한테 제가 무슨 돈을 받아요?"

"좀 전에두 자기 입으로 받았다고 말하고서 벌써 잊었나?"

짓궂게 대들자 덕보는 그만 할 말이 없는 듯이 머리가 숙여졌다. 태근이는 어조를 고쳐

"이것 봐 덕보—자넨 사람들에게 사랑을 받으며 사는 것과 욕을

먹으며 사는 것 가운데 어느 쪽이 더 좋다고 생각하는가?"

"그거야 누구나 사랑을 받으며 살고 싶겠지요."

"그렇다면 사랑을 받으며 사는 그 방법을 내가 가르쳐 줄까?"

"요즘 세상에서 그렇게 어떻게 살 수 있어요?"

"세상은 그렇게도 혼탁한가?"

"선비님은 그걸 몰라서 제게 묻는 거요. 윗물이 흐리므로 자연 아랫물도 흐리게 된 세상인걸요."

자기도 박일웅의 앞잡이가 된 것은 살기 위해선 어쩔 수 없었다는 얼굴이었다.

"하기는 둘러보면 더러운 것뿐이지. 그러나 사람들이 좋아하는 숭어나 은어는 흙물 속에 놓아주어도 맑은 물을 찾아가지만 겁많은 망둥이는 흐린 물을 찾아가지 않는가?"

"그러면 제가 망둥이 같단 말인가요?"

"그럴 수밖에 없지 않은가? 박일웅이는 이리가 양의 가죽을 쓴 것과 같은 자라는 것을 알면서도 그의 앞잡이 노릇을 하고 있으니."

"정말 그 사람이 그런 사람이에요?"

일부러 놀란 얼굴이 되자

"그런 능청은 그만두고 일웅이에게서 얼마를 받았다는 거나 어서 말해 봐."

"서른 냥이요."

덕보는 더 우겨봤댔자 쓸데가 없다고 생각한 모양으로 풀이 죽은 얼굴로 순순히 말했다.

태근이는 허리에 찼던 전대를 풀어 일웅이에게서 받았다는 서른 냥의 갑절인 예순 냥을 꺼내 그의 앞에 던져주고 나서

"먼저 받은 돈과 이것을 합하면 장돌림 밑천은 될 걸세. 그러니 이제부턴 어디서나 남에게 미움 받지 않고 살아보게나. 그리고 한 가

지 일러두는데, 내 앞에 다시 나타나지 말게. 내 앞에 보이기만 하면 자넬 그대로 두질 않을 테니."

하고 무엇을 억제하는 얼굴 그대로 방문을 열고 나가버렸다.

밖으로 나온 태근이의 마음은 몹시도 무거웠다. 덕보를 죽어라 때려 주고 싶은 마음이면서도 뺨 하나 치지 않고 나온 울분 그대로 가슴속에서 부글거리고 있기 때문이었다.

"참는 자 복이 없어도 좋다."

입으론 이런 말도 중얼거려보았으나 자기의 진심을 속이는 것만 같으니 울분이 더욱 솟아오를 뿐이었다.

"정말 나는 바보인지도 몰라."

그는 또 이런 말도 중얼거려봤다. 그러면서 어정어정 애기무당네 집을 찾아가고 있는데

"선비님—"

동욱이가 저만큼서 소리치면서 뛰어왔다.

"어떻게 된 일이요?"

태근이는 뚱해진 눈으로 걸음을 멈추었다. 그러나 그는 무척 반가운 얼굴로 분주히 어깨를 같이하고서

"그렇지 않아도 선비님을 만나야겠다고 생각하며 오던 참인데 잘 됐어요."

"애기무당을 만났어요?"

"만났어요. 우리가 가니까 기다리고 있었다는 것 아니에요. 예쁜 사람이 어떻게도 그렇게 마음이 시원시원해요. 옥분이도 마음이 맞는다는 거지요."

"그러면 잘 됐구먼요. 얼마 동안은 그곳에 있을 수 있게 됐으니."

"으응, 우린 그곳에 있는 것이 아니라 오늘이고 내일이고 다른 곳으로 떠나게 되어 있어요."

"어디로?"

"어디로 가는지는 모르지만 하여튼 배를 타고 북쪽으로 간다는 거예요. 그래서 지금 배 떠날 날짜를 받으러 점쟁이한테 가는 길입니다."

"점쟁이한테? 너른마당 부근에 아주 점을 잘 치는 색시 점쟁이가 있다는데 애기무당도 모를 일이 있으면 그 점쟁이한테 가서 묻는다는 거예요."

"그렇게 잘 맞는데?"

"정말 이상스럽게도 맞는데요. 그래서 선비님을 만나면 같이 가서 은실이 아가씨가 있는 곳도 물어볼 생각이었는데 잘 됐어요. 같이 갑시다."

"소경이래?"

"글쎄요, 그건 알 수 없지만 하여튼 붉은 수건을 쓴 젊은 여자가 점을 치러온 사람을 절대로 보는 일 없이 바람벽을 향하여 앉아서 이름과 나이만을 물어 점을 치는데 무엇이나 백발백중 맞힌다는 걸요. 그 점쟁이에게 어떻게도 그렇게 잘 맞히느냐고 물으면 자긴 세상의 모든 잡귀가 붙어서 그 잡귀들이 가르쳐 준다나요."

"그리구서 한 번에 얼마씩 받는데?"

"그건 점치러 온 사람 마음대로 내란대요. 안 내도 좋다니까요."

"잡귀들은 밥을 먹지 않고도 사는 모양이니 욕심도 없는 모양이구면."

그런 것을 믿지 않는 태근이도 결국 이런 말이 나왔다.

"선비님은 믿지를 않는 모양이군요. 하기는 선비님두 천주교니 믿을 리야 없겠지요. 그러나 세상에는 이상한 일이 있는 것만은 사실 아니에요?"

동욱이는 어떻게서든지 태근이를 데리고 갈 생각이다. 그 순간에 태근이는 어떤 생각이 문득 머리에 떠올랐다.

(은실이가 덕보를 보고 기절했다는 것도 너른마당 부근의 점쟁이 집이라고 했는데 혹시 그 집과 이 집이 같은 집이 아닌가?)

그러자 태근이는 호기심이 불쑥 끓어오르는대로

"나두 같이 갑시다. 은실이를 찾는 일인데 무슨 일인들 못하겠소."

"그렇지요, 그래요. 그렇지 않구선 은실이를 사랑한달 수 없지요."

동욱이는 갑자기 밝은 얼굴이 되며 앞장을 섰다.

동욱이가 대문을 열고 들어선 집은 다 쓰러져가는 납작한 집이었으나 대문 옆에 큰 대추나무가 있는 것을 보니 덕보가 말하던 그 점쟁이 집인 모양이었다.

(그렇다면 이 점쟁이도 곱단이와 무슨 관계가 있는가?)

태근이는 생각을 하며 동욱이를 따라 사랑방으로 들어가 앉았다.

"점을 치러온 사람이오?"

그곳에는 점을 치기 위하여 자기 차례를 기다리고 있는 사람들이 대여섯 명이 있었는데 그들과 잡담을 하던, 육십쯤 난 고집불통으로 생긴 영감이 물었다. 동욱이가 그렇다고 대답하자

"오늘은 당신들로서 마지막입니다."

하고 영감은 그들에게도 표쪽 하나씩을 줬다.

표쪽에 쓴 번호를 보니 동욱이는 이십구 번이고 태근이는 삼십 번이었다.

그것을 보면 하루에 삼십 명 이상은 점치는 사람을 받지 않는 모양이었다. 시각은 아직도 미시정(未時正 : 오후 두시)인데 그 이상 사람을 받지 않는 것을 보면 동욱이의 말대로 역시 돈만을 벌기 위해서 하는 것 같지는 않았다.

그곳에 온 사람은 물론 모두가 평민으로서 그 중에는 병 때문에 온 사람도 있는 모양이었다.

그들은 선비 차림인 태근이와 그리고 아무리 보아도 평민 같지는 않은 동욱이가 둘이서 들어선 것이 이상한 모양으로 힐끔힐끔 쳐다본다.

"우린 이 집이 처음인데 점이 아주 잘 맞는다지요?"

동욱이는 그들의 시선도 꺼리지 않고 태연스럽게 말을 건네었다.

"점이야 백발백중이지요. 그런데 당신은 실례지만 포승을 갖고 다니는 사람은 아니요?"

우지개가 퍼진 것을 보아 대장장이라고 생각되는 친구가 동욱이를 쳐다보면서 물었다.

"그건 왜 묻소?"

"혹시 그런 분이라면 생신님한테 꾸중을 받기 전에 그대로 돌아가시는 게 좋을 것 같아서요."

이곳에 오는 사람들은 점치는 여인을 생신님이라고 부르는 모양이었다.

"그렇게도 포청에 있는 사람들을 싫어해요?"

"대단하지요. 생신님의 점이 너무나도 잘 맞는다는 소문이니까 혹시 이것이 천주교가 아닌가 하고 포청에서 포졸들을 평민으로 변장시켜 가끔 내보내지요. 그렇다고 생신님이 그걸 모를 리가 있어요?"

공연히 생신님의 기분만 건드리지 말고 그대로 돌아가라는 어투였다.

"그 점은 안심하시오. 사실 난 어제까지두 행수짓을 했지만 오늘부터는 행수가 아닙니다. 당신들이 부원군 김조순이가 아니라 임금의 목을 자를 모의를 한데도 이젠 나와는 상관이 없는 일이지요."

사람 좋은 동욱이는 자기 말에 흥분까지 했다.

"그렇다면 별문제이지만 하여튼 생신님은 거짓말하는 사람을 제일 싫어하거든요. 좀전에두 어느 정승 집에 있는 사람이 와서 돈은 얼마든지 낼 테니 점을 쳐달라고 했지만 들어주질 않아 화를 내고 돌아갔답니다."

"돈을 얼마든지 준다는 데두요?"

동욱이는 자기가 크게 손해나 보는 듯이 분해하는 얼굴이 되자

"생신님은 돈이면 무엇이든 안 되는 것이 없다고 생각하는 그런 자들을 누구보다도 싫어하니까요."

그런 말을 하고 있는데 이십팔 번이란 소리에 대장장이는 자기 차례가 온 모양으로 분주히 일어섰다.

대장장이가 점을 치러 나가고 사랑방에 둘만이 남게 되자, 동욱이가 급기야 심각한 얼굴이 되며

"선비님, 아까 정승 집에서 점을 치러왔다가 화를 내고 갔다는 친구가 이서구 비장이나 박일웅이가 아닐까요?"

"글쎄."

"그게 틀림없어요. 김인호를 죽이고 은실이 아가씨를 빼갖구 달아난 것이 곱단이 여도둑이라고 그 자야 생각할 것 아니요. 그러니 어떻게서든지 곱단이를 잡아보겠다구 점까지 쳐보러 왔던 것이지요."

"그렇다면 우리두 찾겠지. 이제는 우리두 곱단이의 한패로 생각하게 됐으니 말야."

"그래서 내가 옥분이를 데리구 그자들이 보이지 않는 먼 곳으로 떠나려는 것이 아닙니까? 그런데 선비님은 어떻게 할 생각이에요?"

자기가 마음 놓고 살 수 있는 곳으로 떠나게 된 것을 생각하니 동욱이는 그것이 걸리는 모양으로 걱정되듯이 물었다.

"난 옥분이 아가씨한테 약속한 것이 있지 않소, 죄없는 백성들을 못 살게 구는 그 악당들을 모두 해치우겠다고. 그리구 나면 나두 천천히 행수님이 간 곳을 뒤따라갈 테니 걱정 말구 먼저 가요."

"우리가 간 곳을 어떻게 아시고?"

"윤도사나 애기무당에게 물으면 알 것 아니겠어요?"

"하긴 그렇군요. 사람 없는 외딴섬에 가서두 뜻만 맞는 사람끼리라면 잘 살 수 있지요."

동욱이가 이런 말을 하고 있을 때 밖에서 다음 차례를 불렀다. 동욱이는 분주히 일어서 나가며

"그럼 난 점을 다 치구선 밖에서 기다리고 있을 테니 같이 가요."

혼자가 된 태근이는 오늘은 어째서 자기가 미련한 짓만 하는가 하고 동욱이를 따라 이곳에 온 것도 자기가 어리석은 탓만 같았다. 생신이라는 그 여인이 아무리 점을 잘 친다고 남들이 떠들어대도 서학에 눈을 뜬 자기로서는 그것이 사실이라고는 믿어지지가 않기 때문이다. 그러면서도 한편 그 생신이 어떤 여인이며 무슨 소리를 하는지 한번 들어보고 싶은 호기심도 전혀 없는 것은 아니었다.

"다음은 마지막으로 오신 분."

마침내 태근이의 차례가 왔다.

안내인이 태근이를 데리고 간 곳은 다락 밑에 있는 움이었다. 밝은 데서 들어간 태근이는 처음에는 잘 보이지 않았으나 어둠에 눈이 익자 돌로 쌓아올린 바람벽을 향하여 붉은 수건을 쓴 여인이 멍석 위에 앉아 있는 것이 보였다. 그리고 바로 그 옆에는 십오륙 세의 홍안소년이 신묘한 얼굴로 앉아 있었다.

태근이는 목상 위에 엽전들이 있는 것을 보고 점치러 온 사람은 그 앞에 앉는 모양이라고 생각되는 대로 가만히 가서 무릎을 꿇고 앉았다.

바람벽이 터진 틈 사이로 간신히 햇빛이 들어올 뿐으로 움 속엔 습기까지 가득 차 있어 무엇이라 말할 수 없는 침침하고 음산한 기분이었다. 점을 치는 곳은 밝은 곳보다도 이렇게 어두운 것이 효과가 있는 모양인지 하여튼 일부러 이런 장소를 택한 것 같았다.

"먼저 성명을 대시오."

소년이 소녀의 목소리처럼 부드러운 소리로 물었다.

"성은 김가고 이름은 태근이요."

"나이는?"

"스물일곱."

"무슨 점을 치러 왔어요?"

"사람을 찾고 있습니다."

태근이는 대답은 하면서도 속으로는 우습기만 했다. 태근에게 질문이 끝나자 소년은 생신한테 가서 무엇이라고 귓속말로 소곤거렸다.

생신님은 기도를 올리듯이 손을 모으고 몸을 움직일 줄 모르고 있다가 갑자기 양손을 쳐들어 떨어대면서 귀신을 부르는 시늉을 하고서는 다시 처음처럼 합장(合掌)을 하고 앉고서는

"김태근이 들어라."

하고 아주 위엄성 있게 명령조로 말했다.

"그대는 지금 호랑이떼를 끌고나와 이리떼를 물리쳐야 할 사람이 쫓기는 암사슴을 보호하기 위해 자기가 할 일을 잊구 있구먼. 그대는 하루라도 빨리 그 호랑이떼를 만나러 북쪽 산속으로 들어가게나."

"제가 찾고 있는 사슴은 안전한가요?"

"그 걱정은 안 해도 좋아. 그 암사슴은 지금 그대를 기다리고 있는 호랑이들이 보호하고 있으니 자기 할 일이나 빨리 하게나."

태근이는 자기도 모르게 무엇에 홀린 것만 같은 채 멍하니 앉아서 생신님의 뒷모양을 바라보고 있자, 생신님은 더 말이 없이 다시 양손을 모아 합장을 했다.

"점은 끝났습니다."

소년이 그것을 알려주면서 공손히 머리를 숙였다.

"고맙습니다."

태근이는 엽전을 몇 닢 꺼내서 상 위에 놓고 그곳을 나왔다.

그가 앞뜰로 나가려고 하자, 뜰에 서 있던 안내하던 영감이 무슨 이유인지는 알 수 없었으나 뒷문으로 나가라고 가르쳐 줬다.

태근이는 그 집을 나오면서 무엇이라고 딱 잘라 말할 수 없는 이상한 기분이었다.

생신님의 말이 전혀 근거 없는 소리라고는 생각할 수 없었기 때문이었다.

호랑이떼를 끌고 나와 간악한 이리떼를 물리쳐야 할 사람이 사슴을 지킨다는 말은 그대로 자기의 심정을 말해주는 것 같았다.

(그렇다면 수많은 이리들이 사슴을 잡아먹으려고 하는데 자기는 그것을 돌아보지 않고 산속으로 들어갈 수가 있는가? 생신님의 말에 의하면 그 사슴은 호랑이들이 보호하고 있다는데, 나는 그 말을 정말로 믿을 수가 있느냐 말야)

점 같은 것을 전혀 믿으려고 생각지도 않았던 태근이면서도 이렇게 열심히 생각하게 됐다.

"선비님 어때요?"

기다리고 있던 동욱이가 달려와서 물었다.

"참 신기스럽게도 맞는데."

"그렇지요! 난 너무나두 신통하게 맞아 깜짝 놀랐어요."

"뭐라구 했기에요?"

태근이는 동욱이의 점괘를 먼저 물었다.

"나보구선 꿀똥을 싸는 원앙새 한 마리를 잡았는데 그걸 놓치지 않으려면 하루 속히 북쪽으로 가라지 않아요."

"꿀똥을 싸는 원앙새라니, 그게 도대체 무슨 뜻일까?"

능청을 부리자

"선비님 그 뜻두 모르세요. 옥분이를 두구 한 이야기지요. 옥분이 입술이 원앙새 꿀똥보다 더 달면 달지 못하지 않거든요."

"그렇다면 행수님은 벌써 옥분이와는 입도 다 맞춰봤군요?"

하고 태근이가 싱글싱글 웃자 동욱이는 자기가 그런 말에 넘어간 것을 알고

"선비님 나빠요."

머리를 뻑뻑 긁으면서도 싫은 얼굴이 아니었다.

"언제쯤 떠나는 것이 좋대요?"

"사흘 후에 떠나는 것이 좋다는 걸요. 난 오늘이라도 떠나고 싶은데."

"그럼 꿀벌처럼 톡톡 쏘는 옥분이도 얼마동안은 못 보겠군요."

섭섭한 마음을 그런 말로 조롱대다기 태근이는 문득 무엇이 생각되는 것이 있었다.

"행수님."

태근이는 정색한 얼굴로 불렀다

"선비님, 이제부터는 행수님 행수님하고 부르지 말아요."

동욱이는 행수님이라고 '님'자까지 붙여 불러줘도 별로 귀에 달갑지가 않았던 모양이다.

"그렇군요. 이젠 행수질두 그만 뒀으니 행수님이라고는 부를 수 없군요. 그럼 뭐라구 부를까요?"

"아무렇게나 부르세요."

"그렇다구 성이나 이름만을 부를 수도 없구……."

"정 그러시면 김서방이라고 불러주어요. 선빈 못 된다 해도 여편네는 얻은 셈이니 남이 들어두 과히 웃지는 않을 것 아니에요."

"그것 참 수수구루해서 부르기두 좋겠습니다. 김서방님."

"님짜는 빼구요. 님자가 붙으면 어색하지 않아요."

"그럼 님자는 빼구 김서방—."

"네?"

"생신님은 우리들과 전혀 관계가 없는 사람인데 그렇게두 우리의 일을 맞추는 것을 보면 역시 무슨 특별한 영감이라두 움직이는 모양이지요?"

"그야 그렇겠지요. 일곱살인가 어렸을 때 향산에 들어가서 수업을 했다니까요."

동욱이는 불문곡절(不問曲折)하고 생신님의 말을 그대로 믿는 모양이었다.

"그런데 말요. 그 생신님이 우리에게 말해 준 그 점괘를 어떻게 판단해야 한다는 것은 우리 머리로 해야 할 일이 아니겠소?"

"거야 물론 그렇겠지요. 그런데, 선비님보구는 뭐라고 하는데?"

동욱이는 점괘가 너무나도 좋은 바람에 태근이의 점괘를 묻는 것도 잊고 있었다.

"나보고도 역시 북쪽으로 가서 백성들을 못 살게 하는 이리떼를 물리치라고 하는군요."

"네, 그래요. 그렇다면 선비님, 우리와 같이 떠나는 것이 좋겠구먼요. 같이 떠납시다."

"그러나 나는 당장 떠나지 못할 이유가 있지 않소."

"아 알겠어요. 은실이 아가씨 때문이지요?"

그 기분은 충분히 알겠다는 얼굴이었다.

"물론 그런 이유도 있지요. 그러나 생신님이 은실이 아가씨는 이리들이 침범을 못하게 호랑이들이 잘 보호하고 있다니까 그렇게 걱정되지는 않는군요. 그보다도 내가 위선 해야 할 일이 또 있어요."

"그 일이 뭔데요?"

"그건 좀 전에 옥분이 하고 약속한 것이 있다구 말한 그대로 청림당의 그 친구들을 해치우겠다는 거지요. 그들에 대한 원한은 나도 곱단이나 마찬가지인 걸요."

"그럼 선비님은 오늘 밤 또 그 생지옥 같은 청림당에 들어가겠다는 건가요?"

하고 동욱이가 그것을 한사코 말리겠다는 얼굴이 되자

"그런 무모한 짓은 안 해두 될 것 같군요."

"어떻게요?"

"박일웅이나 이서구가 점을 치러 왔다가 화를 내고 갔다면 반드시 내일도 나타나겠지요. 무슨 짓을 해서라도 우리를 찾을 생각이니까요."

"그렇지요. 그럼 나도 내일은 떠나지 않으니까 선비님을 돕겠어요."

"김서방은 그런 걱정은 마시구 옥분이와 함께 저 기러기들처럼 떠날 준비나 해요."

하늘에는 북쪽을 찾아가는 기러기가 대여섯 마리 날아가고 있었다.

장돌림

김재찬 정승이 박일웅이를 총애하는 것은 그가 영리하다는 것보다도 얼굴의 힘이 더욱 컸을 것이다. 그의 얼굴은 결코 물제비같은 그런 인상이 아니라 얼굴 빛도 검은 편이었고 인상도 오히려 푸수한 편이었지만 어딘지 모르게 귀족적인 데가 있어 누구나가 다시 한번 쳐다보게 되는 이상한 매력을 가진 얼굴이었다.

그의 그러한 얼굴은 기생청(妓生廳)에 속해 있는 기생들 간에도 대단한 인기였다. 그러므로 그는 언제나 계집이 없어서 곤란을 당해 본 일이 있을 리는 없었다. 그러나 은실이를 보고난 후로 그는 그러한 기녀들에게는 통 흥미가 없어졌다. 그가 은실이를 사모하는 마음은 그녀가 재찬이네 집에 시녀로 온 그 날부터였지만 자기의 주인이 눈독을 들이고 있는 한 그런 기색조차도 보일 수 없는 일이었다. 그러면서도 그의 가슴 속에서 타고 있는 그녀에 대한 연정은 날이 갈수록 더욱 불타오를 뿐이었다.

사람이란 옛날부터 손앞에 꺾을 수 있는 꽃보다도 손에 닿지 않는 꽃을 꺾고 싶은 마음이 더욱 간절한 모양이다.

하여튼 그는 그때부터 화동에도 발길을 하지 않고 은실이를 어떻게 하면 자기 손에 넣을 수 있을까 하는 그 생각만을 했다.

이런 생각으로 골치가 아플 때는 전동에 있는 배나무집을 혼자 곧잘 찾곤 했다.

그가 그 집의 단골손님이 된 것은 박문주가 입에 당긴 때문도 있지만 옥담이가 어딘지 모르게 은실이와 비슷한 데가 있기 때문이었다. 옥담이는 언제나 웃음이 피는 얼굴이면서도 속에는 무엇이 들어 있는 것도 같았다. 그러므로 상대해서 물리지 않는 그런 이상한 데가 있는 여자였다. 다시 말하면 좀처럼 자기 속을 보이지 않는 수가 깊은 여자라고 할까.

"옥담이, 난 이집의 주인 나으리를 한 번도 본 일이 없는데."

일웅이는 언젠가 한번 이런 말로 기수를 떠본 일이 있다.

일웅이뿐만 아니라 옥담이에게 야심이 있는 사나이는 대체로 한 번씩 그런 곳에 관심을 가졌다.

"우리집 사람은 난봉꾼인 걸요."

옥담이는 그때도 농담처럼 웃었다.

"아무리 난봉을 피운다 해도 한 번 볼 수 없다는 건 참 이상한 일인데 그래두 간혹 집에 와서 잘 때도 있겠지."

"있지 않구요, 어엿한 부분데요."

"나가서 늘 잔다면 딴 곳에 좋은 사람을 만든 모양이군요."

"글쎄요, 자긴 단골손님네 집을 찾아다니며 잔다지만."

"단골집을 찾아다닌다니, 그럼 주인은 장돌림꾼인가?"

"네."

하고 솔직히 고개를 끄덕여 보이자

"그렇다면야 계집이 도처에 있지. 장돌림꾼은 그 재미로 하는 건데."

"자긴 그렇지 않다지만 정말 날 속이구 다니는지도 모르지요."

"그런 말이야 곧이듣는 것이 잘못이지. 그러니 말야, 자기만 손해 보지 말구 오늘은 바람을 좀 피워봐요."

그곳에서 덕보를 만나기로 한 일웅이는 낮부터 와서 혼자 술을 마셔가며 기다리다 못해 이제는 갑갑증이 났는지 그런 농담을 슬쩍 꺼냈다.

"내 말이 어때, 그럴 의사가 없어?"

대낮도 되기 전인 술집이란 빈집처럼 한산한 법이다. 꺼릴 눈도 없는 안방에서 옥담이와 마주앉아 둘이서 술을 마시고 있자니 그런 엉뚱한 말도 태연스럽게 나오는 일웅이었다. 더욱이 옥담이는 술주정뱅이들이 귀찮아서 주인이 있는 척하지만 그실은 없는 것이 아닌가, 그런 의심도 갖기 시작한 판이었다.

"호호, 그런 짓하다 방망이찜은 누가 맞고요?"

"방망이찜이라니, 누구한테?"

"주인님한테 말이지요."

"밤낮 나가 있는 사람인데 제아무리 천리 앞을 보는 눈을 가졌대도 별 수 있어?"

"그럴까요?"

싫다는 것인지 좋다는 것인지 걷잡을 수 없는 그런 웃음으로 어물대는 옥담이었다. 그러나 일웅이는 그 웃음이라면 맥이 있다고 생각한 모양으로 빙긋이 웃고 있을 때 뜻하지 않은 칠덕이가 달려왔다.

"박장이 태근이와 동욱이 자식이 지금 어떻게 움직이고 있는지 아세요?"

옥담이가 눈치를 채고 자리를 비켜주자 칠덕이는 분주히 속소리로 속삭였다.

"그들을 어디서 보았어?"

일웅이는 술에 풀어졌던 눈이 번쩍 떠졌다.

"생민골 다리 앞에서 둘이 만나 너른마당 뒤에 있는 점치는 집을 가지 않아요."

"점치는 집을 찾다니, 그들이 무슨 일로?"

태근이가 천주교 신자라는 것을 잘 알고 있는 일웅이는 그런 말이 믿어지지가 않는 모양이었다.

"거야 뻔하지요. 태근이 그자는 은실이를 청림당에 들여보내고서도 걱정이 되니까 그걸 물으러 갔을게구, 동욱이 그 친구야 행수 자리가 간들간들하게 됐으니 어떻게 될지 그걸 물으러 간 것이지요."

칠덕이는 자기의 예감은 틀림없다는 자랑이었으나

"자네 소식불통이구먼. 은실인 어젯밤 여도둑이 청림당에 들어와서 인호를 죽이고 또 빼갔어."

"네? 그렇다면 태근이는 벌써 그걸 알고 은실이를 찾기 위해서 그 점쟁이한테 여도둑의 소굴을 물으러 갔던 모양이군요?"

어떻게서든지 자기가 민활한 행수라는 것을 알리고 싶어 하는 그 말에 일웅이도 문득 생각되는 것이 있는대로

"여도둑의 소굴은 나두 알고 싶은데 그 점쟁이의 점은 정말 맞나?"

"참 이상스럽게 맞아요. 사실을 말하면 나두 어제 그 점치는 집에 갔다 오다가 그들을 우연히 만난 것이지요. 어젯밤에 그런 일루 옥분이의 기분을 상케 했으니 말요. 이제는 옥분이가 영 나를 생각하지 않는지 알고 싶어서요. 그래서 그곳을 찾아가 정승집에서 왔다고 하면서 돈은 얼마든지 낼 테니 점을 좀 잘 쳐달라고 했지요. 그랬더니 벽을 향한 채 내 얼굴을 한번 돌아다보지도 않은 점쟁이가 소리를 쳐 '이 가증(可憎)스러운 행수야, 귀신들의 무서운 재앙을 받기 전에 어서 썩썩 물러가라'지 않아요. 그 바람에 난 그만 혼비백산이 되어 달아나 왔어요."

"그렇게두 사람의 속을 안다면 참 신통하구먼."

하고 일웅이는 자기도 한번 가보고 싶은 호기심에 끌리면서

"점을 치고 나온 그들은 어떻게 됐어?"

"둘이서는 그 집을 나와 몹시 감동한 얼굴로 무슨 말을 주고받다

가 태근이는 혜경전 뒤로 갔어요. 이제 생각해 보니 점쟁이가 그 부근에 여도둑 소굴이 있다고 한 모양이지요?"

일웅이는 그런 말을 들으며 덕보가 오면 좀 더 자세한 정보를 들을 수 있으리라고 생각했으나 그는 좀처럼 나타나지 않았다.

그 시각.

덕보는 화동에 있는 기생집을 찾아가서 술을 마시고 있었다. 그러므로 일웅이가 아무리 배나무집에서 그가 오기를 기다리고 있어도 나타날 리는 없었다.

그 술집에서 태근이가 그에게 돈 예순 냥을 던져주고 나가자, 그는 그것에 손을 댈 생각도 못하고 멍하니 보고만 있었다. 그것을 보니 자기의 잘못이 너무나도 분명히 느껴졌기 때문이었다.

(그는 나를 그렇게까지 생각해 줬는데 나는 그를 팔려고 하지 않았는가. 그는 그 일도 알고 있는 모양이 아닌가. 나와 은실이의 관계 말야. 그러면서도 그는 그것을 모른 척하고 있어 주었어. 그러한 그를 내가 어떻게 팔 수 있어?)

이렇게 생각하고 난 덕보는 태근이의 말 그대로 장돌림 장수를 떠날 생각을 했다. 그런 결심을 하고나니 이제는 서울에 올 기회도 좀처럼 없을 것 같았다. 그렇다고 그로서 미련이 남는 서울도 아니었으나 그래도 약간 허전한 데가 있었다. 그것은 다름이 아니다. 며칠 전에 일웅이와 같이 갔던 기생을 한 번 더 보지 못하고 떠나는 일이었다. 그렇다고 덕보는 그곳을 혼자 찾아갈 용기는 없었다. 혼자서는 부끄럽기도 했거니와 또한 자기는 그곳을 찾을 신분이 못된다고 생각했기 때문이었다.

일웅이가 덕보를 데리고 갔던 집은 꽤 이름이 있는 기생네 집이었으며 그곳을 오래간만에 가기 때문인지 그날은 일웅이도 기분이 좋았다.

"난 쌍놈이니 너희들두 쌍놈을 대할 땐 쌍년으로 놀아야 해. 그렇지 않구선 술맛이 없어."

하고 첫마디부터 그런 수작이자, 여월이란 기생도 결코 지는 법 없이

"호호, 그렇다면 어서 같이 온 분을 소개해 줘야지요."

"이 사람은 내가 첫눈에 홀딱 반한 내 친구야."

"사나이끼리 반했다면서 여긴 뭣하러 왔어요?"

"사나이끼리두 좋지만 계집이 더 좋으니 온 거지."

여월이가 꼬집어 주면서

"소담이는 해주에서 갓 올라온 아이에요. 처음 대하는 날부터 그렇게 추잡스럽게 굴지 말아요."

"선남선녀가 모여앉아 술을 마시는데 무엇이 추잡해?"

일웅이가 놀라운 듯이 익살을 피우자

"그래두 처음 대하는 사람한테는 입을 다무는 법이에요."

"그러면 술 먹으러 와서 술도 못먹고 공연히 왔네."

"언제 봐두 남에게 미움 받을 소리만 하지. 술잔을 받았으면 마시구 돌릴 줄도 알아요."

이러한 이야기를 주고받는 것을 보면 둘이서는 허물없는 사이인 모양이었다.

덕보는 처음엔 모두가 황홀할 뿐으로 공연히 가슴이 떨렸으나 연거푸 받아마신 술기운의 힘으로 어느 정도 안심도 되면서 자기도 일웅이가 하는 대로 소담이에게

"한 잔 들어요."

하고 술을 권했다.

"조금만 줘요. 많이 못하는 걸요."

덥석 쥐고만 싶은 토실토실한 손으로 잔을 받으며 웃음을 피우는

눈이 한일(一)자로 가늘어졌다.

사실 덕보는 그때까지 기생은 환갑잔치 때 술잔이나 올리고 권주가(勸酒歌)나 부르는 줄 알았는데 그렇게 옆에 앉혀놓고 놀아보니 좀처럼 그 생각이 잊혀지지가 않았다.

덕보가 드디어 소담이의 집을 찾게 된 것은 술의 힘이었다.

덕보는 미련이나 남지 않게 소담이의 얼굴이나 한 번 더 보고 떠날 생각이었던 것이 의외에도 그를 맞이한 소담이는 몹시도 기쁜 모양으로

"도련님은 역시 인정이 있는 분이에요. 잠을 못자고 기다리는 소녀의 안타까운 마음을 알아준 걸 보니."

여자에게 이런 말을 처음으로 듣는 덕보라 자기보고 하는 말 같지가 않아서 방안을 둘러봤으나, 분명 자기 혼자뿐이었다.

"난 오늘부터 장돌림꾼이야. 서울을 떠나며 소담이의 웃는 얼굴이나 한 번 보려고 왔는데 사람을 왜 자꾸 그렇게 놀려?"

덕보는 자기의 심정을 솔직히 말했다.

"앉기도 전에 떠난다는 소린 왜 하세요. 소녀의 타는 가슴을 또 놀라게까지 할 생각이에요?"

"나 같은 장돌림꾼이 떠나는데 뭐가 놀랄 일이야?"

"그래두 난 그 장돌림꾼이 좋은 걸 어떡해요?"

"그거 정말이야?"

덕보는 소담이가 알 수 없는 말만 하므로 그만 멍멍한 얼굴이 되자,

"호호호 저렇게 시침을 떼고 능청을 부리면 모를 줄 알고, 난 다 들어 알구 있어요."

"무슨 말을?"

"무슨 말이긴, 대단한 오입쟁이란 거 말이지요."

덕보가 보고 싶던 실눈이 되며 넓적다리를 꼬집어 줬다.

"아얏."

덕보는 꼬집히고 나서도 자기가 오입쟁이란 그런 말을 듣기엔 너무나도 거리가 먼 것 같아서 여전히 멍멍한 얼굴로 있자

"그래두 시침을 뗄 생각이에요? 황주의 갑부 김달수의 둘째 아들 김인호라는 걸 누가 모를 줄 알구."

"내가?"

덕보는 놀라는 얼굴이 될 수밖에 없었다. 그럴수록 그것이 능청을 부리는 것이라고만 생각하는 소담이니 일은 약간 복잡하게 된 셈이었다.

덕보는 물론 그것이 일웅이의 장난이라는 것을 짐작하면서도

"도대체 누가 그런 말을 해?"

"그것은 알아서 무엇해요. 둘이서 술이나 한껏 마셔봐요."

소담이는 종년을 불러 술상을 들이게 하고서 술잔이 몇 차례 돈 후에

"도련님은 영유의 은실이란 기생을 따라 서울에 왔다지요? 그 계집애를 알았을 때 어떤 기분이었어요? 술을 마시구선 부끄러운 것도 없을 텐데 털어놓구 이야기해요."

그 말에 덕보는 가슴이 뜨끔했으나 인호가 죽은 것도 아직 모르고 있는 소담이가 자기와 은실이의 그런 일까지 알 리는 없었으므로 제풀에 웃고 나서

"여자란 한번 안구나면 물리는 걸."

제법 오입쟁이같은 말을 하자

"그렇다면 도련님은 아직 진정을 쏟을 계집을 못 만났군요."

"그건 무슨 말이야?"

"수천의 사나이를 받은 계집이라 해도 가슴 속에 그리고 있는 사

나이는 단 하나뿐, 그것이 여자의 진정인 줄도 모르세요?"

"소담이두 하나야?"

"글쎄요."

그 후로 덕보는 장돌림 장사도 잊어버리고 소담이의 집을 다니기 시작했다.

순진한 시골놈일수록 그런 세계의 맛을 한번 알게 되면 그대로 미쳐버려 물불을 가리지 못하게 되니 무서운 일이다.

그래도 처음엔 덕보 자신이 황주의 부잣집 아들로 되어 있는 것이 마음에 걸려 발걸음이 잘 내쳐지지 않았으나, 김인호의 변사(變死)를 관아에서 숨기고 있다는 것을 알고 나서는 그것을 꺼릴 필요도 없게 되었다. 그러면서 그의 발길은 더욱 잦아지게 되어 이제는 소담이의 얼굴을 하루라도 보지 않으면 견딜 수 없는 모양이었다.

그것은 소담이 편에서도 역시 마찬가지였다. 덕보의 우악살스러운 몸에서 느껴지는 압력은 홀가분한 선비들한테선 도저히 맛볼 수 없는 쾌감이 있는 모양이었다.

그러나 기생 외도란 본시 돈을 물 쓰듯이 써야 하는 노릇이다. 호부자(豪富者)의 아들로 몇 달을 놀게 되면 으레 바가지를 차게 되는 판인데 덕보같은 건달이 무슨 재주로 계속해서 다닐 수 있으랴. 일웅이와 태근이에게서 얻은 돈 같은 것은 두서너 번 논 것으로써 벌써 날아간 지가 오래되었을 것이다.

그런데 덕보는 여전히 밑천이 떨어지진 않은 모양이니 재간이라면 재간이랄 수밖에 없었다. 그것을 덕보는 어떻게 마련하는지는 알 수 없지만 하여튼 그로서도 고통스러운 일이라는 것만은 틀림이 없었으리라.

"당신 왜 이렇게 요즘은 얼굴빛이 나빠요?"

덕보는 헐끔해진 얼굴에 이상스러운 웃음을 띠워

"이것도 소담이 때문이지."

"저 때문이라면?"

"소담이를 생각하면 아무리 자려도 잘 수가 없는 걸."

"그렇다면 정말 나 때문이군요. 아이 가엾어라."

소담이는 양손으로 움푹 팬 그의 볼을 어루만져 주면서

"눈도 십리만큼 들어갔어요."

"그럴 께다. 내 마음은 미쳐 버렸으니."

소담이의 목을 끌어안아 자기 뺨에 갖다 대고 비비면서 한숨을 짓는 덕보였다.

"당신은 정말 나를 그렇게두 좋아해요?"

"소담이가 없으면 난 이젠 살 수가 없는 것만 같아."

"저도 진정 그런 마음이에요."

소담이는 그의 팔에 안긴 채 한손으로 눈을 닦고

"그렇지만 도련님!"

"으응─."

"전 도련님이 그렇게도 자꾸만 여위어가는 것이 무서워요."

"무섭다니?"

"도련님은 분명 제게 숨기는 무엇이 있는 걸요."

"내가 숨기긴─."

안았던 소담이를 밀어버리며 덕보가 불시에 놀라자

"그러니 우린 더 깊이 들어가지 않는 것이 좋을 거예요."

"……?"

"저는 청루(靑樓)에 있는 몸, 지금 도련님은 저와 같은 것과는 멀리 해야 할 몸이 아니에요. 대성할 사람이 저 때문에 일생을 망친다면 그 죄를 어떻게 다 짊어질 수 있겠어요?"

"하하하…… 그게 무슨 죄야."

덕보는 지금까지 불안에 싸였던 얼굴이 확 풀어지며 크게 웃고 나서는

"난 부자의 아들도 아니구 양반의 아들두 아니니 그런 걱정은 말어."

"그런 농담은 말구 내 말을 귀담아 들어요."

진정으로 듣지 않는 소담이니 그녀도 약간 돈지도 모를 일이었다.

자하문(紫霞門) 밖은 물이 많아 여름 한 철은 주객들의 놀이터로 되어 있었지만 가을의 단풍을 손쉬이 즐길 수 있는 곳도 그곳이었다.

세검정(洗劍亭)으로 넘어가는 길 양쪽에는 수풀이 우거져 그것이 단풍으로 물들기 시작하면 불이 이글이글 타는 것 같았다. 그 불속을 뚫고 나오듯이 언덕 위에서 방울소리도 요란스러운 말 한 필이 내려오고 있었다.

야금(夜禁) 시각도 훨씬 지난 자시정(子時正, 자정)은 됐을 시각이었다.

술이 얼근히 취한 도포 입은 젊은 사나이가 시각도 개의치 않고 앞뒤로 마부가 달린 말 위에 앉아서 건들거리며 내려오는 것을 보니 세도깨나 쓰는 집의 자식인 모양이었다.

그렇다면 친구들과 풍월(風月) 짓기에 밤 가는 줄도 모르다가 문득 집의 마누라를 생각하고 분주히 돌아오는 길인가, 그렇지도 않으면 정든 애첩이 갑자기 그리워져 그곳을 찾고 있는가. 하여튼 그런 길이라면 길이 어두워도 즐거울 텐데 달까지 밝으니 즐겁지 않을 수 있으랴.

앞에서 말고삐를 쥐고 가던 말꾼이

"아이구!"

하고 갑자기 소리치면서 머리를 싸맸다.

"왜 그래?"

뒤에서 말을 몰던 말꾼이 놀라서 물었다.

"어느 녀석이 돌질을 해!"

"이 밤중에 누가 돌질을 해, 낭떠러지 위에서 떨어진 게지."

"아니야, 아 저 녀석이야."

길옆에 있는 커다란 느티나무 뒤에서 불쑥 나타난 검은 그림자를 보고 불시에 달려가려던 말꾼은 손에 든 날카로운 칼을 보고서는

"칼도둑이다!"

그 한마디로 말꾼들은 걸음아 날 살려라 격으로 달아나 버리고 말았다.

말 위에서 달을 쳐다보고 있던 친구도 그 소리에 깜짝 놀라 분주히 내리려고 등자(橙子)를 짚고 버둥거리던 순간 획 하고 물을 끼얹는 듯한 소리가 나며 그의 모가지가 땅위에 굴러 떨어졌다.

칼도둑은 길 한옆에 서서 피가 콸콸 뿜는 것을 기다리고 있다가 허리에서 전대를 떼어 그 속에 든 돈을 꺼냈다. 의외에도 많은 돈에 그는 약간 놀라는 기색이었으나 그것뿐으로 뒤를 돌아다보는 일도 없이 유유히 가버렸다.

동작이 아주 침착하면서도 능숙한 것을 보니 결코 한두 번의 솜씨가 아니었다.

자하문 길에서 칼도둑이 있은 이후로 덕보는 며칠을 두고 소담이의 집에 나타나지를 않았다.

소담이의 말에 덕보도 깨달은 바가 있어 자기가 처음 결심했던 대로 장돌림 장사를 떠난 것인가. 그렇게 되자 이번엔 소담이가 견딜 수 없는 허전한 마음이었다.

사실 소담이는 처음부터 그 우악스럽게 생긴 덕보에게 정이 쏟아졌을 리는 없었다. 황주의 부잣집 아들이라니 돈을 좀 홀가낼 생각

뿐이었다. 시골기생이 서울 와서 제구실을 하자면 의걸이와 노리개를 장만하는데도 대단한 밑천이 들었기 때문이었다.

그러나 남녀 간의 정이라는 것은 가까이하면 가까이 할수록 깊어지는 모양이고 정이 느껴질수록 미운 점은 가려지는 모양, 소담이도 어느덧 그런 마술 속에 빠져버리고 만 모양이었다. 어느 날 밤에 나갔던 여월이가 질린 얼굴로 들어오면서

"자하문에서 칼에 맞아 죽은 것이 김인호래."

김인호가 청림당에서 죽은 줄 모르는, 아니 그것이 덕보라고만 알고 있는 소담이는 그 말이 청천벽력일 수밖에 없었다.

그 후에도 칼도둑은 계속해서 나타났다.

동대문 밖에서 소를 팔고 가던 농사꾼이 찔렸는가 하면, 소의문(昭義門) 밖에서 사는 삼장사가 넘어졌다. 그것은 날이 어둡기를 기다려 으슥한 길목에 숨어 있다가 달려드는 같은 방법이었다.

칼도둑이 그렇게도 매일같이 나타나면 장안의 시민들이 들끓어댈 것은 말할 것도 없다.

도둑을 잡는 것은 포도청(捕盜廳)에서 하는 일이었으나 그때의 포도청은 좌우양청으로 갈려서 하나는 파자교(把字橋, 지금의 鐘路三街) 동쪽에 있었고, 다른 하나는 혜정교(惠政橋, 지금의 世宗路) 앞에 있었을 뿐으로 불과 이백구십 명밖에 되지 않는 직원으로 삼십만 명이나 사는 서울을 지키고 있었으니 칼도둑이 활개를 치고 다니면서도 동에 번쩍 서에 번쩍도 할 수 있었으리라.

칼도둑으로 나서는 녀석들은 대체로 노름에 미치거나 계집에게 미친 것이라고 보면 틀림이 없다. 그러나 그때 여도둑을 잡지 못하면 자기 목이 달아나게 된 판인 포도대장(捕盜大將)은 거기에만 신경이 예민해져 칼도둑도 그 일파라고 생각하는 모양이었다.

그때의 장안에는 가끔 인심을 소란케 하는 괘서(掛書)가 나붙었

으므로 수상한 선비들의 봇짐을 뒤지는 일은 있었지만 옷자락을 살피는 일은 없었다. 칼도둑이 나타나기 시작한 후부터는 성문을 드나드는 사람마다 옷자락을 조사했다.

피문은 옷자락을 단서로 범인을 잡아보겠다는 생각이었다.

덕보가 오래간만에 소담이의 집을 찾은 것은 단풍도 다 진 늦가을이었다. 밤도 길어져 정든 님과 함께 단잠을 즐기기에는 알맞은 계절이다.

"도련님, 어떻게 된 일이오. 생시엔 다시 못 보는 도련님인 줄만 알았는데."

소담이의 양모가 문을 열어주고 깜짝 놀라면서 반겨도 별로 반가운 얼굴이 아니었다.

소담이의 방으로 들어가서 둘이 마주앉고 나서도 덕보는 여전히 시무룩한 얼굴이었다. 소담이는 그러한 덕보를 어떻게 대할지 몰라 불안스러운 얼굴로 술을 권하며

"자하문 아래서 칼 맞은 것이 도련님이라는 소문에 저도 따라 죽을 생각이었어요. 아—그것이 이렇게도……."

격한 감정이 그대로 울음소리로 쏟아지며 덕보 무릎 위에 머리를 묻고 흐느꼈다. 그러나 덕보는 전과는 딴판으로 안절부절한 태도로

"따라 죽겠다던 계집년이 여태 멀쩡하니 살아 있으면서 무슨 수작이야?"

투박스럽게 비양을 치자 소담이는 눈물 번진 눈을 들어

"어쩌면 말을 그렇게 해요? 그동안에 울고만 있던 제 마음은 알아줄 생각은 하지 않고."

"이집에 오지 말라고 한 것은 누군데?"

"아무리 제가 그런 말을 했을망정 그렇게도 매정스럽게 발을 끊을 수가 있어요?"

"언제는 오지 말라고 야단, 도대체 어느 장단에 춤을 추라는 거야?"

급기야 덕보가 외면을 하듯이 천장으로 눈을 돌려 혼잣말처럼 중얼거리자

"정말 당신은 이상해요. 나를 좀 봐요. 딴 곳에 계집이 또 생긴 것 아니에요?"

"계집?"

자조하듯이 웃고 나서

"너한테 미친 것뿐이다, 아니 난 미쳤어."

알 수 없는 말을 뱉으며 허리춤에서 금비녀를 꺼내 던져줬다. 한 냥쭝은 실히 되리라.

강화(江華) 길이 막히지 않았던 6.25전만 해도 서강(西江)은 서울의 문호(門戶) 구실을 했지만, 뱃길 밖에 없던 옛날엔 곡물, 의류 등을 비롯해 모든 생필품이 이곳에서 짐을 폈다. 하주(荷主)들의 짐을 맡는 큰 객주(客主)집이 몇 집인지 모르게 셀 수 없었고, 지방에서 올라오는 세곡(稅穀)을 받아들이는 경창(京倉)도 이곳에 있었고 하니 얼마나 활기가 있었을 그 때의 정경은 가히 짐작할 수 있는 일이었다.

입동(立冬)이 지나 김장때가 오게 되면 배추를 가득 싣고서 전라도와 황해도에서 올라오는 배가 강이 터지게 올라왔고, 강둑에는 배추를 사러 나간 문안 사람들로 하얗게 깔려 아침부터 해가 질 때까지 배추 세는 소리가 그칠 줄을 몰랐다.

돈이 풍성풍성 노는 곳에는 언제나 거기에 따라서 자연 술집도 흥성흥성해지는 법이다. 술집 노파는 이번에도 술을 적게 빚은 것을 한탄하며 술 구하러 다니기가 바쁘다.

덕보는 그날도 노고산(老古山, 老姑山) 밑에서 몸이 으스스 떨리는

것을 참아가며 미끼에 걸릴 고기를 기다리고 있었다. 달도 없는 하늘에는 여무진 별만이 깔려서 더한층 차가워 보였다.

이윽고 미끼에 걸린 것은 얼핏 봐서 장돌림같은 사십 전후의 장사치였다. 시골서 배추를 한 뱃짐 해갖고 올라와 성문을 닫는 인정(人定) 시작이 되기 전에 분주히 성안으로 들어가는 모양이었다. 늦은 밤길을 혼자서 그렇게 열심히 가는 것을 보면 기다리고 있는 갈보년이라도 찾아가는 것인지—.

산 밑의 길이 굽어진 곳. 그 언덕 위에 소나무가 길 위에 길게 휘어나간 그 위에 숨어 있던 덕보는 놀란 범이 덮치듯이 뛰어내리며 뽑아든 비수로 행인의 등덜미를 찔렀다.

단칼에 해치우려는 익숙한 솜씨였다. 칼을 꽂은 순간에 꽁무니를 차버려 옷에 피가 묻지 않게 할 생각이었다. 행인은 '찍' 소리도 못하고 앞으로 고꾸라질 줄만 알았는데 그것이 어떻게 된 일인지 비수를 든 손은 바람만 그은 채 '쾅'하고 요란스러운 소리와 함께 땅에 떨어진 것은 자기였다. 반대로 행인은 아무 일도 없었다는 듯이 태연히 걸어가고 있을 뿐이다.

"이거 봐라."

이런 일에 실수라고는 단 한 번도 있어본 일이 없는 덕보지만 역시 어둡기 때문에 겨냥을 잘못한 모양이라고 생각하고, 불시에 일어나 다시금 비수를 높이 들고 뒤따라갔다. 그때는 벌써 행인은 대여섯 칸 앞에서 걸어가고 있었으므로 덕보가 뒤에서 따라오는 것을 모를 리는 없었다. 그러나 그는 여전히 태연스럽게 걸어갈 뿐이었다.

"에익!"

뒤따라온 덕보는 한걸음 뒤에서 행인의 잔등에다 비수를 찌르는 순간, 비호(飛虎)라도 그렇게 빠를 수 있으랴, 어느덧 몸을 돌려 행인은 덕보의 배를 콱 찼다.

짚신을 신은 발인데 왜 그렇게도 뻐근한지 덕보는 급기야 눈을 뒤집어쓰며 쓰러졌다.

"으음—."

행인은 비명을 치는 덕보를 한번 돌아다보고는 싱긋 웃고 나서 그대로 돌아가려다가 무슨 생각인지 되돌아와 목덜미와 허리춤을 잡아 번쩍 들었다. 행인에 비하면 덕보는 두 배나 되는 몸이었다. 행인은 그 큰 몸을 들고서도 비틀거리지 않았다.

덕보가 굴러떨어진 곳은 새말[新村]로부터 시작하여 노고산과 와우산 사이로 흐르는 개천이었다. 서강 다리를 지나 경강(京江, 한강)으로 흐른다.

정신을 잃었던 덕보가 빠져죽지 않은 것은 물이 깊지 않은 탓이었지만 그러한 창피를 당한 덕보는 차라리 죽은 것보다도 못한 것 같은 울고 싶은 기분이었다.

옷이 흠뻑 젖은 처량한 그 꼴로서는 성문을 통과할 수도 없었다. 날이 밝기를 기다려 다음 날 아침, 그가 묵고 있던 언젠가 태근이와 헤어진 그 술집까지 겨우 찾아갔지만 자기가 당한 일을 남이 알 리가 없는데도 모두가 자기를 비웃는 것만 같다. 바깥에 나가고 싶은 생각이 없었다.

그는 몸이 아프다는 평계로 방구석에 누워서 멀진멀진 천장을 바라보는 것으로서 날을 보냈다. 그렇게 며칠을 보내는 동안 자기의 가련한 꼴이 분명히 보이면서 어떤 악몽으로부터 깨어나는 듯한 그런 기분이기도 했다.

(역시 서울은 넓은 곳이야. 보기엔 장사치로 밖에 보이지 않는 그런 사람도 무서운 검술법을 알고 있는 사람도 있지 않은가. 이런 것을 그대로 계속하다가는 난 어느 코에 걸려 죽을지도 모르는 일이야)

덕보는 처음으로 사람의 무서움을 알게 되었다.

어둠침침한 방속에서 이불을 쓰고 누워 있는데 생각지 않은 태근이가 찾아왔다.

"덕보 아파서 누웠다구?"

덕보는 놀라 벌떡 일어나 태근이 앞에 무릎을 꿇고 앉고서

"어떻게 제가 여게 있는 것을 알았어요?"

당황한 빛을 감추지 못했다. 그러나 태근이는 그런 말은 개의치 않고

"병은 어떤가?"

"그렇게 걱정할 것까지의 병은 아닙니다."

"그래서 여태 장돌림꾼은 떠나지 못했구면?"

태근이는 그 이유를 알았다는 듯이 덕보의 아픈 곳을 찔렀다.

"사실 그런 것은 아니지만."

덕보는 그만 고개를 떨구었다.

"하여튼 얼굴이 몹시 축간 것을 보니 정말 대단한 속탈이라도 있는 모양이야. 혹시 그런 병은 찬물에 들면 좋다는 말을 듣고 그런 미욱한 짓을 한 건 아닌가?"

태근이는 덕보의 재난을 알 리 없는데도 빈정대는 것 같은 그런 말을 했다.

"그런 일은 없습니다. 고뿔이 좀 쉰 것뿐이겠지요."

덕보의 말은 하나같이 자신이 없었다.

"하기는 뒤대사람이 서울에 살게 되면 고뿔이 심한 법이야. 주의하게나."

"네."

"그러나 고뿔이라면 며칠 안가서 일어날 수도 있겠으니 그때 장돌림을 떠나볼 생각인가?"

"네 그때야……"

"그런 생각이라면 지금 서울에 우방서가 와 있으니 떠나기 전에 그를 한번 만나보는 것이 어떤가?"

"우리와 서울로 같이 올라온 그분 말인가요?"

"그래, 그분은 장돌림에 경험이 많은 분이니 도움이 될 걸세."

"그렇겠지요."

"그럼 이삼일 후에 그분과 같이 오겠네."

"알겠어요. 사실 전 장돌림을 떠난대도 어떻게 해야 할지 몰라 이러구 있었답니다."

하고 덕보는 그제야 변명 같은 변명을 생각하고 말하자

"하긴 그렇기두 했겠지. 그래서 여인들이 쓰는 물건을 알아보기 위해서 기생촌두 찾아다녔구먼."

태근이의 입에서는 문득 그런 말이 나왔다.

태근이가 덕보한테 다녀간 다음 날 아침에 다시금 우방서가 찾아왔다. 방서가 찾아온다 해도 그렇게도 빨리 찾아오리라고는 덕보는 생각지 못했다.

"찬물에 미역을 감구서 고뿔을 앓는다지. 여전히 낯색이 좋지 못한 것을 보니 아직도 쾌차하질 못한 모양이구먼."

방서는 앉기가 무섭게 그런 말을 했다. 태근이며 방서가 모두 꼭같이 찬물에 고뿔이 걸린 모양이라고 생각하는 것은 무엇에 의한 것인지 덕보는 알지를 못하면서도 정말 그 말이 찬물을 끼얹어주는 말만 같아 몸이 움츠러지는 채

"제 이야긴 태근이 선비님한테 들었어요?"

"그렇지 않구야 내가 자네 있는 곳을 알 리 없지 않은가. 그런데 선비님은 자네두 장돌림을 떠날 의사인 모양이라면서 날더러 한번 찾아가 보라기에 이렇게 일부러 찾아왔네."

"제가 못났기 때문에 여러 가지로 폐만 끼쳐 미안합니다."

몇 달 동안 서울물을 먹고 난 덕보는 제법 인사말도 할 줄 알았다.

"그러면 이번 떠나는 길엔 나하구 같이 떠나보겠나?"

"우서방이 그렇게만 해 준다면야……."

덕보는 소담이 생각도 이제는 단념할 수가 있는지 순순히 그런 대답을 했다.

"그럼, 길을 떠날 준비를 해야지. 짐 실을 나귀 같은 것은 차차 산다 해도 당장에 장을 볼 물건들은 사놔야겠으니 말야. 그런데 그 아픈 몸으로서는 오늘은 물건을 사러 나갈 수가 없을 것 같구면."

"억지로 일어나면 일어날 수 있겠지요."

"그렇다구 그렇게 무리해서 일어났다가 병이 더 더치게 되면 어쩌겠나. 덕보두 이제부터 장돌림 장수로 살 생각이라면 자기 몸 하나가 밑천인데."

너무나도 지나쳐 걱정해주는 방서의 말에 덕보는 면구스러울 뿐으로

"고뿔 정도가 뭐 그렇게 대단한 병이라구요."

"이 사람아, 병의 시초는 모두가 그 고뿔에서 시작하는 것이라네. 그런데 자넨 몸집이 커서 보기엔 건강해 뵈두 찬물에 미역을 감은 정도로 고뿔에 걸렸다는 것을 보면 몸의 단련은 부족한 모양이구면."

"글쎄요."

"그렇다면 자네가 그 고생을 겪어낼지가 걱정인데. 장돌림으로 나서면 오동지 섣달에도 불도 때지 않은 남의 집 사랑에서 이불도 없이 자야 하기도 하고 또한 밤길을 가다가는 가끔 칼도둑도 만나니 말야."

"나두 그만한 각오야 없이 장돌림 장살 떠날 생각을 했겠어요?"

"그렇지. 물론 자네두 그만한 생각이야 있었겠지. 그런데 며칠 전에 참 재미난 일이 있었지. 그날두 평소에 내가 그만한 단련이 있었기에 말이지."

"무슨 일이 있었는데요?"

"벌써 사오일이나 됐는데, 서강 객줏집에 돈 회계(會計)가 있어 그걸 끝내고 내가 돌아오다가 노고산 밑에서 칼도둑을 만났으니 말야. 그게 바루 성문을 닫기 전인 시각이었으니 술시(戌時, 저녁 8시)쯤 됐었을 때일까?"

"……."

"길 위로 뻗은 소나무에 숨어 있다가 껑충 뛰어내리며 비수를 든 채 달려드니 견뎌낼 도리가 있어? 하마터면 자네와 이렇게 이야기도 못할 뻔했네."

"……."

"그 녀석은 힘도 장사인데다 칼쓰는 솜씨두 제법이야. 정말 칼도둑이나 해먹으라고 내버려두긴 아깝더군."

덕보의 얼굴은 수수개떡 정도로 벌게지는 것이 아니었다.

장안에 여도둑이 나타나면서 뒤이어 칼도둑이 날뛰어 민심이 끓기 시작하자 김재찬이도 그들과 못지 않게 마음이 편안하지가 않았다.

그는 호조판서(戶曹判書)에 있었으므로 도둑을 잡는 일에 직접 관계가 있는 것은 아니었으나 그 여도둑과는 자기도 관련이 되어 있기 때문이다. 은실이를 훔쳐간 여도둑이 잡히는 날이면 은실이를 종으로 팔려던 그 사실을 폭로할지도 모른다. 그뿐만 아니라 김인호가 자하문 밑에서 칼도둑에게 죽었다고 날조한 사실도 드러날지 모른다. 인호가 청림당에서 죽었다면 바깥소문이 좋지 못하므로 포도대장에게 많은 돈을 주고서 그렇게 꾸몄던 것이다.

그의 걱정은 이것뿐만이 아니었다. 그보다도 더 큰 걱정이 있었다. 그는 신유사옥(辛酉邪獄) 때 박일웅이를 앞세워 천주교도들의 재물을 보관해 준다는 명목으로 많은 재물을 거두어들인 것이었다. 그것으로써 그는 지금의 벼슬을 차지할 수 있었을 뿐만 아니라 지금에 커다란 집을 쓰고 살면서 남처럼 그렇게 지독한 학정질은 하지 않고도 살 수가 있었던 것이다.

황주의 김달수의 죄악상(罪惡相)을 시시콜콜히 알고 있는 여도둑이라면 그 일을 모를 리가 없었다. 아니 그보다도 여도둑의 한패거리로 생각되는 김태근이는 그 일을 너무나도 잘 알고 있다는 사실이었다. 말하자면 김태근네 재산도 모두 그가 차지했으니 모른다고는 도저히 할 수가 없는 일이었다.

(그 모든 것이 드러나게 되면 나는 결국 어떻게 되는 것인가. 그렇지 않아도 안동김씨 세도판에 연안김씨가 끼어 있는 것이 무엇에 보리알이 끼어 있는 것 같다면서 흠을 못잡아 야단인데 그것만 드러나는 날이면 나는 완전히 영락해버리고 말 것이 아닌가)

이렇게 생각하고 보니 그 모든 것이 봉물짐을 갖고 올라오며 도중에서 은실이란 그 계집애를 만난 것이 우환의 근본이라고 생각됐다. 그 계집애만 만나지 않았다면 그 계집애를 종으로 판다는 포악한 질투심도 일어날 리가 없었고, 인호같은 탕아를 청림당에 받아들여 여도둑에게 죽게 하는 일도 없었으며, 또한 자기는 여도둑의 비위를 거스를 리도 없었으므로 옛날의 일이 드러날 것을 두려워할 필요도 없었다.

(그렇다면 결국 나도 이제는 운이 다 된 셈인가?)

재찬이는 사랑방에 혼자 앉아서 이런 생각을 해가며 낙엽진 뜰을 내다보고 있는데 일웅이가 나타났다.

"좋은 소식이 있나?"

물론 여도둑에 대한 소식을 묻는 것이었다.

각조(各曹)의 재상(宰相, 判書)은 자기의 직권으로써 도둑을 잡을 수가 있었다. 재찬이는 자기 부하의 손으로 여도둑을 잡음으로써 약점이 잡힐 군말이 세상에 퍼지지 않게 할 생각이었다.

"여도둑들의 행방은 아직 잡지 못했습니다만 칼도둑이 어떤 녀석이라는 것은 대략 알았습니다."

"그 칼도둑은 여도둑과 같은 패거린가?"

"그 일파와도 관계가 있는 것 같습니다. 이름은 덕보라는 잔데, 김태근이를 따라 서울에 온 녀석입니다."

"그렇다면 여도둑과 같은 패거리가 틀림없지 않은가?"

"그렇게 보는 것이 옳겠지요. 그러나 거기에는 약간 복잡한 무엇이 있는 것 같습니다."

"미묘하다니 그건 무슨 소리냐?"

재찬이는 분주히 귀를 기울였다. 그러면서도 어조(語調)만은 태연자약한 것이 양반의 자랑이다.

"덕보라는 녀석은 태근이의 하인으로 있으면서도 태근이가 좋아하는 은실이를 은근히 사모하고 있는 모양이에요. 그러니 그 사이가 어떠했으리라는 것은 짐작할 수 있는 일이 아닙니까?"

"그렇다면 은실이를 사모하는 사람이 한둘이 아니었구먼. 나도 대단히 열을 올린 사람의 하나이지만, 자네도 그 중의 한 사람이었으니."

이 말엔 제아무리 일웅이라 해도 당황한 빛을 감출 수 없는 모양이면서도 뒤이어 웃음을 띠워

"하하하 대감님은 아직두 질투심에 끓고 있군요. 대감의 눈에 든 아가씨가 제 눈에 들지 않았을 리가 있겠습니까만 전 일찌감치 단념하고 기생촌을 찾은 지도 오래되었습니다."

"역시 자네는 정직한 사나이야."

하고 칭찬을 해주고 나서

"그래서 그 덕보란 사나이가 칼도둑이란 건 어떻게 알았나?"

"그것도 제가 기생촌을 찾으면서 알게 됐지요."

"어떻게?"

"바로 어제 말입니다. 제가 어느 기생집에 가서 술을 마시고 있는데 거기에 놀러왔던 기생이 요즘은 도둑도 많지만 뜬소문도 많다는 것이 아니겠어요. 그래서 무슨 뜬소문이냐고 물었더니 자하문 밑에서 칼도둑에게 죽었다는 김인호가 멀쩡하게 살아서 며칠 전에두 그가 좋아하는 소담이란 기생집에 나타나 한 냥쭝이나 되는 금비녀를 주고 갔다는 것이 아닙니까. 그 말을 들으니 문득 머리에 오는 것이 있더군요."

"뭐?"

"제가 한달 쯤 전에 그 덕보라는 녀석을 데리고 기생집에 놀러갔던 일이 있지요. 그걸로써 그의 환심을 사갖고 여도둑 일파를 잡아볼 생각으로요. 그때 내가 소담이란 기생에게 귀띔으로 저 사람이 보기에는 산채도둑같이 생겼지만 황주의 큰 부자의 둘째 아들 김인호라구 말해준 일이 있어요. 그렇지 않구서야 그 기생년들이 그런 험상궂은 사나이를 상대를 해주겠대야지요. 그런데 그 녀석은 그 후에도 혼자서 계속해 그 소담이란 기생네 집을 다닌 모양이니 무일푼 건달인 그 녀석이 어디서 돈이 나와 그곳엘 다녔겠어요?"

일웅이는 자기에게 불리한 이야기는 빼가면서 이야기를 했다.

"그래서 그 녀석이 칼도둑이라고 생각했다는 것인가?"

"그럴 거요. 그리구 소담이란 기생년을 불러다가 자세한 이야기를 들어보니 그 녀석이라는 것이 틀림없더군요."

일웅이는 신이 나서 이야기했으나 재찬이는 의외에도 흐린 얼굴이

되며

"그런데 자넨 무슨 이야길 하기 위해서 그렇게 떠벌리구 있나?"

"네?"

"듣고 나니 자네가 덕보를 칼도둑으로 만들었다는 이야기밖에 없으니 말야."

"그래두 칼도둑만 잡아도 그만한 공은 있을 것 아닙니까?"

"이 사람아, 지금이 우리가 공을 생각할 땐가? 자기 발잔등의 불을 꺼야 할 판인데 그걸 생각하구 있겠냐 말야. 만일 우리를 헐구 깎으려는 그자들의 손에 여도둑이 잡혀보게나. 우리 일은 드러나는 대로 귀향(歸鄕)하는 판이야. 제발 자네두 그걸 알구서 일을 좀 해주게나."

'오늘은 너른마당에 점 잘 친다는 그 생신님을 한번 찾아가 보기로 하자'

김대감에게 꾸중을 들은 일웅이는 생각다 못해 결국 그런 생각을 하고 칠덕이를 앞세우고서 그곳을 찾기로 했다.

그것으로서 요행히 곱단이가 숨어 있는 집을 찾아낼 수 있다면 그처럼 땡잡는 일은 없는 일이었다.

(곱단이두 이제는 내가 어떤 생각으로 자길 가까이 했다는 것을 분명히 알았을 것이 아닌가. 그러므로 나는 그들에게 잡히기만 하는 날이면 그만이야. 아니 다른 사람 손에 곱단이가 잡혀도 대감의 맘대로 극형을 받게 되는지도 모르지. 그러나 내가 곱단이를 잡기만 한다면 모든 일은 순조롭게 풀리면서 그 값으로 나도 포도대장쯤 한자리 얻을지도 모르고 은실이도 내 손에 넣을 수 있을 거야)

이렇게 생각한 일웅이는 어떻게서든지 곱단이와 그 일파를 자기 손으로 잡기로 결심한 것이었다. 그러나 아무리 굳게 결심했다고 해도 곱단이가 나타나지 않으면 어떻게 손을 내밀 길이 없었다. 물론 곱단이는 복수를 맹서(盟誓)했으므로 나타나지 않을 리는 없었다. 이번에는 어떤 형식으로 나타날는지 그것만을 알게 된다면 그들을 통째로 잡을 함정도 만들 수 있는 것이었지만 그 생신님이라는 점쟁이가 정말 훌륭히 맞춰줄 수 있는지 그것을 오늘 시험해 보겠다는 것이다.

막상 칠덕이를 따라 그 생신님이 점을 친다는 그 집을 따라와 보니 언젠가 곱단이에게 은실이를 내 준 그 집이었다. 그렇다면 점쟁이도 곱단이의 일파인지도 모른다는 생각이 머리에 떠올랐지만 그럴수록 곱단이를 잡아보겠다는 일웅이는 그 점쟁이의 정체를 알고 싶은 호기심이 버쩍 끓어올랐다.

일웅이는 칠덕이를 문밖에서 기다리게 하고 혼자 들어가보니 칠덕이의 말대로 오늘도 먼저 와서 기다리고 있는 사람이 십여 명이나 되었다.

"생신님에게 점을 치러 왔어요."

일웅이가 아주 공손히 말하자 순번표를 주는 노인이 말없이 그에게 표를 내줬다.

"삼십 번이군요. 이걸 갖고 있으면 점을 칠 수 있는가요?"

하루에 삼십명 이상은 점을 치지 않는다는 말을 칠덕이에게 들어 알고 있었으나 일웅이는 자기의 신분을 감추기 위해서 일부러 이런 말을 물었다.

"그래요. 오늘은 당신이 마지막이니 한 발자국만 늦었어도 헛걸음할 뻔 했어요."

"그럼 매일 서른 명 이상은 점을 치지 않는가요?"

"생신님은 서른 명의 점을 쳐주기도 몹시 힘이 드는 모양입니다. 여러 사람의 점을 쳐주자면 그때마다 다른 귀신을 불러야 하는데 그것이 좀처럼 쉬운 일이 아닌 모양이지요."

"점이 다 끝나면 생신님은 주무시겠군요?"

"그렇게 편안하게 살구서야 남의 점을 어떻게 칠 수 있겠어요. 산에 기도를 드리러 가지요."

노인과 이런 이야기를 하는 사이에도 점을 치러 몇 사람이나 왔다가 실망해서 그대로 돌아가는 사람들이 있었다. 그것을 보면 아주 무시할 수도 없는 것 같은 생각이 드니 일웅이 자신으로도 이상스러운 일이었다. 드디어 일웅이 차례가 왔다.

(하여튼 내 눈으로 보면 점쟁이의 정체도 알 수 있겠지)

일웅이는 그런 생각으로 안내하는 노인을 따라 움으로 들어갔다.

어두컴컴한 그곳에는 이야기를 들은 그대로 생신님이라는 점쟁이가 벽을 향해서 단정히 앉아 있었다.

그 옆에 앉아 있는 소년은 일웅이의 눈으로 보면 절에서 흔히 볼 수 있는 동승과 같은 인상이었다.

(여기서 무엇을 맞춘다는 것인가?)

어리석은 백성들이 많이 찾아온다고 하니 울긋불긋한 장식이라도 있으리라고 생각했는데 족제비라도 나올 것 같은 그 움에는 목상이 하나 놓여 있을 뿐이다.

일웅이는 이런 곳을 찾아온 자기가 어리석은 것 같은 기분이 드는 채 가만히 그 앞에 가서 앉았다.

"먼저 이름을 말하시오."

소년이 아주 엄숙하게 말했다.

"박일웅입니다."

"연령은?"

"서른 하나."

"무엇을 알기 위해서 왔는지 그걸 말씀하세요."

"제가 이곳에 찾아온 것은 다름이 아니라 꼭 잡아야 할 도둑이 있기 때문에 그 거처를 알아보기 위해서 온 것입니다. 그 거처를 바로만 알려준다면 점치는 방을 제가 아주 훌륭하게 지어줄 수도 있습니다."

그러나 소년은 단 한 마디로

"사람을 찾는다고 합니다."

하고 생신님에게 전했다. 생신님은 갑자기 일어서며 양손을 높이 쳐들어 귀신을 불러대기 시작했다. 지금까지 움직일 줄 모르고 조용히 앉아 있던 몸이 와들와들 떨어대는 것을 보니 정말 귀신이 몰려오는 것 같기도 했다.

"일웅아!"

문득 소리쳐 불렀다. 그것은 원한에 찬 여자의 목소리였다.

"네?"

"너는 내가 누구인지 아느냐?"

"누구요? 도대체 누구기에 내 이름을 알아요?"

"나는 최지표(崔之票)의 딸이다"

"네?"

"최지표란 이름을 모르겠다는 건가?"

"……?"

"그렇다면 자세히 설명해 주지. 수년전 아무 죄도 없는 장돌림꾼 하나가 천주교도라는 누명을 쓰고 먼 섬으로 귀양살이를 가고 그의 가족들은 재산을 빼앗기 위해서 죽인 일이 있지. 사실 그 장돌림꾼은 물건을 한번 속여 팔아본 일도 없는 아주 착한 장돌뱅이었어. 그런 장돌뱅이가 허리띠를 졸라매가며 얼마간의 돈을 모으게 되자, 그 것을 빼앗기 위해서 성당문 앞에도 서 본 일이 없는 그를 천주교도라고 몰아 새도 지나가는 일이 없는 섬에 귀양을 보냈단 말야. 일웅아! 너는 그때 그런 지독한 짓으로 돈을 긁어들이고 있던 김재찬의 앞잡이로서 가장 나쁜 짓을 한 녀석의 하나이지?"

"무슨…… 무슨 소리를 하는 거야?"

일웅이는 새파랗게 얼굴이 질리며 소리쳤다.

"그래도 모른다는 것인가?"

"……."

"그렇지, 모른다고야 입을 뗄 수가 없겠지. 권세 있고 돈 있는 대감에게 등을 대고서 매일같이 계집질을 할 수 있는 팔자가 된 것도 그 덕이니."

"난 그런 소리 듣자구 여기 온 거 아니야. 곱단인 지금 어디 있어?"

일웅이는 자기도 모르게 흥분되어 벌떡 일어서 소리쳤다.

겁에 질린 일웅이의 눈에는 생신님이 쓴 뒤로 늘어진 붉은 보자기가 무서운 불길처럼 달려들었다.

그리고 보면 이 어두컴컴한 움 속은 세상과는 아주 떨어진 지옥과도 같은 데가 있었다.

"일웅이는 곱단이가 무서운 모양이구먼."

생신님은 일웅이를 조롱대듯이 말했다.

"내가 곱단일 무서워한다구? 난 곱단일 잡으려는 사람이야!"

"제아무리 그렇게 말해두 내 앞에서는 자기의 본심을 숨길 수는 없어. 나는 일웅이가 곱단이를 무서워할 이유도 알고 있지. 일웅이는 곱단이 편을 돕는 척 하면서 곱단이를 잡으려던 그 음모가 그만 드러났으니까 무서워할 것 아닌가, 그렇지?"

"내가 곱단일 무서워한다구? 난 그놈들을 모두 잡아 죽일 생각뿐이야."

"그건 네 생각과 결국 반대가 되겠지. 너는 이제부터 열흘 안으로 빛을 잃고 만다. 그리고 나선 바다 밑바닥 같은 어둠 속에서 벗어날 수가 없을 게다."

그 순간에 저것이 곱단이가 아닌가 하고 생각한 일웅이는

"요 녀석아, 난 대감의 사명으로 온 사람이야. 저 점쟁이의 얼굴을 보고 싶은데 얼굴에 쓴 수건을 빨리 벗기고 이리로 돌아앉게 해. 만일 듣지 않으면 천주교도가 요술을 하는 것이라고 해서 모두 잡아 죽일 테다."

일웅이는 이미 자기 정신이 아닌 모양으로 미친 듯이 소리쳤다.

"너무 떠들지 말어요. 생신님은 불러들인 귀신이 시키는 대로 말할 뿐입니다. 그렇게 떠들다가 귀신이 화를 내면 큰 재앙을 받는 일도 있으니 말요."

소년은 조금도 덤비는 일없이 말하고서는 생신님에게 가만히 고개를 돌려

"저분이 생신님의 얼굴을 보고 싶다는데 어떻게 할까요?"

그러자 생신님은 오도깝스러운 웃음을 웃어대어

"너는 자기 죄악의 자국을 그렇게도 보고 싶은가?"

"무슨 잔소리가 많아. 빨리 돌아앉지 못하겠어!"

"네가 그걸 그렇게도 보고 싶은 것이 소원이라면 보여주마. 그러나 그것을 보기 전에 생각해야 할 일이 하나 있어. 너는 재물을 뺏기 위해서 최지표의 가족을 죽이던 그 때 그의 마누라를 강간하려는 것을 보고 울며 달려드는 딸을 부젓가락으로 눈을 찔러 죽인 일이 있겠다."

"모른다, 몰라, 난 절대루 그렇게 잔악한 사람이 아니야. 나두 그땐 천주교도였어."

"천주교도였다는 걸 잊지 않은 걸 보니 그 일도 잊지는 않았겠구면."

하고 말하면서 생신님은 머리에 쓴 수건을 풀고 돌아앉았다.

"으악."

일웅이는 급기야 기절할 듯이 소리쳤다.

생신님의 양쪽 눈은 허연 고름이 내밴 것처럼 멀건 채 눈 가장자리에는 마구 홀가맨 것처럼 불에 덴 자리가 남아 있었다.

"속시원스럽게 보았지. 네 눈도 머지 않아 이렇게 될 테니 그리 알어."

생신님의 얼굴에 무서운 증오를 참기 위한 이상스러운 미소가 흐르자,

"아 사람 살려요. 천주교 요술쟁이가 나를 죽이려고 해요!"

극도로 겁에 질린 일웅이는 미친 듯이 소리치며 허둥대고 움 밖으로 뛰어나갔다.

(귀신이 뭐 있다구 주책없게두 겁을 먹어가지구……)

일웅이가 그런 생각을 한 것은 한참 걷다가 자기 정신으로 되돌아왔을 때였다.

"박생원, 어떻게 된 일이요?"

길 모퉁이에서 기다리고 있던 칠덕이가 일웅이의 질린 얼굴을 보고서 놀라 물었다.

"그 점쟁인 천주교 요술을 부리는 계집이야."

"네? 천주교에, 그 생신님이?"

칠덕이가 반신반의의 얼굴을 하자

"틀림없어, 그렇지 않구서야 그렇게도 사람의 속을 샅샅이 꿰뚫어 볼 수가 없어."

"천주교란 그렇게도 무서운 것입니까?"

"그렇지. 물론 모든 천주교 신자가 다 그렇다는 건 아니지만 성신이 통한 자는 그럴 수 있어. 그러기에 눈알이 터진 눈으로써도 남의 속을 보지 않아."

일웅이는 생신님의 멀뚱한 눈을 생각하고 몸을 떨어댔다.

"생원님은 그럼 생신님의 눈을 보고 왔군요?"

"응 봤어. 머리의 쓴 수건을 풀라고 하고서, 양쪽 눈이 모두가 허연 고름이 밴 것만 같은 것이⋯⋯."

일웅이는 또 몸을 떨어댔다.

"그렇다면야 전혀 보일 리가 없겠구먼요."

"칠덕이, 하여튼 돈은 얼마든지 낼테니 자네가 책임지고서 그 생신님이 어떤 사람이라는 것을 알아내게. 어쩌면 그 생신님도 곱단이와 한패인지도 모르겠어."

그 집에서 곱단이를 만났던 생각만해도 그렇게 생각되었지만, 신출귀몰하는 곱단이를 생각하면 배후에 그런 생신님이 지시해 주기 때문이 아닌가 하는 생각이 들었다.

"염려마세요, 생원님의 말이라면 내 목숨을 걸고서도 한다고 이미 약속하지 않았어요."

"정말 그 결심이 변해서는 안 되네. 내가 지금 진정으로 믿는 사람은 자네 하나뿐이라는 것도 알고."

"네, 그건 저도 잘 압니다."

"그럼 이것으로 당분간 쓰고 떨어지면 또 달라게나."

하고 일웅이는 은전을 몇 닢 꺼내주고 나서

"하여튼 자네 뒤에는 돈을 얼마든지 낼 수 있는 김대감이 있다는 것을 알고서 일하게."

"고맙습니다."

"일만 잘되면 돈뿐이 아니지. 포도대장 종사관쯤은 내 어떻게서든지 시켜줄 테니."

"그렇지만 제가 갑자기 그런 벼슬이야!"

말은 그렇게 하면서도 정말 자기가 그렇게 된다면 옥분이 아버지 윤도사도 꿈쩍 못할 판이니 옥분인 틀림없이 자기 아내라고 생각하고 칠덕이는 마구 기운이 나는 것 같았다.

호경다리로 내려가는 개천 앞에 이르자

"이제 생원님은 어디로 가겠어요?"

"난 가슴이 떨려 견딜 수가 없어서 옥담이의 집으로 가서 술이나 한 사발 마실 생각이네. 급한 일이 있으면 그리로 연락하게나."

"네."

"자넨 어떻게 하려나?"

"생신님이 점이 끝나면 가마를 타고 어딜 가곤 한다는데, 그 뒤를 밟을 생각입니다."

"그것 참 좋은 생각이네. 하여튼 조심성 있게 일을 잘 하게나."

모의

다음 날 아침 수표교다리 아래서 사는 땅꾼의 두목을 만난 칠덕이는 그 길로 일웅이를 만나기 위해서 배나무 술집을 찾기로 했다.

전등에 있는 배나무 술집은 천문다리만 지나면 엎디면 코닿는 거리다. 칠덕이의 걸음걸이는 아주 가벼웠다.

그것을 보면 기분이 몹시 좋은 모양이었다. 하기는 어제 땅꾼들을 시켜 일웅이를 만족하게 할 수 있는 재료를 많이 얻어왔으니 칠덕이의 걸음도 자연 가벼워질 수밖에 없는 일이었다.

(돈을 뿌리면서 턱주가리로 사람을 부리는 기분도 결코 나쁜 기분은 아닌데)

그것이 비록 세상에서 버림을 받은 땅꾼을 부리는 일이었지만 그래도 사람을 처음으로 부려보는 칠덕이는 자기가 갑자기 큰 인물이나 된 것 같은 기분이었다.

(동욱이 그 녀석이 제아무리 옥분이와 정을 통한대도 별 수가 있어. 이제 내가 출세만 하면 옥분이 그년두 나한테 마음이 싹 돌아설 걸. 그래서 고년이 깜찍하다는 것 아니야)

이미 그들 둘이서는 서울을 떠나기로 한 것을 모르는 칠덕이는 이런 생각을 해가며 걸으면서 혼자서 좋아라고 히죽히죽 웃기까지 했다.

사람은 돈 있고서 머리만 잘 쓰면 반드시 출세하는 것이라고 생각한 그는 그 양쪽이 모두가 지금 자기 손에 잡혔다고 생각하는 모양이었다.

"어서 오세요, 생원님은 안방에 있어요."

배나무 술집으로 들어서자 언제나 상냥한 옥담이는 오늘도 생긋 웃으면서 맞았다.

"늘 수고를 끼쳐 미안합니다."

칠덕이도 이런 말을 하면서 일웅이가 있는 방으로 찾아 들어갔다.

"기다렸어요?"

"아니, 나두 온지 얼마 되지 않았어."

어젯밤도 술이 과했던 모양으로 목침을 베고 누워 있던 일웅이는 분주히 일어나 앉으며

"바쁠텐데 어서 이야기를 하게나. 그래서 어제 그 생신님의 뒤를 밟았나?"

하고 정색한 얼굴이 되며 말을 재촉했다.

"어제는 아무리 밖에서 기다려야 생신님이 나와줘야 말이지요. 내가 밖에서 지키고 있다는 것을 알고서 어제는 기도를 드리러 가지 않기로 한 모양이에요."

남의 속을 거울처럼 들여다보는 생신님이라 그런 것쯤 모를 리 없다고 생각하는 칠덕이의 얼굴이었다.

"그래서?"

"생신님의 뒤를 밟는 일은 역시 현명한 것이 못된다고 생각되더군요. 그래서 생각을 달리 했지요."

"어떻게?"

"그 생신님의 사정을 잘 아는 사람은 역시 그 부근에 사는 한 동네 사람이 아니겠어요. 그래서 땅꾼들을 시켜 집집이 돌아다니면서 생신님에 대한 것을 알아오라고 했지요. 그 동네 사람들은 태반이 너른마당에서 막벌이로 그날그날 살아가는 가난한 사람들인데 그들

의 이야기를 들으면 그 생신님은 그곳에 와서 산지가 불과 석 달밖에 되지를 않았는데 동네 사람들은 모두 그를 진정으로 생신님처럼 섬긴다는 걸요. 하기는 그렇지 않겠어요. 그날 점쳐서 들어온 돈은 그날마다 한 닢도 남기지 않고 그 부근의 가난한 사람들에게 나눠준다니 말요. 요즘같이 인심이 사나운 세상에서야 정말 생신님이 아니구서야 못할 노릇 아닙니까?"

"동네사람들에게 돈을 나눠주는 것두 다 생각이 있어서 하는 짓이야. 위선 가난한 사람들의 환심을 사갖고서 그걸루 인기를 얻어 앞으로 크게 벌 생각이란 말야."

생신님에게 혼이 난 일웅이는 어떻게서든지 그녀를 나쁘게만 이야기하려고 악을 썼다.

칠덕이도 그 눈치를 이내 알아차리고

"물론 그렇겠지요. 저도 그렇게 생각했어요. 그렇지만 점은 이상스럽게도 꼭꼭 맞는 모양이니…… 그렇지 않구서야 그렇게도 매일 사람들이 모여들 리가 없잖아요?"

그가 생각한 것을 그대로 말하자

"칠덕이 자넨 어쩌자구 그런 소릴 하구 있어. 그건 생신님을 칭찬해주는 소리가 아닌가. 그보다도 천주교도라고 볼만한 건덕지라도 잡았어?"

"아직 거기까진 손이 미치지를 못했습니다만 그래도 어젯밤엔 이상스러운 일이 하나 있었습니다."

"무슨 일이야?"

"그 생신님이 있는 집에서 골목을 빠져나오면 술집이 하나 있는데 거기는 저녁마다 너른마당에서 일한 막일꾼들이 돌아오다가 한잔 걸치는 집이지요. 그래서 거기 갈 것 같으면 반드시 좋은 이야기가 있을 것 같아서 그 점집은 젊은 땅꾼 두 녀석에게 맡기고 난 그 술

집엘 갔어요. 그때가 바루 어둡기 시작하던 때인데 내가 그곳엘 간 그 사이에 어떤 여인 하나가 가마를 타고 그 집엘 찾아왔다고 하지 않아요."

"그래서?"

일웅이는 여인이란 말에 급기야 다가앉았다.

"가마를 따라온 젊은 친구가 하나 있었는데 그 젊은 친구가 대문을 두서너 번 두들기니까 점치러 오는 사람들에게 순번표를 내주는 그 노인이 나와서 대문을 열어주더라는 것이지요. 그런데 그들은 전부터 서로 아는 모양으로 가마에 탔던 여인은 아무 말 없이 그 노인을 따라 들어가고 그 젊은이와 가마꾼들은 밖에서 기다리고 있더란 거예요. 그래서 그 여인두 점을 치러온 모양이라고 생각하고 있는데, 얼마 뒤에 다시 그 여인이 나와서 가마를 타고 어디로 가버렸다지 않아요."

"그런데두 보구만 있었대?"

일웅이는 갑자기 안색이 달라지며 물었다.

"물론 제가 있었으면야 그럴 리가 있었겠어요. 그것들한테 맡겼더니 그걸 놓쳐버렸더군요."

"칠덕이 그런 바보자식들을 사서 부리라구 내가 자네에게 돈을 준 줄 아는가. 그만한 것은 알 사람이 왜 그렇게두 눈치 없게 일을 하나. 그 여인이 곱단이라면 어떻게 되는가? 내가 누굴 잡기 위해서 자네에게 부탁했나 말야. 자네두 곱단이를 잡기 위해서 이러구 있는 것을 알구 있겠지?"

일웅이는 극도로 화가 난 것을 억지로 참아가며 말하는 어투였다.

"사실 저두 술집에서 돌아와서 그 이야기를 듣고선 야단을 쳐줬습니다만 이미 일이 그렇게 된 걸 어떻게 하겠어요. 이제야 다시 기다리는 수밖에 없지요. 그 여인이 정말 곱단이나 그 한패거리라면 이

삼일 후에는 반드시 또 올 겁니다."

칠덕이는 의외에도 태연스러운 얼굴이었다.

"그걸 자넨 어떻게 알아?"

"어떻다구 말할 수는 없지만 하여튼 그렇게 생각되는군요. 그러니까 그때 꼭 놓치지 않고 뒤따르면 되지 않아요."

자기 발잔등에 불이 닿은 것처럼 덤비지는 않았다.

(일웅이 그 친구는 생신님이 무슨 말을 했는지는 알 수 없지만 그말에 확실히 겁을 먹었어)

일웅이 앞에서는 머리를 꺼벅꺼벅 숙이면서도 돌아만 서면 대감의 등을 의지하고 행세하는 겸인쯤은 하찮게 생각하는 칠덕이었다.

그 일웅이가 잔뜩 겁을 집어먹고서 자기 보고만 화를 내는 것을 보니 우습기가 짝이 없었다.

(어젯밤에 생신님의 집을 찾아온 것이 곱단이라고 단정지을 만한 근거가 지금엔 딱히 있는 것도 아니었는데 그것을 일웅이는 생신님과 곱단이가 관계가 있다고 생각하고선 무슨 일이나 억지로 관련을 맺으려고만 덤벼드는 꼴이란, 아니 그보다도 생신님을 어째서 천주교 요술쟁이라고 야단을 치냐 말이다. 지난 날의 죄악을 샅샅이 들춰놓는 바람에 혼이 난 모양이다)

그러나 칠덕이는 일웅이가 생신님에게 무슨 불길한 선언을 받고서 야단친다 해도 그로서는 조금도 아프기는커녕 가렵지도 않았다.

칠덕이는 그가 겁에 질려 떨면 떨수록 자기는 돈이 더 많이 들어오게 되는 것이고, 그것으로써 정작 범인을 잡게 되면 공을 세우게 되므로 꿩 먹고 알 먹는 셈이니 생신님은 그에게 복을 실어다 준 셈과 마찬가지였다.

그렇게 생각하고 보니 칠덕이는 저절로 웃음이 나오지 않을 수 없는 일이었다.

그러면서도 그날 밤의 수배는 품삯을 아끼지 않고 진중히 했다.

꿩은 이미 먹었지만 알도 먹자는 심산이었다. 알을 먹게 되면 거기에 또 붙어 들어오는 것이 있다. 그것은 옥분이었다. 옥분이를 생각하면 품삯 같은 것에 구질구질하고 싶지 않은 칠덕이었다.

생신님 집 앞문과 뒷문에 하나씩 망지기를 세우고 자기는 그곳서 얼마 떨어지지 않은 술집에서 세 명을 데리고 있으면서 반지(半支, 1시간)마다 망지기를 교대시켜 그동안에 일어난 상황 보고를 듣기로 했다. 즉 망군 다섯 사람을 산데다 자기까지 합하면 여섯이서 생신님의 집을 지키고 있는 셈이었다.

이렇게 되면 망꾼들도 이런 일을 처음으로 자연 긴장해서 일을 하게 되었고 일의 성과가 없었다 해도 나중에 돈을 준 일웅이에게도 면목이 서는 일이었다. 첫 번 교대에선

"아무 일도 없었습니다."

하고 앞대문과 뒷대문을 지키던 망지기가 모두 같은 대답을 했다.

인정시각을 앞둔 술시정(戌時正)이 되자 칠덕이는 교대하는 사람들에게

"이번엔 정신을 바짝 차려서 지켜주게나. 지금이 제일 중요한 시각이니까."

하고 타일렀다.

"그리고 그 집은 참 이상한 집이더군요."

지금 교대되어 온 살기란 별명을 가진 사나이가 말했다.

"무엇이?"

"사람이 살면서 그렇게도 강아지 하나 얼씬하지 않을 수 있어요. 도깨비나 사는 빈집 같아서 기분이 좋지 않던데요."

"그거야 눈이 먼 생신님이 사는 집인데 그렇지 않을 수 있어?"

"그렇지만 점치는 돈은 모두 동네 사람들에게 나눠준다는데, 그건

언제 누가 가서 가져다가 주는지 알 수가 없으니 말요."

별명 그대로인 고양이 눈보다도 무서운 살기의 눈은 반짝였다.

"자네 말 듣고 보니 참 그렇구먼."

그들이 생신님의 집을 지키기 시작한 것은 단 이틀 밖에 되지 않았지만, 그 동안에도 매일 기도를 하러 간다는 생신님도 나가는 것을 볼 수가 없었고, 가난한 사람들에게 점친 돈을 나눠주러 나가는 사람도 보이지가 않았다.

"자넨 역시 살기처럼 날카로운 데가 있네. 내일 날이 밝으면 생신님에게 돈을 받았다는 집을 찾아가서 누가 어떻게 돈을 갖다 주던가 그것을 조사해 주게. 좋은 성과만 갖고 오면 박생원에게 이야기해서 필목 다섯 필을 안겨줄 테니."

칠덕이는 자기 돈을 쓰는 것도 아니므로 인색할 필요는 없었다.

"해보지요. 그런 것쯤 문제 있어요?"

시골 좌수의 첩과 내통을 하다가 결국은 지금의 땅꾼 생활을 하게 된 그는 필목 다섯필이라는 소리에 신이 나는 모양이었다.

"그럼 몸도 떨릴 텐데 한잔하게나."

"그렇지만—."

땅꾼은 평민하고도 동석해서 술을 마실 수가 없었다. 그들이 움츠러들며 사양하자

"그런 생각말구 어서 받어. 나하구 일하면서 그런 생각은 다 잊구 일하게나."

어디가나 늘 머리를 숙여야 하는 칠덕이로서는 그런 선심을 써보는 것도 결코 싫은 기분이 아니었다.

"행수님 고맙습니다."

둘이서는 술잔을 받아들고 외면해서 마시려고 몸을 돌이키던 그 순간에

"저것 아닌가!"

하고 살기가 소리쳤다. 술집 맞은편은 어느 세도집의 긴 돌담으로 되어 있는데 그 옆으로 초롱을 밝히고 오는 가마가 한 채 있었다.

"행수님 틀림없이 저거예요. 어제 왔던 가마가……."

살기는 눈을 굴려가며 속소리로 말했다.

"모른 척하고 손에 든 술이나 어서 들어."

칠덕이도 급기야 술잔을 들어 술을 마시는 척하고 있다. 가마는 물위에 떠가듯이 조용히 술집 앞을 지나가 버렸다.

그 뒤에 삼십 미만의 젊은 사나이가 따라가는 것을 보니 어젯밤 그 가마라는 것은 틀림이 없었다.

"어떻게 해요?"

극도로 긴장한 살기의 눈에서는 불이 이는 것 같았다.

"덤비지 말구 가만가만 따라가 보세나."

가마가 열아무 칸 지나간 후에 그들은 길로 나섰다.

가마에는 초롱이 길을 밝히고 있으므로 아무리 떨어졌다 해도 가마가 가는 방향을 알 수가 있었다.

얼마 안가서 엿가게가 나서며 바른쪽으로 돌면 너른마당으로 나가는 길이었고 그대로 가면 생신님의 집으로 가는 길이었다.

가마는 그들의 생각대로 곧장 가다가 생신님의 집 앞에서 내려놓았다.

뒤에서 따라가던 젊은이가 대문을 두들기자 전날과 마찬가지로 늙은이가 나왔다. 그들 둘이서는 뭐라고 한 두 마디 했지만 거리가 멀기 때문에 말소리는 들리지가 않았다.

앞의 가마꾼은 불을 비춰주고 뒤의 가마꾼이 가마의 포장을 걷으며 신을 놔주자, 가마에서 몸이 날씬한 색시가 나왔다.

"저게 누구야?"

칠덕이는 가마에서 내리는 여인을 보고 깜짝 놀랐다.

그것은 얼마 전에 청림당에서 곱단이가 데리고 갔다는 은실이와 꼭 같았기 때문이다. 아니 꼭 같은 것이 아니라 그의 눈에는 틀림없이 은실이었기 때문이었다.

"어떻게 된 일이야?"

칠덕이는 분주히 눈을 비비고 다시 보는 동안에 은실이는 생신님 집으로 들어가 버렸다.

젊은 사나이가 가마꾼들보고 뭐라고 말하는 것은 거기서 기다리라고나 하는 말인지 두서너 마디를 하고서는 그도 따라 들어갔다.

가마꾼들은 돌대에 걸터앉아서 땀을 씻고 있었다.

"참 알 수 없는데?"

혼자서 생각에 젖으며 머리를 비꼬자

"행수님 아는 여자인가요?"

눈치빠른 살기가 물었다.

"아는 여잔데 저 여자가 나타나리라고는 생각지 못했던 일이니 말야."

"어떤 여잔데요?"

"으음—."

한마디로 대답할 수 없는 때문인지 대답은 그뿐으로 생신님의 집을 보고 있자, 망을 보고 있던 땅꾼들도 거기에 그들이 와 있다는 것을 안 모양으로 지나가는 행인처럼 태연스럽게 가마꾼 앞을 지나 칠덕이가 있는 곳으로 왔다.

"어젯밤에 왔던 바로 그 여자입니다."

"그건 나두 알구 있는데 자넨 뒷대문으로 다시 돌아가서 담 위에 올라가 안을 살피게나."

"네, 알겠습니다."

뒷대문을 지키던 친구는 그곳을 가기 위해서 어두운 골목으로 사라졌다.

"살기, 난 그 여자가 나올 것 같으면 부엉이와 둘이서 뒤따를 테니 자넨 여기서 내가 돌아올 때까지 기다리구 있게나. 또 누가 올지 모르니 정신을 바짝 차리구."

"네, 염려말아요. 행수님이 돌아오기 전엔 절대로 움직이지 않을 테니까요."

이것으로써 앞으로 움직일 일은 끝난 셈이었다. 그러나 칠덕이는 아무리 생각해도 은실이가 이렇게도 밤이 깊어서 이곳에 나타났다는 것은 알 수가 없는 일이었다.

물론 칠덕이는 곱단이가 은실이를 데리고 간 이후로 태근이가 은실이를 찾는 것처럼, 은실이도 태근이를 만나고 싶어 하리라는 그 마음은 알 수 있으므로 그의 행방을 알기 위해서 은실이가 점을 치러 왔다면 그것은 알 수 있는 일이었다. 그러나 은실이를 잡아간 곱단이 여도둑이 이런 밤중에 은실이를 내 보내줬다는 것은 알고도 모를 일이 아닐 수 없었다.

(은실이 그 계집을 잘 이용만 하면 몇 천 냥, 아니 몇 만 냥도 떨어질지 모르는데 곱단이 여도둑이 그렇게 허술하게 내 보낼 수가 있다구)

이렇게 생각하던 칠덕이는

"가만 있자."

하고 자기 무르팍을 치며 문득 무엇이 머리에 떠오르는 것이 있었다. 그것은 언젠가 박일웅이한테서 은실이와 곱단이가 쌍둥이같이 비슷하다는 이야기를 들었던 일이었다.

(그렇다면 저 여자는 은실이가 아니고 곱단인가?)

(그래 맞았어, 그건 틀림없이 곱단이야)

마음 속에서 소리친 칠덕이는 불시에 온몸이 뜨거워짐을 느끼자,

"자네들 오늘밤은 무슨 일이 있을 모양이니 정신을 바짝 차려."

하고 부하들에게 격려하는 말을 잊지를 않았다.

"저두 어쩐지 그런 생각이 드는군요."

살기가 이런 말을 하고 있는데

"저것 봐요. 가는 모양이에요."

하고 부엉이가 눈을 번득거리며 말했다. 역시 밤눈이 밝기 때문에 부엉이라고 부르는 모양이었다.

그곳에는 가마꾼들이 밝혀주는 초롱불을 따라 아까 그 여자가 가마에 올랐다.

"저것은 분명 곱단이야."

칠덕이는 철썩 가슴이 내려앉았다.

저것이 은실이라면 저렇게 장작개비처럼 뻣뻣하게 걸을 리가 없었다. 그녀는 기생이었다니 가마에 오를 때면 으레 한 손으로 치마를 감아올리는 법쯤은 알게다. 언젠가 태근이와 둘이서 동욱이의 집을 나오던 그날 아침에 그가 본 인상도 저렇게 거세게 보이지는 않았다. 그저 꽃잎파리처럼 부드러운 인상이었다.

뒤에 따르던 사나이가 곱단이가 벗은 신을 가마 안에 넣자 가마는 번쩍 쳐들어졌다.

순번표를 주는 늙은이가 대문 앞까지 나와서 공손히 머리를 굽혀 그들을 바랬다.

"살기야, 졸아선 안 돼."

"네, 여긴 제가 있는 한 물 한 방울 샐 틈도 없을 테니 염려 말아요."

칠덕이는 가마가 한길로 빠져나가는 것을 기다려 부엉이에게 눈짓을 했다.

그들은 달 그림자를 피하여 처마 끝으로 바싹 붙어서 가마 뒤를 따라가기 시작했다.

한길로 나선 가마는 곧장 태평골로 올라갔다.

바른 쪽으로 돌면 수표교 다리, 왼쪽으로 돌면 훈도골로 올라가는 길이다.

(틀림없이 왼쪽으로 돌 거야)

무슨 이유가 있는 것도 아니면서 칠덕이는 혼자서 그렇게 생각해 봤다.

가마는 그가 생각한대로 왼쪽으로 돌았다.

(으응 그러면 그렇지, 오늘은 모든 게 뭐구 잘되려는 모양이야)

극도로 긴장한 칠덕이는 부엉이의 소맷자락을 당겨 분주히 가마가 돌아들어간 골목으로 달려갔다.

오늘밤 곱단이가 숨어 있는 곳만 알아내면 팔자를 고치게 되는 판이다. 파자교 포청에서도 부러울 친구가 없게 될 것 아닌가. 아니 윤도사도 날 찾아다니며 옥분일 떠맡기려고 야단을 칠 것이다.

가슴이 두근거리며 달떠오르는 칠덕이는 마른 입술을 적시지 않고는 견딜 수가 없었다.

가마는 영희전의 긴 돌담을 따라 올라가고 있었다.

그리로 올라가다가 영희전 뒷문에서 바른쪽으로 돌면 진고개로 가는 길이고 그대로 올라가면 봉수(烽燧)재로 올라가는 길이다.

(곱단이의 소굴은 설마 목멱산(木覓山) 꼭대기에 있는 것은 아니겠지)

그러나 이번엔 그의 기대와는 어긋나서 가마는 돌 줄 모르고 풍뭇간이 몇 집이나 연달아 있는 그 앞을 지나 목멱산 쪽으로 올라가고 있었다.

"도대체 어딜 가는 거요?"

거기서부터 벌써 인가가 끊어지고 여기저기 잎 떨어진 나무들만이 달빛에 보일 뿐이었다.

"이리로 가다 진고개로 넘어가는 길도 있지 않아."

"그렇다면야 뭣하러 이런 험한 길로 넘어가겠어요. 영희전 뒷길로 빠지면 빠르기도 하고 길도 좋은데."

부엉이는 수표교 다리의 땅꾼이라, 누구보다도 그 부근의 지리에는 훤했다.

"하여튼 가는 데까지 따라가 봅세나. 도둑들은 소굴을 산속에 잘 갖는 법이야."

"그런 모양이군요."

가마는 봉수재로 올라가는 길을 버리고 왼쪽으로 돌면서 다시 언덕으로 내려가기 시작했다.

"도대체 어디로 끌구 가는 거야?"

자꾸만 험한 산속으로 가니 부엉이는 겁도 나는 모양이었다.

"가만 있어, 아래로 내려가는 것을 보니 그들의 소굴도 거의 온 모양이야."

가마는 거기서 좀 더 내려가다가 커다란 바위 앞에서 멈추며 곱단이가 내렸다.

(그렇구나, 역시 이런 곳에 소굴을 갖구 있었구나)

그 순간의 칠덕이는 사냥꾼이 범의 소굴을 본 것처럼 떨리기도 하고 기쁘기도 한 그런 기분이었다.

그곳은 좀처럼 사람들이 발길을 하지 않는 바위투성이의 험한 곳이었다.

가마를 뒤따르던 젊은이가 가마꾼들에게 뭐라구 이야기하는 동안에 곱단이는 바위 밑으로 사라졌다. 그곳에는 그들의 소굴로 되어 있는 굴 같은 것이 있는 모양이다.

"부엉이, 가마꾼이 돌아가는 모양인데 뒤를 따르다가 적당한 곳에서 어떻게 저 여잘 가마에 태웠는가를 알아보게."

"행수님은 어떻게 할 생각이에요?"

"난 여기서 저놈들의 행동을 살피구 있을 테야. 그러니까 자넨 일이 끝나면 다시 이리로 오게나."

"알겠습니다."

빈 가마를 메고 돌아가는 가마꾼들은 길이 한 갈래 밖에 없으니 그들 앞을 지날 수밖에 없었다. 그러나 그들도 나무 뒤에 숨어 있으므로 알 리는 없었다.

가마꾼이 지나치자

"정신을 차려서 뒤따르게나."

"네."

칠덕이는 부엉이를 보내놓고 나서 얼마동안 그들이 사라진 바위를 지키고 있었다.

아무리 행수라고 해도 혼자서 이런 일은 그렇게 기분 좋은 일이 아니었다.

그날은 열나흘 날 달밤이라, 달은 낮처럼 밝다. 그러나 달이 밝은 것도 싫을 정도로 마음이 불안스럽기만 하니 탈이다.

"내일부턴 장안에서 첫손가락 꼽힐 행수가 겁을 먹다니 될 말이야."

땀이 쥐어진 손으로 꽁무니에 찬 박승을 문득 만져본 칠덕이는 좀 더 가까이 그들이 보이는데까지 가서 살피고 싶은 욕심이 났다.

그는 이 나무에서 저 나무로 몸을 감춰가며 조심조심히 그 앞으로 다가가기 시작했다.

그 바위가 있는 여남은 발 앞에까지 가서 걸음을 멈추고 눈을 두리번거리던 그는

"악!"

하고 갑자기 소리를 치며 뒤로 움쳤다.

뒤에서 사람이 달려드는 줄만 알고 깜짝 놀랐으나 다시 보니 그것은 바위였다.

(바보처럼 뭘 보고 그렇게, 헤헤!)

열없는 웃음이 그의 얼굴에서 가시기 전에 이번엔 정말로 그의 머리에 무거운 몽둥이가 와 닿았다.

"어떻게 된 일이야?"

몽치에 쓰러졌던 칠덕이가 문득 정신이 들면서 눈을 비벼보려고 했으나 손을 들 수가 없었다. 그의 몸은 나무에 꽁꽁 묶여 있었기 때문이다.

"칠덕이, 몽치 맛이 어때?"

옆에서 지키고 서있던 곱단이가 생글생글 웃으면서 그의 앞으로 왔다.

"너희들은 날 파리만큼도 여기지 않는 행수지만 그래두 내겐 상감님이 준 부패가 있어, 알겠지?"

칠덕이도 사나이이므로 지금 와서 비굴스럽게 굴고 싶지는 않았다.

"알다 뿐이겠나. 그 부패는 억울한 백성들을 잡아다 때려 재물을 빼앗고 여편네를 빼앗는 오리탐관들을 지키라고 준 패라지?"

말에 질 리가 없는 곱단이는 한술 더 떠서 가시 돋친 말로 반문했다.

"그렇게도 할 이야기가 있다면 사헌부(司憲府)에 절차를 밟아 왜 글을 올리지는 못하고 이런 구석진 곳만 찾아다녀?"

"사헌부에 있는 녀석들두 모두가 그게 그건 걸. 그럴 바엔 차라리 하늘보고 주먹질하는 게 낫지."

"그래서 너희들은 청림당 사람들에게 복수를 하겠다는 거지?"

"넌 아직 그들이 얼마나 나쁜 놈들이라는 것을 모르구 있지만, 너두 이제 알게 될 때가 있을 게다."

곱단이는 칠덕이를 측은하게 생각하는 듯이 보고 나서

"칠덕이, 돌아가면 자네를 고용한 박일웅이에게 말하게나. 우릴 잡겠다는 쓸데없는 생각은 말구 계집질이나 하면서 눈멀 날이나 기다리라구. 아무리 발버둥을 쳐봐야 재앙만은 벗어날 길이 없다구 말야. 그리구 자네두 그런 녀석들을 위해서 쓸데없는 고생을 할 생각은 말게나."

하고 아주 침착하니 여두령답게 말했다.

"은실인 대체 어디다 감춰뒀어?"

칠덕이는 이왕 이렇게 된 바에는 한 가지라도 더 알구 가는 것이 상책이라고 생각했다.

"자네들이 손 미치지 못할 안전한 곳에 뒀으니 염려 말게나."

"누구보다도 태근이가 걱정하니 말야."

"자넨 남의 걱정까지 해 줄 필요 없어. 잠자코 오늘 밤은 달하구나 벗하구 있게나."

그리고는 뒤에 서 있는 젊은이에게

"저건 내버려두고 갑시다."

하고 고개를 돌렸다. 자기 남편을 대하는 말투였다.

"저 친구가 밤을 새자면 좀 춥겠는데."

하고 칠덕이를 돌아다보고서는 히죽히죽 웃으며 곱단이를 뒤따라갔다.

지금 보니 키가 구척(九尺)의 장사로서 칠덕이로서는 도저히 당해낼 수도 없는 사나이었다.

(죽일 녀석들, 날 이대로 묶어놓고서 가는구나)

어둠 속으로 사라지는 그들의 뒷모습을 보고 있다가 문득 생각해보니 자신이 묶여 있는 박승은 어이없게도 자기가 꽁무니에 차고 다니던 박승이었다.

(그래두 너희 녀석들은 언제든지 내 손에 잡힐 날이 있지)

내일부턴 팔자를 고칠 줄만 알았던 꿈도 사라진 지금에는 혼자서 그런 소리나 중얼거려보며 칠덕이는 부엉이나 오기를 기다리는 수밖에 없었다. 그러나 길이 하나이니 부엉이도 오다가 그들에게 잡힐 것만 같다.

(그 녀석두 안 오게 되면 어떻게 된담)

찬바람에 풀어진 머리칼을 날리며 칠덕이는 무료하니 달을 쳐다봤다. 달도 묶인 그를 보고서는 싱글싱글 웃는 것만 같았다.

그 때 가마꾼들의 뒤를 따른 부엉이는 필동으로 들어서려는 가마꾼들을 불러 세워

"어디서 오는 거야?"

제법 행수처럼 눈을 부릅뜨고 물었다.

"진고개에 어느 선비님을 모셔다 주고 오는 길입니다."

가마꾼들이 공손히 대답하는 것을 보니 자기를 정작 행수로 본 모양이라고 생각한 부엉이는 더욱 신이 나서

"진고개에서 온다면 어째서 목멱산 밑의 풍못간 앞을 지나왔어?"

"네?"

가마꾼들이 놀라는 얼굴을 하자

"목멱산에 여인을 태우고 갔지? 거긴 뭣하러 태우고 갔어?"

목청을 높이는 품이 서툰 백정이 사람 잡는 격이다.

그러나 앞에 선 가마꾼은 겁을 먹는 일도 없이

"행수님 우리 뒤를 밟았군요."

하고 히죽 웃었다.

가마꾼이 웃는 바람에 가슴이 뜨끔한 것은 오히려 부엉이었다.

이 녀석은 내가 땅꾼이라는 것을 아는 모양이 아닌가. 아니 그보다도 이 녀석들이 단순한 가마꾼이 아니고 여도둑과 같은 패거리가 아닌가 하는 이런 생각이 한꺼번에 느껴졌기 때문이었다.

그러나 부엉이는 여전히 흘겨보는 눈으로

"그 여인은 아무래도 수상한 데가 있는 여인이야. 너희들 바른대로 말해봐."

하고 다짐을 줬다.

"그래요? 실상 우리도 좀 이상하다고 생각했는데."

둘이서는 어리벙벙한 얼굴을 하고서 서로 쳐다봤다.

"이상하다면 어떻게 이상해?"

"어떻게 이상하다니 보다도 지금 시각에 목멱산을 올라가자니, 그것부터가 이상한 일 아니요?"

이렇게 뒤의 가마꾼이 말하자 앞의 가마꾼이 그 말을 이어

"그래서 우리는 혹시 이것들이 요즘 서울거리에 잘 나타난다는 여도둑이 아닌가 하고도 생각했지요. 그래서 낮이라면 또 모르지만 밤에는 갈 수 없다니까 들어줘야 말이지요."

"누가 들어주질 않아?"

"뒤에서 따라오던 그 젊은 녀석 말요. 그 녀석은 키가 구척같은 것이 정말 산채도둑같이 생긴 녀석인데 자기가 가자는데까지 가지 않는다면 목을 비틀어 놓겠다니 어떻게 해요? 가는 수밖에 없었지요."

뒤의 가마꾼이 또 말을 받아

"그런데 도대체 이 밤중에 목멱산은 뭣하러 올라갔는지 알 수 없어요. 그것도 성황당(城隍堂) 같은 데나 가면 기도나 드리러 간 줄이나 알겠지만 길도 없는 구석진 바위 앞에 가서 내리고서는 경희전 앞에 가서 또 기다리고 있으라는 것이 아닙니까. 자기들두 곧 내려온다면서."

"가마삯도 안주고서?"

"그곳서 기다리고 있으면 내려가 준다는 것이지요."

그리고 나서는 문득 생각한 듯이

"행수님, 그러고 보니 참 잘 만났습니다. 우리를 위협해서 그곳까지 끌구 갔던 자들이라 그들이 내려와도 가마삯을 줄는지 안줄는지 알 수 없지 않아요. 가마삯도 안주고 또 끌구 갈지, 그러니 행수님 여기 있다가 그 가마삯을 좀 받아줘요."

"이 사람들, 내가 그렇게 한가한 사람인 줄 아나?"

부엉이가 슬그머니 겁을 먹고 꽁무니를 빼자

"행수님은 백성들 지키는 것이 직분이 아닙니까?"

하고 앞의 가마꾼이 쫓아가서 뒷덜미를 끌어잡았다.

부엉이가 당할 수 있는 힘이 아니었다.

동욱이네 부부와 헤어진 뒤로는 이봉학 의술 집에서 신세를 지고 있는 태근이는 해가 저무는 것을 기다려 거리로 나섰다.

옥담이네 배나무 술집에서 우방서를 만나기로 했기 때문이었다.

열나흘 날의 달은 보름달에 못지않게 밝다. 달이 밝으면 만나고 싶은 사람이 더욱 그리워지는 것이 인정이다.

(은실이, 지금 너는 어떻게나 하구 있니?)

무거운 한숨이 저절로 나오는대로 태근이의 가슴에는 그 생각으로 꽉 차 있다고 해도 결코 지나친 말은 아니었다.

태근이가 그렇게도 은실이를 그리워한다면 은실이도 역시 마찬가지로 태근이를 그리워할 일이었다. 그렇다면 은실이도 어느 들창에 기대어 저 달을 쳐다보면서

"선비님!"

하고 부르고 있을지도 모른다. 아니 그 소리가 지금 태근이의 귀에는 분명히 들려오는 것 같기도 했다.

달빛에 드러난 거리는 호수에 잠긴 듯이 고요할 뿐 한길에는 길가는 사람도 별로 보이지가 않았다.

이런 길을 혼자서 걷자니 자연 옥분이와 동욱이 생각도 났다.

(그들은 지금 또 어떻게나 지나고 있을까?)

태근이 얼굴에는 문득 미소가 지어졌다.

생신님한테 가서 점을 치고 오던 그날 동욱이는 꿀똥을 싸는 원앙새를 잡았다는 점괘가 나왔다고 좋아하던 그의 얼굴이 떠올랐기 때문이다.

사람 앞에서는 그렇게도 옥분이를 자랑하고 싶어하는 그이면서도 오늘도 여전히 옥분이 눈총에 벌벌 기고 있겠지.

(그들은 누구보다도 달콤하게 사는 한 쌍의 원앙새인지도 몰라)

그렇게 말하면 자기도 은실이라는 암사슴을 찾아다니는 숫사슴이랄 수밖에 없었다.

태근이는 그런 생각으로 혼자서 쓴웃음을 웃어가며 걷는 동안에 어느덧 하랑교를 건너고 있었다.

개천 위에 떠 있는 커다란 달이 그대로 갯물 위에 떨어져 금빛 물결과 함께 마구 수물거린다.

(그런데 우방서는 왜 급작스럽게 만나자는 것인가?)

하랑교를 건너자 이제는 또 그런 생각을 하며 개천을 따라 올라가다가 전동골목으로 잡아 들어섰다.

"선비님, 어서 오세요."

그들만이 드나드는 뒷문으로 들어서자 옥담이는 기다리고 있던 모양으로 분주히 방에서 나오며 반갑게 맞았다.

"우지관이 안계시우?"

"곧 올 거예요. 선비님이 오시면 기다리게 하라면서 나갔으니."

옥담이는 불을 밝혀 태근이를 방으로 들어가 앉게 한 뒤 대문을

걸고 들어오면서

"선비님 뒤를 누가 따라온 것 알아요?"

"내 뒤를?"

태근이는 행수가 자기 뒤를 밟은 줄 알고 분주히 밖으로 뛰어 나가려고 하자

"스물 미만의 아주 예쁜 아가씨가 선비님 뒤를 따라온 걸요."

하고 조롱대듯이 웃었다.

(그렇다면 은실인가?)

그 순간 그런 생각을 하지 않을 수 없는 태근이었다.

"선비님은 아가씨가 뒤를 밟아도 무서워요?"

옥담이는 벽장에서 약과를 꺼내놓으며 조롱대는 미소를 띠웠다. 큰 머리가 아주 어울리는 예쁜 얼굴이었다.

"늘 뒤를 밟히는 놈이라……."

그제야 놀리는 말이라는 것을 안 태근이는 쓴 웃음을 웃으면서도 열없는 얼굴이 되었다.

"제가 말한 건 은실이란 그 아가씨의 그림자가 따라왔다는 거예요."

"그림자? 사람을 그렇게도 잘 놀리시우?"

"놀리는 것이 아니에요. 선비님 얼굴에 그림자가 져 있는 것을 봤으니 말한 것뿐이지요."

"내 얼굴에……."

"자 그런 생각은 잊구 약과나 하나 들어봐요."

"올 때마다 이런 걸 자꾸만 내놓으면 미안해서 오겠어?"

태근이는 단 것은 별로 좋아하지 않으면서도 약과를 하나 집어 입에 넣어 본다.

옥담이는 단순히 술장사를 하는 아주머니가 아니었다. 이런 술장

사를 하는 한편, 항간(巷間)의 정보를 얻어서 우방서에게 주는 것이었다. 그러므로 그들 사이는 동지라는 말이 틀림없었지만, 요즘에 와서는 그 동지란 사이도 초월해서 더 가깝게 된 모양이었다. 그러고 보면 언젠가 옥담이가 술을 마시러 온 박일웅이에게 농담 삼아 말한 것도 우방서를 엇걸어 한 말인 모양이었다.

"은실이 아가씨 소식은 아직 모르세요?"

"찾을 길이 없군요. 찾을 길이 없을수록 더 보고 싶으니 딱하지 않아요."

"호호, 선비님 정직하게 말했군요."

"옥담이두 사랑을 해봤어요?"

"술장사를 하는 여인네인 걸요. 그런 일이 없을 리 있겠어요?"

"역시 있구먼요."

"남자들보다도 여자 쪽이 몇 배나 더 애타는 법이랍니다. 아가씬 어디서 울고 있을지도 모를 일이지요."

옥담이는 그들을 진정으로 동정해 주고 나서 문득 생각한 듯이

"참 거기 가서 한번 물어봐요. 너른마당 뒤에 아주 점을 잘 치는 점쟁이가 있다는데."

하고 뜻하지 않은 말을 했다.

"생신님이란 눈먼 여자 말요?"

"선비님두 아시는구먼요."

"나두 그곳엔 가봤지요."

"그래요? 뭐라구 해요?"

"당장 호랑이떼를 끌고 나와서 이리떼를 물리칠 생각을 하지 않구 암사슴만 따라 다닌다구 꾸짖더군요."

태근이는 웃으면서 말했다.

"그 생신님은 남녀간의 사랑이라는 건 전혀 모르는 모양이지요.

그걸 안다면야 어떻게 지금의 선비님 보구 호랑이만 몰구 나오라는 그런 말을 하겠어요. 은실이 아가씰 만날 길은 알려주지 않구서요."

옥담이는 또 조롱댔다. 태근이는 그런 조롱을 받는 것도 싫지가 않은 채 다시금 쓴웃음을 웃자

"그런데 그 생신님의 점이 그렇게도 신통히 맞으니 이상하지 않아요?"

"누가 또 점이 맞은 사람이 있소?"

"우리 집에 김 대감네 겸인으로 있는 박일웅이가 요즘은 매일같이 술을 마시러 와요. 그런데, 그 생신님한테 점을 치러 갔다가 혼이 난 모양이에요. 하여튼 그가 저지른 옛날 죄까지 다 이야기하더라지 않아요."

"그 말 누구한테 들었소?"

"그의 옆에서 일하는 칠덕이란 행수와 둘이서 이야기하는 걸 옆방에서 들었어요."

그들이 이런 이야기를 하고 있는데 대문 소리가 났다. 우방서가 온 모양이다.

우방서는 서울에 올라오게 되면 잠시도 한자리에 붙어 있는 일이 없이 몹시 바쁘게 돌아갔다. 그는 시골서 갖고 올라온 물건을 팔아 장을 보기 위해서라고 하지만 그 때문만 같지도 않았다.

하기는 금이 굉장히 난다는 평안도 가산 땅인 다복골에 내왕하기 시작한 후부터는 전보다는 물건도 더 많이 사야 할 것은 물론이다. 금판에서 일하는 일꾼이 근(近) 삼백 명이나 된다고 하니 그럴 수밖에 없었다.

그러나 그들의 필수품은 대체로 그 지방에서 구해 쓰는 모양이었고 방서가 서울서 가져가는 것은 그 지방에서 구할 수 없는 약재와 화약 쇠붙이 같은 물건인 모양이다.

그때만 해도 그런 물건은 서울서도 구하기가 힘든 물건이었으니 이사람 저사람 다리를 놓아 구하자니 자연 바삐 돌아다니지 않을 수가 없는 일이었다.

그러나 우방서가 그 금판에서 일을 시킬 대장장이까지 모아갖고 내려가는 것을 보면 그 금판엔 단순히 장사만 다니는 것이 아니라, 그보다도 더 깊은 무슨 관계가 있는 모양이었다.

그가 전번에 올라왔을 때는 대장장이를 이십 명이나 모아 서강에서 배를 타고 내려갔다.

그 이야기를 태근이는 생민동 애기무당한테서 들어 알고 있었다. 동욱이와 옥분이가 그 배편으로 다복골 금판에 갔다는 이야기를 들으면서 곁들어 그 이야기도 듣게 된 것이었다.

그렇다면 그가 장돌림을 배워준다고 데리고 간 덕보도 그곳으로 간지 모른다고 생각되었던지

"덕보는 어떻게나 되었소?"

하고 태근이가 방서와 마주앉고 나서 그것을 물었다.

"그 사람, 장사는 못할 사람이더군요. 예쁜 색시만 보면 오금을 못 펴고 물건값을 절반도 받지 못하니."

하고 방서는 웃고 나서

"그래서 다복골 금점판으로 데리고 가 거기서 일하게 해줬지요."

역시 태근이가 생각한 대로였다. 태근이는 그것으로써 한시름 놓는 것 같은 기분이면서

"그곳에선 여전히 금은 계속해서 나오는 모양인가요?"

하고 물었다.

"그런 모양이더군요. 금 캐는 구덩이가 자꾸만 늘어가는 것만 봐도 그렇거니와 거기서 일하는 일꾼들도 하루에 쌀 두말 푼수가 든다니 말요."

"두 말이라면 금년 같은 흉년엔 대단한 벌이군요."

"그렇기에 부근의 장정들은 모두 그리로 모여드는 판이지요."

"그렇다면 참 굉장하겠군요."

"요즘은 색주갯집까지 생겨나서 매일 장이 서는 것같이 부산스럽지요. 선비님 이번 제가 내려갈 때 같이 가서 한번 구경해봐요."

방서는 말을 슬쩍 그렇게 돌렸다.

그러나 옆에서 이야기를 듣고 있던 옥담이가

"그래두 선비님은 찾는 아가씨가 있어 못갈 거예요."

하고 조롱대듯이 웃자

"그런 걱정은 마세요, 은실인 제가 찾아 줄테니."

방서는 문득 이런 말을 했다.

태근이는 지금까지 그 일로 옥담이에게 조롱을 받고 있던 판이라 우방서의 그런 말도 농담인줄 알고 웃고만 있자

"허허, 선비님은 내 말을 진정으로 믿지를 않는 모양이군요. 그러나 난 은실이를 찾아줄 자신이 있어 말하는 것인데, 찾아준다면 댓간 뭘로 갚겠소?"

우방서는 웃는 말처럼 하면서도 그 말을 거듭 강조하는 것을 보면 단순히 조롱만도 아닌 모양이었다.

"글쎄, 무얼로 갚아야 할까? 난 돈도 없고 권세도 없는 놈이라 재물이나 벼슬을 떼줄 수는 없는 일이고 또 우지관도 그것을 떼맡긴다고 받을 사람도 아니니 말요. 송치에 헷밑을 듬뿍 치고서 만 장국밥이나 한 그릇 사드린다고 할까요?"

"장국밥 한 그릇 가지고서야 안 될 일이지요."

"그렇다면 거기다가 청주도 한 병 붙는다구 하지요."

"옥담이도 그것으로 은실이를 찾아준다는 것은 너무나도 억울하지?"

방서는 옥담이에게 슬쩍 고개를 돌려 여전히 조롱치는 웃음으로 물었다.

"뭐가 억울해요. 그래서 친구가 좋다는 거 아녜요."

옥담이는 어디까지나 태근이 편이었다.

"그래두 난 그것 얻어 먹고서는 못하겠는데."

하고 혼잣말처럼 중얼거리고 나서는

"그럴 것 없이 선비님두 내 청을 하나 들어 주시우. 난 장돌뱅이라 밑지는 장사는 싫으니 말요."

"그럽시다. 은실이를 찾아 준다는데 내가 우지관의 청을 들어주지 않을 수 있어요. 무슨 청이요?"

태근이는 아직도 우방서의 말이 농담인지 진담인지 반신반의하면서 대답만은 시원스럽게 했다.

"선비님 나하구 장사를 한번 해 보자는 거요."

"장사를요? 나같은 사람하구 무슨 장사를요?"

"쌀장사말요. 물론 선비님두 금년이 대단한 흉년이라는 것은 알고 있었겠지만 그것이 평안도는 더욱 심하지요. 하여튼 나무껍질을 벗겨 먹다 못해 부증(浮症)으로 죽어나가는 사람으로 길이 메다시피 하니 말요."

"그것이 사실이긴 사실이군요."

태근이는 몇 백리 밖에서 동포가 그렇게 죽어나가는 것도 모르고 있는 것이 부끄러워 얼굴을 붉혔다.

"그러니 말요. 돈 벌기 위해서 장사를 하자는 것보다도 그곳의 굶는 사람들을 구하기 위해서 하자는 것입니다."

우방서는 이런 조건이라면 태근이도 으레 움직이리라는 것을 알고서 말하는 얼굴이었다.

"결국 나를 만나자는 것은 이거군요?"

"바로 그겁니다."

"그러나 내게야 그런 돈이 있어야 말이지요. 그 많은 쌀을 장만해 갖고 내려가자면 당장에 수만금이 있어야 할 텐데."

태근이는 자기의 솔직한 심정을 그대로 나타내 보이듯이 침울한 얼굴이 되었다.

"선비님이 이 일을 나와 손을 잡고서 할 생각만 있으면 할 수 있는 길이 있으니 말요."

"그렇다면 나두 모를 일을 우지관은 알구 있군요."

약간 핀잔같은 말을 했으나 우방서는 그런 건 개의치도 않고

"의주의 거부 임치종(林致宗)이를 알고 있지요?"

눈을 반짝이며 그것을 물었다.

임치종이라고 하면 그 당시에 첫손가락 꼽히는 거상이었다.

그의 집은 몹시 가난하여 어렸을 때부터 남의 집 사환노릇을 한 모양이지만 청나라를 드나들며 삼(蔘) 장사로 크게 돈을 모은 사람이다.

천성으로 의협심이 강하여 남의 재난을 보면 자기 일처럼 생각하고 도와줬다. 가난에 쪼들리는 사람이 있으면 자기 재물을 아까워하는 일없이 나눠줬으며 또한 돈을 꿔줬다고 해도 결코 재촉하는 일이 없었다.

그 때문에 패가(敗家)할 지경에 이르렀다고 해도 조금도 마음을 쓰는 일 없이 누구나가 와서 돈을 청하면 서슴지 않고 내줬다.

"그래서야 아무리 재물이 많다고 한들 당할 수 있는 일인가. 갚지 않는 사람에게는 싫은 말을 해서라도 재촉하게나."

이런 말로 충고를 하는 사람이 있으면 치종이는 웃으며

"누구나가 남에게 돈을 꾼다는 것은 그렇게 좋아서 하는 일은 아니라네. 죽지 못해 할 수 없어서 꾸는 일인데 물지 못하는 것은 물

곤 싶어도 물 수가 없어서 못 무는 것이지 그런 걸 아무리 재촉해 봤댔자 무슨 소용이 있겠나. 물론 그 중에는 처음부터 물지 않을 생각으로 날 속이고 뀌간 자두 있겠지. 그러나 그건 사람의 가죽을 썼을 뿐이지 사람이랄 수 없는 놈 아닌가? 사람도 못되는 녀석을 상대로 재촉한다면 나도 그런 녀석과 같은 녀석이 될 것 밖에 없으니 말야. 하하하……."

가난에 시달리며 자랐으니 남의 사정도 잘 알았거니와 한 때는 목숨을 걸고 청나라 땅을 드나든 잠상(潛商)꾼인 만큼, 자기만이 양반이라고 떠드는 고리타분한 족속과는 역시 다른 데가 있었다.

사실 그가 거재(巨財)를 만든 것도 그런 활달하고 호방한 성격 덕분이었다.

그에 대해 이런 이야기도 있다.

어느 핸가 그가 북경에 삼을 갖고 갔을 때 북경 상인들은 아무도 삼을 사주질 않았다고 한다. 삼이 필요하지 않는 것이 아니라, 값을 떨어쳐 싸게 사기 위해서였다. 그것을 모를 리 없는 치종이는 그들이 괘씸한대로 자기가 처음 부른 값에서 한 닢도 깎아줄 생각 없이 내내 버티다가 나중에는 삼을 여각(旅閣) 뜰에 내놓고 불을 지르려고 했다. 그것을 안 북경 상인들은 당황해서 달려와 저마다 많이 사겠다고 싸워가면서 모두 사갔다고 한다.

그는 그 돈을 고스란히 갖고 돌아온 것도 아니었다. 삼을 판 그날 저녁 청루에 놀러갔던 그는 돈에 팔려왔다는 어떤 기녀의 가련한 신세타령을 듣고 삼 판 돈을 모두 털어 줬다. 이런 기회에 동방 남아의 의기(義氣)를 보이자는 생각이었는지도 모른다.

그 후 그 기녀는 북경의 큰 부자 상인의 아내가 되었으나 치종에게서 받은 그때의 은혜를 잊지 못해 그에게 오만 냥을 보내줬다. 그리고는 북경의 거상과 교역할 수 있는 길도 열어줬다.

이것이 사실의 이야기인지는 알 수 없으나 하여튼 그때에 재물을 가진 사람이라면 학정질로 남의 돈을 빼앗은 벼슬아치가 아니면 인정사정 모르는 고리대금업자였다. 그런 자들에 비하면 그는 돈을 벌어도 떳떳이 번 셈이었다.

태근이가 그를 안 것은 신유사옥으로 의주에 피신해 있을 때였다. 태근이는 그때 책문(柵門)을 드나들며 잠상을 하던 그를 통해서 청국의 새로운 책을 읽을 수가 있었다.

임치종이가 장통골(長通坊)에서 객주업(客主業)을 하고 있는 것은 태근이도 알고 있었다.

그 집에서 다루는 물건은 삼을 비롯해 은(銀)·종이·모시·명주·피물(皮物) 등이요, 또한 청나라에서 들어오는 비단·당목(唐木)·약재, 그리고 그 당시에는 대단한 귀물로 되어 있던 안경, 부인들의 패물 같은 것도 그 집에 가면 언제나 구할 수가 있었다.

돈을 꿔주고도 재촉할 줄 모르는 주인이라, 물건을 갖다 맡긴 손님들을 나쁘게 해줄 리는 없었다. 물건을 갖다 맡기기만 하면 돈은 그 자리에서 융통해 주고 물건 값도 남보다는 한 닢이라도 더 놔 줬다. 또한 물건을 사는 사람도 그 집에 가면 언제나 물건을 구할 수 있으면서도 믿을 수가 있고, 값도 시세에서 더 받는 일이 없었다.

그러니 그의 인망은 자연 높아질 수밖에 없는 것이고, 거간들도 무슨 좋은 물건이 있으면 그 집부터 보이기 마련이었다.

더욱이 장돌림 간의 인망은 대단했다. 그도 본시는 자기들과 마찬가지로 등짐장사로 대성했다는데 호감도 갔겠거니와 물건값이 얼마 떨어져도 쓴 얼굴 없이 따끈한 국 한 그릇이라도 사 먹여 보내니 누가 싫다구 하랴.

그러나 태근이는 서울에 와서도 그 집엘 한 번도 들리지 않았다. 무슨 나쁨이 있어서가 아니다. 지금엔 그를 찾을 일이 없었기 때문이다.

물론 그를 찾는다면 후대(厚待)를 받을 것은 태근이도 알고 있었다.

치종이는 사십 전의 한참 기운 쓸 나이로 돈에 인색한 사나이가 아니었으므로 기녀들 간에도 대단한 인기였다.

사람은 모르고 돈만 안다는 평양 기생도, 속을 좀처럼 주지 않아 깍쟁이라는 개성 기생도 그의 앞에서는 오금을 못 펴니 거기에도 상재(商才)에 못지않은 대단한 수완이 있는 모양이었다.

태근이가 그를 찾는다면 결국 그를 따라서 밤마다 그런 기생집들이나 순회하는 일 밖에 없을 것이다. 태근이는 그것이 싫었다. 자기는 그러자고 서울에 올라온 것이 아니기 때문이었다.

그러나 태근이는 언제고 한번 자기가 필요할 땐 그를 이용할 생각이 없는 것은 아니었다.

그 치종이를 지금에 방서가 먼저 필요한 모양이었다.

"알지요. 그가 잠상으로 책문에 드나들던 그 시절에 서로 막걸리도 나누던 사이지요."

태근이는 그와의 우정을 이렇게 말했다.

"그뿐만 아니라 나는 그때 선비님이 그에게 장사 밑천도 얼마 대준 것도 알고 있어요."

우방서는 한술 더 떠서 말했다. 그러나 태근이는 그런 일은 벌써 잊고 있던 판이라, 약간 놀란 얼굴이 된 채

"나두 잊고 있는 일을 우지관은 어떻게 다 아시우?"

"하하…… 선비님두 내가 그런 것까지 알고 있으니 놀라기두 할 겁니다. 그러나 그건 우연히 어느 사람에게 들은 일이지요. 내가 평안도에 쌀을 가져갈 생각으로 치종이와 친한 사람을 도파보다가……."

"그 사람한테 돈을 얻어 쓸 생각으로?"

"돈이 아니고 쌀이지요. 지금 서울에서 천석의 쌀을 움직일 수 있는 사람은 호조판서 김재찬이를 내어놓고는 상인으로 그분 밖에 없으니 말요. 그런데 알고 보니 그분과 누구보다도 친한 사람이 선비님이 아닙니까."

백년 만에 처음인 흉년에 천석이라면 대단한 쌀이다. 서울 미곡상들도 쌀을 감춰놓고 파는 형편인데 그 많은 쌀을 사들인다는 것은 결코 쉬운 일이 아니었다.

그러나 임치종이라면 그 많은 쌀도 사들일 수가 있었다.

그 때 쌀을 사고파는데는 말질을 해주고 구전을 받는 감고(監考)의 손을 거쳐야 했다. 그 감고들은 조직이 대단하여 대감의 말도 응하지 않는 일이 있었지만, 치종이 말이라면 한 마디로 움직였다.

그 감고들을 마포강에 내보내어 황해도와 전라도에서 올라오는 쌀을 남이 손을 못대게 하고 도맡아 산다면 천석이 아니라 만석도 살 수 있는 일이다.

태근이는 잠시 생각했다. 자기 부탁이라면 임치종이도 그만한 일쯤은 들어주리라고 생각되니 그는 더욱 생각하게 되었다.

"그러면 쌀을 살 돈은 준비가 되었는가요?"

태근이는 생각에 젖었던 얼굴을 들며 물었다.

"다는 못 되었지만 절반쯤은 되었소."

"그러면 모자라는 돈은 그분보구 처당해서 사달라는 말이군요?"

"그래서 선비님에게 부탁입니다."

"그러나 구하기도 힘든 쌀을 사달라면서 쌀값까지 절반이나 처당해 달랄 수야 있겠소? 사람이란 체면이 있는 법인데."

"물론 그런 말이 쉬울 리야 없겠지요. 그러나 쌀은 당장에 꼭 필요한 것이니 어떻게 하겠소?"

"쌀은 물론 다복골 금점판에서도 필요한 것이겠지요?"

"물론이지요. 그 지방이 혹심한 흉년인데 금점판에서 쌀이 날 리 없는 이상 필요한 것이지요."

"그렇다면 그곳 광산 주인한테 쌀값쯤 마련해 갖고 올라올 수도 있는 일 아니었소? 광산 주인인 이희저(李禧著)는 우지관과도 친분이 두터운 분인데 믿지를 못해서 돈을 안줄 리도 없는 일이고 또한 그곳에는 금이 쾅쾅 쏟아져 나온다니 그만한 돈이 없을 리도 없는 일인데ㅡ."

태근이는 우방서가 단순히 장사를 하기 위해서 다복골을 드나들지 않는다는 것을 잘 알고 있는 만큼 이상한 얼굴을 했다.

그러자 우방서는 갑자기 침울한 얼굴이 되며

"그곳에서 금이 쾅쾅 쏟아져 나오면야 무슨 걱정이겠소?"

하고 뜻하지 않은 말을 했다.

"금이 나오지 않는다니, 좀전에는 우지관께선 구덩이가 늘어만 간다고 하지 않았소?"

"사실 이 이야긴 벌써부터 선비님에게 할 생각이었습니다만, 그러면서도 여태까지 숨기고 온 셈이지요."

"숨기고 왔다면?"

"우리가 다복골에 금점판을 시작한 것은 단순히 금만 캐기 위해서가 아니었지요. 금을 캔다는 핑계로 장정을 모아 금을 캐가면서 그 금을 판 돈으로 장정들을 훈련시켜 거병할 계획이었답니다. 그런데 금이 나와줘야 말이지요. 지금까지 그 금판에 자기 재산을 몽땅 쓸어넣은 사람은 가산 부자 이희저뿐만이 아니지요. 곽산의 박성건(朴聖乾)이며 개천의 이제초(李齊初) 등 이밖에도 부자들이 많지요. 그런데두 여태까지 그 금판에서 금 한톨 구경한 일이 없으니 말요. 하여튼 이번에 내가 쌀을 구해가지 못한다면 지금까지의 모든 일은 수포로 돌아가게 되지요."

(역시 우방서의 계획은 그것이었던가?)

우방서의 속을 알고 난 태근이는 눈이 번쩍 떠지는 것 같은 기분이었다.

물론 태근이도 우방서가 무슨 일을 하고 있다는 것은 전부터 알고 있었지만 이렇게도 일을 크게 벌려놓고 있는 줄은 몰랐다. 그러니만큼 그 놀라움도 크지 않을 수가 없었다.

그러나 그의 이야기를 듣고 보니 그 계획은 결코 무모한 것이 아니었다. 어디까지나 합리성을 띤 치밀하면서 구체적인 계획이었다.

무엇보다도 금을 캔다고 하고서 부자들의 마음을 움직인 것부터가 경탄할 일이었다.

물론 그중에는 처음부터 거사에 뜻을 같이하고서 금점판에 투자한 사람도 없지 않아 있었다. 이희저나 박성건 같은 사람이 바로 그런 사람들이었다. 그러나 돈 있는 사람들이라면 대체로 그런 위험한 짓을 좋아하지를 않는다. 아무리 세도 있는 벼슬아치들의 행세가 눈에 아니꼽다 해도 돈이면 모든 일이 해결됐다. 사람을 죽였어도 돈만 주면 놓여날 수가 있었다. 그들의 세도를 부리는 벼슬도 돈만 주면 살 수 있는 노릇이었다. 그러니 무엇이 안타까워서 세상을 뒤집는 그런 무서운 생각을 할 필요가 있으랴.

역시 그들이 금판에 끌려든 것은 돈을 벌기 위해서였다. 돈이란 있으면 있을수록 더욱 갖고 싶은 것이 사람의 욕심이니 다른 말엔 듣지 않는 그들이라해도 금판에서 금이 쾅쾅 쏟아져 나온다는 우방서 말엔 귀를 기울였던 것이다.

그들이 더욱이나 우방서의 말에 귀를 기울인 것은 그가 풍수에 능했기 때문이었다.

그때의 풍수는 묏자리만 보는 것이 아니었다. 집터를 잡고 우물자리를 잡는 것도 그들이 하는 일이었다. 능한 풍수일수록 땅속에 무엇이 묻혀 있다는 것도 안다고 생각하던 그때였다.

풍수엔 귀신같다는 우방서가 누런 금을 들고 와서 손수 자기가 캔 금이라고 하니 아무리 돌다리를 두드리면서 건너는 영감이라고 해도 마음이 움직여지지 않을 리가 없었다.

자금이 마련되자 방서는 다복골에 큰 집을 짓고 먼저 이희저로 하여금 와서 살게 하면서 금을 캘 장정들을 불러들였다. 장정들은 하루에도 수십 명씩 모여들었다. 아무리 모여든다고 해도 금캐는 일꾼들이라고 하니 관헌들도 의심할 리가 없었다.

모든 일은 처음 생각대로 착착 들어가 맞았다. 그러나 여기에 한 가지 오산(誤算)이 있었다. 다복골에서 나와야 할 금이 나오지를 않았다.

금이 정작 손에 쥐어지지는 않고 말로만 나오기만 한다니, 투자한 시골 부자들도 더 이상 무작정 돈을 대지는 않았다. 이제는 처음 일을 같이 시작한 동지들에게서도 더 나올 돈이 없게 되었다. 그러나 삼백 명이나 되는 일꾼들의 품삯은 계속 지급해야 했다. 그보다도 더 급한 것은 쌀이었다. 쌀이 떨어지는 날이면 지금까지 모은 장정들은 그날로 뿔뿔이 헤어질 판이다. 더욱이 관서지방엔 흉년이 들어 돈 가지고도 쌀을 사기 힘든 판인데 돈까지 떨어졌다는 것이다. 대략 이런 말을 하는 우방서의 이마에서는 식은땀이 빨빨 흐르고 있었다.

우방서의 말이 끝나자 방안은 갑자기 조용해졌다. 그러면서 밖에서 술꾼들이 떠드는 소리가 소란스럽게 들려왔다.

오늘도 이집엔 술꾼이 많이 온 모양이다. 그중에는 박일웅이도 끼어 있는지 모른다. 가끔 찢어지는 듯한 고함소리가 들리는 것은 오늘도 그가 술에 취해갖고서 옥담이를 찾는 소리가 아닌지—

그러나 옥담이는 그런 소리엔 귀도 기울이지 않고 한켠 구석에 소곳이 앉아서 그들의 이야기를 듣고 있었다. 간혹 눈을 깜박일 뿐 몹시 굳어진 얼굴이었다. 그때문인지 평소에 술을 붓던 그 얼굴은 찾을 수가 없었다.

"물론 선비님은 저희들의 일을 반대할 리야 없겠지요?"

잠시동안 무거운 침묵이 흐르고 나서 다시금 우방서가 입을 열었다.

"우지관께서 그런 큰일을 하는 것을 여태까지 제가 모른 것이 부끄러울 뿐이요."

태근이는 솔직히 자기의 심정을 말했다.

"선비님이 그런 말을 해주니 고맙소. 그러면 제 청을 들어 주겠다는 것이지요?"

"하여튼 임치종일 부딪혀 봅시다. 제 생각 같아서는 십중팔구는 그 사람도 들어주리라고 생각하지만."

"선비님의 그 말을 들으니 나도 이제는 한숨이 나가는군요."

우방서는 그제야 긴장이 풀어지는 얼굴이 되며 옥담이에게 고개를 돌려

"우리두 술이나 한잔 먹게 해 주구려."

하고 말했다.

"술상은 이야기가 다 끝나야 들여올 테요."

옥담이도 굳어졌던 얼굴이 풀어지면서 불쑥 이런 말을 했다.

"우리 이야긴 이미 끝난 셈이야."

"그래두 당신은 선비님과 처음 약속이 있지 않아요. 선비님에게 은실이 아가씰 찾아준다는 약속—"

"참, 그런 약속이 있었지."

그런 약속은 벌써 잊었던 듯이 우방서는 웃고 나서

"그러나 그건 나보다도 옥담이가 더 잘 아는 일 아니야?"

옥담이에게 대답을 돌렸다.

심각했던 자리인만큼 이런 이야기가 태근이에겐 송구스러웠다. 그러나 은실이의 거처를 알고 싶은 마음은 숨길 수 없는 일이었다.

"옥담이는 은실이가 어디 있다는 것을 알면서도 내게 숨기고 있었소?"

"숨기고 있은 것은 아니에요."

"알면서두 말하지 않았다면 숨긴 것이나 같지 않소."

"제가 왜 말하지 않았어요. 아까두 너른마당 생신님한테 가보라구 하지 않았어요?"

"생신님한테?"

"선비님이 이번에 생신님한테 가면 그 목소리를 주의해서 들어봐요."

"그건 왜요?"

"하여튼 내가 하라는 대로만 해요. 그러면 은실이 아가씨를 틀림없이 만날 거예요."

옥담이는 생글생글 웃으면서 여전히 알 수 없는 말을 하고 있었다.

(생신님의 목소리를 주의해서 들으라니, 그렇다면 생신님이 은실이란 말인가. 그러나 생신님은 눈이 멀었다고 하지 않는가. 아니 그보다도 생신님이 은실이라면 내가 모를 리 없어. 아무리 목소리를 달리 한다고 해도 모를 리가 없어)

태근이는 알 수 없다는 얼굴로 생각에 젖어 있자,

"선비님은 제 말을 믿을 수가 없는 모양이군요?"

옥담이는 원망하듯이 말하면서도 밉지 않은 눈을 흡떴다.

"글쎄 말입니다. 내가 그 생신님한테 가본 일이 없다고 하면 그 말을 믿을 수가 있을지도 모르겠는데."

"그 말을 듣고 보니 참 선비님에게 알려줘야 할 말을 한마디 잊구 있었군요. 그 생신님은 아주 성미가 사나워지는 날하구 그와는 반대루 아주 얌전한 날이 있어요. 그런데 선비님이 은실이를 만나려면 생신님이 얌전해지는 날로 알아서 가야지요."

옥담이는 또 알 수 없는 말을 했다.

"생신님이 얌전해지는 날이 있다 해도 그거야 알 수 없는 일 아니요?"

"그렇지만 선비님이 은실이 아가씰 꼭 만나고 싶은 맘이라면야 오늘 가봐서 생신님이 얌전하지 않으면 내일도 모레도 그렇게 며칠을 두고 다니는 동안에는 반드시 그 얌전한 생신님을 만나는 날이 있을 게 아니겠어요?"

딴은 그렇기도 했다. 그러나 그 말은 그대로 믿기에는 너무나도 사리에 닿지 않는 말이다.

"도대체 생신님한테 가면 어떻게 은실이를 만날 수 있다는 거요?"

드디어 태근이는 그렇게 대들지 않을 수가 없었다.

"호호호 선비님은 역시 이유 없이는 믿으려고 하지 않는구먼요. 그러나 생신님의 말은 무슨 이유가 있어서 맞는 것이 아니라 그저 맞는 것 아닌가요. 그러니 제 말도 생신님의 말이라고 생각하고 한 번 믿어봐요. 틀림없이 맞을 테니까요."

그 이유는 말하지 않고 조롱대듯이 웃기만 했다.

"그렇다면 한 가지만 묻겠는데, 그 생신님이 성미가 사나워지는 날은 어떤 날이고, 그 반대로 얌전해지는 날은 어떤 날인가요?"

"그야 물론 나쁜 사람이 와서 나쁜 짓을 하기 위하여 점을 친다면 생신님은 그 녀석을 꾸짖고 싶은대로 자연 말도 사나워질 것 아닌가요. 생신님은 언제나 착한 사람 편인걸요."

"그래두 생신님 따라 곧 마음을 푸는 생신님두 있는걸요."

"생신님따라 다르다니? 그럼 생신님이 한 사람이 아닌 모양이군요?"

"어마, 그만 내 말이 기수를 채게 했군요."

옥담이는 자기의 실수를 시인하는 듯이 웃고 나서

"그래요, 생신님이 한 사람만이 아니에요."

솔직히 말했다.

그 때 옆에서 그들 이야기에 싱글벙글 웃고 있던 방서가

"사실 저 사람두 그 생신님의 한 사람이랍니다."

라고 말했다.

"옥담이가 생신님이라니?"

태근이는 놀란 채 옥담이를 쳐다보지 않을 수가 없었다.

"저뿐만이 아니지요. 곱단이도 은실이도 그리고 선비님이 서울 와서 신세진 생민동의 애기무당도……."

옥담이는 눈웃음을 피워 웃고 나서

"은실이가 생신님이라는 게 믿기지 않아요?"

"아니, 너무나도 대담한 일이니 말요."

"물론 대담한 것이라고 하겠지요. 그것이 관헌에 발각되는 날이면 대벽(大辟, 사형)에 처해지는 판이니. 그러나 억울하게 죽은 부모들을 생각할 때 무슨 짓인들 못하겠어요?"

"그럼 옥담이 부친도 역시 신유사옥 때?"

"그래요. 전 아버지를 잡으러 온 군뢰들이 던진 쇠도리깨에 아버지가 골사발이 터져 쓰러지는 것을 제 눈으로 보기까지 했답니다."

옥담의 눈에서는 불꽃이 튀었다.

"그렇다면 옥담이가 생신님이 되는 날은 사나운 생신님이 되겠군요?"

"그럴는지도 모르지요. 그러나 선비님을 북으로 가라고 꾸짖은 건 제가 아니랍니다. 그날 제가 생신님이었다면야 선비님의 마음을 그

렇게두 몰라 줬을라구요?"

옥담이는 다시금 웃음을 띠워 조롱했다.

"그렇대두 그 생신님은 눈이 멀었다구 하는데 옥담이부터 모두 눈이 멀쩡하니 웬일이요?"

태근이는 처음부터 의심되던 그것을 묻고야 말았다.

"탈(假面)을 쓰는 거지요. 썩은 석굴처럼 눈알이 풀어진 무서운 탈이지요."

"아, 그래서 어둠컴컴한 움속에서 점을 치는구면요?"

"그렇기도 하지요. 그리구 또 그런 것이 점치러 온 사람들에게 신비스러운 마음을 주는데도 효과적이에요."

"말하자면 점치러 온 사람들의 공포(恐怖)의 마음이나 초조(焦燥)한 마음 같은 심리를 이용한 셈이군요?"

"그렇지요."

"그래두 점은 이상스럽게두 잘 맞는다는 소문이니 웬일이오?"

"웬일이긴요. 그야 우리가 점을 잘 치니까 잘 맞는다는 것이지요."

여전히 웃음을 피워 조롱조로 말했다.

"점치는 건 언제 배웠기에 모두가 그렇게도 잘 맞히우?"

"오래 전에 우선생한테 배운 거지요. 물론 은실이는 요즘 우리한테 배웠지만."

우방서가 풍수(風水)뿐만 아니라 복술(卜術)에도 능하다는 것을 알고 있는 태근이는 그 말에 문득 머리에 오는 것이 있는 대로

"그리고 보면 생신님이 점치는 것도 우지관의 거사와 깊은 관계가 있는 모양이군요?"

방서에게 고개를 돌렸다.

"있지요. 있어두 대단한 관계가 있지요. 하여튼 그곳에선 큰일을 하고 있답니다."

그러나 옥담이가 다시 말을 받아

"처음 우리가 그곳에 그런 것을 만든 것은 점치러 오는 사람들을 깨우쳐 주기 위한 것이었지요."

"조정이 얼마나 썩었다는 것을 그들에게 알려주는?"

"그렇지요. 그 부근 사람들은 대체로 가난하고 무식한 사람들이지만 그래도 마음은 곧은 사람들이거든요. 그러니만큼 그 효과는 대단히 컸지요. 그런데 더욱 놀란 것은—"

하고 다음 말을 잇기 위해서 잠시 말을 끊었다.

"우리들의 점이 너무나도 신통하게 맞으니 생신님은 단순한 사람이 아니라 필연코 신(神)에 틀림없다고 생각하는 사람이 많아졌다는 거예요. 그것이 지금은 자꾸만 늘어서 거의 오백 명이나 된답니다."

옥담이는 차근차근히 말하고서는 태근이를 쳐다봤다.

그러자 옆에서 우방서가

"점을 치기 시작한지 불과 석 달만에 그 많은 신자가 생겼다는 것이지요."

하고 주(註)를 달았다.

"그렇다면 앞으로 얼마가 늘는지를 모르겠군요?"

태근이가 물었다.

"그렇기 말예요. 이렇게 자꾸만 신자가 늘어나면 올해 안으로도 얼마가 될지 모르겠어요. 그것이 우리만으로써는 힘에 넘치는 것 같아 걱정이 된다는 거예요."

예쁜 눈을 굴리면서 태근이를 또 쳐다봤다.

"걱정이라면 관헌들이 천주교라고 몰 염려가 있어서요?"

"그렇지요. 우리 넷이 모두가 부친이 천주교도로 죽은만큼 그렇게 보기가 쉬워요. 더욱이 곱단이 언니와 은실이를 그들이 잡지를 못해서 눈이 북쇠있는 판이니. 그런데다 우리들의 일은 조정을 나쁘게 말하는 것인걸요. 그러니 그들의 마수(魔手)가 우리들에게 뻗치는 날이면 어떻게 되겠어요. 우리들은 하여간에 그 많은 신도들이 무참히도 학살 당할 것 아니에요?”

“그런 위험성도 많겠지요.”

“그렇다고 지금까지 우리가 하던 일을 그만둔다는 것은 더더욱이나 못할 일이구요.”

“물론 그렇지요.”

태근이는 그것을 강조하면서도 어느덧 눈을 감고 팔을 낀 채 생각에 젖어 있었다.

(이 여잔 방서가 좋아하는 여자인만큼 남이 생각지 못하는 훌륭한 데가 있어. 앞일을 생각하면서 일을 하려는 그것부터가 다르지 않은가?)

“그래서 말에요. 이번에 우선생이 서울에 올라왔기에 그걸 의논했더니 대뜸 첫마디로 선비님을 만나보라는 것이지요.”

“나를요?”

뜻밖이라는 눈으로 태근이는 방서를 보고서는 다시 옥담이를 쳐다봤다. 그러나 옥담이는 그러한 시선은 무시하듯이

“그 많은 신도를 움직일 사람은 선비님밖에 없다는 거지요. 듣고 보니 방등 불 밑이 어둡다는 격이지요.”

“어째서요?”

“은실인 내어놓고도 우린 선비님을 너무나도 잘 아는 사이니.”

“호랑이는 몰 줄 모르고 암사슴만 따라다니는 녀석이라고 생신님에게 꾸지람 받은 놈이 무슨 일을 하겠다구요.”

농담 비슷하게 말하면서 태근이는 자기를 비웃어봤다.

“호호호 선비님은 그 말이 몹시 아팠던 모양이군요. 그러나 사슴을 잡게해 준 제 청두 들어줘야 할 것 아니에요?”

대답을 기다렸다. 그러자 방서가 무겁게 입을 열어

"선비님, 선비님이 일을 해주길 저도 이렇게 간청합니다. 호랑이를 끌고 나올 사람이 양 같은 신도들을 다스린다는 것은 맥이 빠진다고 생각할진 모르지만 그럴수록 선비님 같은 사람이 아니고선 못할 일입니다. 사실 이번에 쌀이 되면 전 선비님을 다복골로 모시고 갈 생각이었습니다만 옥담이 말을 듣고선 선비님은 역시 서울에 남아 있어야겠다고 생각했어요."

그 말이 떨어지기 무섭게 밖에서 요란스럽게 대문을 흔드는 소리가 났다.

검은 행렬

"?"

대문소리에 누구보다도 먼저 놀란 것은 옥담이었다.

오늘 밤, 곱단이는 목멱산 소굴로 자기들의 부하를 만나러 간다고 했고, 애기무당은 새남터에서 밤을 새워 굿을 한다고 했으므로 그들이 올 리는 없었다.

그렇다고 통 바깥출입을 하지 않는 은실이가 찾아올 리도 없는 일이었다.

"누가 온 모양이군요?"

늘 쫓기는 몸이니 태근이도 긴장될 수밖에 없었다. 우방서 역시 마찬가지였다.

"글쎄 오늘은 올 사람도 없는데?"

대문에서 들리는 소리가 여자 목소리 같기도 하므로 옥담이는 얼마큼 안심하면서 일어섰다.

"누구야?"

"영남입니다. 대문 빨리 좀 열어줘요."

생신님의 시중을 드는 영남이가 숨을 헐떡이며 말했다.

"웬일이야?"

급기야 옥담이도 가슴이 뛰며 대문을 열어줬다.

"누님, 큰일 났어요. 곱단이 누님 안 왔지요?"

"그 언닌 목멱산 간다구 했는데 왜?"

"순교들이 지금 막 생신님 집엘 와서 은실이 누나를 데리구 갔어요."

방문을 열고 그들의 말을 듣고 있던 태근이는 벌떡 일어나 휙 날아가듯이 그들 앞으로 갔다.

"그놈들이 어디로 가구 있니?"

"지금쯤 죽전골 앞을 지나고 있을 거예요."

"죽전골—."

너른마당에서 죽전골로 빠졌다면 구리개에 있는 청림당으로 데리고 가는 것이 분명했다. 그곳은 그가 있는 배나무술집에서 중다리(廣橋) 하나 건너면 되는 가까운 거리였지만, 그래도 지금 가서 만날 수 있을지가 의심스러웠다.

그러나 그것을 생각하고 있을 지금이 아니었다.

"생신님이 잡혀간다니 난 빨리 가봐야겠소."

그 한마디로 대문을 차고 나온 태근이는 단숨에 뛰어 전동 골목을 빠져 나왔다.

그리고는 자기도 어떻게 달렸는지 알 수 없게 모시전 골목까지 이르러 문득 보니 초롱불을 켜들고 분주히 오는 사인교(四人轎)가 눈에 띄었다. 어느 대감집의 사인교였다.

(저것이로구나, 저 속에 은실이가 있겠구나)

주먹을 부르쥐고 보고 있는 동안에 교서관(校書館) 다리를 건너 구리개로 올라가는 골목으로 들어섰다.

가마 뒤에는 방망이를 든 순교가 다섯 명, 그리고 행수라기보다도 망나니 비슷한 녀석이 대여섯 명 따라가고 있었다.

그러니 혼자서 대들 수도 없는 일이다.

(은실이, 우린 어째서 이렇게도 기구한 운명 속에만 만나게 되는가?)

그러고 보니 살기가 등등한 그 일행에는 생신님 집에서 안내하는 일을 하던 영감도 끌려가고 있는 것이 보였다.

아니 그보다도 태근이를 더욱 놀라게 한 것은 그들 일행에서 십여 칸 뒤떨어져 묵묵히 따라가는 삼사십 명의 군중이었다. 모두가 옷차림이 남루하였다. 그 중에는 얼굴에 가죽만 남은 노파들도 있었다.

(아 저것이 옥담이가 말하던 신도들이구나)

달빛이 흐르는 길 위로 검은 그림자처럼 묵묵히 걸어가는 그 모양은 무엇이라 말할 수 없이 침울했다.

(저들이야말로 양순하고도 순진한 양같은 사람들이 아닌가?)

그들을 지켜보고 있는 태근이는 온몸이 극도로 긴장되며 뜨거운 불덩이가 가슴속에서 솟구쳐 오름을 느꼈다.

그러나 앞에서 가마를 둘러싸고 가는 순교들의 일행은 이 뜻하지 않은 군중들에 몹시 당황한 기색이었다. 그러니 그들의 발걸음도 자연 빨라질 것은 사실이다.

목멱산에서 곱단이에게 잡혀 나무에 묶였던 칠덕이는 부엉이가 올 것 같지도 않으므로 밤새도록 떨면서 밤을 밝히는 수밖에 없다고 생각하고 있었다.

그것이 어떻게 된 일인지 부엉이는 기가 죽은 얼굴로 와서는 당목(唐木)도 싫으니 이런 천벌 받을 짓은 못하겠다는 것이었다. 그러나 칠덕이는 그의 말을 일일이 귀담아 들을 여가가 없었다. 부엉이가 묶였던 몸을 풀어주는대로 급기야 그는 배나무집으로 달려가서 그곳에서 술을 마시고 있는 박일웅이에게 오늘밤의 일을 사실대로 보고했다.

일웅이는 쓴 얼굴이 되며

"사내 두 녀석이나 따라가서 묶이기까지 했단 말인가?"

하고 화를 냈으나 그래서는 안 되겠다고 생각했는지 이어 기분을 고쳐

"그래두 그만큼이라두 일을 한 것은 자네 아니면 못할 일이지. 추 웠겠는데 술이나 어서 한잔 들게나."

하고 술까지 부어줬다.

"역시 내 생각이 맞지 않아. 이건 분명 곱단이와 무슨 관계가 있을 것이 틀림없으리라구. 그렇지 않구서야 아무리 생신님이 귀신이 내린 점쟁이라구 해두 그렇게두 내 일을 샅샅이 알 리가 없는 것이지. 그러니 나두 이상하다구 생각한 거지."

"오늘 밤의 일두 그게 다 연극이군요. 생신님이 기도를 올리러 가는 것처럼 보이기 위해서 곱단이가 일도 없이 목멱산에 가마를 타고 올라갔던 것 아닙니까. 그렇지 않고 설마 나를 골려주기 위해 일부러 갔을 리는 만무하니 말입니다."

칠덕이는 일웅이 말을 맞춰주는 척하면서도 생신님을 통해 곱단 이의 복수를 선언받은 그라는 것을 잊을 리는 없었다. 그러니만큼 그가 필사적으로 날뛰는 것도 무리는 아니라고 생각됐으나 그러면 그럴수록 자기에게 돈이 더 떨어지게 마련이다. 조금도 해로운 일이 아니니 그가 부르락거리는 것도 내심으론 구수한 기분이다.

"칠덕이, 이제는 우물쭈물할 필요가 없어. 쇠뿔은 단김에 뽑으란 그 말대로 이제 곧 가서 생신님을 청림당으로 불러오게나."

일웅이의 눈에서는 흰자위가 번뜩였다.

"그렇다면 물론 묶어 와두 되겠지요?"

"그건 그럴 것까진 없어. 처음엔 대감부인께서 점을 치겠다고 부른다면서 사인교를 갖고 가란 말야. 그래서 딴 곳엔 가지 않는다면 김 재찬 대감께서 물어볼 말이 있다고 해서 데리러 왔다고 하란 말야. 그러면 제아무리 생신님이라고 해도 못가겠다는 말은 못할 테니."

"알겠습니다. 그런데 이런 일은 박장이가 나서서 직접 움직여줘야 할 것 같습니다. 대감집의 사인교를 내달라는 것도 그렇고, 순교도 몇 사람 있어야 할 것 같으니……."

"그럼 나하구 먼저 청림당으로 가세나."

이리하여 칠덕이는 그 일행을 데리고 생신님 집을 찾아갔던 것이다.

칠덕이가 데리고 간 순교들과 망나니들은 청림당에서 먹고 자는 청지기들이었다. 인호가 곱단이에게 죽은 이후로는 언제, 어느 때 그런 일이 또 있을는지도 모르므로 집지기들을 언제나 배치해 둔 것이었다.

생신님 집에서는 일웅이가 예상한대로 대감 부인이 부른다는 말에 안내를 맡은 영감이 나와서 '생신님은 몸이 자유롭지 못하기 때문에 죄송스러우나 갈 수가 없다'고 말했다. 그러나 부득부득 가마를 뜰 안으로 들이대자 영감도 어쩔 수 없는 모양으로 다시 뒷방으로 들어갔다가 잠시 후에 다시 나와서

"당신들의 처지를 생각해서 가시기는 하겠다는데 그럼 저도 같이 가겠습니다."

하고 승낙의 뜻을 표시했다.

"제아무리 생신님이라고 해도 대감집에서 왔다면 무섭긴 무서운 모양이구먼."

청림당 집지기로서는 도반수(都班首, 우두머리) 격인 덕구는 귀신 붙은 생신님을 잡아오라는 데는 약간 겁을 먹었던 모양으로 그런 말로 웃었지만 칠덕이도 예상 이외에도 일이 수월스럽게 됐다고 한시름 놨다.

드디어 생신님은 영감의 부축을 받아가며 나왔다. 평상시나 다름없이 흰옷에 붉은 장옷을 머리로부터 내려쓴 차림이었다. 장옷을 내려쓴 것은 춥기 때문이라기보다는 남들에게 눈을 보이고 싶지가 않기 때문인 모양이었다.

영감도 나들이옷에 머리에는 흔히 중들이 쓰는 굴갓을 쓴 이상스러운 차림이었다.

가마꾼이 가마 앞 장폭을 걷고 타라고 하자 생신님은 손더듬이로 가마에 올랐다. 그 동작은 침착하면서도 경건하기가 이를 데가 없어 보던 사람은 모두가 숨소리를 죽일만큼 정말 신을 보는 것 같은 기분이었다.

(역시 보통 사람과는 다른 데가 있는데)

칠덕이는 혼자서 감탄하면서 보고 있는 동안에 가마는 들려서 움직이기 시작했다.

골목을 빠져나가자 거기에는 언제 모여들었는지 십여 명의 남녀가 수군거리고 있다가 생신님이 탄 가마를 보자 모두가 공손히 머리를 숙였다. 근처에서 사는 생신님의 신도들인 모양이었다.

(배웅하러 나온 사람들인가?)

처음에는 이렇게 생각했지만 가마가 그들 앞을 지나가자 그들도 따라오기 시작했다. 그것이 영희전 앞을 지날 때는 어디서 그렇게 사람들이 모여들었는지 삼십 여 명이나 되었다. 그렇다고 떠드는 것도 아니고 모두 고개를 숙이고 묵묵히 따라왔다. 그것이 더욱 기분이 나빴다.

더군다나 칠덕이는 가슴까지 울렁거렸다.

진정으로 점을 치기 위해서 생신님을 모셔간다면 신도들이 따라온다고 겁낼 리는 없는 것이고 오히려 그들의 정성이 고맙다고도 할 수 있는 일이었다. 그러나 그 반대로 생신님을 속이고 데리고 가는 것이니만큼 뒤가 켕겼다.

(이러다가 무슨 일이라도 나면 찍소리도 못하고 죽는 판이 아닌가?)

문득 그런 공포심도 머리에 떠올랐다.

(아니, 그보다도 생신님이 대번에 내가 행수라는 것을 알아맞히는 것

을 내 눈으로도 보지 않았는가. 그뿐이냐, 박일웅이가 십년 묵은 그의 죄를 둘쳐놓는 바람에 혼비백산이 되어 달아난 것도 알고 있지 않은가. 그런 생신님이 자기를 속이고 데리고 간다는 것을 모를 리가 없지 않아. 분명 저 신도들도 생신님이 무슨 일을 꾸미려고 부른 거야)

겁은 자꾸만 더해갔다.

"행수님 따라오는 사람들이 자꾸만 많아지는 것 같군요."

행렬이 영희전 앞을 지날 때 겁을 모르는 살기도 낯빛이 달라진 것을 보니 불안스러운 모양이었다.

신도들의 수는 삼사십 명 되는 것 같았다.

"그런데 이리로 가면 공연히 돌아가지 않아요?"

구리개로 가는데는 죽전골로 나와 모시전골로 가는 것보다는 경희전 뒷담을 끼고 빠지는 것이 훨씬 가차웠다. 그들이 빈 가마로 올 때는 그 길로 온 것이다.

"내버려둬. 뒷길보다 그 길이 안전하기 때문일 거야."

그것은 그렇다 해도 뒤에서 따라오는 신도들에 대한 불안은 털어버릴 수 없었다.

"칠덕이."

가마 바로 뒤에 서서 따라가던 도반수 덕구가 고개를 돌렸다. 그도 겁에 질린 얼굴이었다.

"저것들은 모두 생신님을 믿는 신도들인가?"

"그런 것 같구만요."

"저렇게 따라오는 것 재미없으니 자네가 타일러서 쫓아 보내게나."

"그럽시다."

자기 말을 순순히 들으리라고는 생각되지 않았으나 대감집을 지키는 반수라고 명령을 하니 그렇게 대답을 하는 수밖에 없었다. 칠덕이는 살기에게 눈짓을 한 번 하고 나서

472 혹하

"대체 뭣하러 따라오는 거야?"

하고 고함을 쳤다.

"우리들은 생신님이 어디로 가는 것을 알려고 따라가고 있습니다."

사십쯤 나 보이는 막일꾼같은 사나이 하나가 한걸음 나서면서 말했다.

"생신님이 너희들과 무슨 관계가 있는데?"

"우리들은 모두 생신님의 도움을 받은 신도들입니다."

"그렇대두 따라올 것까지 없지 않아. 생신님은 대감댁에서 점을 치겠다고 모셔가는데."

"그렇다면 우린 생신님을 대감님 대문 앞까지 모셔다줄 수 있지 않습니까?"

"그럴 필요는 없어. 인경도 울게 됐는데 빨리 돌아가."

"인정(人定) 시각이 됐다고 우릴 다 잡아가도 좋습니다. 우리는 생신님이 가는 곳까지 따라가겠습니다."

그러자 지금까지 묵묵히 서 있던 행렬이 검은 물결처럼 움직이기 시작했다. 칠덕이는 어쩔 수 없이 뒷걸음질을 쳤다. 뒷걸음치다 생각해 보니 만일 발이라도 걸려 넘어지는 날이면 신도들은 그 위로 마구 짓밟고 넘어갈지도 모르는 일이었다. 입을 꾹 닫고 눈을 번득거리는 그들의 심각한 얼굴은 그럴 위험성이 다분히 있었다.

(정신을 바짝 차려야지 이러다가는 정말 큰 결딴나겠다)

그들은 그날그날을 품팔이로 사는 막일꾼을 비롯해서 앞가슴이 뻐개진 대장장이 미장이 마부 지게꾼 목수 등으로, 하여튼 모두가 땀을 흘려서 사는 사람들뿐으로 그들이 한 뭉치가 되어 말도 없이 밀고 오는 것인 만큼 무엇이라 말할 수 없는 공포감을 느끼지 않을 수가 없었다.

(말없이 따라오는 저들에게 뭐라고 야단치는 것은 벌집을 쑤셔놓는

것과 마찬가지지, 아니 화약에 불을 질러놓는 거야)

"반수님, 돌아가라구 아무리 소리쳐도 듣질 않는군요."

칠덕이는 덕구 옆으로 되돌아가서 보고하듯이 말했다. 그러나 그도 뒤에서 보고 있었으니 실상은 그런 보고가 필요 없는 것이었다.

"그렇다면 저것들두 미친 모양이구먼. 신도란 자칫하면 그렇게 되기 쉬우니 말야."

"정말 반수님 말대로에요. 인정시간이 다 됐는데도 그런 건 생각지도 않고 따라오니."

"가만 있게. 그 집에서 안내하는 일을 하는 저 영감에게 이야기 좀 해봅세."

덕구는 가마 뒤에서 고개를 숙이고 가는 영감 옆으로 다가갔다.

"영감님, 어떻게 저 신도들을 돌려보낼 수 없소? 저렇게 많은 사람이 따라온 걸 알면 대감댁에서도 화를 낼지 모르니."

"그래두 내말은 듣지를 않을 겁니다. 생신님 말이래야 듣지."

"그렇지만 저 사람들 중에서 누가 행패라도 부리면 생신님에게 책임이 돌아가겠으니 그렇게 되면 재미없지 않소?"

덕구는 영감을 협박하듯이 말했다.

"그런 염려는 마십시오. 신도들은 모두 온순한 사람들이니까 생신님에게만 무슨 일이 없으면 절대로 그런 일은 없을 겁니다."

영감이 자신 있게 말하는 데는 덕구도 대꾸할 말이 없었으나 그럴수록 마음은 더욱 불안했다.

"칠덕이!"

덕구는 다시금 칠덕이에게 고개를 돌렸다.

"네."

"자네 먼저 청림당으로 뛰어가서 이러이러한 생신님의 신도들이 떼를 지어 뒤따라온다고 알리게나. 그들이 폭동을 일으킬 염려도 있으니 이 대책을 빨리 세워야겠다구. 이비장이나 박장이에게 말하란 말야."

"네 알았습니다."

칠덕이는 그 대열에서 벗어날 수 있는 것으로 우선 위험은 면했다고 생각하며 청림당을 향하여 지름을 달렸다.

모시전골에서 구리개로 올라가는 어귀쯤 가면 청림당에서 덧 패거리를 보낼 줄 알고 덕구는 그야말로 범에 쫓기듯이 걸었는데 거기까지 이르러도 아무런 소식이 없었다.

(청림당에서는 저 신도들을 대수롭게 생각질 않는 모양인가?)

거기서부터 양반집들의 담정이 양쪽으로 줄을 이은 골목이므로 마음은 더욱 초조할 수밖에 없었다.

사실 신도들은 말없이 수꺽수꺽 따라오고는 있지만 그것은 단순히 온순하다고 만도 할 수 없는 무서운 증오를 억지로 참고 있는 듯한 그런 얼굴들이었다. 그러니만큼 덕구로서도 마음이 설렐 것은 물론이다.

한편 칠덕이의 보고를 받은 청림당에서는 결코 사태를 가볍게 보는 것이 아니었다. 모두가 눈이 뚱해진 얼굴들이었다. 신도들의 떼거리가 물밀 듯이 밀려올 줄은 생각지 못했던 일이기 때문이다.

그날 밤 청림당에 모인 사람은 박일웅이를 비롯하여 이서구 비장 그리고 김인호의 형 김만호, 포청 군관도 두어 명 보였다.

"그 신도들을 절대루 청림당에 들여서는 안 돼. 만일 말을 듣지 않는 녀석이 있으면 불문곡직하고 그 자리에서 묶어."

역시 제일 켕기는 것은 일웅인 듯 고래고래 소리쳤다.

일웅이는 그들에게 명령을 하다시피 소리치고 나서 분주히 재찬이가 있는 사랑방으로 들어갔다.

"생신님은 어떻게 됐나?"

재찬이도 그 일이 기다려졌던 모양으로 일웅이가 문을 열기가 무섭게 물었다.

"지금 막 사람이 왔는데 생신님은 순순히 오는 모양이지만 생신님의 신도들이 사오십 명 따라온다고 합니다."

"뭐 신도들이?"

"그러나 놀라실 것은 없습니다. 만반의 대책은 다 돼 있으니까 신도들이 청림당 안으로 들어올 그런 염려는 절대로 없습니다."

"물론 신도들을 하나라도 내 집에 들어오게 해서는 안 되지. 그러나 그런 신자들이 무섭다는 것도 알아야 하네. 더욱이 그들은 분별이 없는 어리석은 자들이라 자기들이 믿는 생신님을 위해선 목숨을 내놓고 달려들지도 모르니 섣불리 다루어서는 안 돼."

재찬이는 지위가 지위이니만큼 용의주도(用意周到)한데가 있었다.

"하여튼 생신님이 탄 가마만은 정중히 맞아들이면 되겠지요. 그리고 나서 대문을 걸고 나면 뒷대문에도 십여 명이나 지키고 있으니까 걱정될 건 없습니다."

일웅이는 어떻게서든지 생신님만 청림당에 끌어들이면 된다는 심산이었다.

"그래두 그 신도 중엔 곱단이의 일파인 여도둑 패거리가 섞여 있을지도 모르는 일이야."

"그렇다면 더욱 좋지요. 칠덕이 행수보고 잘 이야기해서 뒤따르게 한 후 그들의 소굴을 알아갖고 모두 잡아버릴 수도 있으니 말입니다."

"일이 그렇게 생각대로만 되는 것이 아니야. 하여튼 신도들이 많이 따라왔다면 절대로 소동은 나지 않도록 주의하게나."

"네 알겠습니다. 그래서 포청 군관들도 대여섯명 불러 왔습니다. 생신님을 잡게 되면 그들이 잡아가는 것으로 꾸미기 위해서."

"그 일이 발각되면 신도들은 반드시 소동이 일어나네."

"그것이 발각될 리는 없습니다. 그리고 우리가 알고 싶은 것을 생신님이 순순히 이야기하면 곱게 돌려보낼 수도 있으니까요."

"하여튼 소동만은 되도록 없게 일하게나."

세상에는 자기를 적대시하는 자가 많은만큼 재찬이는 진중을 기했다.

"청림당에 생신님이 왔습니다."

통인 아이가 뛰어 들어와서 알렸다.

"그래, 그럼 자넨 어서 나가 보게나."

재찬이는 일웅이에게 말하고 나서 귀를 기울여 봤으나 밖에서 신도들이 떠드는 소리는 조금도 들리지를 않았다.

생신님이 청림당에 이르렀을 때는 마침 야금 시각인 모양으로 네거리 종각에서 인경소리가 울려왔다.

십오야 밝은 달은 이미 하늘 중천에 떠올라 고요한 서울 거리를 밝히고 있었다.

"이봐라, 생신님 행차시다."

등롱(燈籠)을 밝혀 든 순교들은 이제야 숨이 돌아서는 듯이 고함쳤다.

"네이—."

안에서 문지기의 대답소리가 나자 삐꺽하고 대문이 열렸다.

가마를 따라온 일행은 분주히 대문 안으로 들어섰다. 다행히도 신도들의 행렬은 얼마큼 거리를 두고 서 있었으므로 별일 없이 대문을 닫을 수가 있었다. 그것을 보자 신도들은 갑자기 웅성거리면서 대문 앞으로 다가갔다.

청림당으로 들어간 가마가 사랑방 앞에서 놓이자 안내를 맡은 영감의 부축을 받아 생신님은 가마에서 조용히 내렸다.

달빛 속에 드러난 생신님의 뒷모습은 눈먼 사람이라고는 할 수 없게 아름다웠다.

"오시느라고 수고했습니다. 저는 이집의 비장 이서구입니다."

이비장이 나가서 정중히 맞이했다.

"대감댁에서 저희같은 사람을 불러주시어 황송할 뿐이옵니다."

안내를 맡은 영감이 생신님을 대신해서 공손히 인사를 했다.

"그러면 방으로 어서 들어갑시다."

서구가 앞장을 서서 그들을 사랑으로 안내를 했다.

사랑에는 황주에서 올라온 인호의 형 만호와 포청에서 나온 종사관이 앉아 있을 뿐, 일웅이는 보이지가 않았다. 생신님에게 형벌의 선고를 받은 것이 무서운 때문인지 그렇지도 않으면 칠덕이를 데리고서 무슨 흉계를 꾸미는 때문인지 알 수 없었다.

"생신님은 이리로 와 앉으시오."

이비장은 아랫목에 방석을 깔아놓으며 앉으라고 했다.

"죄송스러운 말이오나 아랫간에서는 귀신을 부를 수가 없으니 웃간에다 조그마한 목상을 하나 놔 주십시오."

안내를 맡은 영감이 조심스럽게 말했다.

만호와 종사관은 서로 얼굴을 쳐다보며 귀찮게 군다고 고갯짓을 했으나 이비장은 그런 체 없이

"그러면 곧 점을 칠 수 있소?"

하고 따라온 영감에게 물었다.

"점을 치기 위해서 왔는데 점을 칠 수 없다고야 말이 되겠습니까. 그런데 생신님은 몹시 피곤했기 때문에 빨리 일을 끝내고 돌아가겠다고 합니다."

"그렇다면 곧 그렇게 준비하도록 하지요."

비장은 통인 아이를 불러 상을 가져오게 하고 만호와 종사관에게

는 눈짓을 해서 자리를 내달라고 했다.

그들은 쓴 얼굴인 채 생신님이 처음 앉으려던 아랫목으로 내려가 앉는 수밖에 없었다.

"이것으로 다 됐습니까?"

"그 촛대 두 개를 상 옆에 갖다 놓으면 더 준비할 것은 없습니다."

노인은 생신님을 부축해서 상 앞에 앉게 했다. 그리고는 시중을 드는 소년 대신에 자기가 생신님 뒤에 가만히 앉아서 잠시 동안 합장을 하고 있었다. 단순히 그것뿐으로써 방안은 갑자기 귀신을 불러들이는 신당처럼 되었으니 이상한 일이었다.

(사나이에게 엉덩이를 돌려대는 버릇없는 년)

만호는 동생이 여도둑에 죽은 것을 알고서 복수를 하러 온 만큼 성센 계집만 보아도 눈이 벌게지며 핏대를 세웠다.

"준비는 다 됐으니 비장께서 안에 들어가 점을 치시겠다는 대감마님을 나오시도록 하시오."

영감이 역시 조용히 말했다.

그 말에 이비장은 어떻게 대답을 꾸며대야 할지 몰라 갑자기 당황한 얼굴이 되었을 때 만호가 불쑥 나 앉으며

"생신님의 점이 맞나 안맞나 어디 나부터 쳐봐요. 대감마님께 맞지도 않는 점을 치랄 순 없으니 말야"

가슴을 뻐개면서 말했다.

영감은 생신님에게 뭐라고 잠시 소곤거리고 나서

"생신님이 존형부터 점을 쳐 주겠다고 하니 상 앞에 와 앉으시오."

만호에게 말했다.

만호는 대단한 기세로 상 앞에 가서 앉았다.

"이름은?"

영감이 조용히 물었다.

"김만호."

"연령은?"

"서른 셋."

"무엇을 점칠 생각이오?"

"내게 대해서 아는 일을 뭣이구 다 맞춰봐요."

만호는 그것으로써 생신님이 엉터리 점쟁이라는 것을 드러낼 생각인 모양이었다.

"생신님! 자기의 과거를 맞춰보라는 것입니다."

영감이 그렇게 말하자 생신님은 잠시 머리를 숙이고 있다가 귀신을 부르는 양으로 양손을 천천히 들어 휘저으면서 일어섰다.

"일웅아! 밖에서 내 말을 엿들을 생각 말고, 미닫이를 활짝 열어라."

그 말에 모두가 놀라며 서로 얼굴을 쳐다봤다. 그 순간에 갑자기 미닫이가 열리며 겁에 질린 일웅이의 얼굴이 불쑥 나타났다.

"넌 도대체 누군가?"

"나는 칠년 전 너와 김재찬의 일파로 옥에 끌려가 약사발을 받은 이재운이의 딸이다."

노기에 찬 그 목소리에 모두가 가슴이 선뜻한 모양이었다.

"그때 죽은 자가 이 곳엔 뭣하러 나타났어?"

일웅이는 지지 않고 대들었다. 바른 손을 품속에 넣고 있는 것은 비수라도 품은 때문인지.

"만호에게 달리 해야 할 말이 있어 왔다. 동시에 너희들에게 알려줄 말이 있다."

"내게 알려줄 말이 있다면 빨리 말하지 왜 어물거리고 있어?"

만호는 앉은 채 눈이 뻘게지며 소리쳤다.

"여기 있는 자들은 모두가 하늘을 무서워하는 악당들이다. 모두가 머잖아 빛을 잃는 무서운 형벌을 받아야 하는 무리들이다. 일웅이, 너는 그것이 엿새 밖에 남지 않았다는 것을 알고 있겠지?"

"하하, 네가 내 눈을 빼앗는다고? 그전에 내 칼에 죽을 것도 모르면서."

"한번 죽어서 된 망령은 없앨 수 없지만, 그러나 나는 네 눈을 언제든지 빼앗을 수가 있다."

"그렇다면 당장에 이 자리에서 내 눈을 빼어봐."

"그렇게도 눈을 빼앗기는 것이 원(願)이냐? 그러나 네 눈은 장돌림 망령이 이미 빼앗는다고 했으니 그날을 기다리고 있어. 오늘 내가 눈을 빼앗을 녀석은 만호다."

"뭐 어째, 내 눈을 뽑는다구?"

만호가 목구멍이 찢어지게 소리쳤다.

"너는 그렇게 말해줘도 아직 모르느냐. 네 애비와 함께 내 목을 비틀어 우물 속에 집어넣던 일을 모르겠냐 말이다."

"뭐 어째?"

놀란 것은 물론 만호뿐만이 아니다.

"네 동생을 이용해서 은실이를 종으로 사가려던 것도 네가 한 짓이라는 것을 나는 알고 있다. 뒷일이 무서우니 우리 일가를 몰살시킬 생각이었지?"

가슴을 찌르는 듯한 생신님 말에 새파랗게 질린 만호는 불시에 옆에 있던 벼룻돌을 집어들었다.

"점쟁이 계집년아, 얼굴을 돌려."

벼룻돌을 둘러멘 만호는 생신님의 골사발을 낼 듯이 벌떡 일어섰다. 그러나 생신님은 까딱없는 태연한 그 자세로

"하기는 너무 당황하겠지, 너는 네 애비 임달수 못잖게 악한 짓을 한 놈이라 이 자리에선 누구보다도 먼저 눈을 멀게 됐으니."

"뭐 어째? 그런 수작보다 네가 살는지 죽을는지 그거나 점쳐봐라."

"하하… 너는 내 목을 비틀어 죽이고서도 그것으로도 모자라 나를 또 죽이겠다고 벼룻돌을 들었구나. 그러나 나는 생신님의 몸을 빌려 나온 것뿐이니 공연한 생신님에게 그런 무모한 짓을 말어."

"잔소리말구 어서 얼굴을 돌려. 그렇지 않으면 벼룻돌을 받을 생각을 해라."

생신님 앞으로 가까이 오자 안내를 맡은 영감이 당황한 얼굴로

"제발 그러지는 마십시오. 그러시다가는 더 무서운 재앙을 받게 됩니다."

하고 만호를 막아섰을 때 밖에서 신도들의 소란스러운 소리가 물밀듯이 들려왔다. 방안의 사람들은 모두가 흠칫 놀라는 얼굴이었다.

만호도 그 소리에는 어쩔 줄을 모르고 있다가 문득 겁에 질린 자기 정신으로 돌아온 모양으로

"이눔의 두상 비켜."

옷자락을 잡고 막아섰던 영감의 앞가슴을 걷어챘다. 그와 동시에 벼룻돌이 생신님의 뒷통수로 날아들었다.

"딱."

그러나 그것은 생신님의 머리를 때리는 소리는 아니었다. 생신님은 어느 사이에 피했는지 벼루는 바람벽을 때리고 두 조각으로 갈라졌을 뿐이었다.

그 바람에 더욱 당황한 만호는 뒤로 달려들어 생신님의 목을 껴안으면서 졸라매려고 했다.

그러나 어떻게 된 일인지 만호의 몸은 너무도 가볍게 공중에서 한 바퀴 돌아 앞으로 떨어졌다가 다시금 뒤에 있는 상 위로 떨어졌다. 그 바람에 상 양쪽에 세웠던 촛대가 넘어지면서 불이 꺼지던 그 일순간, 상 밑에서는 눈이 부신 섬광이 확하고 밝아졌다.

"야하—."

자기도 모르게 모두가 소리치면서 일어섰을 때, 방안엔 유황냄새와 함께 흰 연기가 가득 찼다.

그들은 저마다 밖으로 뛰어나갈 생각으로 문을 찾는다고 야단법석이었다. 방안은 갑자기 수라장으로 바뀐 것이다.

그 속에서 비명치는 소리는 확실히 만호의 소리인 모양이다.

"으음 으음—."

섬광(閃光)이 눈에 닿은 모양으로 고통을 참지 못해 몸을 비꼬아대는 것이 눈에 보이는 듯한 소리였다.

"점쟁이 년을 잡아라!"

일웅이는 거품을 물어가며 악을 썼다.

"여도둑 곱단이야, 놓치지 말구 꼭 잡아!"

"생신년이란 년이 달아난다!"

비장 이서구도 미친 듯이 소리쳤다. 바로 그때 문지기 하나가 뛰쳐와서

"신도들이 대문을 막 부수려고 합니다."

하고 말했다. 그 때 대문 있는 그쪽에서 와악하고 함성이 터지는 소리가 들려왔다.

대문에 몰려든 신도들에게 불을 질러논 것은 도반수 덕구였다.

"생신님을 내놔라!"

신도들이 입을 모아 소리치자, 처음부터 오합지중(烏合之衆)이라고 생각한 그는 신도들에게 쫓기던 아까와는 달리 이제도 도반수 노릇을 해야겠다고 생각한 모양인지

"내가 나가서 저것들을 모두 쫓아버려야지."

허리에 찼던 예도를 급기야 뽑아 들고서는 쪽문을 열고 나가

"너희놈들 여기가 어딘줄 알구 떠들어? 썩썩 물러가지 못하겠어!"

하고 호령쳤다.

그러나 신도들은 그 예도도 무섭지 않은지 조금도 물러서려고는 하지 않았다.

오히려 앞에 섰던 젊은 사나이 대여섯 명은 그의 앞으로 다가서

"생신님을 빨리 내놔라!"

하고 소리쳤다. 그러자 거기에 뒤따라 다른 신도들도 일제히

"생신님을 내 놔!"

역시 소리쳤다.

"만일 너희들이 내 말을 듣지 않으면 이 칼로 목을 벨 테니 그리 알아."

덕구는 정말 목을 벨 듯이 앞으로 몇 발자국 칼을 휘두르며 나왔다.

그 바람에 앞장섰던 대여섯 사람이 좌우로 갈라서자 키가 구척인 대장장이같은 사람이 어디서 갖고 온 것인지 알 수 없는 긴 장대를 들고 앞으로 나오면서 덕구의 배를 쿡 찔렀다.

"어이쿡."

뒤로 나자빠질 듯이 뒷걸음치던 덕구는 극도로 화가 난 모양으로 살기 띤 눈을 부릅떠

"그 장대로 날 어떻게 하겠다는 거야?"

"어떻게 하겠다는 것이 아닙니다. 그 칼이 위험하니 거두라는 것입니다."

"뭐 어째?"

고함소리가 떨어지기가 무섭게 도반수 덕구는 장대든 사나이에게 달려드는 줄 알았더니 아주 천천히 휘두르는 듯한 장대에 머리를 맞고 어이없게도 쓰러졌다.

앞장섰던 신도들은 그 틈을 타서 쪽문으로 들어 대문을 열어놓자

"생신님을 내놔라!"

다시 소리치면서 물밀듯이 몰려 들어갔다.

선두에 선 장대든 사나이는 칼을 들고 달려드는 대여섯명의 포교들을 막아내며 길을 열어놨다. 장대를 쓰는 그 사나이의 솜씨는 보통 솜씨가 아니었다.

"사정없이 모두 목을 베라!"

"장대 든 저놈부터 쳐부숴!"

육모방망이 쇠도리깨 철퇴를 든 포교들과 칼을 뽑아든 망나니 십여명은 일제히 진을 치고서 막아내려고 악을 썼다.

그러나 돼지떼를 몰듯이 덤비는 일도 없이 슬슬 휘두르는 그 장대에는 견딜 수가 없는 듯 자꾸만 뒤로 움쳤다.

"빨리 생신님을 내놔!"

장대를 든 사나이가 여전히 쉬지 않고 장대를 흔들어대며 한 발자국 한 발자국 걸어 나가면서 소리치자, 뒤에서 따라오는 신도들이 그 소리를 받아 고함쳤다. 신도들의 고함소리에 포교와 망나니들이 더욱 질겁을 해서 대여섯 발자국씩 물러서곤 했다.

"생신님을 내 놔라!"

소리치는 그 속에는 태근이도 섞여 있었다.

태근이는 장대 하나로 십여 명의 적을 유유히 물리치고 있는 그 사나이를 열심히 보고 있었다.

그 사나이는 아무리 봐도 단순한 신도나 대장장이 같지는 않았다. 장대를 쓰는 솜씨가 달랐기 때문이다.

그러고 보면 어디서 본 듯도 한 사나이같기도 했다.

(봤다면 어디서 본 사나이일까?)

그러나 그는 적을 물리치기 위해서 잠시도 몸을 고정하지 못할 뿐만 아니라 대여섯 발이나 사이를 둔 어두운 달빛 아래서는 그의 얼굴을 분명히 볼 수도 없는 일이었다.

"당신두 생신님의 신도입니까?"

선비라고는 하나도 없는 그 속에 태근이가 끼어 있는 것이 이상한 모양인 삼십 안팎의 막일꾼같은 사나이가 태근이에게 물었다.

"그렇소."

태근이는 방금 생신님의 하나인 옥담이에게 부탁받은 말이 있으므로 대답을 주저할 필요가 없었다.

"그래두 선비님은 우리처럼 생신님 집 근처에 사는 분은 아니군요?"

역시 이상스럽다는 얼굴이다.

"그렇지 않은 사람은 여기 와선 안된다는 거요?"

"그런 건 아닙니다. 신도도 아닌 분이 이런 위험한 일을 사서 할 필요는 없을 것 같아서 하는 말이지요."

"그래서 나를 의심하는 모양이군요. 그렇다면 안심해요. 난 결코 이상한 녀석은 아니니. 나두 생신님한테 점을 몇 번 친 사람인데 오늘 우연히도 길을 가다 생신님이 잡혀간다는 말을 듣고 걱정돼서 따라온 것뿐이요."

"그렇다면 알 수 있는 일이지만."

그 사나이는 그제야 겨우 안심된다는 얼굴이었다.

(지금의 사나이를 봐도 여기 들어온 사람들은 단순히 신도들만이 아닌 모양이다)

태근이는 그렇게 생각되었지만 그것을 지금에 캐어 알려고는 하지 않았다. 그러다가는 더욱 의심만 살 것 같아서였다. 그렇다 해도 이들이 신도들이라고만 하기에는 너무나도 잘 통솔이 되어 있었다. 선봉에 서서 장대를 휘두르는 그 사나이의 뒤를 따르는 일도 무슨 작전 속에서 움직이는 것 같았다.

(분명 그런 모양이야. 곱단이도 생신님의 하나라니 이들은 그의 일파에 틀림없어. 신도들만으로서는 도저히 이런 곳에 들어올 생각을 못할 거야)

이런 생각을 하면서 태근이가 신도들을 따라 뜰 한복판에 이르렀을 때 나무에 숨어 있던 망나니 대여섯명이 옆쪽에서 숨어서 오는 것이 보였다.

"칼띠 떴다."

"어디?"

"저 쪽이다."

신도들은 저마다 그쪽을 가리키며 소리쳤다.

들킨 것을 안 적은 뒤에 감춰들었던 칼을 휘두르며 달려왔다.

"으아—."

신도들의 겁에 질린 소리—.

"그 몽둥이 좀 빌려줘요."

태근이는 막일꾼들이 들고 있던 몽둥이를 빼앗아 다시 피해 갖고서 달려오는 적과 대항하기 위하여 앞으로 걸어나갔다.

달려오던 적은 태근이의 기개에 눌린 양 문득 섰다.

"시퍼런 그 칼을 거두어! 우리는 생신님만 무사히 돌려주면 말없이 돌아갈 테다."

이쪽에서 아무리 그런 말을 해도 그자들이 칼을 거둘 리가 없다는 것을 알면서도 태근이는 위선 소리쳐 봤다.

"넌 도대체 누구냐?"

그중에서 제일 험상궂게 생긴 녀석이 한 발자국 나서면서 눈을 부릅떴다.

"죄없는 생신님의 신도들이 너희 놈들의 칼에 찔리기나 하면 큰일이라고 따라온 사람이다. 그러니 어서 칼을 거두어."

"건방진 수작 닥쳐."

그러자 바로 그 뒤에 섰던 녀석이 눈을 반짝이며

"저 녀석이 바루 김태근이야. 놓치지 말구 목을 잘라."

그리고 보니 언젠가 정동 새다리 밑에서 잠복하고 있던 그 패거리에 틀림이 없었다.

"자네들이 누군가 했더니 이집의 찌꺼기를 얻어먹고 사는 집지기였구먼."

"수작말구 이 칼을 받아!"

앞에 섰던 험상궂은 놈의 칼이 달빛에 번쩍였다. 태근이가 몽둥이를 든 것을 보고서는 한칼에 결딴낼 듯이 달려든 것이다.

날쌔게 몸을 피한 태근이는

"땅."

하고 허공을 긋고 앞으로 거꾸러질 듯이 네발걸음을 하는 그의 머리를 몽둥이로 불이 나게 내려 갈겼다.

"으음……."

몽둥이에 맞은 친구가 죽는 소리를 하며 쓰러지는 동안에

"이번엔 용서 없다!"

"저놈이 괴수다. 저놈의 목만 잘라!"

남은 녀석들이 좌우 양쪽으로 갈라지어 동시에 달려들었다.

"이 자식들—."

태근이는 몽둥이로 양쪽을 마구 쳤다. 그 움직임은 장대를 쓰는 사나이와는 반대로 전광석화였다.

"와—."

뒤에서 그것을 보고 있던 신도들의 함성이 터지자 남은 놈들은 그 소리에 더욱 질겁을 하고 달아났다.

"선비님 다친 덴 없어요?"

몽둥이를 준 사나이가 분주히 오면서 물었다.

"그놈들 칼에 맞게 되면 병신이 되는 판인데 그래서야 될 일이요?"

하고 웃고 나서

"몽둥이는 도루 받으시오."

"고맙습니다."

물론 몽둥이를 돌려 보내줘서 고맙다는 뜻이 아니고 적을 물리쳐줘서 고맙다는 뜻이다.

"생신님은 무사히 뒷대문으로 나갔어요. 모두 돌아서서 나가요."

태근이가 싸우는 동안에 장대를 쓰는 사나이와 한패거리가 되어 사랑 쪽으로 갔던 사나이 하나가 뛰어오면서 소리쳤다.

신도들은 처음엔 그 말을 믿을 수 없는 모양으로 서성거리고 있었으나 가까이 온 그 사나이가 틀림없는 자기들의 신도라는 것을 알고서는 방향을 돌려 밖으로 나오기 시작했다.

태근이는 생신님을 놓쳤다가는 큰일이라고 분주히 사람들을 헤치고 대문 밖으로 나왔다. 그러자 그곳에서 누가 준비했던 것인지는 알 수 없으나 가마가 한 채—모름지기 생신님이 탔으리라고 생각되는 가마가 저만큼서 달아나는 것이 보였다.

그 가마에 은실이가 타고 있다는 것을 태근이는 알고 있으면서도 따라갈 생각은 하지 않았다.

은실이가 오늘 밤은 생신님으로 되어 있는 이상 신도들 앞에서는 말 한마디도 해볼 수도 없는 일이니 따라갔댔자 필요가 없기 때문이었다.

태근이는 가마를 뒤따르고 있는 신도들을 멍하니 서서 보고 있는데 갑자기 뒤에서

"이 녀석, 넌 뭣하러 따라와?"

고함치는 소리와 함께 행수같은 사나이 하나가 비명을 치면서 쓰

러졌다.

태근이의 뒤를 밟던 행수인 모양이다. 그 행수를 주먹으로 때려눕힌 사람은 아까 청림당에서 장대를 휘두르던 그 사나이로 그는 태근이 앞을 지나 쏜살같이 달아났다.

(아─두팔이 아닌가?)

획 지나가는 그 순간에 그의 얼굴을 본 태근이는 문득 소리치면서 눈을 번쩍 들었다. 그러나 그는 벌써 신도들 틈에 끼어 어디로 갔는지 보이지가 않았다.

(그것이 두팔이라면 참으로 알 수 없는 일이다)

태근이도 신도들이 가는 길을 걷기 시작했다.

그 사나이는 자기를 위해서 그 행수 녀석을 때려눕힌 것만은 사실인데 그가 정말 두팔이라면 참으로 알 수 없는 일이었다.

그가 쇠사슬에 매여 잡혀가는 것을 안주에서 분명 자기 눈으로 봤기 때문이다. 그러므로 두팔이는 이미 저승에 간 사람이라고 생각하는 것이 옳았다. 그것이 혹시 탈옥해서 다시 살아 나왔다고 해도 생신님의 신도로 이곳에 나타날 리는 없었다.

(내가 사람을 잘못 본 것이 아닌가?)

그러나 그 순간적으로 본 얼굴뿐만 아니라 아까 장대를 쓰던 그 몸짓을 미루어 보아도 그것은 두팔이가 틀림이 없었다.

그렇게 생각하고 나니 지난 가을에 은실이와 함께 너른마당에서 여리꾼의 습격을 받고 장작단에 치었을 그때, 장작단을 들어준 사나이도 그 사나이같은 생각이 들었다.

(맞았어. 그때도 그 사나이에 틀림없어. 저만큼 날랜 몸이 아니고선 그 많던 여리꾼을 물리치고 달아날 수도 없는 일이야)

태근이는 고개를 숙이고 걸으면서 생각을 더 계속했다.

그것이 분명 두팔이라면 그도 곱단이와 한패거리가 될 이유는 충분히 있었다. 그가 영변 앞산에서 봉물짐을 습격하다가 잡혔던 사실이 머리에 떠올랐기 때문이다.

(그렇다면 가만 있자—)

거기까지 생각한 태근이는 또 한 가지의 새로운 일이 문득 머리에 번개쳤다.

오늘밤 생신님이 청림당에 불려들어간 일도 처음부터 계획적으로 한 일이라고 생각된 것이었다. 무엇보다도 생신님을 따라간 신도들 중엔 곱단이 패거리가 많이 섞여 있는 것을 보아서도 알 수 있는 일이었다.

(그렇다면 곱단이가 목멱산에 기도를 하러 갔다는 것도 결국은 그들을 부르러 간 것이고 오늘 청림당에 들어갔던 생신님도 은실이가 아니고 곱단이가 아닐까?)

태근이는 수수께끼를 푸는 얼굴이 되었다. 바로 그때

"이 녀석아 거기 섰거라."

뒤에서 고함치는 소리가 났다.

태근이가 구리개 고개를 내려와서 교서관 다리를 건너려고 할 때였다. 행수같은 대여섯 명이 뒤따라오면서 소리를 친 것이다.

"나를 찾는 것인가?"

태근이는 천천히 목을 돌렸다.

"댁이 바로 김태근이란 사람이지요?"

거기서 우두머리쯤 되어 보이는, 몸집이 당당한 사나이가 무서운 눈을 하면서 물었다.

"나는 틀림없는 김태근입니다. 왜 그렇게도 무서운 눈을 하지요?"

"난 포청(捕廳)에 있는 사람인데 미안스러운대루 잠깐만 청림당까지 같이 갑시다."

"거긴 뭣 때문에요?"

"뭣때문이라구? 방금 전에 폭도들의 앞장을 서서 청림당의 문을 부수고 들어간 일은 벌써 잊으신 모양이구면."

빈정대는 어조로서 유별나게 입을 찡그리는 것은 위엄을 보이기 위한 표정인 모양이다.

"하지도 않은 일을 그렇게 꾸며대서 이야긴 하지 말아요. 내가 신도들을 따라 청림당에 들어갔던 것만은 사실이지만 그건 다만 순진한 그들이 사나운 포교들에게 욕이라도 보면 안 되겠다는 생각에서 따라들어 간 것뿐이요."

그들에게 그런 말을 해봤자 아무런 소용이 없다는 것을 알면서도 태근이는 온순히 말해봤다.

"그런 변명은 우리한테 할 것이 아니라 청림당에 가서 해요. 우린 당신을 데려가기만 하면 되니까요."

"청림당에선 누가 날 데리고 오란 거요?"

"그건 가보면 알테니 하여튼 따라와."

말이 거칠게 나왔다.

"어느 양반이 날 모시고 오랬는지 그것도 모르시는 모양이구면요."

"뭐 어째—."

"당신들은 몇 닢에 팔렸는지는 모르지만 그래도 자기를 부리는 양반이 어느 녀석이라는 것쯤은 알아야 할 것 아니요. 개도 제 주인은 알아보니 말요."

"그래서 같이 갈 수가 없다는 수작인가?"

몸집이 당당한 친구는 마침내 고함을 쳤다. 다섯이서 태근이 한명과 맞섰으니 살기가 등등할 것도 무리는 아니었다.

"반수님이 그렇게 무서운 얼굴을 하시니 겁이 나서 따라갈 수 있어요. 돌아가시면 날 데리고 오라는 그 양반에게 이제라두 너무 나쁜 짓은 삼가라구 해요. 그러다가는 정말 천벌을 받아 죽는다구."

"그런 수작은 말구 곱게 따라오는 게 좋을 게다. 그렇지 않으면 이 쇠도리깨에 골사발이 날테니."

키가 커다란 반수는 쇠도리깨를 번쩍 들어뵈었다. 그 뒤에 졸도들도 거기에 모두 동작을 같이했다.

"그 쇠도리깨로 내 골사발을 내갖고 오라는 것도 그 양반인가?"

"아가리 닥치구 쇠도리깨나 받아라!"

쇠도리깨가 윙하고 우는 소리가 났다. 그것을 날쌔게 피한 태근이는 뒷걸음을 치면서 생각했다.

(오늘은 별 수 없다. 저 녀석들을 곱게 눕힐 수는 없는 일이니)

남의 목숨을 빼앗는 것은 싫어하는 태근이면서도 자기 목숨을 지키기 위해서는 그 길 밖에 없었다.

"이 녀석들 달려 들어봐!"

눈이 확 달라진 태근이는 다리 난간을 의지하고 섰다. 그때, 누가 뒤에서 뛰어오며

"선비님, 피하세요!"

하고 소리쳤다.

뒤에서 소리치면서 달려온 것은 두팔이었다. 두팔이도 처음엔 태근이가 누군지 생각나지 않아 머리를 기웃거리다가 문득 생각하고 달려오는지도 모른다.

장대를 든 두팔이를 보고서 행수 녀석들은 확실히 당황한 태도였다.

그러나 두팔이는 아직도 백여 발 앞에 있었으니 거기까지 달려오기에는 시간이 있었다. 그동안에 맨주먹인 태근이를 때려눕히기만 하면 승산은 자기의 것이라고 그들은 생각한 모양이다. 키다리 반수가 한 발자국 내딛기가 무섭게

"옛다 받아라!"

고함소리와 함께 둘러멨던 쇠도리깨를 불이 나게 내려쳤다.

그 순간에 재빨리 왼쪽으로 움쳐선 태근이는 허공을 때린 채 다리 난간에 부딪치고 기울어진 반수의 뒷다리를 걸어챘다.

"으아—."

반수의 그 커다란 몸은 너무나도 가볍게 공중에 튀쳐졌다. 동시에 비명을 치는 소리와 함께 다리 밑에서는 살얼음이 깨지는 요란스러운 소리가 났다.

모두가 일순간의 일이지만 태근이가 눈을 닦고 다시 적을 봤을 때에는 걸음아 날 살려라 하고 달아나는 적밖에 보이지가 않았다.

그러나 태근이는 악을 써서 그들을 따라갈 생각은 하지 않았다.

그런 오합지졸은 오늘 하루 밤으로는 도저히 없앨 수 없다는 것을 알기 때문인가, 아니 그보다도 장대를 들고 달려오는 두팔이를 만나는 것이 지금의 태근이에게는 더 중요했기 때문이었다.

달려오던 두팔이도 적이 달아나는 것을 보자, 갑자기 걸음이 떠졌다.

이제는 마음을 놓을 수가 있은 때문인지, 그렇지도 않으면 한바탕 해치우려던 적이 모두 달아나 버렸으니 흥이 꺼진 때문인지 그것은 알 수 없었으나 하여튼 달빛에 밀린 그의 그림자가 떠진 것만은 분명했다. 아니 걸음만이 떠진 것이 아니라, 걸음을 주춤거리면서 다리 위의 태근이를 살펴보는 기색이었다.

그것을 보니 두팔이는 아직도 사람을 잘못 보지나 않았는가 하고 미심스러운 모양이다. 하기는 태근이도 여태까지 두팔이를 몰라봤으니 그로서도 미심스러운 마음을 갖는 것은 무리가 아니었다. 그의 걸음은 여전히 조심스러웠다.

그러나 이제는 장대를 들고 걸어오는 그 사나이가 틀림없는 두팔이라는 것을 알고 있는 태근이었다. 그렇다면 뭐라고 소리라도 한번

쳐 줄 만한 일이다. 그 소리에 두팔이는 오죽 반가워서 뛰어오랴.

그런데도 태근이는 외면을 하고 달만 쳐다보고 있었다. 그러니 두 팔이의 걸음은 더욱 조심스러울 수밖에 없다.

찬 하늘에 뜬 달은 더욱 밝다. 그 영롱한 달빛이 흘러내린 다리 밑 에서는 반수 녀석의 신음소리가 들렸다. 그 소리로서 죽을 것 같지 는 않았다.

(저 녀석두 결국은 입에 풀칠을 하기 위해서 저 고생이 아닌가?)

태근이가 이런 생각을 하고 있는데 다리 어귀에서 다시금 두팔 이의 걸음이 멈춰졌다. 그리고는 여전히 살펴보는 모양으로 사이를 됬다.

"태근아, 나야!"

짐승같은 소리로 고함쳤다. 사람도 반가우면 그런 소리가 나오는 모양인지―.

통금 시각이 훨씬 넘었으니 길에는 사람이 있을 리 없었다. 있다 면 순라(巡邏)도는 포교들이나 있을 일이다.

그 길을 두팔이와 태근이는 어깨를 같이하여 달빛을 받아가며 걸 어가고 있다.

살얼음을 얼게 하는 첫추위의 바람이 옷깃을 날리니 그들도 뺨이 시리지 않을 리가 없었다. 그러나 그들은 그런 것은 아랑곳도 하지 않고 이야기에만 즐거운 얼굴이었다. 십여 년 만에 처음 만나는 친구 니 반갑지 않을 수 있으랴.

둘은 모두가 장대같은 키라 걸음도 시원시원했다.

"안주성에서 내가 잡혀오는 것을 봤다구? 그리구두 나를 모르 는 척하구 그대로 지나가다니 사람의 인정이 어디 그럴 수 있어, 허 허……."

웃는 품을 봐서도 두팔이는 그것을 나무라는 것이 아니라 농말로 하는 것이었다. 그러나 태근이는 역시 그때에 걸리던 마음이 송구스럽지 않을 수가 없었다.

"그 때 일을 생각해봐도 죽지 않을 녀석은 불구덩이에 집어넣어도 살아 나오는 길이 있는 모양이야."

"그땐 정말 무슨 운수로 살아났나?"

안된 마음에 고개를 숙이고 걷던 태근이가 그를 쳐다보며 물었다.

"뇌물이면 남대문도 자기 것으로 만들 수 있는 세상 아닌가. 내가 살아난 것도 그 덕이지."

"자네 같은 봉물짐을 습격한 도둑에게도 뇌물이 통하다니."

태근이는 놀라느니 보다도 어이없다는 얼굴이었다.

"의심이 된대도 날 보면 알 수 있지 않나. 내가 이렇게 살아 있는 걸."

"하기는 그렇기두 하군. 그래두 산채도둑이 놓여나자면 적지 않은 뇌물을 바쳐야 할 텐데 그건 누가 내줬나?"

그러자 두팔이는 싱긋이 웃고 나서

"곱단이가 내 여편네라네."

"뭐 곱단이가?"

태근이는 놀라는 한편 그가 오늘밤 청림당에 나타난 까닭도 이제는 분명히 알 수가 있었다.

"사실 난 곱단이한테서 자네 이야긴 벌써 듣고 있었지. 그러나 늘 다복골에 내려가 있었으니 만날 기회가 있더라구."

"다복골이라면, 금판에?"

"그래."

"그럼 자네 이번에 우방서와 같이 쌀 때문에 올라온 것 아닌가?"

태근이는 육감이 떠오르는대로 물었다.

"자네가 그걸 어떻게 알아?"

"오늘도 우방서를 만났다네."

"그렇다면 임치종이를 잘 안다는 사람이 바루 자네인 모양이구면."

"그 일루 방서가 그 사람을 한번 만나 달라구 하더군."

"다복골 이야긴 우지관한테두 자세히 들었겠지만 정말 이번에 쌀을 못 갖고 가면 지금까지의 우리 일은 허사가 되고 마네."

이만저만 심각한 얼굴이 아니었다.

"그건 나두 잘 알지만 임치종이의 생각이 어떻게 돌아갈지야 알겠나?"

"제발 그런 소린 말구 쌀은 자네가 꼭 되도록 해야 하네."

"하여튼 그 사람은 내일 만나 봅세나. 그런데 자넨 자는 곳이 어딘가?"

태근이는 자기 있는 곳으로 끌 생각으로 물었다. 그러자 두팔이는

"오늘은 나하고 같이 가서 잡세. 자네를 꼭 데리고 갈 일이 있으니."

문득 이런 말을 했다.

까마귀

다음 날 아침.

이서구 비장은 김재찬 대감이 출청(出廳)하기 전에 들어가서 어젯밤 청림당에서 일어난 일을 보고했다.

어젯밤은 너무나도 혼이 나서 그것을 보고할 정신도 없었던 모양이다. 황주의 김달수의 아들 만호가 유황불에 실명한 이야기를 듣자 몹시 놀라며

"그 사람은 무슨 일로 벼룻돌을 들어 생신님의 골사발을 낼 생각을 했어?"

곱단이 일파를 잡기 위해서 어젯밤 청림당에 생신님을 불러들인다는 말을 일웅이에게 듣고 나서도 사고가 없도록 조심하라고 몇 번인가 당부한 그다. 그러니만큼 역정도 날 법한 일이었다.

"생신님한테 이재운의 딸의 귀신이 붙어서 나타났습니다. 저두 그런 것은 처음 봤지만 무시무시할 뿐만 아니라 하나하나 따지듯이 이야기하는 것이 모두 가슴을 우벼주는 것 같이 아픈 말이었어요."

"도대체 무슨 말을 했기에?"

그러자 이비장은 갑자기 목소리를 낮춰

"그 일도 샅샅이 알고 있지 않겠어요. 칠 년 전에 희천으로 피신갔던 이재운의 가족을 김달수의 밀고로 그 집 가족을 몰살시키고서 우리가 재산을 통째로 뺏어 먹은 일 말입니다."

"그래서 그 일에 대해서 생신님은 뭐라고 해?"

"어제 청림당에 모였던 우리들은 모두 눈이 머는 형벌을 받아야 한다며 우선 오늘은 만호의 눈을 뺏는다고 하지 않겠어요. 그 말에 만호도 화가 발칵 나서 생신님의 골사발을 낸다고 벼룻돌을 들고 일어섰지요."

"그래서?"

"그러자 '너는 네 애비와 함께 내 목을 비틀어 우물 속에 집어넣던 일을 잊었느냐' 하면서 만호가 인호를 시켜 은실이를 종으로 사다가 죽이려는 그 일까지 알고 있었어요. 그런데 더욱 놀랄 일은 은실이가 바루 자기 동생이라지 않아요."

"만호 그 사람은 그래서 더욱 화가 났군."

"그렇지요. 누구나가 숨기던 일이 드러나게 되면 당황해하는 법이니 자기 정신이 아닌 채 벼룻돌을 쳤는지도 모르지요. 그러나 그 벼룻돌은 벽에 맞고 장 밑에서 유황불이 확 올라왔어요."

이비장이 눈이 동그래진 것은 어젯밤에 놀랍던 일이 그대로 눈에 벌어졌기 때문이었다.

"그러나 그건 살아 있는 이재운의 딸인 은실이가 한 일이라면 알 수 있는 일이지만 죽은 귀신이 유황불을 갖고 다닐 리는 없지 않은가. 유황을 쓴 것은 처음부터 그럴 생각으로 생신님이 준비해 갖고 왔다고 보는 것이 옳을 걸세."

역시 대감의 생각은 한 수 위였다.

"그렇지만 귀신이 붙는 생신님이니만큼 우리들의 마음을 벌써 알고서 그런 것을 갖고 온지도 모르겠군요."

"이비장도 그 유황불에 정신이 어떻게 된 모양이구먼. 첫째 생신님이 영감(靈感)으로 위험하다는 것을 미리 알았다면야 청림당에 올리도 없지 않은가. 그런데 어젯밤은 신도들을 많이 데리고 온 것뿐만 아니라 그런 유황불을 준비해 갖고 온 것을 보면, 전번에 청림당에 들어와 인호를 죽이고 간 곱단이가 틀림없네."

"네?"

"말하자면 곱단이가 생신님으로 변장을 하고 들어왔다는 거야."

그 말에 이비장은 정신이 퍼뜩 드는 것 같았다.

"그렇다면 그때 이재운의 딸은 죽지를 않았다는 것인가요?"

이비장은 놀란 눈을 그대로 들어 물었다.

"우물에 처박는다고 사람이 다 죽을 리는 없지 않아."

"그렇지요. 그러니 생신님이란 건 틀림없이 이재운의 딸 곱단이 군요?"

"이제야 이비장두 머리가 제대로 도는 모양이구먼."

"그러나 박장이는 생신님이 처맨 수건을 풀고 분명히 눈알이 터진 걸 본 모양인데."

다시금 반신반의하는 얼굴이었다.

"그거야 탈을 쓰면 그렇게도 보일 수 있는 일 아닌가?"

"하기는 그렇기두 하군요."

"곱단이를 잡겠다고 함정을 놨던 사람들이 정작 곱단이가 들어온 걸 왜 놓쳐버렸어?"

재찬이는 몹시 분하게 생각하는 얼굴이었다.

"신도들이 문을 부수고 들어오는 판에 어떻게 할 수가 없었지요."

"집을 지키라고 밥을 먹여 주는 녀석들은 뭐하구, 팔짱 끼고 보고만 있었나?"

"물론 그들두 필사적으로 막으려고 애야 썼지요. 그러나 신도들은 워낙 수도 많았거니와 그중에는 김태근이 같은 칼 잘 쓰는 사나이도 섞여 있었으니 어쩔 수가 없었지요."

"뭐? 김태근이도 끼어 있었어?"

"네."

"태근이가 끼어 있었다면 단순한 신도들뿐이 아니야."

"정말 저두 그렇게 생각해요. 하여튼 선봉에 서서 들어온 키가 구척 같은 사나이는 장대 하나로 칼을 뽑아들고 달려드는 망나니들을 덤비는 일도 없이 척척 막아내지 않겠어요. 단순한 신도들뿐이라면 그럴 수 있어요?"

"알겠어. 이비장, 오늘로 포도대장을 찾아가서 되도록 빨리 김태근이와 생신님을 잡도록 해."

"포도대장을 찾아가라구요?"

지금까지 자기들이 한 죄악이 드러나지 않도록 자기들의 힘으로 처리할 생각이었다. 그래서 어젯밤도 칼 잘 쓰는 자객들을 사서 뒤쫓게 했던 것이다. 그런데 포도대장을 찾아가서 의논하라는 것은 천만 뜻밖이었다.

"왜 그런 얼굴이야. 내 말의 뜻을 잘 모르겠나?"

재찬이는 빈정대는 미소를 흘려가며

"생신님이 혹 곱단이가 아니라고 해도 금물인 유황불을 써서 이적(異蹟)을 한다고 하며 천주교를 퍼치려는 것이고, 태근이는 그 신도들을 움직여서 조정을 둘러엎을 생각을 하고 있는 거야. 그 죄는 결코 가벼운 것이 아니지. 만일 그것을 우리가 알면서도 내버려 둔다면 뒷날에 그들이 잡히게 되는 경우 우리가 그들을 비호해 줬다는 누명을 쓰게 되지 않겠나?"

"참 그렇기두 하군요."

"그러니 말야. 우리가 선수를 쓰자는 거야."

"알겠습니다."

"그러구 만호 그 사람의 눈은 새문안의 박진호 영감을 불러다 뵈게나."

"네."

재찬이는 출청하기 위하여 장삼을 껴입었다.

그의 얼굴에는 무엇을 생각했는지 굳은 결심이 엿보이는 것을 보면 지금과 같이 일을 해서는 곱단이 일파를 없앨 수는 없다고 생각하는지도 모른다.

옥분이가 집을 나간 뒤로 윤도사는 혼자서 자취를 했다. 자취라야 점심과 저녁은 대개 밖에서 먹게 되므로 아침 한 끼를 지어먹는 일이었지만, 나이 오십에 그런 일은 결코 즐거운 일이라고는 할 수가 없었다.

면주전에 출가한 맏딸은 위선 보기가 안 되어 밥지어 줄 찬모를 몇 번인가 얻어 보냈으나 모두 돌려보내고 혼자서 쌀을 일고 불을 지펴 밥을 지어 먹었다.

그가 가장 사랑하던 막내딸 옥분이까지 나가고 보니 그러지 않고서는 허출한 마음을 끌 수가 없는 때문인지도 모른다.

그가 직업이 그런 직업인만큼 밤은 언제나 늦으므로 일어나는 시각도 자연 늦게 마련이었다.

오늘도 그는 진시(辰時)가 넘어서야 아침을 지어먹고 출청하자 포도대장(捕盜大將)이 부른다고 했다.

포도대장은 번개라는 별명을 가진 강직한 사람이었다. 허지만 번개는 한번 떨어지면 그뿐으로 뒤가 없는 만큼 부하들에게 적의(敵意)을 사는 일은 없었다.

(부른다면 어젯밤의 청림당 사건이때문겠지)

포청에서 삼십년을 살아온 윤도사는 용건은 벌써 알고 있었다.

어젯밤 생신님의 신도들이 청림당으로 밀려갔던 일이며 김만호가 생신님에게서 유황불을 받아 실명한 것이며 자객들이 태근이의 뒤를 따랐으나 실패한 일이며 두팔이와 태근이가 함께 어디로 갔다는 것도 오늘 아침 부하들의 보고로 모두 알고 있었다.

(너희 놈들두 지금까진 너무나두 잘 살았지. 그러나 자기들이 진 죄악은 언제든지 드러나게 마련이야)

전에는 청림당의 일이라면 자기 일처럼 봐주던 윤도사였다. 그러나 그들의 죄악을 알고 나서는 그들이 형벌을 받는 것을 기다리고만 있는 윤도사다. 더욱이 옥분이가 청림당에 끌려가서 김인호에게 욕을 볼 뻔했던 그때

"청림당 그놈들은 윤도사 따님을 은실 대신으로 인호에게 팔려던 것이에요."

하고 애기무당이 알려주는 말을 듣고 나서는 그들에 대한 적개심이 일어나지 않을 수가 없었다.

"대감께서 부르셨다기에—."

윤도사가 미닫이를 열고 아뢰자 서가에서 서류를 뒤지고 있던 포도대장이 고개를 들었다.

"화로 앞으로 와 앉게나."

별로 기분이 좋은 언사가 아니었다. 윤도사는 무릎걸음으로 화로 앞으로 가 앉았다.

"방금 전에 김 대감댁에서 이비장이 왔다 갔어."

포도대장은 무슨 일이나 숨기는 일이 없이 털어놓는 성격이므로 부하로서는 대하기가 편했다.

"그래요?"

"너른마당에 생신님이란 점쟁이 여인이 있다는 이야기 들었나?"

"네, 부하들의 보고를 들었습니다."

"어젯밤에는 신도들을 동원해서 거리를 시끄럽게 한 모양인데."

"네, 그 보고도 들었습니다."

"그 생신님은 천주교 신자라는데 그런 이야기두 들었나?"

"글쎄요, 그런 말은 처음인데요."

윤도사는 고개를 비틀며 알 수 없다는 얼굴을 했다.

"그 생신님이란 여인은 유황불을 쓰는 모양인데?"

포도대장은 계속해서 물었다.

"글쎄요, 그런 이야기도 전 처음 듣는데요."

"신도들을 지휘한 사람이 조정을 반대하는 선비란 말도 있어."

"그것도 그대로만 들을 수 없는 뭔가가 있다고 봅니다."

"곱단이라는 여도둑과 내통이 있다는 것은 어떻게 보나?"

"지금 같아서는 그것도 그렇게 단정 짓기 힘들다고 생각됩니다."

"그렇다면 자넨 생신님이란 그 여인은 죄가 없다고 생각하나?"

고함소리가 터졌다. 그걸로서 가벼운 번개가 하나 떨어진 셈이다.

"지금 같아서는……."

"입 닥쳐! 신도들이 떼를 지어 대감 집 사랑을 습격한 일이며 천주교의 이적을 보인다고 유황불을 놓은 일, 거기에 조정을 뒤집겠다는 역적과 도둑떼가 뒤섞여 날뛰었다니 그 어느 하나만 문제를 삼는 대도 천하가 공노할 중대사건인데, 장안의 치안을 맡고 있는 자네가 모른다고만 하니 도대체 무슨 심사로 그러나? 어디 그 말을 좀 들어보세."

번개에 뒤이어 무서운 우레소리가 울린 셈이다.

머리를 숙이고서 그 우레소리가 다 지나가기를 기다리고 있던 윤도사는 천천히 얼굴을 들어

"지금 대감께서 말씀하신 말씀이 김 대감 댁에서 조사한 것이라면 호조(戶曹)에서는 할 일이 없는 모양이군요."

하고 빈정대는 미소로 말했다.

"그래, 쓸데없는 참견이란 말인가?"

포도대장의 어성은 여전히 높았다.

"네, 방앗간에서는 방앗간에서 할 일이 따로 있는데, 떡 빚는 일까

지 참견하겠다니 떡이 제대로 빚어질 리 없지 않을까요?"

"그렇다면?"

"너른마당의 생신님은 점치는 것을 업으로 하는 소경입니다. 절대로 딴 곳에 나가 점을 쳐주는 일이 없었는데 어젯밤은 대감이란 권세를 행세하여 억지로 어느 대감집에서 불러들인 모양인데 늘 생신님에게 신세를 지던 그 부근 신도들이 생신님에게 혹시 무슨 일이라도 있으면 안 되겠다고 따라갔던 것이니 결코 그들을 폭도라고는 할 수 없습니다."

"그렇다면 유황불을 놓은 것은?"

"대감댁에 있는 일인만큼 그 댁에서 무슨 보고가 있기 전엔 우리로서는 알 수가 없는 일이지만 오히려 벼룻돌로 생신님을 골사발을 내려던 사람은 그 집의 손님이라는 말을 들었습니다."

"그 사람은 왜 생신님에게 벼룻돌을 던지게 됐는가?"

"생신님의 점괘에 남들이 들어서 안 될 말이 나오므로 그것을 막기 위해서였겠지요."

"생신님과 선비와 여도둑의 관계는?"

"그것은 지금 힘껏 조사하고 있는 중이옵니다만 그것도 모름지기 생신님에게 점을 쳐본 사람들로서 길에서 우연히 만나 신도들의 대열에 끼게 되지 않았나 생각됩니다."

"곱단이란 여도둑은 그 뒤로 어떤가?"

"곱단이 도둑이 들었다는 신고는 그 뒤로 한 번도 받아본 일이 없습니다. 그것을 보면 그 대감댁엔 특별히 무슨 원한이 있는 것 같사옵니다."

"지금 그 이야긴 윤도사가 책임을 질 수 있겠지?"

포도대장의 눈에서는 불이 튀어나오는 것 같았다.

"제 말에 어긋나는 일이 있다면 제 손으로 상투를 깎겠습니다."

"그렇다면 좋아. 그런데 청림당의 일을 지금까지 우리 좌청(左廳)에 맡겨오지 않았나?"

"그렇지요."

"그것이 이번에는 우청(右廳)에두 알린 모양이야. 그건 뭘 말하는 거야? 이제는 우리들만 믿을 수 없다는 것을 그대로 말하는 것 아닌가?"

"듣고 보니 그렇구먼요."

"이번에 만일 그쪽한테 선수를 뺏긴다면 우리 꼴이 뭐가 되는가. 잡을 이유가 있으면 위선 잡게. 그걸 절대로 저쪽에 넘겨줘선 안 되니 말야. 알겠나?"

"네"

"알았으면 물러가게나."

윤도사는 그곳을 나오면서 번개 두상이 그런 경쟁심을 돋워가며 사람을 부리려는 그 수단을 자기에게도 써보려는 것이 우스웠다.

물론 윤도사는 포청에서 살아온 만큼 범인을 남에게 빼앗기고 싶을 리는 없었다. 그러나 이번 일은 사정이 달랐다.

애기무당을 통해 옥분이와 동욱이를 다복골로 보낸 이후로 자기와 한패거리라고 할 수 있는 그들이 우청 녀석들의 손에 잡힌다면 그야말로 큰일이었다.

그때 서울에는 좌우양청으로 갈라져 포도좌청은 파자교 동북쪽에 있었고 우청은 혜정교 앞쪽에 있어 저마다 청소재지(廳所在地)를 중심으로 관할구역이 나뉘어져 있었다. 그러나 그때는 대감 집에서는 포청의 구애(拘碍)없이 마음대로 범인을 잡아다 처리할 수 있었으므로 포청 군관들에게 사사로이 돈을 주고서 그런 일을 시키는 일이 많았다.

윤도사도 얼마 전까지는 청림당의 그런 부탁을 받고 일도 해줬지만 그들의 죄상을 알고 난 후부터는 그들을 도와주는 척 하면서도 뒤에서는 열심히 방해를 놓았다.

그러나 우청에서도 손을 댄다면 이제부터는 사정이 약간 달라지게 마련이었다. 그 점을 위선 태근이를 만나 알려줘야겠다고 생각했다.

(애기무당을 만나면 그가 있는 곳을 알 수가 있을 거야. 어젯밤은 잠도 잘 자지를 못했거나 지금쯤은 그 집에서 자고 있을는지도 모르지)

포청을 나온 윤도사는 그 길로 훈도골 애기무당을 찾아가볼 생각을 했다.

시각은 이미 오시가 지나, 해는 하늘 한복판에 떠 있었다.

바로 그때,

박일웅이는 여느 날과 마찬가지로 옥담이네 술청에서 칠덕이의 보고를 듣고 있었다.

"그럼 어젯밤 태근이를 뒤쫓던 살기 녀석은 다리에서 떨어져 팔이 부러졌단 말이지?"

일웅이는 겁에 질린 눈을 굴려댔다.

어젯밤에 만호가 유황불에 실명하는 것을 자기 눈으로 분명히 본 만큼, 자기도 언제 어느 때 그런 운명이 될지 모르니 불안하지 않을 리가 없었다.

"어제 생신님 신도들 중에 곱단이 패거리가 섞여 있는 건 분명해요"

칠덕이는 자기가 그만큼 날쌘 행수라는 것을 자랑이나 하듯이 말했다.

"기껏 생각한다는 것이 그것뿐인가?"

일웅이는 의외에도 칠덕이를 멸시하는 눈이었다.

"그렇다면?"

"그 생신님이 바루 곱단이라면 어떻게 하겠나?"

"네?"

칠덕이가 눈이 둥그레졌다.

"곱단이가 목멱산에 간 건 자네를 묶어놓기 위해서 간 건 아니야."

"그러면?"

"부하들을 만나러 갔는지도 모르지. 그들의 소굴이 목멱산에 있는 모양이니."

"그렇지만 제가 뒤쫓아 갔을 때에는 그의 부하라고는 한 명도 얼씬하지 않았는데요?"

"자네가 뒤따르는 것을 알고서도 자기네 소굴로 끌고 가겠나?"

"하긴 그렇군요."

"정신을 좀 차리구서 그 후에 무슨 일이 있었겠나를 생각해 보게."

"네?"

"자네가 그들에게 묶였다가 부엉이가 와서 풀어주면 그 동안에 곱단이와 자네를 동정해주라던 키다리가 어떻게 움직였겠나 말야."

"아—알겠어요. 그동안에 곱단이는 너른마당으로 달려가서 생신님이 되고 키다리는 소굴로 가서 그들의 패거리를 너른마당으로 데리고 왔군요."

"그것을 알 수 있다면 그들이 가마를 먼저 보내 부엉이를 뒤따르게 하고 그 부엉이를 놔줘서 묶인 자네를 풀어주게 한 것도 그들의 계획이었다는 것을 알 수 있지?"

"그렇다면 생신님은 우리가 잡으러 오는 것을 알고 있었다는 것인가요?"

"알고 있은 것만 아니라 기다리고 있은 셈이지."

"흐음……."

칠덕이가 알겠다는 듯이 고개를 끄덕이자

"그러니 김만호의 눈에 유황을 지르게 한 것은 결국 누가 한 짓이 되는가?"

"네?"

칠덕이는 급기야 눈알을 뒤집어쓰고 흠칫 놀라면서 움쳐 앉았다.

(어젯밤에 생신님을 잡아오라고 명령한 것은 자기가 아닌가. 자기 입으로 말하고서……)

그러나 칠덕이는 그것을 말로 못하고 더듬거리고 있는 동안에

"허허, 내가 너무나도 칠덕이 행수의 아픈 곳을 찔렀구먼."

격에 맞지 않는 대감의 너털웃음으로 말꼬리를 슬쩍 돌려

"그 눈 먼 여편네는 오늘도 점을 치는 모양인가?"

"네, 신도들이 모이는 것을 보니 점을 치는 것은 틀림없습니다."

"대단한 계집년이야. 그러나 그것도 오늘 하루뿐이겠지."

"그러면 오늘도 역시?"

"물론이지. 유황불을 놓는 그것도 서울 한복판 대감댁에서 그런 짓을 하는 년을 내버려 둘 수는 없지 않아. 그 건으로 오늘 밤엔 우변청 군관 나졸들이 모두 나가서 잡기로 돼 있어."

"네?"

칠덕이는 좌변청 행수인만큼 그 말을 의심해보지 않을 수 없었다.

"자네두 좌변청 행수니 내 말이 그렇게 좋겐 들리지가 않는 모양이구먼."

일웅이는 기색이 달라지는 칠덕이 얼굴을 노려보면서 따졌다.

"천만에요, 천만에."

칠덕이가 당황해서 대답했다.

"그러나 칠덕이의 청림당에서 우변청과 손을 잡았다구 해서 설마 자네까지야 내가 몰라볼 리 있겠나? 자네와의 약속은 잊지 않고 있으니 안심하고 열심히 일을 하게나."

"고맙습니다. 언제나 청림당을 위해서 목숨을 내걸고 일하는 저의 마음은 변함 없으니까요."

말은 그렇게 하면서도 이번에 새로 된 우변청 포도대장인 박경식(朴慶植)이가 일웅이와는 친척관계가 되는만큼 거기서 태근이와 생신님을 잡게하여 공을 세우게 하는 동시에 좌변청 포도대장인 번개 영감을 실각케 하여 일웅이 자기가 그 자리를 차지해 보겠다는 속셈이라는 것을 칠덕이도 모르는 것은 아니었다.

(생신님 유황불에 소경되기 보다야 그도 물론 포도대장의 자리에 앉아 호령을 쳐 보고야 싶겠지)

그러나 대감 집 겸인 노릇하는 친구가 포도대장을 쳐다본다는 것은 아무래도 욕심이 너무나 지나친 것만 같았다.

"그대신 자네는 좌변청에서 어떻게 움직인다는 것을 수시로 우리에게 연락해줘야 한다는 것은 알고 있겠지?"

"물론입지요."

"그리구 또 이런 말을 누구에게나 절대로 해서는 안된다는 것도……."

"염려말아요. 입을 찢어논대두 내 입에서는 새어나갈 리가 없습니다."

"그래두 자네 두목인 윤도사는 구렁이같은 두상이 돼서 자네 거동으로도 알아내는 수가 있는 만큼 주의해야 하는 거야."

"네."

"오늘밤에 생신님 집을 습격하는 것도 그 영감이 기수를 채게 되면 선수를 쓸 지 모르니 말야."

"글쎄 걱정마시라는데두. 그런데 그 생신님이 곱단이란 건 틀림없을까요?"

칠덕이 생각으로서는 역시 의심스러운 모양이었다.

"박장이님은 그 생신님이 눈알이 썩은 걸 보셨다구 하지 않았어요?"

"응. 그러나 그건 그렇게 보이게도 할 수 있는 거야. 탈을 쓴 광대들을 생각하면 알 수 있는 일 아니야."

"그렇게 말한다면 그렇기도 하지만."

"그런 생각보다도 자넨 오늘밤 우변청 행수들이 출동하기까지 자네들은 그대로 생신님네 집을 지키고 있으란 말이야. 그러다가 거기서 출동하면, 자네들은 부근의 신도들을 조사하게나. 그리고는 어젯밤에 행렬에 참가했던 신도들 중에서 네명이구 다섯명이구 하여튼 되도록 많이 돈을 주고 사서 우리 편으로 만들어 놓게나. 앞으로 증인으로 쓰기 위해서 필요하니 말야. 알겠나?"

"네."

그러나 칠덕이는 어젯밤 신도들을 일일이 봐뒀을 리는 없었다. 더욱이 곱단이가 생신님인 것이 틀림없다면 그들은 근처의 신도들이 아니고 곱단이 일파들인지도 알 수 없는 일이었다. 일웅이의 말은 마치 하늘에 뜬 구름을 잡아 놓으라는 말과 같았다.

(그러면서도 포도대장을 꿈꾸고 있으니)

그를 믿고서 종사관 벼슬을 얻겠다고 목을 뽑고 기다리고 있어야 공연히 목만 아플 것 같은 생각이 들었다.

"태근이가 있는 곳에는 끈이 달려 있겠지?"

일웅이는 오늘 밤 생신님을 잡게 되었다고 해도 태근이의 행방을 모르고서는 마음이 놓이지 않는 모양이다.

"그게 어젯밤 자객(刺客)들과 함께 태근이를 뒤쫓게 했던 살기 녀석이 그만 그 꼴이 돼서."

칠덕이는 머리를 긁었다.

"겨우 찾은 녀석을 그렇게 맹랑하게 놓치면 어떻게 해? 빨리 손을 써서 찾도록 해."

"네."

"위선 애기무당을 찾아가서 등떠보게나. 필경 무슨 내통이 있을 테니. 경우에 따라서는 머리채를 그러잡구라두 토하게 하게."

"그렇다면야 그것 하나 토하게 못하겠어요."

옥분이가 동욱이를 따라 종적을 감추고 나서는 은근히 애기무당에게 마음을 두고 있는 칠덕이라 대답은 그러면서도 생각은 딴판이었다.

"그 일과 오늘밤 생신님 잡는 일에만은 하여튼 자네가 잘 움직여 줘야겠네."

"네, 염려마십시오."

옥담이네 배나무 술집을 나온 칠덕이는 그길로 훈도골 애기무당네 집을 찾아갈 생각을 했다. 뽕두 딸 겸 임두 볼 판이니 자연 걸음이 그쪽으로 끌릴 수밖에 없었다.

(사나이로 태어나서 무당년 하나 꾀지 못해서야 될 말인가. 그러면 태근이도 잡게 될 테니 벼슬도 올라가고 무당년 남편으로 누워 먹는 팔자도 될 판이니 그야말로 일석이조가 아닌가?)

칠덕이는 혼자 좋아서 마구 몸을 흔들어댔다.

"칠덕이, 칠덕이!"

수표다리를 건너는데 누가 뒤에서 불렀다.

"누군가 했더니……."

돌아다보니 윤도사였다.

"이 사람 오래간만이구먼."

윤도사는 빈정대는 말로 칠덕이와 어깨를 같이했다.

"일이 바쁘니 도사님과도 얼굴을 대할 틈이 없군요."

칠덕이는 알 수 없게 얼굴이 벌게졌다.

"훈도골 애기무당네 집을 가나?"

"네, 거기 일이 좀 있어서."

"무슨 일루? 자네두 태근일 찾기 위해서?"

윤도사는 그의 속을 꿰뚫어 보듯이 말하니 칠덕이의 얼굴은 더욱 벌게질 수밖에 없었다.

"네. 거기에 가끔 그 양반이 들린다는 이야기가 있기에."

윤도사는 자기의 꼭지이므로 감출 필요는 없다고 생각되면서도 어물어물 대답을 넘기는 칠덕이었다.

"어젯밤 청림당에서는 대단했던 모양이군."

"네, 그랬던 모양이에요."

"그래서 난 거기나 들려볼 생각으로 가는 길인데 김만호의 눈은 역시 가망이 없던가?"

"그런 모양이에요."

"그러니 그 사람들두 마음이 달라질 거야 무리가 아니겠지."

'그 사람들'이란 청림당 사람을 말하는 것이고 '달라졌다'는 것은 그들이 우변청과 손을 잡았다는 뜻에 틀림이 없었다.

(그렇다면 그 일을 벌써 윤도사는 알고 있는가?)

칠덕이는 등골이 선뜻함을 느꼈다.

그러나 그때는 이미 훈도골 어귀에 이르렀을 때였다.

칠덕이는 청림당으로 올라가는 윤도사를 줄줄 따라가면서 캐어물을 수도 없는 일이었다. 그런 서투른 짓을 하다가는 자기가 청림당의 앞잡이라는 것이 드러날지도 모르기 때문이다.

(될대로 되라지. 나야 애기무당만 손에 넣으면 만사는 해결하는 것 아니야)

그런 생각으로 그는 애기무당의 집을 향해 분주히 걸음을 옮겼다.

애기무당은 사람이 좋은 만큼, 누구에게나 싫은 얼굴을 하는 일이 없었다. 칠덕이가 들르면 하다못해 약과 부스러기라도 내어놓고 웃는 얼굴로 대해줬다. 그러니 그로서도 애기무당이 자기를 달리 생각한다고도 할 만한 일이었다.

칠덕이가 그 집에 들어섰을 땐, 애기무당은 어젯밤도 늦게 굿이 있은 모양으로 그제야 일어나서 머리를 빗고 있었다.

치렁치렁한 여자의 머리다발을 보면 누구나가 달뜬 마음이 되는 법이다.

그러나 오늘의 칠덕이는 방에 들어가 앉을 생각도 않고 마루에 걸터앉았다.

"오래간만에 와서 오라버닌 왜 들어오지도 않는데요?"

애기무당은 빗던 머리를 말아 쥔 채 원망스러운 눈을 던졌다. 그눈을 보니 칠덕이는 목이 막 카해지는 것 같았다. 그러면서도 태연스러운 척 하면서

"바빠서 곧 가야겠어."

"뭐가 그리 바쁘다는 거예요?"

"응, 좀 바빠."

"그러면서 집엔 뭣하러 들렀어요?"

"잠깐 뭣 좀 물어볼려구."

"뭘요?"

"응……."

태근이 말을 꺼내기가 약간 거북스러운 듯이 머뭇거리고 있자

"난 여자 앞에서 바쁘기만 하다는 오라버니 같은 사람 제일 싫더라."

그러면서도 밉지 않은 눈웃음으로 칠덕이를 치떠봤다. 칠덕이는 그 눈길이 싫지 않은 채

"그래두 일할 땐 해야 하는 것이고 놀 땐 따로 있는 거지."

"그래서 저한테 뭘 물어본다는 거예요?"

"태근이 선비님 지금 어디 있어? 그걸 좀 알구파서."

비교적 자연스럽게 말을 꺼냈다.

"그럼 오라버니두 그 선비님의 소식 모르세요? 난 오라버닌 알 줄 알구 물을 생각이었는데."

오히려 역습을 당한 칠덕이는 '이년 봐라' 생각하면서

"사람 놀리지 말구 아는대로 알려줘. 내 일이자 자기 일이 될 수 있지 않아."

하고 함축 있는 말을 했다.

"정말 나도 웃는 말이 아니에요. 사실 말하면 선비님은 며칠 전까지만 해도 저의 집에 있었어요. 그것이 언젠가 제가 술이 취해갖고 들어와서 남의 집에서 밥을 얻어먹으면서 뜰 한번 쓸지 않는 사람이 어디 있느냐고 화를 냈더니 그날로 나가버리고서는 들어올 줄 모르지 않아요. 그때까지 난 계집이나 따라다니는 그런 맹랑한 사나인 줄만 안걸요. 그런데 문간 사람의 이야기를 들으면 그 선비님이 어젯밤에 생신님 신도들의 앞장을 서서 청림당으로 들어갔다는군요. 정말 난 그 선비님이 그런 사람인 줄은 몰랐어요. 그래서 오라버니 보고 그 사람을 찾아달라고 할 생각이었는데 그런 말을 하니⋯⋯."

이러니 오라버니라는 말도 칠덕이로서는 달가울 리가 없었다.

"오라버니, 어떻게든지 그 선비님을 좀 찾아 줘요. 어제 일을 듣고 나선 그 분을 만나고 싶어 견딜 수가 없는 걸요."

애기무당은 달뜬 눈을 해 갖고서 칠덕이를 붙잡고서 애원까지 했다.

"언제는 돌아다보지도 않던 사나이가 그렇게도 갑자기 좋아졌어? 난 무슨 심정인지 모르겠구면."

"정말 나도 모를 심정이에요."

"그래두 그 선비님에겐 은실이란 계집이 있다는 걸 알기나 하구서 그런 소리야?"

"계집이 있으면 어때요? 그런 것은 문제가 아니에요."

"그뿐만 아니라, 그 선비는 잡히면 참수(斬首)를 받을 사람이야."

"그분이 왜요?"

"어젯밤 생신님의 신도들을 끌구 청림당에 들어간 사람을 포청에서 내버려 두겠어. 사실은 그래서 나두 그 사람을 찾는 거야."

칠덕이는 그만 실토를 해버리고 말았다.

"그래요?"

애기무당은 졸지간에 조심스러운 얼굴이 되어

"그래두 오라버닌 그분을 잡는다고 포청에 넘겨주지야 않겠지요? 내 이 타는 마음을 알고서야."

칠덕이의 마음은 아랑곳도 하지 않고 얌치없게도 그런 말만 했다.

"그야 물론 그렇지. 그러나 서울에 행수가 나 혼자뿐이야. 그렇지 않아두 이번에 우변청에서까지 떨쳐 나와 잡겠다는 판인데."

"그러면 어째야 해. 그 사람을 빨리 만나서 알려줘야겠는데."

"그래두 좋다는 거야? 그 사람이—."

"물론이지요."

"오늘 죽을지 내일 죽을지 모르는 사람이?"

"오라버닌 아직두 그런 말 하시는 것을 보니 내 타는 마음을 모르셔. 난 지금의 그분하구라면 단 하루를 살아도 좋아요."

"하루를 살고 자기도 그 사람과 같이 참(斬)을 당해두 좋다는 거야?"

"그게 뭐가 무서워요. 오라버닌 그래서 여태까지 계집 하나 낚지 못했군요."

그 말은 '넌 밤낮 오라버니 소리나 들어가며 약과 부스러기나 얻어먹는 주제밖에 못된다'는 어조였다.

그래도 칠덕이는 어떻게든 애기무당의 마음을 돌려보려고

"이제는 자기 나이두 그런 철없는 생각할 땐 지났어. 그런 생각은 말구 착실한 사나이를 잡아, 조촐한 살림이나 가질 생각을 하라구."

"고마워요, 그러나 그 말이 제 귀에 들어가지 않는 걸 어떡해요. 그보다도 태근일 잡는다니 생신님두 물론 잡겠군요?"

"물론이지."

"그렇다면 오라버니 주의해요. 생신님은 신이 붙었기 때문에 섣불리 손을 댔단 큰일 나요."

진정으로 걱정해 주는 얼굴이었다.

"걱정 말어."

칠덕이는 애기무당집을 나와 언덕길을 내려오면서 혼자 생각했다.

(난 어쩌면 그렇게도 염복(艶福)이 없는지 옥분인 그 스라소니한테 떼이고 애기무당은 저꼴이니—)

이런 생각을 하다가 분주히 눈을 닦았다.

태근이가 골목을 도는 것을 얼핏 봤기 때문이었다.

불꽃

어젯밤—

두팔이가 태근이를 데리고 간 곳은 생신님 집에서 그리 멀지 않은 너른마당이었다.

두팔이의 말을 들으면 이곳 사람들도 여럿이 그 행렬에 참가했다고 했다. 그러나 그들도 이제는 다 자기 집을 찾아 들어간 모양으로 군데군데 나뭇단을 높이 가린 너른마당에는 달빛만이 가득 차 있었다.

태근이는 이곳에서 은실이를 잃은 만큼 무거운 애수가 가슴을 아프게 했다.

"어딜 자꾸 끌구 가는 거야?"

"다 왔어."

두팔이는 양쪽의 처마 끝이 잇닿아 있다시피한 좁은 골목으로 들어가서 부엌으로 난 좁은 쪽문을 가만히 두드렸다.

"진옥이, 문 좀 열어줘. 벌써 자?"

옆집을 꺼려가며 작은 목소리로 부르자 안에서 문고리를 여는 듯한 소리가 나더니

"아저씨에요?"

하고 묻는 소리와 함께 문이 열렸다.

"응."

"어마, 손님하구 같이 왔어요?"

코가 빤 얼굴이지만 스물두세살의 애교 있는 여인이 태근이를 보면서 물었다.

"진옥이도 아는 사람인 걸. 김태근 선비님이야."

"그래요? 그러면 대문으로 오시지 않구."

"언제나 피해 다니는 몸인 걸. 버젓이 대문으로 드나들 팔자가 돼야 말이지. 들어가두 돼?"

"무슨 소리하구 있어요—선비님 어서 들어오세요. 부엌으로 들어오라고 해서 미안해요."

　진옥이가 공손히 인사를 했다.

"밤중에 미안합니다."

　부엌으로 들어가자 그곳에는 방안으로 들어가는 샛문이 있었다.

"가만 계셔요."

　진옥이는 분주히 방으로 들어가서 깔아놓았던 자리를 걷고서는 들어오라고 했다. 여자의 냄새가 풍기는 방이었다.

　두팔이가 진옥이와 뭐라고 귓속말을 하는 것은 술상을 차려 오라는 모양이었다.

"저 여자 누군가?"

　두팔이가 들어오자 태근이가 물었다. 태근이는 여자가 혼자 사는 이런 집은 처음이므로 약간 불안하기도 한 얼굴이었다.

"파자교에서 사는 윤도사의 둘째딸. 참, 태근이 자네두 알겠구먼."

"옥분이가 늘 말하던 너른마당 언니가 저 여자인가?"

"맞았어."

"그 여자를 자네가 어떻게두 이렇게 잘 아는가?"

"이력저력 알게 됐지."

"이력저력 알게 됐다니?"

"그쯤 알아 두게나."

싱글싱글 웃으면서도 굳이 밝히려고 하지는 않았다.

"그렇지만 저 여잔 남편이 있지 않은가? 이런 밤중에 찾아다니면 오해받지 않겠나?"

"그런 염려는 말게나. 그 전 남편하군 헤어지구 혼자 사니까."

그래서 전의 집과는 다른 모양이었다.

"선비님한테는 옥분이와 동욱이가 늘 괴로움을 끼친 모양인데, 옥분이 언니입니다."

술상을 차려갖고 들어온 진옥이가 무릎을 꿇고 다시 인사를 했다.

이 여자도 승찬 데가 있어 보였지만 역시 옥분이보다는 세파에 씻긴 데가 있었다.

(이 친구가 도대체 여긴 뭣하러 데리고 왔는가?)

태근이는 그것이 궁금했다.

"그러면 두 분이서 천천히 약주를 드세요. 곧 다녀올 테니까요."

진옥이가 애교 있는 웃음으로써 자리를 뜨려고 했다.

"다녀오다니, 이 밤중에 어딜 다녀온다는 거요?"

두팔이가 이곳엘 데리고 온 것도 알 수 없는데 진옥이가 이 밤중에 또 어딜 다녀온다고 하니 태근이는 더욱 알 수 없다는 얼굴이 될 수밖에 없었다.

진옥이는 무슨 말을 하려다 말고, 지금보다도 더 웃음을 품은 눈으로 두팔이를 슬쩍 봤다. 자기가 가는 곳을 말해도 좋은가, 묻는 기색이었다.

그러자 두팔이가 입을 열어

"내가 잠깐 어디 갔다오라구 심부름을 시켜서."

"이 사람아, 심부름두 푼수가 있지. 이런 한밤중에 어떻게 혼자 내보낸다는 거야?"

"괜찮아, 진옥인 포교들을 다 알아서."

하기는 윤도사의 딸인만큼 포교들은 모두 알 일이었다.

"그래두 그리 급한 일도 아닐 것 같은데 밝은 뒤에 보내기로 하게나."

역시 마음이 놓이지 않는다는 얼굴을 하자

"지금 가야 하는 일이에요. 그것두 선비님 때문인 걸요."

진옥이는 꼭지를 따 뵈듯이 말했다.

"나 때문에?"

"그래요, 그러니까 가만히 앉아서 기다리고 계셔요."

"나 때문이라니, 둘이서 날 홀리게 할 셈인가?"

"하여튼 제가 선비님을 위해서 좋은 일 갖고 올 테니까요."

진옥이는 의미 있는 웃음을 남기고서 나갔다.

"도대체 어딜 보냈으며, 나를 여긴 뭣하러 데리고 왔나?"

두팔이와 둘이 되자 태근이는 분주히 그것을 또 물었다.

"진옥이두 자네에게 좋은 일이라고 하지 않던가. 하여튼 무슨 일이 생기는지 술이나 마시며 기다려 보게나."

싱글싱글 웃기만 하는 품이 시원스럽게 이야기해 줄 생각이 아니었다.

"자네까지 그렇게 비밀을 지킨다면 하는 수 없구먼. 그런데 자넨 옥분이 언니하군 이만저만한 사이가 아닌데 도대체 어떻게 된 모양인가?"

그러자 두팔이는 다시금 싱긋 웃고 나서,

"적당히 알아두라는데 그렇게만 자꾸 캐어물으면 내가 대답하기 곤란하지 않은가?"

하면서도 꽤나 기뻐하는 얼굴이었다.

태근이는 놀라기보다도 어이가 없다는 얼굴이었다.

"그렇다면 곱단인 어떻게 하구?"

"곱단인 요즘 정말로 귀신이 붙은 모양인지 하여튼 생신님 노릇을 하고 나서부터는 통 상대를 해줘야 말이지."

"그렇게 달라졌나?"

"응, 그런데 자기 혼자만이 그렇게 돼두 좋겠는데 은실이까지 자기처럼 만들 모양이니 딱하지 않은가."

"은실이까지?"

"그래서 진옥이를 시켜 은실이를 데려오게 한 거야."

"그러면 여기 은실이가 온단 말인가?"

태근이는 소리치듯이 말했다.

"진옥이가 은실이를 데리러 갔다고 곱단이가 이런 밤중에 첫마디로 내어줄까?"

은실이를 만나고 싶은 마음이 간절할수록 더욱이나 이런 생각이 앞서는 태근이었다.

"물론 곱단이가 안다면야 어림도 없는 일이지."

"그렇다면?"

"오늘 밤은 생신님 집이 언제 습격을 받을지 모르니까 그 집엔 곱단이와 시중드는 총각과 안내를 맡은 영감님 셋만 남겨두고서 우리는 부근에서 기다리기로 했어."

"그럼 은실이도 오늘은 딴 집에 있다는 건가?"

"그렇지. 그걸 내가 알아갖고서 진옥이를 보낸 거야. 그러니만큼 자네가 한턱 톡톡히 낼 생각은 하구 있어야 하네."

"그렇다면야 한턱 아니라 두턱 세턱인들 못 내겠나. 그렇지만 오늘 밤의 그 덕은 자네도 톡톡히 보는 셈 아닌가?"

태근이도 지지않고 넌지시 웃어주자

"누가 아니라나, 하여튼 여편네가 두목이라는 건 그렇게 좋은 일이 아니야. 나도 이번에 다복골에 내려갈 때까지 곱단이와 담판을 짓고서 진옥이를 데리고 갈 생각이야."

이제야 진정한 사랑을 알기나 한 듯이 심각한 얼굴이 되었다.

"그래두 곱단이가 정든 사나이를 그렇게 순순히 내어놓을까?"

"그렇다구 나두 밤낮 곱단이의 호위 노릇이나 하구서야 살 수는 없지 않아."

그들이 이런 이야기를 하고 있는 동안에 진옥이가 은실이를 데리고 오는 소리가 났다.

"오는가 본데."

두팔이가 분주히 미닫이를 열었다. 그 순간에 태근이는 앞에선 진옥이보다도 뒤에서 고개를 숙이고 따라오는 은실이가 먼저 눈에 뜨인 것은 물론이다. 그와 동시에 태근이는 마루로 뛰어나가며 불을 뱉듯이

"은실이!"

하고 소리쳤다.

"아, 선비님!"

대답하는 은실이도 애타던 감정이 그대로 솟구쳐 나오는 듯한 소리였다.

"은실이!"

태근이는 다시 한번 더 은실이를 부르면서 타는 듯한 그녀의 어깨를 잡아 마루 위로 끌어올렸다.

태근이와 은실이는 이미 아무것도 생각하는 것이 없었다. 하나로 합쳐버린 그들의 가슴에는 감미로운 청춘의 피가 두근거리며 소리를 내어 교류될 뿐이었다.

이윽고 태근이는 구름 속에 숨었던 달이 기어나오는 것을 보면서 겨우 자기 정신으로 돌아오게 되었다.

은실이는 태근이 품에 머리를 묻은 채 쳐들 줄을 몰랐다. 어깨를 들먹거리는 품이 우는 것만 같이도 보였다.

"은실이 울어?"

기쁘면 눈물이 나는 법이라는 것을 모를 리 없는 태근이면서도 불안스러운 듯이 묻자 은실이는 머리를 절레절레 흔들어

"으응."

구슬 같은 눈물방울이 맺힌 눈에 웃음을 피운 얼굴을 들어 뵈었다.

"둘이선 언제까지 그러구 서 있을 생각인가?"

화가 난 듯이 두팔이가 방안에서 소리를 쳤다.

태근이와 은실이가 방에 들어가 앉아 얼마동안 즐거운 술잔이 오고갔다.

은실이는 술을 못하기 때문에 그 술잔을 모두 태근이가 마셔줘야 하니 그만큼 빨리 취하는 수밖에 없었다.

그래도 태근이는 좋기만 한 듯이 싱글싱글 웃어가며 주는 잔을 사양하지 않았다.

오늘같이 즐거운 날은 술을 아무리 마셔도 취하지 않을 자신이 있는 모양이다.

"선비님은 은실이를 만나게 해준 값을 뭘로 갚을 테요?"

진옥이도 그들을 만나게 해준 것이 무척 기쁜 모양이다.

"글쎄, 뭘루 해줘야 할까? 난 두팔이처럼 산채도둑이 된 일도 없으니 금노리개를 훔쳐 둔 것도 없고……."

"예끼 이 사람아, 내가 언제 산채도둑이라구."

두팔이는 진옥이가 있는 자리에서 그런 이야기가 반갑지 않은 모양으로 손을 흔들어댔다.

"그런데 선비님, 전 그 산채도둑이 좋아졌으니 어떻게 하지요?"

진옥이는 하고 싶은 말이 있는 모양으로 말을 가로챘다.

"나두 그 이야긴 아까 두팔이한테 대략 들었지만 진옥인 정말 저 사람하구 살 생각인가?"

"전 정말 그런 생각이에요. 그렇지만 첩은 싫은걸요. 그래서 이 사람보고 곱단이 언니의 승낙을 받으라고 했는데 겁만 내고는 분명한 대답을 받아줘야 말이지요."

은실이도 있는 자리인 만큼 진옥이도 원망스러운 눈으로 두팔이를 홉떠봤다.

"글쎄, 그건 조급히 곱단이한테 대답을 받을 수 없으니 좀 기다리라지 않아."

"그렇다면 그렇다는 이유라도 알게끔 설명을 해줘야 할 것 아니에요. 왜 어물어물하기만 해요?"

"글쎄, 그럴 이유가 있어."

두팔이는 정말 당황해하는 얼굴이었다.

"그렇다면 내가 곱단이를 한번 만날까?"

태근이가 말했다.

"지금은 자네가 나서도 별 수 없어. 그 일이 제대로 돼서 내가 다복골로 가기 전엔."

그 일이라는 것은 쌀을 구하는 일인 모양으로 그 일만 잘 되면 두팔이 마음대로 해도 좋다는 내약이라도 있는 모양이었다.

"날 속이는 것은 아니지요?"

진옥이는 필사적인 눈이 되며 따졌다.

"그런 어이없는 소리 말어. 내가 진정이 아니라면 은실이두 있는 이런 자리에서 어떻게 태연스럽게 말할 수가 있어?"

두팔이도 드디어 볼멘소리가 되었다.

"사실 우리 언닌 한 사나이에겐 오랫동안 정을 쏟지 못해요. 그보다 더 정열을 쏟는 데가 있기 때문일 거예요."

은실이가 두팔이를 비호해주듯이 말했다.

"저 소릴 듣고도 못 믿겠어? 그런 미친 년 같은 생각말구 저 사람들 어서 자게나 해줘."

두팔이도 졸리는 듯이 술상에서 물러나며 하품을 했다.

건넌방엔 벌써 태근이와 은실이를 위해 이불이 펴 있었다. 보기만 해도 푹신해 보이는, 꽃무늬가 수놓인 비단 이불이었다.

"둘이서 뭐 오늘밤이야 잘라구."

자리를 보아주고 나가는 진옥이도 달뜬 눈에 웃음을 피워 그들을 조롱댔다.

둘이 되고 보니 그들은 공연히 온몸이 노곤해지며 그저 행복에 취해 있는 것만 같았다.

"은실이—."

태근이는 힘껏 익은 앵두알같이 빨간 은실이의 입술이 무슨 독이나 되는 것처럼 바라보며 목타는 소리로 불렀다.

"선비님!"

은실이도 역시 가슴에서 타오르는 불길은 어쩔 수 없는 듯이 카한 소리를 내고야 말았다.

"내 목구멍에서는 불이 일어나듯 하니 어쩐 일일까?"

"저도, 저도. 목이 타서 말도 할 수가 없는 것 같아요."

그러나 그들은 머리맡의 자릿물이 있는 것을 알면서도 물은 마실 생각은 않고 서로 얼굴만 쳐다보고 있었다. 그들의 눈도 활활 타는 것만 같았다.

서울을 올라오면서 우연히 만난 그들은 소기에서 같이 하룻밤을 지날 때에는 서로 사모하는 마음이기는 했으나 역시 거리가 있는 사이였다. 그러다 동욱이네 건넌방에서 밤을 밝힐 때는 어떤 무서움과 같은 절망에 몸부림을 치면서도 그들의 애정은 오히려 더 굳어질 수 있었던 것이다. 그리하여 그 집을 나올 때는 이미 남편이며 아내라는 것은 당연한 일이라고 생각한 그들이었다. 그러나 그러한 기쁨도 일순간이었고 폭력 때문에 떨어지게 됐던 그들—그 연정은 날이 갈수록 짙어만 가고 굳어만 갈 뿐이었다.

그리고 마침내 그들의 연정은 하나가 되어 확 타게 된 순간이 온 것이다.

그것이 바로 지금이다.

"은실이—."

은실이의 빨간 입술에 취한 듯이 보고만 있던 태근이는 여전히 쉰 목소리로 불렀다.

"난 보고파 견딜 수가 없었어. 내가 해야 할 일도 잊고 은실이만 찾고 있었지."

"저도 그랬어요. 언니가 부모님의 복수를 해야 한다는 것도 귀찮았고 생신님이 되는 것도 선비님을 만나기 위해서였어요."

"사실 난 그동안 내 정신이 아니었지. 그러나 이제는 우리도 만난 이상 같이 손을 잡고서 힘껏 일을 해요."

은실이의 손을 잡아끌었다. 은실이는 자기의 억한 감정을 자기로서는 억제할 수 없는 듯이 태근이의 가슴을 파고들며 바르르 떨었다.

"왜, 무서운가?"

"으응—기뻐서요."

"그래, 난 다시는 내 품에서 은실이를 내놓지 않을 테야."

태근이의 격한 감정은 그대로만 있을 수가 없어 은실이의 입술을 물었다. 꿀같은 은실이의 혀가 태근이의 입속에서 펴졌다. 감미롭고도 황홀한 기분에 취한 그들의 얼굴에는 꽃이 피려는 것처럼 그저 즐거움과 아름다움만이 넘쳐흘렀다.

"진옥이 동생."

누가 밖에서 문 두드리는 소리가 났다. 그러나 그들에겐 그 소리가 들릴 리 없었다.

밖에서는 처음보다 더 크게 소리치며 쪽문을 두들겨댔다.

그제야 태근이와 은실이는 곱단이가 온 것을 알고 눈이 둥그레졌다.

건넌방에서는 벌써 그것이 곱단이라는 것을 알아차린 모양이다. 벼락같이 미닫이가 열리며 누가 도망치는 소리가 났다.

두팔인 모양이다.

뒤이어

"네—."

하고 길게 목청을 뽑아 대답하는 진옥이의 목소리가 났다.

그러자 갑자기 장독대에서 와랑하고 장독이 깨지는 소리가 났다.

두팔이는 어지간히 당황한 모양으로 장독을 짚고 담장을 넘으려다 잘못 짚은 모양이다.

은실이는 그만 울상이 된 채 주섬주섬 옷을 주워 입었다. 태근이는 태연히 누워 있을 수만도 없었다.

"선비님, 곱단이 언니가 왔어요. 어떻게 하면 좋아요?"

진옥이가 미닫이 밖에서 가만히 알려줬다.

"문을 열어줘요. 내가 만날 테니."

태근이는 어느덧 행전(行纏)까지 묶고 나서 마루에 나가 앉았다.

문을 열어주자 곱단이는 숨을 헐떡이며 들어서다가 문득 태근이와 눈이 부딪치고 나서는

"알고보니 선비님의 장난이었군요."

하고 어느 정도 안심이 되는 얼굴로 웃었다.

은실이가 청림당에 또 넘어가지 않았는가 하고 가슴이 두근거리면서 달려온 모양이었다.

"은실이가 이곳에 있는 것을 알았으면 이젠 안심될테니 돌아가요. 그렇지 않아도 내일은 생신님 댁이 편안치가 않을 모양인데."

　태근이는 일부러 졸리는 얼굴로 말했다.

"그러나 선비님은 아직 은실이를 맡을 자격이 없지요. 은실인 내가 데리고 갈테니 내줘요."

"자격이 없다니?"

"은실이 남편이 될 자격이 없다는 것이지요"

"그러나 은실인 그렇지도 않은 모양인데. 언니라구 동생의 자유를 그렇게 마음대로 속박할 수가 있을까요?"

"선비님은 내가 알기엔 영리한 분이 돼서 그만한 일은 알만한 사람이라고 생각했는데 오늘은 어떻게 된 거요?"

"뭣이 어떻게 됐단 말요?"

"곱단이의 적은 은실이의 적이란 것쯤은 알리라고 생각하리라는 거예요. 그렇다면 적에 대한 복수가 끝날 때까지 은실이는 언니의 말대로 따라야 할 것은 물론이 아닙니까?"

"그렇지만 은실인 곱단이 여두령님하군 길러난 것부터가 다르지 않아요. 그러한 언니와 같이 복수를 하기 위해서 나선다는 것은 그것은 좀 무리가 아닐까요?"

　태근이는 빈정대듯이 싱긋 웃었다.

"물론 그애보구 같이 나서라는 것이 아니에요. 적에게 발목이 잡히지 않도록 내가 보호하겠다는 거지요. 그런데 선비님은 은실이를 안전하게 맡을 자신이 있냐 말요."

"물론 자신이 있지요."

　없다고는 남자로서 죽는 한이 있어도 말 못할 태근이었다.

"자신이 있다니 도대체 은실이를 어디로 데리고 가겠다는 거예요. 선비님은 있을 집도 없고 적을 막아줄 부하도 없지 않아요. 설마 이 진옥이네 집에서 언제까지나 건넌방살이를 하겠다는 것은 아니겠지요?"

곱단이는 태근이의 아픈 곳을 찔렀다.

"그런 걱정은 말아요. 내 힘과 지혜로써 우리들은 능히 살아나갈 수 있다는 자신도 갖고 있으니 말입니다. 그 점은 은실이도 날 믿고 있지요. 그러니까 우리들의 일은 참견말고 내버려둬요."

"그래두 내가 어떻게 참견을 안할 수 있겠나 생각해 봐요. 지금 둘이 살게 된다면 밤낮 적에게 쫓겨 고생이나 할게고 우리가 하려는 복수에 방해밖에 되는 것이 없지 않아요. 내가 그런 연애를 어떻게 보고만 있을 수 있겠어요?"

"나와 은실이가 사랑한다고 복수가 방해되다니, 도대체 무슨 말이요?"

"하나 밖에 없는 동생을 적에게 죽게 된다면 복수도 뭣도 아무 의미 없는 거예요"

"그러나 난 은실이를 능히 맡을 자신이 있다고 생각하는데 어째서 내 말을 그렇게도 믿어줄 수 없을까?"

태근이는 혼잣말처럼 말했다.

"믿어지지 않는 걸 어떻게 믿어요. 그런 생각보다도 내가 믿을만한 일을 해 봐요."

"일을 해라? 도대체 무슨 일을 하면 날 믿어 주겠다는 거요?"

"난 좀 전에 옥담이네 부부를 만났어요."

곱단이는 대답 대신에 그 말을 했다. 태근이는 곱단이가 그들을 만났다면 쌀문제로 자기가 임치종이를 만나게 된 이야기도 으레 들었으리라고 생각되는 대로

"그 쌀만 해결해 놓으면 나를 보는 눈도 약간 달라질 수 있다는 말이군요?"

무슨 교환조건 같은 것이 어이가 없는 채 쓴웃음을 지었다.

"그렇다면 기분 나쁘세요?"

곱단이는 웃으면서 물었다.

"기분 나쁠 것도 없지요. 나라는 사람이 그렇게 모자라는 사람으로 밖에 보이지 않는 모양이니."

"하여튼 그 일만 성공하면 은실이를 맡긴다구 약속하지요."

잘라서 말했다.

"그렇다면 그땐 이런 밤중에 언니라는 사람이 은실이를 찾아다니는 귀찮은 일은 없겠지요?"

태근이는 이런 말로서라도 빈정대지 않고는 견딜 수가 없었다.

"물론이지요."

"그럼 저두 약속을 하지요."

"약속을 했으면 어서 은실이를 불러 줘요."

"그러나 오늘밤은 생신님 집이 위험한 모양인데 은실이는 이곳에 두고 가는 것이 좋을 것 같군요."

은실이를 내어주고 싶지 않은 만큼, 태근이는 그런 말을 슬쩍 비쳐봤다.

"그런 걱정은 말아요. 우리들은 신이 지켜주고 있어요."

"그러나 생신님이 되기를 싫어하는 은실이야 신이 지켜줄 리 없지 않아요."

그 말에 곱단이는 할 말이 없는지 눈을 치떠 잠시 태근이를 보고 있다가

"은실아, 나와서 가자!"

하고 소리쳤다.

다음 날, 태근이는 해가 기울어지기를 기다려 구리개로 찾아갔다. 이곳에 임치종이 객주(客主)가 있다는 것만은 태근이도 들어 알고 있었던 것이다. 그곳은 큰 건재상(乾材商)이 많은 만큼, 어느 거리보다도 분주했다.

"임치종이의 객주가 어디쯤 됩니까?"

"좀 더 올라가서 왼편으로 돌아가요."

태근이가 묻는 말에 어느 집 차인(差人) 비슷한 사나이가 몹시 바쁜 듯이 한마디 하고서는 지나쳐 버렸다.

태근이는 천천히 걸어 언덕으로 올라갔다.

입동이 지난지도 이미 오랜지라, 이제는 바람도 제법 맵다. 언덕으로 올라가자 바람은 더욱 옷깃을 날렸다.

"이거 봐요, 임치종이네 객주를 찾아가자면 어디로 가야 옳소?"

태근이는 일부러 시골서 올라온 선비같이 보이면서 지나가는 사람을 붙잡고 물었다.

걸음을 멈춘 사나이는 사십은 됐으리라고 생각되는 거간 같은 사나이었다. 그는 아니꼽다는 눈으로 태근이를 훑어보고 나서

"말을 조심해요."

"네, 제가 무슨 잘못을 했습니까?"

"임치종 어른을 자기네 무슨 머슴꾼같이 부르니 말요. 여기서 그렇게 함부로 입을 놀리다간 뼈다구두 못 추릴 줄 알아요."

"그렇다면 제가 큰 실수를 했군요. 그럼 다시 묻겠습니다. 그 어른 댁을 가자면?"

"그 어른은 왜 찾는 거요?"

키가 짤딱막한 거간은 태근이를 아래위로 훑어보면서 물었다.

"실상은 제가 시골서 금을 좀 캐왔기 때문에."

"금이라니, 얼마나?"

"많진 못합니다. 손가락만한 것 댓 개 가지고 왔지요."

그 말에 거간은 정신이 버쩍 드는 모양이었다. 금이 귀하던 그때로서는 그만한 금이라면 대단한 금이었기 때문이다. 거간은 태근이에게 바싹 달라붙으면서

"지금 그 댁을 찾아가야 그 어른은 만날 수가 없을 겁니다. 지금 손님이 머무는 데가 어딘지 알려만 주면 제가 그 어른을 찾아 만나게 해 드리겠습니다."

"그 어른은 지금 어디 있을 것 같소?"

"어느 기생집에서 한잔 하겠지요."

"그렇다면 나도 그 동네 가서 한잔하며 기다리지요."

"아는 집이 있어요?"

"서울이란 난생 처음 구경하는 시골 녀석이 기생집을 알 리가 있어요?"

"그러면 술값은 있겠지요?"

"노자를 쓰고 남은 돈이 술값이 되는지는 모르겠소만, 만일 모자란다면 금을 한동갱이 꺾어줘도 될 일 아니요."

거간은 급기야 입가장에 발라맞추는 웃음을 띄워

"제가 선비님을 잘못 알아봤어요. 너무 나무라지 말아요."

가분가분한 걸음으로 앞장을 섰다.

태근이는 천천히 미소를 띠워가며 따랐다.

기생동네로 들어서자 아직 해는 높은데 가야금에 맞춘 판소리가 들려왔다.

세도정치 시대일수록 뒤에서 세력을 잡고 있는 것은 돈많은 장사치들이다. 엽관운동(獵官運動)에는 반드시 뇌물이 따르는 법이니 제아무리 잘난 벼슬아치들도 돈 앞에서는 머리가 숙여지게 마련이다. 또한 뇌물이 성하면 성할수록 자연 돈의 회전도 빠르게 마련이므로

그 덕을 보는 것도 역시 장사치들이다.

그 때는 왕가(王家)에서까지 신용 있는 객주에게 돈을 맡겨 장사를 시켰다고 하니 상인의 세력이 어떠했다는 것은 가히 짐작할 수가 있다.

기생들도 벼슬아치들 앞에서 알랑거리긴 한다고 해도 실상 속을 주는 것은 실속 있는 장사치들이었다. 늘그막에 다리라도 펴고 살아보자니 자연 그런 분별도 생겼는지 모른다.

그 세월에 큰 부자 임치종이가 해도 지기 전인 낮부터 기생을 끼고 술상을 벌여놨다고 해도 그것은 방탕(放蕩)도 아무 것도 아니었다. 다만 장사의 한 방편에 지나지 않는 일이었다.

또 사람 만나기를 꺼려야 하는 것은 만나서 필요한 사람보다 만나서 필요 없는 사람이 더 많이 찾아오기 때문이다.

대개 거상들은 기생집에서 만날 사람을 만나 흥정을 했고 어음도 써냈다.

태근이도 그만한 것쯤은 알기 때문에 구리개에서 거간을 잡아 앞세웠던 것이다.

"오래간만이군요."

기생어미가 갓신을 끌고 나오며 반기는 품이 태근이를 안내한 거간은 전부터 다니는 집인 모양이다.

"오늘은 시굴서 올라온 손님을 모시구 왔는데, 춘담이 있어?"

"뒷집에 수를 놓는다구 갔어요. 불러올테니 어서 들어가세요."

기생어미가 그들을 방으로 안내하고 나가자

"선비님은 이런 기생집이 처음인가요?"

하고 물었다.

"처음이라는데 그건 왜 자꾸 묻소?"

"내가 데리고 온 손님이 섟이 노릇을 하면 나도 다시는 이 집에 올

수가 없는 노릇이니."

"섞이 노릇이라니, 그건 무슨 말요?"

"서울 기생은 시골 기생이나 작부(酌婦)와는 달라서 체면 없이 굴다가는 망신을 한다는 것이지요."

태근이는 그 말에 웃고 나서

"말하자면 기생의 손목도 마구 쥐어서는 안된다는 말이군요?"

"그렇지요. 아무리 기생이 눈꼴사납게 군다고 해도 비위를 맞춰 웃어주는 것이 진짜 외입군이랍니다."

"화를 내면 섞기가 되나?"

"돈으로 놀 수 있는 계집이라고 자기 마음대로 할 수 있다고 생각해서는 크게 잘못이라는 거지요. 명기(名妓)가 되면 될수록 자만심이라 할까, 일종의 긍지라고 할까, 그런 것이 더욱 커져 아무리 산더미 같은 금덩어리를 실어다 줘도 꿀물이나 얻어먹기 일쑤입니다."

"꿀물이라니?"

"자릿물로 숭늉 대신에 오줌에다 꿀탄 물을 먹이는 일이지요. 그 물을 먹게 되면 기생들의 웃음거리나 되고 말아요."

"별일이 다 있구면."

"그렇기 저 잘났다는 벼슬아치일수록 그런 것 얻어먹기 일쑤죠."

태근이가 이런 강의를 받고 있는데 춘담이라는 기생이 술상을 들고 들어오는 모양이었다.

술상을 들고 들어온 춘담이라는 기생은 그렇게 예쁜 얼굴은 아니었다. 그러나 눈이 가늘고 맑으며 입이 조그마한 얼굴이 역시 귀여운 데도 있었다.

"그러면 둘이서 재미난 이야기라도 하고 계셔요."

거간은 임치종이를 찾는다고 그들을 남겨 놓고 나갔다. 춘담이는 본시 말이 없는 내성적인 성격인 모양이었다. 술상 앞에 앉아서도 술을 부을 생각도 없이 눈을 내리뜬 채 무릎에 손을 모으고 있을 뿐이다.

"시골서 온 사람이라고 수모하는 모양이구먼."

"별 말씀을—."

춘담이는 간신히 입을 열어 웃다 말았다.

"그렇다면 이리로 바싹 다가앉아 술두 부어주고 그래야지."

"……."

춘담이는 손을 내밀어 술병만 들어 술을 부어줬다.

"말은 배우다가 말았나, 부처님처럼 말이 없으니 어디 술맛이 나야 말이지."

"……."

"아, 이제야 알겠구먼. 술 안준다고 노한 걸 모르구 시굴놈이라 모르기만 하니."

태근이는 받은 술을 쭉 들이키고 나서 술을 부어 줬다. 춘담이는 사양하는 일없이 받아 마셨다.

"이름이 춘담이라지?"

"네."

"이름이 참 좋군. 고향은 역시 서울인가?"

"아니요."

"그럼?"

"논산입니다."

"논산이라면 은진미륵이 있는 곳이 아닌가. 춘담이두 미륵을 닮아 그래서 입이 무거운 모양이구먼. 오늘은 미륵에게 술이나 힘껏 공양해 볼까?"

춘담이는 처음으로 이를 드러내어 웃었다. 웃으니 눈시울에서 달무리가 그려지듯하며 의외에도 아름다운 얼굴이 되었다. 그녀는 술을 부어주는대로 쭉쭉 들이켰다. 태근이도 연방 부어줬다. 드디어 춘담이는 어깨의 선이 헐어지면서 흰 눈자위를 들어 원망스러운 듯이 태근이를 쳐다봤다.

"전 취했어요. 그러나 선비님은 아까부터 한 방울도 마시지 않는군요."

원망하는 눈이면서도 웃음이 담뿍 담겨져 있었다.

태근이는 속으로 놀랐다. 오늘은 임치종이를 만나기 위해서 술을 마시지 않을 생각이었다.

그래서 술잔은 입에 대는척만 하고 상 밑에 쏟아 버렸다. 그 재주가 대단하여 여태까지 한 번도 발각된 일이 없었는데 그만 들키고 말았기 때문이다.

"오늘은 부처님 아가씨에게만 술을 공양할 이유가 있기 때문에……."

자기 자신으로도 맛스러운 재담이라고 생각하며 웃자

"이곳에서 임치종 어른을 만날 생각이지요?"

자기도 그만한 것쯤은 알고 있다는 듯이 웃고 나서,

"오늘은 그대로 돌아가셨다 내일 다시 와요. 그 어른께는 제가 연락해 놀테니."

"왜?"

"바깥에 선비님을 따라온 행수가 지키고 있는걸요."

서울기생은 확실히 거간보다는 한 수 위였다.

다음 날 저녁.

태근이는 춘담이와 약속한대로 그의 집을 찾았다.

태근이가 대문을 밀고 들어서기가 무섭게 문득 방안에서

"태근인가!"

하고 소리쳤다. 임치종의 목소리였다.

(내가 오는 것을 어떻게 알구 있었을까?)

태근이는 의아스러운 생각이 앞선 채 방문을 열었다.

"어서 들어오게. 자네가 온다는 말에 먼저 와서 기다리고 있었네."

치종이는 아주 반가운 대로 웃음을 띄워 반겼다.

"제가 오는 줄은 어떻게 알았소?"

치종이가 태근이보다 구년이나 연장(年長)이었다. 그러니까 깍듯이 공대를 하지 않을 수가 없었다.

"그런 것보다도 위선 술이나 받게나."

춘담이에게 술을 붓게 하고 나서

"육년만인가?"

하고 물었다. 태근이는 마시던 술잔을 떼고

"칠년이지요."

"난 그동안에 는 건 술밖에 없네. 오늘 저녁은 의주에서 밤새껏 주막을 찾아다니며 마시던 그대로 진탕 마셔보세나."

"그럽시다."

태근이는 치종이처럼 술이 억배는 아니지만 그렇다고 하룻밤쯤 그의 술친구가 못될 주량은 아니었다. 거기에다 술을 부어주는 춘담이도 엔간한 술이 아니었다. 셋이서 술이 오고가며 오래간만에 만난 옛정의 회포를 풀다보니 길다는 늦가을 밤도 결코 긴 것이 아니었다.

그러나 취담(醉談)이란 즐거우면 즐거울수록 자꾸만 여담(餘談)이 벌어지게 마련이다. 그 때문에 자기가 하고 싶은 이야기는 좀처럼 꺼낼 기회가 생기지 않는다.

태근이는 그 기회를 노리고 있는데 문득 치종이가 입을 열어

"난 자네가 벌써 몇 달 전부터 서울에 와 있다는 것은 알구 있었네."

"네?"

태근이가 당황한 얼굴이 되자

"몇 달 전부터 서울에 와 있으면서도 집에 한 번 찾아올 생각이 없던 사람이 왜 갑자기 나를 만날 생각을 했나?"

풀어진 눈속에는 확실히 노여운 빛이 엿보였다.

"……"

예민한 태근이는 그것을 놓칠 리 없이 들었던 술잔을 놓고서 입을 다물었다.

"왜 술잔은 놓나?"

"술은 취했습니다."

"술잔을 놓을 필요는 없어. 그러나 태근이, 나는 자네가 왜 나를 찾아왔다는 것도 알고 있다네. 난 자네에게 분명히 이야기하지만 그 쌀은 해줄 수가 없네. 왜냐하면 난 여태까지 다복골에서 나오는 금을 한 번도 사본 일이 없어. 그런데 그 금점판에서 금이 쏟아져 나온다며 쌀을 천석이나 사간다니 지각 있는 사람이면 의심가지 않겠나?"

그리고 나서는 미소를 띄워

"자네가 날 주기 위해서 갖고 온 그 금도 사실은 며칠 전에 내가 판 금이라네."

태근이로서는 술 깨는 이야기였다.

피 없는 복수

그날 밤—

우변청에서는 포도대장 박경식이가 직접 지휘하여 생신님 집을 습격하게 되었다.

술시(戌時, 저녁 8시)가 지나자, 생신님 집 주위에는 우변청 나졸들이 쭉 깔려 이곳 주민들도 얼씬을 못하게 했다.

"박 대감, 추운 날에 수고하십니다."

박경식이가 술집에 자리를 잡고 나장들과 술잔을 들고 있는데 박일웅이가 칠덕이를 데리고 나타났다.

"아, 자넨가. 자넨 뭣하러 오늘같이 치운 날에 나왔나?"

박대장은 일웅이와는 친척이 될 뿐만 아니라, 청림당에서 나오는 돈도 그를 통해 나오므로 그와 이야기할 때는 포도대장이란 벼슬도 잊게 된다.

"혹시 제가 있어서 일에 방해될지는 모르겠습니다만, 김만호의 원수인 생신님을 잡는 것을 내 눈으로 보고서 그걸 그 사람에게 자세히 이야기해 줄 생각이랍니다."

사실 일웅이는 자기 몸을 지키기 위해서도 생신님 일당이 박승에 묶이는 것을 자기 눈으로 분명히 보고 싶었다. 아니 그뿐만 아니라, 사실로 생신님이 곱단일 경우에 잡힌 곱단이가 자기들이 옛날 한 짓을 그대로 말한다면 물론 돌려 꾸밀 방법이 없는 것은 아니지만 그렇다고 해도 그렇게 좋은 일은 아니었다. 되도록 찔러 죽여 애전에 입을 열지 못하게 하는 것이 제일 상책이다. 그래서 김 대감이나 이서구 비장과 의논한 끝에 별로 반갑지 않은 이런 곳에 나타난 것이다.

"김만호는 그 후 어떤가?"

"별루 가망이 있는 것 같질 않아요. 그렇다구 생명에까지 위험이 있는 것은 아니지만 아무래두 눈을…… 더욱이 얼굴엔 화상까지 입어놔서 신음하는 걸 보면 몹시 아픈 모양이지요."

"그것 참 안됐구면."

박대장은 먹으로 굵게 찍은 것 같은 눈썹을 모으면서

"하여튼 오늘밤은 생신님이란 그년을 잡아 놀테니 그 사람두 어느 정도 속이 좀 풀리겠지. 그런데 칠덕이, 생신님은 분명 그 집에 있지?"

하고 칠덕이에게 다짐을 받았다.

"네, 틀림없습니다. 어제 오늘로 밤을 새워 지키고 있었으니까요."

"내가 말하는 건 생신님이 집에 있는 걸 직접 눈으로 봤나 말야?"

포도대장은 대단한 끈끈서방이었다.

"그렇게 말하면 직접 보지는 못했지만 하여튼 오늘도 신시(辛時, 오후 4시)까지는 점을 쳤습니다."

"그러면 그때까진 있은 것으로 되는데 그 후로 자네가 지키고 있었나?"

"네, 실상은 전 어제부터 오늘까지 김태근이의 뒤를 밟았기 때문에……."

"뭐? 태근이 그 녀석은 지금 어디 있어?"

갑자기 박대장의 얼굴은 긴장해졌다.

"그 선비님두 몰랐더니 대단한 외입쟁이더군요."

뚱딴지 같은 대답에 박대장은 화를 버럭같이 내어

"어디 있나 말야?"

"네, 다방골 춘담이란 기생네 집에 있습니다."

"혼자야?"

"네, 혼자입니다."

"지금도 누가 지키구 있나?"

"물론입죠."

"일웅이, 오늘 밤은 일이 모두 잘 될 것 같네. 자 받게."

박대장은 기분좋은 웃음으로 일웅이에게 술잔을 건넸다.

오늘 밤도 아까까지는 달이 떠 있었다. 그것이 어느 틈엔가 구름 속에 숨어버려 잠자는 거리는 어둠에 가려지고 말았다.

그러나 생신님 집으로 통하는 납작한 기와집이 양쪽으로 쭉 연달린 그 골목에는 여기저기서 검은 그림자들이 움직이고 있는 것이 보였다.

그들은 이제 골목 모퉁이에서 조족등(照足燈)만 휘두르면 행동을 하기로 되어 있는 것이다.

그보다도 한 발자국 앞서서 칠덕이는 우변청 나장과 함께 생신님 집 대문 앞으로 갔다. 칠덕이는 거기서는 누구보다도 생신님 집 내부를 잘 아느니만큼 앞장을 서서 대문을 두들기기로 되어 있었다.

생신님의 집을 둘러싸고 근 오십 명의 나졸들이 움직이고 있었으나 부근의 신도들은 누구 하나 바깥을 내다보는 사람이 없었다. 오늘밤은 경계가 너무나도 삼엄하기 때문에 모두가 겁을 먹는 때문인지도 모른다.

"칠덕이, 신호를 하네."

나장이 저기서 등을 흔드는 것을 보고 칠덕이에게 말했다.

"그러면 시작을 해볼까요?"

칠덕이는 팔소매를 걷어 올리면서 대문 앞으로 갔다.

"이리 오너라!"

대문을 요란스럽게 두드려대며 소리쳤다. 그러나 안에서는 아무런 대답이 없다.

"이리 오너라!"

목청이 찢어지리만큼 크게 불렀으나 역시 대답이 없었다.

"안에 아무도 없어요? 낮에 점을 치러왔던 사람인데 갑자기 일이 생겨서 왔어요. 영감님 주무세요?"

아무리 떠들어대도 안에는 죽은 듯이 고요할 뿐이다.

"이렇게 고함을 쳐도 그냥 자기만 해요?"

칠덕이는 화가 나는 대로 힘껏 대문을 흔들자 뜻밖에도 대문이 열렸다.

"이것 봐, 어떻게 된 일이야?"

가슴이 섬뜩한 채 숨을 삼키고 나서

"아무도 없는 모양이군요."

나장에게 고개를 돌려 말했다.

"하여튼 들어가 봅시다."

말은 그렇게 하면서도 겁이 나는 모양으로 초롱을 든 나졸들을 불러 앞서라 하고 자기는 그 뒤를 따라 들어갔다. 점치러 온 사람들이 기다리던 문간방은 텅 비어 있었다. 큰방과 건넌방에도 불이 꺼진 채였다.

젊은 나졸이 마루에 올라서서 미닫이를 차고 초롱불을 비쳐 방 안을 휘둘러보고서는

"여기두 아무두 없군요."

뜰로 껑충 뛰어내려 움으로 갔다.

"그 움에 숨은 모양이다. 조심해!"

칠덕이는 소리를 치면서 나졸 뒤로 분주히 움쳤다. 그곳은 점을

치던 곳인만큼 유황불이 날아올지도 모른다는 생각이 앞섰기 때문이다.

"이곳두 헌 상 하나 밖에 뭐가 있어요?"

"어떻게 된 모양이야, 아무도 없으니?"

물론 벽장도 남아 있는 뒤주 속도 찾아봤으나 사람이란 아무도 없다.

"절대로 대문으로는 빠졌을 리는 없어. 어디 빠지는 데가 있는 모양인데 잘 찾아봐."

칠덕이도 눈에서 횃불이 나지 않을 수가 없었다.

"이 스라소니 같은 녀석아, 저녁까지 있던 사람이 앞뒷문을 제대로 지키고 있었으면야 왜 없어졌겠나. 저걸 사람이라구 믿구서…… 이 녀석아, 거기 멍하니 서 있지 말구 한 번 더 가서 찾아나 봐. 어디 숨어 있지 않나. 그렇지 않으면 땅구멍이라도 파고 달아난 자리가 없나."

똥색이 되어서 달려온 칠덕이의 보고를 듣자, 박대장은 성이 독같이 나 입에 거품을 물어가며 소리쳤다.

그는 포도대장이 되고 나서 처음 일인 만큼, 만의 하나라도 실패를 해서는 안 되겠다고 생신님 하나 잡는데 오십 명이나 동원시켜 물샐틈없이 수배를 하고 직접 자기가 진두에 나서 지휘를 했던 것이다. 그것이 생신님은커녕 그 집의 강아지 한 마리도 잡지를 못했다면 장안의 웃음거리가 될 것은 물론이려니와 포도대장 자리도 위험스러운 노릇이다.

"대감의 지시를 받지 않아도 천장의 반자종이까지 뜯어가며 샅샅이 찾아 봤습니다만……"

물론 그렇게 찾아도 그런 흔적이 없으므로 위선 보고를 해야겠다고 달려왔던 것이다.

저녁까지 있던 것만은 틀림이 없고 망을 보는 친구들도 앞뒤 대문에 각기 두 명씩이나 지키고 있었으므로 빠져 나갔다면 절대로 모를 리가 없었다.

그러나 생신님은 귀신이 붙어 있다니만큼 무슨 조화를 꾸밀지도 모르는 일이다. 그것을 생각하면 더욱 뒤가 켕기는 노릇이었다.

"땅굴을 파서 옆집과 통하게 될지도 몰라, 마루를 뜯고 그 아랠 조사해봐."

"네, 지금도 조사하고 있습니다만 별달리 이상스럽다고 생각되는 데가 눈에 띄지 않으니 말입니다."

"앞대문이나 뒷대문으로 나가는 것을 보지 못했다면 그런 구멍으로 나가는 길 밖에 없지 않아?"

박대장은 아무리 생각해도 그렇게 밖에 생각되지 않는대로 눈만 부릅뜨고 있다가 문득

"거기 가 있는 나장보구 옆집으로 들어가서 찾아보라구 해."

하고 배앝듯이 말했다.

"네, 알겠습니다."

칠덕이가 분주히 뛰어갔다.

"이거 봐!"

박대장은 무슨 생각이 갔는지 자기 앞에 있는 부하 하나를 불렀다.

"네."

"자네는 생신님집 뒷대문에 달린 집엘 가서 뒤져보게나. 만일 집을 뒤지지 못한다고 떼를 쓰면 두말 말고 묶어."

"네, 알겠습니다."

그 나장도 말이 떨어지기 전에 달려갔다.

"이거 봐, 둘이서는—."

"네—."

"생신님 집 주위를 돌면서 이 길을 지나가는 사람은 말할 것도 없고 문 밖으로 머리를 내밀고 바깥 동정을 살피는 자가 있으면 한 놈도 놓치지 말고 잡아묶어. 그런 놈들은 모두가 생신님의 한 패거리야."

"네, 알겠습니다."

둘이서는 좌우 양쪽으로 갈라서 급기야 꺾어갔다.

(제 아무리 재주를 피워 집을 빠져나갔다 해도 진을 친 밖으로는 나가지 못했을 거야)

그렇게 생각하니 박대장은 어느 정도 마음이 안심되기는 했다.

칠덕이는 다시 생신님 집으로 뛰어가서 박대장의 말대로 마루 아래까지 뒤져봤으나 역시 아무 흔적도 보이지가 않았다. 그 보고를 다시 듣고 난 박대장은 노발대발하여

"칠덕이, 옆집 녀석들을 모두 끌고 와. 그 녀석들이 생신님의 행방을 모를 리가 없어. 내가 대번에 그 녀석들의 입에서 실토를 하게 할 테니."

집을 뒤져봐도 없다면, 분명 옆집의 신도들이 협조해서 생신님을 감춰놨다고 생각하는 모양이다.

"모두 묶어올까요?"

"싫다는 녀석은 두말 말구 묶어."

"네."

칠덕이는 세 번째 달려갔다. 그때 생신님 집 뒤뜰로 달린 게딱지같은 초가집에서 사람들이 웅성대는 소리, 아이들의 울음소리가 뒤섞여 들려왔다.

박승을 지우려는 나졸들에 반항하는 자들이 생긴 모양이다.

"자네 빨리 가서 반항하는 녀석은 사정없이 방망이찜을 하라구

해."

박대장은 악에 받친 소리로 나졸 하나에게 말했다.

"네."

나졸은 말이 떨어지기가 무섭게 그곳으로 달려갔다.

그러나 박대장은 마음이 놓이지 않는 모양으로 어쩔 줄 모르고 있다가 앞에서 연락을 받던 나장을 불러

"체면을 차리구 이러구 있단 아무 것두 안 되겠네. 내가 생신님 집 앞을 가볼테니 나 대신 자네가 여길 지키구 있게나."

하고 부랴부랴 생신님 집 앞으로 갔다.

오늘 밤, 생신님을 잡지 못한다면 포도대장도 떨어질 판이라고 생각하니 마음이 초조해서 구경만 하고 있을 수가 없는 모양이다.

생신님 오른편 집은 피물거간을 하는 영감부부가 살았고, 왼편 집은 종루(鐘樓) 뒷골목에 있는 은장방에서 일을 하는 젊은 부부가 세 살 난 어린애 하나와 셋이서 살았다.

두 집 모두가 나졸들이 흙투성이 신발 그대로 들어가 세간을 마구 뒤집어 놓았지만 칠덕이가 가서

"우변청에서 물어볼 말이 있다니 따라와."

하고 볼멘소리를 해도

"네, 오라면 가지요."

죽었소 하고 따라왔다. 그러나 뒤뜰 동쪽으로 달린 초가집에서는 그렇게 만만하질 않았다.

"아무리 포청에서 나온 상감님이라 해도 우리가 잘못한 짓이 있는 것도 아닌데, 이렇게 남의 세간을 뒤삶아 놓고서도 무엇이 또 부족해서 물어볼 말이 있다는 거요. 정 물어볼 말이 있으면 거기서두 와서 물어볼 수 있는 노릇 아니요?"

아직도 술냄새가 입에서 풍기는 것을 보면 그 술기운에 용기를 냈

던지 모르지만, 거기 사는 미장이 영감이 버티고 말하자, 그 집 건넌 방에서 사는 대장장이도 나와서

"정말 너무해요. 우린 일 년 만에 처음, 동탯국을 끓여놓고 먹으려는데 무턱대고 들어와 밥상을 차니 그런 법이 어디 있소?"

그러자 사람들도 모여들어 이 입에서 저 입에 반감이 튀어나왔다.

"입을 닥치지 않으면 모두 묶을 테다."

행수 하나가 고함을 치자

"포도청이란 죄없는 사람을 잡아가는 곳이군요."

어떤 젊은이가 나서며 말했다.

그 젊은 사나이도 앞가슴이 퍼진 것을 보니 역시 대장장이인 모양이다.

"그놈부터 묶어."

나졸들은 그에게 달려붙어서 묶으려고 했다.

"나를 어떻게 하겠다는 거야? 내가 왜 묶여?"

젊은 대장장이는 곱게 묶이겠다고 서 있지를 않고, 달려드는 나졸들을 마구 떠밀었다. 힘이 항우(項羽)같이 센 모양으로 대여섯 발자국이나 뒤로 가서 나자빠지는 나졸도 있었다.

"이놈 봐라, 우릴 막 치는구나. 누구의 명령인 줄도 모르구. 이놈 저놈 할 것 없이 마구 묶어."

상관의 명령인만큼, 그것을 본 나장 하나는 살기가 등등해서 고함을 쳤다.

"대감님의 명령이다. 닥치는 대로 묶어."

"달아나는 저놈을 잡아라!"

젊은 대장장이가 달아난 모양이다.

그 소란스런 소리를 듣고 칠덕이도 자기 부하인 땅꾼 대여섯 명을 데리고 바삐 그곳으로 갔다.

초가집 문밖에는 벌써 묶인 사람이 서너 명 되었다. 묶이고 있는 사람들도 너덧 명 되었다.

그들도 묶이지 않겠다고 반항하는 것은 아니었으나

"포도대장은 죄없는 백성을 잡아가는 게 일이요?"

"도대체 무슨 쥔지 알고나 묶읍시다."

저마다 불만을 말했다. 방안에 있던 아낙네와 아이들도 달려 나와서

"우리 아버지 묶지 말아요."

"무슨 일루 우리 바깥 사람을 묶어요?"

"우리 집 주인은 남의 오락지 하나 훔친 일 없어요. 묶으려면 날 묶어요."

이런 울음소리가 한꺼번에 터졌으므로 좁은 골목 안은 마치 닭장을 들어엎은 것처럼 소란스러웠다.

그러나 그곳에는 초가집 한 채에서 여러 살림이 사는 그런 집이 그 집 한 채가 아니었다. 그 일대는 모두 그런 가난한 사람들이 살고 있는 집들이었다.

"무슨 일이야? 저 사람들이 왜 갑자기 묶였어?"

"무슨 노름이라도 하던 모양이구먼."

"노름이 무슨 노름이야. 그날 벌어먹기도 힘든데 무슨 돈이 있어 노름이야?"

"그렇다면 묶일 리가 없지 않아?"

"생신님을 잡으러 나왔다가 못 잡고서는, 그 대신으로 저 사람들을 잡아간다는 거야."

"그야 이야기나 되나. 생신님은 생신님이구 우리야 우리지. 매일 벌어야 먹는 사람들을 저렇게 묶어가면 집사람들은 굶어 죽으란 말인가?"

어느덧 이 골목 저 골목에서 사람들이 모여들어

"우리야 서라면 서고 앉으라면 앉은 죄밖에 없는데 그 죄로 잡아 간다면 너무나도 억울하지 않아요?"

"저 사람들이 잡혀가면 집사람들은 당장에 굶는 판이요. 그것두 좀 생각해 줘야지 않아요?"

나장에게 사정하는 사람도 튀어 나왔다.

그러나 그자들에게 사정이 통할 리가 없었다.

묶인 사람들이 개 끌려가듯이 끌려가는 그곳에 모였던 사람들도 따라가며

"죄없는 사람을 왜 잡아가나!"

"학정질하는 벼슬아치나 잡지, 생사람을 왜 잡느냐!"

그때는 벌써 골목 앞뒤로 사람들이 꽉 차서 나졸들이 길을 비키려고 방망이를 휘두르며 소리쳤으나 비키려고 하지 않았다.

"포장님, 일이 크게 벌어질 것 같은데 어떻게 해요?"

동네 사람들이 자꾸만 골목으로 몰려들어 일웅이는 미리 준비했던 휘양을 쓰고 달려와서 당황스럽게 말했다.

거리 골목골목을 지키고 있는 나졸까지 불러대면 군중들이 야단을 쳐도 무서울 것이 없지만 그러나 어떻게 좁은 골목에서는 손을 댈 도리가 없었다.

더욱이 이 군중 속에는 생신님의 신도들이 있을 것은 물론이려니와, 청림당을 쳐들어온 그날 밤처럼 곱단이의 부하들이 섞여 있을지도 모른다.

"일웅이, 하여튼 우린 그 술집으로 가서 사태를 봄세."

박대장은 겁이 나는 모양으로 그런 말을 하면서 자기 옆에 있는 부장에게 눈짓을 했다. 그곳에 모인 사람들도 포도대장이라는 것은 알고서는 고함치는 일도 없이 순순히 길을 비켜줬다. 그러나 그 뒤

로 대여섯 간 떨어져서 동네사람들을 묶어오는 데서는

"죄없는 사람 못 잡아간다."

"풀어주지 않으면 결판을 낼 테다."

하고 모두가 저마다 한 마디씩 했다.

지금은 박승을 지운 사람을 한 사람씩 맡아가지고 가는 나졸과 행수들도 고함치는 군중들에게 대들려는 자는 하나도 없고 모두가 겁에 질린 얼굴이었다. 그러한 무시무시한 분위기 속에서 성난 홍수가 흘러치듯 군중들은 생신님 집 앞을 지나, 어느 대가의 돌담을 따라 밀려갔다.

"포장님, 이것두 저놈들의 수단입니다."

"수단이라니?"

"신도 녀석들은 이렇게 소란스럽게 해갖고서 생신님을 도망치게 하려는 것이 틀림없어요."

"그런 걱정은 말어. 골목 모퉁이마다 지키구 있는데 제가 어떻게 도망쳐?"

그렇게 말하면서도 박대장은 이렇게 많은 군중이 움직이는 판이니 자신이 있는 것은 아니었다. 아니 그보다도 어리석은 백성이라고 해도 이렇게 많은 수가 합치니 무섭다는 것을 새삼스럽게 느낄 뿐이었다.

그들이 돌담을 돌았을 때 칠덕이가 뒤따라와

"박승을 지운 저 사람들을 놓아주지 않으면 사태가 더 험악해질 것 같은데 어떻게 해요?"

"미친 소리 말구 빨리 끌구 와!"

뒤가 켕기는 박대장이면서도 부하들 앞에서는 위신을 지키기 위해 고함치지 않을 수가 없었다. 칠덕이는 그만 머리가 숙여진 채로 뛰어왔다.

"이건 확실하게 계획적입니다. 청림당에 밀려왔던 그놈들이 또 움직인 겁니다."

일웅이는 재차 그 점을 강조하면서 힐끔힐끔 뒤를 돌아다봤다. 그러는 동안에 같이 가던 박대장보다 몇 발자국 떨어졌다.

"일웅이, 일웅이."

문득 뒤에서 여자의 목소리가 났다.

"누구야?"

놀라며 뒤를 돌아다보자 장옷 속에서 얼굴을 드러낸 곱단이가 웃고 있었다.

"아니, 곱단이!"

뒤로 나자빠질듯 질겁을 하면서도 비수를 뽑아 들려고 한다.

"내 얼굴이나 잘 봐둬. 네가 나를 보는 것도 이것이 마지막일지도 모르니."

비웃는 눈웃음을 치고서 반대쪽인 어두운 골목으로 사라졌다.

"곱단이 여도둑이 저리로 뛴다. 잡아라!"

일웅이는 고함을 치면서 곱단이가 달아난 골목의 사람들을 헤치고 뒤따라가려고 악을 썼다.

곱단이가 달아난 그 길로 곧장 올라가면 목멱산으로 통한다.

"뭐, 곱단이 여도둑?"

앞에서 군중들에게 쫓겨가다시피 분주히 걸어가던 박대장도 곱단이와 생신님은 같은 사람인지도 모른다는 말을 듣고 있었으므로 불시에 뒤를 돌아다 봤다.

"누구야 이 자식, 어딜 달아나려고 해?"

"바로 그 녀석이 도둑이다. 머리에 휘양을 쓴 걸 보니 도둑이야."

"잡아라, 그 녀석 잡아. 어딜 달아나려는 거야!"

일웅이를 둘러싼 사람들이 저마다 한마디씩 하면서 마구 그를 주먹으로 줴질렀다.

"봐라 봐, 난 도둑 아니야. 도둑은 계집이야. 아이구, 아이구, 포도대장, 사람 살려요!"

하고 비명을 치면서 뭇매를 맞고 있는 가련한 꼴이었다.

"이놈들 진정해, 그 사람은 때릴 사람 아니야."

"이 녀석들 포도대장의 명령두 거역할 텐가?"

"손을 떼구 모두 물러가."

박대장은 부장 둘과 함께 일웅이를 뽑아내려고 했으나

"도둑이다!"

"도둑을 감싸주는 것이 무슨 포도대장이냐?"

일웅이를 싸고 있는 젊은 패에 밀려 어떡할 도리가 없었다.

박대장이 결딴나는 것 같아서 분주히 달려온 나장이 방망이를 들어 그들의 어깨를 마구 쳤다.

"비켜라 비켜, 비키지 않으면 마구 후려갈길 테다!"

"이 자식아 왜 사람을 치면서 야단이냐?"

"상감님 댁 사람이야, 비켜!"

"상감님이 다 뭐야? 도둑을 감싸주는 놈들."

"저 녀석의 방망이를 빼앗어."

어느덧 그곳에도 사람이 둘러싸고 고함을 쳤다.

앞에서 이런 난장판이 났으니 뒤에서 박승이 진 사람들을 따라오던 군중들도 가만히 있을 리가 없었다.

"죄없는 사람들을 묶은 저 나졸 녀석들을 묶어라!"

누가 고함치자 그 소리에 극도로 흥분한 군중들은 물밀듯이 나졸들에게 왁하고 달려들었다. 그렇지 않아도 겁에 질려 눈치만 슬슬 보면서 가던 나졸들은 박승을 지운 사람들도 집어던지고 저마다 달아나 버렸다.

그런 곳에서 어물거리고 있다가는 찍 소리도 못 치는 판이므로 박대장은 분주히 골목 밖으로 뛰어가는데 어느덧 구름 속에 숨었던 달이 나와 저편 개뚝에서 검은 장옷을 입은 여자 하나가 뛰어가는 것이 보였다.

　"곱단이라는 것이 저 계집년이구나."

　곱단이는 오늘밤 잡으려던 장본인인 생신님에 틀림이 없다.

　그렇게 생각했을 때 앞에서 소리 소리가 났다. 자기를 대신해서 지휘하던 나장이 그제야 응원을 청하는 모양이었다.

　"부, 부―."

　어디선가 그 소라소리에 답하는 소리가 났다.

　그날 밤, 쌀을 구하기 위해서 만났던 임치종이에게 거절을 당한 태근이는 뒤에 미행하는 놈이 두 녀석이나 있다는 것을 알면서도 일부러 좁은 천변길로 들어섰다. 그리하여 선술집을 두어 집 들러, 밤이 깊기를 기다려서 대담스럽게도 생신님 집으로 곱단이를 찾아갈 생각을 했다. 쌀을 구하기 위해서 곱단이를 만나 달리 상의할 일이 있었기 때문이다.

　그러나 너른마당으로 들어가는 골목마다 나졸들이 지키고 있어 갈 수가 없었다.

　(이건 틀림없이 생신님 집을 포위한 거야. 이렇게도 많은 나졸들이 나온 걸 보니 생신님 근처에서 사는 신도들까지 같이 가는 것이 아닌가?)

　태근이는 가슴이 뛰는대로 벌써 자기 마음이 아니었다. 더욱이나 은실이도 나졸들이 진을 치고 있는 그 속에 있을 생각을 하니―.

　그러나 아무리 태근이라고 해도 나졸들이 지키고 있는 곳을 헤치고서 들어갈 수는 없었다.

　그는 하는 수 없이 사람들이 별로 다니는 일없는 목멱산 밑으로 분주히 돌아 붓골로 나오자 거기에서 골목을 지키던 나졸들은 벌써 도망간 모양이고 군중들의 소란스러운 소리만이 들렸다.

(역시 오늘두 신도들을 동원한 모양이구나)

태근이는 곱단이의 이 계획적인 역습이 과연 성공할 수 있을까 하고 돌담에 붙어 흥분한 군중들을 보고 있는데 군중 틈에 쫓겨 비명을 치면서 달려오는 사나이가 있었다. 문득 보니 칠덕이었다. 군중들에게 깔려 뭇매라도 맞은 모양으로 얼굴은 피투성이였다.

태근이가 자기도 모르게 길을 막고 나섰다.

"아 선비님, 제발 제발 제 목숨만……."

칠덕이는 태근이에게 매달려 살려달라고 애걸했다.

"이 녀석아, 그런 소리말구 빨리 달아나."

한마디 고함치고 나서는 길 한복판에 뚝 버티고 나섰다.

"네 녀석은 누구야?"

"행수놈을 놔준 저 녀석 잡아 때려!"

칠덕이를 뒤쫓아오던 군중들이 태근이 앞에서 발을 멈추고 소리쳤다.

"그녀석도 불쌍한 녀석인데 그만큼 혼을 내줬으면 되지 않아요."

태근이는 군중에게 양해를 구하듯이 말했다. 그러나 군중들은 그런 말이 귀에 들어올 리가 없었다.

"저 녀석두 같은 녀석이다!"

"불쌍한 걸 아는 놈이 우릴 왜 이렇게 학대해?"

물끓듯이 끓어대는 군중들은 이제 누가 선봉에만 서면 왁하니 태근이에게 달려들 판이었다.

그때에 군중들을 헤치면서 나타난 것이 두팔이었다.

"태근이 자네 어떻게 된 일인가?"

"나두 모를 일이야."

태근이는 자기가 어이없는 일을 가로맡은 것을 생각하고 웃자

"이 사람은 우리 편이요. 빨리들 너른마당 쪽으로 가요."

하고 군중들에게 고함치고 나서

"쌀은 어떻게 됐나?"

하고 태근이에게 물었다.

"그것이 안돼서 곱단이를 만나려고 왔던 길인데."

"하여튼 자넨 여기서 어물거리지 말고 빨리 배나무 술청으로 가게나. 거기서 만나기로 했으니."

한 마디 하고서는 어느덧 두팔이는 군중들 틈에 뒤섞여 없어졌다.

누구나가 생명의 위험이 시시각각으로 닥쳐오고 있는 것을 안다면 좋을 리가 없다. 모를 땐 아무 걱정도 없는 일이 알기 때문에 초조해진다. 그것은 중병을 앓는 환자의 심경과도 다르다. 아무리 중한 환자라고 해도 훌륭한 명의를 만나, 좋은 약만 쓰면 살 수도 있으리라고 생각한다. 그러나 이것은 그것과도 다른 일종의 사형선고와도 비슷했다. 그것이 또한 지금까지 지내온 일로 미루어보면 그 형벌이 지체되는 일도 없이 정확하게 내려졌다.

김인호와 눈이 멀게 된 그의 형 만호가 그랬고, 군중들에게 밟혀 죽은 일웅이도 역시 예고한 그대로였다.

오늘도 사랑방에서 혼자 술을 마시며 그 생각을 하던 재찬이는 문득 잔을 놓고 이맛살을 찌푸렸다.

그 순서로 형벌이 온다면 다음엔 이서구 비장, 그리고 나선 자기 차례라는 것이 분명했기 때문이다. 아니 그것이 자기에게 먼저 올지도 모른다.

김재찬이는 안동 김씨가 판치는 세상에서 연안 김씨로 호판(戶判)에 오른 재사(才士)이기도 했지만, 젊어서는 어영대장(御營大將) 이창운에게도 닦인 몸이라 남보다 대담하고 강인한 데도 있었다. 그러나

아무리 대담하고 강인한 성격이라고 해도 싫은 것은 싫다. 그것이 더욱이나 목숨을 노리는 귀신과도 같은 여도둑과의 대결이니 좋을 리가 없다.

재찬이는 그것을 생각지 않으려고 했으나 역시 마음에 걸려 생각하게 된다. 밤에 자다가도 벌떡 일어나는, 전에 없던 버릇이 생겼으며 문 간수에도 신경을 썼고 외출을 할 때에도 누가 따라오는 것만 같아, 문득 뒤를 돌아다보는 버릇도 생겼다. 겁을 모르는 자기라고 자처했던 것이 지금엔 그 반대로 대단한 겁쟁이라는 것이 느껴지기도 했다. 이미 그는 불안 속에 싸여 있었다. 자기는 평소와 조금도 다름없는 마음이라고 생각했으나 역시 그의 거동은 전과 같다고는 할 수가 없었다.

"자네두 되도록 몸을 살피게나. 대담한 것이 자랑이 아니라네."

친구가 진심으로 걱정해 주는 이런 말도 그의 귀에는 '너두 일웅이의 뒤를 따라 죽을 날이 멀지 않았어. 남을 해하고서 제 명에 죽는 일이 있는 줄 알어. 하여튼 죽으려면 빨리나 죽게. 자네 벼슬자리엔 내가 대신 앉아야겠으니'하고 기다리고나 있는 듯이 들려 불쾌하기가 짝이 없었다.

물론 재찬이도 방심하고 있는 것은 아니었다. 장안의 쌈꾼은 모두 불러들여 문지기도 전보다는 배나 두었고, 청림당엔 나졸들이 십여 명이나 살고 있었다. 뿐만 아니라, 자기는 곱단이 여도둑같은 계집에게는 만만히 혀를 뽑히지 않을 자신도 갖고 있었다. 그러니만큼 일을 당해도 그렇게 당황할 자기가 아니라고 생각했다. 그러나 언제 어디서 올는지 그것을 알 수 없는 것이 불안했다. 그것이 또한 어떻게 된 일인지, 우변청에서 생신님 집을 습격한 후로 십여일이 지났으나 여도둑 패거리는 한 명도 얼씬하지 않았다.

이쪽에서 잔뜩 긴장해서 기다리고 있어도 저쪽에서 움직여 주지 않으면 그것도 곤란한 일이다. 제 아무리 태연하려는 재찬이도 요즘 며칠은 술상을 앞에 놓지 않고서는 앉아 있을 수 없는 것은 역시 불안에 갇혀 있기 때문이었다.

재찬이가 혼자서 술을 들고 있는데 우변청(右邊廳)을 다녀온 이서구 비장이 나타났다.

"무슨 별다른 일이라도 있던가?"

"오늘은 장안의 무당을 다 잡기로 했답니다."

"그건 왜?"

"무당 중에도 생신님과 내통한 무당이 많다는 거지요."

"생신님과 내통한 자라면, 포청의 나졸과 행수 녀석들도 많지 않은가. 내일은 포청 녀석들을 모두 잡아 넣는다든가."

재찬이는 비꼬아주고 나서

"그래서 오늘도 여도둑에 대해선 아무 이야기도 없어?"

"이제는 장안의 경비가 전과는 다릅니다. 그러니 그 녀석들도 지금은 고개를 들고 움직일 생각은 못하는 것이지요."

이비장은 자신은 일웅이처럼 그렇게 어설프게 일하지는 않는다는 것을 자랑하듯이 말했다.

"오늘은 제가 혼자서 마음놓고 서울거리를 다녔으니까요. 거리 사람들의 이야기도 이제 몇 놈만 남은 그 여도둑 패거리만 갖고서는 맥을 쓰지 못하리라는 겁니다."

"그래?"

재찬이는 반신반의하는 얼굴이었다. 그들을 그렇게 만만히 볼 수는 없다고 생각하기 때문이다.

"하여튼 지금 서울거리에는 그 덕택에 좀도둑 하나 볼 수가 없다고 합니다."

"좀도둑이 없어졌다고 그렇게 마음을 놓을 일은 아닐세."

재찬이는 자기의 생각대로 솔직히 말하고 나서

"그 여도둑 패거리는 너무나도 약속을 잘 지키는 것이 분명하니 말야. 정말 감사할 정도지. 누굴 해치운다고 선언을 하면 그 사람을 해치우기 전엔 딴사람에겐 손도 대지 않는 모양이니."

이 말엔 이비장도 가슴이 철썩하는 모양이었다. 금시에 낯빛이 달라지며 잠시 입만 더듬거리고 있다가

"실상은 오늘 제가 이런 이야기를 들었습니다."

하고 무릎걸음으로 걸어 나와서

"칠덕이가 여도둑패의 선고를 받고 미친 사람처럼 된 모양입니다."

"칠덕이가?"

재찬이는 의아스러운 얼굴로 잠시 생각했다. 칠덕이도 물론 자기네의 앞잡이 노릇을 그만큼 했으니 그들에게 미움을 받았을 것은 물론이지만, 그러나 선고를 받았으리라고는 생각되지 않았다.

재찬이는 쓴 웃음을 웃으면서

"그렇다면 안됐구면. 자네가 찾아가서 내가 만나고 싶다고 하게나."

칠덕이는 생신님 집을 습격한 그날 밤, 어찌나 혼이 났는지 다시는 그런 일을 하지 않을 생각으로 그런 말을 꾸며갖고 사람들에게 말했던 것이다.

재찬이를 찾아간 칠덕이는 그말부터 꺼냈다. 자기가 여도둑을 얼마나 무서워한다는 것을 광고나 하듯이 말했다. 재찬이가 빈정대는 얼굴로 듣고 있자, 칠덕이도 이야기 도중에 그것을 느꼈는지

"포청의 밥을 먹는 녀석이 정말 부끄러운 말이오나 박장이가 무참히 죽는 것을 보고 나서는 이번엔 틀림없는 제 차례라고 생각하고……."

벌벌 떨리는 입에 울음까지 섞여 무슨 말인지 알아들을 수가 없었다.

"이 못난 녀석이, 내가 이렇게 살아 있는 동안이야 무슨 걱정인가?"

재찬이는 몸부림치는 칠덕이가 자기 같아만 보여 눈살을 찌푸렸다.

그러한 어느 날 오후, 재찬이네 집 뒤뜰에는 삿갓을 쓴 사나이가 하나 나타났다. 그것을 문지기도 모르고 있으니 필경 담을 넘어온 모양이었다.

그러나 그 인품으로서나, 옷차림으로서는 결코 담이나 넘어다닐 사람 같지는 않았다. 명주도포에 발막을 신은 것을 보면, 행세하는 사람이라는 것은 알 수가 있었다.

그가 뜰 안을 둘러보면서 천천히 걸어 사랑채 앞까지 왔을 때 그곳에서 시중을 드는 하인이

"뉘신지 모르오나, 대감댁에 들어왔으면 삿갓을 벗어주시오."

"참 그렇구면."

사나이는 웃으면서 삿갓끈을 풀었다.

"어느 댁의 행차라 하실까요?"

"서울엔 집이 없는 놈이라, 어느 집에서 왔다고 할 수 없구면."

그 말에 하인은 이어 눈치를 채고 웃으면서

"어느 도에서 올라오신 감사님이라고 할까요?"

"난 감사는커녕 벼슬이 뭔지도 모르는 녀석이야."

하인은 또 혼자 생각으로 웃고 나서

"그러면 뉘시라구 할까요?"

"자네가 갑자기 이름을 물으니 이름까지 갑자기 잊었네그려. 같이 그 짓하는 옛날 친구라구 하게나."

"그 짓이라면?"

"도둑 말이야."

"농담두 그 말씀은 너무 지나칩니다."

"하…… 도둑과 대감이 별 차이가 있는 줄 아는가? 대감이 큰 도둑이라면 길목 지키는 좀도둑의 차이가 있을 뿐 자네 주인은 십년 전, 죄없는 백성을 죽이고서 수만금을 독차지하여 지금의 부귀를 누리게 된 큰 도둑이라네. 나는 그것이 부럽기가 한이 없어 지금까지 도둑의 기량을 배워 이제 겨우 자기 앞차기를 할 만한 사람이 되어 찾아온 거야. 그러니 자네가 꼭 좀 만나게 해줘. 우리들의 기량을 내기하게 하도록 해주게나. 그런데 내가 이름을 갑자기 잊었으니 답답한 일 아닌가?"

"그러시다면 여기서 잠깐만 기다려 주시기 바랍니다. 제가 대감께 아뢰오겠사오니."

하인은 땅에 무릎을 꿇고 읍하였다. 하인의 생각으로서는 대낮에 큰소리로 더욱이나 대감집 뜰 한복판에서 대감과 자기를 도둑이라고 하는 이 사나이가 사실로 도둑일 수는 없다고 생각한 것이다. 그보다는 대단한 지위에 있는 분으로 그저 장난하기 좋아서 그런 것이라고 생각했다. 그러므로 이런 분을 자기가 몰라봤다면 나중에 꾸지람이라도 들을 것 같아 분주히 무릎을 꿇었던 것이다.

그 사나이는 하인의 어깨를 툭툭 치고 나서

"일부러 가서 알려주지 않아도 좋아. 내가 만나려는 도둑이 저기에 오는구나."

그 사나이가 가리키고 있는 중문 앞에는 마침 사랑을 향하여 나오던 재찬이가 문득 서서 이곳을 보고 있었다.

"대감님을 도둑이라니?"

"그래, 나와 같은 도둑이다."

"김 대감, 오늘은 손님이 아니라 도둑으로 왔소. 그러나 이 하인 녀석이 믿지를 않는군요."

그 사나이는 바로 태근이었다.

"이것 참 진객일세."

재찬이는 몹시 반갑기나 한 손님인 듯 호담스러운 웃음으로 대했다. 그러나 눈을 자꾸만 깜박이는 것을 보면 역시 당황한 모양이다.

"정말 자네가 이렇게 나타날 줄은 생각 못했네."

"나 역시 생각지 못한 일이오. 대문에선 들여보낼 것 같지도 않아 담넘어 온 손님을 이렇게도 환대해 줄 줄이야—."

태근이는 빈정대는 웃음으로 뜰을 둘러봤다.

"옛날이나 지금이나 달라진 것이 없군요. 저기 정자가 그대로고 저 잣나무도 역시 그대로고—."

"달라진 건 나지."

재찬이는 광채 나는 눈을 들어

"나는 이제 자네 같은 사람과 벗할 사람도 아니고 세상을 논할 사람도 아니야. 너는 내 적일 뿐이야. 세상을 어지럽게 하는 너희 녀석을 잡아 없애는 것이 내 직분이란 말야. 그렇지 않고서는 백성들이 마음놓고 살 수가 없으니."

"하하, 백성을 생각한다는 그 말은 아직도 용케 기억하구 있군요."

"말을 삼가게. 너와 나와는 지위가 달라. 도대체 너는 무슨 자격으로 찾아왔기에 그렇게도 불손해?"

"글쎄요, 뭐라고 할까요. 역적의 자격이라고나 할까요?"

"그걸 안다면 버릇없이 입을 벌릴 수 없지 않아."

"역시 찾아온 것이 잘못이었군요."

"저 사랑방 앞에 쌈군들이 대령하고 있어. 네 눈에도 보이겠지."

"그렇다면 대감님 눈엔 독을 칠한 내 손가락이 보이지 않아요?"

태근이는 날쎄게 재찬이의 소맷자락을 잡아 팔을 끼면서 자기 손을 들어 보였다. 손끝에는 옻칠을 한 것 같은 검은 골무가 끼워져 있었다.

"너는 언제 이런 비겁한 재간이 늘었어?"

"그보다도 나와 같은 역적과 이렇게 다정스럽게 이야길 하는 걸 보면 누구보다도 대감님이 재미가 없을 겁니다. 빈 방으로 들어가서 이야기를 합시다."

"이 팔소매는 놓아."

"먼저 앞서요."

태근이는 재찬이를 앞으로 밀면서 팔을 놓고 뒤따랐다.

사랑방 앞에는 겸인과 통인, 사령들이 쭉 서서 머리를 숙이고 있었다.

"수고들 하네."

하며 태연스럽게 재찬이의 뒤를 따라 툇마루로 올라섰다.

서쪽 들창에는 가지들만 남은 나무들이 직사광을 받아 그 그림자가 거미줄처럼 어지럽게 그려져 있었다.

태근이는 그것을 보며

"겨울도 얼마 남지를 않았군요."

혼잣말처럼 뇌었다. 태근이로서는 그것이 무슨 뜻이 있어서 하는 말 같았으나, 재찬이는 그런 말은 귀담아 들을 생각도 않고

"자, 먼저 들어가게."

사랑방 미닫이를 열고 옆으로 비켜섰다.

태근이는 허리를 굽히면서 들어가던 그 순간에 등 뒤에서 불같은 살기가 문득 느껴졌다. 불시에 고개를 돌린 태근이는

"이제야 독안에 든 쥐라고 생각할 텐데 뭐 그렇게 급하다고—."

하고 히죽 웃었다.

"하하 태근이란 사람도 의외에 겁이 많구먼."

들었던 주먹을 분주히 내린 재찬이는 태연스럽게 웃었다.

"내가 놀란 건 지나가는 기러기 그림자인 모양이군요."

태근이는 태연스럽게 웃었다. 그리고는

"하여튼 미닫이를 닫으시오."

재찬이는 뒷손으로 미닫이를 닫으면서

"나를 찾아온 이유가 뭔가? 그것부터 들읍세."

"그렇게 서서야 이야기인들 할 수가 있어요? 앉읍시다."

태근이는 먼저 앉았다. 그러나 재찬이는 앉을 생각을 하지 않고

"설마 자네가 내 목이 탐나서 온 것은 아니겠지?"

"그렇다면 내가 온 이유를 대감님두 잘 아시는군요."

"뭣?"

재찬이는 급기야 문갑에 놓여있는 검을 잡으려고 했다. 그러자 태근이는 재빨리 그 앞으로 가 앉으며

"그렇게 덤빌 필요는 없습니다. 그건 내 이야기를 듣고서 천천히 잡아도 될 일인데. 그러지 말구 앉아요. 오래간만인데 앉아서 옛이야기나 합시다."

재찬이도 서 있어 봤댔자 별 수 없다고 생각한 모양인지 태근이와 두어 발 사이를 두고서 앉았다.

"그래서 내게 하고 싶다는 이야기가 뭔가?"

"대감님께 실상은 묻고 싶은 이야기가 있는데."

"은실이에 대한 이야기라도 묻겠다는 것인가?"

재찬이는 역시 은실이에 대해서는 가슴에 짚이는 데가 있는 만큼 먼저 입을 열었다.

"그것이 아니라, 회천서 죽은 천주교신도 이상훈에 대한 일입니다."

"십년이나 지난 그때의 일을 지금 새삼스럽게 무슨 필요가 있어서?"

"그때 그의 재산을 대감님이 맡아둔 것이 있는 모양인데."

그 말에 재찬이는 빙긋이 웃으며

"그래 자네와 이야기니 맡아뒀다고 합세나."

"그것이 얼마나 되는 재물인가요?"

"글쎄 그것두 너무 오랜 일이니 지금에 기억이 없네."

"기억이 없다구 해두 쌀 천석값은 훨씬 더 됐겠지요?"

"그랬는지도 모르지."

"그 재물을 이상훈이 딸들이 찾아줬으면 하기에, 대감님두 오래간만에 만날 겸 겸사겸사로 내가 온 겁니다."

"이상훈 딸이 누군가?"

재찬이는 그것을 짐작하지 못하는 것도 아니면서 물었다.

"곱단이와 은실이입니다."

"역시 그건 내 생각이 틀림이 없었구먼."

혼잣말처럼 말하고 나서

"그 사람들이 재물은 왜 갑자기 필요하게 됐던가?"

"글쎄요, 남의 일이니 알 수는 없지만 세상을 소란스럽게 하며 다녀야 별 수가 없으니 의젓한 남편이나 맞아 갖고 시골로 떨어져서 살 생각인지도 모르지요."

"그런 생각이라면 말야, 내가 맡아갖고 있을 필요가 있겠나? 언제구 내주지."

"그런데 거기에 한 가지 조건이 있는데 그건 꼭 쌀로 받아달라고 합디다."

입에서 나가는 대로 말하던 태근이는 비로소 정색을 하고 재찬이를 지켜봤다.

"쌀 천석이라니, 혼자 먹을 쌀이라면 양이 너무나 많은 것 같구먼."

재찬이는 빙그레 웃으면서 말했다.

"그러나 세상엔 그 몇십 곱도 한꺼번에 먹고 배탈도 나지 않는 양반이 있는 모양입니다."

태근이는 천장을 쳐다보며 넌지시 응수를 했다.

"태근이 자네두 금년이 대단한 흉년이라는 것은 알고 있겠지. 알고 있는 사람이 그런 말을 한다는 것은 내 목을 베어가겠다는 소리와 마찬가지가 아닌가?"

"그렇다고 조금도 무리한 이야기야 아니겠지요. 그 재물은 본시 대감님이 남의 목을 베고 맡았던 것, 그 재물을 도로 찾기 위해서 대감의 목을 벤다고 불평이야 없을 일 아닙니까?"

"하하하 자네는 어디서 그렇게도 말이 능해졌나. 하기야 그 재물의 이자까지 붙인다면 내 목 뿐만이 아니라 여편네 목까지 베어주어야겠지. 그래서 그 쌀은 도대체 무엇에 쓰겠다는 것인가?"

"평안도로 가져갈 생각입니다."

"평안도는 뭘하러?"

"호조판서로 앉아계신 김 대감님이 그런 말은 참 딱하시군요. 지금 평안도에는 굶어 죽어 나가는 사람이 길이 메다시피한데 대감께서 모르시고 제게 그걸 묻는가요?"

"정말 나같이 우둔한 녀석이 호조판서의 자리를 잡고 있기 때문에 하늘도 노하여 백성들을 그런 기아로 몰아넣은 모양이네."

농담만도 아닌 듯이 말했다. 그러나 태근이는 그 말을 그대로 받아

"대감님은 오늘 처음으로 쓸 말을 하시는군요. 그 가엾은 사람들을 구하기 위해서 우리가 쌀을 청구한다면 대감님의 인정으로도 싫다고야 못하겠지요."

"참 기특한 생각이군."

재찬이는 히죽이 웃었다.

"기특한 생각이라고 칭찬만 마시고 기특한 생각을 실행하도록 대

감께서 선심을 써주시오."

"알겠네, 알겠어. 옛 정의(情誼)를 생각해서도 그만한 재물은 거저도 줄 수 있는 일인데 맡았던 재물을 이자도 받지 않고 그대로 달라는데 내 어찌 싫다고 하겠나?"

하고 말하고서는 문득 가벼운 어조로 바꿔

"그 대신 나도 자네에게 부탁이 있네."

"……?"

"나와 이집에서 같이 삽세나. 자네도 이제는 귀여운 계집도 그리울 나이가 되지 않았나. 자네의 목숨은 반드시 내가 책임을 지지."

"보수는?"

"쌀로 받는 이백석 직전(職田)을 주지."

"일웅이는 겨우 이백석을 받고 스승을 팔고 동지를 팔고 자기의 지조(志操)를 팔았군요."

"언제까지 이백석이 아니겠지. 태근이 자네의 수완이라면 오백석도 받을 수 있게 될 걸세."

"오래간만인데 그런 서글픈 이야긴 그만둡시다."

태근이는 조용히 웃었다. 역시 이렇게 마주앉고 보면, 재찬이의 체취에는 태근이만이 알 수 있는 옛날 친구의 달콤한 향수가 풍겨졌다.

둘이서 잠시 말이 끊어졌을 때 안에서 가야금소리가 흘러나왔다. 재찬이의 애첩 명도가 뜯는 가야금소리였다.

재찬이는 그 가야금소리에 귀를 기울여가며

"태근이라는 사람은 아직도 저 흥겨운 소리를 모른다고 하니 참 가엾구면."

정작 동정이나 해주는 듯한 얼굴로 말했다.

"그러나 내가 생각하기엔, 태근이란 그 사람보다도 호조판서 그 사람이 더 가엾군요. 배고파 울고 있는 백성들의 울음소리를 듣지 못하는 귀머거리면서도 저 가야금소리가 흥겹다고 하니."

"싫다는 소린가?"

"싫다는 소리라기보다도 김태근이의 지조는 그런 헐값으로는 팔 수가 없다는 것뿐입니다."

"그렇다면?"

"부원군 김조순의 코털을 매일 한 오리씩만 뽑아 준다면 생각해보기로 하지요."

"그건 너무나도 욕심이 없는 이야기군."

하고 재찬이는 웃고 나서

"태근이, 나는 자네가 그 쌀로 뭣을 하겠다는 것을 대략 짐작 못하는 것도 아니네. 그것으로써 황평도에 흩어져 있는 산채도둑들을 모아 반란이라도 일으켜볼 생각이겠지. 그러나 그건 되지도 않을 일, 그런 헛된 생각은 버리고 나와 명도의 가야금소리나 들으며 이 집에 사는 것이 어때?"

재찬이도 역시 옛날의 정의를 잊지 못해서인지 태근이의 마음을 돌려보려는 진정이 얼굴에 엿보였다. 그러나 태근이는 여전히 아랑곳하지 않고

"대감님이 친구의 정이 그렇게도 두터우시면서 굶는 백성에게는 왜 그런 정을 베풀 생각을 못하시는지 알 수가 없군요."

"역시 쌀을 달라는 소린가?"

"물론입니다."

"주지, 줘. 그러나 금년 같은 흉년에 쌀 천석이란 적지 않은 쌀, 그것을 사서 모으려도 십여일은 걸릴 테니 그때까지 기다려 주게나."

"쌀은 지금 이 자리에서 줘야겠습니다."

"그때까진 평안도 사람들이 다 굶어죽을 것 같아서인가?"

"그동안에 강이 얼게 될지도 모르기 때문입니다. 만일 강이 얼어 뱃길이 막히게 된다면 대감님의 말 그대로 되는 것이 아니겠습니까?"

"평양 사창(社倉)에도 환곡(還穀)을 쌓아둔 것은 있다네. 그때는 내가 수서(手書)를 써 주기로 하지."

말을 하고서 재찬이는 아차 했다. 그러나 이미 한 말은 다 거둘 수가 없었다. 태근이는 빈틈없는 재찬이가 어째서 이런 주책없는 말을 하는가 싱긋이 웃으면서

"그때 가서 쓸 수 있는 수서라면 지금도 쓸 수 있는 일 아닙니까?"

하고 문갑 위에서 벼루함을 내려놓았다. 그리고는 다시 수서를 쓸 두루지를 찾는데

"이 사람아, 환곡미는 마구 다칠 수 없는 거야."

"그러나 이제 방금 호조판서의 권한으로 그것도 할 수 있다고 하지 않았소? 그 말을 듣고 나는 벼슬이 좋다는 걸 비로소 알았는데요."

재찬이는 대꾸할 말이 없는 대로 빨개진 눈으로 태근이를 노려봤다.

그러나 태근이는 그것도 모른 척하고 연적(硯滴)에 물을 떨어뜨려 먹을 갈기 시작했다.

재찬이는 하는 수 없이 붓을 들어 평안감사에게 보내는 수서를 썼다. 태근이는 그것을 받아 천천히 접어 안주머니에 넣고 나서

"내가 평안도 땅에 가면 대감님이 백성을 생각하는 그 극진한 마음을 그곳 사람들에게 꼭 알리겠습니다."

"그런 쓸데없는 수작은 그만두구, 일이 끝났으면 어서 가봐."

"그렇대두 지금이야 나갈 수 없는 일 아닙니까?"

태근이는 서쪽 들창을 돌아다보며 히죽이 웃고 나서

"아직도 해가 있는 모양이니 좀 더 앉아서 이야기나 하다 가겠습니다. 지금 나가다가는 그야말로 난 독안에 든 쥐 꼴이 되겠으니 그렇게 되면 대감님도 옛 친구를 하나 잃게 되어 서글픈 일이 아닙니까?"

그러고는 손을 내밀어 문갑 위의 칼을 들어

"물론 이걸로 대감을 찌른다면 지금도 천천히 나갈 수야 있겠지요. 그러나 어쩐 일인지 그럴 마음은 없군요. 나도 옛 친구를 그리워 할 줄 아는 그런 때가 된 모양인지."

"천주교도같은 소린 그만두고, 그걸로 날 찔러볼 테면 찔러봐."

"찌르면 피가 나오겠지요."

"네 목은?"

"그렇기에 그런 살벌한 짓은 하고 싶지 않다는 겁니다."

태근이는 다시 칼을 문갑 뒤로 떨구고

"해가 질 때까지 잠이라도 한잠 자면서 기다리기로 할까?"

하품을 하며 문갑에 몸을 기대고 다리를 길게 폈다. 일부러 그런 틈을 준 것이지만, 거기에 더욱 기가 질렸는지 재찬이는 달려들려고도 하지 않았다. 태근이는 흥미가 없는 양으로 혼자 웃고 나서

"이젠 꽤 어두워진 모양이니 난 가 보겠소."

일어서 문 앞에 놨던 삿갓을 쥐려고 허리를 굽혔다. 그 순간에

'지금이다!'

재찬이는 속으로 소리쳤다. 방바닥에 그대로 놓여 있는 벼룻돌을 들어 뒤통수를 칠 여유는 있었다. 그것이 손에 너무나도 힘을 줬기 때문에 놓쳐버렸다. 벼루가 떨어지는 소리에 태근이는 별로 놀라는 기색도 없이 얼굴을 돌려

"왜 그래요?"

"이제는 벼루를 쓸 필요가 없겠지."

"그렇지요."

웃고 나서 태근이는 미닫이를 열기 위해 다시금 허리를 굽혔다. 이번에도 벼루를 집어던질 틈이 있었다. 그러나 재찬이는 망설이다가 또 기회를 놓쳤다. 그 기미를 이미 알고서 웃는 것만 같았다.

그는 분한 마음 그대로 이가 부득 갈렸다.

(이 교활한 녀석, 나를 죽이고 싶지는 않다면서도 일부러 틈을 줘 내가 대들기를 바라는 것이다)

그러나 태근이는 별로 그렇게 생각하고 있는 것 같지도 않았다.

그는 문을 쫙 열고 툇마루로 나섰다. 재찬이도 뒤따라 나섰다. 그것이 두어 발자국 차이였는데 어느덧 태근이는 보이지 않고, 뒤뜰로 나가는 쪽문이 열려져 있었다.

그리고 보니 이 집의 구조는 누구보다도 잘 알고 있는 태근이었다.

태근이가 다시 나타난 곳은 그 집 바로 뒤에 있는 제당(祭堂)이었다. 소나무가 울창해서 낮에도 어두운 곳이다.

그곳에는 두팔이를 위시해서 그들 패거리 중에서도 제일 몸이 날랜 젊은이 너덧 명이 기다리고 있었다. 태근이가 들어간 그 안에서 무슨 일이라도 생기면 담을 뛰어넘어 들어갈 판이었다. 그러니만큼 긴장하고 있었을 것이 물론이다.

"어떻게 됐나?"

태근이를 보자, 두팔이는 급기야 눈을 번득거리며 달려갔다.

"자네두 이젠 진옥이를 데리고 살게 됐네."

"그렇다면 수서를 받았어?"

두팔이가 기뻐하는 건 물론 진옥이와 살게 돼서 뿐만이 아니었다.

"그러나 일은 우리 생각대로 된 것이 아니네."

"어떻게 됐기에?"

기뻐하던 두팔이의 얼굴이 뚱해졌다. 어느덧 와서 태근이를 둘러섰던 젊은이들도 마찬가지였다.

"쌀을 평양 사창에서 찾기로 됐으니 말야."

"그렇다면 더욱 잘되지 않았나?"

"이 사람, 그렇게 태평한 소릴 하구 있을 때가 아니네."

"……?"

"재찬이가 수서를 쓴 것은 내 손가락 끝의 독약이 무서웠기 때문이야."

"그렇다면 재찬이가 쌀을 주지 말라는 파발을 띄울 염려가 있다는 말인가?"

"물론이지, 그러니 이제는 누가 먼저 평양 사창에 다다르는가의 경주네."

"그러면 우리가 나는 재간이 있어도 파발을 따를 재간이야 어떻게 있어?"

어두운 달빛 속에서도 두팔이의 울상이 된 얼굴은 알아볼 수가 있었다.

"내가 그 재간을 피울테니 염려는 말게."

그리고 나서 젊은이 하나에게

"자넨 급히 뛰어서 서강으로 나가 지금의 이야기를 하고 배를 곧 띄우라고 하게나. 그리고 우리도 뛰어서 모악(母岳)재까지 나갑세."

태근이는 어느덧 눈에서 불이 날 듯한 얼굴로 지시를 했다.

사실 그들은 재찬이의 수서를 받아갖고 평양감사에게 쌀을 받을 생각은 하지 못했던 일이다. 그러므로 그들은 서강 조창(漕倉)에서만 받을 생각을 했다.

그리하여 그들은 수서를 받아갖고 나오는대로 재빨리 쌀을 실을 수 있도록 배도 미리 잡아두었고 생신님 신도 오십 여명도 그곳에서 묵으며 기다리게 했다.

그러나 뜻밖에도 쌀은 평양에서도 찾을 수 있다는 재찬이 말에 그편이 더 편리하리라고 생각했다. 늦가을의 뱃길이란 험하기도 하거니와 서울과 가까운 거리에 있는 서강에서 천석의 쌀을 싣자면, 역시 시간이 걸리므로 그동안에 무슨 일이 생길지 모르기 때문이다.

물론 재찬이도 평양에서 쌀을 내주기로 한 것은 그대로의 생각이 없는 것이 아니었다. 파발을 띄우면 그들이 평양에 이르기 전에 수서를 써준 쌀을 취소할 수 있다고 생각했기 때문이다. 실은 그 생각이 있어서 태근이에게 수서를 척척 써주기도 했다.

그러나 태근이는 그것을 모르고 수서를 받아갖고 나온 것은 아니었다.

모악재는 지금도 오르내리자면 숨이 차지만, 옛날엔 천리나 떨어진 심산(深山)처럼 험준(險峻)한 고개였다. 대낮에도 도둑이 나타나 혼자 넘기를 누구나가 꺼렸다.

그 길 한쪽에는 바위 틈새기에서 샘솟는 물들이 모여, 한 갈래의 가는 개울이 흘렀다. 그러나 소설(小雪)이 지난 지금에 물이 흐를 리는 없었다. 그저 고개에서 찬바람이 불어올 뿐이다.

그 개울바닥에 우뚝 솟은 바위 밑에는 아까부터 검은 그림자가 너덧 보였다. 태근이 패거리였다. 그들은 서울서 나오는 파발말을 기다리고 있었다. 그러한 그들에게 오늘밤 달이 없는 것이 얼마나 다행한 일인가. 달이 없으면 별은 더 많이 보이는 법이다.

두팔이는 바위에 기대고 앉아서 그 별들을 쳐다보고 있었다. 그 많은 별 중에서 진옥이의 눈처럼 광채 있는 별을 찾는지, 참사랑의 기쁨을 알게 한 샛별 눈 같은 정열의 별을—그렇다면 태근이도 찾을 별은 있을 상 싶다. 그도 멍청하니 하늘을 쳐다보는 것은 은실의 눈처럼 아리따운 별을 찾는 셈인가. 그렇지도 않다면, 서강에서 배

로 떠난 은실이 일행이 무사한지 그것을 걱정하는 셈인가

그러나 그들은 실상 그런 생각할 틈이 없었다.

그들이 그곳에 나온 지는 벌써 일지(一支 : 두 시간)나 되었다. 그러나 파발말은커녕 사람 하나 얼씬하지를 않았다. 그저 사방은 괴괴할 뿐이다.

어찌된 일일까.

좀전만 해도 태근이의 이 작전에는 혀만 차고 있던 두팔이다. 그는 쌀을 주지 말라는 수서를 갖고 파발말로 달리는 그들보다는 자기들이 먼저 평양성에 들어갈 수는 없다고 생각했던 것이다. 마패(馬牌) 없이는 파발말을 갈아탈 수 없기 때문이다. 그러나 이 모악재로 나와서 길목을 지키고 나서는 모든 것이 간단히 해결된다는 것을 알게 됐다.

파발말은 반드시 이 앞을 지나갈 것이고 지나만 간다면 제아무리 빨리 달리는 말이라고 해도 고개를 올라오는 말쯤 잡기는 문제없는 일이다. 그렇게 되면 수서는 빼앗아 찢어버릴 수 있고, 그가 가졌던 마패로써 호령을 치며 파발말을 달려 내일 점심 전에 평양에 들어가긴 누워서 떡먹기다.

(이렇게도 간단한 일을 왜 나는 생각지를 못했던가?)

히죽거려 웃으며 자기의 둔한 머리를 한탄까지 한 그였다.

그러나 모악재 쪽에서 들려와야 할 말방울소리는 들려오지 않았다.

두팔이는 점점 불안한 얼굴이 되기 시작했다. 그러니 이 작전을 꾸민 태근이의 마음은 또한 어쩌랴.

"파발말이 벌써 지나간 것은 아닌가?"

두팔이는 이런 걱정도 하게 됐다.

"그럴 리는 없어. 상서원(尚瑞院)에서 마패를 받아갖고 나와야 말

을 달릴 테니 그렇게 빨리 달렸을 리는 없지."

태근이는 그렇게 말하면서도 자기 작전에 무슨 잘못이 있는 것만 같았다. 아니 재찬이가 한 수 더 떠서 파발말을 동대문으로 띄운 것만 같았다. 그곳에서도 평양 가는 길은 거미줄 같이 많다. 그렇다면 그들이 기다리고 있는 파발말은 벌써 의정부를 지나 양주 앞을 달릴지도 모르는 일이다.

그 말방울소리가 자꾸만 귀에 들리는 것 같았다.

'절랑, 절랑, 절랑, 절랑—.'

그 말방울소리는 그저 환각(幻覺)으로만 들리는 소리가 아니었다. 반대쪽에서 부는 바람에 씻기면서도 그 방울소리는 모악재를 향해 점점 가까이 들려오는 소리인 것만은 분명했다.

'절랑, 절랑, 절랑, 절랑—.'

그것을 누구보다도 먼저 알아챈 것이 두팔이었다.

"말이 온다. 말방울소리야."

그 소리에 모두가 벌떡 일어선 것은 물론이다.

"응, 온다. 말을 절대로 놓치면 안 되네."

태근이의 명령에 따라 길 양쪽으로 갈라섰을 때는 벌써 말을 탄 검은 그림자 두 개가 언덕 밑에서 올라오는 것이 눈에 띄었다.

파발말이 그렇게도 늦은 것은 재찬이도 그들이 길목을 지키고 있을지도 모른다는 것을 생각했기 때문이다.

그는 즉시로 우변청 포도대장에게 연락을 하여 나졸 삼십 명을 자하문으로 빠지게 하여 산길을 타고 검암(黔岩) 파발까지 나가서 길목을 지키게 했다. 그리고는 그들이 그곳에 이르를 시간을 생각해서 일부러 늦게 파발말을 띄웠다. 이렇게 되면 파발꾼이 도중에서 피습을 당해 말을 빼앗긴다고 해도 그들을 검암 파발에서는 손쉽게 잡을 수 있다고 생각한 것이다.

그렇다고 해도 말을 달리는 파발꾼은 그런 작전이 있다는 것은 알 리가 없었다. 오늘따라 말 한 필이 아니고 두 필씩이나 띄우는 것을 보면 꽤 중요한 수서인 모양이라고 생각한 것뿐이다. 그러므로 그들은 여느 날과 마찬가지로 돈의문(敦義門)을 나와 단숨에 모악재 밑까지 달렸다. 그리고는 헐떡이는 말과 숨을 돌리면서 모악재를 올라가고 있었다.

그들이 고개를 삼분지 이쯤 올라갔을 때였다.

"누구야?"

앞서 가던 파발꾼이 갑자기 고함을 치면서 말끈을 잡아다니는 것 같았다. 길 양쪽에 버티고 서 있는 검은 그림자를 본 것이다.

뒤에서 올라오던 파발꾼도 급기야 말을 세웠다.

"자네들은 여기서 내리게나. 그 말은 우리가 좀 필요하니."

태근이가 말을 못 가게 손을 벌려 막으면서 점잖게 말했다.

"비껴, 아무두 손을 못 대는 역말이야!"

그대로 달리려고 말끈을 힘껏 채면서 고함을 쳤다. 그렇지 않아도 앞에 사람이 막고 있어 겁을 먹은 말은 흐응하고 소리치면서 앞발을 들고 곤두섰다.

"앗!"

그 바람에 파발꾼은 말끈을 쥔 채 떨어졌다. 겁을 먹은 때문인 모양이다.

뒤의 말꾼도 그것을 보고서는 질겁하여 말을 돌려 달아나려고 했다. 그것을 두팔이가 분주히 말꼬리를 잡아챘다.

그 말도 깜짝 놀라서 앞발을 들었으므로 말 탄 녀석의 등덜미를 손쉽게 잡아 끌어내릴 수가 있었다.

너무나도 일이 쉽게 된 셈이다.

그들은 파발꾼한테서 빼앗을 것은 빼앗고 나서는 길옆의 나무에

꽁꽁 묶어 놓았다. 인정 많은 두팔이는 자기 손으로 묶어놓고서 좀 안됐다고 생각되는 모양으로

"일이 그렇게 됐으니 어쩌겠나. 내일 아침엔 자네 집사람들이 나올 테니 하룻밤 고생하게나."

그리고는 따라온 부하들에 황해도 산채도둑에게 연락해서 파발 길을 막으라는 것을 당부하고 나서

"자, 달립세."

말에 올랐다.

태근이와 두팔이는 경주나 하듯이 말을 달렸다. 그러나 검암에서 나졸 삼십명이 그들을 기다리고 있는 것을 알 리가 없었다.

오늘밤도 검암 파발까지 나졸 삼십 명을 인솔해 갖고 나가서 진두 지휘를 한 것은 우변청 포도대장 박포장이었다.

그는 전날 생신님을 놓치고 나서는 어디 가나 얼굴을 못 드는 판이다. 그 망신을 오늘밤 기어이 털어보겠다는 것이니 그의 결심이 어떻다는 것은 알 수가 있었다.

(제아무리 나는 재간이 있다고 해도 오늘밤은 별 수가 없어)

그는 역참(驛站) 바로 뒤 언덕에 자리를 잡고 어둠에 가려진 가두(街頭)를 노려봤다.

그들이 말을 타고 달려와 역참에서 말을 바꿔 타는 것을 노려 습격하겠다는 것이 그가 세운 작전이었다. 그곳에서 혹시 놓치는 일이 있다고 해도 뒤에서 다시 잡을 수 있게 덕수천(德水川) 기슭에 십여 명을 제 이진으로 잠복시켰다. 그것이 모두 끝난 지금이다. 이제는 달려오는 말을 기다리는 것뿐이다.

나장 하나가 그에게로 뛰어왔다. 시각을 보러갔던 나장이다.

"어떻게 됐어?"

"바로 해시초(亥時初 : 오전 9시)니 파발말은 서울서 떠났을 겁

니다."

"그러면, 자네가 잠복한 나졸들한테 가서 정신을 바짝 차리라고 하게나."

박포장은 명령을 하며 자기도 긴 칼[長劍]을 뽑아들었다.

"그리고 오늘은 한 발자국이라도 움치는 녀석이 있다면 용서 없이 목을 벤다고—"

"네."

그는 역참 주위로 나졸들이 숨어 있는 곳으로 뛰어갔다. 오늘밤은 그들도 모두가 긴장한 얼굴이다. 역시 전날 생신님 집 습격 때 쓴맛을 본 때문인가, 아니 그보다도 오늘 밤의 일이 잘만 되면 소를 잡는다는 말에 신이 난 모양이다.

그러나 박포장은 극도로 긴장한 마음이면서도 오늘의 승산은 틀림없다고 생각했다. 이야말로 쥐구멍에 자루를 대고 쥐가 나오길 기다리는 것이나 마찬가지라고 생각했기 때문이다. 그러므로 파발꾼이 도중에서 그들에게 잡혀 죽는 한이 있더라도 제발 자기들의 잡으려는 태근이와 두팔이가 와줬으면 하고 생각하고 있었다.

나졸들을 살피러 갔던 나장이 다시금 뛰어왔다.

"모두가 대단한 기세로 적을 기다리고 있습니다."

"도망친 녀석 없던가?"

"없습니다."

"이제는 파발말이 나타날 시각도 되지 않았나?"

"네, 저도 그렇다고 생각되는데."

"하여튼 좀더 기다려 봅세나."

그러나 아무리 기다려도 파발말은 나타나지 않았다. 긴장했던 박포장은 어느덧 불안스러운 얼굴로 변했다.

"그들이 길목을 지키지 않았다고 해도 파발말은 들어와야 할 것 아닌가?"

"그렇기 말입니다."

둘이서는 무슨 영문인지 몰라, 얼굴을 쳐다보고 있는데 앞을 지키던 나장 하나가 발을 절면서 뛰어왔다.

"대장님, 큰일 났습니다."

"무슨 일이야?"

"칠덕이 녀석이 달아났어요."

"뭐?"

"같이 지키고 있던 나를 논바닥에 구겨박고서 말요."

"뭐 어째, 이 스라소니 같은 녀석아!"

급기야 박포장의 주먹이 그의 면상에 벼락같이 날아갔다. 그것으로써 칠덕이가 그들에게 내통해 준 것이 분명했기 때문이다. 칠덕이도 자기 목숨을 구해준 태근이의 은혜는 잊을 수가 없었던 모양이다. 물론 그곳에는 날이 밝을 때까지도 파발말이 나타나지 않았다.

해는 바뀌어 신미(辛未)년이 되었다. 그러나 곱단이 여도둑 패거리는 아주 땅속에 묻혀버렸는지, 그렇지도 않으면 하늘로 사라져버렸는지, 그림자 하나 보이지 않았다. 그러니 소란스럽던 서울도 다시 평온해진 셈이 되었다.

"정말 어떻게 된 일이오. 그들도 마음을 달리하고 깊은 산속으로 가서 부대나 일구고 짐승이나 잡을 생각을 한 것이 아닌가요?"

포도대장 박경식이는 알 수 없다는 얼굴로 재찬이에게 물었다. 생신님이 곱단이라는 것은 부원군 김조순의 귀에도 들어가, 하루 속히 잡으라는 영이 내렸다. 그러나 장안에서 머리를 풀지 않는다면 자기가 할 일은 아니다. 그렇다고 물론 경비를 늦춘 것은 아니었지만, 삼사 개월이 지나도 그들이 나타나지 않으니 하여튼 한시름 놓을 수 있는 것만은 사실이었다.

"별다른 도둑도 아니었던 모양입니다. 먹을 쌀이 생겼으니 그걸 다 퍼먹기까지는 움직일 필요도 없다고 생각한 모양이지요. 그러니 그들의 덕을 본 것은 김 대감 혼자뿐이 아니오."

평양 사창에서 쌀을 받은 태근이는 재찬이에게 말한 그대로 가난한 시민들에게 쌀을 퍼줬다. 물론 천석의 쌀을 다 퍼준 것은 아니다. 그저 백석 정도의 쌀을 풀어논 것이다.

그러면서도 호조판서 김재찬이가 천석의 쌀을 백성들에게 베풀었다고 떠들어대며 퍼줬다. 재찬이를 생각해서 한 일도 아니었으나 그 소문은 잠깐 퍼져 궁안에까지 들어갔다.

그 말에 왕은 감심하여 삼 두 근을 하사했다. 삼 두 근이라야 값으로 치자면 몇 닢 될 리 없지만 그것으로써 재찬이의 신임은 더욱 두터워지게 되었다.

박포장은 그것이 몹시 부러웠다. 그러니 만큼, 자기에게 무슨 일이 생겨도 뒤를 돌봐달라고 찾아온 모양이었다. 그것은 곶감 한 시렁을 들고 온 것을 봐도 알 수 있는 일이었다.

그러한 박포장의 얼굴을 보고 재찬이는 어이가 없는 모양으로 싱긋이 웃고 나서

"박포장도 쌀을 퍼준 그 도둑처럼 너무나도 마음이 좋군요."

"네?"

"박포장이 그런 마음이니 도둑을 잡긴 글렀다는 거요."

"……."

박포장은 할 말이 없는 양으로 얼굴을 붉히자

"이번엔 내가 아니면 박포장 차례요. 그거나 아시고 주의나 해요."

"그런 불길한 말씀을…… 서울 장안은 엄연히 제가 지키구 있는 이상……."

"눈에 뵈는 쥐도 못 잡는 포청이 문풍지 사이로 들어오는 바람을

어떻게 막겠소?"

　재찬이는 그들의 행동이 끊어졌다고 해도 여전히 마음을 놓지 못했다.

　그들이 그렇게도 오랫동안 침묵을 지키는 것은 지금과 같은 개인 개인을 상대로 하는 복수보다도 더 큰 음모를 꾸미는 것이라고 생각했다.

"태근이 그 녀석은 참 잘해."

　재찬이는 아무 일도 하지 않는 나태한 적에 대해서 이상스럽게도 감심하는 마음이었다.

　재찬이의 생각은 어지간히 들어가 맞는 편이었다. 태근이를 비롯하여 생신님 신도 오십여 명은 다복골로 가서 홍경래가 지휘하는 반란군에 가입한 것이다.

　요즘 그곳을 다녀온 어느 장돌림꾼의 이야기를 들으면, 그들보다도 앞서 그곳으로 간 동욱이 행수와 옥분이 사이에는 옥동자가 생겼다고 한다. 그리고 검암파발 앞에서 태근이와 두팔이에게 길을 비키게 해준 칠덕이 행수도 어떻게 그곳을 찾아갔는지 그의 소원대로 애기무당과 부부가 됐다고 한다. 애기무당도 마음이 달라진 모양이다. 그렇다면 애기무당의 마음이 바뀌듯 그들이 생각하는 거사도 조정을 바꿔 놀 수가 있을는지 참으로 궁금한 일이다.

김이석 연보

1914년 평안남도 평양 출생
1933년 평양 광성중학교 졸업
1936년 서울 연희전문학교 문과 입학
1937년 〈환등(幻燈)〉 발표
1938년 연희전문학교 중퇴. 〈부어(腐魚)〉 동아일보 입선
1939년 문학동인지《단층(斷層)》발간
1940년 〈공간(空間)〉〈장어(章語)〉 발표
1951년 1·4후퇴 때 월남
1952년 문학예술에 〈실비명(失碑銘)〉 발표. 문학예술 편집위원. 〈악수〉〈분별〉 등 발표
1954년 〈외뿔소〉(신태양)〈달과 더불어〉〈소녀태숙의 이야기〉(문학예술 3)
1955년 〈춘한(春恨)〉(문학예술 7)
1956년 〈추운(秋雲)〉(문학예술 1)〈학춤〉(신태양 9)〈파경(破鏡)〉. 단편집《실비명》 출판. 제4회 아시아자유문학상 수상
1957년 〈광풍속에서〉(자유문학 창간호)〈뻐꾸기〉(문학예술 5)〈발정(發程)〉(문학예술 11)〈비풍(悲風)〉(신청년 2)〈아름다운 행렬〉을 조선일보에 연재
1958년 〈한일(閑日)〉(신태양 1)〈풍속〉(자유문학 1)〈화병〉(희망 1)〈한풍(寒風)〉(신청년 2)〈어떤 여인〉(자유세계 2)〈청포도〉(신

태양 7) 〈동면(冬眠)〉(사상계 7, 8) 〈종착역 부근〉 〈잊어버리는 이야기〉(사조 9) 〈이러한 사랑〉(소설공원 10)

1959년 〈적중(的中)〉(자유문학 3) 〈세상(世相)〉 〈기억〉 〈해와 달은 누구를 위해〉(새벗에 연재)

1960년 〈지게부대〉(현대문학 8) 〈흐름속에서〉(사상계 8) 〈흑하(黑河)〉를 10월부터 민국일보에 연재

1961년 〈밀주〉(자유문학 10) 〈허민선생〉(사상계 12) 〈창부와 나〉(자유문학) 발표.《문장작법》출판

1962년 〈관앞골 기억〉(자유문학) 〈난세비화(亂世飛花)〉를 한국일보에 11월부터 연재

1963년 〈장대현 시절〉(사상계) 〈편심(偏心)〉 〈사랑은 밝은 곳에〉(사랑사, 사랑에 연재)

1964년 〈교련과 나〉(신세계 3) 〈탈피〉(사상계 5) 〈금붕어〉(여상 8) 〈리리 양장점〉(여원 8) 〈교환조건〉(문학춘추 10) 〈재회〉(현대문학 10) 〈신홍길동전〉을 대한일보에 5월부터 연재. 단편집 《동면》《홍길동전》《해와 달은 누구를 위해》 출판. 9월 18일 급서(急逝). 제14회 서울시문화상 수상

1970년 《난세비화》 출판

1973년 《아름다운 행렬》 출판

1974년 《김이석 단편집》 출판

2011년 《한국문학의 재발견 김이석 소설선》 출판

2018년 《김이석문학전집》(총8권) 출판

김이석(金利錫)

평양에서 태어나 평양 광성중학교 졸업 연희전문학교 문과 수학. 1938년 《부어(腐魚)》가 〈동아일보〉에 당선. 전위적인 성격 순문예동인지 〈단층〉 창간 멤버. 1·4 후퇴 때 월남해 1953년 〈문학예술〉 창간 편집위원, 1956년 《실비명》으로 아세아 자유문학상. 1958년 박순녀와 결혼. 〈한국일보〉에 역사소설 《난세비화》 〈민국일보〉 《흑하(黑河)》를 연재 사회적 인기를 얻었다. 문학적 업적으로 서울시문화상에 추서되었다.

김이석문학전집 2
장편소설
흑하(黑河)
김이석 지음
1판 1쇄 발행/2019. 3. 1
발행인 고정일
발행처 동서문화사
창업 1956. 12. 12. 등록 16-3799
서울 중구 다산로 12길 6(신당동 4층)
☎ 546-0331~6 Fax. 545-0331
www.dongsuhbook.com

*

이 책의 출판권은 동서문화사가 소유합니다.
의장권 제호권 편집권은 저작권 법에 의해 보호를 받는 출판물이므로
무단전재와 무단복제를 금합니다.
사업자등록번호 211-87-75330

ISBN 978-89-497-1700-5 04810
ISBN 978-89-497-1687-9 (세트)